新时期中国古典文学研究述论

第四卷　元明清近代

陈友冰　主编

本册编著　吴　微

商務印書館

2006年·北京

图书在版编目(CIP)数据

新时期中国古典文学研究述论(第四卷)/陈友冰主编. 一北京：商务印书馆，2006

ISBN 7-100-04644-0

I. 新… II. 陈… III. 古典文学一文学研究一中国 IV. I206.2

中国版本图书馆 CIP 数据核字(2005)第 094069 号

本书为教育部省属重点文科研究基地

“安徽师范大学中国诗学研究中心”重点课题。

新时期中国古典文学研究述论(第四卷)

陈友冰 主编

本册编著 吴微

商 务 印 书 馆 出 版

(北京王府井大街36号 邮政编码100710)

商 务 印 书 馆 发 行

北 京 龙 兴 印 刷 厂 印 刷

ISBN 7-100-04644-0/Z·50

2006年12月第1版 开本 850×1168 1/32

2006年12月北京第1次印刷 印张 17 3/4

印数 4 000册

定价：30.00元

目　录

第八编 清代近代文学研究

序

余恕诚

学术研究需要熟悉学术前沿,占领学术前沿。对于研究中国古典文学而言,所谓学术前沿,一是研究的薄弱点与空白点,另一是研究的最新动态与发展趋向。这两个方面,在很大程度上依赖于对中国古典文学研究现状的熟悉程度。从学术史的角度看,整理当代中国古典文学研究的学术成果,寻绎其研究历程,探讨其研究规律,归纳其研究特征,明辨其研究得失,也可以使我们总结经验、汲取教训,在古典文学研究中少走弯路,从而也具有方法论上的意义。因此,整理与研究当代的学术成果,成为近年来学术界关注的一个热点。

回顾20世纪的中国古典文学研究,比较辉煌的集中在两个时期:一是20世纪初期,另一是20世纪末期。无论从研究的量和质上说,20世纪末期都超过了20世纪初期。这一时期以"文化大革命"结束(1978),中国内地实行改革开放为标志,习惯上称之为新时期。新时期的中国古典文学研究,随着西方哲学、美学、文学甚至跨学科的各种流派理论的涌入,文学的研究角度日趋多元化,研究手段也不断翻新;随着书籍文献的大规模整理,地下文献不断被发现,电子文献日益丰富,研究文学的视野也空前开阔,特别是一些新材料被发现，部分地改写了中国古代文学史。因此，整理与研究这一时期的中国古典文学研究成果，尤为学术界所关注。陈友冰君主编的《新时期中国古典文学研究述论》就是这方面的代表成果之一。

《新时期中国古典文学研究述论》全书140万字，分为《先秦汉魏六朝》卷、《隋唐五代宋辽金》卷、《元明清近代》卷，分别由刘运好、陈友冰、吴微三位年富力强的中青年学者撰稿。纵观全书，作者始终能够以冷静的目光审视汗牛充栋、乱花迷眼的当代研究成果，在架构上既有高屋建瓴的宏观描述，也有深微细密的微观评介。全书按照整体—断代—个案的逻辑思路，将内容分为：新时期中国古典文学的整体研究；断代文学研究及文学流派、文学思潮、文体或总集的研究；各时段重要作家作品研究。此外，为了方便读者查阅，每卷末还附录了本卷所涉及的这一时段文学研究的重要著作和论文索引。

与现有的同类著作相比，不仅仅满足于资料的汇集，而侧重于研究历程的寻绎和总体研究特征的宏观把握，是本书的特色之一。作者或以研究类型进行分类，凸显研究的热点与空白点，如第一卷"绪论"部分将新时期中国古典文学宏观研究概括为研究方法的研究、文学史研究、文学分类研究、文学的民族特征研究、文学与儒释道文化关系的研究等几种类型，不仅将纷繁的古典文学宏观研究类型化，而且也透视出目前研究的热点与空白点；或以时间为序列，凸显研究的历程与特征，如第二卷关于新时期唐代文学研究"绪论"部分，在分析其研究的时代和学术背景的基础上，将这一时期的唐代文学研究分为"文化大革命"结束和新时期开始(1978—

1980)、活跃新变期(1981—1989)、沉思纵深期(1990—2000)三个阶段,而且又将不同阶段的研究内容进行分类评述,这将新时期唐代文学研究的发展历程及其阶段性特征完整地显现了出来,使读者对唐代文学研究的总体风貌及其特点有清晰而全面的了解。

对研究中不同取向、不同方法、争论双方的不同观点,不是简单地肯定或否定,而是分类梳理,揭示出每一观点的产生与发展的源流变化,在"述论"的"论"中分析不同观点之得失,是本书的第二个特点。如第三卷在分析元杂剧繁荣的原因时,"述论"将几种代表性的意见一一列出,并就"与元统治者对戏曲的态度有关"、"与科举制度的兴废和当时知识分子地位有关"等学术界一直存在着的两种不同观点进行追溯与评述,既力避简单的主观取舍,又分析其不同观点之得失。这样,使读者可既以看出作者的千虑一得,又可以避免隅照之失。

突出新时期中国古典文学研究的新特点以及不足之处,并分析其研究的可能发展趋向,或针对研究的薄弱点与空白点,提出研究设想与学术期待,是本书的第三个特点。如第二卷在评述苏轼研究时,作者分析了新时期苏轼研究呈现出的六个新特点:对苏轼评价重新定位,研究范围越来越广,评价越来越高;资料汇集整理和文献学研究更加充分;研究领域逐步拓展,研究课题逐层深入;研究思想趋于多元,研究方法趋于多样;研究史以及其他相关研究开始起步;研究组织建立并定期开展研究活动。针对苏轼研究的薄弱点,作者提出五点研究设想:文献学研究和文本研究尚需进一步深入;新的研究观念和研究方法必须和传统的文献学研究和知人论世的社会学研究结合,文化学研究、人文精神的评判必须与文学自身价值和规律的研究结合；避免偏于一隅，应从整体上宏观把握和综合研究；研究视野上有待于进一步拓展；苏轼学术史、研究史方面的研究队伍和研究力度尚需加强。这样，既梳理了过去的研究成果，也指出今后的研究方向。

对新时期古典文学研究中的薄弱部分或其他研究史论著较少提及的研究内容，也详细介绍和评述，是本书第四个特点。中国古典文学研究历来就不够均衡，有些研究领域、文学总集、作家作品等，囿于资料、观念或其他因素的影响，一直成为研究的薄弱环节，一些研究史论著也往往语焉不详，如神话研究中的神格研究，神话系统与结构研究；楚辞研究中的宋玉、唐勒研究；隋代文学研究，晚唐五代词中的“花间派”研究；宋代散文的整体研究，宋词中的周邦彦研究，辽金文学中元好问以外的其他作家研究等，本书均设有专节加以评述，既实事求是地揭示了这些领域新的研究成果，也希望引起后来研究者的注意，同时也显示了作者细针密线的功夫。

由于本书三位作者都是我的好友，友冰君邀刘、吴两君合作出于我的建议，本书又是安徽师范大学诗学研究中心的重点研究项目之一，中心的同仁一直希望它早日出版。因此，当此书付梓之际，写了以上一些话，聊陈鄙见，且亦藉以留下我和此书曾有因缘的记录。

2004年8月22日

于安徽师范大学诗学研究中心

第六编　元代文学研究

第一章　元代戏剧研究

第一节　通论

元代戏剧研究包括杂剧、南戏两个方面，其中以杂剧研究最为深入。近20年，研究景象活跃，硕果累累。出版了《元曲释词》、《关汉卿戏曲全集》、《白朴戏曲集校注》、《西厢论稿》、《西厢记艺术谈》、《元杂剧故事集》、《元曲选外编》、《新校元刊杂剧三十种》、《元代杂剧艺术》、《六十种曲》、《元杂剧选注》等20多种古籍整理和研究专著；二是多次开展了学术交流。现就元代戏剧研究的概况略述如下：

一、关于元杂剧形成及繁荣原因的研究

1. 关于元杂剧的形成时间

邓绍基认为其最初样式可能是在金末元初，其间经历了从不完备到完备的发展阶段。而体制完备成熟则在蒙古王朝称元以后(〈元杂剧的形成及繁荣原因〉)。元杂剧的形成经过，朱光荣认为它经历了一个继承、融合前代多种艺术的一个“继承、综合、创造”

的过程。具体来说，它把诗歌、音乐、舞蹈相结合，向着表演故事方向发展；在戏剧角色上，元杂剧以唐宋参军戏、宋金杂剧的角色为基础；在戏剧形式上，元杂剧抛弃了宋杂剧、金院本以调笑为主老路，找到了诸宫调为自己的音乐组织形式，并由实际生活逐渐走向虚拟化。随着这两个重大问题的解决，元杂剧的繁荣出现了(〈元杂剧是怎样形成的〉)。王钢〈关于元杂剧产生的年代〉(《中州学刊》1991.2)从元人记载、院本与诸宫调衰落期、杂剧艺人出现的年代、元杂剧作家及其创作角度、戏曲文物实证五个方面探讨了元杂剧产生的年代，认为约产生于至元三年至十三年之间。李修生〈元杂剧发展述略〉(《文学遗产》1991.2)则赞成王国维以元太宗六年为元杂剧史起点的看法。

2.关于元杂剧繁荣原因

主要有以下方面的探讨和争论。

(1)与元统治者对戏曲的态度有关。青木正儿在20世纪30年代提出一个论点：蒙古统治者的歌舞爱好是元代戏曲兴隆原因。之后，社科院《中国文学史》和阿英《元人杂剧史》皆持此观点。张庚、郭汉城却持相反的看法，认为皇帝和若干权豪势要的“这种爱好决不是促使北杂剧在大都得到兴盛的原因，恰恰相反，他们是杂剧艺术生命的摧残者”(《中国戏曲史》)。徐扶明《元代杂剧艺术》亦有类似看法。

但近20年来，也有不少人相继撰文，对元统治者摧残杂剧的说法表示异议。隗芾〈试谈元代社会与杂剧繁荣的关系〉指出：元代刑法虽然有严厉的明文“妄撰词曲诬人以犯上恶言者处死”，其实还是允许词曲创作的。事实证明，只要不是直接咒骂蒙古统治者和直接鼓吹反抗的节目,都没有受到禁止。邓绍基认为:"元代统治阶级虽查禁作品,但他们打击的是戏曲内容,而不是戏曲本身。他们提倡这种内容,反对那种内容,实际上表明他们重视戏曲的社会作用,历史的复杂性也正表现在这里"(〈元杂剧的形成及其繁荣原因〉)。李春祥通过考察得出的结论是,元统治者"禁止的只是妖魔神鬼戏,而不是禁演一切戏。只要不是直接'为讥议'或'犯上恶言'者,还是允许存在的"(〈试论元剧的繁荣〉)。近年来,不少研究者都倾向承认元代文化思想禁锢比较松弛。但对其松弛原因,则有不同的理解。华生〈元杂剧繁荣原因之我见〉(《文艺研究》1989.5)认为元杂剧繁荣原因之一是元初社会相对安定,思想较为自由,创作不受限制,加上民族大融合,才结出了这朵戏剧奇葩。隗芾说元代"那些以马上得天下的赳赳武夫们根本不屑去管那些剧目审查之类细事","由于语言的障碍和习俗的不同,他们对表演内容的容忍恐怕比我们想象得要宽松得多"。"戏中指桑骂槐,以古讽今等,他们很难一一计较明白"(〈试谈元代社会与杂剧繁荣关系〉)。李春祥则认为这种宽松是由于元世祖是个"开明有为的皇帝",是他"在文化领域推行一条宽严相济、以宽为主的灵活政策所致。

(2)与科举制度的兴废和当时知识分子地位有关。对此,学术界一直存在着两种不同的看法。王季思认为:"如果蒙古族侵入中原后即继续开科取士,关汉卿、王实甫等文人都考取了状元、进士,做了官,元代前期就不可能出现戏曲创作繁荣景象"(〈元曲的时代精神和我们的时代感受〉)。王恩宗则认为"把杂剧作家队伍扩大的原因,说成是停止科举的缘故,此论尚可商榷"。并列举了两条理由(〈元杂剧研究中的若干问题〉)。刘荫柏则指出元世祖虽多次下诏优崇儒生,仁宗皇庆延佑后又实行科举,似乎儒人之被优崇无异于往昔,但实际情形远不是如此。作者认为中国历史上给予知识分子在精神上、物质上的打击,从未有比这更残酷。实际上是一种变相的大规模焚书坑儒。这就迫使环境、素养、气质不同的作家走上了几条不同的路:南方文人如刘辰翁、谢枋得、郑思肖等用传统诗文写正气之歌;北方沦入社会下层的文人则与艺人结合组成书会,用杂剧从事创作,借以抒愤和谋生。当元仁宗恢复科举和泰定帝对屡试不第的文人也采取优待政策后,不仅诱使许多知识分子改变初期对元政权的敌视态度,而且使一些下层作家离开书会和戏剧创作队伍,纷纷去钻研举业,谋求新的政治出路(〈元代社会与杂剧兴衰〉)。李春祥则认为:"元代停止科举是否就是元杂剧繁荣的原因,这不能简单化,完全肯定或否定都不尽符合事实"。他的看法是"停止科举也不是元杂剧繁荣的主要原因,而只是一种客观条件,它使更多的知识分子打消了对统治者的幻想"(〈试论元杂剧的繁荣〉)。梁归智也认为那种认为元代知识分子地位低下的"传统见解其实是相当偏颇的"。他提出元代知识分子"人生幸福说",认为他们"享有高度的思想自由、精神自由和创造自由",而这些"正是人生幸福的最基本因素"(〈关于元曲评价问题〉)。但这种"幸福说"受到一批学者的诘难。李正民〈浪子·隐逸的下面——"元曲作家幸福说"商榷〉,孙远惠〈元代儒士社会政治地位浅论〉都不同意此说。宁宗一针对上述两种看法认为:①要看到在元统治者文化思想支配下,知识分子也在不断分化:一类投靠权贵进入庙堂;一类消极颓废,高蹈遗世;一类不屑仕进,自觉或被迫运用各种形式也包括文艺武器进行斗争。②发出“九儒十丐”感叹的虽不见于“正史”,但是出自有气节的宋末遗民谢枋得、郑思肖之口,我们更应看重“心史”,因而它“无比真实地反映出元代广大知识分子的卑微地位”(《元杂剧研究概述·前言》)。进入90年代以后,学者观点渐趋统一,认为文人地位沉屈下僚,投身杂剧艺术是其无奈的人生选择,同时又使杂剧和其人生获得了新生。

(3)与宋金以来城市经济繁荣和元代社会条件有关。元杂剧的繁荣与宋金以来城市经济繁荣有密切关系,这在文学界和史学界的看法比较一致。但如何评价元代经济的繁荣,却有分歧。

顾学颉认为是“元代都市畸形发展条件下的产物”。元蒙统治者一方面占耕地为牧场,并把农民掳掠去变成农奴、工奴;另一方面优待工匠,在大都市建立各种作坊。同时陆路、海路交通又相当发达,这都促使“大都市暂时畸形的繁荣”,“而适应这些大都市里新兴的市民阶层对文化生活的要求,是当时都市经济发展下的必然产物”(《元明杂剧》)。

李春祥〈试论元杂剧繁荣〉和任崇岳〈元杂剧繁荣原因新探〉则认为是“全面繁荣”。他们认为在忽必烈平定江南后,随着全国的统一,元统治者开始摒弃落后生产方式,注意恢复和发展生产,因而到成宗元贞大德年间,就出现了比较清平稳定的政治局面。元杂剧正是当时社会经济全面繁荣的产物。

至于元杂剧的繁荣与元代社会条件的关系。不少论者都注意到当时各民族文化融合和市民阶层文化娱乐需要对杂剧繁荣的影响,朱光荣还把少数民族文化对杂剧的影响开列为四个方面:①元杂剧吸收了大量少数民族语汇,使语言变得更生动活泼、丰富多彩;②元杂剧吸收了不少少数民族音乐,加强了对生活的表现力;③许多剧作题材取自少数民族的生活和故事;④一批少数民族作家直接参加了创作。

至于元杂剧究竟是政治高压下与之斗争的产物还是政治宽松环境下思想解放的产物,却有着不同的理解。徐扶明和周到等认为是前者:元代民族矛盾和阶级矛盾非常尖锐,人民群众自然要求文学艺术揭露当时的政治腐败和社会的黑暗,反映他们的斗争生活和美的愿望。杂剧作家写的剧本在不同程度上适应了人民群众的要求(徐扶明〈元代杂剧艺术〉)。元杂剧正是在元朝反动统治时期经济萧条、社会动乱的情况下空前繁荣的(周到〈河南元曲八家略述〉)。

梁归智则认为"综观有元一代,疆域广阔、边界开放、民族混杂,信仰自由"。"那是一个弥漫着浓郁的艺术气氛,虽然混乱却相当自由的思想精神获得解放的时代","这正是文学艺术得以繁荣的最根本条件"(〈关于元曲评价问题〉)。张发颖指出:"自成吉思汗进入内地到元世祖统一中国,元统治者就逐渐调整统治思想。尊崇宋儒理学,采用于当时来说是进步的中书省、御史台行政、监察分立的政权结构。这都是元统治者逐步适应传统文化思想的结果,它促进了国家的安定、生产的发展"(〈元杂剧公案戏繁荣原因〉)。

(4)与文学自身发展规律有关。元杂剧是综合了前代各种文学艺术成就,尤其是直接吸收了宋杂剧金院本的舞台成果而发展成熟起来的。各家对此看法比较一致。进入90年代,人们开始从不同的角度探讨这一文学现象。罗斯宁〈元代艺妓与元散曲〉(《中山大学学报》)1998.1)探讨了艺妓这一特殊的群体对杂剧繁荣发展的诸多影响。叶蓓〈浅析蒙古族文化对元杂剧形成及发展的影响〉(《民族文学研究》1997.4)分析了蒙古民族文化与元杂剧之间的关系。还有的学者讨论了士人心态与价值观、佛教道教等宗教因素对杂剧的影响。诸说并出,各呈其采。

二、关于元杂剧衰落标志及原因的研究

1.元杂剧衰落的标志是什么?

在五六十年代的一些论文和《文学史》中往往强调后期杂剧缺少前期的现实性和战斗性。近 20 年来,对此有新的认识和反省。王季思《元曲的时代精神和我们的时代感受》中指出:"我们在重视元曲的政治倾向时,往往忽视它的娱乐性、艺术性",像乔梦符《金钱记》等"轻喜剧被忽视了"。徐扶明把杂剧衰落的表现概括为:"脱离现实,脱离群众,剧作内容陈腐,只讲究词藻、音律,墨守成规,而不积极努力改革"(〈元代杂剧艺术〉)。《中国戏剧通史》认为衰落表现在三个方面:①优秀杂剧作家、作品大量减少;②演员、演出活动范围日益狭窄,成为宫廷、藩府生活的主要活动;③内容日益贫乏,艺术形式也日趋凝固。

2.关于元杂剧衰落的原因

主要有以下几个方面的分析。

(1)社会原因。大多论者却把杂剧的南移看成是其衰微的重要原因。张庚《中国戏曲通史》认为南移"固然扩大了北杂剧流传地区的广度,但却因此打破了原来北杂剧作家和艺人都比较集中的有利条件","使杂剧艺术离开了哺育它形成、生长的土壤"。而

在南方，杂剧又“基本上是流连在上层社会的圈子里，成为脱根之花”。元代末年，作为杂剧策源地的两河及大都地区，又出现重灾和经济衰退，因此“大都的戏曲演出活动，也受到很大的影响”。刘荫柏指出，杂剧的北音北调不适合江南人民的欣赏口味，南移后不仅受到江南人士的轻蔑，而且在正统封建伦理观念的氛围里日趋守旧，使杂剧从下层人生活的“出气筒”渐渐变成粉饰太平的老调子，遂日渐衰微(〈元代社会与杂剧兴衰〉)。至于南移的原因，《中国戏曲通史》主要从经济上着眼，认为“由于南方社会经济的发展远比北方先进，因此对于北方各阶层的人都产生了莫大的吸引力，从而导致杂剧创作中心的南移。吕薇芬〈元代后期杂剧的衰微及其原因〉则认为有三个原因：①文化是上层建筑中变化缓慢的部分，尽管南宋灭亡政治中心北移，但江浙一带仍以经济繁荣、文化发展、景色宜人而吸引着北方的文学家；②艺人为了谋生，总是要闯大码头，到卖座率高的大城市去献艺；③南宋新亡，一般上层人物都认为南音是亡国之音，元统治者又提倡北剧，这也为戏剧南下开辟了道路。刘荫柏也认为，“由于江南受战争破坏比北方小，故经济比元统治中心大都反而繁荣，不仅北方汉人逃往南方谋生，北方其他民族亦愿南迁”，“许多从事杂剧艺术的作家、演员，羡慕江南的繁华，或移居，或来谋生。遂使元代杂剧活动中心渐渐由大都移至杭州”。季国平则首次从杂剧本身特征来分析其南流和能在南方繁荣的原因。他指出：杂剧南流，是其自身寻求发展的客观要求。杂剧艺术所具备的真实性、开放性、应变性和通俗性等种种特征，决定了它要走新路、求发展；这种特征也使它具备了流行南方地区的可能性和基本条件。南流的主要途径是依靠运河和长江水路交通。最初在扬州出现繁荣，贞元、大德年间在杭州形成杂剧中心。作者的结论是："杂剧的最盛时期，不是以大都为中心的北方地区'一方独盛'，而是元统一后流传到南方后的'南北齐盛'。"这是不同于以上诸说的独异之处(〈元杂剧南流史初探〉)。

(2)政治原因。吕薇芬认为是由于元统治者思想统治的加强和文人地位的变化。她指出："杂剧作家固然多是较下层文人，但是封建伦理观念在脑子里仍然是根深蒂固的。因此在统治阶级倡导下，杂剧的道学味和头巾气渐渐重了，产生了不少宣扬封建伦理道德的作品。尤其是在后期大量出现的历史剧中，这种现象更为明显"，"这是元杂剧衰微的一个重要原因"。另外，随着民族矛盾的缓和和科举制度的恢复，士子的政治地位得以改善，导致了后期作家战斗力的削弱和脱离人民生活。作者还具体分析了这种削弱的三个方面表现及原因(〈元代后期杂剧的衰微及其原因〉)。刘荫柏在〈元代社会与杂剧兴衰〉中也得出类似的结论。孟瑶也指出："早期作家，多半有一种不违真实的愚直力量，他们的写作冲动，是由于对环境的强烈不满所逼成的，所以表现于艺术上的成就也分外感人。元中叶以后，作家对现实环境已乏敏感，故写作活力也因此衰退"(《中国戏曲史》)。

佟德真〈理学流变与元杂剧兴衰〉(《学术论坛》1995.4)则从理学在元代的地位变化，即由"内圣"转向"外王"这一角度，较深刻地分析了元杂剧由盛而衰的思想根源。杜桂萍〈元杂剧衰微论〉(《北方论丛》1997.1)亦认为元杂剧走向衰微主要在于戏曲教化功能的失范和文学性与舞台性失衡这两大原因。所论也颇为精辟。

(3)艺术原因。近年来的研究者多从题材的狭窄、艺术形式僵死、审美观念的变化以及杂剧本身固有缺陷等几方面来解释其衰落原因。张庚〈北杂剧声腔的形成和衰落〉认为，到了元末，"在绝大多数作品中，描写反抗元朝统治者为非作歹的题材也越来越少，原来是歌颂具有斗争性人物的题材渐渐蜕化成歌颂循礼守法的人物了。在剧本中，有意识地宣传三纲五常的东西越来越多了"。这样，北杂剧就渐渐和广大劳动群众的思想感情有了距离，走上了脱离群众的道路。徐扶明〈元代杂剧艺术〉指出，当元末民族矛盾和阶级矛盾日趋激烈之时，很多杂剧作家却脱离现实、脱离斗争，闭门写作，选材狭窄，写来写去，不外是文人、隐士、佳人、妓女的平庸生活。"它们大都丧失掉元杂剧原来具有的生活气息和斗争精神，成为空洞无聊的作品"。刘荫柏亦认为"元杂剧后期作家墨守成规，专门从辞藻、音律上下功夫，模仿因袭旧制，很少创新，遂日趋衰落。但也有不少论者把上述的分析看成是由元后期政治、社会条件及北曲南移而造成的衰落现象，而不是衰落原因。

郭英德最先明确提出元杂剧审美观念的变迁与元杂剧衰落的关系。他认为，从元中期开始，"杂剧创作逐渐萌发和滋长着文彩雕饰的审美观，到元末明初已占主导地位"。表现到杂剧创作中，就出现了"文人情趣逐渐代替了民间本色，文学趣味逐渐压倒了舞台规律的审美倾向。元杂剧审美观念的转变，宣告了元杂剧生命的结束"(〈元杂剧与元代文艺思潮〉)。孟瑶分析前后期杂剧在创作特征上的不同是："早期作家的写作动机是纯感情的直觉，后期作家则多理智的分析，故前者真，后者奇"。

刘荫柏指出："元杂剧的衰落亦与它本身在形式上的不完备有关"。尽管产生了像关汉卿、王实甫、马致远这样的巨人，但在艺术形式上还处于不够成熟、比较幼稚的阶段。四折一楔，一人主唱，“在塑造人物上，在展开更复杂的情节上是有困难的。特别是在塑造除主角外的其他角色时，未免公式化、概念化，甚至往往连主角亦如此”。因此，杂剧为南戏所代，已是不可避免的了(〈元代社会与杂剧兴衰〉)。作者在《北曲在明代衰亡史略考》中还进一步分析了杂剧被南戏替代的内外因素。外因是：传奇和南曲在明初受最高当政者朱元璋重视，并特准其在宫廷内演出。“这种示范性的举动，对传奇和南曲的发展是极为有利的”。为生活和个人出路计，“不但能诱使一些文人去从事传奇创作，也会迫使一些艺人为养家餬口，不得不弃演北曲杂剧而去学唱南曲传奇。”内因是：传奇的形式比杂剧优越，有利于反映曲折复杂的情节，多方面展示人物的内心世界，尤其是打破元杂剧一人主唱的形式，可以使剧中人通过对话、对唱，更进一步流露思想，互相感染或激化矛盾，这是中国戏曲史上一大进步。从元杂剧固有的弱点和南曲的挑战这个角度分析元杂剧衰落原因的论文还有徐扶明〈元代杂剧艺术〉、吕薇芬〈元代后期杂剧衰微及其原因〉、平海南〈论《南西厢》的叙述性〉等。

有的论文则从后期语言、唱腔以及剧曲的散套化等方面来分析后期杂剧衰落原因。徐扶明、张庚分别就此写了专文详加论述。

另外，明代王世贞提出一种说法：“北曲不谐南，而后有南曲”(《曲藻》)。王季思晚年亦持此说。他认为元杂剧的衰微与用北方语言、乐曲演出的杂剧，愈来愈难适应南方的观众之间有一定关系(《大百科全书·戏曲曲艺卷》)。

三、关于元杂剧的分期

最早对元杂剧进行分期的是王国维，自此之后至80年代，基本上有两种框架即三分法和二分法。

三分法：持此观点的以顾学颉、李修生、王星琦为代表，但各家具体分期时间不尽相同。

二分法：建国后出版的一些文学史和戏曲史如游国恩，社科院文学所的《中国文学史》，张庚、郭汉城《中国戏曲通史》，蔡美彪等《中国通史》和《中国大百科全书·戏曲曲艺卷》等，皆把元杂剧分为前后两期，但在起点上又各有不同。

四、关于元杂剧结构形式及语言研究

1.结构形式

对杂剧中"折"、"楔子"、"宾白"、"题目正名"，近年来出现一些新的解释。胡仲实认为"折"不是传统所解释"出"或"场"，一折即一出或一场，而有两种含义："写在套前的折，是指套数而言；写在套中之折，是指表演而言。一个角色唱完一套也叫一折。而且在一般情况下，它是专指音乐套数而言的。"至于"楔子"，作者也不同意过去传统解释的"杂剧中的开场与过场"，认为它同折一样，既是从音乐也是从角色来考虑的。"它之所以不叫折而叫楔子，也是指音乐而言。因而用作楔子的曲牌，其本身就叫做'楔儿'"，"折与楔子的根本区别，是折为长套，而楔子则'止一二小令'"(〈论元人杂剧中折、楔子与曲儿〉)。李昌集〈情节结构与戏剧高潮〉则以元杂剧中的戏剧高潮为解剖基点，探讨元杂剧的结构方式，藉以说明中、西戏剧的不同。作者认为元杂剧是以意境为纲领,以情感结节为基点,组成全剧的网络。它把故事分解成情节、动作。联系较为松散的若干阶段,并将阶段性的终止动作、情节适当延长和静止化,造成散点式"情感停留",最终以情感总结节构成高潮,使全剧的场景、剧中人物情感、作者的(以及由他唤起的观众的)情感交融成感人的总体意境。这与西方戏剧以情节、动作为其结构基点不同。

2.关于元曲语言研究

张永绵〈元曲语言研究述论〉对"五四"以来元曲语言研究的状况作了述评。文章指出,近年来元曲语言研究有不同于以往的几个特点:一是范围广泛,涉及各个方面;二是方法问题作些探讨;三是由于各种方法综合运用,对词义分析和语源考索比以前有一定进展。对今后的研究方向,作者提出四点看法:对已有的研究成果应作认真清理;展开研究方法的探讨;加强语源的研究;需要语言学家、戏曲家、历史学家和其他各方面人员的配合。在专论上,韩登庸〈方言俗语成为元杂剧戏剧语言之原因初探〉,王季思〈评徐嘉瑞《金戏曲方言考》〉,白化文、赵匡华〈也谈关于元代剧曲词语的研究〉,顾学颉〈元剧(曲)辞语诠释举例〉,赵金铭〈元人杂剧中的象声词〉、沈孟璎〈元杂剧的语气词〉,王瑛〈诗词曲语词释义续补〉、〈元明剧曲语释〉,韩登庸〈元杂剧中的少数民族语词〉等分别就元杂剧的语源、语法、语言和研究方法发表了不同见解。

第二节 关汉卿和《窦娥冤》研究

作为元杂剧最具代表性的作家关汉卿历代都为人瞩目。但研究范围多局限于曲文鉴赏、本事考释、文献整理等。近代的关汉卿研究中，王国维首开风气之先，他借用西方文学理论和研究方法，对“关学”多所发明与贡献。关汉卿研究真正产生历史性变革，还是在新中国成立之后。出版、发表了大量的论文专著及关剧选校集注等研究成果。建国50余年的关汉卿研究以“文革”为界分为两个阶段；第一阶段是从1949—1966年，以孙楷第〈关汉卿行年考〉、王季思〈关汉卿和他的杂剧〉、赵万里〈关汉卿史料新得〉、蔡美彪〈关于关汉卿生平〉以及吴晓铃〈关汉卿戏曲集〉等论著为代表，关汉卿研究已具有相当水平，趋于科学和成熟。但此时的研究受当时政治风气影响，难免有生硬偏颇之处。“文革”后以1978年十一届三中全会为标志，关汉卿研究进入第二阶段。尤其是80年代、90年代，关汉卿研究产生飞跃，关于关汉卿的名号、籍里、生卒；思想与审美观念；剧曲与散曲同异；关汉卿与莎士比亚；与白朴、马致远；关剧与南戏的比较研究；关剧的人物形象典型意义及美学特征；以及关剧的俗语、地方特色等都有专文，并间有论争。一些基础性研究有长足进展：王学奇等人的《关汉卿全集校注》出版，这是首次搜罗毕备的全集本，校勘、注释尤见功力。王钢《关汉卿研究资料汇考》(中国戏剧出版社，1988)分“史料”、“著述”二编，对关氏行实、后人评论、版本加以校笺考证。李汉秋《关汉卿研究资料》(上海古籍出版社，1988)除勾勒关氏行状生平、思想情趣、创作地位、影响评论外，还对现存的18种杂剧版本著录、故事源流、评论和影响逐一加以介绍。另外，雒万均的《关汉卿研究资料索引》也为“关学”研究作好了铺路之砖。下面就近20年的研究状况述论如下。

一、关于关汉卿名号、籍里和生平的研究

1. 关于关汉卿的名号

《录鬼簿》云“关汉卿，号已斋叟”。王国维认为记载不详，“关汉卿，不知其为名或字也”。1957 年，赵万里发现《永乐大典》中元人熊自得《析津志·名宦传》记“关一斋，字汉卿”，遂断“汉卿”为字而非名，并认为当时元曲家多以字行。至于名究竟是“一斋”还是“已斋”，赵则认为两者有一误，或两个都是名字(〈关汉卿史料新得〉)。蔡美彪则认为“一斋”就是“已斋”。因“一”可能是“乙”，由“乙”讹为“已”(《关汉卿生平续记》)。谭正璧则从音韵上证明“一”、“已”在元代同音，仅声调不同(《元代戏剧家关汉卿》)。杨晦认为“已斋”、“一斋”是号，绝不是名，这在《录鬼簿》是写得很明白的(〈论关汉卿〉)。黄天骥将冯沅君 30 年代提出的观点进一步具体化。他在《关汉卿和关一斋》中认为《析津志·名宦传》中以汉卿为字的关一斋，绝不是《录鬼簿》中的关汉卿。关一斋其人“生于 1180 年左右，即金世宗大定年间，死在元初。写过《伊尹扶汤》杂剧，曾是金代名宦。金亡后，和史秉直一样投降了元蒙”。而《录鬼簿》所录的关汉卿，“生于 1226 年左右，死于 1300 年左右，主要活动于元代，没有做过官，一生写过许多杂剧”。这两个关汉卿都在元初，一为名，一为字，后人误把二人合而为一(《暖花集》，花城出版社，1983)。一些论著在处理此问题时往往折中两说，采取较慎重的态度。如中国社科院《中国文学史》和《中国大百科全书·戏曲曲艺卷》都作：“关汉卿，名不详，号已斋，一作一斋。”

2.关于关汉卿的籍贯

《录鬼簿》记为大都人，自明清以至王国维而下，历代学者信而不疑。随着新材料的发现，诸说新出，主要有解州人、燕人、祁州人三种说法。

(1)解州人。此说的主要依据是清邵远平《元史类编·文翰》："关汉卿，解州(今山西运城县)人，工乐府，著乐府六十种。"乾隆《解州志·人物》，光绪《山西通志·文学》也有类似记载。顾学颉〈元明杂剧〉、王雪樵〈为"关汉卿祖籍河东说"援一例〉和〈关汉卿剧作题材地域性浅析〉分别从关剧语言与题材上分析，证明关为解州人。刘荫柏〈关汉卿生平作品推考〉(《山西师大学报》1992.3)认为安国县武仁村地处偏僻，无以产生演剧中心，但关氏一度因金元战乱挂籍于祁州武仁村极有可能。

(2)燕人。最早出自《析津志·名宦传》："关一斋，字汉卿，燕人。"赵万里认为《析津志》是最古的北京志书，纂修者又是元人，其记载必有所据，应该是可信的。么书仪〈关于《析津志》和关一斋小传的作者〉也同意此说，认为"不应再对关汉卿为燕(北京)人发生怀疑"。

(3)祁州人。最早见于乾隆二十年《祁州志》"关汉卿故里"条。30年代以来，魏复乾、冯沅君、吴晓铃等就根据《安国县志》、《祁州志》记载，确认关隶籍于河北省安国县伍仁村。杨国瑞《关汉卿是安国县伍仁村人》认为此论可"确信无疑"。张月中还具体谈到伍仁村旁的"关家园"等遗址遗风(〈关汉卿丛考〉)。王强〈关汉卿籍贯考〉首次将祁州的医药传统与《录鬼簿》关汉卿为太医院户的记载联系起来，确定关为伍仁村人。

也有一批学者力图调和上述诸说。冯沅君、杨国瑞、刘大杰、张月中诸人认为"大都说"、"祁州说"和"解州说"并无矛盾，可合二为一，因为元大都可泛指整个中书省，祁州在今河北，去大都极近，统属于广义的大都。山西也属中书省，"只是地理范围的大小不同而已"。游国恩等人的《中国文学史》则认为关"可能原籍在祁州，因为在太医院任官和从事戏剧活动，才长期定居大都的"。常林炎则认为关是伍仁村人，但祖籍解州，重要活动在大都，最后又回到伍仁村故里(〈关汉卿故里考察记〉)王强则认为关是解州向祁州移民的结果。他考定祁州有 197 个自然村，明代由山西移民建村为 93 个，据此逐推元代亦应有山西移民东下关的先人可能随之而来。

3.关于关汉卿的生卒年

争议甚多，主要有以下三种论点：

(1)认为关是金之遗民，生于 1200—1210 年左右，卒于 1280—1300 年左右。郑振铎《插图本中国文学史》、赵万里《关汉卿史料新得》、顾学颉《元明杂剧》、张庚《中国戏曲通史》、游国恩《中国文学史》皆持此说。近年来，赵兴勤《略论关汉卿的生卒年代》又根据杨维桢称关为"大金优谏"，把其生年又上推到 1195—1200 年之间，卒年为 1277—1285 年之间。王学奇〈关汉卿生卒年的再认识〉(《河北师范学院学报》1992.4)则认为关生年当在 1220—1230 年间，卒年当在 1297—1303 年间。享年均为 80 多岁。

(2)认为关生于金末，虽由金入元，但不能算"金之遗民"，也不是"大金优谏"。最早提出此说是胡适。他根据关的《大德歌》十首，断定"关汉卿的死年，至早不得在 1300 年以前，故他的生年约在1230年,至早不得过1200年,金亡时他至多不过十三四岁的小孩子而已”(〈关汉卿不是金遗民〉)。王季思〈关汉卿和他的杂剧〉认为“生年大约在公元1227年以后,卒年在1297年以后”。理由是关作《诈妮子》中引有胡紫山《阳春曲》曲句,故关生年不应早于胡紫山的生年1227年。《中国大百科全书》亦认为关“大约生于金末或元太宗时(1230年前后)”,死于元成宗大德年间(1297—1307),依据仍是大德初年撰的《双调大德歌》十首。

(3)认为关汉卿生于金亡之后,与金无涉。最早提出此说的是冯沅君,孙楷第《关汉卿行年考》认为“其生年当在蒙古乃马真后称制元年与海迷失后称制三年之间(1241—1250),其卒年当在延祐七年以后,泰定元年以前(1320—1324)。孙说出后,影响很大,赵景深〈关汉卿和他的杂剧〉,傅惜华《元代杂剧全目》、谭正壁〈元代戏剧家关汉卿〉、罗忼烈〈论关汉卿的年代问题〉都承此说。

4.关于关汉卿的生平

争论较多的是其是否做过“太医院尹”问题,有的深信不疑,有的则对他到底是金还是元的太医院尹表示困惑(王国维《宋元戏曲史》)。周贻白、赵兴勤和徐子方则断为金太医院尹(分别见《关汉卿论》、〈略谈关汉卿的年代〉和〈关汉卿身份考述——兼评“院户”说种种〉《南京师范大学学报》1997.2),孙楷第则认为是元太医院尹。蔡美彪等人则指出金元两史的《百官志》都没有“太医院尹”职名。蔡并比较了《录鬼簿》各种版本,指出“太医院尹”乃“太医院户”之误。元代户籍中的医户属太医院管领,但这些医户并不都是真正医生。有人为逃避差役,通过各种途径冒入医户。另外,元初父兄行医的,其兄弟子侄虽已不执此业而分居,户籍也仍由太医院管领。关即为这样的医户。近年来学术界多取蔡说。如张庚《中国戏曲通史》和赵景深皆采此说。但谭正壁认为仍不能定论，因为如果关未做过太医院尹或其他官，《析津志》就不会把他列入“名宦传”。黄克也认为此说牵强，因《录鬼簿》中标示户籍者，此为仅见，历代人物传记中亦少有载户籍者。社科院文学史认为“尹”、“户”二字是“形近而讹”，但宁肯相信关做过“太医院尹”。游国恩文学史更指出“有的《录鬼簿》作‘太医院户’那是误刻”。而近年出版的袁行霈文学史则采“太医院户”说。

二、关于关汉卿思想及文学地位的研究

对关汉卿思想和人品的评价，“文革”之前停留在对元统治者和人民的态度这个社会学的评价上。如郭沫若说关汉卿“是拿着艺术武器向封建社会猛攻的杰出战士”(《关汉卿研究》)。近年来，这方面的研究也在继续，如张庚、郭汉城《中国戏曲通史》认为关汉卿是以“杂剧艺术作武器，向以元代统治阶级为首的整个黑暗势力宣战”。《中国大百科全书》强调关剧“不以写出当时广大人民所受的苦难为满足，同时还要表现他们身上固有的反抗精神”。但更多的文章开始注意思想深层研究的和多侧面的拓展，如关的文化品格、审美理想、人道主义精神、思想结构的多层面和二重性以及戏剧观念等。下面择要加以述评。

杨栋认为关汉卿的思想结构有三个层面：古典民主主义、近代人本主义和庸人观念。我们必须对关汉卿内在精神机制从整体上予以重新把握和探讨(〈论关汉卿思想结构的三个层面〉)。么书仪〈关汉卿思想和创作的二重性〉也指出了关对封建传统观念的信

守和一定程度的突破这种思想上的二重性。这种思想上的二重性，使他在创作中呈现两组不同的画面：一组是展示下层百姓的朴素生活和他们的健康情感，洋溢着抗争和乐观基调；另一组则着重揭示封建儒生的人生理想和社会理想，表现那个艰难时代的忧郁和痛苦。一方面对“贞”、“孝”、“天人感应”等加以肯定，另一方面又对传统的士大夫生活观念和道德准则超越。作者认为对这两方面“不能以习惯上划分的‘精华’与‘糟粕’的机械方法来解决。我们只能把它们看成构成创作整体的不同侧面来对待”。作者并指出，这两个方面也是“互相渗透、互相影响、互为因果，并统一在一个整体中的。他的全部作品表明：他虽然对下层市民的思想生活有相当深入的了解和深刻的表现，但他又终究没有忘怀传统的知识分子的人生道路和追求；而传统的儒生观念，又常常不可避免地带进他对下层生活的表现之中”。

王季思在给常林炎的信中，肯定了常认为关氏“一生怀着人道主义精神，以戏曲为精神武器，为人民代言，向人道淹灭、兽道横行的世界挑战，成为我国古代剧坛上一面不倒的旗帜”的提法(〈关于关汉聊的人道主义思想及里籍问题的通信〉)。常林炎在〈人道的控诉　时代的图画〉一文中还认为：人为万物之灵，天地间人为贵的人道主义主张是贯穿关氏剧作的主要特征。张燕瑾亦认为：“关汉卿的作品是全新的文学。它的新，表现在作家对描写对象的观照，已由过去的侧重表现事件、生活等社会表象，转而写人——人的精神、心理、感情、愿望。他也写社会，是通过社会问题表现人，揭示人的本性。他不仅反映了人是怎样生活的，而且人应当怎样生活”。作者举《拜月亭》、《救风尘》和《单刀会》等妇女题材和历史剧为例，来阐述关对人性的尊重，弘扬人的自主意识等人文主义理想(〈论关汉卿的贡献〉)。

贡淑芬、郑雷〈处在文化交点上的关汉卿〉，毕明星〈选择与自由——关汉卿的文化品格与传统文化〉，周月亮〈认同、幻想、表达——关汉卿的悲剧〉，周国雄〈关汉卿的创新人格〉(《华南师范大学学报》1995.4)则是探讨关的文化品格。贡淑芬认为，在文化内容上，关以传统为基础，创造性引进并发展了市民文化；在文化风格上，他立足北方又吸收南方营养，实现了南北文化的融合。作者指出：传统文化与市民文化，传统文化内部南北两个系统的交互碰撞是关氏剧作中既有伟大又有低等作品的原因。毕明星认为从关氏作品中能看出他的三种文化品格：①动人的生命力量之歌，如《窦娥冤》、《单刀会》；②遵循传统，演义封建道德，如《陈母教子》；③消遣戏谑的玩世态度，如《谢天香》。这些都与文化传统有着或顺或反、或显或隐的联系。周月亮的文章首先把作家的创作分为"表述"和"表达"两类，表述只是一种以认同为前提的复述对象活动，表达则向人类提供新的情感形式。道德意识使他陷入庸凡的表述，美学力量使他实现了显示人性深度与尊严的表达。作者认为，关汉卿的独特贡献就在于他用关羽雄伟的英雄主义气势，赵盼儿的清醒悲凉和智慧风貌，窦娥的绝望抗争表达出一种呼唤"力量、清醒、否定"的行动哲学。这个表述与表达的矛盾，是悲剧性的，也构成了关氏的悲剧。周国雄从作家主体人格着眼，认为关汉卿的人格是一种建立在与封建社会底层人同呼吸共命运的基础上，以强烈的艺术追求为核心，以坚忍不拔的"不服老"精神为动力的勇于反叛、勇于开拓的创新人格。指出这种创新人格具有永恒的价值，对后世极富启迪意义，并且也是关汉卿“不可企及高峰”的重要原因。

关于关汉卿的文学地位，几乎所有的论文对关氏在中国文学史、戏曲史，及至世界文学史、戏曲史上的价值与贡献都给予了最崇高的肯定，未见异议。“关学”也日渐成为“显学”。徐子方〈关汉卿在世界戏剧和文学史上的地位〉(《河北学刊》1990.3)对此作了详尽阐述。他认为关汉卿开创了悲喜交织并创作出新型的悲剧、喜剧和悲喜剧形式，标志着世界戏剧一个时代的里程碑。他的编剧艺术也足以与古希腊、古印度的戏剧大师及莎士比亚比肩，且比莎氏早了一个世纪。因此，关汉卿是集埃斯库罗斯、阿里斯托芬、迦梨陀娑、莎士比亚和狄德罗、博马舍等人成就于一身的戏剧艺术大师，无一能之相比，在世界戏剧和文学史上独一无二。

三、关于关汉卿杂剧的整体研究

在对关剧的整体研究上，如同其思想研究一样出现了深层、多角度的趋势，而且两者往往是割裂不开的。

1.从社会学角度研究

如《中国大百科全书》认为关的杂剧深刻地再现了元代社会现实，充满了浓郁的时代气息。反映的生活面比较广阔，许多情节体现了元代那个特殊的时代、政治、社会特征。《中国戏曲通史》认为关氏“无论悲剧和喜剧，都对元代社会有深刻的剖析和批判”，“历史剧也与时代的脉搏紧密相连，借历史故事和历史人物，为现实斗争服务”。温陵在《关汉卿》中还强调关剧具有“反对民族压迫的精神”。

2. 从人文历史角度研究

这一角度为近年来研究者所热切。李汉秋《前顾后盼论关剧》试图“把关剧摆在史的流变过程中来认识”,“摆在当时的社会文化背景中来观察”。他把关剧分为公案、风情、历史传奇三类。认为关的公案戏带有一腔悲愤,揭露权贵暴行和官府滥杀无辜,导致观众对肇祸权贵的愤恨和对保护特权的法律的不满,从而使道德的领域跨到政治的领域,收到社会批判的政治效果。而这类题材到了明清文人手中,又明显文人化、雅化、驯化、伦理说教化。关汉卿的风情戏以妓女为中心人物,在赵盼儿身上集中体现了被侮辱被损害者惊人的智慧和力量,反映了被压迫妇女掌握自己命运的能力和要求,闪耀着初步民主主义思想光芒。到明清则成了才子佳人戏俗套。他的历史剧继承了瓦舍书会传统,又反映出创作个性和时代精神。像《单刀会》,在正统思想的外壳里包藏着浓厚的民族感情,反映了在蒙元统治下的汉族人民要求维护祖先基业的民族要求。常林炎从人道主义角度把关剧分为悲剧、喜剧、英雄颂剧三类。认为其悲剧反映着被欺凌者不甘于欺凌的冲突,有着强烈的复仇精神,关站在被欺凌一边,作“人道的控诉,正义的呐喊”。其喜剧表现出人道主义与英雄主义相结合的独特风格,“人道主义思想光触人物的心灵,为形象增溢了人性美”。其颂剧的代表作是《单刀会》,也是一部政治剧。“但他对生活中的政治评价、道德评价,经过审美中介,自由地转化为美的艺术形象,已经超越了事件的表层,而获致一种诗的情致与深厚思索的意蕴”(〈人道的控诉 时代的图画〉)。

阚真在〈论关汉卿的两个贡献〉(《广西师范大学学报》1994.4)

认为，关汉卿站在人生意识的高度，揭示了刚毅坚强、不屈不挠是人生旅途中必要之精神，鼓励人们在抗争中不断改变自己的命运，强调人定胜天、变革现实的意识和观念。由此他的作品颂扬了人类的美好情感和崇高美德。陈多则袭用朱权"琼筵醉客"一语，形象地说明关的方向选择和独具特色：他既以其可为琼筵上宾的雄才在"转型期"中为元杂剧艺术的提高作出了巨大贡献；又保留着犹如"醉客"的勾栏平民作家本色，选择了反雅趋俗，甘为优倡平民作"村俗戏本"（〈"琼筵醉客"别解〉，《戏剧》1993.3）。杨有山亦认为关汉卿创作平民化使他成为文学由"雅"变"俗"变革中的一面旗帜（〈俗文学的一面旗帜〉，《信阳师范学院学报》1996.4）。

3.分类研究

更多的论文是对现存的18出关剧进行分类研究。

（1）妇女题材。吴国钦《中国戏曲史话》指出关"擅长写妇女戏，在他现存的十八个杂剧中，以妇女为主人公的戏占了十三个"。黄克认为在关现存的18种杂剧中，"旦本"有12种，几乎涉及各个社会阶层，组成了行色兼备的完整妇女形象画廊。作者认为关氏在妇女题材上新的开拓是把妇女婚姻问题的不自主和权豪势要的迫害、卖淫制度的摧残有机地联系起来，具有时代特点。另外，关氏对社会弊病的深刻认识，又决定了他所创造的妇女形象拥有前所未有的思想深度和战斗意义。她们既是被压迫者，又是反抗者。通过她们的反抗，使观众产生对现行制度的怀疑，不再认为它是神圣不可侵犯的，这本身就闪烁了关氏创作理想的夺目光辉（〈关汉卿杂剧中的妇女形象〉）。黄克在〈关汉卿戏剧人物论〉中还进一步探讨了关氏杂剧多为"旦本"的原因。他不完全同意一些研究者的说法，认为由于关和女演员接触居多，或是“妓院中的老门槛”。他认为关氏在这些作品中并不是简单地以女性为主角，而是透过女主人公遭遇的各个方面，把妇女问题作为社会问题鲜明地提了出来，从中体现自己的鲜明立场和强烈倾向，则是他创作那么多“旦本”戏的内在依据。陈其相〈论关汉卿情爱观〉(《长沙水电师院社科学报》1993.2)则指出关汉卿不仅是写爱情戏的高手，而且通过他的剧作鲜明表达了他的超尘拔俗，颇带理想色彩的情爱观。观点新颖。

(2)喜剧。对关氏喜剧研究向来较薄弱。李汉秋《关汉卿喜剧探胜》是篇力作。文章认为关氏以妇女婚姻问题为中心的风情戏，有《救风尘》、《望江亭》、《拜月亭》等。关是我国历史上第一位喜剧大师，他很善于以误会等偶然性因素为中介，建构虚拟性喜剧冲突，如《金线池》、《谢天香》；善于通过变形建构喜剧冲突，如《望江亭》；还创造出喜趣盎然的喜剧性格，如《拜月亭》第三折“拜月”，王和蒋两种喜剧性格碰撞，构成喜剧冲突。文章不同意那种认为只有被否定的丑才是喜剧对象的看法，认为美也是喜剧对象。作者认为歌颂性的机智喜剧《救风尘》、《望江亭》代表着关氏喜剧的最高水平，表现了明显的市民文学特征，并与和关氏同期的西欧市民文学有许多相似之处。王季思在和常林炎的通信中，赞同常对关剧“喜剧后面往往是悲剧”，这“隐含着深刻的悲剧性”(〈关于关汉卿的人道主义及里籍问题的通信〉)。孙玫认为和西方古典喜剧相比，关汉卿的喜剧有许多独特之处。最为突出的是，他的喜剧基本上以正面形象为中心人物，以赞美、歌颂正面人物为主，鞭挞丑类为辅。关氏刻画正面人物首先用强烈夸张手法，突出正面人物，掀起跌宕起伏、妙趣横生的喜剧波澜。这样,人物在相互之间的矛盾冲突中,以各自的行动,展现了自己的性格。关还善于以工笔细腻描绘情节和场面的渲染,揭示人物的心理活动。另外,活用科诨,通过不同性格人物的互相碰撞以及"戏剧嘲弄"等手法来造成喜剧效果(〈试论关汉卿喜剧中的人物塑造〉)。

(3)悲剧。卢水石〈关汉卿《窦娥冤》与中国悲剧〉认为《窦娥冤》是最能代表中国民族特色的悲剧。王永宽认为:关氏悲剧对结局的处理反映了我国古代艺术的一种传统手法,即悲中有喜、悲喜交错的特色。而且悲剧意识也渗透在他的社会风情剧、历史故事剧和英雄传奇剧等作品中(〈关汉卿的悲剧意识〉)。张燕瑾认为在关氏的笔下,"不论是英雄的悲剧,还是懦弱者们的悲剧,都可以让人们体味到剧作家对时代、对人生的深沉思索和忧虑熔冶而成的悲时悯人的悲剧情愫",又给人以渴望生存、热爱生活的生命力量,要人们去征服命运(〈关汉卿的悲剧意识〉)。刘凯军〈伦理精神与忧患意识——论关汉卿的悲剧〉在关氏悲剧主人公是谁的问题上提出新说。他认为不是弱女寡母,而是伦理精神。伦理精神在窦娥身上已超越了"品德"和"性格"的范畴而成为她的主体。"如果说蔡婆对金钱的贪婪象征着'财',张驴儿对色欲的追求象征着'色',那么它们便和象征着'理'的窦娥一道揭示出《窦》剧的深层意蕴:人类的罪恶欲望对伦理的侵蚀和摧残"。关氏向人间宣布:伦理正蒙受着苦难。

4.比较研究

张燕瑾〈元剧三家风格论〉,张雪、张永满〈浅论莎士比亚与关汉卿剧作的异同〉,陈绍华〈关汉卿杂剧与金院本、南戏的关联〉,张安国〈试论莎士比亚与关汉卿的戏剧创作〉皆从比较的角度来分析关剧的特色和成就。张燕瑾认为关汉卿与王实甫、马致远这两位元曲大家,有不同的风格差异。在遵循"代言体"这种戏曲规律上他和马不同,关剧中看不到丝毫作者的影子,马致远在剧中则带有明显的剧作家个人色彩。他和王实甫在人物刻画、矛盾组织、情节安排等方面又有明显的不同:王的特点是委婉细腻,关则深沉厚重;王注重情节起伏曲折、注重机趣,而不注重戏剧冲突尖锐激烈,关则相反;王运用铺垫蓄势,意在情节,关则意在人物。张雪则认为莎士比亚和关汉卿一样,都极善于写妇女。在莎翁笔下,有赵盼儿似的鲍西亚(《威尼斯商人》),有窦娥似的考狄利亚(《李耳王》)。两人在写法上也有许多共同之处,如都是刻画性格的好手,都有明晰的主线,都把鬼魂搬上舞台。其不同则在于描写与歌颂的对象不同:关氏主要歌颂社会底层人物,莎翁则描写上层社会绅士和宫廷事件。陈绍华则认为,在"剧目"、"表演"和"语言"上,关剧都能找到金院本的痕迹。与南戏的关联则是:(1)题材上有相互借用和移植;(2)内容上有相互影响;(3)体制上的关联,主要表现在相互混用上。

四、关于《窦娥冤》的研究

《窦》剧是关汉卿的代表作,一向为论者所重,但对窦剧的主题、窦娥形象及第四折鬼魂的出现,历来有分歧意见。

1.《窦》剧主题

论者多从对黑暗势力揭露和对窦娥反抗精神歌颂这两方面进行总结。20 世纪 60 年代冯沅君撰文表示"不赞成有褒无贬、一边倒的论点”。她在〈怎样看待《窦娥冤》及其改编本〉中认为该剧主题是谴责当时“官吏们无心正法，教百姓有口难言”，同时又歌颂敢于反抗种种恶势力的人物。1979年，张德鸿撰文同意冯说，认为原作只涉及官吏枉法，衙门冤屈好人。关汉卿并不认为整个吏治都纯乎黑暗，因为还有“圣主”好官（〈谈对《窦娥冤》的评价问题〉）。齐森华在与张德鸿商榷的文章中指出张文对关剧否定过多，对古代作家要求也过苛。他认为，《窦》剧并非只涉及官吏枉法、衙门冤屈好人，剧作实际所展示的社会生活要远比这个丰富复杂得多。封建官吏贪赃枉法，流氓恶霸横行不法，高利贷剥削泛滥成灾，三者互相交织，浑成一体。关汉卿真实地写出了这种种罪恶活动，正是对腐败黑暗的封建社会无情批判（〈关于《窦娥冤》评价问题〉）。李汉秋也指出：《窦娥冤》的立意不限于揭露个别官吏的枉法。作家有意通过窦娥的一生，比较广阔地反映了元代社会的现实。而“官吏们无心正法，使百姓有口难言”，只是种种社会问题中一个关键问题，如果要统摄这些问题，还不如用“为善的受贫穷更命短，造恶的享富贵又寿延”更有概括力（〈《窦娥冤》悲剧性初探〉）。

2.窦娥形象

这又涉及两个问题：一是如何看待窦娥的反抗性格？一是如何看待窦娥的善良孝顺？

王季思认为，窦娥的反抗代表了中国人民为了正义事业向当时的黑暗势力进行坚决斗争的英雄人物形象（〈论关汉卿及其作品《窦娥冤》和《救风尘》〉）。宁宗一认为窦娥对天地的控诉，实际上也是对现实的控诉，她对封建社会世界观念中最公正无私的事物——天、地、日、月都彻底加以否定，实质上就是对现实人间最高统治者的否定。这种对黑暗统治的彻底否定，这种觉醒了的意识，具有强大的进攻性的精神武器的力量（〈谈《窦娥冤》的悲剧精神〉）。

陈毓罴则认为王季思对窦娥的评价“显然过分美化了她”。他认为“窦娥的反抗是被现实的压力逼出来的，而且受了种种条件的限制，她头脑里的封建思想也在一定程度上束缚着她”。因而，“她自始至终并未达到自觉地为了正义事业而斗争的高度”（〈关于《窦娥冤》的评价问题〉）。杨栋认为窦娥并不是个勇士，不同意“反抗是窦娥性格的根本特征，也是贯穿该剧的主题”这个学术界的定论。认为“窦娥不是什么反抗封建统治的英雄、勇士，而是一个命苦到不能再苦，而又善良到无可再善良的弱女子，是背着因袭的重担，喘息在封建社会深渊里的千百万中国劳动妇女的典型。苦难和善良是这个性格的底色”（《窦娥非勇士辨》）。张福德亦认为窦娥是封建礼教的牺牲品，窦娥性格具有双重性：“甘受命运的摆布和对命运的抗争”，“尽孝和守节”。作者认为这种复杂性格，是由残酷的阶级统治，封建礼教的束缚和影响，客观情势的发展和窦娥自身性格特点等诸多因素造成的。她“既是封建礼教的接受者、传播者，又是封建礼教的受害者”，这是作者思想矛盾在窦娥形象塑造上的反映（〈窦娥悲剧成因浅探〉）。

对刑场“三愿”，冯沅君认为是剧本的一个缺点，因为“这种带有浪漫色彩的手法，乍看去颇快人意、动人心，细加寻味，便感到其中含有将斗争胜利托于神祇的消极因素”（〈怎样看待《窦娥冤》及其改编本〉）。陈毓罴不同意这种见解，他认为“三愿”是剧中有价值的东西，“托于神祇”只是个外壳，其核心还是强调人们的不满和愤怒。它所起的艺术效果是非常强烈的。齐森华也认为“三愿”是窦娥反抗性格最充分,也最有特色的一种表露(〈关于《窦娥冤》的评价问题〉)。李汉秋认为“窦娥咒骂天地是反抗精神的高度升华的表现,而不是什么对天的希冀”。作者在回溯了“三愿”的历史形成过程后认为:关汉卿是利用这些故事原来所具有的天人感应的神异情节,大大发展了其中含有的反抗精神,把三愿集中在一起,表现了窦娥由怨极恨极而爆发出来的巨大愤怒和强烈抗议。从某种意义上说,窦娥的斗争精神正是冲破封建意识禁锢的结果。她虽没来得及越过宗天神学的疆界,却已在叛逆的道路上走了一段长长的路程。而杨栋则认为剧中这个“感天动地”的超现实情节,是中国“天人感应”这种集体文化意识在审美领域里的反映和表现。剧本的整体悲剧结构所蕴含的社会思想,表明关汉卿绝不是有意识地在批判传统,或是无意识地背弃了传统,而是以传统为观察角度,严峻地注视着现实生活中发生的政治危机。作者认为:天人感应、天人合一的传统天道观在《窦》剧中,既是关批判现实的武器,又是加强悲剧冲突的力度和强度的手段,而绝不可能是为“反抗英雄”涂抹的浪漫色彩(〈窦娥非勇士辨〉)。

关于窦娥的“尽孝”、“守节”,有两种意见:一种持否定态度。如金宁芬认为窦娥的恪尽孝道、崇尚贞节,遵守封建规范和她的反抗斗争构成了她性格矛盾的两方面。剧作者对窦娥的孝行、节操是衷心赞美的,这是作者时代和阶级的局限(〈《窦娥冤》评价中的几个问题〉)。张福德在〈窦娥悲剧成因初探〉中发表了类似的看法。杨栋认为《窦娥冤》不是什么英雄悲剧、性格悲剧、命运悲剧,而是社会悲剧,一个小人物的悲剧。作者通过这个悲剧所要表现的是:一个虔诚地恪守着那个社会一贯标榜的道德规范和法律规范,思想行为从未越过雷池一步的弱女子,一个善良、贞孝且又刚直不阿的苦命寡妇,结果反被那个畸形社会扼杀了,这才是天地奇冤。

持肯定意见则认为窦娥的守节和尽孝,并不完全出于封建礼法,而更多的是出于夫妻恩爱和对孤寡的义务感(张为〈伟大的戏曲家关汉卿〉)。黄克进一步提出,窦娥的贞节观念也有一定积极意义。它不仅是护身的法宝,博取人们同情的正义观念,也是反抗暴力凌辱的武器。广大被压迫妇女用这种可怜的手段自卫也是现实的(〈关汉卿戏剧人物论〉)。华世忠则认为关汉卿写窦娥的贞节观念正是为了表现她不甘凌辱的刚强抗争性格升华为叛逆者(〈《窦娥冤》第四折析疑〉)。李汉秋亦认为不能把窦娥救姑归于封建孝道。她是表现被压迫妇女的善良友爱和舍己救人精神,其具体内容和封建孝道是不同的(〈《窦娥冤》悲剧性初探〉)。张一木也认为窦娥反对"招赘"是基于对张驴儿父子的了解,舍身救婆,是由于婆媳间的亲密感情,她不是"节妇""孝女"的典型(〈窦娥是"节"、"孝"的典型吗〉,《许昌师范专科学校学报》1992.4)。

3.对第四折鬼魂出场的不同看法

金宁芬认为第四场是败笔,应严加批判,因为它引导人民把希望寄托在虚无缥缈的鬼魂神仙身上,实际上起了欺骗人民的作用。程毅中也认为鬼魂伸冤的幻想情节,一定程度上冲淡了悲剧气氛(〈谈关汉卿杂剧的结尾〉)。李汉秋认为第四折写鬼魂,以及渲染与鬼魂身份相适应的"鬼吹灯"等恐怖情节,无疑是封建性的糟粕,绝不能把它当作精华加以颂扬(〈论关汉卿的《窦娥冤》〉)。

黄克则认为：窦娥鬼魂的行为，完全忠于真实的生活逻辑，是触摸可得的人，而不是阴森可怖的鬼，是被压迫者形象，可以通过舞台这个特定环境激励人民斗争。作者是要借窦娥鬼魂来深化作品“衙门自古向南开，就中无个不冤哉”的批判主题（〈关汉卿戏剧人物论〉）。孔繁信指出：第四折不是多余的鬼戏尾巴，也不是追求大团圆收场的杂剧程式，它是剧情发展的必然结果。不用这种超自然超现实的力量，就不能治服现实生活中那些害人虐物的强者（〈试论悲剧《窦娥冤》〉）。宁宗一认为冤娥的鬼魂代表着美、善和正义一方，更何况窦娥的鬼魂还表现了她的冤屈之深和斗争性之强。所以在舞台上展现的窦娥的鬼魂乃是一位刚强的女性、复仇的英魂（〈谈《窦娥冤》的悲剧精神〉）。还有的论文从比较角度来肯定其思想和艺术价值。如林风把《窦娥冤》与《哈姆雷特》的结尾作一比较，认为两剧都有鬼魂出现的情节，但《哈姆雷特》剧除加强剧本悲剧气氛外，思想价值不大。而《窦娥冤》剧的这个结局不但大快人心，而且写出了死不甘心的窦娥形象。没有这个“争到头、竞到底”的悲剧形象，即没有誓言的应验，没有她对父亲的斗争，没有对张驴儿的面质，很难突出残酷统治下被压迫者的强烈抗议，就没有了理想光辉（〈写出理想的光辉——试谈《窦娥冤》与《哈姆莱特》的悲剧结尾〉）。翁敏华〈论元代杂剧两“魂旦”兼及其他〉指出“窦娥魂——复仇的女神”。他认为鬼魂报仇是“三项誓愿”的继续和发展。“三项誓愿”只证明了窦娥的冤情和清白，“鬼魂报仇”却行动地把复仇作为实践。从艺术上看，正是这种荒诞的超现实的艺术手段，给予作者极大的自由和便利。这样可以创造一种艺术氛围和舞台奇观，以追求超越生活表象的内在真实。作者认为其作用是：一方面对于人内心深处悲伤的宣泄，另一方面也给人们认识社会、反抗暴力以某种启示和鼓舞。这是目前不多的从情节和艺术手段上来分析第四折成就的文章。

第三节　王实甫和《西厢记》研究

《西厢记》自问世以来就一直受到文学艺术界和广大群众的重视。明清时期就出现过“西厢热”，有关《西厢记》的校注本、评点本、插图本不少于数百种，成为我国古典戏曲中版本最多、流传最广的一部剧本。建国以来，出版、发表《西厢记》的论文、论著近800篇、部。其中大多是近20年的研究成果。现将研究中的主要问题及相关争论述评如下：

一、关于《西厢记》的作者研究

这一直是个有争议的问题。明清以来，大致有四种说法：①王实甫作；②关汉卿作；③关作王续；④王作关续。1960年前后，国内学术界曾就《西厢记》的作者展开过一场争论，争论双方的主要代表是陈中凡和王季思。陈中凡认为是“集体创作”(〈关于《西厢记》杂剧的创作时代及其作者〉)。王季思则认为为王实甫所作，他先后写了〈关于《西厢记》作者问题〉、〈关于《西厢记》作者的进一步探讨〉，作了有力的说明。

1980年张庚、郭汉城《中国戏曲通史》以及蒋星煜的文章又重新引发了关于《西厢记》作者争论，具体来说，有以下几种观点：

(1)王作关续。蒋星煜在列举了大量明刊本的题署和序跋之后，得出结论是“王作关续”（〈从明刊本《西厢记》考证其原作者〉）。陈赓平从对观众心理的分析支持上述结论。蔡运长〈《西厢记》第五本不是王实甫作〉从剧本的艺术风格上得出王作关续的结论。作者认为语言上前四本属文采派，后一本属本色派；在文辞诗化程度上，前者剧曲文辞精美，诗化程度高，后者平淡，诗化程度低；抒情手段上前四本往往是以景借情，后者则是直抒胸臆。蓝凡1983年在《复旦学报》上著文，亦认为第五本非王实甫所作（〈《西厢记》第五本非王实甫作〉）。

（2）关汉卿作。吴金夫〈《西厢记》应为关汉卿所作〉，根据收在《乐府群玉》里题名关汉卿的《中吕·普天乐》崔、张十六事，认为其故事和词句与《西厢记》完全相同，由此证明为关作。知人、发生的〈伍仁村人谈《西厢记》〉通过对可能是关汉卿故里的安国县伍仁村人的访问，发现有些资料和传说可作为关汉卿作《西厢记》的佐证。

（3）关作王修。孔繁信以明王骥德《新校注大本西厢记考》中所载的嘉靖二十年南京名妓刘丽华刊刻《西厢》时所写的题词：“董解元、关汉卿辈，尽反其事为《西厢传奇》，以及诗人张羽于嘉靖丁巳秋刊行《关氏春秋》（即关作《西厢记》）这两则史料为据，证明《西厢记》原本作者是关汉卿。”“关作原本《西厢》问世以后，就有很多人不断地传抄、修改、增补，其中修改《西厢》卓有成效，贡献最大的要数王实甫”（〈杂剧《西厢记》作者新探〉）。

（4）王实甫作。钱南杨认为，一些认为《西厢记》为关作或关作王续之说，皆以18世纪中期后出的志书为据来否定425年前的记载；以不知材料来源的神话式传说，否定元朝杂剧作家记述同时作者的实录，是不足信的（〈《西厢记》作者问题的商榷〉）。王季思在

〈与罗忼烈教授论元曲书——关汉卿的年代和《西厢记》第五本作者问题〉中坚持60年代的看法:《西厢记》五本皆为王实甫所作。周继赓则把元明时代关于《西厢记》作者的几种说法按时间顺序加以考查。认为王作说出现最早,关作或关作王续次之,王作关续说出现最晚,并论证了明清刊本的作者题署是以讹传讹不足为据。作者还从剧本结构、主题、矛盾冲突和人物性格等方面论述了《西厢记》原作"必然要有第五本的存在"(〈论《西厢记》作者及第五本问题〉)。霍松林也认为《西厢记》五本皆为王作,并举出"王作关续"说不能成立的五点理由。作者认为后一本虽不及前四本精彩,但艺术风格基本一致。之所以较差的原因是由于剧本最后部分一般总难于处理。古今中外许多剧作最后一幕常遭指责,不足为奇(《西厢述评》)。

二、关于《西厢记》版本的研究

《西厢记》版本特多,据不完全统计,明清两代刊本就有200余种。已故学者如郑振铎、傅惜华等,对其中某些版本曾进行过有益的探讨,但限于当时的条件,还不可能进行系统的研究。这一工作可以说是从80年代才开始的。最早对《西厢记》版本进行系统著录的是日本东京大学传田章,他于1983年出版了《明刊本〈西厢记〉目录》,详细介绍了66种明刊《西厢记》版本。国内蒋星煜对《西厢记》版本研究亦成绩斐然。他自1982年后出版了《明刊本〈西厢记〉研究》、《中国戏曲史钩沉》和《中国戏曲史探微》三本专著,对现存的明清刊本进行了较为细致深入的探讨,并着重于版本系统和各本间的纵向、横向联系研究。他的《明刊本〈西厢记〉研究》对现存的38种明刊本《西厢记》从全名、版本类别、校订、序跋、插图、刻书年月等方面作了介绍。他认为，北京中国书店1980年在一部元刻《文献通考》的书背发现的四片《西厢记》残叶，“从版本、字体来看，应是成化年间刻本”，“较所有的现存明刻本为早”，而现存最完整的刻本是明弘治年间金台岳刻本。现存标有“元本”字样的是徐士范本，为万历八年刻、该本有相当高的学术价值和版本价值。周续赓〈谈《新编校正西厢记》残叶的价值〉和张人和〈徐士范本《西厢记》并非孤本〉则分别对中国书店发现的《西厢记》残叶和徐士范本进行了研究。另外张人和〈论《西厢记》版本与体制〉和谭帆〈论《西厢记》评点系统〉(《河北师范学院学报》1990.2)也都是从纵的角度对《西厢记》进行版本学的考辨。贺光速的〈论《西厢记》系统的文化内涵〉则从系统论的角度，分析南、北两个系统的西厢故事不同之处及其造成这种不同的文化根源，是篇别开生面的研究文章。

三、关于《西厢记》主题和人物形象的研究

《西厢记》的主题是“反封建”，“愿普天下有情的都成了眷属”，这是建国以来大多数研究者得出的结论。近年来，这个主题在有的论文中还在申述，如苏兴〈王实甫杂剧《西厢记》反封建主题的发展和深化〉，王季思《西厢记·前言》等，但更多的论者把视野投向了另外的角度或更深的层次。如董每戡认为，“很多人都知道它的主题思想是反对封建不合理的婚姻制度，然而还不曾注意到它那特殊的历史内容”。作者指出，老夫人再三赖婚，不是出于一般的“贫富悬殊”，而是由于唐代的门阀制度。“崔、卢、李、郑、王门女，是不入寻常百姓家的，这才是风流艳冶故事的主要矛盾，是《西厢

记》的根本问题”。应把《西厢记》看做一部新兴意识——即“自由观念”和“世族观念”的斗争史(〈西厢记发凡〉)。段启明则认为“愿普天下有情的都成了眷属”这一著名思想并不能构成作品主题，而“只能是作者的理想”，“这种理想，不仅在王实甫时代不能实现，即使在《西厢记》产生以后多少个世纪也还不能实现”。作者认为《西厢记》的结局是王实甫为了实现“有情的终成了眷属”的理想而不得不采取的妥协(《西厢论稿》)。张燕瑾〈西厢记的历史意义〉(《河北学刊》1990.5)和夏虹〈关于《西厢记》爱情主题的探讨〉则分别对上述两文表示不同的看法。张认为“永志无别离，万古常完聚，愿普天下有情的都成了眷属”是“《西厢记》主题思想的点睛之笔”，其思想的深刻性和普遍性，有同时期作品众所不及的深度。夏文认为，“如果说反对门阀制度是主要冲突，那么就离开了作品的爱情主题，冲淡了它反对封建礼教、封建婚姻制度的社会意义和进步作用，减弱了它的现实主义价值”。

近年来，不少论文从分析人物形象入手来探讨《西厢记》的社会意义和思想价值。如傅同治〈论崔莺莺〉，正如〈论莺莺“变卦”的情感依据〉，何书置〈试论红娘形象的塑造和流变〉，林文山〈论红娘〉等。其中秦效成的〈论知识素养在莺莺形象塑造中的作用〉别具一格。过去的论文在提到莺莺的知识素养时总把它与贵族小姐的身份结合起来当作她软弱的“赖简”等的原因。该文作者则认为“深厚的知识素养，是导致其爱情实现的一个重要的主观因素。承认其爱情的进步性和肯定其知识素养的积极意义是一致的”。知识素养一旦为莺莺所有，就和封建家长的培养初衷相反，“成为丰富、改造、武装女儿头脑精神力量，成为女儿主体意识的一个重要内容构成”。

关于莺莺的“闹简”、“赖简”，过去基本上有三种不同解释：一是认为这是当事人剥削阶级劣根性，是虚伪的表现；一是认为是刹那间少女的羞怯掩盖了她真实的感情和愿望；一是认为是莺莺怕红娘走漏风声，说到底还是惧怕老妇人的威严、惧怕封建礼教。近来，有人认为莺莺根本不曾“赖简”。王星琦、陆沈西〈莺莺不曾赖简〉认为崔莺莺写的“待月西厢下”是一首寄托思念之意的普通情诗，仅是为了宽慰张生，并无约会之意，“而张生却情近痴迷，误解了诗意”。蒋星煜〈“疑是玉人来”的玉人何所指〉(《艺术百家》1990.2)则指出：“玉人”应是指崔莺莺，而非张生，是叫张生“待月西厢下”。此说别开生面，发人所未发。

对红娘的形象，林文山的〈论红娘〉提出了一些不同见解。在《西厢记》的开头，红娘峻拒张生历来有两种解释：一种认为红娘有行监坐守任务；一种认为红娘无此任务，是莺莺主观感觉上的误会。林文山认为用此来解释莺莺的“赖简”、“闹简”，“不仅没有达到把莺莺反封建思想提高的目的，反而把莺莺的思想内心中礼教观念的束缚和对自由婚姻向往的两股力量的矛盾简单化”。作者认为这是红娘是为了保护莺莺，“不致给外人冒犯”。对于“拷红”一场，有人认为只有红娘是唯一可正面肯定的人物，因张生卑怯懦弱，终于投降；莺莺故作矜持，缺乏斗争性。作者认为这种看法也有欠公允。“红娘应当只是这三个人组成的斗争集体的一分子，当然是更为活跃的分子。”同时红娘用以斗争的手段仍是封建教义、讲究信义、相国家谱，“因此，把红娘斗争的胜利说成是反对了整个封建礼教，摧毁了建筑在沙滩上的封建礼教等等的辉煌多彩的胜利，也未必符合实情”。

四、关于《西厢记》艺术成就的研究

1. 关于《西厢记》矛盾冲突

段启明认为《西厢记》的戏剧冲突有两条线：一是老夫人（包括郑恒）为一方同莺莺、张生、红娘为一方之间的冲突；二是莺莺、张生、红娘之间的矛盾冲突（《西厢论稿》）。蒋星煜则认为有三条线：一是老夫人与莺莺、红娘、张生之间的矛盾；二是莺莺与红娘之间的矛盾；莺莺本身存在的矛盾。其中第一组矛盾是最基本的，但第二、三组矛盾也是不可少的（〈《西厢记》的矛盾冲突与红娘〉）。宁宗一认为《西厢记》戏剧冲突的特点是：每一本杂剧都有自己的主要冲突，因而造成每本杂剧强烈的戏剧性；而五本杂剧又具有一个完整的贯穿全剧的基本冲突，每本杂剧在主要冲突解决之后，就给予基本冲突以影响，基本冲突不仅没有消失，反面采取逐步激化的形式，一步比一步尖锐，一层比一层强烈。这就构成了《王西厢》全部戏剧性的根基（〈创造性的改编——从《莺莺传》到《西厢记》的情节典型化和主题提炼〉）。吴国钦把《西厢记》处理矛盾冲突的方式称为“主次交叉法”，即“主要戏剧矛盾与次要戏剧矛盾相互交叉，错综复杂地推向前进”，“每一本戏有个小高潮，全剧即由一系列的戏剧动作、冲突、若干小高潮到大高潮来构成，而写来环环相连、丝丝入扣”（〈西厢记艺术谈〉）。

关于全剧高潮何在，历来有不同看法。李渔曾认为“白马解围”是《西厢记》之主脑（《闲情偶寄》）。近年来，董每戡认为“寺警”固是全剧主脑，“赖婚”则是极大关键。“琴心”又是这单元几折戏的端绪,“前候”、“闹简”、“赖简”皆由它而产生。至于高潮,则应是“拷艳”(〈五大名剧论〉)。段启明则认为有两个高潮:“赖婚”是逻辑高潮,拷红是情感高潮(论《西厢记的高潮、悬念及动作》)。吴国钦则不同意用“逻辑高潮”来分析,因为中国戏曲不同于西方“推理戏剧”,而是“抒情性特别强的戏剧艺术”。他认为全剧出现五次小高潮:第一本高潮为“闹简”,第二本为“赖婚”,第三本为“赖简”,第四本为“哭宴”,第五本为“团圆”,也是全剧的高潮所在(《西厢记艺术谈》)。

2.《西厢记》的戏剧样式

大多数论者认为《西厢记》是出喜剧。王季思把它收入《中国十大古典喜剧集》,称之为“一部以爱情故事为题材具有浓郁喜剧色彩的作品”(〈后记〉)。吴国钦在〈西厢记艺术谈〉中从五个方面证明《西厢记》是喜剧。颜长珂〈西厢记的喜剧角色〉、王星琦〈元人杂剧的喜剧风格〉亦都认为该剧是喜剧。

也有不少论者认为《西厢记》之所以成为喜剧,是因为有了第五本。如无此大团圆结局,只前四本则应是悲剧。蒋星煜对此发表了不同看法。他认为“区分一个剧是喜剧或悲剧关键不在结尾”,“主要的更应该从整个剧本情节发展看,从主要人物的思想感情演变看,〈佛殿奇逢〉的邂逅,〈妆台窥简〉的微妙,〈乘夜逾墙〉的尴尬等,无一不是喜剧场面。张生之酸,红娘之俏,莺莺之矫情,老夫人之奸猾仍陷于被动,无一不是喜剧人物”。作者的结论是:“《西厢记》毫无疑问是喜剧,剧本如何结束不影响全剧风格”(〈“西学”在摇篮里叫嚷〉)。他在另一篇文章中再次阐发了他的观点,认为《西厢记》不能说是一部典型的喜剧,但前四折确有较好的喜剧效果，只是〈长亭送别〉把这些喜剧效果冲淡了（〈《西厢记》的喜剧效果〉，《戏剧艺术》1993.1）。

3.《西厢记》的艺术特色

过去专论《西厢记》艺术特色的论文很少，近年来出现了大批这样的论文，并出现了吴国钦《西厢记艺术谈》这样的专著。该书以随笔形式从故事源流、人物塑造、戏剧冲突、结构布局、艺术风格、语言特色等方面进行细致研究，又与关、白、马、郑等元曲大家的杂剧，以及从《莺莺传》到《红楼梦》等加以纵横比较。单篇论文如萧善因〈论《西厢记》的艺术特色〉认为该剧最重要的特色是"善于婉曲细腻地表现人物的心理变化，并以此来表现人物性格成长的历史"。祝肇年认为《西厢记》的艺术特征有四：诗情画意的美感特征；情景交融的表现手法；妙趣横生的结构和词新语俊的语言（〈西厢记讲授提纲〉）。段启明认为《西厢记》有三个能引人入胜的悬念："赖婚"、"酬简"、"哭宴"，另外"西厢记中富有戏剧性的人物动作，往往能够十分生动地表现出人物心理。这正是剧作家王实甫艺术匠心独到之处"（〈论《西厢记》的高潮、悬念及动作〉）。对《西厢记》中的性描写，蒋星煜〈《西厢记》对性禁区的冲激及其世界意义〉（《艺术界》1991年总19期）一文给予了充分肯定，认为这些描写典雅而富有诗意，对后代的观念解放具有极大的冲击和指导作用。

近年来研究《西厢记》的艺术成就还往往采用比较研究的方法。如桑敏健〈《罗密欧与朱丽叶》和《西厢记》的比较〉，王诺〈简析《维洛那二绅士》和《西厢记》里的几段心理描写〉，方非〈惊人的相似　深刻的差异〉，黄垠大〈《西厢记》和《维洛那二绅士》的比较初探〉(《湘潭大学学报》1992.2)等。

五、关于《西厢记》大团圆结局和对金批《西厢》、李渔评《西厢》的评价

这两个问题在进入80年代后观点上都发生了较大变化,之间又有联系,所以放在一起评述。

对《西厢记》第五本张生中状元、崔张大团圆的结局,明清以来不少论者对此持批评态度。金圣叹批改《西厢记》时干脆删去第五本,以张生"惊梦"结束全剧。建国后,亦多持批评态度。如徐朔方认为:在当时社会条件下,崔张爱情结局只能是个悲剧。而剧中大团圆结局,"往往使读者忽视封建制度本身的不合理,而集中注意于才子的能否中状元,这对主题是一个破坏","它不真实"(〈论《西厢记》〉)。王季思也认为杂剧第五本"把一个悲剧的结局改成团圆,是缺少现实依据的,因此在表现上也往往没有力量。《西厢记》杂剧第五本没有前四本精彩,这是一个主要原因"。

近年来,肯定大团圆的论文渐多起来。如吴国钦认为:"第五本是全剧不可分割的一部分,与其他四本组成一个有机的整体。团圆结尾并非勉强撮合,更不是强弩之末,而是合乎逻辑的收煞"(〈西厢记艺术谈〉)。霍松林也认为第五本"仍然是前四本的有机组成部分,写得也不算坏"。至于"大团圆"的结局,作者认为是个弱点,"应指出这个局限性,但不能脱离历史条件,苛求古人突破这种局限性"(〈西厢述评〉)。

对金圣叹批改《西厢记》,建国以来至80年代之前,多持否定态度。

近年来的评价已有明显变化，往往是在指出其不足的同时肯定其功绩。如林文山指出："从金圣叹评改《西厢记》来看，他的文艺评论有精华也有糟粕，有许多值得继承的东西"(〈论金圣叹评批《西厢》〉)。刘闯认为金批《西厢》在"思想上表现出对封建统治的叛逆精神，艺术上揭示了标新立异的独特见解，文学创作和写作方法上别开生面的理论，都已成为我国古典文学、文艺批评以及文艺现实主义理论中一份极宝贵的遗产"。作者认为金圣叹是一位"有眼光有胆识的文艺批评家和文艺鉴赏家"(〈论金圣叹评点《西厢记》的贡献〉)。

张国光和林文山还进一步提出"金西厢优于王西厢"。张国光从人物形象塑造、唱词加工和截去第五本三点为依据，认为金批改的《西厢》成就远远高于王实甫的《西厢记》(〈有比较才有鉴别——《金西厢》优于《王西厢》〉)。林文山认为金对《西厢》的改动虽不符合原著，"但他主要强调的是：写相府千金小姐的恋爱，不能写成小市民的恋爱。这个观点无论在理论上，或是在指导当时的创作上，都是很值得重视的"。他在《论红娘》中还以红娘形象的修改为例，认为金批改的《西厢》优于王西厢。蒋星煜则在考证了金批底本之后对此说提出了异议，认为《金西厢》并不优于《王西厢》(〈《金批西厢》底本之探索——兼评《金西厢》优于《王西厢》〉，《河北学刊》1990.3)。

90年代期间，人们在关注金批《西厢》的同时，也把目光投向了李渔，从而使《西厢》批评史中的另一朵奇葩呈于学界。蒋星煜〈李渔的《西厢记》批评〉(《华东师范大学学报》1990.2)对李渔的《西厢》批评作了全面评价。指出李渔在《闲情偶寄》中，对《西厢记》的批评之多，超过任何古典戏剧作品，而且在质量上、方法上、视角上都具有显著的特点。主要有三个方面：①把《西厢记》和《琵琶记》从剧本结构、人物塑造、历史素材的依据、社会效果的影响等等方面都做了认真细密的比较。可以说，开了古典的比较戏剧论的先河。②把《西厢记》和《南西厢》做了比较，对于一部古典名剧的继承和发扬、包括改编问题提出了一系列尖锐的批评。对戏剧史论的研究者有许多有益的启迪。③列出专章，分析金圣叹的一系列的论点，相当客观中肯，毫无粗暴或盲从之处。是第一位纯粹从戏剧艺术家的身份给予金圣叹以高度评价的《西厢记》研究行家。蒋文认为李渔批《西厢》内容极丰富，超越前人、纠正前人的批评都有例证可寻。他不是就《西厢》论《西厢》，而是把《西厢》放在中国戏剧史的全过程去批评，接触的是整个古典戏曲的天地。因而这份遗产弥足珍贵。

第四节　马致远和《汉宫秋》研究

一、关于马致远生平及思想的研究

关于马致远的籍贯，《录鬼簿》说是“大都人”，基本上一直延续此说，但近年来又添新解。首先是孙楷第于 1981 年在《元曲家考略》中疑“广平马致远”“即曲家马致远”。叶瑾等人在 1984 年写的〈《汉宫秋》是表现失意文人的哀怨之作〉中响应此说。一年后，朱建明根据河北南皮县乌马营马书正提供的线索，发现清光绪十四年刊印的《东光县志》中有萧德宣拟撰的马致远碑文，说是“东光”

人。作者认为此“虽无明以前材料佐证,但也可备一说”(〈马致远生平材料新发现〉)。

关于马致远的思想,有人分成前后两个时期。认为前期对元统治者“野蛮的民族压迫是不满的”,后期“把一点不平之气也消磨干净”(《中国戏曲通史》)。有人则认为前期“认不清现实”,后期则“对那个社会有所认识”,走上“消极反抗道路”(尚达翔〈读马致远剧作〉)。也有人认为,无论前后期“基本上是对元统治者采取消极反抗的不合作态度”(伍郢〈马致远的《汉宫秋》〉) 刘荫柏则认为马的思想比较复杂:他极有才华,有政治理想,但遭遇坎坷、壮志难酬。一生徘徊在人生的歧路上,在仕与隐中苦闷、彷徨、挣扎,心情异常激愤、凄楚,又有较浓的悲观厌恶情绪。他不满元朝贵族的野蛮统治,抨击腐败吏治,痛恨人间种种不平。但当统治者稍给一点好颜色时,他又会产生一些幼稚幻想。在他身上积极的、消极的甚至庸俗的东西,往往交织在一起(〈马致远在戏剧史上的地位及影响〉)。至于马在戏剧史的地位,作者认为他是元曲最有影响的关、王、马三大家之一,而且“在古代文人和知识界中拥有最多读者,并对后世戏剧产生积极和消极不同影响,莫如马致远”。

周承铭则把马致远的思想发展分为三个时期:①为官时期——及时行乐思想的产生和发展;②宦游时期——思想巨大转变”。“终于从富贵行乐中醒来”,过一种“戴野花、携村酒”的田园生活;③隐居时期——旁观世态、机心未泯。既有隐士的旷达情怀,又有斗士的批判精神。马是北方全真教的信徒,他是以人生如梦的老庄虚无思想作精神武器,以及时行乐的消极人生观作抗争哲学(〈论马致远的思想发展〉)。郝浚在考析了其生平之后,指出马经历了读书、求官、从政、归隐四个阶段。他一生由入世、叹世到悟迷、退隐，则是经过了长期顽强挣扎和积极探索，属于激愤的退隐、无奈的隐居。

二、关于《汉宫秋》的研究

1. 关于《汉宫秋》的主题

20世纪50年代，曾出现过“爱情主题说”、“政治主题说”和“双重主题说”等。近年来，主要还是这几种观点的延续和发展。如彭发兴〈元杂剧《汉宫秋》主题质疑〉认为作品的创造性和生命力就在于恰当而深刻地表现了“爱情悲剧”这一主题，而整个剧情亦都是从这一需要而组织发展的。钟林斌则认为该剧“曲折地反映了元代人民群众反抗民族压迫、要求民族和睦的爱国主义情绪”（〈关于《汉宫秋》评价问题〉）。陈俊山也认为剧本真诚地表现了“作家希望两族和好的感情”（〈元代杂剧赏析〉）。《中国戏曲通史》认为剧本主旨在“对宋、金王朝灭亡原因的总结和批判”，“借古喻今，对当代政事进行抨击”。《中国十大古典悲剧·〈汉宫秋〉后记》亦认为是作家企图以此“揭示出民族衰败原因，总结历史的经验教训”，表现“以皇帝为中心的朝廷，正是这场民族灾难的罪魁祸首”。石泽镒则认为“剧本既写出了封建帝王汉元帝的明妃王昭君的爱情悲剧，也包含着有关古代民族关系的一些颇有典型意义的历史内容”（〈马致远的历史剧《汉宫秋》〉）。王季思、萧德明亦认为该剧“一方面通过汉元帝同王昭君这一对爱侣的生离死别，含蓄地揭露了元代统治者残酷的民族压迫。另一方面又歌颂了王昭君为保全民族国家而不惜牺牲个人的幸福和生命。批判宰相朝臣们屈辱投降和毛延寿卖国求荣，表达了人民对被灭亡的民族国家的哀思”(〈从《昭君怨》到《汉宫秋》〉)。

2. 如何看待《汉宫秋》和史实之间关系

翦伯赞认为，历史剧应“在总的历史形势、历史倾向上，应该符合于历史真实”，根据这一标准，作者认为《汉宫秋》“不符合历史真实”应加以否定(〈从西汉的和亲政策说到昭君出塞〉)。但学术界多不同意翦的观点。近年来并把这个问题扩展成如何看待历史剧创作和对历史剧创作规律的探讨。如钟林斌提出不能把“昭君和蕃”的史实作为衡量《汉宫秋》“创作成败的根本标尺”，而要把作品放在作家生活的时代——宋元之交和元代社会来加以分析(〈关于《汉宫秋》的评价问题〉)。周兆新、董润生也认为该剧是借史书和前代有关作品中现成的人物和情节，来“曲折地表现作者生活的那个时代，寄托作者对现实生活的看法”，因此不能说是“歪曲历史”或“反历史主义”(〈《汉宫秋》反映的历史真实〉) 陈俊山则从两个方面说明剧本“符合历史的真实”：一是汉朝和亲政策正说明匈奴的强大及对汉朝的压力，因而剧中番王逼索昭君，“在本质上，并不是剧作家的杜撰”；“二是昭君出塞，绝不是兴高采烈的”，剧中写昭君的爱国牺牲精神，也符合元代的现实(〈元代杂剧赏析〉)。胡金望则认为《汉宫秋》体现了中国古代历史剧的创作特点：①在选材上题材本身具有深刻的思想内涵，并与作者所处时代的“社会生活特别是政治生活有着某种内在的思想联系”；②在与史实的关系上亦根据当时的现实生活，或继承前代对这一题材的研究成果，或不忠于历史事实，另作一番改造；③在典型塑造上一是忠实地再现历史人物生活环境和气氛，显示出人物所处的时代特点和阶级关系的情势；二是按照人物性格的必然逻辑去虚构典型化的细节；三是精心设置主要人物的结局(〈古代历史剧创作特色初探〉)。

3.如何看待元帝与昭君之间的爱情

在五六十年代，大都认为元帝对昭君说不上什么爱情(高熙曾《马致远〈汉宫秋〉杂剧校识·后记》)，即使有也是封建恩赐式的(伍郢〈马致远的《汉宫秋》〉)，或者有其特定的阶级性，其情感也很难被我们所理解(〈试谈《汉宫秋》的主题思想〉)。近年来，则多倾向于肯定两人之间确有爱情，但对其原因和内容的分析各有不同。殷海国认为两人的爱情“确实比较真挚”，昭君投江，即表现了对爱情的忠贞(〈马致远及其《汉宫秋》〉)。石泽镃亦认为剧中的“爱情描写是比较深刻准确”的。他认为作者并没有过分美化元帝对昭君的爱情，而是如实地写出元帝爱昭君的“具体内容及局限性”。主要是爱“技艺和姿色”。作者还指出这场悲剧的实质是：“作为风流皇帝欲保全真挚爱情的愿望与作为昏庸皇帝所造成的‘朝纲尽废、坏了国家’的严酷现实”之间的矛盾(〈马致远的历史剧《汉宫秋》〉)。王林在肯定剧本中帝妃之间的爱情的同时，也指出了它的局限性：这种爱情描写使剧作的思想性受到了一定的限制(〈从王昭君谈古今昭君戏〉)。至于爱情悲剧的造成原因有几种说法：由奸佞毛寿作祟；元帝的昏庸；朝政的腐败；外族的压迫。

三、关于马致远其他杂剧的研究

马致远的其他作品中评价变化较大的是“神仙道化剧”。五六十年代，对马的神仙道化剧基本上是否定的。或认为除《黄梁梦》外全是“坏作品”(赵景深〈关于评价马致远及其作品的一些问题〉)。或认为作者对现实采取了“妥协、逃避,进而对人生采取了完全否定的态度”,总的倾向是不利于人民向压迫者斗争的(顾学颉《元代杂剧》)。近年来,出现了两种倾向:一是既指出其落后面,又指出其进步因素;一是倾向于肯定。如吕薇芬〈马致远的“神仙道化”剧和它产生的历史根源〉既指出这类剧“消极倾向是明显的”,但是仍有“现实意义和积极因素”,《中国大百科全书·戏曲曲艺卷》也指出“神仙道化”剧主张逃避现实、提倡修道登仙,自然是消极荒谬的,但也暴露和谴责了当时不公正的社会现实,也有合理的成分。么书仪则倾向于基本肯定。她在〈元杂剧中的“神仙道化剧”〉一文中指出:马致远的“神仙道化剧”实际上是“社会剧”,因为它削弱了传统的神话志怪故事中的“怪异、妖术成分,而不同程度地融入了反映现实矛盾的社会内容”。瞿钧则把其“深刻的社会内容”归纳为四个方面:对人民疾苦的关心和对元蒙统治者暴虐的深恶痛绝;对故国旧朝的深情怀念;同情人民苦难,关心支持人民斗争,欢呼人民斗争胜利;对卖身投靠元蒙统治者、为虎作伥的知识分子的深刻揭露和有力批判(〈浅论马致远的神仙剧〉)。刘荫柏也认为马的“神仙道化剧”有三个特点:①不是单纯地鼓吹修身养性或宣扬法力神通,而是以贤人隐士为榜样,劝人在乱离之世洁身自好,不出卖人格,其笔下神仙带有一些遗民气质;②在元蒙统治下宣扬“‘山中犹避秦’,这是当时既有正义感又有软弱性的士子力所能及的反抗道路”;③以影射来写实、写心、写愤,有时表现得相当激烈,有一定现实意义(〈仙道虚掩抗世情——试论马致远“神仙道化”剧〉)。段庸生则将马致远的心态与其“神仙道化”剧联系起来进行研究,别具一格(〈马致远心态与神仙道化剧〉,《重庆师范学院学报》,1992.4)。

第五节 白朴和《梧桐雨》研究

一、关于白朴生平和思想的研究

白朴的生平事迹见《金史》、《元史》、《元朝名臣事略》以及他的《天籁集》和王博文为该集写的《序》。关于他的家庭情况还有元好问等为其祖父母、兄弟等写的墓表、墓志铭等。相对来说,比其他元曲家资料要丰富得多。关于其生年,王在序中记为“甫七岁,遭壬辰之难”,推算应为金哀宗正大三年丙戌(1226),这向无异议。至于卒年,则有五种不同的说法:一为1285年,是由姜亮夫〈历来名人年里碑传总表〉中提出的;二为1291年,见叶德钧《戏曲小说从考·白朴年谱》;三为1307年,见唐圭璋《全金元词》;四为1312年以后,由苏明仁〈白朴年谱〉提出;五为1306年以后,近年来颇行此说,如李平、徐济宽〈白朴卒年考辩〉,胡世厚〈白朴卒年考辩〉、〈关于白朴生平的几个问题〉,刘荫柏〈白朴及其剧作论考〉(《河北师院学报》1990.2)皆以《天籁集》中〈水龙吟·丙午秋到维扬途中值雨甚快然〉一词为据,认为“丙午”是指元成宗大德十年(1306),故应卒于1306年以后。

关于白朴的籍贯,则有“真定人”(钟嗣成《录鬼簿》)、“奥州人”(今山西河曲附近,见王季思《元杂剧选注》)、“奥州人,后寓真定”(张庚、郭汉城《中国戏曲通史》)、祖籍奥州,生于开封(胡世厚〈关于白朴生平的几个问题〉)诸说。

关于白朴的思想倾向，仅见胡世厚〈试论白朴拒仕元朝之因〉等少数几篇论文。关于白朴拒绝江淮经略使史天泽等人推荐不愿为官的原因，王文才认为是由于“世变家微，带有厌世心情”，更主要是对“元朝施行严格的民族歧视政策的不满”(《白朴戏曲集校注·前言》)。胡世厚在上文中表示了不同看法。作者举《天籁集》中〈水龙吟·送史总帅镇西川〉等词为证，“可见白朴对元蒙的统治是拥护的，对其为实现统一而进行的战争以及治国的政策是给予肯定和赞扬的，毫无不满与不合作之意，应该说，这是白朴的基本政治态度”。另外，作者还从白朴的交游多为蒙元权豪势要，家世与蒙元新贵关系密切和白父欲仕元，朴弟白恪出仕元朝等来证明白朴对蒙元的民族歧视和民族压迫并无不满。作者认为，白朴拒仕的“原因是复杂的、多方面的，但其主要原因是个人志趣。封建时代地主阶级知识分子，放弃居官的机会，潜心于文学艺术创作，流连放浪不羁生活者，不乏其人。我们无须生发微言、牵强附会，拔高古人”。王志华则在《天籁集》中得出了不同的结论。他认为在白朴词中，还有一部分“以金朝遗民自居”，“不妨称这部分为明志之作”，其“基调当然是消极的”，但“这本身就是对黑暗的现实社会的一种否定，是对元蒙统治者采取不合作态度的一种表现。因而也可以说从另一个侧面流露了作者的故国之思”(〈试论白朴和他的词〉)。

二、关于《梧桐雨》等作品的研究

关于《梧桐雨》的主题，五六十年代主要有两种观点，一是歌颂李杨爱情，二是讽喻时政，总结失败原因。近年来，论者多认为是白朴借李扬悲剧来抒自己的沧桑之感，对金亡国的故国之思。如《中国戏曲通史》认为是“借唐明皇杨贵妃的故事来抒发自己的亡国之痛”。么书仪也认为“是借李杨故事抒发他的一种在词作中反复表现过的‘沧桑之叹’；一种在美好的东西失去以后又无法复得的哀伤和追忆，表现极盛之后的寂寞给人带来的无可排解的悲哀，也是表达一种对盛衰无法预料和掌握的幻灭”，“由于社会生活的激烈变化和自己经历的波折所产生的沧桑之感，这就是作者所表达的《梧桐雨》主题”(〈山川满月泪沾衣——《梧桐雨》的时代特征〉)。罗弘荃在〈论《梧桐雨》的主题及研究方法〉中也否定五六十年代申说的“歌颂李杨爱情”的观点，认为“作者并没有致力描写李杨爱情，更没有‘企图写这种爱情的美’”，他认为，该剧的主题是“通过唐明皇宠幸杨贵妃，荒淫误国并执迷不悟、饮恨终身的悲剧，旨在揭示国家兴衰的原因”。刘维俊〈乱自上作——评《梧桐雨》〉(《河北师范学院学报》1990.2)认为该剧主题是将历史与现实结合起来，借古讽今(金)，突出“乱自上作”，矛头直指皇帝，其思想性明显超人一等。

对剧中的唐明皇形象，近来的论文不像五六十年代还有对其肯定的同情的一面，而是以彻底否定者居多。如罗弘基的上文中指出，唐明皇所爱的“无非是杨贵妃的容颜姿色，是为了满足自己无休止的声色之好，以填补空虚的精神世界”。黄海澄认为“这个人物形象的主要性格特征是昏聩、荒淫和自私”(〈《梧桐雨》主题新议〉)，胡世厚认为在唐明皇的眼中，“杨贵妃只不过是他的一件玩偶。因此在马嵬兵变时，为了保住自己的生命和皇帝宝座，他便亲口赐贵妃自尽，从这里我们看到的是唐玄宗的自私、残酷和无情”。刘维俊也认为剧中鞭挞的是唐明皇滥用职权，以权代法。

对杨贵妃的形象，则有不同的看法。罗弘基认为白朴笔下的杨贵妃完全是一个典型贵族妇女形象，作品更突出的是她那势利和淫荡的卑劣个性，她对唐明皇也是丝毫没有感情的。文章认为剧本对杨从三个方面进行了揭露：揭露了她为攀附权势而投身唐明皇的得意心理；邀宠固宠和淫乱宫闱的两面派行为；在国家危难之际贪生怕死的丑态（〈论《梧桐雨》的主题及研究方法〉）。胡世厚则认为一些评论家指责杨不贞操、人格堕落是不公允的。因为"在封建社会里，皇帝可占三宫六院七十二妃，普通男子也可以讨三房四妾，为什么一个弱女子就不能自由地寻求一个心爱的人呢?""对杨贵妃的私情是不应该责难的。杨敢于和安禄山有私情，是向封建礼教的大胆挑战，是对压抑妇女的封建道德的反抗"。

对《墙头马上》中李千金的形象，近年来也有不同看法。胡世厚认为李千金"是一个光彩照人的反对封建礼教的叛逆形象"，"与同时代爱情剧中出身于大家闺秀的崔莺莺、王瑞兰、张倩女等形象相比，似具有更强烈的反抗精神，在我国古典爱情戏曲中是不多见的"（〈论白朴的杂剧《墙头马上》〉）。王文才则认为"李千金对封建势力也无法完全冲破，只因为她不同于裴生，必须顶住难以忍受的干禁和屈辱，显得倔强一些。她自矜自己是宦家仕女，择偶对象自然是名门俊士，希望丈夫高官重爵，又未尝不是白朴门第观念的曲折反映"。他还认为，《墙头马上》的出发点，"实本着当时封建男女人伦的教义，最终目的还是维护封建婚姻"，不能想象，白朴作剧是歌颂爱情自由，这与他的时代思想太不伦不类（《白朴戏曲集校注·前言》）。黄竹三在〈愿天下姻眷皆完聚〉中则认为这出戏"热情地歌颂了封建社会青年一代对爱情的追求，肯定了男女自由结合的合理性,表现了反对封建压迫,要求婚姻自主的民主思想倾向”。这个戏之所以为人们赞赏,是因为它“塑造了李千金这样一个封建叛逆者的形象”。

第六节　高明和《琵琶记》研究

相对于元杂剧而言,南戏的研究就显得相当冷清,20年的研究论文不足百篇。且主要集中于高明的《琵琶记》。因此,对高明及其《琵琶记》的研究程度就成了南戏研究水平的标尺。

20世纪80年代高明及《琵琶记》主要研究论文有:徐朔方〈《琵琶记》的作者问题〉(《社会科学战线》1981.4),朱建明、彭飞〈论《琵琶记》非高明作〉(《文学遗产》1981.4),侯百朋〈高明出仕与归隐思想初探〉(《温州师范专科学校学报》1982.2),黄文实〈“元谱”与《琵琶记》的关系〉(《文学遗产》1985.2),黄仕忠〈高则诚卒年考辨〉(《文献》1987.4)。应该说,这一时期的基础性研究虽然较为扎实,但囿于研究观念和研究方法,对作家思想及文本的深层意蕴探究还远远不够。90年代,这方面的研究有了较大起色,主要集中在下列两个方面:

1.对作品的主题探讨

90年代初,刘方政〈《琵琶记》主题新探〉(《文科教学》1991.1)提出:“孝”是作品的关键,由“孝”到“贤”则是作品的主线,认为笼统地谈“孝”是不全面的。该文对作品中的“孝”进行了细致的考察,将其概括为三种类型:蔡伯喈、赵五娘、蔡婆所主张的身体力行的“孝”为“小孝”,蔡公所坚持的扬名显宗的“孝”为“中孝”,皇帝和黄门官所要求的与忠一体化的“孝”为“大孝”。而作品中，蔡伯喈做到了“大孝”、“中孝”、“小孝”，实现了作者宣称的“全忠全孝”。文章认为《琵琶记》的主题就是歌颂蔡伯喈的“全忠全孝”，而作品所显现的小孝服从中孝、中孝服从大孝是具有历史和政治进步意义的。徐朔方〈论《琵琶记》〉也认为作品主题是宣扬伦理道德，而其中的封建道德和人民优秀品德亦难以割裂和区分。

2.对作者创作心理和作品深层意蕴的探究

这一研究虽与主题相关，但显然更深入更全面地把握了《琵琶记》。黄仕忠〈《琵琶记》与中国伦理社会〉(《文学遗产》1996.3)认为《琵琶记》与众不同之处，在于深深地契入到以孝道为中心而推衍出来的传统文化之中，深刻地揭示出中国传统社会中的家庭生活内涵。文本所叙写的是蔡伯喈的痛苦心灵历程，君父之纲击碎了自己的一切热诚与愿望，只能深深地悲叹与自责，这正是《琵琶记》在封建时代引发广泛共鸣的主要内涵之一，也是高则诚要求“知音君子”着力体味的“关风化”的“动人”含义所在。因此，高则诚切入到传统中国人的生活底里，对中国传统伦理文化与中国人的生活情状进行了真实的叙写。有意与无意间，使《琵琶记》具有了中国传统伦理社会的“百科全书”的特征。黄仕忠在他另一篇论文〈从《赵贞女》到《琵琶记》〉(《艺术百家》1996.1)分析了元代文人的痛苦状况，认为高明改编《赵贞女》，将其“谴责”变为“歌颂”，恢复了蔡伯喈的笃孝品行，亦是时代所然。

许建平则从作者的创作心理出发阐发作品的内涵。他认为高明为蔡邕翻案不仅源于对自尊的渴望，深层的原因，是高与蔡在情感上有呼应和共鸣，即对事业成就的渴望。认为作者一方面歌颂蔡邕的忠孝,一方面又赞同他对科举、功业、情爱的追求,这种矛盾情态是由作者创作的双层意向引起的。只有从此出发,抓住其对功业、情爱欲望的肯定和对自尊的渴望这个情感的基本点去理解《琵琶记》,方能做出深层的接近实际的阐释(〈道德与情欲的双重奏——试论高明创作《琵琶记》的双层意向〉,《河北师范大学学报》1996.1)。

而冯文楼从"翻案"出发,探讨了作品的内存结构和文化内涵。他认为《琵琶记》的"翻案",是对原文本的一种"范型重铸",试图通过儒家人格价值的建构,为社会提出一种"合成"的关怀系统。但"三不从"的戏剧冲突却造成文本深处"情感"与"伦理"对峙的二元结构;而且"全忠全孝"的求全构想本身即是一个充满矛盾的悖论,忠孝之间的价值抗衡永远无法消解。从蔡伯喈和赵五娘身上,可以读出许多不同的意味来,前者是一个两套话语的矛盾集合体,后者则是一个文化的构作(〈《琵琶记》:悲剧的制造与消解〉,《陕西师范大学学报》1994.3)。

此外,俞为民〈南戏《琵琶记》版本及其流变考述〉(《文学遗产》1994.6)对《琵琶记》的版本及其流变情况作了较深入全面的探讨,值得重视。

第二章　元代散曲研究

第一节　通论

元散曲和元杂剧构成了“一代之文学”，谓之“元曲”。近20年，散曲研究渐受重视，一些总集别集得到整理辑集校订。如徐征、张月中主编《全元曲》(河北教育出版社，1993)，许金榜《阳关白雪》注释本(中州古籍出版社，1991)，刘益国《马致远散曲集校注》(书目文献出版社，1989)，李汉秋《关汉卿散集校注》(上海古籍出版社，1990)等十余种。对曲家生平事迹资料的搜集、考订及评述，出现了不少有分量的力作，一些工具书和散曲史专著问世。突出的是吕薇芬《全元散曲典故辞典》、袁世硕《元曲百科辞典》、卜健《元曲百科大辞曲》(学苑出版社，1991)、李昌集《中国古代散曲史》(华东师范大学出版社，1991)、羊春秋《散曲通论》(岳麓书社，1992)、赵义山《元散曲通论》(巴蜀书社，1993)。现就主要研究成果略述如下：

一、对元散曲思想内容的估价

一种意见认为散曲缺少思想价值。滕振国在〈元散曲的成就为什么不如元杂剧〉一文中指出：元散曲主要内容有两大类，“一是愤世嫉俗，进而逃避现实；二是吟风弄月，要求麻醉自己”。文章认为，杂剧是“愤怒的艺术”，散曲则是“牢骚的艺术”，“牢骚固然有其产生的理由和令人同情的一面，进而为艺术更增添了感染力，但其观察人生的目光往往是片面的，对待人生的态度往往是消极的，因而虽有认识价值和审美价值，却明显地缺少思想价值”。更多的论者则肯定元散曲的积极意义。张子敬〈论元代散曲积极社会意义〉认为元散曲不同于任何一代文人作品，他们不是对封建王朝表示忠心，而是“对统治者不买账的艺术”。布鲁南也认为，元散曲作家中“相当的一部分人在隐居纵酒的散曲中表现出较强的是非观念和斗争性”。他们“以理想化的隐居境界和丑陋的现实社会相抗衡，从而大大增强揭露、批判封建统治阶级的力量”，“从人化的自然走向自然的人化。这些元代知识分子的美学思想，比陶渊明美学思想更有发展”(〈试析关于隐居、纵酒的元代散曲〉)。郑军健更进一步指出：“隐逸散曲高唱隐逸，往往是‘言在此而意在彼’，实为反抗黑暗政治的代名词；是文人反抗黑暗现实的一种独特方式”(〈元代散曲隐逸作品再认识〉)。田守真亦认为元代散曲家的虚无主义和纵欲主义是反传统产物，是精神危机的产物，是对外界压抑的反抗(《元代散曲的艺术追求与精神实质》，《四川师范大学学报》1990.6)。朱万曙则更深刻地指出：元散曲主题由隐逸动因、反思人生、赞美自然三个部分组成。其中固然有消极的内容，但更具有认识价值、社会价值和审美价值。元散曲家基于现实的动因步向隐逸，进入狂想境界，否定曾积淀于自我文化心理中的儒家进取的人生观，从而获得主体人格的回归。当他们从这个境界走出来之后，对社会、对人生和自然的审视就进入了一个新的更高的水平：

他们的隐逸似乎逃避着社会，可他们对社会的批判却更为大胆、激烈；对自然的审美态度也愈加宁静超越。因而其审美境界更高，内涵更丰富(〈元散曲隐逸主题再认识〉，《文学遗产》1995.6)。

还有一部分论者认为散曲中是精化糟粕并存，必须加以具体分析、区别对待，特别是隐逸和艳情类的散曲更是如此。如冯树纯认为表现隐逸的作品情况比较复杂，有深刻的社会原因，应作具体分析，不应一概采取否定态度，因为这类作品是元代失意知识分子抒怀之作，"曲折地表达了当时知识分子内心的痛苦和对黑暗现实的不满"(〈浅谈元散曲〉)。宋浩庆认为对元曲中关于男女爱情抒写，"应作细致分析，区别对待。那些纯系轻浮色情的描写，自然是糟粕，应先行剔除；还有一些属于故作娇态、打情骂俏的伤口也不可取"。但对那些表现了男女之间真挚情意、可以引起人们美感的情曲，尽管没有更多的社会内容，也不应摒弃。至于那些表现对封建礼教的反抗心理、泼辣性格的作品，有深刻的思想性，更不能等闲视之(〈元明散曲的思想性和艺术性〉)。

还有的文章从哲学上探讨儒道释对元曲家及其作品的影响。如侯光复〈元前期曲坛与全真教〉(《文学遗产》1988.5)，李日星〈元人散曲的"道情"与"唱理"〉(《湘潭大学学报》1988.4)，熊笃〈论元曲中离经叛道思想及其在文学史上的意义〉(《佳木斯师范专科学校学报》1989.3—4)，汪芳启〈试论老庄思想对元散曲的积极影响〉(《阜阳师范学院学报》1997.1)都从不同侧面分析了老庄思想对元曲的诸多影响，所论新颖、恰当。

田同旭〈元曲研究的一个新思路〉(《山西大学学报》1993.2)另辟蹊径，详细论述了草原文化对元曲的深远影响，指出草原文化对元曲的影响不仅仅限于明曲论家所肯定的胡乐的音阶调式，更主要的是胡乐中所体现的草原民族之精神与性格。元曲之斗士精神，即“反传统的新的思想光芒”，是中原文化中的反抗思想和草原文化中的挑战精神的冲撞和融合，是两种文化的结晶。此为元曲研究提供了新的参照系、新的思路。

二、对元散曲艺术价值的评估

对元散曲艺术价值，论者多持肯定态度。宋浩庆把元散曲艺术成就概括为五点：开拓了韵文的题材范围；增强了格律的变化；创立了豪辣诙谐的风格；发挥了各种艺术手法和修辞格式的作用；提高了俗言俚语的韵文中的地位。陆联星则叙述并概括了元散曲的 15 种艺术手法（〈元散曲的多种艺术手法〉，《淮北煤炭师范学院学报》1991.2）。许金榜〈元代散曲抒情写意的艺术特征〉（《山东师大学报》1995.3）将其特征概括为直露、透辟、风趣。他在另一篇文章中还就隐居与爱情两大传统题材在元散曲中推陈出新的艺术风貌作了深入分析（《东岳论丛》1991.1）。洪柏昭以成宗大德末年为界，把元散曲分为前后期。前期成就较大者有卢挚、杜仁杰、白朴等；后期以张可久、乔吉为标识。作者认为在艺术风格上把元散曲作家分为豪放、清丽两派，这“也未尝不可”。但要注意两点：一是作家的艺术风格，往往随着生活、思想与作品题材改变而改变；二是大作家往往具备多种风格（〈论元明清散曲〉）。张子敬认为元散曲采用了隐晦、曲折的表现手法，“花中也带刺，遁避时也施暗器”。在语言上则“冲破传统的审美观，大量地将各处的方言俚语运用到曲作中去，这在诗界是一个了不起的壮举”。在格式上则是诗体的一大革新、一大解放。田守真则从比较的角度，认为元散曲在艺术成就上比明散曲高。它“最突出的特点是风格的自然朴实、直率，语言的通俗、活泼、幽默”。作者认为元散曲的风格是传统中老庄一派的美学风格与民间风格融合的产物。并将市井语言与传统诗词结合起来，形成一种“文而不文、俗而不俗”的语言系统。杨福生、陈友冰认为元散曲艺术上最大的特点是在语言上把庄重与诙谐融为一体、通俗和典雅铸于一炉、雅俗共赏；在手法上则善于运用漫画笔法，善于捕捉把握人物心理活动，善于在模山范水之中融入主观情感(《元人小令赏析・前言》)。

关于元散曲的文学地位，吕薇芬认为它是“诗体的一次变革”。作者从形式、题材和风格三方面把曲同诗词作一比较。认为元散曲的产生与成熟，是诗歌语体化倾向进一步发展的结果(〈元代散曲——诗体的一次变革〉)。王星琦〈散曲文学的文体意义〉(《中国典籍与文化》1998.1)从语言学角度探讨了散曲文学的文体演变意义。认为从语言构成及格律角度观视，散曲文学是一种集大成形式，不排斥任何丰富自己的语言材料和声律手段。诗、词、歌、赋、韵文、散文、白话、文言，所有的文学语言形态，都可以在其中窥见其原型与变种。因此认为散曲文学语言形态的涵量“已达到饱和点”、“是古代韵文体中最为灵活而开放的形式”的论断是正确的，该文进一步指出，散曲距白话新诗只一步之遥，却因种种原因，相隔了600余年。

第二节　关汉卿散曲研究

关于关汉卿的散曲，主要争论是对关的剧曲和散曲之间的成就的估价。这个争论是由黄克的一篇论文〈娱人和自娱——关汉卿剧曲和散曲不同倾向之管见〉(《光明日报》1984.5.29)引起的。黄克认为关的散曲表现的是苟且偷安,玩世不恭,格调不高,囿于自娱。李汉秋〈论关汉卿剧曲和散曲的异同〉(《光明日报》1984.12.11)则认为黄克对关曲消极面言之过重,从其主导方面看,关曲表现了对封建主义的一种解放倾向,其精神与其杂剧创作息息相通。其后,王学奇、王静竹〈论关汉卿的散曲〉(《河北师范学院学报》1988.3)亦认为关曲在消极的表象下是抗争,并从思想内容到艺术成就,对关曲作了全面评价。孔繁信〈关汉卿散曲漫谈〉(《山东师范大学学报》1982.4)亦认为关曲内容充实、丰富、积极,从不同角度反映了那个时代的一隅。在论及关曲艺术成就时,孔文认为,主要表现为构思奇妙,意境清新;心理活动刻画入情入理;语言洗练、简洁、朴实、明快、生动流畅。围绕这一论题展开论争的还有梁归智、郭英德、陶慕宁、周月亮等人的文章。

进入90年代后,随着研究者文学观念的解放和更新,研究视野的拓展,对关曲的评价更趋全面和深刻。汪正章〈关汉卿散曲创作新探〉(《南开学报》1992.5)将关曲的题材、内容概括为六个方面,高度评价了其艺术成就,并指出其思想内容的进步性体现为人道精神和民族气节的弘扬,同其杂剧一样,具有叛逆文学的叛逆特色,不能简单地斥之"颓废"、"消极"、"庸俗"。关四平〈关汉卿散曲的文化意蕴及审美价值〉(《东北师范大学学报》1992.5)则从"言志"与"缘情"角度分析关曲,认为都是其心灵的投影,也是特写时代文化的折光。整体看,其散曲折射的心态呈现矛盾复杂的多层次组合状态。大致可分为忧世、傲世、愤世心态及玩世自娱心态。

文章侧重分析了后一种心态，指出富含三方面人生内容：①尽情玩乐以充分享受人生；②追求爱情以体味生命乐趣；③献身艺术以实现人生价值。认为这种心态所体现的审美意蕴和文化内涵表现了关汉卿能从传统的人生价值观中超脱出来，体味“乐”，并作为人生最高价值，从而体悟有限人生的真意与价值，彻底转换了传统的人生价值，开拓了更广阔的人生领域，达到了前人未及的人生境界。作者认为这在文学史上具有突破性、开拓性意义，对后人影响深远。

第三节　马致远、白朴散曲研究

一、马致远

对马致远散曲的研究，20 世纪 80 年代多是对其作品《双调夜行船·秋思》和《天净沙·秋思》的分析或赏析。全面论其散曲思想和艺术成就者不多。90 年代，学界开始注意这方面的研究，出现了一些颇有质量的论文。杨栋〈愤世·避世·审美超越——试论马致远散曲的隐逸主题〉（《河北师范学院学报》1990.2）指出：隐逸是全元散曲的主旋律，马致远是这一时代悲歌的领唱者。逃世出世仅仅是他散曲语言的表层结构，深刻的愤世情绪才是他隐逸主题的深层结构。避世的背后，是他对政治黑暗、官场龌龊的坚决否定和离弃。文章认为马的隐逸倾向与老庄哲学在文化精神的深层结构上具有一致性。但他的隐逸曲子却不是老庄哲学的简单图解，其中的美感经验，当直接来自晋唐山水田园诗。他的山水田园诗重写意、重个人意兴的抒发，弃白描，用泼墨铺彩、浓笔重抹，以传达强烈的主观情绪。与陶潜、王维明显有别。同时，他把咏史与变风、变雅的诗歌传统糅合起来，拓展了田园隐逸诗的审美空间。变单一为复杂，变纯粹为丰富，历史与现实并陈，表现与再现同体，美丑对举，在广阔的时空跳跃回旋，创造出气势恢宏的跌宕奔放的篇章结构。《双调夜行船·秋思》就是这方面的代表作。这样他为山水田园诗开拓了一片新天地，提供了新的美感经验。傅希尧〈马致远隐逸思想探析〉(《渤海学刊》1991.3、4合期)亦认为马的退隐是一种反抗，其隐逸思想具有历史进步性。刘益国在其〈马致远散曲艺术初探〉(《四川师范学院学报》1982.3)和《试论马致远的杂剧和散曲最集中的一个主题》(《四川师范学院学报》1991.1)两篇文章中指出马的杂剧和散曲比较集中地、痛快淋漓地抒发了知识分子的愤懑和不平，突出了感士不遇的主题。艺术风格是豪放洒脱。而李昌集认为马致远散曲的艺术风格是以豪放为主兼有清逸(〈论马致远的散曲〉，《扬州师范学院学报》1985.2)。黄卉则从表现方式上来分析其散曲艺术，指出其言情多采用“奔迸法”，突出特点是真诚，有时撒谎也是真诚的表现(〈马致远的散曲艺术〉，《中国文学研究》1995.4)。

论析其思想、艺术及两首代表性的散曲的论文还有周承铭〈论马致远的思想发展〉，谭斌〈简论马致远散曲的思想内容和艺术特色〉，李修生〈马致远〉(载《中国历代著名文学家评传》卷四)，朱勤楚〈《秋思》小令作者新探〉(《文学遗产》1983.1)，张燕瑾〈马致远的创作道路〉(《河北师院学报》1990.2)。

二、白朴

对白朴散曲的评价历来很高。《太和正音谱》在《古今群英乐府格势》中列元曲家187人，马致远为首，张小山排二、白朴居三，但近20年来对白朴散曲的研究亦同小山乐府一样，很为不够。胡世厚〈论白朴散曲〉是为数不多中的一篇。文章指出：白朴散曲有咏史、感怀、颂扬归隐、描写男女恋情及自然景物等内容，虽然不同程度地表现了人生无常、逃避现实的虚无主义消极影响，但鄙视功名利禄、蔑视封建礼教则是作品的主流。胡文认为，白朴的散曲继承了古代诗词优秀传统，采用了现实主义手法，真实地反映了当时的现实生活，成就是很高的。

另外，韩国学者俞玄穆〈白朴散曲的艺术风格与历史地位〉(《社会科学战线》1997.2)一文也值得称道。该文总结了白朴散曲的个性风格，认为：①大都带有鲜明的画面感和完整的意境美；②喜用颜色语，轻描淡写直接诉诸人的视觉以唤起美感；③用曲较多，但隐而不露；④喜化用、借用前人诗词成句；⑤格律严谨。认为其主导风格或基本风格是清丽秀雅，与关汉卿双水并流，两峰对峙，各代表本色、文采一派，成为元散曲发展史上的重要的里程碑。

第四节　其他重要散曲作家研究

一、贯云石

对这位散曲中成就很高的少数民族作家，20世纪八九十年代，学界对他进行了深入的研究。除了两部专著（杨镰《贯云石评传》、胥惠民等《贯云石作品辑注》）外，尚有十余篇专文，对其生平、思想和散曲创作进行了全面论述。如柴剑虹〈维族作家贯云石和他的散曲〉（《文艺研究》1982.4）、星汉〈元代维吾尔族文学家贯云石及其作品〉（《新疆师范大学学报》1983.1）、郑宇宏〈贯云石的散曲〉（《暨南大学研究生院学报》1986.1）、谢真元〈略谈贯云石的艺术风格〉（《重庆师范学院学报》1986.4）、杨镰〈贯云石新考〉（《新疆大学学报》1983.1）等。对其生平，柴剑虹分三期进行评述，认为他由军官、翰林学士、积极入世的政治家，最终变成参禅悟道、浪迹江湖的隐士。杨镰《贯云石评传》则作了更为详细的评述。对贯曲的思想内容，星汉认为其中叹世、归隐之作是对黑暗社会的对抗，但其消极避世态度不足取，其写景、恋情曲有一定的美学价值；郑宇宏亦认为贯云石的叹世之曲是以知情者眼光说出宦海浇薄的真谛，非一般泛言之作可比。对贯曲的艺术风格，柴剑虹认为主要表现为通脱豪爽，但也有不少清新、质朴或细腻的作品既有北方民歌的刚健质朴之气，又有南方民歌的清新秀丽之风；谢真元认为贯曲的主体风格是刚柔相济，熔豪放、清丽于一炉，刚中有柔，柔中有刚，能随需要纵横自如、不拘一格、自成一家。

二、睢景臣

以孤篇《哨篇·高祖还乡》横绝于曲坛的睢景臣的论述也主要集中在这篇作品上。关于这篇作品的评价，建国以来曾在五六十年代和70年代有过两次大的争论，但多与当时的政治气候密切关联，观点颇为偏颇。八九十年代，学界始予公允而深刻的评论。尤以宁宗一约1.5万字的长篇论文〈睢景臣论〉(《南开学报》1996.3)最为全面允当。宁文提出应推进到文本深层结构中,从其超越时空和超越题材本身,把握它富有象征意味的文化意蕴。宁文认为《高祖还乡》以一个全新的视角,塑造了"刘邦"这个艺术典型。但"这一个"是一个情感符号,是历代帝王的象征,不能简单地理解为某个帝王。"于是,睢氏蔑视皇权主义的思想就渗透于具体意象之中,具有了超越时空的不朽生命力,进入了'象征意蕴'的境界"。这样,"一曲《高祖还乡》是留给后人的禹鼎,使后世的魑魅在它面前而无所逃其形"。

三、张可久

张可久乃元曲大家,现存散曲800余篇,为元人第一,极受元明清曲家推崇。但当代对他的研究不够。对张可久及其散曲做出全面而切实中肯的评价的是吕薇芬〈张可久散曲简论〉(《文学评论》1985.2),作者认为张曲主要内容是归隐生活之悠闲和大自然美景。从风格流派上说,张是"清丽派"的重要作家,其艺术特色主要表现为格律精深,着力字句锤炼,因而蕴藉典雅。其局限则在于琐细的思想内容与精致的表现形式失去平衡,且以诗词之法绳曲,新的诗歌形式与他所追求的传统表现手法不能达到一种和谐的美。周晓痴〈张可久散曲风格论〉(《湖北大学学报》1992.1)指出张可久的创作个性为"一切有度",并升华为其艺术风格:"骚雅"和蕴藉。由此而形成了他散曲那种独特的多样统一的形式美。

第七编　明代文学研究

第一章　明代小说研究

第一节　通论

新时期的明清小说研究是继明末清初、“五四”时期两个高潮之后的又一繁荣期，而且无论从研究的广度和深度、研究思维和研究方法，还是从研究成果的丰硕和多样上，都已大大超越了前人，可谓是前无古人。

纵观这一时期的明代小说研究，大致有如下特征：

1. 具有独立的学术品格

20 世纪中叶之后，大陆的学术研究往往依附于政治。特别是“文革”十年，“评红”和“评水浒”将明清小说研究变成了政治运动，明清小说研究成为“重灾区”，失去了客观真实性，失去了科学研究性，充当了政治斗争的工具，完全丧失了其学术品格。1978 年十一届三中全会拨乱反正，古代文学研究获得新生，明清小说研究也重沐春风，逐渐恢复生机。1985 年前后，明清小说研究逐步摆脱庸俗社会学的影响，开始依据自身的研究规律和方法，科学客观地评价作品，探究文学史现象。尤其是进入 90 年代之后，明清小说研究已基本肃清“文革”余毒，不再是政治的附庸，走上了健康、求实的发展之路，重新获得了学术独立地位，具备了必备的学术精神，趋于自觉和成熟。

2. 研究重点突出，范围广泛

新时期的明清小说研究精力和成果主要集中在《三国演义》、《水浒传》、《西游记》、《金瓶梅》、《聊斋志异》、《儒林外史》、《红楼梦》这七大名著之上。全国研究小说的名家、新秀都云集于此。上述七大名著和冯梦龙、凌濛初均成立了相应的学术研究学会，大小规模的学术研讨会纷纷召开。研究领域门派众多，百家争鸣，新见迭现。每年发表的学术论文七八百篇、出版专著十几至几十部。据中国高校古籍整理研究委员会副秘书长曹亦冰先生统计，从 1980 至 1996 年，《红楼梦》研究论文近 4000 篇，《三国演义》研究论文近 2000 篇，《聊斋志异》研究论文近 1500 篇，《水浒传》研究论文近 1300 篇，《西游记》研究论文近 600 篇。如果再加上后五年的论文篇数，数字更为可观。明清小说的繁荣不仅体现在七大名著领域，其他各类小说也受到学界学人的重视。“三言二拍”、《醒世姻缘传》、“明末清初小说”、《歧路灯》、《阅微草堂笔记》、《镜花缘》、《老残游记》等，都成为小说研究的热点，这就反映了明清小说研究视野开阔、成果多样。

3. 研究方法多样，研究思维活跃

新时期的明清小说研究，在摆脱政治的附庸之后，研究的方法大大更新，思维方式全面变革。既全方位地吸收了世界先进文化理论和方法，也全面继承了中国固有学统。80 年代中期，美学、比较文学、心理学、原型批评、系统论、控制论、信息论、接受美学、符号学、语义学、结构主义、人类学等西方文学理论和方法被小说研究界广泛吸收和运用。进入 90 年代，小说研究界更将这些理论和中国传统的儒道释哲学思想相结合,吸收与继承了传统的经学、乾嘉学派的研究方法,对古代小说的文化底蕴、民族风格进行了深层次的探究。具有中国民族特色的小说研究已初步形成。

4. 与上述特点相联系,在深入研究作品的同时,明清小说的批评理论在史料整理、理论探讨、体系研究等方面取得了突破性进展

发表相关论文近700余篇,论著逾百部。诸如金圣叹其人其说,《水浒》李批,张竹坡其人其说,《三国》毛批,《红楼》脂批等明清小说评点家亦成为研究的热点。这些研究为小说文本研究提供了丰富的文化和理论底蕴,及时而且必需。总之,明清小说评点理论的研究已经成为明清小说研究中不可或缺的一处亮丽风景。

20年的明清小说研究,尽管成绩巨大但也应该看到还存在一些问题,突出之处主要表现为:①脱离文本的繁琐"考证",捕风捉影似的"索隐"式研究。这类文章或仅凭孤证、内证草率定论,或据真伪不明史料甚至传闻,大发宏论,制造新闻轰动效应,失去了乾嘉学派应有的学风和品格,患上了考据"急躁症";②细枝末节问题纠缠不休,学术之外的"争论"时有发生。这些"论"与"争"实际上已游离出学术研究之外,反映出学界学风还要进一步地宽容、容厚、宽广;③小说理论研究仍需加强。一些文章对西方文学理论食而不化,简单嫁接,国学功底欠深,学术素养欠佳,从而难以深刻地透视中国古典小说,流于浅俗。

应该说,上述问题学界有识之士已有清醒认识。如《金瓶梅》研究界就达成了"苦读明人文集,没有铁证,不发言"的共识,表现出严谨求实的学风和知难而上的学术精神。著名古代文论批评专家黄霖曾明确指出:"只有国学根基深厚又善于吸收世界进步文化

的学者才能创造出具有时代特征和民族风格的新学术流派。”①《三国》研究著名学者沈伯俊也语重心长地指出：“在今后的研究中，我们应当更加自觉地发扬严谨诚朴的优良学风，坚持在真理面前人人平等的学术原则，弘扬实事求是的理性精神，……虚怀若谷，互相尊重，友好切磋，取长补短”（《中华文化论坛》2000 年 2 期，第 63 页）。还有不少学者也曾进行过深刻的反思和思考，提出了一些中肯的意见。

所有这些都反映了明清小说研究界的清醒和冷静。这无疑是前进的保障。

第二节　《三国演义》研究

《三国演义》作为成书最早的一部优秀古典长篇小说，是中华民族文化中的瑰宝。自问世以来，即受到各阶层人士的喜爱与接受，并引发了学人浓厚的研究兴趣，明清以降，研究者代有名家。但真正对《三国演义》作系统而全面的研究是 20 世纪后 20 年。这 20 年中，在摆脱了“文革”桎梏之后，《三国演义》研究界生机勃勃，成果迭出，被古代文学研究界公认为发展健康、成就突出的领域之一。其主要标志是：

其一，学术成果大量涌现。据初步统计，1980 年以来，中国内地已经公开出版《三国演义》研究专著、专书将近 90 余部，正式发表研究文章大约 2000 余篇。其中包括一批水平较高，影响较大的

① 《稗海新航》，春风文艺出版社 1996 年版，第 14 页。

成果。

其二,学术会议接连举行。20年来,总共举行了13次全国性的《三国演义》学术讨论会,3次专题研讨会,2次国际研讨会。这些会议有效地推动了研究的发展。

其三,学术团体纷纷成立。继1984年4月中国《三国演义》学会成立之后,一些省、市、县级学会也陆续成立,有的地方还建立了专门研究机构。它们是《三国演义》研究事业不断发展的主要动力。

20年来,《三国演义》研究的广度和深度都大大超过了以往任何时期,在一系列问题上提出了许多新的见解,取得了若干新的突破。现择要予以介绍。

一、关于罗贯中籍贯的研究

明代以来,关于罗贯中的籍贯有东原、太原、钱塘、庐陵诸说。大多数明代《三国》刊本及《隋唐两朝志传》等均题署"东原罗贯中",加上其他一些文字记载,是为"东原"说的主要依据。1931年,郑振铎等人发现天一阁收藏的《录鬼簿续编》,其中有"罗贯中,太原人"一语,许多人便以此为"铁证",认为罗贯中是今山西太原人。从此,罗贯中的籍贯便集中为"东原"、"太原"两说。近40年大陆几部比较权威的文学史、小说史均主"太原"说。20年来,有关专家围绕两说进行学术争鸣,发表了一系列有影响的论文。

1. 关于"东原"说

刘知渐〈重新评价《三国演义》〉认为:嘉靖本《三国志通俗演义》卷首的庸愚子(蒋大器)《三国志通俗演义序》称罗贯中为东原

人。这个刻本很精整，致误的可能性较小，因此，罗贯中是东原人的可能性似乎更大一些。《录鬼簿续编》出于俗手所抄，"太"字有可能是"东"字草书之误。王利器〈罗贯中与《三国志通俗演义》〉(《社会科学研究》1983.1、2)中认为：东原乃是罗贯中原籍。《录鬼簿续编》作"太原人"系因其传抄者少见东原，习知太原，故尔致误。东原即汉东平郡，治所在今山东省东平县东。这不仅可以从大多数明刻本"认定罗贯中是元东原人"找到根据，而且可以从罗贯中在《水浒全传》中把东平太守陈文昭处理为全书唯一精心描写的好官这一点看出端倪，因为元代慈溪县令陈文昭与罗贯中同为理学家赵偕(赵宝峰)门人，且有政声，故罗贯中借其名为自己故乡东平的太守。刁云展〈罗贯中的原籍在哪里〉(载《三国演义学刊》第2辑，四川省社会科学院出版社，1986)认为：罗贯中创作的其他小说《隋唐两朝志传》、《三遂平妖传》和115回本《水浒传》，也都署名"东原罗贯中"，"这是作者本人题署，应当相信"。反之，其他记载则可能弄错。

2.关于"太原"说

李修生〈论罗贯中〉(载《山西师范学院学报》1981.1)认为：罗贯中原籍太原，他的祖先可能是随宋王朝南迁至杭州的，故又称杭州人。孟繁仁〈《录鬼簿续编》与罗贯中种种〉(载《三国演义学刊》第2辑)认为：《录鬼簿续编》的作者既是罗贯中的"忘年交"，他关于罗贯中的记载就应该是最权威、最可信的。罗贯中创作的小说、戏曲，在选材上都与山西、太原有一些瓜葛：《三国演义》塑造最为出色，最为成功的人物关羽，是山西解州人；《隋唐两朝志传》中的重要人物李渊父子，是从太原起兵而夺取天下的；《残唐五代史演义传》中的重要人物李存孝，是山西雁北人；《平妖传》中的文彦博，是山西介休人。这种“瓜葛”，正与作家的“故土性”有密切关系。元代在晋阳（太原）有一个罗氏家族，罗贯中很可能属于这个家族。刘世德〈罗贯中籍贯考辨〉（《文学遗产》1992.2）中提出：《水浒传》、《三国志通俗演义》中有三处属于古东平范围内的地理错误，由此可见，罗贯中非东平人。

面对两说之争，沈伯俊〈关于罗贯中的籍贯问题〉（《海南大学学报》1987.2）提出：尽管个人倾向于“东原”说，但终究只是认为“东原”说比“太原”说可靠一些，还不能遽尔否定“太原”说。要想真正解决问题，可以着重从三个方面努力：（1）注意《录鬼簿续编》有无别的抄本；如果幸而发现新的抄本，就可以判定其中的“太原”二字究竟是否误抄；（2）注意有关罗贯中生平的新发现；（3）确认《三国志传》是《三国演义》的祖本，并判定其成书年代，那么，其题署“东原罗贯中”与庸愚子《三国志通俗演义序》中所说的“东原罗贯中”互相印证，就可以成为确定罗贯中籍贯的有力证据。到了1994年，刘颖独辟蹊径，在〈罗贯中的籍贯——太原即东原解〉（载《齐鲁学刊》1994年增刊）中指出：历史上有过三个太原郡，分别在今天的山西、宁夏、山东。《录鬼簿续编》所说的“太原”，很可能是指东晋、刘宋时期设置的“东太原”，即山东太原，与“东原”实为一地。东太原这一建制早已废置，但因《录鬼簿续编》的作者有用古地名、地方别名等生僻地名的习好，故对罗贯中的籍贯也用了生僻地名。此处的“太原”，与《水浒传》、《三国志传》上题署“东原”都是对的，只是分别用了两个生僻的古地名。这是一个具有启发意义的思路。随后，杨海中〈罗贯中的籍贯应为山东太原〉（《东岳论丛》

1995.5)进一步论述了“太原”应指“东太原”,亦即“东原”。这样,就为“东原”说与“太原”说打通了联系,朝着问题的解决大大前进了一步。

二、关于《三国演义》成书年代的研究

长期以来,学术界公认《三国演义》成书于元末明初。20 世纪 80 年代以来,一些学者不满足于“元末明初”的笼统提法,对《演义》的成书年代问题作了进一步的探讨,提出了五种有代表性的观点:

1.“成书于宋代乃至以前”说

持此观点者主要是周邨。他在〈《三国演义》非明清小说〉一文中,就江夏汤宾尹校正的《全像通俗三国志传》提出了三条论据:(1)该书在《玉泉山关公显圣》一节中有“迄至圣朝,赠号义勇武安王”一句,而关羽封赠义勇武安王是在北宋宣和五年(1123),因而此句“只能是宋人说三分的口吻”;(2)该书“记有相当多的关索生平活动及其业绩”,而“关索其人其事,辗转说唱流传时代,应早在北宋初,也可能更早于北宋初年,在唐五代间。而这也可能是《三国演义》成书远及的时代”;(3)该书的地理释义共 14 条,计 17 处,其中 15 处可以推断为宋人记宋代地名;其中也有 2 处是明初的地名,但这可能是传抄、传刻过程中后来加上的。此说完全忽视了《三国演义》吸取元代《三国志平话》和元杂剧三国戏内容的明显事实,难以成立,因而至今无人赞同。

2.“成书于元代中后期”说

持此说者以章培恒、袁世硕为代表。章培恒《三国志通俗演

义·前言》第三部分，根据书中小字注中提到的"今地名"进行考证，指出："这些注中所说的'今时'何地，除了偶有误用宋代地名者外，都系元代地名。"尤其值得注意的是，元文宗天历二年(1329)，曾将建康改为集庆，江陵改为中兴，潭州改为天临；"然而，在《三国志通俗演义》中却仍然把建康、江陵、潭州作为'今地名'，而不把集庆、中兴、天临作为'今地名'，这是否可以理解为该书写作时还没有集庆、中兴、天临这样的'今地名'呢?"文章由此认为："《三国志通俗演义》似当写于元文宗天历二年(1329)之前"，其时，罗贯中当在三十岁以上。袁世硕〈明嘉靖刊本《三国志通俗演义》乃元人罗贯中原作〉一文中认为，《三国志通俗演义》成书于元代中后期，约为14世纪20年代到40年代。其主要论据是：(1)书中共引用330余首诗来品评人物，收束情节，这"与宋元间的平话是很近似的"。书中所引诗词，"不署姓名的泛称，多用'后人'、'史官'、'唐贤'一词用了一次，'宋贤'一词用过十多次，却不见'元贤'一类字眼。这可以视为元人的口吻，表明作者为元人。"而署名作者基本上是唐宋人，也表明《演义》作者为元人；(2)书中小字注所提到的"今地名"，除了几个笔误之外，"其余的可以说是全与元代之行政区名称相符"。其中，江陵、建康、潭州均为元天历二年(1329)以前的旧地名。"据此，有理由将作注的时间断为这年之前。如果考虑到人们在一段时间里仍习惯于用旧地名，那么将作注时间往后推几年、十几年，是可以的……所以，我们可以将作注的时间断为元代的中后期，约为十四世纪的二十年代到四十年代。"而书中的注绝大多数出自作者之手，因此，《三国志通俗演义》即应成书于这一时期。

杜贵晨〈《三国志通俗演义》成书及今本改定年代小考〉(《中华文化论坛》1999.2)引用了明初瞿佑《归田诗话》卷下《吊白门》中所引"(吕)布骂曰:'此大耳儿叵奈不记辕门射戟时也?'"一语之资料,并参照章培恒、袁世硕先生的论述,认为"《三国志通俗演义》成书于元英宗至治三年(1323)至元文宗天历二年(1329)之间,即泰定三年(1326)前后"。由于资料首次发现,引起了学术界的关注。

3."成书于元末"说

陈铁民在〈《三国演义》成书年代考〉(载《文学遗产》增刊第15辑,中华书局,1983)中认为:嘉靖本《三国志通俗演义》无疑是今存最早、最接近原著面貌的刻本,利用其注释来考证《三国演义》的成书年代是可靠的。根据嘉靖本注释中有评论和异文校记,以及有不少错误等情况判断,这些注释不大可能为罗贯中自作,而是《演义》的抄阅者和刊刻者零星写下,逐步积累起来的,其中有的作于元末,有的作于明初,既然有的注释作于元末,那么《演义》的成书年代自然也应在元末;即使根据一些作于明代洪武初年的注释,也可推知《演义》成书应在元末,因为只有在《演义》写成并流传之后,才有可能出现《演义》的注释。

4."成书于明初"说

持此说者较多,如欧阳健〈试论《三国志通俗演义》的成书年代〉(载《三国演义研究集》)认为:周楞伽、王利器先生根据元代理学家赵偕《赵宝峰先生集》卷首〈门人祭宝峰先生文〉等材料,认为罗贯中即门人名单中的罗本,这是可信的,按照门人之间"序齿"的通例,可以推算罗贯中的生年约在1315—1318年,卒年约在1385—1388年,再根据对《三国志通俗演义》中小字注所谓"今地名”的分析，可以判断：《三国志通俗演义》可能是罗贯中于明初开笔，其第12卷的写作时间不早于洪武三年(1370)，全书初稿的完成当在1371年之后。其时，罗贯中在55岁左右，其知识和阅历都足以胜任《演义》的写作。任昭坤在〈从兵器辨《三国志通俗演义》的成书年代〉(《贵州文史丛刊》1986.1)中认为：《三国志通俗演义》里叙述描写的火器，绝大多数在明初才创制，或才有那个名称，这证明《通俗演义》成书于明初。《通俗演义》的描述的火器，使用者都是孔明，可见在作者心目中，只有孔明那样智慧过人的人才能创制使用先进火器，这说明作者所处时代是以冷兵器为主的，这也与明初的兵器实际状况相吻合。

5.“成书于明中叶”说

张国光〈《三国志通俗演义》成书于明中叶辨〉(《社会科学研究》1983.4，亦收入《三国演义研究集》)认为：《三国志通俗演义》是以《三国志平话》为基础的，现存的《三国志平话》刊于元代至治年间(1321—1323)，代表了当时讲史话本的最高水平，然而篇幅只有约8万字，文笔相当粗糙、简陋；而《三国志通俗演义》篇幅约80万字，是《平话》的十倍，其描写手法已接近成熟，因此，其诞生不能不远在《平话》之后。嘉靖本《三国志通俗演义》是第一个成熟的《三国演义》版本，它不是元末明初人罗贯中的作品，而是明代中后的书商为了抬高其声价而托名罗贯中的，为此书作序的庸愚子(蒋大器)很可能就是它的作者。近年来，张志合〈从《花关索传》和《义勇辞金》杂剧看《三国志通俗演义》的成书年代〉(《河南大学学报》1990.5)，李伟实〈《三国志通俗演义》成书于明中叶弘治初年〉(《吉林社会科学》1995.4)也认为《三国志通俗演义》成书于明代中叶。

面对上述诸说，沈伯俊提出：要确定《三国演义》的成书年代，必须具备三个条件：第一，对作者的生平及其创作经历有比较清晰的了解。尽管一些学者对罗贯中是否元代理学家赵宝峰的门人罗本、罗贯中与张士诚的关系、罗贯中与施耐庵的关系等问题作了积极的探考，但因资料不足，见解歧异，尚难遽尔断定《演义》成书的确切年代；第二，确认作品的原本或者最接近原本的版本。上述诸说，大都把嘉靖元年本《三国志通俗演义》视为最接近原本面貌的版本，甚至径直把它当作原本，在此基础上立论，然而，近年来的研究表明，嘉靖元年本乃是一个加工较多的整理本，而明代诸本《三国志传》才更接近罗贯中原作的面貌（详下）。这样，以往论述的可靠性就不得不打一个相当大的折扣；第三，对作品（包括注文）进行全面而细致的研究。有的学者通过对书中小字注所提到的"今地名"来考证《演义》的成书年代，这不失为一种有益的尝试。但是，这里有两点值得注意：其一，必须证明小字注均出自作者之手，否则，其价值就要大打折扣。陈铁民已经指出小字注并非出自罗贯中之手。王长友在《武汉师院学报》1983 年第 2 期发表〈嘉靖本《三国志通俗演义》小字注是作者手笔吗？〉认为嘉靖元年本的小字注并非作者本人手笔，"作注时该书已流传较久并得到推崇"，"作注者不但不是作者本人，也不是作者同时代的人"。张志合在《湖北大学学报》1994 年第 6 期发表〈《三国演义》中的小字注非一人一时所加〉，也指出"罗贯中决不可能就是嘉靖本的原作者，当然也决不会是其小注的作者"。这些小字注也不是出自某一时某一人之手，而是伴随着《三国演义》的成书和流传过程而存在的。其二，对小字注的考察，应当与对作品各个方面的研究结合起来，才能获得可靠的结论，而以前对此所作的努力还很不够。结合以上各种因素，目前比较稳妥的说法仍然是：《演义》成书于元末明初，而成于明初的可能性更大一些（沈伯俊：《校理本三国演义·前言》，江苏古籍出版社，1992）。

三、关于《三国演义》版本的整理与研究

《三国演义》版本甚多，仅现存的明代刊本就有大约30种，清代刊本70余种。各种版本数量之多，关系之复杂，都堪称古代小说之最。过去一个长时期中，人们对此缺乏认真细致的研究，误以为《三国》的版本问题比较简单，形成这样几点普遍的误解。(1)嘉靖元年本《三国志通俗演义》是最接近罗贯中原作的版本，或者就是罗氏原作；(2)《三国演义》只有由嘉靖元年本派生的一个版本系统；(3)在众多的《三国》版本中，最值得重视的只有嘉靖元年本（一些人称之为“罗本”）和毛纶、毛宗岗父子评改本（简称“毛本”）两种。正因为如此，从中华人民共和国成立到1980年以前，中国内地只出版了嘉靖元年本影印本和以毛本为基础的整理本。1976年，澳大利亚华裔学者柳存仁教授发表〈罗贯中讲史小说之真伪性质〉（原载《香港中文大学中国文化研究所学报》第8卷第1期，收入刘世德编《中国古代小说研究》，上海古籍出版社，1983），率先对《三国》版本问题提出了重要的新见。80年代以来，中国学者对《三国》版本的整理与研究付出了很大的努力；国外一些学者，如澳大利亚学者马兰安，日本学者金文京、上田望、中川谕等也做了比较深入的研究。经过多年的努力，人们在以下方面取得了明显的进展：

1. 关于版本的整理

20 年来,《三国》版本的整理出版形成了前所未有的繁荣景象。按照出版形式,可以分为影印、排印两大类别。

(1)影印本。比较系统地影印《三国》版本者主要有两家:其一,台湾天一出版社影印的《明清善本小说丛刊》,其中的"《三国演义》专辑"共收书 8 种,除最后两种系续书外,包括以下 6 种:①《新刻校正古本大字音释三国志通俗演义》,万历十九年金陵周曰校刊本(简称"周曰校本");②《新刻京本校正演义按鉴全像三国志传评林》,明万历间余象斗刊本(简称"余象斗本");③《新镌京本校正通俗演义按鉴三国志传》,万历三十三年郑氏联辉堂三垣馆刊本(简称"联辉堂本");④《重刻京本通俗演义按鉴三国志演义》,杨春元校,万历三十八年书林杨闽斋刊本(简称"杨春元本");⑤《李卓吾先生批评三国志》,清初吴郡绿荫堂覆明刊本(简称"绿荫堂本");⑥《第一才子书》,清三槐堂刊本(简称"三槐堂本")。其二,中华全国图书馆文献缩微复制中心影印的《三国志演义古版丛刊》,其第一辑包括以下 5 种:①《新刻按鉴全像批评三国志传》,万历二十年余氏双峰堂刊本(简称"双峰堂本");②《新刻汤学士校正古本按鉴演义全像通俗三国志传》,江夏汤宾尹校正,明万历间刊本(简称"汤宾尹本");③《新锓全像大字通俗演义三国志传》,明万历间刘龙田乔山堂刊本(简称"乔山堂本);④《新刻音释旁训评林演义京本三国英雄志传》,明朱鼎臣辑(简称"朱鼎臣本");⑤《新刻按鉴演义京本三国英雄志传》,清宝华楼刊本(简称"宝华楼本")。此外,还有一些出版社影印了某些《三国》版本,如北京大学出版社影印的《钟伯敬先生批评三国志》,浙江人民出版社、中国书店分别影印的《增像全图三国演义》,等等。

(2)排印本。由于众多出版社竞相出版,《三国》的各种排印本纷纷问世。在难以计数的排印本中,相当一部分并未经过认真整理,缺乏学术价值。不过,确有一些排印本倾注了整理者的研究心得,在底本选择、整理原则、整理方法、整理质量等方面各具特色,具有较高的学术价值。其中值得注意的有这样几类:

①底本具有较高价值者。除了毛本《三国》已有多种标点本、校注本之外,嘉靖元年本《三国志通俗演义》、周曰校本、《李卓吾先生批评三国志》、《钟伯敬先生批评三国志》、《李笠翁批阅三国志》等重要版本都已有了标点本或校注本。

②在整理原则、整理方法上有所开拓者。如沈伯俊先后出版了《校理本三国演义》、毛本《三国》整理本、嘉靖元年本《三国志通俗演义》整理本、《李卓吾先生批评三国志》整理本,即以很大力量校正底本中的大量"技术性错误"(指那些并非出自作者的创作意图,并非作品艺术虚构和艺术描写的需要,而纯粹由于作者一时笔误或者传抄、刊刻之误而造成的,属于技术范畴的错误),得到学术界同行的高度评价。尤其是《校理本三国演义》,沈氏在传统古籍整理方法的基础上,大胆开拓创新,针对《三国演义》作为历史演义小说的特性,着重在"理"字上下功夫,系统校正了原本中的800多处"技术性错误";全书注释也贯串着"校理"精神,深入浅出,释中有辨,为读者深入理解作品提供了极大的方便。被学术界誉为"沈本《三国演义》","迄今最好的《三国演义》版本","《三国演义》版本史上的新里程碑"。这些如潮好评,突出地表明:此项成果是近20年《三国演义》研究的一项重大成果,也是沈先生对《三国》研究的

一个突出贡献。

③系统梳理《三国》的虚实关系者。如盛巽昌的《三国演义》补正本，于毛本《三国》各回之后附列札记，共700余条，对《三国》的虚实问题做了比较全面的补正。所谓"补"，一是说明《演义》中若干人物、名物、情节的渊源来由，二是补充《演义》没有写到的若干史实掌故；所谓"正"，即是以史之实，证文之虚。此本别具一格，给读者以丰富的知识。

④对《三国》进行重新评点者。已经问世的有三种：李国文评点本，沈伯俊评点本，丘振声回评本。评点者或为著名作家，或为《三国》专家，各具功底，各有所长，为《三国》评点带来了新的风貌。

2.关于版本的研究

(1)关于版本演变的源流关系

在现存的明代《三国》版本中，数量最多的是万历至天启年间的诸本《三国志传》。过去，由于上述对《三国》版本关系的误解，人们将其视为"俗本"而不予重视。对此，柳存仁在《罗贯中讲史小说之真伪性质》中首先提出异议，认为："《三国志传》之刻本，今日所得见者虽为万历甚至天启年间所刊刻，时间固远在嘉靖壬午本《三国志通俗演义》之后，然其所根据之本（不论其祖本为一种或多种），固有可能在嘉靖壬午以前。"由此他勾勒了《三国》版本演变的基本线索：大约在至治本《三国志平话》刊刻之后40年左右，罗贯中有可能撰写《三国志传》，其后为其他各本《三国志传》所宗。在此之后，始有《三国志通俗演义》出世。近十几年来，中外学者作了进一步的探索，观点渐趋接近。如澳大利亚学者马兰安认为：《三国》的最早版本比后期的各种版本包含了更多的民间口头传说和较少的正史资料，其中吸收了民间流传的关索或花关索故事，而嘉靖本的编者则因关索系传说人物而删除了这些故事。由此看来，《三国》版本深化的顺序是由“志传”本到“演义”本（〈《花关索说唱词话》与《三国志演义》版本演变探索〉，中文译本收入周兆新主编《三国演义丛考》）。日本学者金文京认为：建安诸本《三国志传》可以分为四个种类：一是“花关索”系统的本子，二是“关索”系统的本子（20 卷本），三是另一部分“关索”系统的本子（12 卷·120 回本），四是“花关索·关索”系统的本子。它们保存着古本的面貌，是没有问题的。它们与嘉靖本的关系是来自同一源头的同系统版本的异本关系，二者在文辞、内容上的差异，是在抄本阶段产生的（〈《三国志演义》版本试探——以建安诸本为中心〉，中文译本收入《三国演义丛考》）。另一位日本学者中川谕分析了五种《三国》版本，认为：尽管嘉靖本是现存最早的《三国》版本，但绝非最优秀的版本，也不是最接近罗贯中原作的版本；《三国志传》是与嘉靖本并列的版本，在某些方面保留了比嘉靖本更古的形态；毛本《三国》形成的大致轨迹是：原本—《三国志通俗演义》抄本—周曰校本—《李卓吾先生批评三国志》（吴观明本）—毛本（〈《三国志演义》版本研究——毛宗岗本的成书过程〉，中文译本收入《三国演义丛考》）。再一位日本学者上田望比较系统地考察了现存的《三国》版本，将其分为七群：一是嘉靖元年本；二是《三国志传通俗演义》系列版本，包括周曰校本、夏振宇本；三是《李卓吾先生批评三国志》、《钟伯敬先生批评三国志》、《李笠翁批阅三国志》等 120 回本；四是包含关索故事的《三国志传》诸本；五是包含花关索故事的《三国志传》诸本；六是雄飞馆本《三国水浒全传》；七是毛宗岗本。它们可分两大系统——以文人为对象的《三国志通俗演义》系统（24卷本系统）和面向大众读者的《三国志传》诸本（20卷本系统）。前一系统中的夏振宇本是保留着古老面貌的版本之一，“李卓吾评本”和毛本都是由它或与它相同的版本发展而来的（〈《三国志演义》版本试论——关于通俗小说版本演变的考察〉，中文译本收入《三国演义丛考》）。中国学者方面，张颖、陈速认为：《三国演义》的现存版本，按正文内容可分为三大系统：一是《三国志通俗演义》系统，嘉靖本、周曰校本、夏振宇本属之；二是《三国志传》系统，余氏双峰堂本、朱鼎臣本、乔山堂本、联辉堂本、雄飞馆《英雄谱》本属之；三是《三国志演义》系统，毛宗岗本属之。《三国志传》不仅是《三国演义》最早的版本，而且是毛本所依之真正“古本”（〈有关《三国演义》成书年代和版本演变问题的几点异议〉，载《明清小说研究》第5辑）。陈翔华在《诸葛亮形象史研究》（浙江古籍出版社，1990）中将嘉靖元年本与诸本《三国志传》比较，指出：①诸本《三国志传》节目字数参差不齐，而嘉靖本节目则整齐划一，均为七字句式；②诸本《三国志传》保存较多民间传说，有的刻本还详细记载不见于史籍的关索故事，而嘉靖本则无之；③《三国志传》的文字颇粗略，而嘉靖本已加修饰，较为增胜。由此可见，嘉靖本是一个修饰得更多的加工整理本。周光新在《三国演义考评》中对几种明代版本做了比较细致的考证，指出：①“嘉靖本尽管刊印的时代较早，但它仍然是一个明人修订本，不能代表罗贯中原作的面貌”。那种把嘉靖本说成“罗氏原作”的观点难以成立，倒是《三国志传》可能更接近罗贯中的原作；②《三国志传》与嘉靖本“乃是由罗贯中原作演变出来的并列的分支”。说嘉靖本是其余各种明版《演义》来源的观点值得重新考虑。沈伯俊在《校理本三国演义·前言》中指出:①《三国演义》的各种明刊本并非“都是以嘉靖本为底本”,诸本《三国志传》是自成体系的;②从版本演变的角度来看,志传本的祖本比较接近罗贯中的原作,甚至可能就是罗氏原作(当然,不同的志传本的刻印者可能都有所改动);而嘉靖本则是一个经过较多修改加工,同时又颇有错讹脱漏的版本。因此,我们不仅应该在以往的基础上,进一步加强对嘉靖本和毛本的研究,而且应该充分重视对《三国志传》的研究,特别要注意对各本《三国志传》之间的比较,对志传本与嘉靖本的比较。

(2)对若干重要版本的研究

①关于周曰校本。中川谕指出它比之嘉靖本至少多出11个故事,是《李卓吾先生批评三国志》(吴观明本)的祖本(同上文)。王长友也曾撰文,指出周曰校本比之嘉靖本有十大增文,是“李卓吾评本”的祖本。

②关于《李卓吾先生批评三国志》。黄霖〈有关毛本《三国演义》的几个问题〉(《三国演义研究集》)、陈翔华《诸葛亮形象史研究》(浙江古籍出版社,1990)、沈伯俊《李卓吾先生批评三国志》整理本〈前言〉(巴蜀书社,1993)等,均明确指出此本实际出自明末小说评点家叶昼之手。关于它的祖本,除中川谕、王长友持“周曰校本”之说外,上田望认为出自夏振宇本(同上文)。

③关于《钟伯敬先生批评三国志》。王长友对其底本、补叶、刊刻等问题作了认真探讨,认为此本所署“钟惺批评,陈仁锡校阅”,目前虽不足以证其实,但在没有确凿证据证明其为伪托之前,不妨姑且信其所署(〈《钟伯敬先生批评三国志》探考〉,载《〈三国演义〉

与中国文化》,巴蜀书社,1991)。黄霖则认为:此本批评不可能出自钟惺之手,也不可能是其门人或真正仰慕者的手笔,而只能是由那些与他无甚关系而借其名来牟利的书商和文人。所谓"陈仁锡校阅"属伪托(〈关于《三国》钟惺与李渔评本两题〉,载日本《中国古典小说研究》第一号,1995年6月)。

④关于《李笠翁批阅三国志》。此本评语是否为李渔手笔,以往人们多未怀疑。黄强则通过考证,指出:"这个评点本不可能出于李渔的手笔,这篇序也非李渔所写"。第一,李渔不具备完成这部评点本的时间;第二,醉耕堂刻本《四大奇书第一种》序言表明,李渔不会再继毛氏父子之后批阅《三国演义》;第三,"李评本"评语绝大多数皆出于毛评本,李渔绝不会如此抄袭他人;第四,"李评本"不同于毛批的少量批语也非李渔所批。"如果说这部批点本在《三国演义》版本方面有什么特别之处的话,那就是它明确体现了毛宗岗'吾谓才子书之目,宜以《三国演义》为第一'的意图,将'第一才子书'作为《三国演义》的书名,导致以后的毛评本皆袭用这一名称"(〈《李笠翁批阅三国志》质疑〉,《晋阳学刊》1993.5)。黄霖也指出:此本评语并非出自李渔之手,而是在李渔去世后,由书商在承袭"李卓吾评本"和毛本评语的基础上稍加选择、点窜而成(同上文)。

四、关于《三国演义》主题的研究

"文革"以前,学术界对《三国》主题的见解,可以归纳为四种主要观点:(1)"正统"说;(2)"'拥刘反曹'反映人民愿望"说;(3)"忠义"说;(4)"反映三国兴亡"说(详见沈伯俊〈建国以来《三国演义》

研究综述〉,《社会科学研究》1982.4)。

到了20世纪80年代,随着《三国演义》研究日趋活跃;主题问题成为争论最为热烈的问题之一。有关主题的讨论主要表现在三个方面:

1.关于《三国》主题的多种概括

自1980年起,学者们对《三国》的主题从不同角度进行探讨,先后提出了十几种有代表性的观点:

(1)"赞美智慧"说(朱世滋:〈试论《三国演义》的主题〉,《丹东师范专科学校学报》1980.2);

(2)"天下归一"说(王志武:〈试论《三国演义》的主要思想意义〉,《西北大学学报》1980.3)。

与"天下归一"说相近的是"分合"说,阐述此说者主要有李厚基、林骅《三国演义简说》(上海古籍出版社,1984)、胡邦炜〈从"合久必分"到"分久必合"〉(载《三国演义研究集》)等;

(3)"讴歌封建贤才"说(赵庆元:〈封建贤才的热情颂歌〉,《安徽师范大学学报》1981.3);

(4)"悲剧"说(黄钧:〈我们民族的雄伟的历史悲剧〉,《社会科学研究》1983.4);

(5)"总结争夺政权经验"说(鲁德才:〈论《三国演义》的情节提炼对人物刻画的意义〉,《社会科学研究》1983.4;孙一珍:〈试论《三国志通俗演义》的主题〉,《文学遗产》1985.1);

(6)"追慕圣君贤相鱼水相谐"说(曹学伟:〈试论《三国演义》的主题〉,载《三国演义研究集》)。

(7)"宣扬用兵之道"说(任昭坤:〈《三国演义》的主题应从军事

角度认识〉,载《三国演义研究集》)。

(8)"人才学教科书"说(于朝贵:〈一部形象生动的人才学教科书〉,载《三国演义学刊》第1辑,四川省社会科学出版社,1985)。

(9)"向往国家统一,歌颂'忠义'英雄"说(沈伯俊:〈向往国家统一,歌颂'忠义'英雄〉,《天府新论》1985.6,并收入《中国古典小说新论集》,西南师范大学出版社,1987)。

(10)"总结历史经验"说(胡世厚:〈论《三国演义》的主题〉,载《三国演义论文集》,中州古籍出版社,1985)。

(11)"乱世英雄颂歌"说(齐裕焜:〈乱世英雄的颂歌〉,载《三国演义论文集》)。

进入90年代,对《三国演义》思想内涵的研究有所深入,但对主题问题的探讨却不够活跃,专题论文较少。其原因主要有二:其一,对主题的观念和研究主题的方法还有分歧;其二,80年代已经提出多种观点,要想超越它们,提出新的说服力的观点,并非易事。

五、关于《三国演义》的人物形象的研究

《三国演义》总共写了1200多个人物,其中有名有姓的将近1000人,堪称古代小说中写人物最多的巨著。其中,形象生动、性格鲜明、家喻户晓的人物就有几十个,而曹操、诸葛亮、关羽等形象更是文学史上公认的典型。80年代以来,《三国》人物形象研究取得了显著成绩,主要表现在以下几个方面:

1. 研究范围明显扩大。对过去很少论及的人物和群体形象,出现了一批专题论文。

2. 研究的深度、角度、方法都大大拓展,新见迭出。80年代,

对曹操、诸葛亮、关羽、刘备、赵云、魏延、孙权、周瑜等形象，都发表了一批有影响的论文，如刘敬圻、黄均、陈翔华、丘振声、黄霖、欧阳健、沈伯俊、刘上生、朱伟明、关四平、许建中等均有佳作。

90年代，人物形象研究的论文主要有：

(1)关于曹操：沈伯俊〈曹操析〉(《社会科学学报》1992.5.28，亦见其所著《三国漫谈》一书)，刘上生《曹操形象的成功奥秘》(《古典文学知识》1994.6)。雷勇〈曹操形象的文化意蕴〉(《三国演义新论》，华中理工大学出版社1999)

(2)关于诸葛亮：刘上生〈论诸葛亮形象的才智系统及其民族文化意蕴〉(载《〈三国演义〉与中国文化》)，曹学伟〈道教与诸葛亮的形象塑造〉(同上书)，欧阳代发〈论蜀汉与诸葛亮的悲剧〉(同上书)，黄钧〈欲与天公试比高——诸葛亮形象史外部研究浅议〉载《〈三国演义〉与荆州》，中州古籍出版社，1993)，王齐洲〈论诸葛亮形象的文化意义〉(同上书)。黄崇浩〈封建社会“寒士阶层”的完美典型的悲剧〉(《三国演义新论》)，陈洪、马宇辉〈论《三国演义》中诸葛亮范型及其文化意蕴〉(《南开学报》1998.2)。

(3)关于关羽：叶松林〈义士·圣人·天神——《三国演义》中关羽形象的文化透视〉(载《〈三国演义〉与中国文化》)，黄海鹏〈天日心如镜，儒雅更知文——论《三国演义》中关羽的形象〉(载《〈三国演义〉与荆州》)，石麟《崇高者的悲剧与悲剧性的崇高——关云长散论》(同上书)，朱伟明〈关公形象及其文化意义〉(同上书)。

3.对人物形象塑造理论进行深入的探讨，集中表现为《三国》人物是否“类型化典型”的争论。代表性的论文有：傅继馥〈类型化艺术典型的光辉范本〉(分别载《三国演义研究集》及《社会科学战线》1983·4),石昌渝〈论《三国演义》人物形象的非类型化〉(载《三国演义学刊》第1辑),张锦池〈论《三国志通俗演义》的创作原则和人物描写〉(《明清小说研究》1993.1)。

六、关于《三国演义》创作方法与艺术成就的研究

20年来,对这一问题讨论热烈,成果甚丰。主要表现在:

1.关于《三国演义》的创作方法

学者们提出了五种观点:

(1)认为《三国演义》的创作方法基本上是现实主义的。这是相当一部分学者的看法。

(2)认为《演义》的创作方法是浪漫主义的。80年代代表性的论文有刘知渐〈《三国演义》新论〉(载其〈《三国演义》新论〉,重庆出版社1985)。

(3)认为《演义》的创作方法是现实主义与浪漫主义的结合。80年代代表性的论文有吴小林〈试论《三国演义》的艺术特色〉(载《三国演义论文集》)。

(4)认为《演义》的创作方法是古典主义的。这种观点出现于90年代,代表性的论文有黄钧〈《三国演义》和中国的古典主义〉(载《〈三国演义〉与中国文化》),张锦池〈论《三国志通俗演义》的创作原则和人物描写〉等。

(5)认为《演义》的创作方法既不属于今天所说的现实主义,也不属于今天所说的浪漫主义,而是现实主义精神与浪漫情调、传奇色彩的结合。代表性论述有沈伯俊〈中国章回小说的开山之作——《三国演义》〉(李保均主编《明清小说比较研究》第二章第一

节，四川大学出版社，1996）。

2.关于《三国演义》的虚实关系

这与上一问题密切相关，一直是讨论的热点之一。80年代代表性的论文有：何满子〈历史小说在事实与虚构之间的摆动〉（《光明日报》1984.3.20，傅隆基〈《三国志通俗演义》"基本符合史实"吧？〉（《光明日报》1984.4.17），曲沐〈《三国演义》"虚""实"之我见〉（《光明日报》1984.5.15），刘绍智〈《三国演义》的反历史主义〉（载《三国演义学刊》第1辑），宁希元〈从宋元讲史说到《三国演义》中的虚实关系〉（载《三国演义论文集》），熊笃〈《三国演义》并非"七实三虚"〉（载《三国演义学刊》第2辑，四川省社会科学院出版社，1986）。90年代主要论文有钟扬〈"七实三虚"，还是"三实七虚"〉（《安庆师范学院学报》1991.3）、郑铁生〈《三国演义》艺术欣赏〉（中国国际广播出版社1992年）。

3.关于《三国演义》的艺术特色和成就

（1）《三国演义》的总体艺术风格。80年代有代表性的论文，可见丘振声〈《三国演义》的阳刚美〉（载《三国演义学刊》第1辑）。90年代代表性的论文，有吴志达〈刚柔兼济之美——《三国演义》中所体现的最高美学境界〉（载《〈三国演义〉与荆州》），沈伯俊〈中国章回小说的开山之作——《三国演义》〉。

（2）《三国演义》的情节艺术。80年代代表性的论文有鲁德才〈《三国演义》的情节提炼〉（载《古典文学论丛》第2辑），吴小林〈试论《三国演义》的艺术特色〉等。90年代代表性的论文有傅隆基〈《三国志通俗演义》的叙事艺术浅探〉（载《〈三国演义〉与中国文化》）、沈伯俊〈中国章回小说的开山之作——《三国演义》〉等。

(3)《三国演义》的战争描写艺术。80年代代表性的论文有陈辽〈论"全景军事文学"《三国演义》〉(载《三国演义研究集》),冒炘、叶胥〈《三国演义》的战争描写〉(《徐州师范学院学报》1983.2,亦见其所著《三国演义创作论》第二章第八节),郑云波〈论《三国演义》中的战争个性及其美学意义〉(载《三国演义学刊》第1辑)、常林炎〈向《三国演义》借鉴写战争的艺术经验〉(载《三国义学刊》第2辑)等。90年代代表性的论述有郑铁生《〈三国演义〉艺术欣赏》,沈伯俊〈中国章回小说的开山之作——《三国演义》〉等。

(4)《三国演义》的性格艺术。80年代代表性的论文有剑锋(霍雨佳)〈塑造典型美的辩证法〉(《中州学刊》1984.4),杜景华〈论《三国演义》人物性格强化的特点〉(载《三国演义学刊》第1辑),宋常立〈《三国演义》人物心理表现特征及其构成原因〉(载《三国演义学刊》第2辑),艾斐〈论《三国演义》在典型塑造上的开拓与局限〉(载《辽宁大学学报》1987.3)等。90年代代表性的论述有黄钧〈论《三国演义》的人物塑造〉(《文学遗产》1991.1),关四平〈论《三国演义》的"多层展现"人物性格表现法〉(《求是学刊》1991.4),沈伯俊〈中国章回小说的开山之作——《三国演义》〉等。

(5)《三国演义》的结构艺术。80年代代表性的论文有冒炘、叶胥〈《三国演义》的结构艺术〉(《柳泉》1982.3;亦收入其《三国演义创作论》),吴小林〈试论《三国演义》的艺术特色〉,夏炜的〈略论《三国演义》的整体结构特色〉(《中州学刊》1984.4,亦收《〈三国演义〉论文集》)等。90年代代表性的论述有霍雨佳《〈三国演义〉美学价值》(中州古籍出版社,1991),饶道庆〈略论《三国演义》的叙事模式与中国文化思维的关系〉(《明清小说研究》1998.1),专著有郑铁生《三国演义叙事艺术》(新华出版社,2000)。

七、关于对毛宗岗父子和毛评《三国》的研究

20年来,在这个问题上取得了一系列进展和突破。主要有:

(1)关于毛氏父子的生平。黄霖〈有关毛本《三国演义》的几个问题〉、陈翔华〈诸葛亮形象史研究〉,分别考察了毛纶、毛宗岗父子的生平,特别是陈翔华,考证出毛宗岗生年当在崇祯五年(1632),卒年当在康熙四十八年(1709)春之后。

(2)关于毛氏父子评改《三国演义》的得失。大致有三种意见:剑锋认为改得成功(〈评毛纶、毛宗岗修订的《三国演义》〉);宁希元认为改得不好(〈毛本《三国演义》指谬〉;陈周昌则认为功过相兼,得失参半(〈毛宗岗评改《三国演义》的得失〉。

(3)关于毛宗岗的小说理论。包括:①毛宗岗的文学观;②毛宗岗的小说理论的特点和成就;③毛宗岗在中国小说批评史上的地位。这方面成果甚多,可参看沈伯俊〈《三国演义》研究综述〉。

八、关于"三国文化"的研究

自80年代后期开始,随着人们对《三国演义》进行多层次、多方位的研究,"三国文化"的命题自然而然地提了出来,研究成果日益丰富。讨论较多的主要有三个方面:

(1)关于"三国文化"的概念。沈伯俊指出,对"三国文化"可以作三个层次的理解和诠释:①历史学的"三国文化"观(或曰狭义的"三国文化"观),认为它就是历史上的三国时期的精神文化;②历

史文化学的"三国文化"观(或曰扩展义的"三国文化"观),认为它就是三国时期的物质文明与精神文明的总和;③大文化的"三国文化"观(或曰广义的"三国文化"观),认为"三国文化"并不仅仅指、并不等同于"三国时期的文化",而是指以三国时期的历史文化为源,以三国故事的传播演变为流,以《三国演义》及其诸多衍生现象为重要内容的综合性文化。一些学者提出的"诸葛亮文化"、"关羽文化"、"《三国演义》文化",均可视为广义的"三国文化"的分支。

(2)关于《三国演义》的文化内涵和价值。这方面论述颇多,从孟彦〈《三国演义》与中国文化学术讨论会综述〉可见一斑。谭良啸〈卧龙辅霸——诸葛亮成功之谜〉、梅铮铮〈忠义春秋——关公崇拜与民族文化心理〉,均为较有分量的著作。

(3)关于《三国演义》的应用研究。这是近年来人们致力甚多的一个领域,已经出版的专著,大约占20年来《三国》研究专著、专书总数的一半左右。其中,谭洛非《〈三国演义〉·谋略·领导艺术》(巴蜀书社,1991),胡世厚、卫绍生〈《三国演义》与人才学〉,霍雨佳〈《三国演义》与现代商战〉、〈三国智谋精粹〉、〈三国智愚百态〉,周俊〈《三国演义》与人才竞争〉,等等,均为在认真研究基础上确有启发意义之作。对此不应简单地予以排斥和否定。恢宏的气度,开放的眼光,多维多向的视角,将使《三国演义》不断焕发出新的光彩。

[本节全文引用了中国三国演义学会常务副会长、秘书长沈伯俊先生〈八十年代以来《三国演义》研究综述〉,载《稗海新航》,春风文艺出版社,1996。引用时作了必要的增删。]

第三节　《水浒传》研究

《水浒传》历来是明清小说的研究热点之一。明清两代，汪道昆、李卓吾、金圣叹等或评点、或序跋，颇多精辟之论。民国时期，鲁迅、胡适、郑振铎等真正开始了《水浒》的全面研究，并奠定了"水浒学"的基础。而"文革"十年，所谓的"评水浒、批宋江"，喧嚣一时，水浒研究走入歧途。八九十年代，在廓清了其流毒、总结其教训基础上，《水浒传》研究者充分利用前人搜集的历史资料和文物考古的新发现，拓宽思路，更新方法，在更深的层次和更广的角度对水浒展开研究。因而《水浒》研究出现了前所未有的新局面。下面择要予以述评。

一、关于《水浒》作者及施耐庵研究

《水浒》问世以来，最早把《水浒》著作权归于施耐庵的，是明人郎瑛，他在《七修类稿》中说："《宋江》又曰施耐庵的本"。稍后的高儒在《百川书志》中也有此说："《忠义水浒传》一百卷，钱塘施耐庵的本，罗贯中编次。"再后的李卓吾批百回本，袁无涯刻百二十回本，皆署"施耐庵集撰，罗贯中纂修"。胡应麟《少室山房笔丛》亦说"元人武林施某所编《水浒传》特为盛行"。金圣叹在自批七十回本前署"东都施耐庵撰"。另外，明人刘仕义《新刊玩易轩新知录》，张岱《陶庵梦忆》，周晖《金陵琐事》，盛于斯《休庵影语》，徐树立《识小录》也谈及水浒作者是施耐庵。最先对施耐庵为《水浒》作者提出怀疑的是清人周亮工，他在《书影》中说：金圣叹将《水浒》"定为耐

庵作不知何据?"并认为"世安得有为此等书人,当时敢露其姓名者"。鲁迅在《中国小说史略》中亦疑"施乃演为繁本者之托名"。吴梅则认为施耐庵即曾作《幽闺记》的施惠(字君美)。胡适亦认为"施耐庵大概是'乌有先生'、'亡是公'一流人","是明中叶一个文学大家的假名"(《水浒考证》)。

进入50年代后,刘冬、丁正华等人在江苏兴化县调查,发表了〈施耐庵生平调查报告〉及〈施耐庵与《水浒传》〉(见《文艺报》1952.21),认为《水浒》作者施耐庵为苏北白驹人。披露的材料有白驹施氏宗祠里的施耐庵木主、《施氏族谱》(内有王道生〈施耐庵墓志铭〉)、施耐庵传等。后来《江海学刊》、《新民报副刊》等相继发表丁正华、程树德、豪雨等人20多篇文章,赞同上说。与此同时,何心、戴不凡认为上述材料均不可信,断王道生《施耐庵墓志》为伪作。戴不凡更认为连施氏有这么一位祖宗也不妨存疑。

1981年,江苏大丰、兴化两县公布了为筹建施耐庵纪念馆而发现的一批有关文物史料,其中最有价值的是《施廷佐墓志铭》、《施氏长门谱》以及《施子安残碑》、《施让地照》和《施奉桥地卷》等,一时间又成了学术界注目的对象。江苏省社科院文学研究所于1982年4月在兴化、大丰召开了"施耐庵文物史料考察座谈会",张志岳、朱一玄、范宁、刘操南、何满子、袁世硕、章培恒等应邀参加,历时两周,会后发表座谈纪要,肯定苏北施彦端即《水浒》作者施耐庵,为元末明初泰州白驹场人。在此期间《人民日报》、《光明日报》、《文汇报》、《羊城晚报》以及《上海师院学报》、《学术月刊》等发表了100多篇文章和报道,均肯定施彦端即《水浒》作者施耐庵。肯定论者的代表文章以及以后为其论点辩白的文章有:刘冬〈施耐庵生平探考〉、〈施耐庵四世孙施廷佐墓志铭考实〉，章培恒〈关于施耐庵问题的争论及施氏族谱〉、〈施彦端是否施耐庵〉，欧阳健〈国贻堂施氏家谱世系考索〉，王春瑜〈施耐庵故乡考察散记〉、〈施让地卷及云卿诗稿考索〉，姚恩荣、王同书〈施耐庵籍贯考〉及王同书〈施耐庵生卒年新考〉，黄俶成〈施耐庵墓志考索〉，郑诗〈施彦端即施耐庵考论〉等。

但是，不少学者仍认为上述资料未必能释疑，存疑之说仍占相当优势，近年来又有新说间出。张国光、罗尔纲、王晓家、严云俊、黄霖、刘世德、王利器等对此皆有不同的看法。尽管他们的结论各别，但有一点是共同的：即《水浒》作者不是苏北的施耐庵，目前提供的"施耐庵墓志、家谱、诗文等俱不能征信"。肯定派与否定派壁垒分明，并各有专著，至今未能统一。

二、关于《水浒》成书年代及版本的研究

1. 关于《水浒》的成书年代

《水浒》的成书年代，影响最大的是元末明初说。近几年出现了一些新的说法：

(1)"非元末"说。马成生对《水浒》征方腊部分作了大量地理考证，认为其中攻打苏州等五州纯属虚构，而这五州恰是当年朱元璋征讨张士诚时相继攻打过的。当时的征张名将，大都或惨死沙场或功成被戮，这与宋江征方腊前后的遭遇相同。显然，《水浒》成书于元末之说也应予以否定(见《明清小说研究》第五辑)。

(2)"明洪武十年以后说"。朱育友等认为，容与堂本第九十九回有李俊去暹罗国情节。按暹罗国号是明洪武十年(1377)太祖赐

该国国王金印后始称。故《水浒》应作于洪武十年之后(见香港《大公报》1985.8.20)。

(3)"明仁宗前后说"。刘维俊认为,《水浒》中有骂红巾军为"红头子"等情节,由于明代文字狱严酷,因此成书于朱元璋时代似不可能。宋江服毒一节也是明初人所加。直至明仁宗时代,朝廷才开始"采听民言",言论开始较为自由,人民也开始怀念那些惨遭杀戮的功臣名将,因此,此时成书当是可信的(《邵阳师范专科学校学报》1986.1)。

(4)"明弘治初至正德二十年间说"。李伟实〈从杜堇的《水浒人物全图》看《水浒传》的成书年代〉(《社会科学战线》1991.3)、〈《水浒传》成书于元末明初之说不能成立〉(《社会科学战线》1993.6)依次分析并断言"元末明初说"所据资料的不可靠性,认为《水浒》成书于明弘治初至正德二十年间。

(5)"上限不早于正德末年说"。石昌渝〈从朴刀杆棒到子母炮——《水浒传》成书研究之一〉(《文学遗产》1999.2)通过对《水浒》描写的兵器与历史文献有关兵器记载的对照分析,得出《水浒传》成书的大致时间,再通过凌振的子母炮的考察,得出《水浒》成书时间的上限不能早于正德末年的结论,颇有说服力。

2.关于《水浒》的成型、版本、演变过程

(1)关于素材及源头。80年代,《水浒》的研究者充分利用前人所搜集的历史资料,对《水浒》的素材来源及文学源头进行了新的考证和辨析。具有代表性的论文有王利器〈水浒传是怎样纂修的〉、〈水浒的真人真事〉,徐朔方〈从宋江起义到《水浒传》成书〉,高明阁〈《水浒传》与《宣和遗事》〉等。王利器的文章对《水浒》历史人物作了大量考证，无论在考证范围还是史料开掘上都大大弥补了30年代余嘉锡的〈宋江三十六人考〉。徐朔方则认为“任何以历史考证的方法来代替对〈水浒传〉的研究都是不对头的”，作者认为《水浒》这部小说是宋江起义到小说成书这大约二三百年间，其演变的脉络是：“作为口头文学的水浒故事在元代形成”，而“水浒故事的初次成书当在元末或明初”。

(2)关于繁本简本关系。自鲁迅提出《水浒》版本可分为繁本和简本两个系统之后，研究界一直认为繁本先简本后。在1988年10月召开的浙江《水浒》研究会第六次学术讨论会上有人提出相反看法，认为简本是祖本，而后才形成简、繁两个版本系统。这个过程，大致分为两个阶段：先是自北宋末到南宋亡，自“街谈巷语”—“瓦肆演唱”—“文人画赞”；再是自元亡至明代，自“笔记小说缀录”—“杂剧演唱”—“蓝本”—“简体”—“繁本”(〈浙江《水浒》研究会第六次学术讨论会简述〉)。

90年代则回归旧说。刘世德〈论《京本忠义传》的时代、性质和地位〉(《明清小说研究》1993.2)中通过对《京本忠义传》的研究，认为它不是繁本，而是简本。该书刊刻于正德、嘉靖年间，极可能是福建建阳刊本，它应该是早期的简本，而不是“原本”、“原始本”、“祖本”，它是来源于繁本的删节本；作为标目本，它又是从白文本向上图下文本发展之间的过渡本；这种南京刊本与郭勋刊本、新安刊本或天都外臣序本有别。由此，文章得出简本出于繁本的结论。王珏〈《水浒传》版本之谜〉(《固原师专学报》1996.4)也持此说。

(3)关于祖本问题。竺青、李永祜在〈《水浒传》祖本及“郭武定本”问题新议〉(《文学遗产》1997.5)中认为，题署“施耐庵的本，罗贯中编次”的百卷(回)本《忠义水浒传》是现知所有明代《水浒传》版本的祖本。周继仲则在〈容与堂刻百回本《水浒传》应当为《水浒传》祖本〉(《贵州师范大学学报》1998.2)指出,在目前郭勋刻本残缺的情况下,容与堂本则成为最能直接体现真正古本面目的本子。他认为百回本当是接近施耐庵创作原意的一个本子。在施耐庵创作的《水浒传》不复存在的情况下,可以视容与堂本为《水浒传》的祖本。

(4)关于《水浒传》的流传。刘建国在〈梁山故事的流传和《水浒传》的成书〉(《湘潭大学学报》1994.3)中以宋、元、明三代梁山故事的演变为线索,探讨出宋江起义久传不衰的原因主要在于市民的皇权观念和崇拜侠义的思想,并详细评说了《水浒传》的成书过程,脉络清晰且分析客观合理。

(5)关于金圣叹有无腰斩《水浒传》问题。关于金圣叹删《水浒》为70回本的问题在20世纪20年代末期已有定论。但80年代罗尔纲认为罗贯中原本为70回,后经人伪续才成为百回本。此说遭到了很多人的质疑。90年代,这个问题又出现了争论。王珏〈《水浒传》版本之谜〉(《固原师范专科学校学报》1996.4)认为不能把70回本与金圣叹伪托古本看成一回事,金圣叹之前确有70回本。周岭在〈金圣叹腰斩《水浒传》说质疑〉(《文学评论》1998.1)中亦认为,“腰斩问题成为‘定说’的根据,全属悬拟之词”,文中对于传统观点的三个证据一一提出质疑,通过论证,得出如下结论:①金圣叹没有腰斩过《水浒传》,他所批点的70回本《水浒传》确有所本;②金批70回本《水浒传》的底本并不是所谓“古本”,而是嘉靖时人腰斩郭勋百回繁本改写而成的本子。此说很快引起了学界反映。王齐洲在〈金圣腰斩《水浒传》无可怀疑——与周岭同志商榷〉予以了有力反驳。

(6)关于《古本水浒传》的真伪问题。1985年,河北人民出版社出版了由蒋祖纲校勘、署名为施耐庵的120回本《水浒传》。此书前70回与贯华堂本一致,后50回则敷演了全新的传奇故事。该书曾于1933年由梅寄鹤在中西书局出版。新版后,即引起学界强烈反应。吴小如、王利器、陈辽、李思明、陈耀明、张国光等纷纷撰文指斥为伪作。而持肯定者仅蒋祖纲等数人。应坚于1990年1月撰文对此争论进行了述评,认为"反对派明显占了上风",但又说"看来这场《古本》风波远未平息"。1992年1月,张国光再次撰文对此问题作了回顾与总结,并随文附录了梅氏女婿王天如提供的梅氏生平资料及梅续情况介绍,确证中西书局版50回《古本水浒传》系由梅氏伪续,指出河北人民出版社1985年版120回《古本水浒传》是"伪中之伪"。

三、关于《水浒传》主题的研究

长期以来,对《水浒传》主题的权威解释是反映了农民起义和农民革命,是"北宋末年农民革命战争的历史画卷"或"农民起义的教科书"。80年代初,这种"起义说"即受到了强烈的质疑和挑战。代表性论文有王齐洲〈《水浒传》是描写农民起义的作品吗?〉(载《水浒争鸣》第一辑),〈论中国古典小说的阶级意识——从《水浒传》取材谈起〉(《天津社会科学》1993.2);李庆西〈水浒主题思维方法辨略——兼说"起义说"与"市民说"〉。但仍有坚持"起义说"论者,以常林炎、蒋松源、王利器为代表。在热烈的讨论之中,更引发

出有关《水浒》主题的诸多新见,归纳起来,大致有8种:

1.市民说

此说最早是伊永文于1975年在《天津师范学院学报》第4期上提出来的,题为〈《水浒传》是反映市民阶级利益的作品〉。1980年,他又发表〈再论《水浒传》是反映市民阶级利益的作品〉。持此观点者还有欧阳健、萧相恺〈水浒“为市井细民写心”〉。其理由主要是:①自北宋以来,我国就基本上形成一个市民阶级。这个阶级的个性解放、要求平等之类思想,正与《水浒》故事流传同时。《水浒》的纲领“替天行道”,表现在经济上的“劫富济贫”、“论秤分金银”,正是市民阶级平等思想的具体表现。至于政治上,由于市民阶级的软弱性,就自然地表现出对封建王朝的妥协态度;②水浒中的英雄形象,正是市民阶级的理想人物;“路见不平,拔刀相助”正是软弱的市民阶级的企求。小说中大量表现的也正是市民的爱憎及其局限;③小说中所展示的广阔社会画面,正是市民阶级的人物生活及活动场所。对农民、农村,尤其是地主阶级剥削压迫,则几乎没有正面描写。

2.伦理反思说

李庆西认为,建国以来水浒研究最重要的一条教训就是忽略了从伦理关系上把握作品的内涵、它的历史氛围和美学风貌。实际上,“水浒一书以儒教伦理为其主题思维的逻辑起点,最后又归结为对儒教自身的批判”。是施耐庵们作为正直的封建社会知识分子对困扰于心的儒教纲常进行伦理反省的忧愤之作。作者的结论是:水浒不是为市井细民写心,而是“为施耐庵们写心”(〈水浒的主题思维方法辨略——兼说“起义说”和“市民说”〉)。卢忻进一步认为，对传统伦理的反省甚至反叛，这不仅是《水浒》的进步倾向，也是明清小说中普遍存在从而值得思考和注意的现象(〈《水浒传》作者的英雄观〉)。李真瑜认为：忠、孝、义三位一体，构成了水浒人物在国家、家族、社会三方面伦理道德的主体。正是从这点出发，他们在造反时有种普遍的负罪心理。忠义堂前"替天行道"、"保国安民"两面大旗，既揭示了这支义军宗旨，也是希望人们把他们视为与一般落草之徒不同的"忠义之盗"。这种负罪心理，也是他们接受招安，走向自我否定的内在原因。作者认为，要认识《水浒》巨大的思想、历史、美学价值，就必须探讨其中伦理道德的具体内容和人物悲剧命运之间的联系(〈水浒传的伦理首先意识和人物的悲剧命运〉)。

3.忠奸斗争说

这是对李卓吾《忠义水浒传序》观点的引申和发挥。左凌义〈论忠奸斗争是《水浒》描写的主线〉赞同此论。其理由是：①108将中，宋江是忠义思想体现者和代表。征辽、反贪官、劫富济贫则是忠和义的具体内容；②高俅是奸佞的代表。他和宋江的矛盾，是评判《水浒》主题的主要依据；③从《水浒》三个领袖的不同遭遇亦可说明此主题。王伦不讲义气，终被火拼；晁盖"托胆称王"，便让他"归天及早"。唯有宋江"不假称王，而呼保义"，忠义双全，终于"死当庙食生封侯"。钟扬认为，水浒的主体精神是回荡在忠奸斗争框架中农民革命的挽歌。其理由是：从开篇到梁山大聚义写的是奸逼忠反；从梁山大聚义到全伙受招安，写的是奸阻忠归；从全伙受招安到魂聚蓼儿洼，写的是奸害忠亡这样一部"忠奸斗争的三部曲"(〈回荡在忠奸斗争框架中的农民革命的挽歌——《水浒》主体心解〉)。王基〈再论《水浒》之非农民起义说〉(《大庆师范专科学校学报》1993.1)则根据决定事物性质的根本原因在事物内部的马克思主义理论,从书中反映的基本事实出发,断定梁山起义不是农民起义而是许多阶层都参加的人民起义,其实质是一场忠奸斗争。

4.江湖豪杰说

认为《水浒》是写江湖豪侠、无业游民的反抗,或者是市民、农民联合起来的武装斗争。周克良〈水浒非写农民起义说〉认为①《水浒》中,108将与农民阶级缺少密切联系,并非农民革命代表,而是解民于倒悬的仗义疏财之士或绿林豪杰;②梁山好汉所发动的战争,并不具有农民革命战争性质,实乃绿林好汉之扩大了的打家劫舍;③梁山泊聚义纲领不是农民革命纲领,它代表了游民无产者的思想倾向;所谓梁山政权,实际上是绿林豪侠武装集团。喻朝刚亦认为"小说中的许多人物、思想和矛盾现象,用'农民起义说'解析不清,用'市民说'也解析不清",因此主张用"人民起义",即江湖豪侠、无业游民以及各类劳动者联合的武装斗争来说明《水浒》所描写的斗争性质(〈水浒究竟是一部什么样的书〉)。

5.革新与守旧说

认为《水浒》是描写"地主阶级内部进步力量与腐朽力量即革新派与守旧派的矛盾斗争"(王齐洲〈水浒传是描写农民起义的作品吗?〉)。理由是:①梁山英雄"只反贪官,不反皇帝",而在"不反皇帝"的前提下是否反贪官,这正是地方阶级内部革新派与守旧派的主要区别;②宋江的封建正统观念很浓,他的专待招安、竭力报国与宋徽宗时"造反"于两河、山东一带的贾进、张万仙一样,属于

“要高官,受招安;欲要富,须胡做”性质;③梁山的108将,并不代表农民阶级根本利益;④从《水浒》故事渊源来看,在宋江故事流传早期,也是把他看作地主阶级内部革新派。

6. 理想说

倪长康〈封建长夜中的一个理想国梦——《水浒》主题之我见〉(《明清小说研究》1991.1)中认为:水泊梁山是个理想国,这个理想国又存在不可避免的局限,它是封建长夜中的一个梦,矛盾、朦胧、残缺、空想,最后是幻灭。韩晓谅〈《水浒》主题新解〉(《明清小说研究》1994.2)认为:站在哲学的高度去看《水浒》,它是一部表现人类身处险境、恐惧不安的书,是表现人类寻求安身之地而不得情状的书,它追求的人格理想具有现代性。

7. 悲剧说

宋克夫〈乱世忠义的悲歌——论《水浒传》的主题及思维方式〉(《湖北大学学报》1993.6)中认为:《水浒传》是一曲乱世忠义的悲歌。梁山义军的悲剧不在于“宋公明全伙受招安”,而在于“逼上梁山”和宋公明“神聚蓼儿洼”,通过这种悲剧,《水浒传》表现了对封建乱世的极大愤懑和忠义思想的深沉迷惘。佘树声〈论《水浒传》的悲剧意义〉(《齐鲁学刊》1999.3)认为《水浒传》的悲剧性首先内在于“梁山”叛逆群体自身;从整体高度看,它又是统治者与叛逆者共同的悲剧。同时,“水泊梁山”既是作者抗上意识的衍化,也是作者乌托邦理想的折射,也是作者忠义价值观念的投影,因此,《水浒》的悲剧,也是作者观念的悲剧。

8. 主题多元说

欧阳健认为,《水浒》主题诸说,本身都有其相对合理的内核,但全书内容十分丰富,而研究者的思维方法、角度又各不相同,因此,《水浒》主题非某一说所能全面概括。他认为应运用系统、多维的研究方法,承认《水浒》主题探索多元化倾向,并存诸说,互相融合、渗透(《明清小说研究》第 6 辑)。郭振勤〈从生成史略论《水浒传》的主题〉(《汕头大学学报》1993. 3)从《水浒传》生成史的角度,将《水浒传》的成书和作品主题的嬗变联系起来,指出梁山故事在流传过程中不断出现传奇色彩和归正倾向,进而认为《水浒传》是封建社会全社会被压迫者与有志之士的反抗与追求的"交响曲",是对封建社会后期现实的一种"全景式的综合反映"。欧恢章〈《水浒传》主题的多元与主元〉(《重庆师范学院学报》1997. 4)认为:肯定《水浒传》主题的多元说,是有利于这部小说的深入研究的。同时又认为多元之中有主元,主元是影响全局的最基本的主题,《水浒传》的主元就是"讽喻",既有对宋代统治者的批评,又含有对后人要以此为镜的劝诫。

四、关于宋江形象与招安问题的研究

"文革"十年中,把宋江说成是"投降派","大儒",已成了历史烟云,不再有人提及了。新时期对宋江的研究主要有三个角度:一是从系统论、文化心态学、美学等角度探讨这个形象的内涵;二是从水浒史及典型论来探讨这个形象的流变形成及典型意义;三是回归社会学的分析,但已摒弃了贴政治标签的庸俗做法。由此而涉及的招安问题也有两个新的角度:一是探讨《忠义水浒传》和金本在处理上的不同;二是对导致招安原因进行历史的、伦理的、哲学的思考。下面对此略加评述。

1. 宋江形象

(1)认为宋江形象是“时代文化心态的外化”。欧恢章《对宋江形象再认识》认为：宋江缺乏绿林好汉的气质，倒有些士大夫的书生气。作者从分析宋江重视人的价值、功名利禄，有强烈进取心，开明仁义，曲线尽忠等性格特征入手，认为在他身上体现了宋明之际中国社会文化心态的不同侧面。此外，宋江在处理人际关系上的人情练达、中庸持平、团结众人，则体现了中国儒学文化传统的部分特点。他不仅是政治的存在，也是文化的存在，道德的存在。

(2)认为宋江形象是个由类型化与个性化杂糅的典型。周书文认为：在宋江形象刻画上存在着三种矛盾或差异：作为自在客体的客观描绘，与作为创作主体的倾向叙述，存在着差异性；作为实践主体的周围人物对宋江的评价，与宋江的自然本质刻画存在矛盾；作为形象整体中具有审美特点的认识客体，给读者提供了多种审美感染功能。文章指出，宋江形象这三重刻画是互相依存、互相作用，正是这三重刻画的复合才构成了宋江形象的整体。作者认为只有采用系统论方法去考察整个形象体系，才能对宋江形象得出正确结论来(《试用系统方法探索宋江形象》)。刘敬忻也认为：“宋江形象的出现，反映着一种新的动向，即我国古典戏曲小说的人物塑造，已经在更深刻的意义上，从人物性格结构的深层处，开始了从类型化典型向个性化典型的过渡。”宋江形象的复杂性导致了他鲜明的个性特征。这就是“忠与功利的相互撞击、相互渗透”：生的欲望，动摇着忠的信念；对功名的渴望，又激扬着尽忠报国的热情；对爵禄的眷恋，过早地招致了兔死狗烹的结局。“义与功利的相互依存、相互消损”，在宋江身上的表现是：个人冤仇为重。百姓友人疾苦为轻；个人存亡为重，义军兄弟的安危为轻。这个形象给人们的启示是：①施耐庵在塑造这一形象时已不自觉地摆脱了某些传统理论束缚，隐约感到了市民力量和市民意识的萌发与躁动；②宋江形象的出现，标志着古代小说家审美心理正在发生裂变——开始突破类型化的典型观念，向着"从特殊中显示一般"靠拢；③对传统的评点方法提出了挑战(〈由类型化典型向个性化典型过渡——宋江形象补论〉)。

(3)认为宋江是个"理想化救世主与社教政治的奴才"的双重形象。周克良〈论宋江：再说《水浒》非写农民起义〉认为：宋江忠义过人，信奉儒家理论，但又雄才大略，有时无法循规蹈矩。这种知与行的矛盾被作者以"替天行道"、"顺天护国"八字大法巧妙解决，从而成为一个理想化救世主和社教政治奴才的双重形象。既达到改造现实的目的，又大致符合儒教礼制规范。唐富龄〈宋江形象的分裂性、统一性及其他〉虽然结论与周文不同，但也指出了宋江的双重性格，是个身被儒家道德观念的造反领袖双重形象。

(4)认为宋江是一个农民起义领袖悲剧性格的典型。常林炎〈水浒四论〉认为宋江一生身心分离，在精神折磨中活着。他忽而身在官府，心在草野；忽而身在草野，心在朝廷。这个性格造成了他一生的悲剧。作者为我们提供了一个农民起义领袖悲剧性格发展史。陈周昌〈宋江性格结构试探〉、韩伟〈浅论宋江形象复杂性〉都论及宋江性格上的矛盾所导致的悲剧结局。

(5)认为宋江是个"忠义之烈的艺术典型"。张锦池从宋江如何"落草为寇"、"把寨为头"、"接受招安"及招安后的结局这几个横断面入手，分析了从《宣和遗事》，元人杂剧到容本、金本《水浒》中宋江形象的演变经过，然后得出结论："南宋以来宋江形象的历史发展过程，就是他身上的忠义思想不断增强与深化过程，而忠于宋室的观念越来越处于矛盾的主导方面。"作者认为，把宋江塑造成"忠义之烈"的典型，赋之以岳飞式的"宁可朝廷负我，我忠心不负朝廷"的思想感情，这正是南宋以来水浒故事和宋江形象合乎逻辑的发展。不是一般地希望草泽英雄出来匡扶宋室，而是借水浒故事总结宋室何以灭亡的原因，赋予宋江以壮志未酬身遇害的悲惨结局，这是施耐庵高于前人和同代人的地方。由此，也就是使《水浒传》成为一曲昂入云天的"乱世忠义"的悲歌(〈忠义之烈的典型——论宋江的艺术形象及其发展〉)。

(6)认为宋江是个"郓城小吏"的形象。曾永辰〈梁山领袖还是郓城小吏——说失败的宋江形象〉指出：作者力图塑造一个雄才大略起义军领袖形象，实际上却很不成功。作品对宋江"义"的特征的具体刻画，完全是根据小吏性格和行为方式推衍出来的。"宋江作为一个起义军领袖，基本上是一个失败的艺术形象"，"他的行为方式和精神气质，时时使人想起那个生长在郓城土壤中的小押司"。作者还分析了塑造失败的主要原因"是缺乏生活依据"。

2. 招安及征方腊等问题

(1)否定"招安"结局。欧阳健认为："梁山泊的投降，不是对农民起义的背叛，而是一个'作乱'于一时的绿林豪侠集团在看不清出路的情况下，出于对封建王朝的迷信和幻想，被官方收编，最后落得个悲惨的结局。这样，我们才可能对梁山泊聚义为什么最终走上投降道路作出合理解释"(〈也谈《水浒》的"路线"问题〉)。

(2)否定招安，但肯定作者对此的处理态度。刘孝严认为：《水浒》虽安排了“招安”的情节，却并不美化“招安”道路。他是把历史上关于农民起义的“水浒”故事加以改造，使之服从于反奸臣的政治主题。因此，“《水浒全传》虽描写了农民起义的内容，却不能看作是农民起义的颂歌和史诗；虽描写了‘招安’的情节，却不能断言其为‘叛徒的颂歌’”。梁山英雄就整个形象而言，“还不能归结为农民起义英雄的典型，而应当把他们看作封建社会中带有农民英雄特质的反奸臣、反昏政的英雄典型”(〈水浒全传及其招安问题〉)。

(3)肯定招安。王文彬从考查《水浒》招安之说的由来；招安政策在宋元社会所起的作用；招安情节在《水浒》中的美学价值等方面来肯定招安结局。作者认为招安这一情节既符合北宋末年宋江起义的历史真实，也符合宋代社会历史真实，反映了从北宋末年到元末明初这一较长历史时期的封建社会阶级矛盾和民族矛盾。作者认为，招安得到肯定，不但降低不了《水浒》的声誉和价值，反而能扩大它的积极影响。至于征方腊，作者指出不要同历史上的方腊起义和宋江起义混为一谈。作为《水浒》中的方腊是“人民痛恨的坐寇，宋江将他平了，当然是符合人民愿望的了”(〈关于水浒传与“招安”的再认识〉)。

王平〈略论《水浒传》的审美价值〉(《东岳论丛》1991.1)则从审美情感角度剖析了“招安”结局的美学合理性。作者认为小说前80回的兴奋、慷慨、激昂与后20回的悲哀、沉痛、压抑，形成了鲜明对比，实际上这就是对招安结局的含蓄深沉的情感评价。尽管从理论上分析，梁山英雄接受招安是唯一出路，但情感渲染却足以使读者感到招安的不足取，这就造成了浓重强烈的悲剧效果。小说没有从理性上直接正面批判否定招安，只是在情节的进展中暗换了情感性质，完成了情感由渐变到突变的复杂过程，留给人们对接受招安的回味和哀思。

五、关于《水浒传》艺术成就的研究

近年来，《水浒》的研究者已开始把注意力集中到《水浒》艺术成就的研究上，探讨其创作规律，总结其经验教训，力求给今天的文艺创作提供借鉴。这种探讨大致可分三个方面：一是对《水浒》中人物形象进行美学分析，总结其典型化的创作手法；二是探讨《水浒》的创作方法和在构思结构、情节处理上的手法；三是总结其具体的艺术表现技巧和手法。

1. 对《水浒》人物的形象分析

蒋文钦通过对宋江、李逵、吴用等人物形象的分析，总结了《水浒》人物英雄形象的演化过程。总的来说是"神的因素减少，人的因素增加；市井细民不熟悉的帝王将相描写减少，现实世界的平凡生活增加"。作者认为这都是《水浒》在"典型形象塑造上巨大进步的轨迹。当然，还不能说已最终完成从神到人的过渡，从天上回到人间的过渡，但已迈出了决定性的步伐，却是无可争议的"(〈三国演义和水浒中英雄形象的演化〉)。

周克良则认为，《水浒》最大的美学价值就在于他的模糊性。这表现在：创作思想上是模糊的理想主义——造反的因由，平等的概念，"忠义"的界说都是模糊的；梁山英雄的各个性格亦都具有模糊化特征。以鲁达、武松、李逵这三个主要人物为例，他们的性格类属都是相当模糊的。作者认为，"水浒模糊性的美学意蕴在于：

使梁山好汉这一艺术群体找到了各自的归宿，使水浒得到社会公爱而名著古今”(〈水浒的模糊性是其称著于世之谜〉)。

在对宋江形象的分析上，不少论文也避开招安、征方腊、忠义观、宋江原型等社会学方面的争议，而着力从美学角度来分析这一形象的美学内涵、性格特征以及塑造这种特征的艺术手法。如叶宪舒〈论宋江的多重思想性格及其形成原因〉，运用“再现典型环境中的典型人物”这一美学原理，较详细地剖析了宋江思想性格的社会、历史因素，并由此着手分析了宋江性格构成的内在矛盾及其二重性的性格逻辑。陈周昌〈宋江性格结构试探〉则进一步分析了宋江这一形象的“性格要素组合层次”。除宋江之外，多年来的水浒人物形象分析还遍及鲁智深、晁盖、吴用、公孙胜、林冲、武松、李逵等几乎所有的主要人物，如欧阳健的〈杨志·鲁达·武松论〉、〈卢俊义·燕青论〉、〈吴用·三阮·李逵论〉，王贵福〈论晁盖〉，吕剑萍〈谈谈林冲性格的两面性〉，曲家源的〈论武松〉等。其中欧阳健在水浒人物论上显得较为活跃。

进入90年代，《水浒》中女性形象及妇女观问题颇受学界关注，论述较多。石麟〈论《水浒传》中的女性形象〉(《湖北师范学院学报》1990.4)分析了《水浒传》中的女性多是英雄好汉的反衬。魏崇新〈《水浒传》一个反女性的文本〉(《明清小说研究》1997.4)剖析了作者的妇女观。郑其兴〈偏激与嗜血——从侠的角度看《水浒传》〉(《明清小说研究》1997.2)从侠的角度去理解《水浒传》中表现出的“突出的厌恶女性的倾向”。索绍武〈《水浒》多把女性谤，作者恐有苦衷肠〉(《西北民族学院学报》1992.1)则从客观和主观两方面去探讨“多把女性谤”的原因。

2. 对《水浒》结构和创作方法的研究

张啸虎〈论金本《水浒》的浪漫主义精神〉从创作方法的角度探讨了武松、鲁达、林冲等水浒人物形象塑造达到"性格化与理想化"统一的经验，以及人物形象典型化上的浪漫主义特征。吴士余〈形象结构及艺术表达〉一文从古典小说和绘画艺术的传统审美意识着手对《水浒》结构的整体构思、结局处理和结构的和谐美进行分析。不同意茅盾提出的"从全书看来，水浒结构不是有机的"，以及李希凡提出的水浒仅在"内容的安排"上是属"有机的"等看法。

徐明安把《水浒传》与《三国演义》作一比较，认为《水浒》在艺术形象的创造上比《三国演义》有所发展。《三国演义》中，作者笔下的人物形象是审美主体的直接表现，人物带有明晰的理性色彩，人物性格基本上是单质、单向和单义的。《水浒》却开始突破人物模式化、类型化的框架，写出了宋江、林冲、武松等性格比较复杂的人物，不仅写出了性格的多侧面、多层次，而且写出了性格的发展变化。但作者也认为，虽然《水浒》在人物性格的塑造上取得了前所未有的成就，但大多数人物性格描写还停留在较低的层次上，人物性格大多是外向的性格，还缺乏更深层次的描写，作者的笔触还没有伸向人物的内心世界，去开掘人物性格结构中的矛盾内容和复杂因素，表现人物性格的矛盾性、复杂性、丰富性和独特性(《论水浒传艺术典型的开拓创造》)。欧阳健也是用比较的方法，把水浒同司各特塑绿林好汉罗宾汉形象的《艾赫凡》作一比较，指出了水浒在结构和塑造人物形象上的成就。认为《水浒》与之相比，虽有类型化缺陷，但大多能看出性格发展变化的轨迹。能以曲折回环的笔法，写出众多英雄逼上梁山的复杂过程，增强主题深刻性。

欧阳健的另一篇文章〈《水浒传》“结末不振”问题新议〉（《明清小说研究》1996.4）对鲁迅提出的《水浒》结构“结末不振”问题作了精彩阐释。他不同意鲁迅先生的提法，认为《水浒传》是一部通体和谐相称的艺术统一体，是出自同一位作者之手的结构整体。指出金圣叹定前70回为施耐庵作，后50回为罗贯中作是错误的。施才是100回《水浒》繁本的完成者，罗贯中作为他的门人，密切参与了合作。因此不能将施罗两人对立起来，更不能将前70回与后50回割裂开来。

3.对《水浒传》具体艺术技巧的研究

在这方面用力最勤的是汪远平。自1982年以来，他在各种报刊上发表关于水浒的醉态、哭态、酒店、神怪、过场人物、人物绰号等描写的特点，以及视点艺术、构思中偶然性因素、绘色艺术等方面的研究论文共30多篇。如在〈行踪匆匆，余音悠悠——《水浒》过场人物的描写〉中分析了作者对牛二、王伦、白秀英、洪教头、王婆等过场人物的处理技巧。指出，每一个过场人物“在他的地位上都是主角”，采取“以少胜多”的手法，敏捷抓住这些过场人物在瞬间的表现，并在这瞬间与客观环境的内在联系中去突出其主要性格特征。在与主要人物的关系上则“配合”主要人物塑造，“相互映衬，相得益彰”，构成一个有机整体。〈论水浒的视点艺术〉分析了作者在叙述故事、塑造人物、描绘场景时，经常变换角度，采用不同的视点艺术：有说书人充当叙述者的外视点，有作品中众多人物参与互叙或自叙的内视点，还有内外视点的交融与配合，使作品呈现一种多重、变化、流动的内外交融视点艺术。费世雄则以武松打虎与李逵杀虎为例，探讨中国古典小说中采用不同手法来处理类似事件的“犯中见避”艺术技巧(〈武松打虎与李逵杀虎——犯中见避写作技巧说例〉)。

六、对《水浒》文化的研究

随着研究视野的拓展，从90年代初开始，关于《水浒》文化的研究空前活跃，佳作迭见，颇多新意。

宁稼雨〈《水浒传》与中国绿林文化〉(《文学遗产》1995.2)认为〈水浒〉所表现的绿林文化精神，是墨家思想影响下的侠文化组成部分。李真瑜〈游侠遗风与《水浒传》〉(《北京师范大学学报》1992.4)则从文化史的角度审度《水浒》，认为《水浒》所描写的梁山英雄好汉不过是汉代以后的“新一代游侠”。他们将“替天行道”与“护国安民”结合起来，高扬了封建时代的爱国主义。而忠与义又是他们悲剧的成因之一。冯文楼〈义:价值主体的建构与解构〉(《陕西师范大学学报》1993.5)则从“义”这一价值观念依托与桎梏的双重品格入手，深入剖析了李逵形象，指出梁山英雄既在“义”的实践中找到了自我，又在“义”的圈限中丢失了自我。

王振星〈《水浒传》的文化品位〉(《济宁师范专科学校学报》1998.2)认为:《水浒传》反抗封建社会秩序，揭示了造反不惟是官逼民反，也是人生欲求和怀才不遇文化母题促成的;其富于思辨的否定精神，有着深厚的思想文化基础。而且小说逞威炫力，其阳刚之气质是对传统文化重文轻武、崇柔抑刚的反是，这对锻造中华民族刚强的性格有不容忽视的影响。同时，小说融入神话，再造神话，流露出肯定造反精神的厚重底蕴，对水浒英雄从人格到神格的塑造,则展现了人民大众对他们的崇敬之情。这些,都不同程度地冲击着以儒家为主导的传统文化,体现了小说固有的文化品格。他的另一篇力作〈《水浒传》与都市文化〉(《济宁师范专科学校学报》1999.4)则指出:《水浒》反映宋代都市经济的繁荣和风俗习尚,并展示了市民阶层的生活情趣、精神追求和精神风貌。认为水浒故事从流传到成书,一直受到市民与文人的道德意识、文化心理、审美趣味的规范,其忠义思想也是市民文化与文人文化碰撞、融合的产物。

此类文化研究的代表性论文还有罗祖基〈《水浒传》与侠墨文化〉(《江汉论坛》1996.4),王珏〈论《水浒传》的宗教观〉(《渭南师范专科学校学报》1994.4),高曼霞〈《水浒传》中的佛与道〉(《辽宁师范大学学报》1994.6),马成生〈从中国文化史来审视《水浒》〉(《湖州师范专科学校学报》1990.1),郭兴良〈《水浒传》的文化精神〉(《明清小说研究》1993.2)等。

第四节 《西游记》研究

新时期的《西游记》研究于70年代末80年代初。最初出版的专著为胡光舟《吴承恩和西游记》(上海古籍出版社,1980),这是一本普及性与学术性相结合、雅俗共赏的读物。稍后何满子发表了论文〈把艺术从社会学的框子里解放出来——谈神魔小说《西游记》的社会内容〉(《社会科学》1982.11),认为要想把《西游记》研究导向深入,首先要做的就是从思想上清算庸俗社会学的方法论。这篇论文对清算"十七年"《西游记》研究误区,促进研究方法的多元化起到了重要的指导作用。

在逐步走出"文革"阴影之后,《西游记》研究于80年代后期至90年代全面繁盛,其研究的广度和深度大大开拓,发表相关论文约650余篇,并先后出版了十几部研究专著,主要有苏兴《吴承恩小传》(百花文艺出版社,1981)、《吴承恩年谱》(同上),朱一玄、刘毓忱《〈西游记〉资料汇编》(中州书画社,1983),刘荫柏《〈西游记〉研究资料》(上海古籍出版社,1989),刘怀玉《吴承恩诗文集笺校》(上海古籍出版社,1991),吴圣昔《西游新解》(中国文联出版公司,1989),林庚《西游记漫话》(人民文学出版社,1990),李安纲《苦海与极乐》(东方出版社,1995),张锦池《西游记考论》(黑龙江教育出版社,1997)。研究成果在数量上前所未有,质量上也达到了较高的水准。现就研究界的主要研究内容略述如下:

一、关于《西游记》的祖本、作者和成书过程研究

1.《西游记》祖本、成书过程研究

《西游记》的版本源流问题,亦即吴承恩《西游记》(吴本或世德堂本),朱鼎臣《唐三藏西游记释厄传》(朱本),杨致和《西游记传》(杨本)三者的关系问题。自20年代以来一直争而未决,今天亦各有传人,且有新解。

(1)杨本说。此说为鲁迅提出。1982年陈新再持此说。他认为此是今存《西游记》最完整的古本;吴承恩定本是以杨本故事间架为主要依据;其中前15回至迟开笔在嘉靖年间;朱本前半部是根据吴承恩书前15回改写的,后半部是用杨本补足的。(〈西游记版本源流的一个假设〉)

(2)吴本(世德堂本)。30年代,郑振铎通过考辨版本写出《西游记的演化》。他比较了万历二十年(1852)世德堂本、朱鼎臣《西游释厄传》、杨志和《西游记传》等几个本子,纠正了鲁迅在《中国小说史略》中把杨志和本当作祖本的错误。他认为世德堂本最早,朱鼎臣本是删改世德堂的简本,而杨志和本又是据世德堂本和朱鼎臣本而编辑的简本。1984年黄永年〈重记西游记的简本〉(发表于1987年)、1985年李时人〈明刊朱鼎臣《西游释厄传》考〉和1986年李时人〈吴本、杨本、朱本《西游记》关系考辨〉各自独立地对三个本子进行了细密的考辨,结论完全相同,认为是世德堂本在前,杨本因袭世德堂本,朱本则因袭世德堂本和杨本。程毅中、程有庆〈《西游记》版本探索〉通过对《西游记》版本的一些有关资料的查证对比,导出以下一些结论:①"从《大唐三藏取经诗话》到百回本《西游记》中间有过许多种西游故事的古本小说";②从《永乐大典》本到百回本之间,经历了多次增订、删改,出现了不少版本;③世本是"现存最完善的、可能也是最早的百回本,它还保存着一些旧本《西游记》的痕迹"(《文学遗产》1997.3)。

此外,苏兴在考察"如来佛制伏孙悟空问题的嬗变"后认为,"似可证明"吴本是"源",朱本和杨本是"流","是吴本的节缩本"(〈《西游记》第七回研究〉,《社会科学战线》1992.2)。张锦池则从杨本、世本、朱本的互勘中得出,"世本乃杨本的祖本,而朱本则又是晚于杨本的三缀本"(〈说朱本是晚于世本和杨本的三缀本:《西游记》版本源流考论之二〉,《北方论丛》1997.1)。

(3)朱本说。这是澳籍华人柳存仁在〈从伦敦所见中国小说书目提要〉中提出来的。陈君谋、朱德慈等皆持此说。朱认为:"朱鼎臣起先依照某种本子(大约是《西游记平话》之类)进行改写,开始比较从容,大约从得龙马开始,就愈来愈匆忙了。吴承恩在创作的过程中参照了朱本,并做了增删润色的功夫,对后24回则在其基础上广泛吸取其他取经故事的素材进行再创作。杨本的前一部分是参照吴本有秩序的节缩,后来可能限于篇幅或其他原因,便与简略的朱本后三卷相连接,同时参照吴本,使之更完善"(淮安县《西游记研究》)。

(4)祖本是尚未发现的另一新本。这是方胜在《西游记祖本问题新论》中提出的。他认为朱本、杨本既不是吴本的祖本,也不是吴本的删本;朱本也未必如前所说是吴本和杨本的"结合体"。他认为,从较早的永乐本到较晚的吴、朱、杨本,这中间很可能还另有一部或一部以上的《西游记》新本在社会上流传过,这可能是吴本的祖本。如果我们局限于现存的永乐本、朱本、杨本间去寻找吴本祖本,"很难得出令人信服的圆通的结论"。

徐朔方〈论《西游记》的成书〉(《社会科学战线》1992.2)则提出:世德堂本出现之前存在一个《西游记》原本,而世本是在原本基础上写定的,只是写定者"在文字上作了不少润色",内容上进行了一定增删加工;而所有其他版本(即杨本、朱本、《真诠》本)都是世本或其祖本的节本,只是详简各异而已。

侯会从小说情节的重叠与矛盾入手对作品进行分析,指出"乌鸡国"故事很可能不是小说的"原装"内容,而是在吴承恩之后,由另外的作者拟写插入的;由此,他进一步涉及早期刊本中的江流僧的刊落问题,认为我们今天所见的世本并非世本原刻,而是荣寿堂对流传中已残缺的世德堂本经过了增插改动后所留下的"世补本"

(〈从"乌鸡国"的增插看《西游记》早期刊本的演变〉,《文学遗产》1996.4)。

关于《西游记》版本的研究,尽管研究者进行多维度的深入探讨,但资料的贫乏使这些问题仍然不能得出统一的结论,要达到共识,还有待于新资料的发掘和考证。

关于《西游记》在成书过程所受的影响,周中明认为与《取经诗话》有关。他在〈论吴承恩《西游记》对《取经诗话》的继承和发展〉中不同意"此话本不是吴承恩《西游记》的蓝本"(胡士莹《话本小说概论》)、"似吴承恩未知其书,对之无所取裁"(苏兴《西游记的女儿国》)等说法,认为《诗话》是《西游记》故事的最早雏形",它对《诗话》亦有重大发展和创造。李时人分析《西游记》故事的演变过程是:《大唐三藏取经诗话》的成书,不在宋元而在隋唐五代,这时的猴行者是个皈依佛法的妖魔。《西游记》杂剧一般都依孙楷第说定为元末杨景贤所作,李却以为在元初。此时孙悟空已具叛逆性格,但还残留魔性,抢掠、吃人。《西游记平话》根据矶部彰说可能成于元末。它是市井文学作品,思想上无大发展,《西游记》结构却已大致完成。高明阁认为:有的专家说吴承恩晚年不可能写出《西游记》那样朝气蓬勃、富于叛逆精神的作品。但《西游记》的成书源流长,在元明时期,吴氏之前,其故事已大致成型,作者难于做大的改动,研究时应充分考虑这个事实(〈首届《西游记》学术讨论发言摘编〉)。

2.关于《西游记》作者的研究

自20年代以鲁迅、胡适为代表的老一辈学者肯定《西游记》作者为吴承恩后,几成定论。但进入新时期,这一问题再度引起人们的关注,对于“作者为吴承恩”之说又进行了重新审议。章培恒〈百回本《西游记》是否吴承恩作〉(《社会科学战线》1983.4)首开对吴承恩拥有百回本《西》著作权的质疑。1986年,他又在《复旦学报》上发表〈再谈百回本《西游记》是否吴承恩所作〉,这两篇文章对否定吴作作了系统阐述,影响颇大。杨秉祺于1985年在《内蒙古师范大学学报》上发表〈章回小说《西游记》疑非吴承恩所作〉对章说予以支持。而苏兴、杨子坚、刘怀玉、钟杨、彭海、张宏梁、谢巍、蔡铁鹰等则对此提出驳议,维护旧说。以苏兴〈也谈百回本西游记是否吴承恩所作〉(《社会科学战线》1985.1)为代表,该文没有提出新的证据,只是对《淮安府志》卷十六《近代文苑》关于吴承恩的一段文字作了解读,进行了论证。

进入90年代以后,吴承恩的著作权越来越受到人们的怀疑,学者们从各个角度对此进行了剖析,提出多种臆论。

陈君谋、张锦池提出“陈元之”说。陈君谋在〈百回本《西游记》作者”臆断〉中提出,“陈元之即华阳洞天主人,亦即百回本《西游记》作者”,他通过考察《西游记》的流传和吴承恩作品著录情况,得出“吴承恩的《西游记》是游记性质的作品”的结论;又从陈元之背景研究入手,结合百回本的校者、作序者和作者三者的关系的情理上的推测,认为此三者实为一人,即陈元之(《苏州大学学报》1990.1)张锦池则从世本与杨本、朱本的思想性质差异上进行比较,从各自突出人物不同的分歧中得出:世本思想风格与《吴承恩诗文集》所体现的大相径庭;最后他指出“今见外证材料不能证明世德堂本为吴承恩作”,而最后改定者是“华阳洞天主人”,此主人极大可能即陈元之(〈论《西游记》的著作权问题〉,《北方论丛》1991.1)。

徐朔方、程毅中和程有庆提出"世代累积"说，认为《西游记》是世代累积型作品，吴承恩是否是其写定者值得怀疑(徐朔方〈论《西游记》的成书〉;程毅中、程有庆〈《西游记》版本探索〉)。

李安纲提出"道教徒"说。认为《西游记》是演说金丹大道，而吴承恩不懂金丹术，其作者只能是道教徒(〈吴承恩不是《西游记》的作者〉(《山西大学学报》1995.3)，他并在其《新评新校西游记》(山西古籍出版社，1995)中署名为"无名氏"，从而又引发了一番争论。

张乘健则认为，尽管吴的著作权需进一步确证，但绝不可能出自道教徒之手(〈略论《西游记》与道教〉,《河南大学学报》1997.6)。黄霖通过对《西游记》原刊的出现年代及陈元之序的分析，认为吴确实不像是小说《西游记》的作者，"其书原本出自端王朱观定时期的鲁王府"(〈关于《西游记》的作者和主要精神〉,《复旦学报》1998.2)。

90年代，坚持吴承恩作的学者亦有力作。陈澉〈吴承恩作《西游记》的内证〉(《北方论丛》1990.2)、刘怀玉〈淮河水神与《西游记》〉(《明清小说研究》1990.3)分别考察了作品与吴承恩的生平经历与家乡地理特征，提供了新的内证。蔡铁鹰〈《西游记》作者确为吴承恩辩〉1997.2)、吴圣昔〈陈元之不可能是《西游记》作者〉(《苏州大学学报》1990.3)认为现存资料不足以否定吴承恩的作者地位，从而进行了有力的反驳，维护了旧说。

《西游记》的成书与作者，疑问颇多，但由于历史的湮没，资料的贫乏，证据不足，一时都难以确认。因此有的学者提出：在尚无确证的情况下，不妨仍维护旧说为宜。

二、关于《西游记》主题的研究

《西游记》的主题历来是研究的热点之一。长期以来囿于"左"的思维，关于《西游记》的主题主要有主题矛盾说，主题统一说二种。1982年何满子发表〈《西游记》研究的不谐和音〉对过去的庸俗社会学倾向提出尖锐批评，认为《西游记》是对宗教的批判，它闪烁的是人文主义精神，是明代中期反理学、要求个性解放的思潮在小说创作上的表现。李希凡提出了主题转换说，他在〈《西游记》与社会现实〉(《江海学刊》1983.1)中认为大闹天宫与西天取经是两个各具独立性的故事，情节上没有内在联系。由于构成艺术情节的矛盾关系性质并不相同，作者虽努力进行掇合，并没有使两个故事完全融合为一体。游国恩《中国文学史》虽亦主张主题转化，但认为前后是一致的，是一个英雄形象的两个方面：前七回着重歌颂孙悟空的反抗精神，这正是中国历史上无数农民起义、农民战争反抗封建王朝的斗争在幻想世界中的高度概括；后87回着重歌颂孙悟空排除险阻、不屈不挠、勇往直前的斗争精神，曲折地反映了中国人民摧毁社会上一切邪恶势力以及战胜困难、征服大自然的信心和愿望。

此后，人们研究思路大开，出现了种种新说，主要有：

1. 哲理说

金紫千〈也谈《西游记》的主题〉认为其题旨在于通过一个神话故事形象地喻明一个"求放心"的道理。孙悟空的历史是一部很典型的追求—失败—成功的人生发展史。因此，《西游记》"是一部用心学来指导人们修心的书"，是王守仁"心学"艺术化的体现。它通过孙悟空始而因私欲太重，犯上作乱，后来改邪归正，刮磨私欲，恢复良知的整个修心过程，为“犯上作乱”的起义农民树立了一个榜样，从而“使这部小说成了一部企图瓦解农民起义的政治小说，它同心学一样，都是对付农民起义的软刀子”(〈试论《西游记》的思想倾向〉)。

钟婴〈论《西游记》的思想与主题〉亦认为《西游记》描写了唐僧师徒从“为小我”到“为大我”的性格发展过程，揭示了这样一个人生哲理：“毕生为‘众生’的事一奋斗，完成这样的事业，个人也就达到了至善的精神境界，他就永垂不朽——成佛了”。陈君谋〈纵心入邪，摄心成真——《西游记》主题反思〉也认为《西游记》表现的是一个“全面的惩戒劝导性主题”。应霁民〈挣脱政治图解式束缚，《西游记》研究重提胡适论点〉认为《西游记》是一部深刻反映人生道路的哲理小说。孙悟空大闹天宫可看做是人生童年时代，顽皮、无拘无束和自由大胆；西天取经途中所经受的坎坷磨难是成人的必经之路，最后修成正果则表明人生一种归宿、一种理想。吴圣昔〈西游新解〉认为是富有哲理意味的理想之歌。田同旭认为《西游记》是一部情理小说，情理之争贯穿全书。猪八戒是弘扬人欲的凯歌，孙悟空是反理学的斗士，唐僧则是反映理学的破产。他认定《西游记》是明中叶以后反理学思潮中的先驱之作(〈西游记是部情理小说〉，《山西大学学报》1994.2)。竺洪波〈自由：《西游记》主题新说〉(《上海大学学报》1996.2)则认为“追求哲理和审美意义上的自由(和谐)即是作品的主题”。黄霖对作品主题进行了主观和客观的分析，认为写定者主观上是想宣扬“明心见性”的“心学”，以维护封建社会秩序，而客观上却“弘扬了人的自我价值和对于人性美的追求”(〈关于《西游记》的作者和主要精神〉，《复旦学报》1998.2)。

杨义〈西游记：中国神话文化的大器晚成〉(《中国社会科学》1995.1)从文化学和叙事学双构的思维路线对《西游记》的主旨作新的探索，他认为《西游记》不是一部宗教文学，“它借用《心经》中一个‘心’字，代替了对繁琐而严密的教义教规的演绎，强化了人的包括信仰、意志和祛邪存正的道德感的主体精神。换言之，它在混合三教中解构了三教教义教规的神圣感和严密性，从而升华出一种超越特定宗教的自由心态”。

2. 游戏说

这种说法是胡适于 1923 年在〈西游记考证〉中提出来的，他认为这部小说“至多不过是一部很有趣味的滑稽小说、神话小说，并没有什么微妙的意思，它至多有一点爱骂人的玩世主义，而不用深求”。这种曾得到鲁迅首肯的观点在建国后却大受挞伐，但近年来又被提出。有的论者并对此作了进一步的补充，认为不是单纯地为游戏而游戏，而是在游戏之中暗藏密语，它是人们心灵中存在的假、恶、丑的净化剂，能使人在新的高度上获得新的平衡和和谐。文章并从《西游记》的文学语言故事情节、人物形象刻画、创作宗旨四个方面来论证确为“游戏之作”(方胜〈西游记是一部游戏之作〉)。胡晓在〈胡适《西游记考证》述评〉中也肯定了胡适的这一观点。欧阳健认为：玩世主义是贯穿全书全局的基调。吴承恩凭借自己丰富的阅历和独特的艺术情趣、个性气质，通过神魔世界的外壳再现了现实世界真实，以玩世不恭的态度表达出对现实世界的评价和判断。

3. 宗教批判和政治批判说

袁世硕认为，《西游记》的特点是“宗教故事题材包孕了嘲谑宗教的内容”。作者以一副深谙人情世态的眼光，用一种愤世嫉俗甚至玩世主义态度，使这个神话宗教故事增添了世俗的生活内容，显示着对宗教的嘲谑，也与小说的宗教题材构成了矛盾。这种思想倾向上的矛盾，显然是由这部神魔小说成书过程、创作特点所造成的，既有进步性又有局限性(〈宗教故事题材包孕了嘲谑宗教的内容〉)。宁宗一、罗德荣〈论西游记的整体意识及其对宗教神学的揶揄〉亦持此观点。

周中明认为《西游记》中占主导地位的是批判神佛狡黠伪善、阴险残暴的宗教斗争，揭露昏君奸臣当道、妖邪横行暴虐，魔鬼吃人害人的政治斗争，以及为追求人生理想而坚忍不拔、百折不回地战胜各种自然灾害和一切艰难险阻的斗争，表现出“宗教批判和政治批判的主题”(〈关于《西游记》的主题思想〉)。朱彤认为《西游记》对宗教神学批判最显示出独到深刻之处的，是渗透在整个取经故事中那些对佛教带有否定倾向的描写上。但吴承恩批判宗教并不是不要宗教，而是含有使宗教完善化的成分。

4.歌颂说

王燕萍认为《西游记》的主题是歌颂孙悟空。反抗压迫、追求自由、顽强勇敢的战斗精神和积极进取的乐观主义精神。她针对李希凡的主题转化说提出了主题统一说。认为大闹天宫和西天取经是相互依存、不可分割却又有主次之分的整体。没有前七回，也没有取经中降妖除魔的胜利。曾广文《世间岂谓无英雄》亦持相似的观点。他认为小说一开头就定下了歌颂孙悟空、美化孙悟空的基调。作者对悟空的美化推崇，不仅表现在孙悟空的称谓、出生地的幽美和先天具有的“灵根”的渲染上，更重要的是作者把美猴王当成人来刻画。刘士昀认为孙悟空形象是前后一致的，始终是寄托着作者与人民追求正义和光明的理想的英雄(〈首届《西游记》学术讨论会发言摘编〉)。吕晴飞〈西游记的主题思想〉(《北京社会科学》1990.4)则认为《西游记》的主题是对个性解放的追求。它对人们追求自由与幸福的斗争，对人的主观能动性及其作用，以及由此而生的力量和智慧，都热情大胆地作了肯定和歌颂。

5. 寄寓说

陈民牛认为，《西游记》的主题思想是政治性和哲理性二者之间的理想性。塑造的孙悟空这个不畏天地、蔑视权贵、治国安邦理想化的英雄，寄托作者追求为民请命理想化的明君。任守春〈也谈《西游记》的主题〉也认为《西游记》的写作寄托着作者的社会理想和对现实的猛烈抨击。其理想就是“举荐贤能、任用才士，除邪扶正，惩恶扬善，而这些，几乎体现于孙悟空一身”。

6. 追求正统与正义统一说

王齐洲认为大闹天宫时神佛属于“正统的力量”，孙悟空“并非正统却代表正义”；西天取经时孙“代表正统又代表正义”。《西游记》“既不盲目地维护正统，也不一般地歌颂正义，它所充分肯定的是那种属于正统的正义，即追求正统与正义的统一(〈孙悟空与神魔世界〉)。陈澉进一步认为：《西游记》中贯串着神与魔，正与邪的冲突。在作者心目中，大闹天宫时的孙悟空也是魔，跟西天路上的妖魔在形态特征基本相同，性格特征却有区别，他们在与神佛冲突的原因、选择目的及社会效果上判然有别。作者对悟空仅否定其犯上作乱，对西路妖魔则无情鞭挞。《西游记》中的魔有两种内涵：一是危害光明和正义、危害社会和人民的恶势力，一是劳动人民推翻封建统治的运动。这种看法是吴承恩世界观矛盾的反映。作为“魔”的悟空在大闹天宫失败、皈依佛法后逐渐进入“神”的阵营,与作者心目中象征正义的神佛合为一体,在西天路上以“正”的面目出现,与“魔”相对立。他是由“魔”而“神”,改邪归正了(〈首届《西游记》学术讨论会发言摘编〉)。

7. 悲剧说

诸葛志《西游记的主题思想新论》(《浙江师范大学学报》1991.2)认为《西游记》“是一部描写将功赎罪的悲剧小说”,表现了封建社会人们的一种“被动入世”的精神。

8. 人才说

张锦池在《中国四大古典小说论稿》(1993)和《西游记考论》(1997)两部专著中提出《西游记》创作本旨在于弘扬个性心灵解放。“《西游记》作为孙悟空的英雄传奇,是一部借神魔以写人间,在幻想中求索治国安邦之人的文学巨著。它所提出的核心问题,是作为社会观之综合而集中反映的人才观问题。”

9. “金丹大道”说

90年代最引人注目、争议也最多的是李安纲关于《西游记》的主题研究。在他发表的系列文章和专著《苦海与极乐》(1995)中,他鲜明地提出:“‘性命主旨’是《西游记》文化原型”,而“金丹大道”则是全书主旨。全书反映的是一个凡人在修炼金丹大道过程中“修心成佛”的“心路历程”,书中的五众、妖魔等形象都只不过是一个凡人——李世民的生理、心理的某一部分。此说虽源自古人,但作者又阐发新意,加上功力深厚,赢得不少好评。同时也招致了激烈的批评。宋谋瑒、呈圣昔等学者著文与之争辩(宋谋瑒〈是奥义发明，还是老调重弹——评李安纲教授的《西游记》研究〉，《山西师范大学学报》1997.2；吴圣昔〈评李安纲《西游记》论的版本基础〉，《山西大学学报》1999.2）

此外，还有“安天医国说”、“歌颂市民”说、“科学巨著”说等。总之，新时期的《西游记》主题研究异彩纷呈。不可否认，这是多角度审视作品的结果，都有其合理内核，但又都不能完全涵盖作品内涵的全部。或许，这正是名著《西游记》之所以伟大，之所以历久弥新之所在吧。

三、关于孙悟空形象的研究

1.关于孙悟空原型的研究

孙悟空的原型之争，起于20年代的胡适和鲁迅。胡适认为印度史诗《罗摩衍那》中神猴哈奴曼是孙悟空原型（〈西游记考证〉）。鲁迅则认为孙悟空这一形象取自唐李公佐传奇《古岳渎经》中淮河水怪无支祁（《中国小说史略》）。后有人调和其间，把孙悟空说成是哈奴曼和无支祁的混血儿。近20年间有新说，但总体尚未出此范围。

(1)外来说。建国后，在批判胡适唯心主义运动中，外来说被作为典型的民族虚无主义观点大受挞伐，这个课题在五六十年代无人敢于问津。1978年正在翻译《罗摩衍那》的季羡林提出：“中国著名长篇小说《西游记》里那个神猴孙悟空，据我看就是哈奴曼在中国的化身”（〈印度史诗《罗摩衍那》〉，《世界文学》1978.2）。1981年，他在〈西游记与罗摩衍那〉（《文学遗产》1981.3）中再次重申此观点。顾子欣也于1978年11月13日在《人民日报》著文，认为“根据文学史的资料来看，我们这位猴王不是先从中国去印度，倒是万里迢迢，从印度传到中国来的”(〈孙悟空与印度史诗〉)。这是近十年最早重提外来说的论文。之后，巴人〈印度神话对《西游记》的影响〉亦持此说。陈邵群、连文光〈试论两个神猴的渊源关系——印度神猴哈奴曼与中国神猴孙悟空的比较〉认为两个神猴之间有惊人相似之处，如皆有神通广大本领，性格特征及由性格发展所生发出来的情节皆有相似之处。作者认为，《罗摩衍那》早在3世纪前就传入中国，“在历经几个朝代的流传中，早已像化学中的化合物那样，溶入到我国民族的文学艺术之中，吴承恩不可避免会间接地受到影响，自觉或不自觉地把印度神猴哈奴曼形象，糅合到他所创造的孙悟空身上去”。

赵国华则对此说稍有修订，认为孙悟空的原型不是哈奴曼，而是哈奴曼的前身——罗摩传说中的“小猕猴”。因此，孙悟空只是和哈奴曼的前身“存在着若干间接的渊源关系，却不能据此认为孙悟空的形象和《罗摩衍那》中的哈奴曼也有渊源关系”(〈论孙悟空神猴形象的来历〉，《南亚研究》1986.7)。

(2)本土说。梵语文学专家金克木认为，“这两个神猴的形象是不同的，而且汉译佛经中没有提到这个神猴和他的大闹天宫，加以史诗闹宫这一段又是晚出成分，所以两个神猴故事还不能证明有什么关系”(《梵语文学史》，人民文学出版社，1980)。刘毓忱在〈关于孙悟空国籍问题的争鸣和辨析〉及〈孙悟空的演化〉两文中认为《罗摩衍那》至今没有全部译成汉语；汉译佛经中没有提到哈奴曼名字；玄奘取经回国后的记载中没有哈奴曼的名字；吴承恩在他的作品中也从未提及哈奴曼；因此“在《西游记》成书之前，哈奴曼并没有通过什么渠道,万里迢迢从印度来到中国”。文章认为吴在塑造孙悟空形象时是继承我们民族文化艺术传统。在我国丰富的神话宝库中有四种类型神话给吴以启示:一是“石中生人”的出身,如《淮南子》所记大禹之子启“石破而生”故事,《瀛涯胜览》石中产英雄故事;二是“形若猿猴”的外貌,如无支祁,《补江总白猿传》和《陈巡检梅岭失妻记》中的白猿;三是“铜头铁额”的特征,如与黄帝争帝位的蚩尤的兄弟;四是“与帝争位”的战斗精神,如刑天。萧相恺则认为孙悟空的来源是这样四个方面:一是出自“取君子之喻”初衷;二是借鉴了“中国古代传说中的猴魔”;三是受“僧伽降水母传说及某些大禹故事启发”;四是受“传说中东方朔形象影响”(《贵州文史丛刊》1983.2)。

此外,萧相恺〈为有源头活水来:《西游记》形象探源〉、刘荫柏〈孙悟空人物考〉、龚维英〈孙悟空与夏启〉等都对孙悟空的原型进行了卓有成效的探索。虽然对其来源认识不一,但都认为孙悟空原型源于本土,而非外来。此说亦在研究界得到了大多数学者的赞同。

(3)混合说。此说将外来说与本土说合二为一。蔡国梁率先提出孙悟空形象既继承了无支祁形象,又接受哈奴曼影响的“混血猴”(〈孙悟空的血统〉)。萧兵支持此说,其〈无支祁哈奴曼孙悟空通考〉详引吴晓铃、赵国华等提供的关于《罗摩衍那》中国文献,说明中国佛典尤其是《六度集经》和《杂宝藏经》中有相当完整的罗摩故事叙述,以证实中国人民是熟悉《罗摩衍那》故事的。然后,从助人历难取胜、身份、英雄事迹、文化教养、技能、钻腹战术、善负重、对待妇女行为等方面把哈奴曼与孙悟空进行全面比较,说明两个形象间的继承关系。另一方面，萧文又认为我国古代有丰富的猿猴传说，它应该溯源于氏族社会猿猴图腾崇拜，这是孙悟空形象“基础之基础”。他详考了无支祁神话故事的演变过程，说明它对孙悟空形象的影响。此外，还受到中国神话传说中劫女妖猿、华光大帝、二郎神的影响。作者的结论是：“在这个典型形象身上，即有传统的、继承的、移植的、外来的因素，更有创造的、本土的成分。”

2. 关于孙悟空形象特征及其内涵的研究

新时期对孙悟空形象的接受与阐释明显地分为两个时期：80年代，人们大都从社会及政治角度剖析；90年代，则注重发掘其文化哲学意蕴。

80年代主要观点有：

(1)象征封建社会中人民(主要是农民)反抗斗争英雄。游本《文学史》和中科院文学史主此说。他们认为孙悟空在大闹天宫提出了“皇帝轮流坐，明年到我家”的叛逆口号，表现了天不怕、地不怕的反抗精神，这正是封建社会人民起义英雄人物的象征。取经路上，他一方面继续对神佛表现出不敬，另一方面又把主要斗争目标转向妖魔。他的降魔伏妖，形象地反映了广大人民铲除邪恶、征服自然、战胜困难的坚强信念和巨大力量。

(2)是个世间英雄，主要特征是追求自由平等，追求至善。但不是叛逆者形象，不存在“造反”问题。因为“孙悟空与天界诸神佛乃是属于发展阶段各不相同的社会的成员，双方并无统治和被统治关系”。孙悟空闹天宫的原因，近因是“玉帝不会用人”，远因是闹龙宫、森罗殿，玉帝要擒拿他(曾广文〈世间岂无英雄〉)。赵庆元认为前期的孙悟空是代表个人和群体的利益，要求改变现实，同天宫统治者战斗的;后期的孙悟空是为了改变南瞻部洲的现状去取经,同形形色色的妖魔鬼怪战斗的。不论前期后期,都表现出不满现实和要求改变现实的思想倾向性。《西游记》的全部情节始终是围绕这个基本倾向而展开的(〈西游记新议三题〉)。

(3)是个造反者的叛徒。傅继馥认为,孙悟空大闹天宫时就是"从个人私利出发,一心想挤进天庭统治者行列",因而造反不彻底,两次接受招安。后来,"既经不起高官厚禄诱惑,又受不了皮肉之苦威胁,终于跪倒在统治者面前祈求讨饶,成为造反者的叛徒"。在取经路上,又为统治者立下汗马功劳,最后得到统治者优厚加封。丁黎也持类似观点(〈从神魔关系论《西游记》的主题思想〉,《学术月刊》1982.9)。

(4)象征封建统治阶级内部进步人物。周中明认为孙悟空是统治阶级中一员。从他闹天宫的性质和目的来看,主要是要求统治者给他升官,任用贤人,实行清明政治,这实际上是"统治阶级内部轻贤和要求任贤两种政治主张的斗争",是统治阶级内部权力分配问题"。所以孙悟空形象的"阶级属性本性本质上仍然属于封建统治阶级范畴",但典型意义又不限于封建统治阶级内部,在它身上寄托和凝聚了人民的理想和愿望(〈应该怎样看待孙悟空〉)。

(5)是个侠士。何思玉认为,孙悟空闹天宫、反龙宫的言行,都"和侠客豪杰息息相关",他"是一个无所畏惧的绿林好汉",是个"侠士形象的艺术写照"。在他身上,体现了封建社会中灾难深重的劳动人民希望豪杰义士为自己解脱苦难的愿望(《思想战线》1982.3)。

(6)象征市民英雄。朱彤认为,孙悟空形象的"现实基础是明代后期崛起于封建社会内部的新兴市民”,“孙悟空实际上是穿着神话外衣的市民英雄形象”。他对天庭神权的反抗,“是新兴市民反封建进步要求的反映”;他跟神界统治的妥协,也是“新兴市民所固有的阶级性——妥协性一面在政治斗争中的表现”(《安徽师范大学学报》1978.1)。

90年代主要观点有:

(1)体现“人类超我意识”的形象。邹少雄〈人类超我意识的集中体现:论《西游记》中的孙悟空形象〉(《学术交流》1993.6)提出孙悟空的形象是中国古代文学中一个经历了“由萌芽到自觉,再到成熟”的“人类超我意识”的形象体现,他身上的种种超凡本领正是人类“超我的精神幻想”,而宗教本身所具有的超我性使得这一形象在《西游记》中体现得更为成功。

(2)是人性美的象征。黄霖〈关于《西游记》的作者和主要精神〉(《复旦学报》1998.2)认为:《西游记》写定者尽管主观上想通过塑造孙悟空等艺术形象来宣扬“三教合一”化了的心学,但孙悟空形象在客观上成了有个性、有理想、有能力的人性美的象征。全书不自觉地赞颂了一种与明代中后期的文化思潮合拍的追求个性自由、肯定自我价值的思潮。

(3)反映世俗态层面的生活哲理。萧相恺〈孙悟空形象的文化哲学意义〉(《古典文学知识》1999.4)认为孙悟空形象的文化意蕴属于世俗态层面而非纯宗教哲学。这一形象体现了一种以原始巫术为主,又糅合经过改造的佛道儒学义理而成的世俗宗教文化,阐述了一个要成正果,须走正道,而且要百折不回的人生哲理,从而自然地反映了明代中期的社会现实,表现了作者的不满情绪。

(4)悲喜英雄。赵红娟〈从孙悟空形象塑造看《西游记》对悲剧和喜剧的超越〉(《湖州师范专科学校学报》1994.3)认为《西游记》超越了悲剧和喜剧模式来塑造孙悟空形象。孙悟空是神、兽、人三位一体的艺术形象。神是中介,人、兽则通过此中介构成两极。具体地说,由神的本领和人的思想感情构成了孙悟空作为悲剧英雄的一极,由神的本领和兽的外形及其滑稽动作构成了孙悟空作为喜剧英雄的一极。而前者是内在的、本质的,后者则是外在的、形式的。

⑤易道文化的体现。李安纲在他的力作〈美猴王探源〉(《山西大学学报》1992.3)及其系列论文中,提出孙悟空形象不是舶来品,而且有地道的中国文化的特质。他阐释道:石猴之"石"乃"天心"之意,在道家则为"元神",而"水帘洞",也即先天之心所居之源。猴为天干的"申",孙悟空又叫"金公","金公"在周易的卦爻上为乾阳一,以"一"入"中",恰又为"申"。凡此种种,他总结道"美猴王"虽皈依佛门,却与易道之中国文化血脉相连,是中国传统文化的集中体现。

四、关于《西游记》艺术成就的研究

1.《西游记》的创作方法

主要有两种说法:

(1)浪漫主义。持此说者有李希凡〈猪八戒是一个什么样的典型〉。胡光舟亦认为,《西游记》"最主要的成就,无疑是成功地运用了积极浪漫主义的创作方法"(〈吴承恩和西游记〉)。孙大公〈从《浮士德》和《西游记》看浪漫主义与现实主义结合〉亦认为吴承恩在小说中自始至终直接运用了充满神奇幻想的积极浪漫主义手法。任蒙〈浪漫主义的艺术风格现实主义的批判精神〉(《国际关系学院学报》1994.4)则认为《西游记》是一部运用浪漫主义手法创造出来的具有深刻的现实主义批判意义的巨著。

(2)以象征主义创作方法为主的三结合的产物。姜云认为,“就作品题材和主题关系的暗喻性、形象系列里层所潜藏的象征意蕴而言,它显然是用由此及彼,借此喻彼、假象见义的象征主义创作方法”。但“就人物——如主角孙悟空的高度理想化、神奇化来说,它是浪漫主义精神和创作方法的体现,而在进入具体形象的个性特征、心理活动、言谈举止的描写时,又显然用的是现实主义方法”。“因此,可以说《西游记》是一部以象征主义创作方法为主的三结合的产物”(〈西游记:一部以象征主义为主要特色的作品〉)。

2.《西游记》的文学风格和特征

朱其铠〈论《西游记》的滑稽诙谐〉认为“采用喜剧性形式的滑稽诙谐,借神魔故事以揭示现实中某些喜剧性的矛盾和缺点,在引起人们欢笑的同时,寄寓着作者对这类社会现实的评价,这正是西游记在艺术上的独特成就”。

吴冶则认为作品“是以幽默为主,辅助以正剧,甚至悲剧的手段,有机地巧妙地和其他喜剧形式的表现手法,诸如讽刺、滑稽、诙谐、怪诞等结合起来,形成种种审美描写,来刻画人物、烘托气氛和结构故事的,使这部小说具有浓烈的喜剧气氛、深沉的悲剧情调和丰厚的思想底蕴”(〈一部宏伟的古典幽默小说〉)。霍有明则认为是采用“婉而多讽”手法,寓讽刺于幽默,而且在喜剧性和悲剧性故事中都广泛运用,显示出小说讽刺艺术特色(〈西游记首届学术讨论会简介〉)。

3.《西游记》的主要艺术手法

刘烈茂认为《西游记》在幻想艺术上做出了重大贡献:天马行空的幻想仍以现实生活为基础,神奇莫测的情节寄寓了深刻的思想内容,虚无缥缈的神话环境渗透了作者的爱憎理想,这些是小说产生巨大艺术魅力的成功经验。郑云波认为《西游记》在人物形象构思上有三奇,即奇在肖像,奇在情态,奇在神通。情节构思则具有突破时空、变幻无穷;颠倒阴阳,超越生死;幽默诙谐,喜剧安排等特点。在作者笔下,情节不仅是一只盛装性格的瓶子,而且是赖以揭示人物与社会、深化主题的一座高能量的"老君八卦炉"(〈西游记首届学术讨论会简介〉)。

赵庆元认为,《西游记》处理情节的特点是"重复、强化、深化";在想象特征上则把"想象、现实、自我"三者结合为一(〈西游记新议三题〉)。

吴圣昔认为,《西游记》的游戏笔墨是作者艺术上成熟的标志,是作者艺术个性的鲜明体现;也是作者艺术手法和艺术技巧富有独创性的表现;也是作者纯正而又高超的创作思想和创作作风的生动反映。作者正是通过游戏笔墨来含蓄曲折地表达创作意图和创作宗旨,形成一种诙谐性创作特色,并给人物形象塑造带来巨大艺术效果的(〈西游记——游戏笔墨的艺术结晶〉)。

张锦池认为,《西游记》在中国长篇小说发展史上,首先突破了《三国演义》、《水浒传》等忠奸对立的二维模式。它的形象体系内部构成是三维的,明显包含两种社会矛盾、三大社会势力:一维是以孙悟空为代表的社会中下层人民进步势力,一维是以神佛为代表的封建正统保守势力；一维是以妖魔为代表的贪官劣绅反动势力。悟空与神佛既有矛盾又有合作的一面；神佛与妖魔，二者既有矛盾的一面又有相互依存的一面。在结构上，“大闹天宫”、“取经缘起”、“西天取经”联起来是个整体，但又都具有相对独立性，是“短篇组成的长篇”(〈论西游记艺术结构的完整性与独立性〉)。

在文本解读上，特别值得注意的是陈洪的〈从须菩提看《西游记》的创作思路〉(《文学遗产》1993.1)和杨义〈《西游记》:中国神话文化的大器晚成〉两篇文章。陈文从对须菩提的考证中，探讨了百回本《西游记》的创作心路，为文本解读提供了一种新思路。杨义则以文化学和叙事学双构的思维方法从神话形态、神魔观、神话想象、哲理意蕴、叙事方法及结构等方面论述了《西游记》在中国神话文化发展中的重要地位，认为:“它标志着中国神话文化的划时代转型，是中国神话文化的大器晚成之作。”应该说，该文代表了当今《西游记》文本解读的最高水准。

4.对唐僧、猪八戒、沙僧形象演变史的研究

90年代，张锦池于此用力最多。他在〈论唐僧形象的演化〉(《学习与探索》1995.5)和〈论沙和尚形象的演化〉(《文学遗产》1996.3)两篇文章中，分别探究了唐僧和沙和尚形象的演变史。指出:唐僧形象由《三藏法师传》中的超凡入圣，一变而成宋元取经故事中的亦凡亦圣，再变而成为世德堂本《西游记》中的肉眼凡胎。这一演变是明代中叶以后以个性解放思潮对这一故事洗礼的结果。关于沙僧形象，他则提出宋元以来取经故事中的沙和尚“出身是由沙漠恶煞演化为弱水水怪”，“其前身是无名天将”，且本是唐僧的二弟子；而世本中的沙和尚则“属品位不高的循吏的典型”，是

作者"通书未下一谑辞"的"敬"、"爱"形象。

蔡铁鹰、单良也分别论述了唐僧、沙僧形象的演变和塑造，亦有新见。

关于猪八戒形象的演变，姚立江从印度佛经故事与中国神话入手分析，论证了印度佛经中的"金色猪"是杂剧《西游记》中猪八戒之原型，而小说《西游记》中猪八戒的原型则是中国神话中的"河伯"，"金色猪"只是"河伯"影子转化的促成因素（〈金色猪与河伯——也谈猪八戒形象的原型〉，《文史知识》1990.2）。张锦池则认为猪八戒是"国产猪"，他大量考证了中国古代传统猪文化及其与"西游故事"的联系，指出猪八戒原型是来自我国民间传说中的"黑猪精"（〈论猪八戒的血统问题〉，《明清小说研究》1997.2）。

第五节 《金瓶梅》研究

奇书《金瓶梅》于晚明一经问世，即震动文坛，对其的评论、研究也随之而起，长盛不衰，迄今已近四个世纪。大致分来，可为五个阶段：

1. 明末—晚清。主要是以评点或书信、笔记方式来评价其文学上得失和探测其创作意图。没有专门的论文，也谈不上系统的研究。最早对其创作意图做出揣测的是屠本畯，他在万历三十五年(1607)写道："相传嘉靖时，有人为陆都督炳诬奏，朝廷籍其家，其人沉冤，托之《金瓶梅》。"其后则有袁中道、沈德符、谢肇淛等人或猜测作者或评论得失。到清代则以评点为主，代表者有李渔、张竹坡、文龙等人，对该书创作意图、艺术构思、细节描写做出评价，其中张竹坡的总批、回评、夹注洋洋数十万言，尤具特色。

2. 1919—1948 年。出现了专篇论文 40 多篇，各种文学史、小说史亦有专章评论。代表人物有鲁迅、郑振铎、吴晗等人，涉及的范围主要是《金瓶梅》的创作主旨、创作方法，关于作者的猜测和对该作者的研究。在 30 年代初，形成了第一次金瓶梅研究热，并具有开拓性功绩。如吴晗 1931 年〈清明上河图与金瓶梅的故事及其演变〉及 1934 年〈金瓶梅的著作时代及其社会背景〉，从《清明上河图》的历代归宿及严氏之败与王世贞根本无关澄清了王世贞说之无稽。同时鲁迅、郑振铎亦撰文否定王世贞说，此说遂被根本动摇。另外，吴晗、郑振铎认为《金瓶梅》的创作方法是现实主义的，目前国内专家对西门庆的认识，基本还没超过郑在 1933 年时的认识。另外 30 年代北平图书馆收购到一部万历丁巳《金瓶梅词话》本，前有欣欣子和东吴弄珠客序，并从序中得知作者为兰陵笑笑生，亦是当时一件盛事。1940 年，天津书局还出版了姚灵犀的《瓶外卮言》，而这是 1980 年前《金瓶梅》研究的唯一一部专著。

3. 1949—1965 年。这时期《金瓶梅》研究进展不大，论文仅七篇，涉及作者、创作时代、社会意义等方面，从 1964 年《开封师范学院学报》发表的〈为什么要推崇《金瓶梅》〉起，已出现否定《金瓶梅》势头。1957 年，文学古籍刊行社影印的《金瓶梅词话》是这个时期《金瓶梅》研究的主要成就。

4. 1966—1978 年。这是《金瓶梅》研究停滞期，12 年内无一篇论文。

5. 1976—2000 年。《金瓶梅》研究进入空前繁荣期。20 年内发表论文 400 多篇，专著数十种。就《金瓶梅》的作者、版本、成书过程、思想内涵、美学价值、历史地位，从政治、经济、哲学、宗教、民俗、语言等诸多领域，进行了全面、系统、深入、广泛的研究，学术交流活跃，学术争鸣热烈，学术成果斐然。

现就主要问题，略述如下：

一、关于《金瓶梅》作者的研究

《金瓶梅》作者是谁？这在"金学"领域是最大的谜团。新时期的研究者多方求索与考证，并进行了激烈的论辩，发表论文百余篇，提出作者人选50余人，堪称古典小说之最。其有代表性的看法大致有两类。

第一类为文人独立创作说。

1. 王世贞说

此说自清代的谢颐（即为张竹坡《第一奇书金瓶梅》作序的张潮）首次把沈德符所说的"嘉靖间大名士"与王世贞联系起来后，此说遂盛一时。后经鲁迅、郑振铎、吴晗等人撰文考辨，此说遂消歇。但到1980年，朱星在《金瓶梅考证》一书中重提王世贞说并提出新证，他认为《金》有万历庚戌的初刻本，此本确无淫秽语，到再刻改名《金瓶梅词话》，就被无聊书贾大加伪撰，并举出王确为嘉靖间大名士等十条理由。周钧韬支持此说。他在《金瓶梅新探》（百花文艺出版社，1987）和〈吴晗对《金瓶梅》作者"王世贞说"的否定不能成立〉（《江苏社会科学》1991.1）详细进行了阐发。不过不少学者仍不同意。黄霖指出，朱星论证时删除了沈德符的两段话（"坏人心术"、"秽黩百端，背伦灭理"），这恰恰证明《金》有淫秽语（〈金瓶梅原本无淫秽语质疑〉）。徐朔方认为朱举的十条理由"大都是泛泛的推论，没有一条直接有力的证明”（〈金瓶梅的写定者是李开先〉）。赵景深〈评朱星同志金瓶梅三考〉中亦持类似观点。

2.贾三近说

这是由张远芬在《金瓶梅新证》（齐鲁书社版）中提出的。他首先考证兰陵笑笑生是山东峄县人，然后提出四个证据：①兰陵就是峄县，这与欣欣子言“兰陵笑笑生”不谋而合；②欣欣子序中的“明贤里”亦指峄县；③小说中多次提到的金华酒，就是产于峄县的兰陵酒；④《金瓶梅》的方言，大部分来自峄县。然后从贾三近的家世生平、文学修养、精神气质、笔名由来加以旁证。此说一出，呼声颇高。台湾《中国时报·人间》副刊刊出马森的评论〈金瓶梅作者呼之欲出〉，认为从“张远芬所考证的贾三近生平事迹以及宦游处所、人生经历、习脾嗜好、著作目录等，使人觉得兰陵的贾三近实在是最接近兰陵笑笑生的一个人物”，“虽尚不能说是定论，但已使《金瓶梅》作者呼之欲出矣”。张远芬本人亦发表〈我是怎样考证《金瓶梅》作者的〉答询文章，谈研究体会。

然此说亦有疑点。因兰陵古代有两处：一为山东峄县，一为江苏武进。戴不凡、黄霖以及台湾学者魏子云等均对作者是山东人表示怀疑，尤其是黄霖，在将《金瓶梅词话》和《忠义水浒传》对照后发现：①《金瓶梅》在抄录《水浒》时作了某些改动，往往用的是吴语；②金瓶梅作者对山东地理知识十分模糊，特别是在抄录本有地理错误的《水浒》过程中漏洞更多（〈见金瓶梅作者屠隆考〉、〈金瓶梅成书问题三考〉）。李锦山、齐沛则指出：嘉靖时，贾三近年龄尚小，未登进士第，不是大名士，更不是“巨公”。此人仕途顺利，言行与《金瓶梅》中所表现的思想差距甚远，对元明词曲也不甚熟悉

(〈贾三近不是金瓶梅作者〉)。

3.屠隆说

此说目前影响较大,由黄霖提出。黄霖认为,考证《金瓶梅》作者,首先必须从"山东人"的框框中跳出来。从书中反映出的习俗和语言来看,作者都可能是南方人。袁宏道在《游居柿录》中就有过浙江绍兴人的说法。黄霖认为作者是屠隆有以下证据:①《金瓶梅》第56回的〈哀头巾诗〉、〈祭头巾文〉出自〈开卷一笑〉(后称《山中一夕话》),此一诗一文为屠隆所作。此书卷一题"卓吾先生编次,笑笑先生增订,哈哈道士校阅",卷二题"卓吾先生编次,一衲道人屠隆参阅",这笑笑先生,哈哈道士,一衲道士,皆是屠隆一人;②屠隆的祖先在"宋中叶,避金难,始南迁句吴"。屠隆曾释"常州府……又名句吴"。"武进县,梁为兰陵",可见兰陵正属句吴。因此屠隆在《金瓶梅》作者化名"笑笑生"前加"兰陵"二字并非无因;③万历十二年屠隆被讦与西宁侯淫纵而罢官,深感世态炎凉,并对整个士大夫阶层和社会政治感到不满,于是潜心佛道。诸种情况,都与《金瓶梅》描写的生活有相似之处;④屠隆的情欲观。他曾在文章中表露了既想"治欲"又觉欲根难除的矛盾。并认为文学作品为了达到"示劝惩,备观省"的目的,是可以"善恶并采,淫雅杂陈",而不必对"淫"的描写躲躲闪闪,这是产生《金瓶梅》的一个特殊思想的基础;⑤屠隆有创作《金瓶梅》的多种生活基础和文学基础。如父亲曾"业商贾",自己有从贫贱到发迹到再陷困顿的生活经历,熟悉小说、戏曲,善诗文词赋等;⑥据《野获编》、《山林经济籍》等记载,万历年间有《金瓶梅》全本者只有两人:刘承禧和王世贞,屠隆和这两人都有非常关系。屠隆送小说给他们,一为报恩,二为劝诫

(〈金瓶梅作者屠隆考〉、〈金瓶梅作者屠隆续考〉)。

1992年郑闰发表〈兰陵笑笑生屠隆考论〉(《复旦学报》1992.2)为"屠隆说"提供新证。黄霖在同期刊物上也发表〈再论笑笑生是屠隆〉,再倡此说。台湾学者魏子云赞同此说,并有"为《金瓶梅》作者画句点"的勇气(《宁波师范学院学报》1992.2)。

此说赞同者颇多,而反对者亦不少。

徐朔方认为:①《开卷一笑》不能作为可信资料,李贽编次、屠隆参阅之类都是书贩假托,不可信。另外,参阅者、评校者并不是作者本人,两者不可相混;②屠隆别署娑罗馆是由他从佛寺移得娑罗树而得名,他自已有说明。这与黄所设想的"武进古有娑罗巷"无关;③作家在白话或准白话中无不流露出自己的乡音。屠隆在《修文记》传奇中即如此,而在《金瓶梅》中找不出屠隆家乡所独有的任何方言词汇;④屠隆对宗教的态度显然与《金瓶梅》对宗教态度有矛盾(〈金瓶梅作者屠隆考质疑〉)。

4.贾梦龙说

《新华文摘》1991年第3期全文转载了《枣庄日报》编发的许志强的考证文章〈《金瓶梅》作者是贾梦龙〉。文章从十个方面论证《金瓶梅》的作者是古峄县的明代训导贾梦龙:①贾梦龙生于正德六年(1511),卒于万历二十五年(1597),其生卒年代与《金瓶梅》的成书时间及其反映的时代特点完全吻合;②贾梦龙祖籍靠近胶东一带,其籍贯为兰陵(峄县)人,青年时代随父在古吴越、华北等地生活了20年。其经历与《金瓶梅》中涉及的地域,以及《金瓶梅》中既用吴语又用山东土话,既有华北俚语又有官话的语言特点完全吻合;③贾梦龙有很高的文学修养,他创作的词曲、小令的曲牌大部分能在《金瓶梅》中找到；④贾梦龙虽有才华、但并不得志，从他的诗词、小令看，其思想心态极为消极，对社会现实极其不满，这与《金瓶梅》的创作思想与心态基本一致；⑤贾梦龙，字应乾、号柱山，人称柱山翁，自称贾泮东（即"东泮宫"秀才，"宣尼庙"儒生之意），四休居士（即休争强使智、休入城和市、休生事、休浸溽）。这与《金瓶梅》中的"万事都休"，以及"水秀才"、"祭头巾"等完全一致。而他的柱山，与《金瓶梅》作者自序的"欣欣子"，同出于《汉武帝内传》中的典故；⑥贾梦龙对儒释道教有浓厚的兴趣和深刻的见解，这与《金瓶梅》作者对佛道极其熟悉完全相同；⑦贾梦龙《永怡堂词稿》中写作内容有许多地方与《金瓶梅》中的内容完全一致；⑧贾梦龙《永怡堂词稿》中的永怡堂词与《金瓶梅》中的王冠词两两对照，无论从内容、风格、语言，还是从思想意境，均表现为惊人的一致；⑨贾梦龙在《永怡堂词稿》中提到的刘伶坟与《金瓶梅》第十一回的用典完全相同；⑩贾梦龙在《平康巷灾戏为诗吊之》中直接提到《金瓶梅》中的某些人物，如："金莲"、"秋菊"等。

5. 李开先说

1962 年，中科院《中国文学史》中首倡此说，认为诸说中"李开先的可能性较大"。1980 年徐朔方发表〈金瓶梅写定者是李开先〉，后又写出〈金瓶梅成书补证〉，认为此书是在民间艺人口头流传的基础上由李开先最后写定的。徐采用的方法主要是内证。其理由是：①《金瓶梅》成书时间当在嘉靖二十六年（1547）之后，万历元年（1573）之前，作者籍贯则在今山东中西部及苏北，这与李开先生活时代和籍贯相同；②李开先被称为"嘉靖八子"之一，同"嘉靖间大名士手笔"的说法不谋而合；③小说第 70 回《正宫端正好》套曲是李开先《宝剑记》第50出原文，此非名家名曲，况又不提它的剧名和作者，同一般摹拟引用不同；④《金瓶梅》、《宝剑记》比较，都是《水浒》故事的改编，主题都作了转移。《金瓶梅》欣欣子序和姜大成《宝剑记后序》都是作者友人代言，用意十分相似。1984年，作者又发表〈金瓶梅成书新探〉把写定者李开先修正为“李开先或他的崇拜者”。吴晓铃和日本学者日下翠皆赞同此说（分别见潘捷〈吴晓铃谈《西厢记》、《金瓶梅》及中国俗文学〉和〈《金瓶梅》作者考〉）。

与徐朔方“累积而成，李开先写定”的说法有别，卜健则明确认为李开先是《金瓶梅》的作者。并写成专著《金瓶梅作者李开先考》由甘肃人民出版社出版。书中详考了李开先的行实游踪及谱系嫡庶之辨，由《金瓶梅词话》成书于嘉靖后期，至词话本内容与《宝剑记》、《西厢记》之比较，从李开先的创作思想与《金瓶梅》美学思想的对比，到兰陵笑笑生的考辨，而得出上述结论。

此说的关键在《金瓶梅》的成书时间。从30年代吴晗〈《金瓶梅》的著作时代及其社会背景〉起，至今日王达津〈《金瓶梅》写作时代和作者〉、黄霖〈《忠义水浒传》与《金瓶梅词话》〉，所断时间皆在万历十七至二十四年之间，若此成立，那么，李开先的可能性就很小了。

此外，引起热烈讨论的还有鲁歌、马征的“王稚登说”，陈昌恒的“冯梦龙说”等。

第二类为，世代累积型集体创作说。

最早提出此说是明末清初《续金瓶梅》作者丁耀亢。1954年8月29日潘开沛在《光明日报》上发表〈金瓶梅的产生和作者〉系统论述此说，提出了五条理由。其后，徐朔方、刘辉、周钧韬等人进行了详细而有力的阐述。1980 年，徐朔方在《杭州大学学报》上著文〈金瓶梅的写定者是李开先〉再次提出《金瓶梅词话》“不是个人创作，它和《三国演义》、《水浒传》、《西游记》一样，都是在民间艺人中长期流传之后经作家个人写定的”。其后，徐朔方写成〈金瓶梅成书新探〉（载《中华文史论丛》1984.3），集集体创作说观点之大成。1986 年，他在《徐州师范学院学报》（1986.1）上撰文〈再论《水浒》和《金瓶梅》不是个人创作——兼及《平妖传》、《西游记》、《封神演义》成书的一个侧面〉，从一个崭新的角度进行深入考查，证明《金瓶梅》是民间说话艺术在世代流传过程中形成的累积型的集体创作，它带有宋、元、明不同时代的烙印。徐文将《金瓶梅》和《水浒传》两相对照，又参照《平妖传》、《西游记》和《封神演义》，着眼于它们之间的雷同部分，揭示它们之间由此及彼、由彼及此的双向作用，以及相互影响和因袭关系，从而得出：“明代文学界不可能贡献出一部个人创作的《金瓶梅》”的结论。继而，1988 年他再次撰文指出：《金瓶梅词话》存在着众多的破绽、矛盾、错乱、前后脱节或重复，这表明它是未经认真整理的一部世代累积型集体创作的作品。在论证这一观点的同时，徐朔方并不否认《金瓶梅》有一个写定者。他认为：“《金瓶梅》的写定者或写定者之一是李开先或他的崇拜者。”

刘辉〈《金瓶梅》研究十年〉（《中国社会科学》1990.1），亦认为中国的长篇小说因人物众多，结构宏伟，情节复杂，一般都经过以许多单个故事为基础，然后汇集成故事系列这样一种特殊的发展脉络。他仔细分析《金瓶梅词话》的实际，认为：首先，《金瓶梅词话》中保留着许多可以弹唱的韵文。一部《金瓶梅词话》,其中曲、词、诗、赞、赋及其俚俗可唱韵文,据刘辉统计竟有 599 种;其次,《金瓶梅词话》大量采录和抄袭他人之作,尤其大量采录宋元话本、元明杂剧、传奇作品等等,有的甚至一字不改地照抄;再次,《金瓶梅词话》中诸如年、月干支上的错乱,人物事件上的矛盾,行文粗疏,情节重复,前后照抄等现象俯拾即是,以上种种对民间艺人来说,正是他们在创作中进行艺术交流的一种必要的手段,而对一个文人作家来说,却是不可思议的。由此证明《金瓶梅》应是世代累积型集体创作的作品。同徐朔方一样,刘辉亦认为《金瓶梅》最后有一个写定者,但他应该是李渔。

对于集体创作说,不同意此说者亦多。如潘文发表后,徐梦湘、张鸿勋就分别著文提出不同意见。徐文发表后,杜维沫、李时人等亦进行驳诘,主要理由是:①《金瓶梅》是以散文叙事为主的小说,与以唱为主独立门庭的说唱艺术形式词话,不能等同;②此书在当时出现很突兀,没有迹象表明在此之前曾在社会上流传和演唱过;③小说的整体性充分说明他是作家有计划的创作,其前后脱节、重出及描写中的种种破绽,是由于"草创性"和"创作成书的特殊情况"(见杜维沫〈谈谈金瓶梅词话成书及其他〉,李时人〈说唱词话和金瓶梅词话〉)。吴组缃《文学遗产》1993 年第 5 期发表〈关于《金瓶梅》的漫谈〉一文,指出那种认为《金瓶梅》是经由民间讲话而后才由文人作家写定的这一说法,理由不充足。他再次强调:《金瓶梅》是第一部由文人作家独立创作的长篇小说。

总之,《金瓶梅》作者研究分歧大、意见多、可靠资料匮乏,结论难以一统。因此,陈大康在《华东师范大学学报》1992 年 3 期上发表〈论《金瓶梅》作者考证热〉，剖析了各家各说，认为应反省考证中不科学的考证方法，应切实纠正主观随意猜测的有失严谨的考证态度。提出在不具备资料的条件下，关于作者考证应该缓行，而着力加强本体研究。应该说，这代表了学界的一种清醒的学术态度，值得重视。

二、关于《金瓶梅》成书年代及版本研究

（一）成书年代

1. 万历说

此说是吴晗、郑振铎在30年代提出来的。吴晗对小说第七回写到朝廷向太仆寺借马价银一事，引证《明史》卷92《兵志·马政》记载，得出"由此可知词话中所指必为万历十年以后之事"。又对"番子"、"皇庄"、佛道兴衰，太监擅权等作了考证，推断"《金瓶梅》成书年代大约是万历十年到三十年"(〈《金瓶梅》的著作时代及社会背景〉)。郑振铎根据欣欣子序提到的《如意传》、《于湖记》盖为万历间盛行小说，自然《金瓶梅》成书不会早于万历年间。此说一出，遂成定论，海内外信从者甚多。但近年来随着研究的深入和新资料的不断发现，此说日显出其疏舛之处。周钧韬著文〈《金瓶梅》成书年代万历说商榷〉对"万历说"的八条主要论据一一提出商榷，如据《明实录》嘉靖十六年就曾挪借过太仆寺马价银，嘉靖十九年已有"皇庄"记录在案。《如意传》、《于湖记》亦在嘉靖年间就已刊刻问世。

但近年来亦有持"万历说"者，不过在具体时间上作了些修订。黄霖认为，"现在看来，郑振铎、吴晗的论证确有疏漏之处，……但

从总体上看,郑吴两位的论据,并未被完全驳倒"。作者就"马价银","别头巾文"、"残红水上飘"曲,"陈四箴"、"凌云翼"等考证,认为小说当写于万历二十年左右(〈金瓶梅成书问题三考〉)。刘辉亦认为不会晚于万历二十年,或更早一些(〈金瓶梅成书与版本研究〉)。叶桂桐认为最晚不超过万历二十四年(这由袁宏道写给董其昌的借抄《金瓶梅》的信可以作证),最早不早于万历六年至八年,当在万历九年至二十年间(〈金瓶梅成书年代新线索〉)。香港学者梅节以第68回中安忱诉治河之难入手,对黄河、淮河、运河在明中叶变道漫衍作了追索,由"黄河南徙"的确切时间推论《金瓶梅》成书上限不得早于万历五年八月。由于提及凌云翼其人,亦不得早于万历十年。陈昌恒将《金瓶梅》与容与堂本、袁无涯本《忠义水浒传》相较,指出前者直抄容与堂本事实。据容与堂本刊刻于万历三十八年的确时,他推断《金瓶梅》成书分三个阶段:1594至1596年创作;1596至1613年流传;1613至1617年定稿付梓。上限为万历二十二年,下限为万历四十五年(以上两文见《首届国际金瓶梅学术讨论会论文》)。

2.嘉靖说

此说的提出最早见于沈德符《野获编》,30年代后一度消歇,今又见活跃。徐朔方、卜健、朱建明、陈诏、徐扶明等皆认为小说成书的上限是嘉靖二十六年(按:不会再早于二十六年,因为:①《金瓶梅》中引用的《玉戒禅师私红莲记》刊行于嘉靖二十六年;②小说中多处引用李开先《宝剑记》。据李在《市井艳词又序》中说《宝剑记》脱稿于丁未即二十六年夏)。其主要依据是:①书中所写十几个明代人,是正德或嘉靖间进士,没有一个万历进士。一些化名亦同嘉靖年间某政治事件有关，如第 65 回出现的布政使陈四箴，即与嘉靖二十七年七月郑王厚烷上四箴有关（卜健〈陈四箴辨证〉）；②小说大量戏曲活动所写的声腔、时调如“海盐腔”、“弦索调”都是嘉靖以前或嘉靖、隆庆间“时曲”，而万历年间盛行的时曲却不见于其中（徐扶明〈金瓶梅写作时代初探〉）；③宏观上写宋徽宗朝政，确与明神宗时有相似之处。微观上，一些生活细节如袜、鞋巾、帽、金华酒等，带有鲜明嘉靖色彩。如写得最多的金华酒，在嘉靖时最出名，万历时已被别的名酒取代（陈诏〈金瓶梅小考〉）。

（二）版本及定作评者研究

《金瓶梅》版本研究有三个体系：①抄本研究：万历二十四年身为吴县令的袁中郎向董其昌借的抄本（仅一部分，缺后段），后万历四十一年又有沈德符抄本（但仍缺 53 回—57 回，“遍觅不得”，只好由“陋儒补刻”）；②天启间《原本金瓶梅》（《新刻绣像批评金瓶梅》），张竹坡即依此作评《第一奇书》。在《金瓶梅词话》未被发现前此为风靡海内之本；③万历四十五年《金瓶梅词话》出，此为最早刊本，发现却较迟（见前金瓶梅研究五个阶段部分）。所谓版本研究，即是指对三个版本之间关系及其派生本以及改定者和评者的研究。

1. 抄本研究

叶桂桐认为：现存文献所著录的各种《金瓶梅》抄本系统之间根本没有重大区别，只有个别字句的不同，所谓在内容上有较大不同的南方系统抄本与北方系统抄本根本不存在。初刊本（即万历丁巳本）用的是刘承禧系统的抄本作底本，除第 53 回至 57 回外，与刘承禧系统之抄本基本一致；而现存万历本《新刻金瓶梅词话》

是初刊之翻刻(〈金瓶梅成书年代新线索〉)。根据现存资料,拥有《金瓶梅》抄本者共12人,叶在〈金瓶梅抄本考〉中把12个抄本的传抄关系列表如下:

王世贞

徐文贞→刘承禧→袁中道→沈德符

王肯堂

↓(?)

董其昌→袁宏道→谢肇淛→丘志充

王稚登

文在兹

上述抄本的寓目者除抄本拥有者外,还有屠本畯、薛冈、李日华、冯梦龙、马仲良。既见过抄本,又见过初刊本者为沈德符、薛冈。其中沈见过两种抄本。12个抄本中,除去谁也未曾真正见过的王世贞抄本为全本外,在社会上流传的抄本,则为刘承禧抄本接近全本(少第53至57回)。而王肯堂本、董其昌本、文在兹本为前半部抄本;王稚登本,丘志充本为后半部抄本。

万历二十四年,袁宏道给董其昌写信询问抄本后段,前些时间学术界一般以万历二十四年作为抄本流传的最早记载。刘辉则认为屠本畯"见王肯堂所购抄本二帙《金瓶梅》"时间比袁写信借抄本还要早三四年,又据王肯堂本与董其昌本均为《金瓶梅》前半部,以及王与董的关系进一步推论,董本可能来自王本,这样就把抄本时间推到隆庆末、万历初年(〈金瓶梅成书与版本研究〉)另外,袁中道写这封信的具体时间,美国学者韩南和台湾学者魏子云认为是万历二十四年十月,周钧韬则提出二十三年秋的新说法(〈袁小修何时见到半部《金瓶梅》〉)。

至于刘承禧抄本中少的53至57回是否如沈德符所云由“陋儒补入”，台湾学者魏子云在首届国际金瓶梅学术讨论会上发表长篇论文《金瓶梅这五回》否定了“由陋儒补入”之说。而郑庆山〈金瓶梅补作述评〉(见《克山师范专科学校学报》1986年4月)经过比勘则认为是补入的，补入者“是南方人”，“至少是个相信名教的儒生，娴于孔孟之道”。黄霖在〈金瓶梅三考〉中还对刘承禧掌金吾卫时间，何时罢官及秉性、交游情况做出考辨。

2.《原本金瓶梅》研究

刘辉较重视对此的研究。他认为《新刻绣像金瓶梅》“在《金瓶梅》研究中具有特殊的地位和价值……在词话本未被发现前，正是他及张竹坡依此作评的《第一奇书》风靡海内外。遗憾的是，过去对于《新刻绣像》本的研究实在太薄弱了”。他对《原本金瓶梅》研究的主要成果是:①弄清了张竹坡批评《第一奇书金瓶梅》版本的两大系统成因。刘文著录的张评本有九种:康熙乙亥本等三种有回评，为一系统;影松轩等六种无回评，为另一系统。刘认为这是张边批边随刊呈世的结果。“所有回评则系以后所补，故第一奇书的最早刊本皆无回评”;②发现《新刻绣像批评金瓶梅》(首都图书馆藏)上署为“回道人题”的一道词，考出回道人系李渔化名。此本为李渔作评、刊刻，刊于清顺治十五年之后，故世称此本为“崇祯本”提法不确，并进一步推断李渔可能是由坊贾拼集不同抄本而成的《金瓶梅词话》到文人写定本《新刻绣像批评金瓶梅》的写定者;③发现了《金瓶梅》的第三个评本“文龙手评”。这是刘辉于1985年在北京图书馆所见，由于评语直接写在《第一奇书》在兹堂刻本上，并未付刻，故不见前人著录。作者嗣后在〈略谈文龙批评金瓶梅〉、〈谈文龙对金瓶梅的批评〉、〈金瓶梅研究十年〉等文中对文龙的生平、文艺思想及批语的特色成就等作了介绍。

王汝梅在点校康熙原刻本《张竹坡批评第一奇书金瓶梅》时依据的吉林大学图书馆藏本和首都图书馆藏本，卷首总评部分都缺〈凡例〉和〈第一奇书非淫论〉两篇，而它的翻刻本如"在兹堂本"上则不缺这两篇。王据此推断这两篇文字出自张竹坡之手，但上两本在装订中被漏掉。对此，台湾学者魏子云认为这个"断定"证据不足。不久，在国内发现了张竹坡评点的原刊本，不缺上述两篇。这部张评康熙本之发现，使我们得见完璧，也证明了王断无误，这是《金瓶梅》研究史上一个较重要的发现。

张竹坡因评点《金瓶梅》蜚声海内外，然长期以来，对张其人研究者知之甚少，美国学者阿瑟·戴维·韦利甚至否定有张竹坡其人。真正称得上张竹坡研究的是近20年之事，美国学者芮效卫〈张竹坡评金瓶梅〉是其中较早的一篇。其中有突破性进展者是吴敢。他于1984年在张竹坡后人的房梁上找到了乾隆四十二年刊本《张氏族谱》(其中有"仲兄竹坡传")，以及康熙六十年刊本、道光五年刊本《彭城张氏族谱》等，并在此基础上写成专著《金瓶梅评点家张竹坡年谱》、《张竹坡与金瓶梅》等，此说一出，天下翕然风从。据吴敢介绍，张竹坡名道深，字自得，号竹坡(1670—1698)，江苏徐州人，负才落拓，五次乡试皆落秋榜，其父亦终生不仕，与李渔、侯朝宗友善。父去世时竹坡才15岁。26岁为《金瓶梅》写下十数万字评语，27岁即满头白发，29岁时呕血暴卒。这批史料，一经刊布，即成定谳，为国内外学者首肯，成为《金瓶梅》研究中的一大重要突破。之后，王汝梅先生在大连图书馆藏本《第一奇书·寓意说》上，又发现篇末多一段文字，为他本所无。特别是"乃发心于乙亥正月人日批起，至本月廿七日告成"这句话，落实了张竹坡批评《金瓶梅》的具体时间为康熙三十四年(1695)正月初七至三月廿七日，约三月有余。同时解开了张道渊在《仲兄竹坡传》中说"旬有余日而批成"的疑窦，获得了一个圆满的答案。

3.《金瓶梅词话》研究

刘辉提出新见，认为现存的《新刻金瓶梅词话》是再刻本，而不是万历四十五年至四十八年间吴中的初刻本。

魏子云在〈金瓶梅的问世和演变〉、〈金瓶梅札记〉、〈金瓶梅成书新探〉等论著中则认为目前所见的《金瓶梅词话》已不是万历二十四年袁中郎等传抄的《金瓶梅》，已经过集体修改。徐朔方在〈金瓶梅成书新探〉等文中也认为《词话》"不是个人创作"，"是世代累积型的集体创作"。黄霖则不同意上述观点，认为《金瓶梅词话》就是袁中郎等人所见的抄本，"当一次成于一人之手"。周钧韬认为沈德符所说的"吴中悬之国门"的《金瓶梅》初刻本，当问世于万历四十五年冬至万历四十七年秋，它就是今天所见的有东吴弄珠客序的《金瓶梅词话》，证据是袁小修《游居柿录》、李日华《味水轩日记》、薛冈《天爵堂笔余》、沈德符《野获编》。上述的争论还涉及对薛冈〈天爵堂笔余〉的理解及薛及文在兹或文翔凤的交游。

对《金瓶梅词话》的研究，注意力多集中在欣欣子和东吴弄珠客序及兰陵笑笑生的籍贯上，由此推测《金瓶梅》的作者和成书年代。

建国后，国内曾出过七个版本。1957 年郑振铎将 1931 年发现的《金瓶梅词话》以文学古籍刊行社名义影印出版。原书缺的第

52 回七、八两页，用崇祯本《新刻绣像批评金瓶梅》补足并配上崇祯本的 200 幅插图。其余六种皆 80 年代出版，即：①1985 年人民文学出版社出版删去 190161 字的洁本《金瓶梅词话》；②1987 年，齐鲁书社出版张竹坡评改的“第一奇书”，据康熙皋鹤本排印，删去 1 万来字；③1989 年三次出版足本：北京大学出版社的北大馆藏崇祯本，同时影印该校图书馆善本室所藏《三刻金瓶梅》40 回，清讷音居士撰，为《金瓶梅》续书；文学古籍刊行社重影印万历本《金瓶梅词话》。补抄的两页不再用崇祯本而改用日本大安株式会社 1963 年出版的另一本万历本；④齐鲁书社出的足本崇祯本。

三、关于《金瓶梅》的创作主旨及思想研究

(一)《金瓶梅》的创作主旨

关于《金瓶梅》的创作主旨，从明末开始就有政治寓意说、讽劝说、复仇说、苦孝说等多种说法。其中复仇说和苦孝说因系明显的穿凿附会，市场不大。但《金》是假托宋朝、实写明事，却是研究者们公认的。因为无论典章制度、人物事件、史实习俗、方言服饰无不打上明代社会生活鲜明印记。甚至书中还有几位真名实姓的名人，行状也大体相符。所以，鲁迅 20 年代提出“世情说”，即“描写世情，尽其情伪”。郑振铎提出“写实说”，认为“它是一部很伟大的写实小说，赤裸裸的毫无忌惮地表现着中国社会的病态，表现着‘世纪末’的最荒唐的一个堕落的社会的景象”。近年来，围绕这一基调，出现不同的倾向。

1. 愤世嫉俗

刘辉认为《金瓶梅》的主旨“可用四个字来概括：愤世嫉俗。作

品通过西门庆一生的发迹变泰、兴衰荣枯，揭示了处于封建主义制度末世原明人社会的真实内幕，上自权臣、酷吏，下至蔑片、地痞，形形诸色，无恶不作。作者直面现实人生，有暴露、有抨击，然而他的态度又是清醒和冷峻的。《金瓶梅》形象真实地揭示出封建社会必然崩溃没落的趋势，这正是其不可磨灭的思想价值所在”(〈金瓶梅研究十年〉)。

2. 政治讽喻

台湾学者魏子云认为“是一部讽喻明神宗宠幸郑贵妃而贪财好货又淫欲无度的小说，深寓谏诤之意”。将小说的故事简单索隐为明万历时事(《〈金瓶梅〉的问世与演变》，台湾时报公司，1981)。徐朔方〈评《金瓶梅》的问世与演变〉对此论进行了逐一驳诘。黄霖则认为小说的主旨有政治讽喻之意，但他是“从作者的整体出发来肯定其政治讽喻之意”，而不同意像魏子云那样作“简单的比附”。小说“惩淫色，戒四贪的客观意义和主观创作意图，都不一定仅仅针对神宗之荒怠，但无论如何是包含‘指斥时事’，讽刺君主的重要因素”“是一部具有强烈现实政治意义的‘有为之作’。写淫与讽政的统一，也就使这部小说成了名符其实的奇书”(〈论《金瓶梅词话》的政治性〉)。

3. 哲理说

在第三届全国金瓶梅学术讨论会上，不少论者认为这部小说表现的是人生哲理或作者的理性思考。如张兵提出：《金瓶梅》不是写淫而是写情，是一部集中表现人生欲望的作品。刘绍智认为《金瓶梅》是作者心态的对应物，它表现出理性评价和形象体系的错位。作者既对儒家传统道德观认同，又对人的感情欲求认同，这就使人物形象留下二律背反的印痕。田秉锷认为《金瓶梅》是写消耗的书，人类宝贵的生命由于不作改造客观世界的投放，却导入人类的自戕。小说从人类行为哲学的角度，第一次以小说形式，触及了超稳定结构的中国社会内部悲剧。卢兴基认为《金瓶梅》是一部带有浓厚神秘主义色彩的作品，其神秘性即在于它的悲剧主题的不可捉摸性。该书表现了与一个古老的哲学命题有关的主题，即自我人性的追求与客观制约的矛盾，主体的主客观失调与崩溃。1993年，王彪在《文学遗产》第4期发表〈无所指归的文化悲凉——论《金瓶梅》的思想矛盾及主题的终极指向〉，认为其主旨的终极指向是：《金瓶梅》作者在儒、释、道与晚明新兴哲学思想的双重应顺、疑难中，最终走向了对人、生命、历史的更高意义的思考。

4.暴露说

袁世硕认为，作者是借宋代的幌子，来再现他自己生活的那个时代。它以亦官亦商的西门庆一生罪恶活动为中心线索，穿插写进了朝廷权相、贪官污吏、太监、纨绔、高利贷者及依附受制于他们的帮闲无赖、僧道尼姑、巫医媒婆、男伶女妓、无行文人等，构成了一幅幅相当复杂的社会图画，赤裸裸地再现了明代后期官场和城市社会多方面的黑暗、腐朽、庸俗的真实情况，提供了颇为丰富的了解明代后期政治、经济和社会风尚等方面的感性材料(〈《金瓶梅》评议〉)。张俊也认为小说一方面生动地揭示了封建的家庭制度、婚姻制度的种种罪恶，另一方面又和对社会黑暗的揭露联系起来，预示业已腐朽的封建社会必然崩溃的前景(〈试论《红楼梦》与《金瓶梅》〉)。郭豫适〈《金瓶梅》简论〉也持类似观点。

5. 市民的种种社会相说

徐朔方认为《金瓶梅》所反映的是“当时封建社会内部资本主义因素兴起后的种种社会相，生动地塑造了作为商人、恶霸地主和官僚三位一体的典型西门庆，以及潘金莲、李瓶儿、应伯爵等市井色彩极浓的人物群象(〈《论金瓶梅》〉)。吴红、胡邦炜也认为，仅从暴露封建统治的黑暗腐朽来探讨《金瓶梅》的创作主旨是不够的。小说中还传达了明代早期资本主义萌芽的大量社会信息和文化信息，写世相、写人生，成了当时市民社会的风俗画(〈《金瓶梅》的思想和艺术〉)。卢兴基〈《论金瓶梅》〉亦认为作品的主题不在暴露黑暗，而在于通过这个新兴商人及其家庭的兴衰，他的广泛的社会网络和私生活，以及他们如何暴发致富，又如何纵欲身亡的历史，表现资本原始积累的过程中我国社会的深刻变动。

6. 真诚袒露说或矛盾说

及巨涛认为“兰陵笑笑生的创作动机是一种真诚的袒露。他既真诚地袒露出自己的生活情趣，又真诚地袒露出所写生活中的破绽”。“一方面为表现自己深得内中情趣的市井生活，他充满愉快地结构出一个以西门庆家庭为中心的世俗社会，并通过以主人公的发财得官、恣意淫乐和妻妾争风等经历的描写，细致地传达出自己对这种充满新色素的社会生活的全面兴趣。”“同时，他作为一个生活有洞察力的文人，偏又是‘多出只眼睛’来‘看人破绽’，所以也常将笔锋指向不合理现象”，“但当诸多破绽足以动摇这个世俗社会根基时，兰陵笑笑生也并不隐讳自己的忧虑感。因为他自知尚未找到历史的真正出路，只能以‘惘然’之思为全书作结”(〈论《金瓶梅》的情感特征和兰陵笑笑生的创作动机〉)。王志武〈《金瓶梅》主题论〉(《唐都学刊》1993.1)认为该书主题是揭示性自由的条件、历程和归宿,揭示性自由造成的个人悲剧、家庭悲剧和社会悲剧。董芳亦认为《金瓶梅》破天荒地大胆揭示了人生欲望的无限与实现欲望的有限之间永远无法调和的悲剧矛盾(〈古典小说《金瓶梅》悲剧的内涵初探〉,《甘肃社会科学》1991.4)。

7.呼唤人生复归说

朱邦国认为《金瓶梅》是弱国民性的展览。作者企图通过对失去本初人性的丑态再现与表现,以期警醒,使人生复归。这种弱国民性就是奴性,具体表现为两栖性、依附性和讨好。潘金莲、李瓶儿、春梅是三个不同类型受害者的代表,封建社会那些弱国民性在她们身上都有典型体现(〈《金瓶梅》——弱国民性展览〉)。

8.劝诫说

周永祥认为《金瓶梅》是以儒家的伦理教化为内容,以佛教关于劝善惩恶、因果报应的观念描写市井生活,以达到劝诫世人的目的。劝诫是该书的创作主旨(〈《金瓶梅》创作主旨探〉,《齐鲁学刊》1994.2)。张进德亦认为"警世"、"劝诫"是该书根本立意所在,"四贪词"是打开《金瓶梅》深奥主旨的钥匙(〈《金瓶梅》创作主旨新探〉,《河南大学学报》1994.4)。

(二)《金瓶梅》的思想价值

吴组缃认为,《金瓶梅》最重要的贡献,"就在于它塑造了西门庆这样一个典型形象。这个人物反映了鲜明的时代内容和深刻的社会意义"。"对我们认识中国封建社会末期的特点和本质,是很有意义的"(〈关于《金瓶梅》的漫谈〉,《文学遗产》1993.5)。

徐朔方认为,《金瓶梅》是"中国文学史上第一部以封建城市的市民为主角，以他们的日常生活为题材的长篇小说，同时也是第一部以反面人物为主的长篇巨制”(〈论金瓶梅〉)。

田秉锷〈金瓶梅人际关系概论〉认为《金瓶梅》是一部辉煌的“黑色小说”。笑笑生以他特有的勇气发现了丑，和盘托出这个黑暗时代各个角落折射出青紫色光环的丑，表现了他勇敢的自由精神。较之晚出的曹雪芹不同，笑笑生是吹着口哨伴奏，睨视他所生活时代的行将毁灭。作品不是美丑并存，不是以丑衬美，只是写丑，这是作者的一大贡献。李时人则从晚明社会文化思潮总体出发，认为《金》是16世纪一部晚明社会风俗史。当时以王阳明“心学”为哲学支点的社会思潮深入到社会、“心理—精神”、文化各个领域，从而在晚明形成一场反悖于往古的思想文化运动。与之相适应的兴起一场狂飙式的文学怒朝，《金瓶梅》就是这一怒潮的重要代表作之一。它对时代经济状况作了客观展现；对社会风尚作了描写；对社会心理作了深刻揭示，留下了中国历史上一个特殊悲剧时代的写照。《金瓶梅》的出现是小说艺术对生活的一种回归，是从艺术上对人、人性的一种肯定，在某种程度上也表现了小说家主体意识的觉醒，从而表现了中国古代小说的长足进步(〈金瓶梅：中国十六世纪后期社会风俗史〉)。卢兴基认为《金瓶梅》以西门庆和他的家庭为中心，展现了一幅广阔的社会生活图景。在这幅图景中，可以看到明代社会从经济到社会生活以至伦理道德价值观等都发生了一系列变化(〈论《金瓶梅》——16世纪一个新兴商人的悲剧〉)。

在首届国际金瓶梅学术讨论会上，及巨涛从金瓶梅文学精神与历史精神的照映与撞击来解释为什么关于《金瓶梅》有两种评价标准。他认为，稚嫩的中国小说艺术在苍老的中国历史背景中，充满清新气息，又不无惶恐之感。田秉锷认为《金瓶梅》表现了华夏民族第二次精神危机。第一次是在春秋战国时代，第二次是在明中叶。他从家庭精神失落、男性权力削弱，“亚关系”交错，信仰矛盾诸方面求证，阐明《金瓶梅》是带有罪恶的欢娱色彩的新生活的记录，又是旧道德的回音(徐仁〈首届国际金瓶梅学术讨论会观点综述〉)。

关于《金瓶梅》的美学价值，宁宗一认为，《金瓶梅》是写生活丑的，它的美学价值首先就在于它是按照生活本身规律，真实地揭示了生活丑的本质及其表现形态。崭新的文笔与崭新的作品思想相结合，这就是笑笑生以一位洞察社会的作家胆识向小说旧观念第一次有力的挑战。艺术上一切化丑为美的成功之作都是遵照美的创作规律的，都是从反面体现了某种价值标准。《金瓶梅》正是在这一点上具有了美学意义(〈《金瓶梅》对小说美学的贡献〉)。萧世杰认为《金瓶梅》体现了一些最基本的美学原则，产生了巨大的美学价值。作者从艺术的真实性、人物的典型性和形式与内容统一三方面作了论证(〈《金瓶梅》美学价值初探〉)。吕红认为中国传统美学是一个“正反合”的运动过程，它从先秦到唐宋的孜孜追求“至善至美”的道德化美学理想的“正”，经由元明以降戏曲小说赤裸裸揭示人欲的反道德理想的“反”，再进入以《红楼梦》为代表的面对现实人生，更接近“感性学”美学境界的“合”。这一逻辑过程中，《金瓶梅》以其丑的艺术力量填补了这无论如何不可缺少的中间一环，在中国以道德为本的传统美学中冲开了一个缺口。正是这个缺口通向《红楼梦》——性的铺排在那里迈向生命的礼赞，欲的追逐在那时跨入对自由的渴求。若没有潘金莲、李瓶儿、庞春梅们对人欲如此充分的表演,没有《金瓶梅》作为反理想的丑艺术对道德的全面轰击与对传统美的肆意破坏,后代文学的超越是无法想象的(〈一个罕见的女性世界〉)。贺信民认为,《金瓶梅》的价值从美学角度看,它"标志着小说美学新观念的觉醒,为现实主义小说创作带来的生机,预告着近代小说的诞生","是时代的孽海中翻卷出来的一朵真实的浪花"。作者认为它的美学价值在于①高度写实,"深切人情世务";②正面形象的消失,善恶并作,淫雅杂陈,多色素组合而成的"复杂人"的发现;③向丑艺术跃入;④摹写对象与整体风格的市井化和语言文学上浓厚的市井气(〈孽海之花,丑恶之花——也谈《金瓶梅》的美学价值〉)。

进入 90 年代,更多的学者从历史角度、社会背景及文化意义到剖析《金瓶梅》的思想价值。如杜学平〈《金瓶梅》与晚明历史走向〉(《淮阴师范专科学校学报》1992.3),周金降、朱玉英〈从《金瓶梅》对官僚制度的揭露看明朝的灭亡〉(《徐州师范学院学报》1992.1)诸文,就从《金瓶梅》入手,分析了明代前后期监察制度和选官、考核、任用制度的变化,以及宦官干政,官僚结帮拉派等造成的种种腐败恶果,揭示了明王朝逐步走向灭亡的重要原因。朱俊亭〈论《金瓶梅》悲剧的社会意义〉(《文史哲》1992.2)认为《金瓶梅》的时代是新旧生产关系、新旧社会势力、新旧观念矛盾渗透的典型环境。在西门庆这个典型形象身上,既充满着新兴商人暴发户的贪欲,又有着放荡封建主的挥霍。西门庆家庭兴衰史反映了中国封建社会资本主义萌芽时期的全部历史。

赵兴勤〈传统家庭伦理与《金瓶梅》的"家反宅乱"〉(《徐州师

范学院学报》1992.1)也认为《金瓶梅》是以西门庆一家为中心，描写了西门庆家庭道德伦理与正统封建道德相悖离的诸多表现，并由此而辐射至不同阶层的大小不一家庭，处处显露出“一种愤懑的气象”，从而展示出封建礼法和家庭伦理所面临的严重危机，预示着封建大厦即将倾圮。

宋克夫〈人欲的正视和生的困惑——《金瓶梅》价值取向论〉(《湖北大学学报》1992.1)是篇力作，他认为《金瓶梅》的时代是一个商品经济发展、人的价值观念发生了深刻的变革的时代，《金瓶梅》一方面客观地表现了这些新的价值取向对传统价值体系的冲击，另一方面又希望在伦理意识、宗教意识和生命意识上匡正世风，但最终还是陷于矛盾和困惑的境地。与此观点相类似，南矩容〈论笑笑生对人欲的二重心态及其因果观〉(《固原师范专科学校学报》1996.1)指出：兰陵笑笑生对人欲的审视具有二重心态，他既能站在时代进步的行列弘扬人欲而又视人欲为犯罪之源；既能从时代发展的视角赞许了商人的崛起及其历史意义而又从理性的角度表示忏悔。

王彪〈无所指归的文化悲凉——论《金瓶梅》的思想矛盾及主题的终极指向〉(《文学遗产》1993.4)、王平〈金瓶梅：文化裂变孕育的畸形儿〉(《山东大学学报》1996.1)和张进德〈理性的皈依与感性的超越——论《金瓶梅》的二元文化指向〉是近年来从文化哲学上审视《金瓶梅》的三篇代表作。王彪指出：《金瓶梅》作为一部真实、深刻地反映晚明文化、哲学思想矛盾、混乱的沉痛之作，一部末世社会迷惘者的精神自供状，其深层的对立与冲突，则是整个中国文化与哲学思想的矛盾，是晚明这个封建末世所出现的时代矛盾。

更进一步看,《金瓶梅》把思索人类与社会历史的视角,放在生命力这个基点上,然后从生命的基本需求与生存状态出发,切入人生悲剧与社会悲剧的永恒意义。正是在离合于儒、道、释的矛盾心态中,在无所指归的文化悲凉中,《金瓶梅》带着矛盾与缺憾超越了,因而惊世骇俗。王平认为:《金瓶梅》从内容到表现手法都受到文化分化与裂变的深刻影响而表现出畸形状态。其作者把握了人欲横流的时代特点,是其敏感之处;但是他又企图用传统的伦理观念批判否定这一时代特点,又显迂腐。正是这两难的处境,使小说的性描写呈现出畸形的情况。张进德则认为《金瓶梅》是世俗价值观念与宗法传统道德观念的特殊浑融。作者的理性指向表现为对宗法传统价值观念的皈依,而艺术描写的感性指向则表现为对作者理性思维定势的超越。之所以出现这种互不包容的二元价值指向,既与中国封建城市市民本身素质有关,又和中国封建知识分子的本质属性相连,同时也决定于明中叶这个多元文化并存、竞争的特殊时代。

四、关于《金瓶梅》艺术成就的研究

1. 关于创作方法

这是80年代《金瓶梅》研究中的一大热点。争论的代表性观点大致有三种:

(1)现实主义巨著。30年代,郑振铎、吴晗即持此看法。1957年在《文艺报》上展开了一场《金瓶梅》究竟是现实主义还是自然主义的争论。其中李长之认为《金瓶梅》是严格的现实主义开山之作。它在"揭露现实的深刻性上和描写规模的宏大上远远超过了以前的现实主义作品”(〈现实主义和中国现实主义的形成〉)。到了80年代,由徐朔方在《浙江学刊》上的〈论金瓶梅〉又重新引发了这场争论。持现实主义巨著结论的有宁宗一〈试论金瓶梅萌发的小说新观念及其以后的衍化〉、张俊〈简论《金瓶梅》在中国小说史上的地位〉、黄霖〈我国暴露文学的杰作《金瓶梅》〉、章培恒〈论金瓶梅词话〉等文。

宁宗一从小说观念的演化来论证《金瓶梅》是一现实主义巨著。文章指出,《金瓶梅》的作者不像他的先辈作家在刻画人物时加进那么多主观色彩,而是对人和人的生活环境作“真实的、不加粉饰的描写”。但作者对人物长短不加褒贬,不等于没有立场和态度,而是“通过人物的连续不断的毁灭的总和对社会发言”,以“无条件的、真率的真实”显示了鲜明的现实主义特色。章培恒则直接从作为自然主义主要证据的性描写入手来为其现实主义创作方法辩护。作者认为,这种描写“与当时以李贽为代表的,把‘好货好色’作为人类自然要求加以肯定的进步思潮有关。”“是那个进步思潮本身带来的历史局限”,“其中却也包含暴露的成分”。文章指出:第一,这类描写在作品中仅很小的一部分,即使他们是自然主义的,也并不妨碍整部书的现实主义性质;第二,在现实主义和自然主义之间,本没有不可逾越的鸿沟。在一部现实主义作品中有些自然主义描写实在没有什么可奇怪的。张俊则从文学与生活的关系和小说史地位等角度来论述金瓶梅的现实主义成就,认为“金瓶梅在反映社会生活的广度和深度上,达到了前所未有的历史高度”,是我国人情长篇小说的开山之作,“从此我国古代小说便以‘世情书’为主流,进入一个由文人独立创作的新时期。这是中国古代小说发展的一大变迁”。在文学与生活关系上，“它扩大了文学表现生活的范围，显示了现实主义的深化和成熟”。黄霖认为，《金瓶梅》是我国暴露文学史上一部杰作。无论是在暴露现实的广度还是深度上都是杰出的。这“不仅是由于作者能审察世情，关心国事，同情人民，而且也由于他相当娴然地掌握了从艺术方面来打开暴露大门的钥匙”。文章列举了《金瓶梅》暴露现实的多种技巧和手法，认为它为后世的暴露小说创作提供了可贵的经验。孟昭连《从历史走向现实》从审美角度肯定了《金瓶梅》是一部“严格意义上的现实主义长篇小说”，“兰陵笑笑生的伟大之处正在于‘并无讳饰’的客观态度”。他以西门庆一家兴衰史为经线，广泛接触到明代社会各个角落，真实再现了一个奇奇怪怪、花花绿绿的大千世界。作者还把主要笔触对准这个罪恶之家的内部，在对污秽不堪的琐碎家事、妻妾之间的卖俏迎奸争斗的细致描写中，实现作品的认识价值和审美价值。袁世硕亦认为无论是在题材上还是反映现实的方法上，《金瓶梅》都“为现实主义的进一步发展奠定了坚实的基础”。题材上，它不再像《三国》、《水浒》、《西游》那样去写王侯将相兴王图霸、英雄豪杰行侠仗义和神仙道化神魔斗争，“而是极普通、极平凡的人情世态，琐细不足观的市井和家庭生活琐事”，“是在现实生活中带着各种世俗相的到处可以找见的普通人”，无论是压迫者还是被压迫者，“都是在各自的地位上干着极平常、庸俗、琐屑以至罪恶的事情”。在反映现实的方法上，也不再用夸张等手法使作品带有理想因素和传奇色彩，“只是照着现实生活本来样子如实地进行描述，不加选择，不避琐屑、不加装潢，不作任何超过实际可能性的艺术夸张，生活是怎样就怎样地描述。这样,理想成分、传奇色彩消失了,但描写的真实性和细致性却突出了,真实地描写上升为小说创作的主要手段和小说的主要内容”,而“真实地再现现实生活,也正是文学中的现实主义原则”(〈《金瓶梅》平议〉)。郑庆山也认为:“《金瓶梅》是明人中晚期社会生活的缩影,说它是一部现实主义佳作是再恰当不过的了”(〈现实主义还是自然主义〉)。

(2)自然主义的标本。1957年,李希凡在论争中发表〈《水浒传》和《金瓶梅》在我国现实主义文学发展中的地位〉,不同意李长之认为的《金瓶梅》比起《水浒》来是更严格的现实主义这一结论,指出“在文学的基本倾向上,离开了现实主义,走向了客观主义,以致使它无法抢夺《水浒》这个光辉牢固的开拓者地位”。1981年,徐朔方在〈论金瓶梅〉中提出《金瓶梅》是中国文学史上“自然主义的标本”。它的自然主义主要表现有两条:第一是它的客观主义。“过分重视细节描写而忽视了作品的倾向性”;貌似暴露,实则“津津乐道,仿佛要读者和他一起欣赏”;第二,其描写很少由表及里,深入本质。宋谋瑒也反对对《金瓶梅》的过分溢美。认为在四大奇书中“作为典型环境的人物群象与故事背景被写得最消极的,恐怕莫过于《金瓶梅词话》了”。它的现实主义充分与否的程度,不仅远远比不上《水浒传》,甚至也比不上《三国演义》、《封神演义》和《西游记》,它是“更近似自然主义”的作品(〈略论《金瓶梅》评论中的溢美倾向〉)。吴小如则认为之所以说《金瓶梅》是一部自然主义作品,其局限性不仅在于它的淫秽描写,“而在于全书的指导思想”:全书几乎没有一个正面人物,找不到一线光明,给读者带来的是悲观失望,何况作者本身态度也是暧昧而含混，对丑的行为，有时也流露出欣赏艳羡倾向（〈我对《金瓶梅》及其研究的几点看法〉）。不过，近年来的论者即使认为《金瓶梅》是自然主义标本，也肯定它的文学价值、认识作用和在小说发展史上的地位，不像以往采取全盘否定的态度。

（3）折衷于上述两说之间，认为它既是现实主义文学巨著，又有严重的自然主义倾向。孙逊认为："《金瓶梅》是一部具有深刻思想内容的现实主义文学巨著。它以真实的笔触，广阔地展示了它所属的那个时代风貌，深刻而全面地暴露了晚明社会的黑暗和罪恶"，"《金瓶梅》所取得的杰出成就，也是现实主义在我国文学发展中的胜利"。但他又认为《金瓶梅》存在严重的缺陷，"这缺陷便突出地表现在它那严重自然主义倾向上"。"一部现实主义作品，它可以没有理想人物，但一定存在着理想，即使这是部以暴露为主的作品，它也需要用理想的火光去照彻那黑暗的社会。而这一点，正是《金瓶梅》所缺少的"（〈论《金瓶梅》的思想意义和严重缺陷〉）。支冲在肯定《金瓶梅》"立足现实、敢于创新"等现实主义成就后也指出其四个方面的严重缺陷：贯串因果轮回，宣扬愚昧迷信，鼓吹妇人祸水论，大量色性、淫秽描写（〈金瓶梅评价新议〉）。蔡国梁一方面不同意把《金瓶梅》说成是自然主义作品，认为《金瓶梅》的文学价值、历史地位和认识作用是无法抹煞的。"作者对西门庆的态度是明朗的，他并非冷漠的客观主义者"。问题在于小说中"露骨地渲染了偷奸淫乱的细节"，"这几乎致命的弱点，也起了以假乱真作用，从而作茧自缚地在一定的程度上淹没了它的现实主义光辉"（〈《金瓶梅》是一部自然主义小说吗？〉）。郭豫适认为：性生活的露骨描写毕竟不是

《金瓶梅》的主要内容，它所反映的明代社会生活是很广阔的。同时从历史的角度看来，《金瓶梅》在我国长篇小说发展史上是一部重要作品。但是“自然主义的低级色情描写，是《金瓶梅》的一个严重缺陷”。作者不同意“敢于对性生活作大胆描写是反封建思想的表现”这一说法，认为“色情描写的真实性并不等于就是现实主义”，何况作者对此还是欣赏态度(〈金瓶梅简论〉)。周中明认为：“在中国小说史上，近代现实主义的曙光，是由明代中叶后的笑笑生升起的，他的《金瓶梅》是一部具有划时代意义的代表作”。但是这又“只是个朦胧的曙光，还存在着古典现实主义，甚至非现实主义的许多浓重阴影”。作者从借宋喻明的历史旧套、缺乏理想成分、“重视细节描写，却又陷入了过于琐屑，甚至颇为淫秽、庸俗、低级自然主义倾向”等七个方面指出了它的缺陷和不足(〈论《金瓶梅》的近代现实主义特色〉)。

2.关于主要人物形象

西门庆

80 年代以来对西门庆的研究有个很明显的特点，即不再把西门庆作为恶霸、流氓封建社会基础加以全面否定，而往往着眼于商人特征，复杂的二重性格以及在他身上体现的当时哲学、社会思潮等加以具体分析。如卢兴基认为：评价《金瓶梅》中的西门庆，千万不要和《水浒》里那个西门庆混同起来。他是 16 世纪中国的新兴商人，是一个有雄心兼有兽性的人物典型。西门庆的致富，依靠的主要是商业经营，不是高利贷盘剥，更不是地租的剥削，他的主要注意力集中在资本的不间断增值。在商品运转过程中，他也勾结官府，借助封建政权来铺平自己的发展道路。作者认为小说中对西门庆这方面的描写，并非单纯以暴露其恶行为目的，因为这是中国资产阶级尚未成熟以前以获得一部分封建权力来发展自己的常用的方式。这一奇特方式，表现了16世纪中国资本主义发展的不纯性。作者还认为西门庆是一个复杂的自我，在没落的封建社会，他属于那个上升的阶层，对于封建的礼教和法制带着十分的蔑视和破坏性，他的野兽般淫滥和享乐带着暴发户式的狂欢，简直是对封建礼教的示威，作者倾注全力所要写的就是这样一个人，因此不免同时又带着几分真诚的感情(〈论金瓶梅〉)。罗小东〈《金瓶梅》的情感意向分析〉表达了与卢文相近的观点。她认为西门庆作为从封建地主阶级体系中蜕化出来的早期资产者雏形，不可能完全摆脱对封建意识的因袭，也不可能完全摆脱对封建官僚的某种依赖。因此西门庆绝不会有什么自觉的反封建意识。但是作为一个商人和暴发户的代表，使他在利益上又不自觉地与某些传统观念处于矛盾对抗的地位。他的金钱欲、权势欲、享乐欲都是封建传统对商人的要求格格不入的。尽管这些欲望的实现都无法与邪恶分开，却是历史的必然。作者不是一般否定恶，对恶人也有所肯定。写西门庆，既荒淫无耻，有时也不乏真情；既贪婪成性，偶也疏财仗义。这种人物性格的复杂性，是时代思潮和作家思想深刻性的表现。刘辉虽承认卢说颇有新意，但他认为西门庆是城市生活的一个市井形象，且是一个恶棍的代表(〈金瓶梅研究十年〉)。吴组缃也认为西门庆是一个市侩，是一个集官僚、地主、商人于一身的商业经济发展时期的典型人物(〈关于《金瓶梅》的漫谈〉)。

陈桂声则认为《金瓶梅》中以西门庆为代表的男子们的无耻行径并不是什么人性的复归，而是人性向兽性的倒退。作品描写他们在明中后期封建传统思想文化的熏染毒害下，是如何地丧失了一个人所应有的进取心和创造性，从而使个人欲望肆意泛滥的（林之满〈全国第二届金瓶梅学术讨论会概述〉）。

也还有的论文认为西门庆是垂死的封建势力代表。沈天佑〈论西门庆形象的典型意义〉就认为西门庆“是明代中叶后商品经济极大发展、资本主义新的生产关系开始有了萌芽，而封建顽固腐朽势力又不肯轻易退出舞台仍在作垂死挣扎的历史产物”。方正耀也认为西门庆是个流氓野心家典型。他通过渔色敛财、交通权贵，顺利地走完了三部曲：从一个无赖变成富商，爬上理刑副千户，进而升任正职和执政官沆瀣一气（〈《金瓶梅》与俊友〉）。

刘绍智则认为上述认识还没有超出郑振铎在 1933 年对西门庆的认识——“一般流氓或土豪阶级”。作者认为：“西门庆并不是整个封建社会的产物，他只是明代中叶以后，封建社会进入晚期，资本主义萌芽已经出现那一段特定历史时期的产物。西门庆这一形象是货币经济不能顺利地沿着资本主义方向前进的商人兼高利贷主形象，是从旧的剥削阶级向新的剥削阶级过渡的最初阶段剥削者艺术形象。在这形象中，既有一切剥削阶级所共有的恶的印记，又有其特殊的丑的因素。”这就是西门庆这一形象的深刻性和独特性之所在，也是其认识价值和审美价值之所在（〈试论西门庆〉）。徐朔方则认为：“作为官僚，西门庆是权奸的爪牙；作为地主，他是一手遮天的恶霸；作为商人，他任仗特殊的护身符而生财有道。西门庆身上所体现的是这三种黑暗势力的结合”（〈论金瓶梅〉）。

高培华、杨清莲也对卢氏“新兴商人”说进行了反驳，认为西门庆是一个特权商人的典型形象，他不仅不是“资本的化身”，反倒是穷奢极欲、荒淫无耻的化身，是“淫棍”的典型。

张锦池于 1998 年撰文认为西门庆是近代官僚资本家的远祖，其思想核心是贪婪，价值观念和精神归宿是拜金主义和享乐主义，(〈究竟是人间喜剧，还是时代悲剧——《红楼梦》与《金瓶梅》审美观念的比较研究〉，《求是学刊》1998.5)。

潘金莲

对潘金莲形象的评价近年亦有较大的变化。一般来说，已不再单纯把潘金莲看成是一个“魔鬼”，而是看成一个性格极其复杂的形象。评论者的客观叙述代替了以往严厉的指责，对不幸女子的同情理解代替了以往严厉的指斥，但对复杂的内涵，各人的理解则又不同。张玄平、王良惠〈论《金瓶梅》中的潘金莲〉认为“作者是将她作为吴月娘相对立的一个形象来塑造的，她是一个复杂的人物，但不是一个‘魔鬼’，她是一个美丽聪慧、遭受蹂躏、有过正当的追求，有堕落的历时罪过，终于被黑暗所吞没的形象”。石麟则认为这个形象的复杂性表现在新起思想中的落后因素(极端利己)与旧的思想中的陈腐因素(极端享乐)二者结合，是“集残忍、刻薄、嫉妒、狠毒于一身的变态者、堕落者，是一个畸型的人”(〈《金瓶梅》中潘金莲形象的时代意义和历史地位〉)。贺信民也认为，“如果《水浒》中的潘金莲尚可用‘淫妇’一言蔽之的话，那么《金瓶梅》中的她就不便这么简单概括了。《金瓶梅》为我们提供了她的多侧面：一方面她坑人、害人，制造着别人的不幸；另一方面又被坑、被害，充当社会的牺牲”。“潘金莲是说不得好，但也很难简单地划定为坏”(〈孽海之花，丑恶之花〉)。孟昭连指出，潘是个“下层社会阴险、淫荡的女性灵魂；她是那样真实、裸露，以至脱去一切伪装，更没有丝毫理想色彩”。但同时又是“一个复杂的灵魂，唯其复杂，更显出她的真实”。除了淫荡、自私、残忍的性格特征外，又有“讨人喜欢的一面，如聪明伶俐、干练的口才”等，“潘金莲在道德上的堕落不能令人同情，也谈不上什么美感，但她这种聪明机智总是引起读者的微笑和赞叹，成为她肮脏形象的闪光点。唯其如此，潘金莲的形象才会这样真实生动，才会像生活本身一样丰富多彩”(〈从历史走向现实〉)。

如何看待潘金莲的情欲和堕落，郭豫适则认为潘金莲已成为“淫妇”的代名词。一淫二妒三善骂，是潘金莲性格言行的主要特征，也是她全部生活的基本内容。但这三者之中，最主要的还是一个“淫”字，她那刻骨的嫉妒和恶毒的咒骂往往就是跟她的淫心淫行结合在一起的。《金瓶梅》颇为成功地塑造了潘金莲这个堕落的女性。这个妖冶的女子身上，充满着永不休歇的性的欲望(〈金瓶梅简论〉)。罗小东则认为，不能把潘金莲堕落的责任完全归罪于本人，“她的堕落，是由张大户这样的封建恶魔造成的。作者向人们展示一个被损害、被侮辱者的堕落过程，实际上也是在批判社会的不公平”(〈《金瓶梅》情感意向分析〉)。

吕红则对上述两种看法皆不赞成，认为潘金莲的性格是畸形社会畸形性格，是封建社会的牺牲品，是被迫、是无奈，是蓄奴制、妻妾制的畸变，是作者对整个社会腐败道德的揭露。作者认为在潘金莲身上实际上显示了一个精力极盛的女子的所有欲望——出人头地、事事出挑，被男人们欣赏追求，在女人堆里逞强争胜。她无所谓道德和名节，却偏有超常的情欲、物欲和肉欲。而且她很少受男性的、社会的、道德的支配，常常在精神上有着拼争与求索的主动。为此，简单判定她们的“淫荡”是被迫、是无奈，或只看她们作社会的牺牲品恐怕不合适。因为，在“淫荡”的表象下，体现了某种少见的、女性的主动追求与抗争。同时，这种骇人的私欲也早超出了一般意义的、情理之中的“人性流露”，而完全是赤裸裸的人的自然欲望的展示。无疑，“有欲”却“无德”，才是她的性格实质（〈一个罕见的女性世界〉）。

钟明奇指出：对于“潘金莲”的淫荡，不能用近距离、太切近功利的眼光去看，应远距离、放在历史望远镜中去观察。在这里，我们选择的不是道德的法庭而是历史的审判台。“用道德与不道德的标准来衡量潘金莲几乎毫无意义。由此否定潘金莲可能具有的个性解放的意义无疑陷入形而上学”。潘金莲并非天生是淫的，她的“不道德”是对整个社会政治、经济、伦理“不道德”的一种无意识的抗争。潘金莲在中国文学史上出现具有鲜明的时代特点。在历史的坐标系上，从纵的历史眼光看，她是男性的附属品和玩物；从横的时代眼光看，她又是商品经济发展后的副产物与牺牲品（〈全国第三届金瓶梅学术讨论会概述〉）。龚维英也认为，潘金莲的悲剧深刻地反映了封建高压下的社会中下层妇女的悲惨命运（〈潘金莲、武松新论〉，《贵州社会科学》1990.12）。

刘绍智〈从作者的介入看潘金莲〉（《宁夏社会科学》1995.1）认为《金瓶梅》作者对其所塑造的潘金莲人物形象认识上是二律背反。作者一方面从传统的道德律令出发，把潘金莲视为“祸水”；另一方面又从人生欲求的感性认识看潘金莲，同情她的苦难遭遇，承认她追求自己生活的自然合理性。于是，这一艺术形象就有了正反两个均能成立的命题，就进入了圆整形象之境。

3. 关于性描写

《金瓶梅》自问世因被视作"淫书"而遭禁毁。长期以来，大多数学者对其性描写的研究也讳莫如深。1989 年 6 月首届国际金瓶梅学术讨论会召开，打开了这个研究禁区，学界就此展开激烈的争论。

刘辉把《金瓶梅》与《肉蒲团》和《如意君传》作了横向和纵向比较后认为："金瓶梅不是一部淫书"。它一方面"借性描写暴露这个'时尚'的丑恶"，另一方面"金瓶梅中的性描写，带有一定的人文主义色彩"。但是，"肯定金瓶梅不是一部淫书，不等于说《金瓶梅》中就没有淫秽描写"，作者认为《金瓶梅》中的性描写恰恰是其败笔所在。这表现在"为写性而写性，带有严重的低级欣赏情趣"，"把人的价值降到纯动物的层次，而未有美的升华"等。至于造成败笔的原因作者认为主要有：①明代中期以后淫荡的社会风气；②资本主义新兴经济仅仅处于萌芽状态，缺乏一个自觉明确方向，在很多方面依附于旧的传统观念而不能自立。当时的社会还不可能为《金瓶梅》编造一幅美的蓝图创造必备的客观条件；③《金瓶梅》不是一部文人作家力作，而是世代累积型的集体创作。在那个社会流俗圈子里转来转去，难免泥沙俱下，为迎合市民低级情趣，要佐以"荤口"(《金瓶梅研究十年》)。徐朔方则认为"不能以社会流行的积习来为《金瓶梅》辩护"，主要"应该由作者负责"。"不妨设想水浒故事在民间说唱的长期流传中是有一些大同小异的。其中一个异点就是西门庆、潘金莲的故事，迎合市民阶层及地主阶级部分听众不健康的爱好，恶性地加以发展，最后附庸而成大国，形成一部独立的《金瓶梅词话》"(〈论金瓶梅〉)。

卜健则从情节进程的需要来肯定《金瓶梅》中性描写的价值。他认为小说中铺展和渲染了一种世纪末的爱情取向——纵欲,故享乐伴随着耗损直至最后灭亡。作者认为,《金瓶梅》的悲剧力量来源于与性毁灭相关的生命悲哀,进而又连带着民族忧患。张国星则进一步肯定了《金瓶梅》中性描写的审美意义。《金瓶梅》中呈现的性的感性形象有多种、多层的理性内容,是一种审美意向,具有促成作家创作意向确立的艺术功能,又具有促成读者感性认同、理性警戒的作用。此外,《金瓶梅》写性,既非中国古典文学的现实主义传统,也不是先于西方搞自然主义,乃是用最传统的"赋"法来"征实无虚","写物图形"。其"铺陈错采"的必然结果,于是不免产生了"诲淫"的悖反效果。周琳则从人类性文化发展轨迹的大背景,来阐释《金瓶梅》性描写是人类社会发展到某一阶段的性行为的再现。基于这种宏观认识,他认为只有到了人类大同、并进而消灭了自身的不平等之后,才能达到真正的性和谐。徐朔方则认为《金瓶梅》的性描写不如小说中的现实主义描写。性描写离奇而缺乏真实感,大都来自道听途说和拙劣的想象(徐仁〈首届国际金瓶梅学术讨论会学术观点综述〉)。

罗小东从当时社会人们的精神苦闷和思想家们反道学的局限这两个方面来解释《金瓶梅》中性描写的产生原因。他认为明代后期,传统价值认知体系已经开始解体,而新的社会生产关系又没有发展到为思想早熟的先行者提供未来社会目标。在这样的社会里,人们不能从所参与的社会互助中有效地证明自己生命的本质;那么,他们就很可能通过另一种方式——本能、快乐的发泄来获得自我生命价值的意义的肯定,这是明后期社会腐化风气形成的原因之一。另一方面,李贽等思想家从反对道学的目的出发呼吁解放人的本能,但他们受自身局限所致,不可能辨析在多大程度上是合理的。提倡人欲的解禁而又缺乏适当引导,更助长了社会的腐化之风。《金瓶梅》反常的两性关系描写,与这股风气密切相关。但在总体上,作者对那种不讲道德、毫无节制的糜烂生活又是持否定态度的(〈在现实的反思中求永恒〉)。袁世硕认为:"《金瓶梅》显然较多地写了西门庆的纵欲和性行为。这不仅是它的一个缺点,而且是它的作者妨碍他自己取得更高成就的一个因素"(〈金瓶梅评议〉)。

郭豫适认为:"一方面我们不能因为小说中有露骨的性生活描写,就完全抹煞这部书的意义和价值;另一方面,我们也不能为了肯定这部小说的价值,就把不好的东西也说成好的东西"(〈金瓶梅简论〉)。

王平〈金瓶梅:文化裂变孕育的畸形儿〉认为在当时的现实生活中,人们不顾一切地去寻欢作乐,聚敛财富,但内心深处又不愿承认这种追求的合理性。《金瓶梅》作者把握了这人欲横流的时代特点,又企图用传统道德否定这一特点,处境两难。这样,小说的性描写就呈现出畸形的情况。王彪〈作为叙述视角与叙述动力的性描写〉(《社会科学战线》1994.2)认为性描写在《金瓶梅》中是作为叙述视角和叙述动力的,是渗透到作品肌理内部的叙事构成要素,具有无法分离的统一性与完整性,其性描写的大半文字,写得相当出色,是明清其他小说无法比拟的。而作者在对待性的态度上,存在严重的分裂状态。在暴露性之恶的同时,又情不自禁地流露出啧啧称羡的沉迷与神往，故而写得有滋有味。

4.关于艺术价值

(1)结构。美籍学者夏志清认为《金瓶梅》结构凌乱、思想上前后有矛盾，引用诗词亦不协调(《金瓶梅新论》)。包遵信也认为《金瓶梅》在艺术成就上"恐怕只能归入三流"(〈色情的温床和爱情的土壤〉)。

以上说法在国内受到众多研究者的驳难，周中明认为夏志清的"结构"零乱之说是只看到散文与韵文相间这种词话文体特征，而未从整体上看到《金瓶梅》的艺术结构在中国古代长篇小说发展史上所做的划时代贡献。它使我国古代长篇小说的由故事型发展为人物性格型；由各个人物和故事的短篇连环型，发展为由主要人物的性格和命运贯穿全篇的有机整体；由着重写某一政治、军事斗争的封闭型，发展为写整个社会世态和人生情欲的开放型；由单纯以男主人为中心发展为男女主人公交织的杂色结构。它的结构以展现现实的人生为核心，具有性格化、整体化和生活化的特色，达到了世界近代现实主义小说的最高层次(林之满〈第三届全国金瓶梅学术讨论会概述〉)。宁宗一认为："在对《金瓶梅》的艺术未作任何具体分析的情况下轻率地把它打入'三流'，也颇难以使人信服"(〈说不尽的金瓶梅〉)。

刘辉认为《金瓶梅》开创性的艺术贡献表现在两个方面：一是以现实生活入篇，为小说创作开辟了新纪元；二是在情节结构和形象塑造上打破了单线发展的模式，标志着现实主义的小说艺术迈入成熟阶段。小说不再按类型化的人为配方，来勾勒、演绎形象：好的完美无缺，坏的一无是处，而是打破单一的性格色调，出现多色素人的形象;《金瓶梅》的语言,纯系现实生活中的口语;小说的结构,也不再是由一个人物或单独的事件单珠散颗,巧作连环,而是以西门庆为中心,辐射到四面八方;小说的情节之间,再也不是支离破碎的"百衲衣",而是主次分明,曲折有致,时空交错,浑然一体(〈金瓶梅研究十年〉)。

许建平〈试论《金瓶梅》艺术结构在中国长篇小说发展史上的意义〉(《河北师范大学学报》1990.2)认为《金瓶梅》的结构是波放态网状结构。即以家庭主人公西门庆为核心,由点及面,如声波层层振开。萧宿荣则以为《金瓶梅》的结构是辐射式环靶结构,即以西门庆为中心,为圆心,渐次画出四个由小到大的人物活动圆圈层次,恰如环靶,两说形异实同。

1994年,李时人〈中国古代小说的美学风貌——谈《金瓶梅》的艺术创造〉(《河北大学学报》1994.3)一文中对《金瓶梅》的结构作了精辟概括。他认为,《金瓶梅》的结构是一种"立体网络式",即是以人物命运为中心的非戏剧式的生活化的开放结构。小说从三个主要人物的名字中各抽一个字组成书名,已经隐约透露了作者的创作思想。李文进一步指出,《金瓶梅》这一艺术结构,摆脱了传统的小说观念和创作模式,是对小说艺术如何直接再现当代社会生活问题的大胆和有益的探索,《红楼梦》继承这一小说结构方式获得更大的艺术成功,证明了它的合理性和指向小说艺术未来的张力。

(2)手法。盛坚探讨了《金瓶梅》的对比艺术,他在〈谈谈《金瓶梅》的对比艺术〉一文中把《金瓶梅》的对比手法概括为五个方面:崇高与卑下;为政清廉与贪赃枉法;人物外在美与灵魂丑;贫与富,苦与乐等。周中明在〈论《金瓶梅》中运用俗语的艺术〉把小说这方面成就归纳为四点:绘形传神,饶有天趣;描摹心理,惟妙惟肖;刻画性格,剔肤见骨;点化主题,见微知著。但也有宣扬宿命论、明哲保身等糟粕。魏崇新于此用力甚深。他的〈《金瓶梅》艺术简论〉从人物性格塑造、心态描写与讽刺手法三方面论述了《金瓶梅》在艺术创造上对中国小说史的贡献。在人物性格塑造上的成就,论述同前。在对人物内心世界的探索上,它不仅描绘出人物细致的心理活动,还揭示出人物心理深层潜意识,展示出不同人物的各种心态反映,进而写出那个时代特定的心史。出于对社会黑暗的暴露和不满,《金瓶梅》形成了自己特有的讽刺风格。如通过人物行为和所处环境气氛的不协调,人物的高言与污行自相矛盾以及事件前后的对比照应来达到讽刺目的。他的〈心理·心态·心史——谈《金瓶梅》的心理心态描写及其意义〉在比较了《三国》等小说之后,进一步指出《金瓶梅》创作手法上的人物心理和社会心态描写具有突出的成就。它写的是平凡的日常活动,比较注意对人物心理的刻画,它不仅通过人物的语言行动描写其心理,而且还运用许多不同的手法对人物心理状态作了真实生动的描述,比以前小说的人物心理刻画更加细致复杂,实为中国小说史上一次"飞跃"的标志。

(3)语言。孟宪章〈论《金瓶梅》的语言模式〉否定了传统的"山东方言说",认为《金瓶梅》的语言是那个时代社会"层次语"的巧妙剪接、融汇和贯一,其语言模式主干是融官话、俗语于一炉。是中国小说语言的一大进步。孙维张的〈《金瓶梅》的语言多元系统及其形成的原因〉(《社会科学战线》1992.1)则认为《金瓶梅》比较完好地保留了明代中叶后期，当时都市下层群众的口语，真实地、完整地呈现了那个时期的汉语的自然口语面貌。从社会语言学的角度看，书中有大量的群众口语、客厅用语、说书人套语和隐语黑话以及行业语，还有少量文言公文用语，是研究明代社会语言难得的原始材料。从地域方言学角度看，涉及的方言也多而杂，论者据《金瓶梅》中的多元语言系统入手，进而总结并分析了其三个形成原因：一是作品体裁结构的作用；二是作品内容的时空环境的作用；三是作者的个人言语背景的作用。据此，他认为《金瓶梅》一书的作者"应是北方人，极有可能就是书的署名地——兰陵的当地人。

(4)艺术价值。王启忠〈古代小说中复制出的第一个家庭环境——《金瓶梅》家庭描写的历史价值〉(《学习与探索》1989.6)认为《金瓶梅》形象地复制出的时序分时、层次清晰的西门庆家庭环境，在小说史上具有得风气之先、为数第一的里程碑意义，西门庆家庭的流变形态，蕴含着历史发展的新质和时代精神的新貌。张进德〈小说观念的巨大变革——论《金瓶梅》的贡献〉(《河南大学学报》1992.2)认为《金瓶梅》标志着小说意识的真正觉醒。其贡献主要体现在三个根本转变，即从对历史政治的单向辐射到对家庭社会的全方位透视；从对天下兴亡的关注到对平凡人生的体察；从"文以载道"到文学对人本位的复归。陈东有〈论《金瓶梅》独特的艺术思维指向〉(《萍乡教育学院学报》1992.1)论述了《金瓶梅》创作中的艺术思维特征，认为《金瓶梅》与传统的文艺创作和当时的文艺作品截然不同，选择了从个人角度出发去揭示人物命运的个人原因的艺术思维取向，是我国古典长篇小说中第一部"个人文学”作品。认为《金瓶梅》“个人”艺术思维指向是在作品中的人物身上得到体现的。其中最突出、最鲜明者是西门庆、潘金莲和李瓶儿三个主要人物。形成《金瓶梅》这种独特的“个人”艺术思维指向的成因是:第一,“自我”价值的初步觉醒的现实是其生活成因;第二,作者在题材上的崭新选择是其审美对象的成因。

李永昶、刘连庚〈《金瓶梅》对人欲的张扬与反拨〉认为兰陵笑笑生不仅开拓了小说题材领域,而且改变了以往作家审美定势和观察社会人生的方式,公然把描绘人欲作为艺术构思的核心,对人的金钱欲、权势欲和性色欲作了淋漓尽致的展示和张扬,从而向人们做出了这样的昭示:传统的价值尺度已开始失落和裂变,作者正在运用一种新的价值观念去观察社会人生,因而呈现出迥异于前人的思想风貌和艺术风貌(《枣庄师专学报》1992.1)。

姚莽〈《金瓶梅》价值新论〉(《学术交流》1996.4)提出了一种新的观点,认为《金》周密地描写了人类通奸现象;反映了在性爱关系中,特别是在通奸情况下,女性的思想情感、心理状态、行为意志;反映了她们为尝味“通奸”这个禁果而付出的惨重代价;反映了通奸现象对社会造成的广泛影响、社会反应以及社会意识形态对于通奸态度和评判。

(5)宗教文化。关于《金瓶梅》中的宗教文化,90年代学界加大了研究力度。《徐州师范学院学报》陆续刊发了这类研究文章。如魏家新〈《金瓶梅》的宗教意识与深层结构〉(1992.1)从《金瓶梅》的创作中所表现的宗教意识入手,着重分析了宗教意识对《金瓶梅》的主题、人物及叙事结构的影响和制约。周金降〈论《金瓶梅》中的宗教文化〉(1993.2)从中国宗教的三教合一的传统与明代多神崇拜的宗教文化入手，分析《金瓶梅》中三教合流与大众的信仰心态，并概括了宗教活动在小说创作中的四种作用。威坚〈论西门庆的宗教心态〉(1993.2)则对西门庆这一典型人物的典型宗教心态作了分析，认为西门庆对神灵有一个由相信到怀疑再到基本上不相信的漫长过程。西门庆对人生采取了功利主义态度并将其移植到宗教信仰上，从而表现出十足的实用主义信仰观。

王启忠则着力探讨了《金瓶梅》的天命观念。他在〈试论《金瓶梅》对天命观念的承袭〉(《齐鲁学刊》1992.2)一文中，认为《金瓶梅》在小说思想内容上多有突破与创新，但对传统的"天命观"仍然是因袭承传，成为人物与故事内容的一种思想线索，甚至把世情的生活内容与人情人欲的意识纳入"天命"的轨途之中，削弱了应有的思想光泽。

第六节 "三言""二拍"研究

一、关于"三言"的研究

关于冯梦龙及"三言"的研究，"五四"之后才开始起步。鲁迅、容肇祖、孙楷弟等进行了开创性的工作。但此后颇为冷落。直到1985年10月，首届全国冯梦龙学术讨论会召开。学界对冯及三言二拍研究才逐渐回温。迄今，发表了近百篇论文，出版了《冯梦龙和三言》、《三言二拍资料》等专著。总体而观，这项研究还有待加强。

1. 冯梦龙研究

关于冯梦龙的生平研究，近年来涉及的有冯梦龙与东林人士的关系;他的“以言得罪”和“属籍韵党”;冯梦龙是否“复社”成员;在寿宁县的政治业绩和文学创造;冯梦龙的麻城之行;冯与名妓侯慧卿的相恋与分离等。

对冯梦龙的“社籍”,有两种说法:有人说他参加过“复社”,有人说他只参加过文学社团“韵社”。一般的看法是冯只参加过“韵社”而没有参加“复社”。作为参加复社的两个依据:钱谦益称冯为“同社长兄”;冯称张我城为“社友”,而钱和张均为复社成员均不能成立,故冯所说的社是指1620年前后皆参加过的“韵社”,而不是1632年钱、张等参加的“复社”。陆树伦〈冯梦龙的“以言得罪”和“属籍韵党”〉,胡小伟〈冯梦龙与东林复社——兼与胡万川先生商榷〉,王凌〈也考冯梦龙社籍〉以及金德门〈冯梦龙“社”籍考〉诸文对此皆作辨证。但王凌又认为冯除了“韵社”外,还参加了一个文社,时亦在1620年左右,赴湖北麻城讲学,与梅之焕、陈无异等人组织起来的,目的是研读《春秋》。至于参加韵社也有存疑之处,冯梦龙与好友董斯张等组织过一个韵社,出过《郁陶集》,时在青年时期;《古今谭概》序中称冯为韵社社长,时在中年。两个韵社是否为一个社,目前也无确证。

关于冯梦龙籍贯,清末以来还一直争论不清,直到冯氏撰写的《寿宁待志》1982年从日本传回后这个问题才明确。他在文中自述:“冯梦龙,直隶苏州府吴县籍长州县人,繇岁贡于崇祯七年任。”叶灵〈从冯梦龙的施政手段看其泽民思想〉,林英〈冯梦龙四年知县生活实录——《寿宁待志》评介〉都是依据此书来介绍冯的生平和政绩的。在全国第二次冯梦龙学术讨论会上,姜彬还推测冯具体住在苏州的苍龙巷七号。

关于冯的交游情况，杨晓东〈冯梦龙交游探微〉在资料匮乏的情况下努力发掘，考释了冯与毛允遂、董遐周，名妓冯喜生、侯慧卿的交游以及这四人的情况。高洪钧〈《桂枝儿》成书考及冯梦龙、侯慧卿恋离原委〉(《天津师范大学学报》1992.2)认为冯年轻时出入青楼并热恋上名妓侯慧卿，后侯因“苦欲攀贵德”而移情袁中道(小修)，冯情场失意，于是遂誓绝青楼之好。

关于冯梦龙的思想研究，主要涉及他的政治主张、民主意识、文学观念(包括小说理论、民歌俗曲观)、美学观等方面。在两次研究会上，普遍的看法是：冯梦龙的思想比较复杂，而且在青年、中年和晚年均有所变化，必须进行具体分析。在美学和伦理学上，大家都承认冯的主要观点是“情教观”，但对“情”的具体内涵，情和理的关系，“情教观”的意义，以及他的施政主张、“泽民”思想与他文学主张的矛盾与统一等，又有不同的理解。

陈辽认为，冯的思想正如他自己所云是“以儒为主，佛道为辅”，即在儒家思想为主的前提下，三家互补。薛宗正、龚怡认为：冯不但是著名文学家，也是一位卓越思想家。他的作品带有鲜明的反封建色彩，“是我国封建社会晚期启蒙主义思潮的重要代要人物之一”。在思想上：①肯定人的自然情欲，提倡“情教”来对抗“礼教”；②蔑视名教，亵渎圣贤，对儒、释、道三教权威偶像，皆以嬉笑怒骂待之；③提出“人有智而五常立”，否定天道观、道德论；④倡导女权，反对男尊女卑。在文艺观上：提倡俗文学、重视文学启蒙作用，强调文学与感情紧密相连。作者还分析了冯的反封建思想形成的历史背景和学术渊源，如新兴市民思想兴起及受李贽、公安派、竟陵派影响，与复社人士关系密切等(〈反封建启蒙思想家冯梦龙〉)。

张志合〈冯梦龙的小说理论与《三言》〉把冯的小说理论归纳为三个方面:①认为小说具有"醒人"、"醒天"、"醒世"的社会作用,而这又是出于"立情教,教诲诸众生"的"情教"思想;②在强调小说"情、事、理"统一的同时,又提出"真赝"说,论证"真、赝、事、理"之间关系,明确提出小说艺术虚构的原则,即,真也好,赝也好,其要在于"理真";③主张小说必须通俗。认为说话人的当场描写对人的教育,超过了《孝经》和《论语》,其原因就在于其通俗(〈古今小说序〉)。

关于冯梦龙在文学史上的地位。论者都肯定他是我国明代著名的俗文学家;他搜集整理、编写的话本、拟话本《三言》在中国文学史上占有重要的地位。近年来有的论著又主张用"市民文学的倡导者、开拓者"来概括冯的主要贡献。蔡家麟〈冯梦龙在保存和发扬民族文化方面所作的贡献〉认为:仅仅把冯梦龙的贡献归纳为"对民间文学有杰出贡献"或"在明代俗文学方面作出重大的贡献"是不够的,"还不完全符合实际"。因为"民间文学属于民族文化的范畴,是民族文化中很重要的一部分。所以我们说冯梦龙在搜集、整理、编纂和研究民间文学方面所取得的成就,是对保存和发扬我国民族文化做的贡献"。

2.《三言》研究

《三言》的编著和序者之争。《三言》是冯梦龙编著还是编选的?徐朔方〈《三言》中冯梦龙作品考辨〉中认定为冯作的仅〈老门生三世报恩〉一篇,其余皆非冯氏作,最多不过是"文字上的润色",因此认为《三言》只是冯编选的。持此观点的论者还有一内证,即冯托名“绿天馆主人”所写的〈古今小说序〉。张志合则认为应是编著，因为虽然能确指为冯氏创作的作品仅《老门生》一篇，“但其中由冯氏改编加工的作品则必有相当可观的数量”。作者从冯梦龙编纂《古今谭概》、《古今小说》、《智囊》诸书的时间；从《三言》成书前有关资料；以被冯氏加工过的《墨憨斋定本传奇》为旁证来推论（〈冯梦龙的小说理论与《三言》〉）。陈辽亦认为：“准确地说，《三言》是由冯梦龙编著而成，其中的作品都经过了冯梦龙的整理、加工和再创造”。

关于《三言》的评校和作序者，袁行霈〈冯梦龙《三言》新证〉中认定《三言》中的评校、作序者张誉、张无咎、陇西可一居士、墨浪主人都是冯的化名。陆树伦则对此质疑，但又考茂苑野史、绿天馆主人，无碍居士为冯的化名（〈《三言》序作者问题〉）。

《三言》的思想内容及艺术成就。建国后，论者多从《三言》对封建社会的批判，对婚姻理想的追求，对友谊的歌颂和宣扬封建伦理道德、宿命论思想、色情描写等方面来评价其得失（见游国恩《中国文学史》）。而近20年来则多认为《三言》深刻地反映了市民的生活、思想、愿望等新的道德观念。这种新兴的市民文学，应当重新予以评价。

李涓〈从“三言二拍”看王学左派思潮对晚明文学的影响〉（《云南民族学院学报》1998.4）认为：明代资本主义萌芽带来哲学上王学左派的兴起与文学上市民文学的繁荣，王学左派对人欲的肯定渗透进晚明文学，尤其是“三言二拍”中，但冯、凌二位作者在对人欲的张扬的同时更注重小说的警世劝谕作用。

毛德富〈“三言二拍”看中国市民的心态〉（《学术研究》1989.

5)认为“三言二拍”真实地记录下大变革时代的世态百象、人生种种。对当时因深刻的社会变革而引动的人的觉醒、人的苦闷、人的追求、人的彷徨等无不予以广泛而深入的描写,体现了市民心灵深处的主体意识。

林樟杰认为,“三言”言的是市民阶层心声,可看作是市民文学代表作。其中对商业、手工业的描写,最能体现市民阶层思想特色。另外它对爱情的描写能冲破封建门第、等级观念和贞节观,表现出市民阶层对其理想爱情的追求;同时还表现了对友谊和忠义的崇拜及劝善惩恶的道德观。其缺陷和糟粕是:“从来妇道从一终”思想;宿命论思想;冤家宜解不宜结;因果轮回;强烈色欲和冲激性。作者指出这些糟粕既是统治阶级反动意识的反映,也是市民阶层自身落后意识与道德反映(〈三言市民意识浅探〉)。

张丹飞也论述了“三言”情教观的市民色彩。他认为“三言”因为是通俗文学、市民文学,情教主要的教育对象是市民阶层,所以,这种情教观就必然染上鲜明的市民色彩。主要表现在:下层群众形象的大量出现;对历史人物的改造和对笔记故事的加工。正因情教观具有鲜明的市民色彩,才更易为市民阶层所接受,情教才更能发挥其作用(〈论“三言”情教观的市民色彩〉《新疆师大学报》1992.3)。

杨国祥〈万种情怀得自由〉和张志和〈从爱情暨友情题材谈《三言》思想性〉专论《三言》中爱情、友谊题材的思想价值。杨国祥指出:《三言》中爱情题材无论在人物出身地位、生活环境和思想性格,还是所反映的爱情生活的内容(爱情的向往追求,选择条件、表达方式等)也表露出新的特色。爱情主人公大都不是公子、千金,而是妓女、侍妾、商贾儿女，店员贩夫、市井细民，他们表现出一种与封建礼教和婚姻制度相悖的新意识，性格也泼辣、粗犷。在择偶条件上已逐步抛弃那种“郎才女貌”、“门当户对”的旧条件，而代之以“知情识趣”、“忠厚志诚”等新标准；在追求方式上也很少有过去名媛闺秀那种矜持羞涩、犹豫彷徨，代之以直率爽快的表露，大胆执著的追求，甚至是毫无拘束的偷情私合；开始批判僧侣的禁欲主义。张志合认为，《三言》中的有关爱情和友情题材作品，最能体现冯氏的“情教”文学主张。作者有意加强了以“情教”代替“礼教”的道德观，具有反封建性质。在对表现友谊的传统题材改造上，也突出了“情教”思想和市民阶层思想意识。

欧阳健指出：在《三言》的研究中受到较高评价的是爱情题材，但对表现“发迹变泰”内容的作品却注意不够，偶一论及，也大多贬抑失当，这种情况有待改变。作者认为《三言》中的“发迹变泰”主人公，经历了一个由别的阶级阶层人物向市民阶级自身转化过程。早期的“发迹变泰”，主要着重于表现由贱变贵，即首先改变自己政治地位，然后以“权”谋“利”；后来则主要表现由贫变富，很少再提政治地位的荣贵。对“变泰”因素的揭示，也经历了一个着重于外在偶然机遇到内在勤苦营运的转变；这类作品还反映了市民的价值尺度以及新的道德观念；表现手法上也经历了一个由幻到真，再由真到幻，真幻交融的完善过程。

对“三言”的艺术成就，90年代以降，学者在分析了其成功与粗俗之后，把目光投向了其叙事模式上。杨义认为以冯梦龙“三言”为代表的晚明文人对宋元话本从叙事意向、情趣、叙事视角和心理深度等方面进行了化俗为雅、点铁成金的深加工，渗入了文人精致圆融的审美意味，有一种“曲终奏雅、归于厚俗”的趣味。从而推进了叙事形态由俗入雅，形成审美精致化和典范化的新文本(《中国古典小说史论》，中国社科院出版社，1995)。

二、关于“二拍”的研究

关于“二拍”的研究，20世纪初至80年代除鲁迅、郑振铎、孙楷弟等少数学者略有研究外，历来鲜有问津者。80年代以降，情况稍有改观。发表了近百篇相关的研究论文。但其中一部分又是与“三言”相连而论述的，真正单篇论及且有分量之作并不多。下面择要予以介绍。

1. 凌濛初其人

袁行霈《中国文学史》(第四卷)云：凌濛初(1580—1644)，字玄房，号初成，别号即空观主人，乌程人。科场不顺，55岁时，始以优贡授上海县丞，后擢徐州通判并分署房村。1644年，李自成进逼徐州，忧愤而死。但徐定宝对凌之死因和政治定位提出异议，他的〈凌濛初政治定位再观照〉(《复旦学报》1999.2)认为：“两拍”作者凌濛初并不是在对抗李自成领导的农民起义军中“呕血而死”；也未曾诬蔑明初倡导“白莲教”起义的唐赛儿，倒运用曲笔对其进行了颂扬；而且“两拍”在表现与统治者对立的“盗贼”形象时流露出一定程度的理解与同情。因此，历来对凌氏有失公允的政治定位需要重新观照，以正确评价他在中国文学史上的作用与地位。

2.“二拍”的成就

对“二拍”的研究文章，80年代主要有吴功正〈历史变动时期的短篇小说——评凌濛初两刻《拍案惊奇》〉(《文学遗产》1985.3)

和陈星鹤、郑军健〈关于《二拍》的再评价〉(《南宁师范学院学报》1984.3)等多篇文章,体现了学界开始以客观公正的眼光审视“二拍”的艺术及思想价值。90年代,在充分肯定其思想价值(可参见前述“三言”相关文章)的同时,进一步探究了其艺术成就。如石育良〈两刻《拍案惊奇》的伦理意识——古代小说文化散论〉(《山东大学学报》1991.4)认为生当晚明时代的凌濛初不可能不受传统伦理意识的制约。但凌不是食古不化的“迂腐道学”,在对世风败坏的忧虑中,他并没有完全否定人的情欲,作者的目的就在于把人的自然物欲和情欲纳入到传统的道德规范中来,并使传统的道德规范在现实生活面前有所调整,使其具有更大的灵活性。卢兴基〈白说小说系统中的话本和拟话本〉(《阴山学刊》1993.1)认为:明代以《三言》《二拍》为代表的拟话本,仍属于话本的传统而迥异于同时并行的文言小说。从中可以窥看到那个时代人性觉悟和近代启蒙精神。青年男女的婚姻爱情,是拟话本小说的重要主题,已富有近代性爱的色彩,表现了对理学和宗教禁欲主义的批判。是城市商品生产的发展和资本主义萌芽所带来的具有个性解放性质思潮的产物。

冯保善剖析了“二拍”的现实意蕴之后指出,“透过‘二拍’,我们大致可以见到晚明社会的缩影”(〈论“二拍”的现实意蕴〉,《社会科学研究》1990.4)他同时也研究了其艺术特色和小说理论,认为“二拍”既富有理趣,又善于运用讽刺手法(〈论“二拍”的艺术特色〉,《社会科学辑刊》1989.6)。对于凌濛初的小说理论,冯保善分析了其小说写实、描摹世态、自娱娱人、审美形象等建树后,也指出了其理论上的矛盾及与创作的相悖之处,认为这既反映了作者自身及时代的局限，又显示了他对时代及传统的突破与超越(〈论凌濛初的小说理论〉，《社会科学研究》1992.3)。

高小康〈市民文学中的士人趣味——凌濛初“二拍”的艺术精神阐释〉(《文艺研究》1997.3)是“二拍”研究中具有相当学术分量的文章。他指出：“二拍”通常被认为体现的是市民鄙俗趣味，与作者在政绩德操方面的正统形象形成了冲突。但实际上“二拍”所体现的并不完全是市民趣味，其人物形象表现出儒与商、士人与市民两重性格交融的特点。这种两重性格的文化根据是明代东南地区的都市文化中士人文化与市民文化的交融：一方面文人士大夫向市井生活沉落；另一方面商人市民却热衷于向士大夫阶层的趣味与生活方式靠拢。两种文化、趣味的交融造成士人的二元道德观，由此产生了“二拍”一类文人作品中特有的道德矛盾现象。

当然，整体而观，“二拍”的研究还相对薄弱，有待加强，相信新世纪会有更多的研究成果问世。

第二章　明代诗文研究

第一节　通论

按照王国维“一代有一代之文学”的观点，明清当然是俗文学辉煌的时期，小说成为当今学人研究的重点、热点则是自然而然的现象，但还原历史真实，小说戏剧其实都处于“江湖”之上，占据文坛主流和正统地位的始终都是诗与文。尽管诗文在明清阶段已经越过了巅峰，颇有些“下世”的光景，但仍然在巅峰之后又矗起了一座座新的峰峦。回视这些大大小小的峰峦，探究其500年流变的历程，寻绎其美学辉光，重估其文学地位与价值，也应是明清文学研究界义不容辞的职责和任务。因此，少数学者避过闹热的小说研究风景区，兢兢于这个广袤而清冷的疆域，无疑，应该特别值得称赞。其研究成果也格外值得珍视。

纵观新时期的明代诗文研究，大致可分三个时期。1978至1983年为第一阶段，这一时期，囿于传统偏见，对明代诗文的研究虽已开始起步，但力度不大，介绍性质的论文居多。1984至1989年，学术界掀起了研究明清诗文的一个高潮，重点探究主要诗文流派及其代表作家、作品。进入90年代，在经历了两三年的低潮之后，又开始了一个新的研究热烈期。这一时期，研究范围有所拓展，深度则大大掘进。尤为引人注目的是，出现了一批重估明清诗文价值、重评明清诗文作家、流派、文体成就与地位的论文和专著，勇于翻案，力图修正传统偏见。这一余波进入21世纪后仍未消退，且有向纵深发展之势。

下面就20年对明代诗文的整体评价简述如下：

关于明代诗歌。羊春秋以其渊博学养重新估价了明代诗歌的价值，他撰文指出："综观有明以来三百年的诗史，诗杰迭出，流派踵兴，各有其面貌，各有其精神，各有其艺术上的戛戛独造。特别是它那探索诗美的执着精神，贴近生活的现实题材，开拓有清一代诗风的光辉业绩，足以陵宋跞元而驾清，绝不是'复古''模拟'一类的贬语所能抹煞得了的。"文章断然否定了明诗"没有自己的面貌和精神，没有自己的艺术风格和艺术独创"的旧论，认为有明270多年，从未中断过诗歌理论的探索和诗歌创新的尝试，而且较之唐代有三个显著的特点：一是要变个人探索为群体探索，变个人尝试为群体尝试；二是某一流派主盟诗坛之际，往往有一支反对派与之争鸣争雄，使得明诗在批判中不断完善发展；三是各流派不仅提出了自己的诗歌主张，而且从各个角度挖掘了诗歌创作的艺术规律。文章指出明代诗歌其探索诗美的执着精神，其贴近生活、贴近现实的现实主义传统都只有三唐诗歌可以与之媲美。且开有清一代诗风的，也是以顾炎武为代表的明代遗民诗人。文章还讨论了明诗被人们贬视的原因，说"明诗声誉的江河日下，并非历代的论者万喙一声，同然一辞；主要是贵耳贱目，贵远贱近的世俗偏见所造成的"(〈重估明代诗歌的价值〉,《中国韵文学刊》1994.2)。

乔力〈明诗正变论〉(《天府新论》1994.3),描述和剖析了明诗正变的衍展进程及其文化特质,指出明诗的发展表现为强烈的自觉意识、浓厚的宗派观念、适时调节应变以不断追求完善的主动态度,虽处于"唐音宋调"的一盛再盛以及戏曲、小说等通俗文学勃兴的双重压力之下,已必然丧失其主流位置,但仍旧呈现出一种相对繁荣的局面,其大量的、丰富灿烂的作品也自具有不可替代的独特价值。

许结则要为明代的赋讨回公道,他在〈明代"唐无赋"说辨析——兼论明赋创作与复古思潮〉(《文学遗产》1994.4)中,探讨"唐无赋"说的历史动因和理论内涵,揭示出复古派文人即倡说者们有两大自相矛盾,一是他们又在赞美六朝及唐以后的很多骚赋名篇,二是他们又在大量从事辞赋创作,而且形成了明赋的创作盛况。由此可知,明代复古文人既非全盘否定唐以后的赋,亦非认定汉以后赋不复可作,他们的"唐无赋"说,实质上一是对唐宋以来试赋制度及由此出现的汗牛充栋的应制律赋的排拒,二是对宋人以理学入赋之审美经验的否定及宋赋尚理之风的反驳。许结对以复古派文人为主体的明人赋给予了较高评价,认为他们"以汉赋之气势写骚心之深挚,是在其完善人格的同时,建构既刚正博大、又深沉凝重之时代文化品格",并由此认定"唐无赋"说这种祖骚宗汉的理论主张有其自存价值,不能简单否定。"唐无赋"说与"秦无经"、"汉无骚"、"宋无诗"诸说一脉相承,归纳起来就形成了复古派文人"一代有一代之胜"的文学史观,许结认为,这种理论是精辟与偏颇并存的,人们往往容易抓住其偏颇而给予否定。看来,复古派文人的这些主张,其理论内涵既丰富,其付诸创作实践也复杂,确有重新认识的必要。①

关于明代散文。重要的文章大都分布在晚明小品和主要文学流派的研究方面。关于文学流派的阐述，留待下文。现就有关晚明小品文的重要论文的重要观点略述如下：

张建业、张绍梅〈论李贽与明中后期散文新变〉(《首都师范大学学报》1998.2)分析了明中叶以后散文变化的原因、特征和意义。指出古代散文历来重在"文以载道"。但至明中后期，以李贽为旗手的文学启蒙运动兴起，在其"童心说"文学观的影响下，一改过去文学宗经、宗圣、宗道的传统，而演变为崇真、尚奇、重情的人文特色。"议论日新，文章日丽"。散文也发生了具有时代特征的新变。无论是李贽本人的创作，还是稍后的公安三袁之文，都显示了新变的特征。并在明中后期形成了蔚为大观的声势，使散文这一古代的文体进入一个新变期，并向着现代意义的散文演进。

吴承学、董上德〈明人小品述略〉(《中山大学学报》1994.2)把明人小品分为三个时期：洪武至天顺间为第一阶段，成化至隆庆间为转折时期，万历至崇祯间为极盛时期，艺术总体上呈现为一种不断上升的趋势。明人小品多即传统古文的短制，明中叶如唐宋派小品仍受传统规范的束缚，但注意在生活琐事中捕捉悠长的情韵，小品味逐渐浓厚，晚明则从复古摹古转向师心自运，从传统的古文体制中解放出来，成为一种无拘无束的自由文体。李金松〈晚明小品新论〉(《社会科学战线》1995.6)从三个方面较好地解释了晚明小品的产生。第一，"晚明小品是当时士人退离政治的产物，充满

① 引自《1994—1995年中国文学年鉴》。

了以文自娱的精神”，但“又不得不在政治的阴影中徘徊，想有所为而又不能有所为”，只能借小品“消解自己的忧患意识和政治情怀”；第二，八股取士的科举制度和阳明心学培养了明代空疏的学风，为文学创作摆脱传统的束缚创造了极好的气氛，晚明小品基本上正是这种空疏学风的别版；第三，晚明小品的崛起，也是散文文体、风格自我生成、自我更新的必然产物，是“文学既定规范的枯萎和对变化的渴望”，进而自我调节的结果。吴承学的另一篇文章〈遗音与前奏——论晚明小品文的历史地位〉(《江海学刊》1995.3)认为，晚明小品的历史命运正好反映了它的历史地位：因为它突破传统古文的法度规矩，所以受到正统文人的轻蔑；因为它潜藏现代艺术散文的某些素质，所以受到现当代一些作家的激赏。晚明小品以生活化、个性化、审美化为主要特征，充满近代人文气息，形式上自由萧散，打破传统古文的一些格式，因而既是古典散文高潮的遗响，也是古典散文向现代艺术化散文转换的前奏。[①]

欧明俊〈论晚明人的“小品”观〉(《文学遗产》1999.5)也是一篇值得称道的文章。该文首先对“小品”进行了一番考辨，指出晚明人心目中“小品”并不只是指文学，更不是专指散文，它大致可概括为正宗文体类小品、笔记体小品、非文体类小品三大类，而以“真”的情感，独抒性灵，以快乐闲适为基调，形成一种独特风神气韵的清雅之物，最合士大夫审美趣味。作者认为，晚明小品其思想基础是王阳明“心学”左派和佛、老哲学，过分强调享乐，脱离社会现实，风格轻佻病弱，表现出软弱士人退缩内敛的心态，使文学成为专门

① 引自《1994—1995年中国文学年鉴》，第480页。

"玩"的艺术,社会意义和文学价值自然是有限的。

还有一些论文以史的眼光审视明代诗文的特征,富有思辨性和深刻性。章培恒〈明代的文学与哲学〉(《复旦学报》1989.1)指出:以肯定人的个性与欲望为基本内容的晚明文学新潮流,并不是从晚明突然开始的。自元末明初即开始酝酿发展,并始终与哲学思想紧密联系着。作者从这一认识出发,探讨明代文学演进,认为在元末明初的文学作品里,对自我的肯定,或者说对束缚个性的反拨,达到了一个前所未有的高度。当时最有成就的诗人是杨维桢和高启。朱元璋统一全国以后,元末明初文学中的上述新气象很快消失了。这固然应该归之于朱元璋的一系列政策,但在根底里,则是由于中国各地区的经济、文化发展的不平衡。经过长期的消沉以后,到明中叶文学才开始复苏。其代表,在北方是李梦阳等人,在南方则有唐寅等;其后以徐祯卿为中介,南北双方终于合流了。吴志达〈论明前期文学盛衰原因〉(《武汉大学学报》1988.5)试图寻绎"从十四世纪中叶元明之际出现新的文学高潮之后,急剧地跌落到低潮,文学冗沓不振达百余年"的原因。对此作者归结为两点:一是封建专制主义恐怖的政治环境,作家失去了创作自由的安全感;二是封建专制主义的文化背景(八股科举制度和文字狱)对文学艺术所起的桎梏作用。

第二节 明代文学流派研究

对明代文学流派的研究主要集中在前后七子派、唐宋派、公安派、竟陵派几个重要文学流派上。

一、关于前后七子的研究

后世之所以对明代诗文评价较低,很大程度上是由于对前后七子为代表的复古派多予讥评。近年来,学术界对此有所廓清,从各个方面对前后七子予以新的评价和阐释。汤书昆〈“前后七子”新论〉(《学术界》1989.6)认为“前后七子”的复古与中唐不同。中唐的复古突出强调道统,有意无意地使文学的审美特征淡化。而“七子”复的是秦汉和盛唐的宏大气象,强调的是文章的格调而不是内容上的“道”。这是新时代的要求。为了在理论上有所本。他们还特地拈出前期儒家精神人性化的一面。由于社会经济因素、王阳明心学的流行和程朱理学的动摇,前后七子的理论体系已逐渐无法容纳激化了的社会情绪,其体系逐步分化。公安“独抒性灵”的观念成为新时期的文学精神,逐渐取而代之。至于为什么“前后七子”受人指责,作者认为主要是由于其理论与实践的天然鸿沟以及自身的不足和后人的误解和夸大。而陈书录〈“宏襟宇而发其才情”〉(《学术月刊》1989.9)进一步指出:“前后七子”在对“理想范本”——盛唐之音的审美体验中,只偏重于表层结构。“患着‘情迷’之病的‘前后七子’,几乎丧失了审视唐诗人心灵的透视力,看不清‘理想范本’的美感核心,也看不清明代中叶的诗人与盛唐诗人之间的时代距离,这就势必造成‘天宇’(现实世界)与‘襟宇’(内心世界)的错位,抹煞其审美理想的时代个性,使他们‘理想范本’的理想化蜕变为诗文创作中‘邯郸学步’。”1990年,陈书录再次撰文从审美心理的角度更深入地分析了前后七子的创作实践。他认为作为拟古主义者的前后七子,也有自赎与蜕变,其变异性的文论之一，是富有思辨智慧的审美解悟说。首先，他们顺向于“禅悟”，以“自悟自解”、“师心独造”的方式渗入审美直觉的新天地；接着，将之与“禅悟”顺向和逆向的思维有机融为一体，既重视以瞬间“顿悟”捕捉天机，更重视在连续性的构思中组合意象，创造完整的意境；最后，以“经事以养道”开拓生活之源，以“博综群籍，冥悟玄理”扩充学识之流，这样就将“妙悟”说从审美直觉的层面提升到追求感性与理性统一的审美解悟说(〈明代前后七子的审美解悟说〉，《南京师范大学学报》1990.3)。

对前后七子全面翻案的是史小军的〈明代七子派复古运动新探〉(《陕西师范大学学报》1993.4)。该文在时贤研究的基础上对七子的复古运动作了新的阐释，认为明代中叶七子派复古运动是一场以复古来求新的文学改革和思想解放的运动，而非形式主义和拟古运动。联系明初社会的状况和七子派复古运动产生的背景，作者得出如下结论：如果说反台阁、反八股、反理学是七子派针对明代文坛所作的“破坏性”的努力的话，那么，复兴正统文学汉唐气象，提倡古代盛世格调，关注市民文学的发展，追求真情自然等美学理想，则是他们对明代文坛所采取的建设性措施。史小军另一篇文章〈明代七子派与中国文艺复兴〉(《人文杂志》1994.6)进一步指出：七子派的许多思想闪耀着新时代的火花，它曾经给了李贽、公安派及清初启蒙思想家以深刻的启示。七子派所倡导的声势浩大的文学复古运动孕育了中国文艺复兴运动的萌芽。范嘉晨〈论“前后七子”对“公安派”的启迪〉(《陕西师范大学学报》1993.1)表达了类似的观点。他认为前后七子与公安派并不是截然对立的两个文学流派。两派表面上看似乎对立，而在基本精神上却有某些相通之处，主要表现为：两派都崇情抑理，都认识到古今不得不异的趋势，都主张文学革新；所不同的只是革新的方式、途径及流程而已。作者由此得出结论：七子启迪了公安派，公安派是在七子启迪下形成并发展起来的。

对于七子派衰落的原因，杨晓景〈略论前后七子文学思想的内在矛盾〉(《郑州大学学报》1996.2)、王承丹〈浅论后七子内部纷争及其影响〉(《临沂师范专科学校学报》1996.1)等论文都做了有益的探讨。全面深刻公正评述七子复古运动及明代复古思潮的则莫过于廖可斌的专著《明代文学复古运动研究》(上海古籍出版社，1994)。作者第一次以专著形式系统地研究了这个文学史上的重大课题。作者在《引言》中设问："一种文学主张能令一代又一代众多才识卓绝的文学家深信不疑，并前仆后继为之贡献精力，其中就没有任何合理因素或历史必然性吗？如果有，那么他们与复古主张的谬误性又是怎样扭结在一起的呢？而这种现象在整个中国古典文学的发展演变过程中又具有怎样的逻辑意义呢？"这些问题的确是引人思索的。尽管作者声明无意于简单翻案，其刮垢、磨光、复原历史原貌之意则显然。该书首先把明代文学复古运动置于古典审美理想和古典诗歌审美特征自先秦至明代发展变迁的宏观历史背景中进行考察，论证其历史必然性，然后分章讨论前七子、后七子、复社和几社这三次复古高潮产生的具体历史条件、理论内容、诗文创作。通过对文学事实的发掘和分析比较，该书比较令人信服地推论出，"在明代诗文领域内，复古派创作乃是现实主义的主流"，在揭露现实问题、批判腐朽势力、同情下层人民方面，"复古派不仅超过浙东派、江西派(台阁体)、茶陵派、道学家诗派、唐宋派等，也超过后人所称道的公安派和竟陵派”。评价复古派的历史局限也许更难置言，论者认为，在社会形态没有实质性变化、人们的审美理想、文学观念也不可能根本转变的情况下，复古主张还具有较大的合理性，“复古派文学家的努力及其失败，还具有悲壮的品格”，只有已入20世纪而犹固执古典的遗老遗少，才纯属闹剧。不过意识不到古典格式已不可能重现辉煌，也不能接受新的变化，则是复古派的悲剧和失误。如此认识，确具“历史眼光”，比较客观。①

二、关于唐宋派的研究

对唐宋派的研究大多侧重于归有光、唐顺之等主要作家作品方面，而其整体研究文章不多。

李泽平〈试论唐宋派的师法特点〉(《南京师范大学学报》1986.2)对唐宋派的师法特点进行了探讨。他认为，唐宋派诸人除茅坤以外，像归有光、王慎中、唐顺之都特别推尊曾巩，这是他们师法上的特点。其原因一是曾巩思想上儒家气味浓重，没有“不醇不该之蔽”。唐宋派认为曾巩完全继承六经之旨，他们看重了曾巩的“议论必本于六经”，“必折衷于古作者之旨”，“会通于圣人之旨，以反溺去蔽，而思出于道德”。唐宋派自己是提倡作文“本乎道”、“本之古六经之旨”的，因而对于像曾巩这样的儒家正统思想的“皎皎”者，自然也就更见倾心。二是从文风上看，唐宋派明显地倾向于宋代的平易畅达的文风，其中特别看重曾巩的“醇厚”，这也正是他们

---

① 引自《1994—1995年中国文学研究年鉴》。

自己创作散文所追求的目标。三是曾巩诗歌成就较差，这一点也与唐宋派相似。①

针对近百年来学界对唐宋派贬抑较多的状况，熊礼汇〈唐宋派新论〉(《文学评论》2000.3)联系古代散文艺术发展的总体趋向和明代中后期思想文化特点，从散文流派角度对唐宋派作了全新的评价。他认为唐宋派推行的散文改革，继承和发扬了唐宋古文运动精神，接受了阳明心学和当时市民意识所具有的新人文精神，在消除台阁体流弊和创建新文风两方面，实现了对秦汉派的双重超越。此外，他还就唐宋派和理学的关系、和八股文的关系，以及唐宋派要不要"审美规模"等古今学者常谈的问题，提出了和时论不同的看法。作者认为，唐宋派不是吸收程朱理学之汁而成长的，而是自觉受容时代精神的产物。他们潜心探究先秦唐宋散文的审美特征及其艺术表现技巧，并结合自己的创作经验，形成一套既带有传统色彩又具有时代特色的散文审美规范，为明代散文做出了贡献。他们尽管都是时文名家，但提出以古文为时文，其古文价值也并未因其吸取了一些八股技法而减低审美价值。

三、关于公安派的研究

由于公安派的代表作家是公安袁氏三兄弟，袁宏道其人其作又最能代表公安派的特色，因此关于公安派有研究之作往往以研究三袁，尤其是袁宏道这样的具体作家和作品的面目出现。孟祥荣〈袁宏道的矛盾人格〉(《文学遗产》1992.3)对公安派的代表人物

---

① 引自《1987年中国文学研究年鉴》，第292页。

袁宏道进行了颇有新意的辨析。文章从袁宏道的人生道路、价值取向与生命态度上展开分析,认为他极典型地呈现了古代知识分子个体人格建构与社会现实、文化传统相依违的多重困境。文章指出袁宏道的生命态度是"适世","自适"是他的立身原则,也是其处世原则。他身处官场又向往林泉,置身林泉又不能忘情于世道。他的种种选择都最终系于他的生命态度。他追求的"适",不在于其闲适,而在于能标立于世人之林。为此,他不断地调整价值观。作为一个独具个性的人,却常常陷入传统和现实的夹击之中而不能自拔。于是,我们一方面真切地听到他率行胸臆的坦挚心声,一方面又深切地感受到那颗无法摆脱重负的心灵在束缚中的痛苦。

易闻晓〈袁宏道:从性情到文学的自适〉(《齐鲁学刊》2000.1)则从性情与文学的角度剖析了其"自适"。文章指出袁宏道的性情自适,由于其禅学的推动及其倾向的转移而采取了沉沦与超越的二重路向,并因此形成了前后不同的特点。袁宏道把文学活动当成了他的自适方式而将追求自适的精神贯彻于文学思想之中,从而使其性情自适的二重路向及其种种特性一齐延伸和全面表现在他的前后期文论之中,既形成了不同的特点,又规定了其根本特征。

吴调公曾于1986年连续发表两篇文章,从三袁的创作和文学评论中,探讨他们的美学观、文学观的异同,是全面评析三袁和公安派的力作(〈论公安派三袁美学观之异同〉,《文学评论》1986.1;〈论公安派三袁文艺思想之异同〉,《社会科学战线》1986.1)。王恺〈试论三袁的创作特色〉(《南京师范大学学报》1988.4)认为公安三袁以苏轼的人品、诗风作为自己的创作楷模,并借刘熙载评苏论文

"快"、"达"、"了"之说，来概括三袁创作的基本特色。所谓"快"，即风格的纵恣酣畅；"达"，即语言的明白晓畅；"了"，即境界的空灵圆转。

此外，张良志〈袁宏道文学思想中的辩证因素〉，《武汉大学学报》1986.1）分析了袁宏道文学思想中六个方面的辩证因素。刘致中〈公安三袁家世考索〉（《文献》1991.3）通过对三袁文集以及其他资料的勾稽排列，详尽记辑了三袁家世的材料。这项基础性研究鲜有人及，因此，这篇论文更显其独特价值。而李健章〈《袁宏道集笺校》质疑〉、〈袁中郎行状笺证〉及其《炳烛集》（湖北人民出版社，1994）为公安派研究再筑基石，学术分量深厚。

四、关于竟陵派的研究

吴调公于1983年发表〈为竟陵派一辩〉（《文学评论》1983.3），首先为长期受到訾议的明代后期的竟陵派翻案。该文力驳陈说，认为竟陵派之所以遭到攻讦，主要原因是它对"个性解放"的追求。

1985年5月，在湖北天门县召开了首次竟陵派的讨论会，并成立了竟陵派文学研究会。编辑出版相关论文集。竟陵派的研究由此得到大大拓展和深入。

1. 竟陵派的历史地位和作用

邬国平在明清之际文艺思潮变迁中考察了竟陵派的影响，认为：①钟、谭提出的"信心"、"信古"互不偏废的思想已成为清人普遍的认识。而清人对这个问题的正确认识，正是促使清诗繁荣的一个原因；②钟、谭提出的重情、重理的文学主张得到了扬弃性发展，其重理倾向受到更多重视。彭先兆则认为竟陵派的历史功绩有三点：①再倡“独抒性灵”的原则；②复矫公安末流之弊端；③力拒复古主义的复辟。尹恭弘从明代诗文演变的角度说明竟陵派的历史地位：①竟陵派的诗文观是前后七子、公安派后辩证发展的“合”题，如果剔除其孤芳自赏的清高面，其诗文观是一种较为全面、深刻的理论形态；②竟陵派的诗歌创作能另出手眼，别开生面，形成幽深孤峭的风格。尽管探索有失误之处，但其创新精神和功绩不可抹杀；③竟陵派的散文创作是晚明小品中富有活力的创作流派，其语言运用富有雕塑感，很有创造力。

2. 竟陵派诗文理论的内容及特点

周子瑜认为，钟惺《诗归序》所强调的主要观点，是“幽情单绪”，这也就是他所极力追求的“古人真诗”的“精神”的集中体现。照他看来，只有诗人探索到并获得了古诗的这种“幽情单绪”，那才能从根本上避免前后七子在创作中“学古”时所带来的“极肤极狭极熟”的缺陷，也有助于纠正公安派创作时一味趋新所产生的险僻俚俗弊病。王恺从诗歌意境论剖析了竟陵派的诗歌主张。他认为，竟陵派对诗歌艺术的贡献在于他们创造出了一种独特的境界，幽深孤奇而不失自然平淡之旨，高超莹洁而有“峭拔”之势。他们不但要融“境、趣、理俱在内而皆指不出”，还“要以吾与古人之精神俱化为山水之精神。使山水、文学不作两事”。然而更为重要的是，他们还要以此表现他们不谐于世的内心世界和思想风骨。其创作虽有未逮，但从理论上看，表明他们对山水诗派的优良传统的继续和发扬。当然，他们过于揄扬山水诗派，因而贬抑具有积极意义的现实主义诗派的艺术成就，特别是在那样一个“天崩地解”的大动荡时代，其落后、消极的作用就更为明显。王开富分析了钟惺性灵说的弱点。他认为,钟惺的性灵说与袁宏道的性灵说不同,袁宏道的性灵体现了李贽的个性解放思想,而钟惺的性灵则要归于古人,而且要归于孝悌忠信,要与古人的"道"相安。钟惺明确表示,文章从出入于仁义道德礼乐刑政之中者为上为优,反之则予舍弃。这是对以李贽为代表的个性解放思潮的反动。

3.关于钟惺、谭元春与晚明党争的关系

关于这个问题,邬国平指出,钟惺、谭元春在晚明党争中所站的立场是不同的,锺惺反对东林党,是"庙堂"派的拥护者;谭元春却由早先超脱于两派之外而成为东林党的支持者,并且又加入了复社。这样的政治态度,首先推动了他们对社会现实的关心。参加党争本身就是从事于社会活动的一部分。正因为如此,使他们写出了一批揭露时弊、恳陈民瘼、反映边疆战状的作品。在文学理论方面,除了继承"公安"及其先驱者重情的主张以外,还强调了一个"理"字,突出了文学对社会的作用。因而,他们的作品与文学思想同社会现实生活结合得要比三袁兄弟更为紧密和广泛。同时影响到他们幽深孤峭的文学风格的形成。由于参加党争而同周围的世俗生活发生了矛盾,所以对动荡的社会产生了独特的感受,认为他们是生活在一个不安全的时代,对整体的力量缺乏足够的信心,故而崇尚一种我行我素的哲理。幽深孤峭的文学风格就是他们对社会的这种独特感受的结晶。(引自《1987 年中国文学年鉴》)

其后数十年间,仍时有佳作。李先耕〈简论钟惺——兼评竟陵派在文学史上的地位〉(《文学评论》1995.6)在批驳旧说、继续为其翻案的同时,认为竟陵派文学"既是明代纯文学大树上最后的花朵”,又对俗文学小说、戏剧批评发生过巨大影响。陈少松〈论钟惺散文的艺术特色〉(《南京师范大学学报》1997.4)亦指出钟惺的散文意蕴深厚,文笔灵转,描写传神,语言生涩而别有滋味,内容上多有可取,艺术上极有特色。在晚明的散文天地里独树一帜,对当时和后世散文创作产生了不可忽视的影响。

吴调公〈晚明文艺启蒙曙色中的双子星座〉(《文学遗产》1991.3)则比较了公安派与竟陵派的个体意识。文章从个体意识的品质、主动性、风格表征三方面对两派进行了观照,认为“他们都有振聋发聩的决心和重情求真的理想,他们曾经从不同方面通过不同方式去珍惜和张扬人的主体精神的岿然特立。但作为每个流派的个体来说,又各有其不同特色”,所论颇富新意。

五、关于明代文学流派的整体研究

明代诗文流派众多,各派纷争,竞相更迭,历代罕见。但对于这一特殊的文学现象,研究者论文虽多有涉及,但专论不多,马鸿盛、郭英德的文章填补了这一学术空白。

马鸿盛〈略论明代诗文论坛竞相更迭、频繁纷争的现象〉(《首都师范大学学报》1993.2)从明代社会特定的历史条件、经济现象,从各时期流派自身的特点、优劣,从古典诗文发展行进的历史三个方面分析揭示了明代文坛文学流派竞相更迭、频繁纷争的现象和实质,认为明代社会的巨变必然影响正统诗文的创作和发展;各流派主宰文坛之后,过分强调其理论和主张,走向极端,掩盖了长处,自然要引起纷争和更迭;而这一现象正表现明代正统文人“顽强的探索精神以及较强的评判和总结能力”。该文援证辨析,颇见力度。郭英德〈论明代的文学流派研究〉(《求是学刊》1996.4)是一篇关于明人研究文学流派的研究史论作。文章从文学流派的兴起、衰变、构成、纷争四个方面评述了明人的有关论述。指出:较之宋代,明代的文学流派研究已经超出了单纯对文人集团创作风貌作感性品评的路数,而更多地致力于探讨文学流派的兴衰原因、构成方式和纷争状况。当然,明人这项研究而处于现象的描述,深入的理论探讨与总结,则是清人之所为。

第三节 明代主要诗文作家研究

一、关于刘基的研究

作为明朝开国功臣的刘基,也是一位诗文创作成就很高的大作家。但对他的研究历来比较薄弱。鲍昌〈论刘基〉(《唐山教育学院学报》1985.1)指出了过去对刘基重视不够的缺陷,并全面介绍了刘基的生平、世界观、诗歌散文成就。吕立汉〈刘基论〉(《文学评论》1999.5)则对刘基进行了深入研究。文章指出刘基于元明鼎革之际是一位举足轻重的诗文大家。其诗文理论力主讽喻之说,提倡理、气并重,重视时代风格,强调经世致用。诗歌创作师法杜、韩,既沉郁顿挫又奇崛豪放,晚年之作则归于哀婉悲凉,成就与高启相埒;散文创作,气昌而奇,恣肆犀利,成就高出同时诸家。文章辨析了明清诸家对刘基的评价,认为刘基为晚明讽刺小品的勃兴起了先导作用,影响深远,称其为"一代宗师",并不为过。

二、关于高启的研究

明初诗人之中，高启诗歌成就最高，《四库全书总目提要》谓其“天才高逸，实据明一代诗人之上”。但对他的研究仍非常不够。徐永端〈论青丘子其人其诗〉(《苏州大学学报》1991.3)比较全面地论述了高启的经历、个性与其诗歌创作风格之间的关系。尤振中〈高启诗简论〉(《苏州大学学报》1989.1)认为高启诗歌的思想内容，真实地反映了元末明初的社会现实，富有时代特色，作品具有诗史价值。在艺术上，高启取法前人，转益多师。就明诗发展来说，高启诗首变元风，为明诗作了良好的开端，只是往后自三杨、茶陵以至前后七子，均未能继之振起，明诗终未出现兴盛气象。章培恒〈明代的文学与哲学〉也论及了高启诗歌，认为高启诗歌表现了一种特别的苦闷，“他的苦闷并不是由于其在政治上与明王朝的对立，而是由于其不愿受羁络的生活态度与现实处境的矛盾。”傅彪强〈高启的审美理想及其创作成就〉(《杭州大学学报》1992.4)认为高启关于诗歌的审美理想是与他生活的元末明初的社会现实、哲学思想，特别是以苏州为中心的三吴地区士人背弃传统，轻视功名、清狂放逸，寄情于艺的生活风尚密切相连的。其诗歌美学思想的三个命题是：①诗是诗人真情实感的抒发；②情感的抒发必须自然真率；③诗歌应具有格、意、趣三者的有机统一。作者指出过去人们提出的高启论诗“大都是从个人出发的”，“缺乏社会意义”的论点是不够客观，不够公正的，并认为高启富有诗人才华，学养深厚，又能继承发扬前辈诗人勤奋作诗，刻意苦吟的优良传统，并多方面地借鉴古代诗人的艺术经验，因而成为明代最有成就的诗人。

三、关于前后七子的主要作家研究

关于前后七子作家作品的个体研究，论文不多，研究深度也有待加强。

南玉印〈李梦阳的古文评价〉(《兰州大学学报》1984.3)分析了其古文的思想内容及艺术特色，指出其文并非“摹拟剽窃”或“古文影子”。章培恒〈李梦阳与晚明文学新思潮〉(《安徽师范大学学报》1986.3)剖析了“真诗在民间”的文学论调及其对晚明文学新精神的启迪与联系。于兴汉〈李梦阳诗学思想辨析〉(《山西师范大学学报》1994.1)、黄泉〈李梦阳诗学思想的格调说〉(《河南师范大学学报》1994.4)分别从不同角度剖析了其诗学理论，亦有新得。

关于何景明，廖仲安〈读何景明《明月篇》〉(《信阳师范学院学报》1985.4)通过对其代表作《明月篇》的剖析，较深刻地指明了何景明创作和理论上的弱点所在。范志新〈何景明诗略论〉(《苏州大学学报》1991.1)对其诗歌成就作了全面评论，指出其诗具有三大艺术特征：①首重练意；②诗人之诗；③俊逸。

专论后七子代表人物李攀龙的论文极少。吴微〈李攀龙诗歌艺术散论〉(《安徽师范大学学报》1999.3)指出李攀龙为后七子之首，标举复古旗帜，倡“文必秦汉，诗必盛唐”。其人简倨、正直、爱国；其诗雄浑峻洁、沉着意真、规模典范；具有高蹈的爱国情怀，浓烈的美刺精神和孤傲的人生态度。文章认为李攀龙“固亦豪杰之士”，在明清诗歌史上有着重要地位和影响。

关于后七子的另一领袖王世贞和重要作家谢榛，学人关注的是他们的文学思想，而对其作品较少评论。徐朔方〈论王世贞〉

(《浙江学刊》1988.1)以丰富的材料为基础,分析了王世贞的“当代文名”与实际创作状况的反差,认为其前期诗歌创作比后期好,文名愈高,作品愈少价值。李庆立〈谢榛诗作考述〉(《聊城师范学院学报》1992.4)则对谢榛所流传下来的2500余首诗歌成集和散见于诸书的情况一一加以考录,加强了谢诗的基础研究。

四、关于归有光的研究

对归有光的古文成就,学人多给予较高评价。1985年周成平发表〈论归有光的文学创作〉(《文学评论丛刊》第22辑),对过去流行的认为归氏散文创作题材狭窄的观点进行了反驳。他比较详细地分析了归氏散文的内容,指出其社会生活包容量较大,并概括了其散文有“真情性”、“简朴性”、“形象性”艺术特点。认为归有光继承了司马迁和韩欧等人的文学风格,创作出优秀的作品,“卓然绝出,能转移风气者”,开创了桐城派散文的先河。

十年后,马鸿盛也提出了类似的观点,他的〈是“题材狭窄”,还是对题材的拓宽〉(《国际关系学院学报》1996.4)对归有光的散文创作大加褒扬,认为归氏散文创作体裁多样,题材宽泛,其抒情小品文是对传统散文题材领域的创新、拓宽和发展。张家英〈龙门家法与韩欧神理〉(《文学遗产》1988.4)是全面评价归有光散文的一篇力作。该文指出,归有光推崇“龙门家法”又得韩欧神理,他不仅是一位正统的古文家,同时又上承唐宋古文运动,下开桐城先河,也是一位承前启后、成就卓著的古文家。

此外,魏崇新〈台阁体作家的创作风格及其成因〉(《复旦学报》1999.2)、尹恭弘〈王思任散文的创作风格〉(《文学遗产》1985.4)、徐志啸〈论王思任的散文〉(《文学遗产》1993.4)、张则桐〈"一往深情":张岱散文情感底蕴〉(《浙江社会科学》1999.3)等都是作家个体研究中很有学术分量的佳作。

第三章 明代戏剧研究

第一节 通论

尽管都属于俗文学，但明代戏剧研究较之明代小说研究的热闹，显得格外的冷清。20 年的研究论文篇数不足 200 篇。究其原因，主要还是古典戏剧不同于古典小说，它是集文本创作、舞台表演、曲律音乐于一体的艺术式样。这无疑极大地增加了研究的难度。长期以来，真正能全方位地研究古典戏剧的大家屈指可数。不少研究者，特别是一些青年学者缺乏音律、表演等戏剧方面的素养，由此形成了古典戏剧研究的一些缺陷，主要表现在：从横向来看，研究区域比较狭窄，大多数论文集中在文本研究之上，对舞台表演、曲律音乐少有专论。从纵向来看，则多以文学现象和主要作家作品的评述为主流，人们关注的热点在徐渭、汤显祖等少数几个大家身上，其他作家作品亦罕见涉足。因此，比较而言，明代戏剧研究还相当薄弱，研究的领域和深度还有待加强。尽管如此，在这一领域辛勤耕耘的学者仍然以不懈的努力和踏实的研究，为这一学术园地贡献了诸多成果，为 21 世纪的研究打下了基础，值得珍视。现就明代戏剧的整体研究，择要概述如下。

这方面的研究进入 90 年代以后逐渐为一些学者所关注，其中郭英德用力最勤、成果也最多。他于1989年开始发表了这方面的系列论文，系统地探讨了明清传奇的主题、语言、体制、叙事等方面的特征。〈论明清文人传奇的时代主题〉（《北京师范大学学报》1989.5）从明清文人传奇中，归纳出三大时代主题，即忠奸斗争、人性探索和历史反思。〈明清文人传奇的历史演进〉（《文学遗产》1990.2）把明清传奇区分为宫廷传奇、民间传奇和文人传奇三种，而文人传奇则占据主导地位。在考察明清文人传奇的历史演进时，他从文学体制、戏曲音乐体制和艺术审美趣味三个方面入手，把这段历史划分为崛起期、勃兴期、发展期与余势期四个阶段，崛起期建构了文人传奇的规范体系；勃兴期则以市民审美趣味对文人审美趣味的冲击来重构文人传奇的体系；发展期的李渔为代表的传奇作家强调结构，建立了以传奇艺术舞台化为特征的新的体系；余势期作家审美趣味的理学化和形式上的诗文化使文人传奇走向倒退。最后，作者指出，无论戏剧观念、文学体制、音乐体制、还是文学风格、文化内涵、审美趣味诸方面，明清文人传奇的历史演进，“经历了一个正、反、合的运动过程，其整体运动轨迹形成一个封闭的圆环”。文人传奇力求自我更新、以冲决封建意识、融入近代意识的企图”在封建文化极为健全的自我调整机制面前，终以失败告终。〈叙事性：古代小说与戏曲的双向渗透〉（《文学遗产》1995.4）从艺术的角度详尽考察分析了古代小说与戏曲的叙事时间、叙事视角、叙事话语等方面的特征，并进一步探讨了其审美内涵与文化基因。〈传奇戏曲的兴起与文化权力的下移〉（《中国社会科学》1997.2）指出：明代成化至万历年间文化权力下移的历史走向是传奇戏曲兴起的主要历史动因。明中后期，文人自我意识的高涨和主体精神的张扬，促成了不可抑止的文化权力下移趋势，以文人为主角的社会文化模式取代了以贵族为主角的社会文化模式。由于明中后期残酷和严峻的现实政治，文人自觉地将重建新型的文化传统的努力置换成一种审美创造行为，移位于对新型文体的探求，以确立自身作为历史主体的价值和地位。南曲戏文因其独具的民间性、感染力和可塑性首当其选。明中后期文人以艺术传统为渊源，以时代文化为活力，从剧本体制和语言风格两方面对南曲戏文的艺术体制进行了彻底的整形改造，并对南曲戏文的叙事模式进行了创造性的转化，建构了具有叙事性、寓言性、虚构性、传奇性的传奇叙事模式。同时，在传奇戏曲从转型到定型的过程中，文人作家确定了传奇戏曲以情为主旨、以情理冲突为核心、以情理融合为归依的基本主题，以之作为现实问题的有力回应和文化传统的鲜明象征。〈雅与俗的扭结——明清传奇戏曲语言风格的变迁〉(《北京师范大学学报》1998.2)认为明清传奇戏曲的语言风格经历了由俗变雅、由雅趋俗、由俗返雅、变雅为俗的变迁。造成这种雅与俗的扭结状态的文化动因，其表层是明清时期两种审美趣味，即文人审美趣味与平民审美趣味之间的对立与交融；其深层则是中国古代两种艺术思维方式，即通俗化的现实思维与典雅化的经典思维之间的冲突与调和。〈明清传奇剧本长篇体制的演变〉(《湖北大学学报》1998.4)则清理出明清传奇剧本长篇体制演变的基本规律。指出传奇剧本长篇体制的演变与舞台演出的需要密切相关，舞台演出使长篇体制趋向简化；而长篇体制趋向简化的另一原因是：文人传奇创作以曲为史，以文为曲，传奇创作要适应文人叙事抒情的需要。

与郭英德系统地研究明清传奇的同时，徐子方深入地探讨了明代戏剧的地位和明代南杂剧的特点。他的〈明代文人剧在戏剧和文学史上地位〉（《艺术百家》1998.1）认为，作为一代艺术，明代文人剧是有以下三方面特点：第一，创作之非功利性使其具有革新实验的性质。从某种意义上说，"家乐"相当于西方近现代的实验小剧场；第二，在锁闭和开放两种体制结构间探索某种结合之可能性。"简而有尾"的短剧形式属编剧艺术之创造；第三，开了独幕剧、剧体诗的先河，其成败得失直到今天仍具有重要的认识和参考价值。〈明代南杂剧略论〉（《陕西师范大学学报》1989.3）认为：明代南杂剧作为一个完整的戏曲艺术形式有如下特点：内容上注重对生活脉搏的主观感受和自我意识的把握，注重题材领域的创新以表现作家真实的思想感情；结构上追求自由开放而简便利落的特殊效果，以及富有性格的漫画化喜剧语言和诗化的抒情语言。这些决定了明代南杂剧反抗传统束缚、追求创新的基本特征。它是时代精神的产物，影响和笼罩了整整一代清杂剧，甚至还延伸到清中叶后兴起的地方戏曲及至近现代的短剧和小戏创作。

此外，周维培〈明清戏曲中的"劝惩"模式〉（《福建戏剧》1989.2）剖析了明清传奇中的"劝惩"模式，归纳了劝惩的内容。徐安怀〈一代文学的画廊〉（《四川师范学院学报》1985.1）对明代传奇合集《六十种曲》作了全面评述，指出它是研究中国古代戏曲史的重要资料，不仅可以使后世了解到明代传奇创作的基本情况和特点，也可以从此书的编辑情况和书前弁语了解毛晋的戏剧观。孔繁信〈试论南北曲的合流与发展〉（《河北师范学院学报》1995.3）则对明清传奇中南北曲合流的现象及其轨迹进行了考察。

无疑，这些研究成果奠定了新世纪明清传奇整体研究的基础，十分宝贵和重要。

第二节 徐渭及其杂剧研究

20世纪80年代以来，研究徐渭的论文约50余篇，并有《徐文长传》(骆玉明、贺圣遂著，浙江古籍出版社，1987)及《徐渭论稿》(张建新著，文化艺术出版社，1990)两本专著出版。现就20年学术界对徐渭研究的主要观点概述如下：

1. 生平研究

关于徐渭的生平研究主要集中在两个问题上，一是关于其参加抗倭战争和应聘入胡宗宪幕府的政治活动，二是关于其"疯狂"之病的考析。

关于徐渭的政治活动。比较有争议的问题是徐渭在抗倭战争中的作用。程毅中认为，说徐渭曾参与过诱捕汪直、徐海，也不是没有可能(〈徐渭及其《四声猿》〉,《文学遗产》1984.1)。张新建则在其专著中说，徐渭在嘉靖三十六年十二月正式入幕，在此之前，就参与了诱降汪直的活动，他对诱缚汪直的过程是相当清楚的，诱降徐海内情，也是了解的，但起了多大作用则很难说。骆玉明、贺圣遂亦认为，徐渭与胡宗宪一连串的密谋活动应该有关，但具体情况则不清楚。

关于徐渭的"疯狂"。徐渭意图自杀而又杀妻，其中真正原因，亦多歧说。程毅中认为，徐渭不承认杀妻是狂，可能有复杂的政治原因。骆玉明、贺圣遂指出，胡宗宪遭难的变化使徐渭产生怀疑、畏惧心理，因而精神错乱，性格狂躁，做出极端举动，并无更复杂原因。张新建提出，胡宗宪死后，徐渭在其幕府树敌较多，又身患脑风，先是惧祸佯狂，接着就在巨大压力下真发狂了；徐渭敏感好疑，又患迫害狂，大约是对张氏有疑，盛怒之下失手杀妻。王长安〈任诞中的人格显现——徐渭"疯狂"辨〉(《戏剧艺术》1995.3)则否定徐渭晚年有精神病，认为徐渭中年以后确曾出现的某种反常，是与真狂形似神非的假狂，"呼啸"、"狂走"是一种释放，而自残和自杀则是另一种极端的宣泄方式，杀妻很可能是一种情急误伤，杀妻的狂放中，仍有着心灵的巨大痛苦。

徐渭晚年，尤其出狱之后，究竟是一种什么样的心理状态？张志合指出，徐渭一生，因功名无望而陷入极度悲苦之中，只是极短暂一段时间，在入狱之后，便逐渐恢复了心理平衡，出狱后的十余年中，潜心于学问的探讨与艺术的创造之中(〈徐渭的生平及其《四声猿》刍议〉，《河南师范大学学报》1989.2)。孟泽亦认为牢狱生活，使徐渭变得平静，认同于早年对释道的了悟，追求艺术对现实的超越，但这种超越，前提是无可奈何(〈徐渭的审美历程与古典精神的自足轮回〉，《湘潭大学学报》1990.4)。金宁芬则认为这种意见并不符合作品和作者实际，作者晚年所撰三剧，都是令人肠断，骇咤震动的作品，所发皆悲声(〈《四声猿》人物、思想辨〉，《徐州师范学院学报》1992.4)。王长安也说，徐渭落拓回乡后，除了融苦痛于狂放，不与权贵者交的散诞外，还遣愁思于笔端，发奋写作，把痛苦宣泄、化解在艺术的创造过程中，表面是痴癫、疯狂，实际已进入一种创造的无我之境。

2. 戏曲理论研究

徐渭的戏曲理论，集中于他的《南词叙录》中。研究者大都认为，徐渭戏曲观的基点是"本色"。孙崇涛指出，徐渭的本色论包含：文辞浅近易晓，但也不排斥文人对戏剧语言的加工提高；音律要顺口可歌，也要提倡严格遵循南曲合理的曲调连缀格式（〈徐渭的戏剧见解〉，《文艺研究》1980.5）。吴方则认为，徐渭的本色观融注了新的审美理想，就是将世俗生活看做戏曲发展的源泉和动力，具有时代气息和伴随着戏曲变革、发展的同步性（〈"作戏逢场，原属人生本色"——谈徐渭的戏曲本色观〉，《戏曲研究》第17辑）。

张新建通过对徐渭南戏声律理论的研究，指出南戏至明代已形成严密的音乐体系，徐渭南戏音乐"不叶宫调"的结论是错误的。这与他写作期间接触的主要声腔、崇尚本色的文艺思想以及对北曲的不同认识有关。吴方亦认为徐渭在声律问题上的论点常给人以偏激印象，而这也许是作者为了使戏曲回到本色人生中，不免矫枉有所过正。孙崇涛在研究中也指出，南戏音律自宋代发展到元末《琵琶记》时自有一套乐曲组织规范，明中叶昆山腔崛起，腔调变了，明人用它去衡量所有南戏，便误解为南戏没有宫调格律，徐渭也犯了同样的错误。

3. 〈四声猿〉研究

关于《四声猿》的写作时间，对王骥德《曲律》卷四《杂论》三十九下中关于《四声猿》的一段记载，学者一般抱肯定态度，但具体写作时间则尚有分歧。徐朔方认为，《四声猿》的完成至迟不晚于他在胡宗宪幕府任事年代，即嘉靖三十七至四十一年（1558—1562）（〈关于《四声猿》〉，《戏文》1982.4）。吴方则否定这种说法,认为《四声猿》的完成应在万历元年徐渭出狱后至万历四年赴宣化前这一段时间。程毅中提出,徐渭的后三剧是万历十年退隐回乡的作品,但其完成不会晚于万历十六年(1588)。不少学者同意此说。

对于《四声猿》作品本身,争议较多的是〈玉禅师〉。对于此剧主题,写作用意,说法纷纭。钟海认为,该剧嘲讽了僧侣,揭露了官场与佛门的尔虞我诈,向传统宗教思想提出了挑战(〈徐渭《四声猿》杂剧的本事和写作缘由〉,《上海师范学院学报》1982.2)。冯俊杰亦提出,〈玉禅师〉是封建政治为控制宗教领域而引起的官府与佛门之间斗争,宗教禁欲主义除了使人丧失人性外,对改变现实中人的悲剧命运毫无作用(〈谈《四声猿》杂剧的"奇绝"〉,《中华戏曲》第一辑)。贺圣遂〈徐渭文学的个性精神〉(《复旦学报》1989.1)则指出,《玉禅师》集中反映的是肯定人欲的思想,在明代戏剧中,第一次引入当时社会的新思潮。金宁芬认为,诸如揭露官府与佛门之间的矛盾斗争说、肯定人欲说、自寓说等歧义的关键在于对玉通和尚的认识上。他以为,玉通并非口是心非的伪君子,而是率性真实、正真善良,此剧笔锋是指向官府的。

〈狂鼓史〉研究的分歧,主要集中于对曹操与严嵩形象的认识。钟海、程毅中、周中明(〈徐渭《四声猿》浅变〉,《戏曲研究》第 7 辑)都认为此剧具有强烈的反严嵩思想,以祢衡喻沈炼,曹操影射严嵩。孙崇涛也认为此剧以掉念亡友沈炼为创作基本缘由,但还综合了各种反严斗争的类似事例,折射的是地主阶级在野势力与当权派相抗衡的政治斗争现实。金宁芬的意见与此大致相同,认为祢衡代表了沈炼、作者以及一切有才却遭到迫害的俊杰,曹操则是权奸的典型。也有些学者认为祢衡、曹操并非实指，如张新建提出祢衡形象反映的是作者一生坎坷的遭遇和不幸命运，作者塑造祢衡形象，意在抒发怀才不遇、壮志难酬的无限悲愤。贺圣遂亦认为，该剧并非为沈炼之事而作，完全是抒发自己内心积郁的作品，曹操并非借指某个具体人物，如严嵩之类，而是代表着使徐渭感受到种种压迫的社会实体。

《四声猿》标题的含义，论者皆认为出于"猿丧子，啼四声而肠断"的传说，若该说成立，那么，四剧的内容是否与此意相符呢？张志合认为，《四声猿》给人的感觉并非断肠之悲，具体内容与题目并无多大关系。金宁芬却认为，这种意见并不符合实际，祢衡在死后才被待为上宾，正表现了作者对世间不平无可奈何的哀伤；花木兰、黄崇嘏最终都只能解职复女装，同样寄寓了作者的悲啼和惋惜。有些学者指出要把〈四声猿〉视作一个艺术整体，如张新建就说《四声猿》是作者按照抒怀写愤的感情流动而创作的四组剧。冯俊杰亦认为，猿啼常用以表达极为哀婉悲愤的情节，四个相对独立的小剧，是一个浑然整体，它多层次地展现了封建社会多方面生活图景。

关于《四声猿》的美学特征，冯俊杰和胡天成都指出，《四声猿》存在奇绝、奇异的美学倾向，但两人论述角度不同，冯俊杰就四剧的形象系列、形象内涵、形象塑造三方面进行阐述；而胡天成则借助格式塔心理学理论，从作品结构、作家心理、人生经历与作品的产生以及艺术的同化和调节等角度论述了这一美学特征。（本部分内容主要引用戚世隽〈近年来徐渭研究述要〉，《文史知识》1996.6）

第三节 汤显祖及其戏剧研究

明代戏剧中最大的热点是汤显祖研究，其研究论文占20年明代戏剧论文的三分之一强。学界就汤显祖的生平、思想、戏剧创作及以汤显祖为代表的文学现象较深入地进行了研究，可以说，代表了明代戏剧研究的水平，现就研究概况略述如下。

1.生平及思想研究

徐朔方〈汤显祖的思想发展和他的四梦〉(《戏曲研究》第9辑)通过对汤显祖生平经历和他对当时重要政治事件的态度的分析，认为汤显祖“对张居正等执政的反感实质上是他对封建专制主义的反感”，但这种反感是“出于主观义愤，他的个性化的表达方式不够明晰，但富有诗意，他把这种斗争称之为情与法的矛盾”。而“情与法的矛盾着眼于政治和伦常道德，从哲学观点来看，则表现为情与理的矛盾”。“四梦集中地表现了汤显祖对现实的否定”。张石泉〈汤显祖在遂昌〉(《浙江师范学院学报》1983.3)通过对汤显祖1592—1598年在遂昌任上的宦迹进行考察之后认为汤显祖在这一时期“勤政于民，慈惠清廉”，关心百姓，“除恶抗暴，刚直不阿”并与东林党领袖人物交往，“是他思想成熟，艺术生命旺盛的时期”，该文认为了解他这一时期的思想，对研究汤氏的创作颇有价值。

饶龙隼〈论汤显祖的二重文学观〉(《江西社会科学》1991.1)结合汤显祖的戏曲创作，对其文学观进行深入的剖析，指出，汤显祖的文学思想有两重性，一是标举“情在理亡”，主张积极反映现实；一是标举“绝想澄情”，主张向内实现自我。这是他两种人生观的反映，发达时积极入世，落寞时消极避世。这根源于他所处的时代环境，也反映了中国古代士人精神世界中儒道释融合的总体趋势和格局。蓝凡〈汤显祖的戏曲美学思想〉(《江西大学学报》1982.2)认为汤显祖是第一个比较系统地从美学角度来论证戏曲特质的戏曲家，代表了当时进步的文艺思潮。宋炜认为，汤显祖美学思想的核心范畴是“情”，情是艺术产生的根源，是艺术的品质。其唯情论美学是反对程朱理学和正统文学观念的有力武器(〈汤显祖美学思想刍论〉，《锦州师范学院学报》1991.3)。姚文放亦认为汤显祖戏剧美学表现出以“情”为主的浪漫主义倾向。并指出汤显祖所说的“情”与程朱理学所宣扬的“理”相抗衡，包含着“现代的性爱”成分，又始终带有梦幻色彩(〈浪漫主义戏剧美学的崛起——汤显祖戏剧美学思想〉，《扬州师范学院学报》1991.4)。关于汤显祖思想中的“情”，赖大仁〈论汤显祖的情与梦〉(《争鸣》1990.4)作了深入阐释。他认为汤显祖的哲学思想和文学思想都可以概括为一个“情”字；其“情”在哲学层次上是一种宽泛朴素的人性论观念，但又是作为一般人生态度的情，可以归结为一种朴素的爱憎情感。文章认为，“情”是其戏剧核心“梦”的根源，在其作品中“情”与“梦”是矛盾的统一。而他所主张的“情”与其实际的整个人生思想观念不能完全等同，有联系又有差别。杨忠、张贤蓉〈试论汤显祖哲学伦理思想的内在矛盾〉(《江西大学学报》1984.4)认为汤的哲学观有唯物与唯心的双重性，而他的伦理观“没有摆脱封建主义的束缚”，但又有改良主义因素，他主张“遂人欲而存天理，并注重教化作用”。因此，汤显祖的哲学伦理观存在无法解决的矛盾。

其实，思想的复杂，是文学大家的一般共性，汤显祖自不例外。

刘彦君〈论汤显祖的自由生命意识〉(《文学遗产》1997.1)认为思想性格里原有的异端因素与文人情愫结合,使汤显祖一生“始终徘徊在进身入世和抽身出世之间,其平衡和倾仄则取决于仕途的畅阻”。“他的出世之思,固然由其生命真气所决定,他的入世之念也未尝不是受其生命中的伉壮磊落之气所影响。两方面共同构成了汤显祖思想的统一体,也才使他能够写出‘四梦’那样充满矛盾精神的杰作。”文章结合“临川四梦”的分析,指出“汤显祖的出现,无异于给人们提供了一座庇护心灵的屋宇,收容下众多在田野上流浪无依的魂灵。因此,他的意义不仅仅在于盛开了戏剧领域里的一朵奇葩,更在于为人们提供了一种新的人生境界,使人们在自身的生命历程中发现了生命本身的光彩和生气”。其结论与廖奔〈万历剧坛三家论〉(《河北学刊》1995.1)相同。

陈永标则联系晚明心学思潮,从哲学上审视汤显祖的戏曲观。他认为在明中叶心学思潮泛起,以及文坛复古与革新的交锋中,汤显祖担当了文学界破旧创新的职责。他在曲论和创作实践上,呼唤着精神领域的理想境界,强化和发展了文学创作的主体精神,情感意识,审美个性,以及人格心理,自然成趣等审美创作意蕴,显示出文学观念和审美形态的重大变革。其戏曲观主要有四:一是重气机和灵性的艺术创作论;二是强调“凡文以意、趣、神、色为主”的艺术整体论;三是“因情成梦,因梦成戏”的艺术构思论;四是提倡神情合至,欲如其人的审美接受论。文章指出,汤显祖这种以“情”为核心的动态艺术创作论和审美接受论,强调对物象和角色的审美体验,确是新人耳目,给当时及后世以深远影响(〈汤显祖的戏曲观与晚明心学思潮〉,《复旦学报》1996.5)。

2.“临川四梦”研究

关于汤显祖的文学(戏剧)创作,赵山林剖析了汤显祖艺术风格的渊源和受到的影响,他发表的〈汤显祖与唐代文学〉(《文史哲》1998.3)和〈汤显祖与魏晋风度及文学〉(《戏剧艺术》1999.4)两篇文章系统地阐释了汤与魏晋、唐代文学之间的承续关系。前文认为:汤显祖对唐代文学极为熟悉和喜爱,唐代文学对汤显祖的影响,主要表现在“情”、“奇”、“神”、“丽”四个方面,汤在写作《牡丹亭》时有意识地在以上四方面继承和借鉴了唐代文学。后文则认为魏晋风度中重情尚癖极大地影响了汤显祖,一些志怪小说则直接启迪了汤的戏剧创作。

蓝凡〈试论汤显祖“四梦”中的佛学禅宗思想〉(《河北大学学报》1984.3)认为汤显祖的全部作品中都始终体现着佛学禅宗思想,并认为“从本质上说,它是汤显祖本人反抗黑暗封建统治,提倡个性自由的一种武器”,既有批判作用,又有消极影响。但万斌生〈浅谈《临川四梦》的非佛道思想〉(《江西大学学报》1982.2)却否认“临川四梦”宣扬了佛道思想,认为汤显祖绝非虔诚的佛道信徒,儒家的“经邦济世”思想在他的世界观中占有主导地位。

在“临川四梦”研究中,《牡丹亭》始终是重点。学界就其主题、人物及艺术特色等方面作了较详细的研究。

关于《牡丹亭》的主题。陈庆惠〈《牡丹亭》的主题是肯定人欲,反对理学〉(《复旦学报》1984.4)认为“《牡丹亭》的主题是通过人欲来批判‘理学’这才是《牡丹亭》的真谛所在”,因而不赞成游国恩《中国文学史》中“热情歌颂了反对封建礼教,追求自由幸福的爱情和强烈要求个性解放的精神”的笼统提法。认为这种提法没有表达出《牡丹亭》独特的思想内容。彭飞〈《牡丹亭》中表现的"情",仅仅是爱情吗?〉(《河南戏曲艺术》1983年增刊)认为《牡丹亭》中"不仅仅写了爱情,还写了人类所具有的其他感情,如亲情、友情、师情等等,这些情与西欧资本主义萌芽时期所讲的人情、人道主义和反对宗教上的禁欲主义是有共通之处的"。

冯文楼、张海鸥则从文化学的角度探究了《牡丹亭》主题。冯文楼〈一个走不出去的圆圈——《牡丹亭》情理建构的文化心理批判〉(《陕西师范大学学报》1989.1)认为《牡丹亭》的情理建构是中国古代文学艺术中一个带普遍性的文化现象,它既有对情的感性认同,又有对理的文化复归,这种情理结合的两大块结构,使《牡丹亭》的浪漫性最终没有脱出传统理性的窠臼,只是在"发乎情,止乎礼义"的传统命题中兜圈子,《牡丹亭》的情理结构既有对情的呼唤,理的超越,又有对情的规范,理的依归。文章还认为,以此扩而广之,可以认识古代文学作品中的同类现象。张海鸥〈《牡丹亭》的双重文化题旨〉(《殷都学刊》1993.1)概括出其双重文化题旨:一是未来指向:揭示封建时代闺阁少女的青春苦闷和反封建的情爱文明意识觉醒;二是原始指向:对人类自然性爱的崇拜和张扬。两者构成《牡》人性丰满的文化题旨。汤氏在剧本中通过"情至"论的直接宣扬并借助梦幻原型模式、死亡—再生模式展示了这双重文化题旨。以上两文另辟蹊径,提示《牡》的内涵,所论新颖深刻。成书于1997年、出版于1999年的袁行霈《中国文学史》吸收了学界的研究成果,对《牡丹亭》的内涵有所总结,指出其文化意义有三:"一是以情反理,反对处于正统地位的程朱理学,肯定和提倡人的自由权利和情感价值,褒扬像杜丽娘这样的有情之人,从而拨开了正统理学的迷雾,在受迫害最深的女性胸间吹拂起阵阵和熙清新的春风";"二是崇尚个性解放,突破禁欲主义,肯定了青春的美好、爱情的崇高以及生死相随的美满结合";"三是对于正在兴起的个性解放思潮起了推波助澜的作用"。

与主题紧密联系的是杜丽娘形象意义。学者普遍认为汤显祖以"梦"为主要手段塑造的杜丽娘艺术形象,是"情"的化身,是汤氏关于"情"的哲学思考和人生体验交和、孕育而成的。刘彦君〈论汤显祖的自由生命意识〉认为"这是一个在各个方面都得到曝光的具体的,有血有肉的人,是一个有着纯净精神境界、有着旺盛的生命活力的人。郭海鹰〈非梦不足表其情,非梦不足达其意——释"梦"重论杜丽娘〉(《韶关大学学报》1995.3)则认为杜丽娘形象的意义,主要在于从肯定"人欲"的合理性和歌颂"人欲"战胜一切来反对"存天理,灭人欲"的程朱理学,从而曲折地发泄了对极端封建专制主义统治秩序的不满和反抗。朱伟明〈"鬼可虚情,人须实礼"——杜丽娘形象的心理学分析〉(《湖北大学学报》1992.5)从心理学角度审视杜丽娘形象中的矛盾,文章认为作为"鬼"的杜丽娘主要表现了作者张扬感性生命力,张扬个体的存在意识,表现生命的真实性;作为"人"的杜丽娘则更多地体现了历史环境的真实。文章指出,杜丽娘形象中的矛盾,实质上就是阴影原型和人格面具之间的矛盾,具体而言,是人的感性生命与宋明理学文化环境深刻对立的矛盾。

关于"临川四梦"的其他"三梦"。学界关注较少,主要论文有朱捷〈论汤显祖《紫钗论》〉(《江海学刊》1995.3),曲家源、白照芹〈论汤显祖的人生道路与《紫钗论》〉(《社会科学战线》1997.4),邓长风〈一个打着时代烙印的悲剧〉(《四川大学学报》1986.3),吴凤雏〈《南柯梦》的思想倾向〉(《汤显祖研究论文集》,中国戏剧出版社,1984),分别从不同角度论述了"三梦"的意义及其在汤显祖创作中的位置及影响。

关于"临川四梦"的艺术风格艺术表现方法。对《牡丹亭》为代表的"临川四梦"的艺术风格,学界普遍认为是富有中国戏曲特色的浪漫主义精神的典型而具体的体现。如游国恩文学史,袁行霈文学史均采此说,但姚莽、阎铸〈论汤显祖戏曲艺术表现方法的特点及其形成〉(《戏剧学习》1984.1)却认为汤作中的"现实与梦境交替,互为因果,互相否定",很难用"浪漫主义"加以概括。所论别具一格。关于《牡丹亭》的戏剧冲突,主要有"情理冲突"和"人物性格冲突"两说,前说以中国社科院文学所编《中国文学史》为代表,认为贯穿全面的冲突就是情理冲突,具体表现为杜丽娘、柳梦梅和封建家长杜宝之间公开和面对面的斗争。后说以袁行霈《中国文学史》为代表,认为《牡丹亭》"不仅仅写了外在事件的矛盾扭结,更写活了人物形象,描摹出主要人物不断发展着的性格,并使得隐性而内在的戏剧冲突渐次升级"。关于汤显祖戏剧的结构,程鹏、蒋志雄〈论临川戏剧的时空结构〉(《中国社科院研究生院学报》1988.4)概括出汤氏剧作在时间、空间上的特征,从而剖析了临川剧作的结构特点。其文视角独到。还有不少论文将"临川四梦"与中外相关名家名作进行比较研究,进行多维的接受,亦多有得。

3.关于"汤沈之争"的研究[①]

明万历年间,戏曲界同时出现了临川汤显祖和吴江沈璟两位

① 本节主要参考并引述了陆林:〈近年"汤沈之争"研究综述〉,《文史知识》1989.7。

戏曲大家。他们在戏曲创作及其有关理论问题上，针锋相对，分歧尖锐。后人称之为“汤沈之争”，因其各拥有一批遵奉者，故又名之为临川派与吴江派的论争。“汤沈之争”仍是当今学界的热门话题。

关于论争的背景。部分学者主张艺术背景说，即从艺术内部看产生论争的环境。60 年代，吴新雷即持此说。俞为民〈重评汤沈之争〉(《学术月刊》1983.12)重申此说。他指出，“主要应该从艺术本身的现状中”寻找争论的产生背景，而汤沈之争是由“戏曲创作上存在的问题引起的”，即文人学士在剧作中“卖弄学问，显露才情”而很少顾及观众和舞台，从而引起了一些戏曲家的理论关注。此类意见，或者更强调文艺思潮的折射，或者更重视戏曲创作的内部需要。

有的学者在文艺思潮背景说的基础上，又补充提出政治立场背景说。徐朔方〈汤显祖和沈璟〉(《文学评论》丛刊第 9 辑)便主张汤沈的争论既是“当时思想意识领域内的斗争”在戏曲界的反映，同时也是“不同的政治立场的反映”。如在争论发生之前很久，汤沈在政治上便处于“不同的立场”，沈是执政的“追随者”，汤则是“反对派”。

有的学者是从政治思想和戏曲创作两个方面来探讨论争的背景。如邵曾祺〈论吴江派和汤沈之争〉(《中华文史论丛》1979 年第 2 辑)即持此说。黄天骥〈戏曲史上的“汤沈之争”〉(《学术研究》1980.5、6)又提出了政治上的“深刻的社会根源”和戏曲上的“深远的历史根源”结合说。从总的研究趋势来看，近几年的研究文章多不同意政治斗争背景说。

关于论争的起因。戏曲学界对这场论争产生原因的认识，主要有两种观点。一是吴新雷等人的"两点"说，即汤显祖批判了沈璟的声律论和沈璟改动了汤显祖的《牡丹亭》，从而引起了两派的论争。更多的学者则主张"一点"说，即论争是由《牡丹亭》所引起。如吴国钦《中国戏曲史漫话》就曾明言"问题是围绕着的改编而来的"。复旦大学中文系编《中国文学批评史》，陈万鼐《元明清剧曲史》也持这种观点。

在这场论争中谁是进攻者，谁是反攻者，学术界看法不一。"两点"论者多主张汤是进攻者，"一点"论者多主张沈是进攻者。

与此同时，学术界又几乎同时出现了两篇唱反调的文章，否认汤沈之间存在着"斗争"。如周育德〈也谈戏曲史上的"汤沈之争"〉(《学术研究》1981.3)认为，汤沈二人"素未谋面，无直接的书柬往还，没有理论上的互相辩难"；而且汤"并不反对"吴江曲家对音律的研究，沈改编《牡丹亭》也正说明对汤剧的喜爱。叶长海〈沈璟曲学辩争录〉(《文学遗产》1981.3)认为，从历来作为论争主要依据的汤氏四封信札的分析入手，阐述了相似的观点："两封与沈璟毫无牵连，一封似赞同沈璟"，唯一似批评沈的那封又"疏误特多，只是一时过激之言"，不能以这样一封信就断定汤沈之间"有过一场什么斗争"。"否认"说的提出，既有对历史事件的重新体认，也有对原始材料的不同理解。

关于汤沈的分歧。有两种不同的路子。一是结合各人的戏曲创作，从思想倾向和艺术理论两个方面论述汤沈之间的创作和理论分歧，出发点在扬汤抑沈。如赵景深〈临川派与吴江派戏曲理论的斗争〉(《曲论初探》，上海文艺出版社，1980)指出汤沈"争论"表现在三方面:在语言上汤的作品“富于文采”,沈则主张本色;在声律上汤主张以内容、风格和精神“为主”,音节应该“自然”,沈则主张“按照刻板的曲律”来写戏曲唱词;在对“封建道德”的态度上,沈作是“宣扬”,汤作是“叛逆”。邵曾祺认为汤沈的对立“在剧本创作上”表现为汤作是代表“新兴力量对旧思想旧制度的冲击”,沈作则明显提出“对封建道德的维护”;“在文艺理论上”,汤氏便有“反对摹古、反对格律”的主张,沈氏“保守和复古”的曲论则是当时“旧思想”的反映。

另一种研究的路子是只就两人的戏曲理论来论述汤沈之间的曲学分歧,出发点是各有抑扬甚至是扬沈抑汤。如叶长海指出,汤沈对戏曲创作的认识“侧重点不同”:第一,沈重“声律”,汤尚“文采”;第二,沈尊“条法”,汤擅“才情”。俞为民认为汤氏是对沈“严守曲律”和“崇尚本色”的主张有意见,因为这对汤来说是“切中要害的”,这样必然引起“汤的不满”。有的学者干脆将汤沈的曲学分歧归纳为一点,即曲意与曲律的矛盾。

谢柏梁〈沈汤之争的历史渊源及其流变发展〉(《广东社会科学》1990.1)则认为沈璟的曲论是建立在曲学品位之上的,但汤显祖的曲论更多的是建立在文学品位之上,曲学品位以音韵学和音乐性为重,文学品位是以文学性和情感性为重。因此,汤与沈在戏曲的内容与形式上自然就产生了分歧。

关于论争的评价。对这场论争的评价,集中表现为对汤沈二人功过得失的褒贬。一派学者以文律双美为理论准则,据以衡量汤、沈的曲学作用。如吴新雷认为汤沈在纠正创作弊病中“都有贡献”,汤是“从创作思想上”反对了剧坛上封建迂腐的道学气和头巾气，沈则是“从音律和用词”方面反对了脱离舞台实际和堆砌典故的颓风。余秋雨《戏剧理论史稿》从两个层次上考察了汤沈曲论的价值和作用：就理论范围来看，沈璟由于对戏剧概念把握上的“宽度不够”而“逊色”于汤显祖，如在表演艺术领域里汤论述了全盘演出，沈琢磨的主要是演唱。就理论作用来说，他们的对峙“既有是非曲直之分，也有明显的专业倾向”，而两者是可以“互相补充溶合”的。余的结论是，汤沈“确实”曾经从不同角度推动了传奇艺术的发展，而不是简单地表现为“推动力和反动力”的对抗消长。

另一派学者以文重于律为理论准则，据以估价汤沈的曲学优劣。如邵曾祺对汤和沈的总评是：前者曲论“优点是主要的，缺点是次要的”，后者曲论“内容基本错误但又包括一些正确部分”。黄天骥认为汤是戏曲的“促进派”，沈是貌似革新的“促退派”。成复旺的观点是：就“整体”地位来论，汤氏曲论具有“鲜明的反封建性质”，是文学解放思潮的一部分；沈璟曲论则是既无反封建性质、又不属解放思潮的“一般曲学研究”。这派意见，虽然在理论分寸上存在着明显差别，但有两点是共同的：一是扬汤抑沈，二是反对“双美”说。成复旺认为“双美”之言只属理想境界，实际创作中往往是“各有所伤”，然而“越典律”者与“乏曲髓”者“伤之轻重”是大有区别的，以“合之双美，离则两伤”为由对汤沈“各打五十大板”，则是抹杀原则差别的折中之论，也是“貌似公正而实际偏向沈璟”的欺人之谈。

第八编　清代近代文学研究

第一章　清代小说研究

第一节　蒲松龄及《聊斋志异》研究

一、关于蒲松龄生平及思想的研究

1.生平研究

蒲松龄(1640—1715)字留仙,一字剑臣,号柳泉,山东淄川人。关于蒲松龄的生平事迹资料,比较而言,比曹雪芹、罗贯中,施耐庵等作家的要丰富得多,但至今没有能集中精力深入细致地系统探究。可喜的是,袁世硕、马瑞芳、孙一珍等已扎实地做了这方面工作。如袁世硕就蒲氏的交往方面撰写了系列考察文章,基本上搞清楚蒲氏生平交游事迹。马瑞芳《蒲松龄评传》已问世,材料翔实,颇有真知灼见。对蒲松龄父辈和他自己的各种经历,已逐渐形成定论,诸多文学史叙述翔实,此处不再赘述。

2.创作思想与创作动机研究

关于蒲松龄的思想及创作动机、创作心理研究,学人颇多关注,主要论题集中在以下方面。

(1)关于蒲松龄的民族归属及民族意识的研究。关于蒲松龄的民族归属，除汉族说外还提出蒙古、回、女真族之说，《人民日报》特约评论员文章也称蒲松龄为少数民族作家。两次蒲松龄学术讨论会中蒲氏后人中都力排少数民族作家之说，大多数研究者也都认为蒲松龄远祖的民族问题是不很重要的，对蒲松龄研究关系不大，在缺乏可靠资料的情况下，不必贸然定他为少数民族。如蒲泽多次撰文力主此说。对蒲松龄有无民族意识的问题，意见对立。董文成〈从对农民起义的态度看蒲松龄的民族意识〉(《社会科学辑刊》1983.3)认为，蒲氏欢迎明朝降清将领的叛清起义，对带有反清色彩的农民起义持同情态度，对符合朱明正统思想的农民起义是赞颂的，对曾经反抗明朝统治的农民起义是否定的，从而肯定蒲氏具有民族意识。而同期诚夫〈关于蒲松龄民族思想的分析〉则例举出《蒲松龄文集》中的文字，证明他不反满不反清，相反，对清王朝是持“补天”态度的。两种意见均有不少支持者。在第一、二届学术讨论会上都展开辩论。现有人提出：蒲氏虽有民族思想，但更具体恤民众的情怀。当涉及清兵入主中原，人民遭殃问题时，民族思想便显露出来；当清统治者的措施对于安定民生有利时，民族思想便无表露。他与当时流行的狭隘的汉族主义和复明思想是不一样的，他以民众的利益为重。

(2)关于蒲松龄创作思想多维研究。于天池〈《聊斋》所反映的商人生活及蒲松龄的商人意识〉(《文学遗产》1983.3)分析了蒲松龄的经济思想，认为虽谈不上先进、深刻，但还代表了中小地主阶级及其知识分子的利益，也反映中小商人特别是小商贩们的某些要求。李茂肃分析出蒲松龄执著于现实，赞美人生，吸引花妖鬼狐闯入人世、为人服务，这体现了积极入世的思想，闪烁着一种关心现实、改造现实的强大精神力量(〈从《聊斋志异》看蒲松龄积极入世的思想〉，《光明日报》1983.7.5)。对蒲氏对待科举制度的态度，有文分析其功名观有一个发展变化的过程：前期作品对科举是肯定的，中期有不满，后期则是怀疑和否定(徐定宝：〈《聊斋》没有否定过科举制度吗?〉，《宁波师范专科学校学报》1983.2)。

王枝忠从《聊斋》所表现的作者强烈的入仕欲望与干预政治的热情，以及对婚姻、经商等问题的矛盾态度分析了传统文化心理在蒲松龄与那个时代的知识分子身上的强烈投影。张崇琛结合明清易代之际的政治现实和在汉族知识阶层中普遍存在的民族思想问题，通过对蒲松龄画像题志的入阐微发，揭示了作者晚年复杂的思想、心态。李茂肃集中分析了蒲松龄"慰藉劳人"的思想，认为重视劳动者群体，在一定程度上为下层劳动者说话，为他们做一些有益的事，这是蒲松龄的政治思想，也是其创作思想的重要组成部分。孙树木分析了《聊斋》中反映出来的作者的义利观，着重总结了《聊斋》中"义"的本质、具体内涵和基本特点。①

谭兴戎〈蒲松龄的政治思想〉(《河南师范大学学报》1992.3)认为反映蒲松龄政治思想的既有其文学作品(《聊斋》)，又有其非文学作品。蒲松龄既把"仁政"的希望寄托在一个想象的英明的君主身上，又对官、王、天子以及黑暗政治、贪官污吏加以揭露。这种不同的表现形式，反映了其政治思想的和谐而非矛盾。他一方面"一以贯之"地表现出来的儒家仁政思想，认为现存的社会制度是天经

① 引自一艮：〈首届国际聊斋学讨论会综述〉，《文史哲》1992.1。

地义的，是最合理的；另一方面又要求统治者缓和阶级矛盾，严厉抨击贪官污吏、土豪劣绅，关注民生疾苦。这两方面本质上是一致的，有机地统一成蒲松龄的政治思想。

郭英德〈蒲松龄文化心态发微〉(《文史哲》1990.2)详细地剖析了蒲松龄的文化心态。认为蒲松龄复杂矛盾的心态在中国古代既是一种文化现象，又有其心理原因，所以称为文化心态。主要表现在以下三方面：①对科举制度既欣羡，又怨恨。为了使个体价值得到社会的公认，他不得不奔竞于科场，但久困场屋的愤懑，又激发他对科举制度进行批判；②《聊斋》对男女爱情的描写，并非反映蒲松龄的爱情婚姻观，而是寄托了他寻求红颜知己的理想；③深切的现实感受，一方面固然把蒲松龄引向宗教，但同时也激发了他对宗教信仰的怀疑。

于天池〈论蒲松龄的审美理想〉认为："蒲松龄的审美理想就是纯朴天真的人性，就是真。""蒲松龄把真当作审美理想，不仅在政治思想领域内有反封建意义，在美学思想领域中也具有战斗意义"。一是"具有反对复古主义意义"；二是用来"高度评价这些通俗的市民文艺，把它们同传统的经典作品等列齐观。他们所依据的理论就是通俗文艺抒写了真情，而真情又是文艺作品的最高标准"。同时也指出了这种审美理想的局限性和消极影响。其他如对蒲松龄的妇女观、伦理道德观等方面也做了深入探讨，何满子、张小忠、蔡国梁、张学忠等人撰文详论。

(3)关于蒲松龄的创作心理与动机。王枝忠〈《聊斋》写作动机试探〉(《东岳论丛》1989.4)认为蒲松龄创作《聊斋》不存在一个固定不变、一以贯之的创作动机。前期(青年)主要是出于游戏和好奇的目的而谈狐说鬼；进入中年，在主要的创作阶段，则是为“寄托”自己的“孤愤”而志异，乃发愤著书的产物，同时也继续受以文为戏的影响，此外还有不少时候出于惩劝教化的目的而写作；愈到晚期，这后一种创作动机愈益起作用。在上述三种创作动机中，发愤著书的影响最大，时间也最长。

朱永坚〈《聊斋志异》创作动机一面观〉(《湖南教育学院学报》1990.1)从心理角度阐述了蒲松龄创作《聊斋志异》的成因和动机。该文认为，从心理上看，作者的性意识受到压抑是他创作《聊斋》的一个重要动机。正因为性意识受到压抑，作者才希望通过与性有关的异闻趣事转移内心体验的重心而摆脱性意识被压抑的强烈痛苦，升华性意识的冲击，才有大量关于“性”的故事的不断完成；也正因为性意识受到压抑，作者才会对爱情、婚姻等以性为核心的内容尤感兴趣，苦心经营而且写起来妙思纷陈、佳构泉涌，使得反映男女爱情生活的创作成为全书思想艺术的峰巅之作。所以，我们基本上可以认定：性意识是蒲松龄创作《聊斋》的极其重要的内驱力之一。对此，我们可以通过对蒲松龄的身世、经历、遭际、其他创作以及《聊斋》本身的创作研究来证实之：①从蒲松龄的身世经历看他的性压抑的积累。蒲松龄仅有一妻却因生活所迫与他长期分居。这样，性欲直接宣泄的渠道受阻，使蒲松龄只能把眼光转向文学创作，让性意识升华于文学创作之中，用作品来曲折表现自己的这种遭遇与心理；②从蒲松龄的其他创作看他对性压抑的宣泄途径的寻找。我们发现蒲松龄在创作《聊斋》以前或者同时，还有诗、词、曲、文等的大量创作，在这些创作里，作者在探求着一种能既婉曲又有效的宣泄性压抑的最佳途径，并在多次探索中最终确定了

《聊斋》这种小说形式，终于找到了升华性压抑的一种有效途径，这便促成了《聊斋》的创作；③从蒲松龄的《聊斋》看他的性压抑的宣泄和升华。性压抑和性刺激的大量积累，加上作者思想上本身具有一定的反封建礼教、反虚伪的性禁忌等民主和进步意识，引导了作者大胆的多方面的猎奇，广泛地搜集各种有关“性”的异闻趣事。很能说明问题的是：《聊斋》中反映与涉及“性”的故事182篇，占全部491篇的37.1％。当然，作者更多的是反映青年男女间大量的正常性爱，并借霍生之口疾呼：“儿女之情，人所不免。”可见，在反映“性”时，蒲松龄是十分大胆和放肆的。

董国炎〈论蒲松龄的情爱心理〉（《文学遗产》1988.3）也详细剖析了蒲松龄由《聊斋》而反映出的情爱心理。文章首先辨析了其个人和社会文化两重情爱意象，指出蒲氏情爱心理中，社会文化情爱意象并不执著，他主要关注着个人。《聊斋》的情爱旗帜是五色斑驳的，男子中心主义是上面最浓重的色彩。文章再由此而对其情爱心理进行了探源。认为蒲氏情爱心理虽然独特，但可纳入晚明清初时代性文化心理轨迹。他的这一心理，除了千百年男权社会形成的男子中心、男子享乐意识外，还深藏着原始女神崇拜和图腾崇拜影响。这一心理中的闪光思想往往与儒道释三教中腐朽落后意识和远古历史积淀相掺杂，并与性内驱力相融合。就蒲氏个人来讲，他的个人生活是落寞不幸的，这位身材壮伟的教书先生，心中是何滋味？长夜漫漫，灯错衾冷，功名事业的激愤不平，人生遭际的追忆感喟，本能的饥渴想望，交识心头，展纸援笔，一齐倾泻，风雨交加，鱼龙俱下，给后代留下了一座迷宫。董文文笔优美、论述深刻。李忠明〈从《聊斋志异》看蒲松龄的内心世界〉（《南京师范大学学报》1995.1)也同样分析了小说中的消极因素，该文考据了蒲松龄个人的生活经历，论述《聊斋志异》中某些狭隘意识，认为小说"并不彻底批判科举制度，只批判科举中的弊端，尤其是乡试一层，这与蒲松龄屡败于乡试的经历有关。书中又多记悍妇驯化及兄弟情义故事，这也正与作者内室不淑及兄弟失和的经历相应合"。

二、关于《聊斋志异》思想内容的研究

过去，人们常以三类来概括作品的思想内容：描写婚姻恋爱、抨击科举腐败、揭露封建社会黑暗，即所谓"三大块"。在新时期，研究者普遍提出要打破"三大块"的界限格局，做更深入系统的研究。目前渐趋于综合研究，由过去主要采用社会学批评模式过渡到综合运用美学、文化学、心理学、文本学、原型学等相关学科进行分析探索，这也符合整个古典文学研究的趋势。如在第二届蒲松龄学术研讨会上有人提交论文并发言谈到：多年来《聊斋》研究中人们注意作品对贪官污吏的批判，对皇帝的微词，并把它渲染成"反封建精神"。其实这夸大抬高了蒲松龄，他只在客观上揭露封建统治上的阴暗面，就作者的主观意图和作品思想高度而言，只是从"君君臣臣"的观念出发。作者思想中确有反封建因素，那就是在爱情婚姻方面，他有情人的本性(如他作品中言"情中痴客")使他本能地站在有情人立场上赞美爱情，反对摧残爱情的礼教，与作者以孔孟之道为主导思想的思想意识，形成了极不和谐的音调。而其他一些颇有新见的文章也发表了作者各自的看法：阎勤民〈《聊斋》探秘〉(《晋阳学刊》1985.3)对此书性质、写作原则和特殊

体制发表了自己的看法，指出其性质是一部异化野史，写作原则是梦幻主义，其体制文史哲一体，这使它不同于其他各种小说。这样就使《聊斋》的确有标新立异之感。王枝忠〈试论《聊斋》成功的历史条件〉、刘维俊〈论《聊斋》的思想性和艺术性〉等文也从不同角度对作品思想内容进行挖掘。马瑞芳〈一生遭尽揶揄笑　撰订奇书万古传〉(《社会科学辑刊》1985.1)把作者经历和作品的思想综合起来分析，指出此书是发愤、孤愤之作，深深寄托着作者的理想和愿望，是作者从逆境中进行顽强追求的结果。作者坚持从民间传说、野史佚闻和当时的日常生活、重大事件中取材进行创作，以自己全部心血熔铸了一个崭新的艺术世界。任孚先〈《聊斋》“异史氏曰”的思想和艺术〉全面地论述了书中作者的议论，指出“异史氏曰”继承了中国古代散文的现实主义传统，加之作者经历了人生坷坎后对社会的认识极其深刻，因而它具有很高的思想价值和艺术价值，不仅与正篇共同组成了结构完整而别致的艺术品，而且独立成章也是千古奇文，并认为它开中国现代杂文之先河。

安国梁〈《聊斋志异》婚恋问题新探〉(《文学评论》1992.3)从文化人类学和社会学的角度，指出《聊斋志异》中同时存在着远古婚姻文化的残留物、时代的婚恋习俗和追求新的婚姻态度这三种婚恋形态，它们统一于以繁衍种族为目的的婚姻神圣观念和以缘分为核心的婚姻前定观念，构成蒲松龄复杂的婚恋心态。黄德烈〈《聊斋志异》的女性意识〉(《牡丹江师院学报》1995.1)强调小说中开创性的女性意识，“尽管蒲松龄不曾在其作品系统地发挥进步思想，在社会本质、宗法文化和妇女问题诸方面缺乏更深刻的认识，但他试图通过歌颂妇女在社会生活中的闪光点，并把它凸现出来，以使它不至于淹没在鬼狐神怪故事之中,自是用心良苦”。林植峰〈《聊斋志异》中畸形人物的美学意蕴〉(《衡阳师范专科学校学报》1994.3)通过对小说中独特内容的挖掘,打破习惯的审美观念,揭示出《聊斋志异》“以畸形的丑反衬出心灵的美,达到艺术美的高度”。

李淑琴〈从《聊斋志异》中的人妖世界看蒲松龄的精神自慰〉(《西北大学学报》1997.2)认为命运多舛的蒲松龄之所以以毕生的精力不懈地营造着一个人妖混杂的虚幻世界,是因为他能从其中的人妖遭遇故事中得到一种精神的满足和心灵的抚慰。首先,人妖的风流艳事填补了作者常年离妻别子、孤独凄清的情感生活的空白。其次,狐鬼的帮助使他对功名富贵、羽化成仙的欲求得到了满足。因此,人妖故事是蒲松龄自我宽解自我慰藉的重要载体。

叶舒宪〈穷而后幻:《聊斋》神话解读〉(《人文杂志》1993.4)则以原型批评模式解读了《聊斋》。该文在探讨了狐、鬼与性的原型性联系的发生和演变情况之后指出:蒲松龄的独创性并不在于写了狐鬼化美女的题材,而在于如何在表现这一传统题材时推陈出新,打破千年流行的“铁案”,为美女狐鬼们彻底翻案。在蒲氏笔下,人与异类相爱的故事被表现为以性爱始,以情爱终的格局,其中深蕴着作者在世俗礼法之外自己构建的性爱道德标准。传统观念中作为男人克星的狐妖鬼女们在蒲氏笔下反而成了男人的救星,成了无数穷困无望的书生们的保护女神,也充当了作者构拟理想中的性爱乌托邦的媒介和化身。但他终究未能超脱男性本性的文化怪圈。《聊斋》中反封建的和“民主”的因素,终因做梦者的性别偏见而自我解构,消失殆尽了。文章认为幻想与现实的象征投射机制，“能使蒲公之‘寒心’得到温暖的不只是物质欲望的满足，更主要在于精神上的自我确证和自我实现。这便是〈聊斋〉寄托的实质所在。”

欧阳健〈全面把握《聊斋志异》的真义〉（《蒲松龄研究》1998.1）认为应该改变对神怪所作的简单化理解，不能只将神怪看做表现社会生活内涵的外壳和形式，而应该将神怪本身看做内容，看做一种生动而真实的客观实在，一种真正重要的内核、带有本质性的内核。《聊斋》是真正继承了中国传统文化重视天人关系传统的杰作。它的真义在于，它不期待人类去主宰大自然，而是期待着人类与自然界的万物相互间的平等对话，它以独有灵气，显示了自己是与大自然息息相关的文学作品，并在描绘人与自然的融合之美上，取得了辉煌的成就。

关于《聊斋》中的农民问题，史伟泽〈体察·赞颂·同情——《聊斋》反映的农民问题〉（《哈尔滨师范专科学校学报》1997.3）认为蒲氏不仅接近农民，而且了解农民、同情农民，在许多方面同农民的感情声气相通，对农民日常生活的人情事理感受也较深。所以他描写农民形象的作品在某些方面接触到了农村社会的本质，也接触到了中国农民问题的某些本质。《聊斋》对农民生活真实而广泛的表现主要有：①反映了农民的人格和才能；②反映了农民的反抗与复仇；③反映了农民的可爱与自尊；④反映了农民的凄凉和痛苦。杨棣更进一层从蒲松龄的农民文化心理探讨了《聊斋志异》在民间广泛流传的独特的文化现象。他在〈《聊斋志异》与蒲松龄的农民文化心理〉（《文史哲》1999.5）中认为：对于蒲松龄创作《聊》，绝不能忽视其所终生置身其间的农村社会文化环境的强化和支撑作用，尤其是农民文化心理对其创作心态和文化视点的浸润与影响。第一个层面是《聊》趋向民间的取材方式。蒲松龄稔熟农村文化特点，明了自己写“鬼狐史”最丰富的题材库是现时的乡野民间而不只在前人的书本里。因此，除了袭用翻新前人题材外，他采取种种方式，博取民间志怪传闻。其中蒲氏之友“年画张”利用走南跑北的“商务”之便，代其“搜奇抉怪”的传说，已由资料证实。而被多数研究者所认同并经常引用的取材佳话则是，蒲氏于道旁设烟置茗，“见行道者过，强执与语，搜奇说异，随人所知。渴则饮以茗，或奉以烟，必令畅谈而已”。这种乡土化的聊天取材方式并不是所有的文言小说作者都能做得到的。因为，这首先需要有一种等而下之的文化取向。蒲松龄“雅爱搜神”、“喜人谈鬼”的艺术情趣与这种长期包围着他的乡村文化氛围是具有土之于根的深层联系的，而其自觉的取材趋向及素材来源则在某种程度上已先于《聊》故事的创作成型给了它一种贴近农民文化心理的规定性。第二个层面是《聊》定位于下层生活空间的题材内容。由于经济等因素的制约，蒲松龄缺少封建文人惯有的某些生活体验，如：四处漫游，徜徉山水；浪漫风流，抛情青楼；呼朋唤友，聚宴欢饮等等。当然，这在其心底未尝不隐有某种遗憾（某些作品中有所反映），但也正是窘困的乡村生活培养了作者一颗平常心，使他乐于把创作视野基本定位于下层生活空间。这主要表现在以下两方面。首先，《聊》在古代文言小说中第一次较多且直接反映了农村生活并塑造农民形象。这类作品约有30余篇；其次，《聊》在古代文言小说中第一次较集中而全面地反映了世俗色彩浓重的家庭伦理问题。与其他作家相比，蒲松龄的关注不仅带有“家长里短”的味道，而且执著得近乎不厌其烦，他的作品中，鲜有不涉及家庭伦理话题的。这些与儒家伦理所倡虽无二致，却不是一个儒生对理念教条的迂腐维护，它主要源自于下层生活实际感受所激起的一种扬善弃恶的责任感。唐小说家较少关注这类世俗生活题材，正与他们生活情调中排斥“柴米油盐”之类的俗事有关。第三个层面是《聊》渗透着农民文化心理的特殊文化视角，这也是《聊》能被农民所接受的最重要的因素。首先，对文化理想生活模式构筑中的双重视角。其次，对理想女性形象塑造中的双重视角。再次，刺贪刺虐的双重视角。

关于《聊斋志异》中的儒道释内涵，有不少文章作了深刻论述。安国梁〈论《聊斋志异》的“仁”〉(《河南大学学报》1993.2)认为“仁”是《聊斋》的灵魂和核心。蒲松龄以儒家仁学为依傍，对人的本质、人的尊严、人的命运、人与等级秩序、人道与暴力等重大问题，作了直观的描写和艺术的思考：①蒲松龄将人品分为三个序列：神人、正人和兽人。文章通过将《聊斋》与弗洛伊德理论的比较，指出蒲松龄的人品三序列具有一种道德绝对化倾向。道德决定一切，道德成为人生价值的源泉，他把神人看做是人的最高价值的体现，处于这一序列底部的兽人看做是人的价值的毁灭，从而为正人指出了人生的价值取向，激励他们自尊自强，成为名实相副的真正的人。这样，蒲氏的人品序列就成了人们摆脱兽性、永远向上的精神力量；②蒲氏由承认天命、怀疑天命而最终把立足点移到人自身，完成了他对人的自我选择与命运关系的探索；③仁爱精神和维护等级秩序互为表里，成为蒲氏仁学的显著特点，并将其分为“名分说”和“鞭策仁爱论”，而两者的核心是将社会关系变为道德关系，把社会矛盾变成道德的对立。

张光兴着力探讨了《聊斋》中的“孝”文化。他在〈蒲松龄与中国的“孝”文化传统〉(《蒲松龄研究》1997.1)中总结了《聊斋》丰富多彩的孝悌内容:①舍身为孝;②舍生求孝;③自虐为孝;④自贬求孝;⑤卖身求孝;⑥舍爱求孝;⑦弃官求孝;⑧舍利求孝;⑨舍功名求孝;⑩生死为悌;⑪舍生为悌;⑫延嗣为悌。对于作品为何涉及如此多孝悌,该文认为理由有三:①孝文化传统对蒲氏有着深刻影响;②这些孝悌文章是清初社会大背景的曲折体现;③这些孝悌文章比较真实地反映了当时农村的现实生活和人际关系。总之这些孝悌文章体现了作者以孝为本的道德原则和把孝与不孝作为惩恶扬善的是非标准。但由此也反映了蒲氏的矛盾心情和其局限性。

关于《聊斋》中的佛教内容,田汉云〈《聊斋》与佛教〉(《扬州师范学院学报》1992.2)认为蒲松龄的佛学思想主要来自小乘派和禅宗,以佛性论和缘起论为核心内容。佛教理论的渗透使《聊斋》许多篇什显露出宗教异端思想的战斗锋芒,也构成部分作品的思想糟粕。佛教哲学的朴素辩证法和“六道”并存的幻想模式,也给予了蒲松龄艺术上重要的启示。许劲松〈《聊斋志异》中因果报应思想论析〉(《江淮论坛》1994.6)分析了小说中的消极内容,指出因果报应思想贯穿全书,而不是像某些研究者所忽视的“瑜中微瑕”,作者认为,“蒲松龄趋向或者说相信因果报应思想,有多方面的原因,但推其本源,当然首先是佛教思想的影响”。

关于《聊斋志异》宗教问题的剖析,刘敬忻〈《聊斋志异》宗教现象读解〉(《文学评论》1997.5)是一篇力作。文章讨论了《聊斋志异》宗教现象的芜杂丛现及其文化渊源,归纳出其两大模式:佛教意绪与多神崇拜相混融的果报模式，和道教意绪与多神崇拜相混融的遇仙模式及其潜在的人文意义。文章认为《聊斋》宗教篇目的兴奋点主要是受作家生活阅历与思维惯性所支配的，而作家的思维惯性却又在一定程度上反映与印证了一种历史文化现象，那就是宗教伦理（主要是佛教伦理）对儒家伦理体系的积极响应与深刻影响。因而《聊斋》中儒教批判与思想建设的"兴奋点"落在了具体的人的修身治心、道德规范的自律与完善之上。

此外，赵英兰〈试论《聊斋》的经济思想〉（《蒲松龄研究》1998.2）还从经济伦理观、生产经营观、商业经营观和消费观等四个方面阐述了《聊斋》的经济思想，视角独特，发人所未发。

三、关于《聊斋志异》艺术成就的研究

自问世以来，《聊斋志异》就广为流传受到民众普遍的喜爱。近20年，《聊斋》的各种印本、选本、注本、译本在国内迭出不穷，并被译成20多种文字传播到世界各地。其影响不仅超越了作者生活的时代，也超越了国界和文化传统的界限。因此，探究《聊斋》的文学成就和美学价值，成了学界关注的热点。

1. 关于创作方法和特色研究

《聊斋志异》的现实主义与浪漫主义相结合的创作方法。不少研究者注意到了这部古典短篇小说集的独到之处，动人魅力。如刘烈茂认为《聊斋》动人的魅力主要来自于作者蒲松龄的奇想，我们应当在强调其现实性的同时，更多注意它的幻想性。蒲氏既写人更写鬼狐，其用意就是借写鬼的方便，表达写人难以表达的思想。他以名篇《促织》为例进行分析，写皇帝一人尚促织之戏，就搞

得成名家破人亡，这具有现实暴露意义，但这并非是故事重点。成名之子魂化异物，把故事引向朝廷这才是作者重笔涂抹之所在，说明朝廷欢乐建立在人民的生命之上，加深了读者的认识程度。作者就是通过写虚幻达到写现实无法达到的效果。至于蒲松龄采用的说鬼谈狐的形式，过去普遍认为是作者畏避文字狱而曲笔写现实，而现在学人则提出不同观点：王枝忠〈清初的文字狱和蒲松龄谈狐说鬼〉(《宁夏大学学报》1983.1)以涉及文字狱的〈于去恶〉、〈大力将军〉为例进行分析，认为蒲氏并不忌讳和畏避文字狱，他采用这种形式，主要受家乡时尚风气的影响。张稔穰也认为：作者是由其才情禀赋、审美意趣所决定的。蒲松龄生活在鬼狐传说大量流行的北方农村，又有"雅爱搜神，喜人谈鬼"的兴趣，决定了他采用谈狐说鬼的形式。

袁世硕则从"史"的角度审视了《聊斋》志怪艺术，认为《聊斋》从六朝志怪小说"明神道之不诬"的观念中解放出来，也摆脱了唐传奇"以幻设之奇自见"的偏执，自觉地运用想象和幻想进行文学性的虚构，谈鬼怪狐仙大都有寄托，借以表现作者的情志，在短篇小说形式上和艺术表现方面，也多有所突破(〈《聊斋志异》志怪艺术新质论略〉，《文史哲》1989.6)。马瑞芳〈《聊斋》对冥界题材和开拓〉(《文史哲》1990.6)也认为《聊斋》对冥界题材的开拓是以最不现实的形式做最现实的文章，具体表现在三个方面：一是用冥界题材反映清初的民族灾难和贰臣丑面；二是用冥界题材投射封建吏治；三是用冥界题材揭露科举取士制度的弊端。

关于《聊斋》的艺术特色，刘欣中〈略谈《聊斋志异》的讽刺艺术〉(《河北师范大学学报》1982.2)认为其讽刺艺术的特点有三个方面:一是他善于把高度的夸张与本质真实巧妙地结合起来,使作品具有很强的战斗性;二是他尽情地对讽刺对象嘲讪戏谑,给作品涂上了浓重的喜剧色彩;三是他善于抓住社会现象中的名实不符之处,塑造畸形之象,启发人们深刻思考当时一些重大的社会问题。而安国梁的〈论《聊斋志异》的变形艺术〉(《文艺理论研究》1992.4)则认为变形为《聊斋志异》的艺术创造、思想表达提供了无限的可能性;变形使人物超越了谨小慎微的庸人境地和循规蹈矩的常人世界,表现出大胆的自由;变形沟通了幻想世界和现实世界,使两者联成一体,扩大了人物活动的空间。

周先慎在《名作欣赏》1997年第4期撰文全面剖析了《聊斋》的艺术美。指出:①《聊斋志异》创造了一个色彩绚丽、美不胜收的艺术世界,其艺术美可从五个方面见出:兼采众体的形式美。《聊斋志异》虽然名为短篇小说集,实际上其中所收的作品非止一体,而是兼采众体之长,又加以融汇创造,是对中国传统的文言小说体式和散文体式的总结和发展;②异彩纷呈的奇幻美。《聊斋志异》想象之丰富、大胆、奇异,在古今中外的小说中,都是不多见的。人物形象多为花妖狐魅、神鬼仙人,其活动范围或为仙界,或为冥府,或为龙宫,或为梦境,神奇怪异,且他们往往行踪不定。同时,蒲松龄以虚写实,幻中见真,藉助奇幻的想象世界,表现他对现实人生的体验;③曲折奇峭的情节美。其情节艺术概括起来有三妙:出人意表之妙,层出不穷之妙,合情合理之妙;④诗情浓郁的意境美。作者不仅将他喜爱的花妖狐魅形象赋予诗的特质,而且往往通过环境气氛的渲染烘托来表现诗意美,同时以写意手法着意于描绘人物的风神,显得朦胧而空灵;⑤雅洁明畅的语言美。作者改造了书面文言，吸收了生活口语，使曲奥的文言趋于通俗活泼，通俗的口语趋于简约雅洁。且这两种语言在作者表现生活与刻画人物这一点上，和谐交融，成为有血有肉的活的语言。

朱飞〈《聊斋》创作风格的形成〉(《烟台师范学院学报》1993.4)则深入分析了蒲氏创作风格的成因。认为蒲松龄的创作风格，从本质上说，实乃肇端于他的创作情境与生活实际的不可更替的矛盾。这个领域，是因为这类异闻的幻境与他自身的幻想有某种形而上的贯通。他"闻则命笔，遂以成篇"，是因为这样做获得了比他在其他方面更大的自由，感触能够得以尽情的抒发。但他又不能忘情于世，"用传奇法，而以志怪"，狐鬼被赋予了更多的人情味儿和人间色彩。可人世的炎凉，常使他不堪于现实，于是愈要奋争，愈迫切地期待改变个人的处境。奋争再败，孤愤更加，本来的聊以遣兴，不期然而然地倾注了更多的心血，如此循环往复，便是蒲松龄艺术成就的原始积累，也便是其创作风格的生成情形。可以想见，蒲松龄于举业之暇的"雅爱搜神"、"闻则命笔"，最初就出于这种雅好和举业的"制艺"确实存在着技能上的相辅相成性，也即文言修养方式的同一性。但当蒲松龄涉足这一领域后，显然既点燃了他本人的创造性欲望之火，又契合了这一艺术创作的内存要求和形式规律及其创作者个人禀赋文化环境等多方面的扭结。单就语言形式而言，其与蒲松龄创作题材之间无疑就有着某种效果上的贯通。可以说，正因为他的作品是以文言写作的，所以才得以更久远的传播。而蒲松龄创作的典奥的语言形式，无论在文人圈内还是在百姓群里，都是一种对困难的成功的克服。普通百姓视其表现形式是高深的，而思想内容、人物事件则备感亲切；文人学士视其思想内容、人物事件是鲜活而有意味的，而表现形式则无不熨帖。二者对其价值都是肯定的，都是欣赏的。这样，原来是在一定范围里流传的故事，便被更大范围的人们所接受了，以至广泛传播开来。这不能不说是一种值得注意的现象。该文思路开阔，见解深刻。

2. 关于《聊斋》的美学研究

张稔穰、王中敏的〈《聊斋志异》美感探源〉（《山东大学学报》1992.2），从审美对象——对人性的发现、描述和讴歌，审美载体——花妖狐媚，以及审美的表现形式三方面，探讨了《聊斋志异》美感的源泉。认为：向往、描绘善美的心灵和人性是《聊斋》艺术美感产生的最重要的基础，而多以非现实的人物、情节作为其审美的载体，采用独具特色的文言形式，固定视角的限制叙事以及充溢在字里行间的浓郁诗情等都是《聊斋》艺术美感的重要根源。赵伯陶从读者反应批评的角度探讨了《聊斋》中的艺术"空白"问题，认为：《聊斋》为不同时代的读者提供了一个可以容纳多种情感的审美空间；它的诸多情愫符合人类的普遍经验，从而使读者在以想象填补其中的艺术"空白"时，心灵的契合达到极点，获得极大的审美愉悦，这使得读者在完成阅读过程的同时，重建了一个新的接受天地——可容纳人类无限丰富情感的艺术天地。黄伟〈浅谈《聊斋》讽刺艺术的美学风格〉（《长沙水电学院学报》1997.3）分析了《聊斋》讽刺艺术的独特美学风格。认为它把中国古优讲说滑稽故事，以及受古优影响而形成的讽刺喜剧、笑话和相声艺术的艺术手法掺和进小说，构成了《聊斋》异于其他讽刺小说的戏剧化特征。刘烈茂〈幻想世界的独特创造〉（《中山大学学报》1994.3）强调我国古代的文学创作与西方相比具有不同的特点和规律，批评近年来我国某些文学研究者喜欢用西方观念解释中国文学的倾向。作者认为“蒲松龄之所以热衷于谈狐说鬼并以此相伴终生，除了文学传统、审美情趣等原因，无非看中狐鬼善于变幻和不受拘束的特点，可以用来抒发自己的孤愤，寄托自己的幻想”。

陈炳熙〈论《聊斋》的人情味〉(《南开学报》1996.3)别开层面，阐释了《聊斋》中的人情美。认为《聊斋》之所以能卓然矗立，其原因之一就是看重写人并善于从写人中表现人情，并以高度圆熟的文学技巧表现人情味。其人情味来自悲天悯人的人道主义。也实乃天才作家得自对社会人生的微妙感受。唐富龄〈《聊斋志异》非感伤文学〉(《武汉大学学报》1993.1)则从宏观上审视了《聊斋》的美学问题。认为《聊斋》是否属于感伤文学，这是一个涉及对这部文言小说杰出整体评价的重要学术问题。该文从蒲松龄所处时代的社会思潮、政治经济背景以及家庭生活与其创作的关系深入探讨了这一问题。指出感伤偏重于惆怅、哀愁和无可奈何的悲叹，从整体上看《聊斋》有感伤成分，这种成分体现在某些具体作品中，有的显露于外，有的则蕴含在情节发展与人物性格的深层。但它的基本思想倾向、感情色彩与艺术风格绝不是感伤，而是深广的忧愤。忧愤在某种情况下可以通向感伤，但绝不等于感伤，它更多地包含着怨懑、愤怒、抗争和桀骜不驯等因素。

3. 关于《聊斋》的形象塑造研究

80 年代，研究者主要用归类方法进行研究，如商人形象、封建官僚形象、花妖狐魅形象等。这类研究中出现重大突破的是关于花妖狐魅形象的研究，人们普遍认为作者摆脱了历来志怪小说中固定了的怪异形象而上升为以变形方式反映现实生活和个人情态的新高度。篇中鬼狐形象已不是害人惑人的妖精，而是多被改造成为美丽善良富于人性的情侣或豪杰。

进入90年代，学界则多从文化学、心理学、美学、原型学等多维角度对《聊斋》人物形象塑造进行阐释。

唐富龄在〈文言小说人物性格刻画的历史进程〉(《武汉大学学报》1990.4)中认为:《聊斋志异》中形象塑造有四种类型:①聚光型，即在写及某一人物时，并不全面展开描写，而是像聚光灯那样，将光源集聚到人物性格因素的某一点上。通过这种集聚，使人物某一性格因素突然凸现出来，给人留下深刻印象;②散点型，即整个作品是以纵向的情节叙述为重心，但又注意在不同程度上于情节的发展的空疏处适当点染性格。从人物形象塑造的发展趋势看，它已由单点而扩展成为多点或线式的描写;③同步型，即纵向的情节描写与横向的性格刻画双头并重，同步发展。这种同步型的作品，更有利于人物形象塑造，同时又很注意情节的曲折腾挪，很适合于文言小说作者传统的审美观和读者的欣赏口味;④性格型，这类作品虽也重视情节的委婉曲折，但其纵向发展的节奏比较舒缓，而在舒缓的情节发展中所进行的性格描写则比较绵密，明显地呈现出以性格刻画为重心的结构格局。从上述四点，看出蒲松龄在进行性格刻画所作的多种探索，以及他在文言小说发展中所作出的重要贡献。

关于鬼魂形象的研究有两篇文章值得称道。一是阎勤民〈论《聊斋志异》鬼魂幻影的心理学价值〉(《学术论坛》1992.1)，一是石育良〈死亡与鬼魂形象的文化学阐释——《聊斋》散论〉(《中山大学学报》1995.2)。阎文以弗洛伊德的精神分析理论分析《聊斋》的梦幻并揭示出其心理学价值，探索了这些梦幻中鬼魂幻影的真实意蕴。认为这些鬼魂幻影大都产生于歇斯底里“妄想症”、“逆反症”和“文化传播症”。《聊斋》中的主人翁多是这类具有痴狂迷乱心态的变态者。大致可分三类:①情欲生幻和歇斯底里妄想症;《泥书生》、《鬼妻》、《土偶》三个都是“鬼魂缠身”，都是痴男怨女心灵愿望受到挫伤发生的变态而产生的幻觉;②悖德生幻和歇斯底里逆反症。《李司鉴》、《金生色》、《窦氏》这三个故事都是人受理性的鼓励作恶作孽，又受非理性的支配赎罪赎恶，这就是歇斯底里逆反症的内涵。逆反表现为毁灭自我，背弃理性;③激奋生幻和“文化传播症”。《冤狱》、《董公子》即是此类。明清之际官方大量立庙塑像以表彰关羽、周仓这类忠贞勇烈英雄人物，这种传播文化就成为一种心理材料，成为变态者迷狂后扮演的主要对象。文章指出神话、民谚是民族最深层面的心理基石。蒲松龄对这些民间神话和鬼怪故事的重要心理学上的价值有充分的认识和把握。这些神话、民谚和传闻反映了一个时代的文化模式、价值观、信仰、愿望、需要、道德、情操和人格特征。这些幻影揭示了人类心灵的奥秘，打开了人类精神深层活动探索的禁门，这是蒲松龄天才的贡献。石文从文化学角度阐释了鬼魂形象，认为《聊斋》描述的大量鬼魂形象作为特定的文化现象，是以形与神的二元结构生命观为基础的，人类对死亡既恐惧又希望死者继续活着的双重心理使一部分作品把死亡与鬼魂描写得阴森恐怖，又使部分作品把人物死后的生活描画得活灵活现。生与死在时间上的延续被转化为人间与冥间在空间上的旅行。因此，在许多重要作品中，死亡过程不再意味着生命的完结,而是一种象征:或者是摆脱现实羁绊、实现人生理想的必经之路,或者象征着人性的净化和升华,类似于某些民族风俗中的成年礼。一些鬼魂形象具有比现实中的人更高的生命价值。

对于《聊斋》中的畸形人物,林植峰〈《聊斋》中畸形人物的美学意蕴〉(《衡阳师专学报》1994.3)概括了其美学价值。认为作家按自己的审美尺度,对虽有畸形但奋发向上的人赞美有加;揭示抨击生活中的丑,同样是为了追求光明美好的世界。而描绘的畸形人物,尽管写的是丑,但同美有着密切的辩证关系。

马瑞芳〈论《聊斋》人物命名规律〉(《文史哲》1992.4)对《聊斋》中人物命名的艺术规律作了深入探索:指出了作者为不同类型人物命名所表现出来的理念性、感形性、调侃性特征;指出了某些篇章的人物命名对情节构成的重要作用乃至决定性作用,以及《聊斋》中最脍炙人口的女性形象的姓名、性格、命运同小说情节高度统一、浑然天成的整体性特色。

陈文新〈蒲松龄的自我确认与人生感慨——《论聊斋》的"狂生"形象〉(《明清小说研究》1995.4)从三个方面剖析了"狂生"形象:①"不羁"的狂生,具有勇于进取的豪情与"英雄"的积极奋发的人生态度;②"无禁忌"、"此种性情,俗子不晓"的狂生是以风流名士自居,亦符合蒲松龄自己的心态;③狂生若悲若凉的情怀而出之以慷慨的方式,是"佯狂",是怀才不遇的产物,相对于权贵,亦是具有一种精神上的优越感。

4.关于《聊斋》的情节、结构、意象、叙事手法、语言等方面的研究

张稔穰、李永昶《〈聊斋〉情节简论》一文认为:"《聊斋》鬼狐形

象的复合统一性决定了它的情节是真中有幻、幻中有真的，虚幻性情节的点化作用使这特点表现得更突出，情节发展的趋势与主题表现、人物塑造之间存在着特异关系是《聊斋》的虚幻性情节能够深刻反映现实的重要原因。这就是我们初步见到的《聊斋》情节的内部规律性”(《文学遗产》1982.1)。陈家宁〈虚幻成分在《聊斋》中的运用〉(《北京师范大学学报》1990.2)则分析了虚幻成分的运用及其意义。指出《聊斋》利用虚幻的故事情节解剖并嘲讽一般人的弱点并利用虚幻成分进行政治讽刺。刘烈茂〈幻象世界的独特创造——论《聊斋》的奇幻和构思〉(《中山大学学报》1994.3)也探讨了奇幻情节。认为《聊斋》创作的主要特点在奇幻二字，没有奇特的想象、奇特的幻想和奇特的情思就不会有《聊斋》。文章从研究狐鬼精魅群象的特质入手，探讨其独特的艺术构思和艺术表现方法。其奇幻构思主要有五种：一是为奇幻形象立传；二是化实为幻、化常为奇的构思；三是再现现实、翻空出奇的情节特点；四是富有特色的幻想细节；五是着力表现幻异人物的独特内心世界。由此文章认为《聊斋》很难简单地归入浪漫主义或现实主义。

杨义〈《聊斋志异》的叙事特征〉(《江淮论坛》1992.3)透过蒲松龄的人间处境和文化储备，重新审视了《聊斋志异》的叙事特征，深入分析了这部小说充满灵性的幻想和叙事方式。而安国梁〈论《聊斋志异》的“陌生化”技巧〉(《郑州大学学报》1995.1)则概括了《聊斋》“陌生化”技巧的十大表现，分析了小说中故事的铺叙过程，认为“陌生化”是蒲松龄的主要创作技巧，是故意增加作品的感知难度，是作家自觉的社会责任感同常人对现实执迷不悟的矛盾碰撞的创造性产物。安国梁的另一篇文章〈论《聊斋》“尧女于归型”叙事模式〉(《中州学刊》1992.2)着力分析了蒲松龄笔下的尧女于归型作品,认为这些"二女共事一夫"的故事,不仅是现实的反映,而且是一种历史文化的延伸,作为一种文化叙事模式,它所体现的文化心理是:通过对女性的训诲,保持一夫多妻家庭的和谐。这一文化叙事模式,由于它的古老性和传承不替的惰性,本身具有了一种神圣性和特殊魅力,很有一些动人的力量。陈炳熙〈论《聊斋志异》的故事性〉(《文艺理论研究》1999.3)认为遍观《聊斋》诸篇,总觉得作者心中先装着一个(或不止一个)性格鲜明的人物,才命笔写这小说,一切情节、故事,都是为表现或塑造人物性格而设置的。《聊斋》来源于故事,因而其先天就是具有故事的品格;但作者又按照小说的要求,以作者的心灵为主宰,用人物来统率故事,使这些故事比原来更加丰富,更加曲折,而且在增益细节、展开描写、安插对话、渲染氛围诸方面都具有了小说的风范并达到可以称为杰出的高度,因而它是具有小说优胜的故事或具有故事魅力的小说。

在为数众多的《聊斋》故事中,我们可以时时看到幻化成美女的鬼魅精怪。她们大多美丽善良,但又来去飘忽,往往在男主人公寂寞无聊或山穷水尽时悄然现身,对男主人公的成长及性格起着重要作用。杨瑞〈《聊斋志异》中的"阿尼玛"原型〉(《中国人民大学学报》1996.6)和〈《聊斋志异》中的母亲原型〉(《文史哲》1997.1)两篇文章,引入荣格原型批评理论中的集体无意识"阿尼玛"原型、母亲原型和再生主题等一系列观念,解读《聊斋志异》。文章特别注重主人公和狐精鬼神之间或和谐或紧张,纷纭复杂的互动关系,并将之与人的意识和无意间的碰撞交流变化的过程相比较,由此以新的视角,揭示出一些在《聊斋》中反复出现的母题、主题、意象体系、深层结构和特殊的语言现象，并对其中一些表面上看来似乎不合情理的情节、场景提供新的阐释，深化了对这种艺术现象的理解。

李伯齐从民族文化的角度，探讨了《聊斋》文言艺术的高度成就：蒲松龄通过直接引用、化意铸词、黏合化用、借形赋义等方式取资古文化典籍的语言，大大丰富了《聊斋》文言语汇的内涵；他又博采口语、化用方言，使文言这种书面语言形式更加贴近生活，新鲜活泼；他还广泛吸取了中国传统的散文语言艺术的精华，叙事简洁，意味隽永，从而形成了《聊斋》风格独具、极富表现力的语言特色。

四、关于《聊斋志异》的比较研究

不少学者注意了从史的角度、宏阔的文化背景以及在世界文学范围中比较分析《聊斋》的价值与地位。如王同书〈从《聊斋志异》与《阅微草堂笔记》的比较看文言笔记小说创新的得失〉(《复旦学报》1990.2)、钟明奇〈东海西海心理攸同——《聊斋》与《十日谈》爱情观之比较〉(《苏州大学学报》1991.3)、唐富龄〈文言小说高峰的回归及其成因〉(《武汉大学学报》1989.4)、谢倩〈集腋成裘　点石成金——从故事渊源看《聊斋》的继承与创新〉(《蒲松龄研究》1999.1)等多篇文章对《聊斋》进行了纵向和横向、宏观和微观的比较研究。而论述较深入、较全面的当推陈炳熙〈关于《聊斋志异》的批评、公论、价值与地位〉(《南开学报》1994.1)一文。文章由追溯我国文言短篇小说的历史出发，辨析了《聊斋志异》的价值与地位。指出：六朝志怪是我国文言小说的先声，然而又是极不成熟的雏形，它的价值与其说是鼻祖，毋宁说是桥梁，它是非小说文体向小说文体过渡的桥梁。唐代传奇才是文言小说的真正肇始，它与新的志怪并行(新的志怪较之六朝志怪已有了巨大发展)，无论在反映生活、思想意义和艺术手法等方面都达到空前的高度，而且此后数百年间未出现可以与之争辉的作品。宋代传奇是唐代传奇的继续，然而只有摹仿之效，而少开拓之功，徒以形似，神采逊之，故未有可与唐人之作相颉颃者。因而在文言小说发展史上不占重要的地位。明代直至清初，文言小说仍继唐宋传奇之余绪，虽试图开拓发挥，但思想艺术实难逾越唐宋的藩篱，专集如《剪灯新话》，选本如《虞初新志》(其中也包括部分并非小说的作品)，均未见异峰突起力夺前席的名篇出现。直至《聊斋志异》之出，才真正矗立起中国古代文言短篇小说的巨峰。它继承借鉴唐代传奇，但在总体上胜过之；正像《史记》继承借鉴先秦历史散文，但在总体上胜过之一样。《左传》、《战国策》中有足以与《史记》文章争辉的篇章，唐代传奇中有白行简、李公佐、薛渔思等杰出作家所写的足以与《聊斋志异》争辉的篇什，但《史记》和《聊斋志异》在艺术创新、技法圆熟与其所反映历史生活内容的深广诸方面大大超过了前者；至于它们在发展文学语言、表现感慨寄托、把史传及史传体文学推向顶峰方面所作出的贡献，更是前无古人，堪称绝唱，并具有榜样的力量。

第二节　吴敬梓及《儒林外史》研究

作为一部杰出的古代讽刺小说，《儒林外史》自问世以来，就被人们关注和评论。现存《儒林外史》的最早刻本卧闲草堂本卷首，就有闲斋老人的序，对这部小说的主旨提出了精辟见解。19世纪20年代，鲁迅对其思想和艺术作了精微深入的分析。1955年，北京举行吴敬梓先生逝世二百周年纪念会。茅盾、何其芳、冯至、吴组缃等著名学者和一批中青年研究者发表了有分量的论文，着力研究了这部名著。会后由作家出版社出版了《儒林外史研究论集》、吴组缃〈《儒林外史》的思想和艺术〉、何其芳〈吴敬梓的小说《儒林外史》〉、冯至〈论《儒林外史》〉、刘大杰〈《儒林外史》与讽刺文学〉、姚雪垠〈试论《儒林外史》的思想性〉、吴小如〈吴敬梓及其《儒林外史》〉等论文，分别从不同角度探讨了吴敬梓所接受的时代先进思潮的影响，有的论文则阐述了作为讽刺小说的艺术特色。总之，这次纪念会前后所发表的论文，可以说是《儒林外史》研究史上第一次用进步的政治观念和文艺思想，对这部小说做了全面、系统的研究。"文革"十年，研究陷于停顿。1981年以来，学术界开始重新重视研究这部名著，其研究队伍的不断壮大，研究论文论著数量的激增，研究广度的开拓和深度的挖掘，均达到了前所未有的程度并酝酿着新的突破。从而《儒林外史》研究成为古代小说研究界的重点和热点之一，引人注目，令人欣喜。

现就新时期以来《儒林外史》研究情况略作评述。

一、关于吴敬梓生平和思想的研究

关于吴敬梓的生平研究，南京师大陈美林用力甚勤，成果亦最丰。1977年，陈美林发现了康熙《全椒志》，此志颇多吴氏族人资料，为后来修志者所未曾见。陈氏又据前人未曾发现的资料，撰写并发表了〈吴敬梓身世三考〉、〈吴敬梓家世杂考〉、〈吴敬梓修先贤祠考〉、〈秦淮水亭考〉、〈魏晋六朝风尚和文学对吴敬梓的影响〉、〈吴敬梓和科学技术〉、〈陈毅《所知集》中所涉及的有关吴敬梓交游资料〉、〈康熙《全椒志》中有关吴敬梓先世资料〉等论文近 20 篇,披露了一些前人所未曾见及的资料。

在吴敬梓的生平事迹中,关于他的生父是谁的问题,历来是学术界长期争论的焦点之一。胡适在 20 年代所作的《吴敬梓年谱》中,认为吴敬梓的生父是吴霖起。此说一直延续了数十年。直到 1977 年,陈美林在《南京师范学院学报》第 3 期上发表了〈吴敬梓身世三考〉一文,才首次对吴敬梓的生父提出了异疑和辨正。他通过对有关吴敬梓的地方志、墓志铭和文集史料的深入挖掘与考证,明确指出:"吴敬梓的父亲是吴雯延,吴霖起不是他的生父,而只是他的嗣父。"这一观点,近年来得到了许多专家学者的首肯。如王俊年《吴敬梓和儒林外史》(上海古籍出版社,1980)就认为"可备一说"。孟醒仁、孟凡经在〈吴敬梓具有生父嗣父的新证〉(《安徽大学学报》1988.1)通过正反史料的详尽考察,也证明"吴敬梓确实具有两重身份:吴雯延是他的生父,吴霖起是他的嗣父"。应该说,这一成果是吴敬梓家世研究中最明显的突破性成果。当然,仍有部分学者对此持不同意见,如刘世德〈吴敬梓的父亲是谁〉(《中华文史论丛》1985.3)依然认定"吴敬梓的父亲只是吴霖起无疑"。

关于吴敬梓的世界观以及他思想的演变过程,历来意见纷纭,莫衷一是。近 20 年,随着对吴敬梓及其《儒林外史》研究的逐步深入,又陆续发现了不少珍贵的有关吴敬梓生平、家世及交游的新史料,发现了不少吴敬梓的佚文佚诗,从而推动与促进了对吴敬梓复杂的世界观的认识。概括起来,大致有以下几种看法:

1.认为吴敬梓的思想基本上是儒家正统思想。至于如何解释《儒林外史》所体现的进步意识,大家看法不尽一致。范宁认为,在作家的封建主义伦理思想中,同时出现了某些突破了封建道德规范的“裂缝”,其怀疑正统、肯定夫妇平等权利、厌恶奴性等倾向,正是从这种“裂缝”里流了出去(《〈儒林外史〉研究论文集》,安徽人民出版社,1982)。也有的学者认为儒家思想本来就存在着一些合理的成分,作品的进步倾向正是这些合理成分的反映;还有学者则认为,作家的儒家正统思想与作品的进步倾向不统一的现象,反映了“世界观与创作方法的矛盾”。

2.认为吴敬梓走着独特的叛逆道路。李汉秋〈吴敬梓与魏晋风度〉(《〈儒林外史〉研究论文集》)认为,吴敬梓的世界观是复杂的,他至少受到三种因素的影响:一是“正统儒家思想的熏陶”;二是“清初顾炎武、颜元等进步思潮的浸润”;三是“魏晋风度的影响”。

3.认为吴敬梓思想中富有近代色彩的民主意识。周中明从分析吴敬梓的思想转变入手,通过一系列的事实证明:1736年吴敬梓辞博学鸿词荐前后,是他“从热衷于科举功名到弃绝仕进”的一生的转折点。这个转折“标志着他的人生道路和政治态度的巨大转变。这为他40岁以后从事《儒林外史》的创作奠定了思想基础”。吴敬梓勇于“突破传统的儒家思想,积极追求民主主义的新思想,使自己的思想能够随着社会的实践而不断经历深刻的变化和巨大的发展”,终于成为一个“向丑恶现实挑战的战士”。这是吴敬梓“所以能够成为一个伟大的批判现实主义小说的具有决定性的重要条件”(〈应该全面地认识吴敬梓的思想转变〉,《安徽大学学报》1982.4)。傅继馥也认为,以吴敬梓为原型的杜少卿形象是中国古代文学中“与整个封建世俗社会不协调的第一个形象”。

此外,陈美林〈试论吴敬梓的家世对其创作的影响〉(《文学遗产》1985.3)指出,《儒林外史》的产生不是偶然的,而是有着特定的现实土壤和我国文学的讽刺传统,但这些因素又通过吴敬梓的独特生活实践才发生作用。无论从题材的选择、人物的塑造、情节的提炼等方面,吴敬梓都受到家族传统的影响,作品中颇有类似他先人的某些事迹。首先,小说题材反映科举制度下知识分子遭遇,与他先人以科举得官且任教职的经历有关;其次,作者常把家族中一些真事写入作品中;塑造形象时作者也常糅合进自身遭遇和亲人事迹,加以改造概括提炼,从而具有不同程度的典型意义。另外,从主旨、批判特色等方面,都留有家世先人影响。连所采用的讽刺形式,也颇有其家庭学养传统的影响。

关于吴敬梓生平及思想的研究,值得重视的还有两部著作。一是陈美林《吴敬梓评传》(南京大学出版社,1990),该书作为“中国思想家评传丛书”之一,以40万字的丰厚分量,对作者的时代、家世、生平、思想和创作作了全面深入的研究,堪称吴敬梓研究的新创获。该书精当详实,评传交辉,体现了作者多年的研究成果,标志着吴敬梓研究达到了一个新的高度。二是李汉秋点校整理了《吴敬梓吴烺诗文合集》(黄山书社,1993),这为研究者进一步研究吴敬梓家世、生平、思想提供了方便,应该视为推动吴敬梓与《儒林外史》研究的一项重要成果。同时,孟醒仁《吴敬梓年谱》(安徽人民出版社,1981),陈汝衡《吴敬梓传》(上海文艺出版社,1981),李忠明《吴敬梓在南京修先贤祠再考》(《明清小说研究》1994.2),张丽生〈樊征明与吴敬梓、袁枚交游考论〉(《镇江师范专科学校学报》1995.1),李文新、李政新〈关于吴敬梓家族纠纷的性质问题的辨析〉(《阜阳师范学院学报》1995.1)等论著都各有创获。

二、关于《儒林外史》的版本、作品原貌及题材来源研究

20年中,出版了不少《儒林外史》刻本、评本和点校本。其中比较重要的有两种:一是中国书店据鸿宝斋石印本影印了增补齐省堂《儒林外史》,这是60回本在建国后第一次重印。虽然其中四回是后人插入,但它的出版则弥补了建国以后只印行过55回、56回两种本子的缺憾。60回本的影印出版,将现今所知的几种不同回数的本子全部出齐,大大满足了研究者的需求。二是黄小田评本的湮而复出。《光明日报》于1985年7月2日发表麦若鹏《初揭闲斋老人之谜》,透露出安徽省博物馆藏有黄小田题记的群玉斋活字本的讯息,李汉秋循此线索,将它整理出来,于1986年10月由黄山书社出版。此书一出,200余年中出现的四个重要评本(即卧闲草堂评本、齐省堂评本、张文虎评本与黄小田评本)均已重新出版,这对于研究《儒林外史》的批评史来说,无疑是大有裨益的。

《儒林外史》的版本及作品原貌问题,引起了研究者很大的兴趣,进行了深入探究。由于《儒林外史》成书后没有及时刊刻。原书究竟是多少回,是后代一直没有弄清的问题。吴敬梓的朋友程晋芳在吴敬梓死后为之作传时说:《儒林外史》全书共"五十卷"(回)。但现存最早的刻本卧闲草堂本却有56回。晚清金和(1818—1885)为《儒林外史》作跋时,断言原书是55回,第56回系

后人"妄增"。建国后,作家出版社采取金和跋的说法,于1955年出版了55回整理本。这以后,55回的说法似乎成了定论,如张慧剑的校注本(人民文学出版社,1958)、南京师院中文系的整理本(人民文学出版社,1977),都是55回。近年的讨论中,又重新提出了50回、56回两说。陈新、杜维沫主56回说,认为金和的说法并不可靠:金和本人显然并未见过较早的金兆燕刻本,因而他并不知道原书的具体回数;据出版通则,出版商如对原书有增补,必在书名上加上"增订"、"增补"等字样以招徕读者,但现在所见到的各种56回本,都没有"增补"的字样;同时,从思想、风格上考察,第56回与全书也说不上有什么不同。由此可以肯定第56回并非伪作。就现有的材料轻易断定第56回系后人妄增,"是没有说服力的"(〈《儒林外史》第五十六回真伪辨〉,载《儒林外史研究论文集》)。章培恒则认为,程晋芳《文木先生传》及叶名沣《桥西杂记》关于《儒林外史》全书为"五十卷"的说法是可信的。他还根据作品第36回以后故事的时间推移出现混乱的情况,进一步推测今本《儒林外史》第36回的一半、第38回至第40回的前半部分、第42回至第44回的前半部分均系后人搀入,"必非敬梓原文"(〈《儒林外史》原书应为五十卷〉,《复旦学报》1982.4;〈《儒林外史》原貌初探〉《学术月刊》1982.7)。①

《儒林外史》里许多人物都有生活原型。因此,探讨《儒林外史》题材来源,一直是研究《儒林外史》创作特色的基础性工作。朱泽吉提交南京讨论会的论文〈吴敬梓的交游和《儒》的创作〉,对作

① 引自胡益民:〈近年《儒林外史》研究综述〉,《文史知识》1986.1。

品中人物形象与原型的关系作了深入的考查。吴敬梓把朋友间的生活素材加以提炼，对清王朝的政治，对当时封建帝王的统治权术进行了有力的讥弹。另外陈美林在其《吴敬梓研究》中提供了不少有关材料，非常详尽。这方面的文章还有房日晰〈《儒林外史》取材来源补笺〉(《明清小说研究》1993.1)、王欲祥〈《儒林外史》本事溯源拾遗〉(《明清小说研究》1994.2)等。其中王文在清金和、平步青及今人何泽翰、李汉秋诸人的基础上，对《儒林外史》中五个人物事件的本事作了溯源拾遗，具有一定的资料价值。

三、关于《儒林外史》主题思想的研究

20年来，对于《儒林外史》主题的研究，正在逐步趋于深化。择其要者，主要有以下几种：

1.反对八股科举说

此说最早出自胡适1920年作的《吴敬梓传》，一直流行了数十年。朱泽吉〈《儒林外史》对清代鸿博考试的讽刺描写〉(《河北师范学院学报》1987.3)也认为，《儒林外史》不仅“深刻暴露了八股取士的弊害，同时对清代以鼓励实学著称的博学鸿词考试也进行冷隽的嘲讽，从而揭开了当时封建阶级所标榜的广开贤路、破格选才的虚假帷幕”。

2.反对功名富贵说

李汉秋认为，迄今所见《儒林外史》的最早版本清嘉庆八年(1803)卧闲草堂本有闲斋老人序(简称闲序)和回末总评(简称卧评)，闲序所谓“功名富贵为一篇之骨”，以及卧评所说“‘功名富贵’四字是此书之大主脑”，全面地概括了作品的主题思想。“以功名

富贵为主题,既可以统帅对科场人士面目的描写,也可以统摄对斗方名士嘴脸的揭露"(〈儒林外史研究资料·前言〉,上海古籍出版社,1984)。李汉秋在〈封建末世的儒林画卷〉(《安徽文学》1981.11)中说,《儒林外史》"描写的中心始终是儒林"。它"通过对一代文人的生活和思想的现实主义描写,深刻地揭示封建末世精神道德和文化教育的严重危机,这种危机正是造成一代文人厄运的社会根源"。儒林画卷"揭示了没落地主阶级精神道德和文化教育的腐朽,其中当然包括了对八股科举制度的腐朽性和功名富贵场中寡廉鲜耻言行的批判"。邓韶玉也认为,《儒林外史》的主题"就是对儒林中人追逐功名富贵的艺术化批判,以儒士对功名富贵所持的不同态度作为区分彼此高下优劣的尺度"(〈吴敬梓思想论纲〉,《河北大学学报》1988.1)。南京讨论会中王永健、杜贵晨、宋常立等提交的论文均认为:《儒林外史》表明了作家对待功名富贵的态度,批判了醉心功名富贵的无耻之辈,同时赞美了讲究文行出处和具有叛逆精神的奇人豪士。这种主题说既可包容对八股科举的批判,又可包括对社会陋俗的抨击,因此,比之"反科举"说,它内涵更深、外延更广。

3.儒林痛史说

傅继馥曾连续发表了〈《儒林外史》主题的深意何在?〉(《艺谭》1981.3)和〈一代文人的厄运——《儒林外史》主题新探〉(《社会科学战线》1982.1)深入地探讨了这个问题,他认为,"长期以来,有不少评论认为《儒林外史》就是揭露儒林群丑,有的至今还认为《外史》是一幅'儒林百丑图'长卷。然而,这种看法并不符合小说实际"。"作者提示的全书主旨大义是什么呢?打开第一回,扑面便刮起一阵可怕的怪风，传来一声惊心动魄的呼喊：'一代文人有厄！'这就是作者对全书主题思想的提示，并且确定了对一代文人遭遇厄运的基本态度是同情，一代文人形象的主要特征是厄运的受害者，而不是厄运的制造者。文章从分析作品中一些有代表性的知识分子形象入手，指出绝大多数虽然"思想被禁锢了，智能被破坏了，道德被腐蚀了。却仍然保留着一些令人同情的、甚至是善良的品质"。在我国文学史上，吴敬梓是"第一个用一系列足以构成体系的形象，把人才的消磨作为社会性的危机提出来的"。因此，《儒林外史》写的是"儒林痛史"，而不是"儒林丑史"。

4.指摘时弊士风说

此说把鲁迅的一段话理解为主题。鲁迅在1923年刊印的《中国小说史略》第23篇《清之讽刺小说》中，谓《儒林外史》"秉持公心，指摘时弊，机锋所向，尤在士林"。滕云通过对《儒林外史》中所描写的二百几十个人物的分类统计，指出其中半数以上不属于儒林中人。他还从情节上作了分析，认为作品是"以描摹世相为依归"的，"展示的是明清社会广阔复杂的世相世情"(〈世相、人情与人物——读《儒林外史》札记〉，《儒林外史研究论文集》)。周中明也指出，《儒林外史》虽以科举问题为主要题材，但有一个"基本的思想，就是对于整个封建官僚制度的鞭挞、否定。他强调了小说的"政治主题"。"吴敬梓实际上描写和揭露了封建社会从经济基础到上层建筑包括意识形态领域各个方面的弊病"；对封建礼教和其他一系列的封建传统观念，他都提出了尖锐的挑战，揭示了它们的虚伪性和荒谬性，有的甚至宣判了它们终将被历史唾弃的历史必然性"(〈一部伟大的以公心讽世之书——《儒林外史》主题思想重探〉,《江淮论坛》1981.5)。

5.反映知识分子生活说

陈美林指出,《儒林外史》是一部"反映知识分子生活全貌的长篇小说"。吴敬梓在这部杰出的现实主义巨著中,"塑造了许多知识分子形象,描写了他们生活的浮沉、境遇的顺逆、功名的得失、仕途的升降、思想情操的高尚与卑劣、社会理想的倡导与破灭,从而反映出在清朝封建统治阶级怀柔与镇压政策下生活着的知识分子的命运。他们或受其羁縻,或拒其牢笼;或惨遭镇压,或远祸全身"。吴敬梓对他们"有讽刺也有表彰、有否定也有肯定。从他们的生活情景入手,深刻地揭露了封建末世的腐败与黑暗。这在此前的我国文学史上尚未曾有,因而就其思想内容来说,《儒林外史》是我国文学史上第一部反映知识分子生活的长篇小说"(〈《儒林外史》是我国文学史上第一部反映知识分子生活的长篇小说〉,《古典文学论丛》第5辑,齐鲁书社,1986)。

1994年,陈美林再次撰文〈知识分子出路之探寻:纪念吴敬梓逝世二百四十周年〉(《江淮论坛》1994.5)认为"吴敬梓以他的长篇小说广阔地反映了一个世纪各类士人的生活遭遇和思想心态,完成了一部18世纪知识分子生活史。在这一历史长卷中又有着极其斑斓绚丽的篇章,……表现出作者对知识分子出路的不断探寻"。"吴敬梓在《儒林外史》中对士人生活之路的寻求正是他自己探索出路的反映,也与他的家世出身、生活际遇密不可分。"而卢敬川〈一幅围着"功名富贵"旋转的世相图——对《儒林外史》主题的再认识〉(《江汉论坛》1991.7)一文坚持《闲斋老人序》所说的"全书以功名富贵为一篇之骨"的观点,对胡适为代表的"反科举说"提出异议，通过对全书总体构思和人物形象体系的分析，结论却为《儒林外史》是“以反映封建社会知识分子生活和命运为主兼以反映明清时代的世相小说、社会小说”。与陈氏之说大致相同。

6. 民主主义思想说

刘强〈析《儒林外史》中民主主义思想萌芽〉(《明清小说研究》第3辑，中国文联出版公司，1986)指出，《儒林外史》“从现存某些封建制度中去寻找社会罪恶的症结所在，欲图通过唤醒人民群众的人格尊严感，励精图治，教化人才，去实现道德‘礼让’的理性王国。这种批判现实，探索未来的现实主义精神，是不可与以往的文学作品同日而语的”。刘登东也认为，《儒林外史》的中心思想是：“小说以科举和功名富贵为中心，通过一系列儒林及市民各阶层人物的描绘，揭露和鞭挞了封建科举考试制度的弊害，嘲讽了醉心功名宝贵的庸人，赞扬了讲究‘文行出处’真儒，并在暴露和批判封建官僚社会各种败德恶行的同时，表达了作者要求个性解放和民主的理想”(〈《儒林外史》与《死魂灵》的比较〉，《重庆师范学院学报》1987.4)。韩石〈披洒在落照时分的心灵之光——论《儒林外史》中一种新的生活理想及其时代和声〉(《明清小说研究》1991.2)透过作品对杜少卿夫妇的描写，认为他们“已无意追逐封妻荫子这种众所公认的价值观，而转向新的人生理想：追求以夫妇为主体的，审美化、享乐化、富于浪漫情调的生活方式与理想”。①

7. 文化反思说

王平〈《儒林外史》：文化反思与整合的艺术显示〉(《天津师范

---

① 以上内容部分引自阮文兵〈近十年《儒林外史》研究综述〉。

大学学报》1995.5)高度评价了小说的思想成就,认为小说通过人物和情节对中国的古老文化进行了深刻反思,指出:"《儒林外史》是一部具有丰富文化内涵和清醒文化意识的古典小说。这主要表现在作者通过小说中的人物和情节,对绵延几千年的文化体系进行深刻的反思,同时根据自身的经历感受和时代思潮的要求,对这一文化体系又给予了重新整理组合。这种反思与整合紧紧抓住了政治型文化与道德型文化的本质特征,但是并不想从根本上否定这一特征,而是试图恢复真正意义上的政治型文化与道德型文化,并且使二者能够由分裂状态恢复到本来的统一状态。"作者强调,"吴敬梓鄙薄功名富贵,但并非要弃世高隐,他主张做些有补于世的实事,而不计较功名,这就是他对政治型文化与道德型文化反思与整合得出的结果。《儒林外史》则是他这一思想见解的艺术显示"。

此外,吴组缃〈关于吴敬梓的民族思想问题〉(《艺谭》1981.3)重新提起20多年前关于《儒林外史》是否表现民族思想的争论。他认为,《金陵图咏》不足成为"吴敬梓并无民族或反清思想的铁证"。"关于民族感情或爱国观念,古今虽有含义的不同,可是作为人们的基本认识,总是根深蒂固,深入骨髓的。在一种历史条件和具体处境之下,固然因人而异,其表现却往往非常复杂,未可片面臆断!"并以吴伟业、蒲松龄为例作了说明。他认为,《儒林外史》"表露了作者的民族感情或爱国思想。虽然表露得隐微曲折,但贯串主题,弥漫全书"。杜贵晨〈《儒林外史》假托明代论〉(《中国人民大学学报》2000.1)亦有类似看法。他认为:《儒林外史》假托明代不只是表现手法,而是总体构思和具体描写中有反思明史、总结明亡历史教训的用心，委婉曲折地表达了怀念明朝的民族主义思想感情。这在清初至清中叶汉族士人创作的小说中是较为普遍的现象。

章培恒在〈这是否是《儒林外史》的局限——泰伯祠大祭的前前后后〉（《吴敬梓研究》，安徽省纪念吴敬梓诞生二百八十周年委员会编）中认为："与其说（作者）是在赞美'真儒'们的这一行为，毋宁说是揭示了'真儒们'幻想的破灭。""祭泰伯祠本身就是一场闹剧。除了杜、迟、庄、虞四人之外，参加祭祀的绝大多数人仍然都是只想做官或骗钱的恶浊不堪的士大夫。"陈新、王祖献等人则强调了《儒林外史》是"匡世之作"而非"骂世之作"。

四、关于《儒林外史》文化意蕴及美学价值的研究

近20年，特别是90年代以来，古典文学研究领域兴起了一股"文化热"。《儒林外史》研究者们也着意更新研究观念和方法，着力探究了其文化意蕴和美学价值。

1989年，李汉秋在《文学遗产》第5期发表了一篇短文〈《儒林外史》与传统文化〉，指出《儒》"深含中国传统文化的意蕴，没有传统文化的基础，就难窥其深蕴"。作者认为，《儒》所描写的王冕、余二先生等都是儒家理想人格的化身，是儒家伦理观的体现，是中国传统文化的具象化形态。十年后，李汉秋再次发表〈《儒林外史》里的儒道互补〉（《文学遗产》1998.1），更深入地分析了《儒》深蕴的文化内涵。李氏指出：《儒》所写的一组组人物，一个个场景，表层情节似乎不相联属，其实都是有机的序列；透过表层情节，从褒贬对比的结构框架挖下去，我们可以发现吴敬梓是在对文士的命运作

深沉的历史反思，通过反思，他对士林文化—心理结构中一些沉淀很深的糟粕，进行大胆的扬弃，形象地揭示出没落地主阶级精神道德和文化教育的腐朽糜烂(其中当然包括了对八股科举、程朱理学的批判)；同时又认真检验了民族文化—心理结构中有价值的因素(包括儒家和道家)，企图从中提炼出新的元素以改造士林的素质，建构新的士林。文章认为吴敬梓为建构健康的民族灵魂而辛勤探索的伟大精神，永远值得我们崇敬。

王平〈《儒林外史》：文化反思与整合的艺术显示〉(《天津师范大学学报》1995.5)分析了颜李学派对吴敬梓思想的直接影响，并从文化学的角度剖析了其特征，指出作者只能在原有的文化体系中寻找理论依据，时代还没有能够向作者提供一种全新的文化体系。认为，尽管如此，《儒》对文化的反思与整合已经达到了时代的高度，站在了时代的峰巅。

周月亮则更深入地研究了《儒林外史》反映的文化哲学现象，他在〈误解与反讽——略论《儒林外史》所揭示的文化与现状的矛盾〉(《清华大学学报》1996.3)指出：文化记忆与文化现状的矛盾撑起《儒林外史》这部"精神遭遇"的大故事。无论是体现着文化记忆的人还是代表着文化现状的人都生活在各自的误解中，作者用反讽这把双刃剑一举挑开文化与现状，制度与人性两方面的症结：所有的路都是让人走的，也都是捉弄人的。作者用抑制高潮的叙述策略、"具体写实、总体象征"的白描手法不仅恰到好处地实现了反讽意图，更昭示出在一个文化溃败的时代，人人都是失败者，唯有理性自赎、道德自救这一叶方舟了。文章认为，《儒林外史》"全面展示了人文精神的遮蔽与失落，整部长篇的内存张力是称得上社会良心、人类理性的知识者处在汪洋大海一般的'流行文化'包围中那挣扎不出来的呐喊"。

胡发贵〈一曲文运的挽歌〉(《明清小说研究》1994.2)讨论了《儒林外史》的文化意蕴,认为,中国文士自孔子开始,就以文化传播为使命,而不以功名为终极目的。作者对中国古代的文士阶层给予高度评价,"文化的衍递和发展,无疑正是由无数身怀此志的读书人共同形成并推动的"。文章认为,吴敬梓也以文化传播为使命,并在小说中揭示传播道路上的困难和危机,虽然"流露出不少沮丧和悲观的情绪,但作者忧患文运本身,仍表现出一颗追求'闻道'、关注社会命运的知识分子良心,这也是《儒林外史》给人留下的最深印象之一"。

陈文新、鲁小俊〈颠覆传统——《儒林外史》的解构主义特征〉(《武汉大学学报》1998.2)剖析了《儒林外史》解构主义特征之后指出:吴敬梓用还原和对照的方式对古代文学中出现的浪漫的富于想象的形象进行了重新处理,其依据有两点,一是作家在日常生活中的切身感受,一是作家心中的道德准则。而越向日常生活贴近,作家对日常生活就看得越透;作家执著于挽回世俗颓风的道德感越强烈,世风日下的社会现实也就越显眼。因而,对传统艺术形象的否定与颠覆就越激烈,文化的悲剧意识也就越深沉厚重。悲剧意识不但包含暴露文化困境这一层面,还包括弥补困境的层面。《儒林外史》颠覆了古代文学作品的诗性传统,还原到日常生活的状态,暴露出文化的诸多困境。对于弥补困境,吴敬梓没有可能从实际措施方面做太多努力。但在情感上,全书所蕴含的隐逸思想不妨看做对文化困境的一种抗争方式。

而朱万曙则从中外作家的气质类型及吴敬梓的创作经历的考察入手，提出吴敬梓是一位理性型的作家，他的《儒林外史》也因此成为理性型的小说。其理性化的特色既表现为思考的深刻性、人生主题的普遍意义，还表现在作者以“常醒的理解力”借助形象传达理性内容，具体说来，它呈现在三个层面：一是结构的完整性；二是人物统一于主题；三是细节和语言的理性色彩。无论是结构、人物，还是细节和语言，都清晰地体现着作家的思想和创作意图，都是作家理性的外化结果。但是，《儒林外史》中的理性并没有损害艺术形象，而是灌注着“生气的情感”，这就使作品既具理性特色，又是一部伟大的艺术品(〈《儒林外史》：理性作家的理性小说〉，《安徽大学学报》1998.2)。

关于《儒林外史》的美学特征，不少专家、学者从多侧面进行了深入研究，发表了不少独到的见解。李汉秋〈近代现实主义的曙光——《儒林外史》的历史性进展〉(《安徽大学学报》1987.1)认为，《儒林外史》“已经从以生活故事化为特征型态的审美层次，跨入以人物性格化为特征型态的审美层次”，“小说形象更贴近读者”。宁宗一〈喜剧性和悲剧性的溶合——《儒林外史》的实践〉(《南开学报》1982.1)认为，《儒林外史》和《红楼梦》一起，“都标志着中国小说已发展到成熟阶段，呈现出近代小说美学的特色”。文章指出：“喜剧性和悲剧性的溶合，是人类审美意识史进入全面综合阶段的时代背景中兴起的”。吴敬梓“透过喜剧性形象，直接逼视到了悲剧性的社会本质”。如对周进、范进等。“最惹人发笑的疯狂的片段恰恰是内在的悲剧性最强烈的地方。”“嬉笑中带有严肃、深长的思索。这种冷中有热，冷中含愤，笑中有悲，笑中有恨，正是《儒林外史》悲喜溶合的独特色彩”。“悲和喜的相反相成和彼此渗透，能激发比单纯的悲和喜更深刻更丰富的审美感情，这是由《儒林外史》的艺术实践所证明了的。”

在研究中，各家对喜剧的本质及《儒林外史》讽刺艺术特点的认识则不尽一致。董子竹认为，喜剧的本质是“人类愉快地向自己的过去诀别”，《儒林外史》产生在18世纪，那时封建社会还没有达到大崩溃的阶段，它的腐朽性还是局部地表现出来的。吴敬梓本人虽有一定的民主思想，但还不能真正了解自己的优越。因此，吴敬梓的孤傲个性与封建社会中局部“陈旧的生活形式”之间的喜剧性冲突带有悲剧色彩，而“喜剧冲突具备了悲剧的意义那便是‘讽刺’”，“喜剧本质在《儒林外史》中以一种扭曲的形式表现出来”(〈《儒林外史》是讽刺小说〉，《光明日报》1984.5.22)。而胡益民认为，“喜剧冲突不具备悲剧意义时也完全可以表现为讽刺。讽刺作为艺术地将生活中荒唐、无价值的东西指给人看并借以针砭社会痼疾的一种手法，并不是某种社会情势下特有的东西”。《儒林外史》的讽刺性并不是由作品所写的喜剧冲突具有悲剧意义来决定的(〈《儒林外史》的讽刺及其他〉，《光明日报》1984.6.19)。赵齐平〈喜剧性的形式、悲剧性的内容——浅谈《儒林外史》的讽刺艺术〉(〈儒林外史研究论文集〉)中认为，小说“在表现形式上是喜剧性的。而从其描写的内容上看则是悲剧性的”，读后“不是有着厌恶情绪得到发泄的痛快，而是产生若有所失的内心的沉重与精神的压抑”。

苏鸿昌则从分析《儒林外史》中“笑”的美学特征入手，认为“笑”在《儒林外史》中的美学意义是：“笑所嘲弄和批判的，绝不仅是八股制艺和以八股制艺进身的士学名士，而是嘲弄和批判了整个封建制度及其上层建筑。这就使《儒林外史》中的笑，同时也是与整个封建制度及其上层建筑相对立的先进审美理想的结晶”，它“能够给人以很大美学享受的艺术美”（〈论《儒林外史》中的“笑”的美学特征和美学意义〉，《儒林外史研究论文集》）。李汉秋也从美学角度剖析了《儒林外史》的“笑”。他在〈吴敬梓的讽刺三重奏〉（《名作欣赏》1981.4）中，具体分析了三种笑声：滑稽的笑（如对胡屠户），含泪的笑（如对范进），严冷的笑（如对张静斋）；认为在含泪的笑中喜剧性和悲剧性融合在一起，构成《儒林外史》的基调。

黄柏岩则认为“和谐美”是《儒林外史》的美学特征。在《儒林外史》中，和谐美“所占份额是很重的”。和谐美“把多种角度和程度的生活丑通过‘高级幽默’转化为艺术美；又把多种角度和程度的生活美用‘冷墨反笔’的手法升华为艺术美；于是，这两部分艺术美内外里表都呈现和谐；而它们又统一在一个匀称和对称的有机结构之中”（〈论《儒林外史》的和谐美〉，《儒林外史研究论文集》）。而王明居〈《儒林外史》艺术美新探〉（《艺谭》1981.3）认为，“崇高美和滑稽美”的巧妙结合是《儒林外史》的美学特征。吴敬梓用独创的艺术手法，塑造了王冕、杜少卿、庄征君、迟衡山、沈琼枝、虞博士等一系列富于崇高美的正面人物形象，“他们不同的性格发展史，就组成了他们各自不同的结构，体现着一个共同的东西，这就是崇高美”。而崇高和滑稽、美和丑都是相联系而存在的。在作品中，“许多反面人物身上就体现着滑稽丑（本质）和滑稽美（表现）的对立统一。就是这部杰作的艺术美的重要特色”。但赵山林〈《儒林外史》的美学特色〉（《明清小说研究》1990.2）认为，“戚而能谐”是

〈儒林外史〉总体美学特色，具体表现为四个方面：①有情的讽刺；②无情的冷嘲；③深沉的慨叹；④充满哀怨的诅咒。

鲁德才〈小说掺和了戏剧因素——《儒林外史》讽刺艺术的美学风格札记〉（《南开学报》1981.6）中追溯了《儒林外史》受到古代各种喜剧形式的艺术手法的影响。指出它“既有小说的容量，又有戏剧化的特征。因此《儒林外史》中的故事情节总是那么简短、有力，常出奇峭转折之笔，人物性格鲜明单纯，语言明快犀利，富有表现力，而且又总是用对话形式，通过戏剧性的行动展开，刻画人物”。

五、关于《儒林外史》创作方法的研究

关于《儒林外史》创作方法问题，80 年代中期曾引起一些争论，尤在 1984 年以《光明日报》“文学遗产”专栏为阵地展开。主要有两种意见：

1. 认为作品是用批判现实主义创作方法创作的具有批判现实主义特色的小说

如李汉秋认为：“讽刺说”未能道出《儒》的艺术深蕴。“吴敬梓的创作精神和创作原则与俄国批判现实主义作家有许多相似之处。《儒》的创作方法具有鲜明的批判现实主义的特点。”鲁迅谈作品的讽刺特色，强调的是其按照生活的本来面目再现生活的原则和形象的客观性，“他赞扬《儒》‘秉持公心，指摘时弊’，其实也就是赞扬它的现实主义精神”，“把作品归结为具有鲜明批判现实主义特色的小说，不仅比归结为讽刺小说更为公允，而且也有利于从更广阔的范围对《儒》进行深入研究”（〈批判倾向与讽刺倾向——谈

《儒林外史》的批判现实主义特色〉,《光明日报》1984.4.24)。胡益民(〈《儒林外史》的讽刺及其他〉,《光明日报》1984.6.19)、刘强(〈关于《儒林外史》创作方法的再思考〉,《光明日报》1984.8.14)也持赞同意见。刘强指出,“就共性而言(指通过典型环境中的典型人物去批判社会现实关系中的不合理),〈儒林外史〉不愧为中国封建末世的伟大的现实主义杰作”;同时强调“就个性而言(指产生的时间、批判的对象和思想武器),它又有别于西欧国家及俄国批判现实主义的鲜明民族特色”。

2.认为作品是现实主义的讽刺小说

王祖献〈《儒林外史》是讽喻性的讽刺小说〉(《光明日报》1984.8.28),周林生、苏海〈关于《儒林外史》创作方法的一点思考〉(《光明日报》1984.7.10)等强调作为一种创作思潮的欧洲批判现实主义有其特定内涵,不能把《儒》与之类比。王祖献认为“批判现实主义”无论是作为创作思潮或创作方法,都与特定的时代生活、社会思潮密不可分,“把《儒林外史》与19世纪的外国批判现实主义等同起来,看上去‘提高’了《儒林外史》,实际上反而抹杀了《儒林外史》的真正的特色”,认为“《儒林外史》是讽喻性的讽刺小说”。周中明〈以公心讽世之作〉(《光明日报》1984.10.30)认为,“还是鲁迅说得对,‘以公心讽世之书’,这既说明了《儒》是讽刺小说,又反映了它不限于揭露‘儒林群丑’,而是广泛、深刻地‘以公心讽世’之作,具有批判现实主义的性质。用它来说明《儒》的创作特色,不仅完全切合《儒》的实际,而且可以与其他作品相区别”,而这样提也“绝不妨碍谁从现实主义、批判现实主义或任何更大的范畴,去探讨《儒林外史》的思想和艺术价值”。认为断言讽刺艺术不足以代表吴敬梓的创作特色的看法是偏颇的。

80年代中期的这场讨论至90年代不时仍有回响。赵宽熙〈《儒林外史》是讽刺,还是批判现实主义〉(《明清小说研究》1997.1)全面回顾和总结了1949年以后,特别是1984年的那场关于《儒林外史》创作方法的讨论。指出关于《儒林外史》是否是批判现实主义系列的小说的争论,关键是在于把批判现实主义看成是一个历史上的概念,还是概括性的概念。文章以《儒林外史》是讽刺,还是批判现实主义展开了分析。认为批判现实主义具有各不相同的历史条件和形成迟早的差别,但它基本上是针对资本主义发展到一定阶段上社会出现的弊病,加以赤裸裸的、辛辣的批判。这就是说,批判现实主义这一观念是属于一种历史的概念。由此看来,把《儒林外史》归类为批判现实主义作品,是没有道理的。因为这个时代在中国社会里还没有出现资本主义的生产关系。关于批判现实主义和讽刺小说的关系则应该从文艺思潮和创作方法之间的有机结合来认识。讽刺小说和批判现实主义本来是两个层次不同的概念。但讽刺和现实主义之间具有共性。文章最后总结道:吴敬梓"对于当时社会现实的批判态度可以说具有其一定的时代意义"。"虽然不能把《儒林外史》看成是具有历史概念的批判现实主义作品,但在一定程度上,把它看成是能够提示当代社会的现实问题,而属于一般意义上的现实主义系列的作品,尚可被接纳。"该文分析全面,持论公允。

六、关于《儒林外史》人物形象的研究

一部《儒林外史》,有名有姓的人物达270多个,个性鲜明的典

型人物不下三四十人。80年代,不少专家、学者对《儒林外史》塑造人物形象的特点,从不同的角度作了具体的分析,发表了许多中肯的见解。李厚基认为,《儒林外史》创造人物形象的特点是,作家把强烈的爱憎情绪置于形象的层面,隐而不显,含而不露,“只把活生生的现实生活略加夸张地集中一下,端出来给人看。这种写法,近乎白描。只通过典型的细节对比着、映照着让人物自己行动起来,来嘲讽自己,在平庸、平凡、平淡的生活情景中,体现出令人感到惊异的讽刺力量”(〈遐想:《儒林外史》·讽刺·鲁迅小说〉,《儒林外史研究论文集》)。陈美林指出,《儒林外史》塑造人物形象的特征是:首先,作品中的人物“都具有时代特色”。其次,作品中的人物“不仅具有时代的特征,而且在否定人物身上还留有环境的印记”。再次,作品中的人物“不仅是科举社会的产物,有着封建末世的时代特征,而且其中的肯定形象还表露了作者吴敬梓的思想情操和社会理想”(〈论《儒林外史》人物的性格〉,《中国古典文学论丛》第2辑,人民文学出版社,1985)。

张学忠〈《儒林外史》与《聊斋志异》艺术比较谈片〉(《中国古典文学论丛》第6辑,人民文学出版社,1987)将《儒林外史》塑造人物形象的特点概括为:“注意强调的是人物与环境的统一性或矛盾性,而不注意强调人物之间的激烈、敌对性矛盾冲突。尤侧重人物性格的自我表现(包括自我矛盾)。”它“已经在相当地程度上突破了传统的写人法”。郑云波则认为,吴敬梓把“石分三面,树分四枝”的多层次艺术方法运用到文学创作上来,“无论在横向上还是在纵向上,都着意运用一层一层地展示、一步一步地推进的手法来表现人物的性格,不论是出乎读者意料之外,还是确在读者意料之中，都使人感到贴切自然、真实可信”。不同的人物都“有着强烈的立体感，绝不是那种僵硬呆板、戴着公式框框的角色”（〈论《儒林外史》表现人物性格的多层次艺术手法〉，《徐州师范学院学报》1982.2）。[①] 滕云在《世相、人情与人物——读〈儒林外史〉札记》中认为，吴敬梓“许多时候不是从写人出发的，而是从描摹世相出发的”。“大部分篇幅，不是为人物立传的写法，而是牵来人与事以体现世相的写法，人是针，事是线。人是梭，事是经纬，织出的是幅幅世相。”

何满子〈吴敬梓是对时代和对他自己的战胜者〉认为，“吴敬梓在艺术实践上最耀眼的特点，是他对自己的战斗目标的高度意识”。“他以意旨驱使生活，有时甚至不惜牺牲艺术，《儒林外史》有些不很成功的篇章，就是因此之故，也因此，他的艺术形象中理想的光辉之强烈，至少在中国新文学运动兴起以前的小说中罕有其比”。“曹雪芹更属于艺术家的气质；而吴敬梓相对说来，更带有思想家的气质。”

刘烈茂则从吴敬梓善于解剖人物灵魂的角度作了探讨。他指出，《儒林外史》在探索和解剖人物灵魂方面“作出了重大贡献”。吴敬梓“以进步而敏锐的眼光，看透了当时儒林各色人物的灵魂，并以他的老练文笔，不留情面地给予揭露，使那隐藏在人物心灵深处不易为人所察觉的欲望，也一一被挖掘出来。就探测人物心灵的深度而言，在古代小说中，只有《红楼梦》可以与之相比”。因此，《儒林外史》“不仅是我国古代第一部足称讽刺的小说，也是当时第

---

① 引自阮文兵〈近十年《儒林外史》研究综述〉。

一部专写知识分子、深入探索和解剖知识分子灵魂的小说”(〈《儒林外史》灵魂解剖浅探〉,《中山大学学报》1982.3)。

傅继馥对《儒林外史》塑造人物的成就评价甚高。他认为,封建社会小说基本上属于类型化典型,其特点是“为一般而找特殊”,个性“直接体现着共性”。他将《儒林外史》中的喜剧形象同中国古代及法国古典主义作家笔下的类型化的喜剧形象相比较,认为《儒林外史》写人物既能够着重表现个性的独特性、丰富性,又描写了性格中现象与本质、理智与情感以及性格发展中的矛盾。这表明,“以《儒林外史》为标志,中国古典小说的人物塑造实现了向性格化典型的飞跃”(〈儒林外史喜剧形象的划时代成就〉,《江淮论坛》1981.5)。

进入 90 年代以后,《儒林外史》研究中的人物形象分析仍然成为一个重要内容。这方面,陈美林从 1991 年以来陆续撰写了近 20 篇关于人物形象的文章(大多发表在《文史知识》杂志上),从而构成了《儒林外史》人物论的完整体系。值得注意的是,他的人物形象研究多从作品蕴含的深厚历史文化背景和纵横交错的人物关系中,上勾下联,文史互证,从而准确地把握了人物思想性格和艺术特征。其他关于人物形象研究的文章还有不少,如李汉秋〈谈《儒林外史》里的严贡生与虞华轩〉(《宁波师范学院学报》1992.2)、平慧善〈杜少卿形象漫论〉《浙江学刊》1993.6)、刘瑞平〈贾宝玉与杜少卿形象之比较〉(《中国文学研究》1993.3)等。其中刘文运用比较方法,抓住我国 18 世纪产生的最优秀的两部长篇小说中均具有叛逆性格的主要人物进行分析,找出他们的异同点,挖掘其典型意义及美学价值。

与此相应，有的研究者开始以丛书的形式从较广阔的文化层面和独特的角度对《儒林外史》人物进行研究。张国风〈浮世画廊——《儒林外史》的人间〉(江苏古籍出版社，1992)从人物形象入手，运用社会学的研究方法，对《儒林外史》中种种人情世态作了深刻的透视和细致的解剖，笔调活泼，语言生动，是一部以漫话形式阐释〈儒林外史〉深刻思想内涵的优秀读物。陈文新《士人心态话儒林》(华中理工大学出版社，1994)则从解剖士人心态的角度，以庄谐并陈的小品笔墨，通过对人物形象的分析，挖掘出《儒林外史》的文化意蕴，让人观察到丰富多彩而又各具个性的士人心灵世界。①

七、关于《儒林外史》讽刺手法的研究

鲁迅在《中国小说史略》中简括地论述了中国讽刺小说的渊源和发展，指出《儒林外史》将讽刺艺术发展到新的境界，“秉持公心，指摘时弊”，“戚而能谐，婉而多讽”，“于是说部中乃始有足称讽刺之书”。

讽刺的生命是真实。《儒林外史》与其他古典小说相比较，它独特的刻画人物形象的手法，就是通过精确的白描，写出“常见”、“公然”、“不以为奇”的人事的矛盾、不和谐，显示其蕴含的意义。高明阁〈《儒林外史》艺术技巧上的特点〉(提交纪念吴敬梓诞生280周年学术讨论会的论文)。认为作者不显露对自己笔下的形象的爱或憎的感情，不表明歌颂或暴露的态度，而让读者自己作出

① 引自胡金望：〈1990年以来《儒林外史》研究综述〉，〈明清小说研究〉1996.3。

结论。《儒林外史》的“白描”,表现为三种方法:一种方法是作者有选择地把自己的主人公的言行摆出来,让读者“听其言而观其行”,如对严贡生的刻画最为突出。一种方法是有针对性地揭出某些形象前后态度的剧变,有的时间间隔长一些,如匡超人,有的时间间隔就短,如胡屠户。还有一种方法更隐晦,既不是言不顾行,又不是态度上的剧变,他们的内心企图从来未说出过,只有从他们一系列行动中会有所理解。如作品里对严监生的妾赵氏就是这样刻画的。此外,作者的创作态度有时也很调皮,把事实有意地瞒住读者,不到揭晓时绝不泄底。如对张铁臂的描写便是很好的例证。

赵山林〈谈《儒林外史》的白描手法〉(《艺谭》1981.3)认为:吴敬梓对“白描”的运用已到了炉火纯青的境界。《儒林外史》的白描,紧密地结合本身的讽刺描写,形成了独具特色的白描讽刺艺术。如描写汤知县请范进吃饭,范进不肯用银筷,也不肯用象牙筷,“换了一双白颜色竹子的来方才罢了。知县疑惑他居丧如此尽礼,倘或不用荤酒,却是不曾备办。后来看见他在燕窝碗里拣了一个大虾圆子送在嘴里,方才放心。”作者没有任何评论,甚至没有用任何带贬斥色彩的词,只是把范进的行为、神态一一白描出来,仿佛漫不经心,却产生了强烈的讽刺效果。和晚清谴责小说的“辞气浮露,笔无藏锋”相反,《儒林外史》的白描在内容上蕴蓄丰厚,忧愤深广,在形式上藏锋敛锷,力量内聚。鲁迅对吴敬梓的白描讽刺艺术作了最高的评价。鲁迅在自己的创作中,也继承并发展了白描的艺术传统。刘烈茂也论述了《儒》的白描艺术,认为作品是一部独树一帜的奇书,但不以传奇取胜,而在于描写平凡的人和事,在淡淡的笔墨背后,既有尖锐的讽刺,又有深刻的意蕴;既塑造了独特的人物性格,又形象地表现了人物的心灵。这一切,表明吴敬梓是我国古代小说家中的白描大师(1984 年南京讨论会论文)。李世英撰文谈及作品在艺术表现上的一个重要特色,就是把艺术的笔触深入到人物的心灵深处,伸展到人物心理最隐蔽深微的角落里,使人物心灵一切美丑善恶,全逃脱不了他的摄魂夺魄的如椽巨笔(同上)。

齐双塘〈鲜明强烈的艺术对比〉(《河北师范大学学报》1982.2)认为"从《儒林外史》全书来看,有不同类型的对比,有不同性质事件的对比,有含义不同的场面的对比,有人物本身前后的对比等等。在这种种对比当中,真、善、美与假、丑、恶也就自然显现出来。可以这样说,对比的方法是《儒林外史》讽刺艺术的一个重要组成部分,也是这部书具有强烈艺术感染力的一个重要原因。

平慧善〈从比较中看《儒林外史》〉认为,英国斯威夫特的"《格列佛游记》重在记述,故事性强"。"《死魂灵》则侧重人物描写"。《儒林外史》则兼有二者的长处。它"写那些假公子、假名士、假才女、假侠客时创造性地模仿古典小说中表现明主、高士、侠客、才女的情节来进行讽刺"。如仿照三顾茅庐,写娄氏兄弟三访相执中等。使"庄严的形式与可笑的内容的对立,十分突出"。

杨义〈《儒林外史》的时空操作与叙事谋略〉(《江淮论坛》1995.2)指出:《儒林外史》对八股取士制度下的士人社会以及官绅市井社会的社会相的穷形极相的描写,它的讽刺艺术在深刻中浸润着几分怜悯,它的语言在明净的已基本洗去说话人套数的口语中饱含着精粹的表现力,却令人叹为观止。认为《儒林外史》"为中国古代甚至是唯一够得上高品位讽刺文学的杰作"。文章认为《儒林外史》给中国古典小说艺术增添的东西，最重要的是讽刺描写的世态化，这种讽刺艺术的世态化，没有停留在掉话柄或说笑话的层面，而是深入到历史潜流和人性的底蕴，以艺术的深度来换取人间涵盖面的广度。其讽刺谋略有两种，一是对流行文化的戏拟，一是揭破人间面具。而《儒林外史》的讽刺之所以散发着智性美，就是因为它既是犀利的，又是有度量的，可以使你吟味出深厚的文化意蕴，又升华出富有幽默感的会心一笑。

李汉秋〈论讽刺小说的流变〉(上海社科院《学术季刊》1995.1)否定传统的题材分类法，指出讽刺小说的主要标志是对现实的态度及表现方法。作者强调喜剧形象的出现是《儒林外史》的重大美学成就，“也是讽刺小说在艺术上完全成熟的主要标志，成为此后小说家们效法的理想蓝本，其流风余韵，远及现代文学中的鲁迅、老舍、张天翼、钱钟书等优秀作家”。

1981年，严云绶在滁县讨论会提交的论文〈《儒林外史》讽刺艺术的写实性与客观性〉认为吴敬梓的《儒林外史》中的讽刺图画给人印象是:朴实的构思与精确的造型。作品中的事件、场景平平常常，作品中的形象处处保持着生活本身固有的“自然”形态，具有高度的写实性。同时，不管笔下人物具有什么样的特点，作者在描绘时，都表现了对讽刺对象的客观特征的高度尊重，从不以自己的主观爱恶去抹杀对象本身的客观内容，让人物以自己的语言与动作来展示内心隐秘，“婉而多讽”正是对《儒林外史》讽刺艺术的客观性的精练概括。叶岗〈《儒林外史》讽刺艺术综论〉(《绍兴文理学院学报》1997.1)较全面地分析了《儒林外史》中的讽刺手法，认为作为中国传统讽刺文学的集大成者和创新者，吴敬梓很好地处理了讽刺与理想、肯定性人物与否定性人物之间的关系;在以含蓄蕴藉的笔调表达讽刺情绪方面,作者确立起冷静的讽刺品格;在讽刺的喜剧气氛里,作者嘲弄了滑稽丑陋人物,透过喜剧性形象直接逼视到了悲剧性的社会本质,造成了悲喜剧交融的美学风范,增强了讽刺效果;以对社会百态的“实录”作为基本的创作原则,在此基础上发展出以白描为中心的一系列具体的讽刺艺术方法。

讽刺与语言密不可分,关于《儒林外史》的语言研究,傅继馥在〈论《儒林外史》语言的艺术风格〉(《江淮论坛》1980.4)中认为其语言风格由四个方面的特点组成:在遣词造句上的特点是,“简洁——一个词就足以创造一个形象”;在感情色彩上的特点是,“冷峻——社会解剖学的风格”;在语言意趣上的特点是,“讽刺意味——合乎语法的不协调”;在形象描写上的特点是,“气韵生动——精神颜色无一不像,只多着一张纸”。

有的学者认为,“《儒林外史》中的地方话,从语言学角度来考察,属于北方方言区江淮系的淮南土语群。这个区域包括吴敬梓的故乡全椒在内的皖中诸县和他曾经长期留居过的南京、扬州一带。小说中的大量成语、谚语、歇后语、俗语、俚语、熟语(固定词组),至今仍然活跃在上述地区人民的口头,沿用不衰”(〈纪念吴敬梓诞生二百八十周年学术讨论会发言论点综述〉,《安徽日报》1981.10.24)。

周中明〈论《儒林外史》的语言艺术〉(《安徽大学学报》1993.1)认为《儒林外史》的“语言继承了中国国画的传统,重在写出人物内在的骨髓,具有以形传神,婉而多讽,寓庄于谐,言浅意深的特色”,并对这些特色的种种高超与奥妙之处做了细致深入的阐述。

此外,关于《儒林外史》的环境描写艺术特色,狄松〈《儒林外史》景物描写的艺术效果〉(《理论学习月刊》1990.3)认为书中景物描写对于创造人物生存环境、嘲弄腐儒酸性,配合情节发展,介绍市井风貌和折射人物心灵均能产生理想的艺术效果。

八、关于《儒林外史》类型特征与叙事模式的研究

《儒林外史》在选材特点、结构形式、叙事角度,讽刺手法等方面堪称中国小说史上独树一帜的作品,因而近年来学人从小说类型特征方面着眼,对其予以审视和研究。王进驹〈士人文学的高峰:从小说类型特征看《儒林外史》的成就〉(《广西师范大学学报》1993.1)认为,"士在中国社会历史和文化传统中具有特殊的地位和作用,但是以士人为题材的文学成就并不突出。到了封建社会后期,吴敬梓作为士林中人,从其不可代替的生活经历和经验出发,以强烈的忧患意识和社会责任心,创作了《儒林外史》,使士人文学题材内化了丰富的个人、时代和历史文化的涵蕴,构成了一种特殊的小说类型"。宁宗一〈从小说文体演变看《儒林外史》与《红楼梦》的类型品位〉(《社会科学战线》1994.1)批评小说研究者迄今尚未科学地把握中国古代小说的审美特征,而停留在所谓载体划分或题材界定上。作者认为两大范畴是抒情的"文人"小说和谋生的"小说家"小说,明代是"小说家"的时代,清代发展到更高阶段,负载更多内容,进入"学者型"时代。文章从创作主体与客体两个方面综合考察古代小说的类型品位,认为大致可分为"小说家"的小说(指诸如说话人的话本等以故事情节动人,带有浓厚商品特征的艺术消费作品)与非小说家(即学者型)的小说几个基本界限,从

而确定《儒林外史》与《红楼梦》属于学者加文人的非小说家小说。再细而言之,《儒林外史》与《红楼梦》相比较,前者属于思想家的小说,后者则是诗人的小说。此种分法表明作者力求对小说类型做深入细致的辨析,对人不无启迪作用。

对于《儒林外史》"短篇联缀"这一独特的艺术结构及其叙事特征,学者们进行了多维的深入研究。

80 年代,有学者根据鲁迅评论《儒林外史》所说的"全书无主干,仅驱使各种人物,行列而来,事与其来俱来,亦与其去俱讫,虽云长篇,颇同短制",而认为《儒林外史》没有贯串始终的主人公和故事线索,存在着结构松散的缺点。对此,不少学者提出了异议。王永生认为,在明末,流行的小说体制,有《水浒》、《三国》等长篇"演史"体,也有"三言"、"二拍"等短篇"平话"体。《儒林外史》吸取了两种结构体制之所长,用长篇的体式容量,网罗并包容了若干连贯性的短篇故事;既不同于《水浒》等的首尾贯通,又不同于"三言"之类的自成起讫。它以刻画众多人物、展示统一的作品主题为出发点,安排各个人物的出场,进行富于表现力的言行刻画。它好比绘画中的"长卷",灵活自如地按照展示作品主题的需要,以生活场景的片断描绘,连续推移地在时间、空间上构成巨幅的完整画面。表面看来,全书各章间似乎可独立成篇,但从分属各回的一系列人物所共同构成的社会环境来统一考察,却不难发现其内在的有机联系(〈鲁迅论《儒林外史》〉,《艺谭》1981.1)。李厚基〈遐想:《儒林外史》·讽刺·鲁迅的小说〉将《儒林外史》和鲁迅的短篇小说集《呐喊》、《彷徨》做了比较,认为一为长篇,一为一组短篇。但前者"虽云长篇,颇同短制",后者可说是"虽云短篇,颇同长制",都有似散而不散(即形散而意不散,人物、故事散而主题不散)的特点。黄秉泽〈论《儒林外史》的长篇艺术结构〉(《安徽师范大学学报》1981.4)则认为:在中国古典长篇小说中,《儒林外史》的长篇结构是独树一帜的。作者吴敬梓在前代长短篇评话和史传文学的启发下,根据自己对生活的观察、理解,运用并创造了恰当的结构方式,再现了封建末期上层建筑中腐朽科举制度造成的恶果,抨击了程朱理学和封建礼教的虚妄、残忍,讽刺了封建知识分子迂腐、庸俗、空虚、妄为、堕落的种种丑态,表达了他对当时社会现实的强烈爱憎。这种独特的长篇结构形式,为作家反映现实生活提供了一个有效的艺术手段,对以后的长篇小说创作发生了一定影响。《儒林外史》采取的独特的结构形式,既受中国古典小说传统的影响,也为作者熟悉的社会生活所制约,是作者深思熟虑,严密构思,精心布局的产物。它虽然没有贯穿全书的主人公和故事线索,但是它有一条极为明显的思想线索,足以把全书复杂繁富的社会生活内容统摄起来,构成一部结构谨严的巨大整体。这条思想线索,就是闲斋老人在《儒林外史序》中指出的:“其书以功名富贵为一篇之骨”,各种人物对待功名富贵的态度。全书思想线索一贯到底,构思完美严整,布局和谐统一。至于人物故事的安排,是作家所掌握的生活素材决定的。吴敬梓把那么多不同类型的人物,难以数计的大大小小的故事,有机地组织起来,使人物的来去,故事的起讫,都井然有序,来有踪,去有迹。各个故事之间,如连环套结,环环扣紧,表现出他惊人的驾驭生活素材的能力。每个故事的转换,都很自然合理,使人读后毫无拼凑割裂,突兀之感。杜贵晨〈“功名富贵为一篇之骨”——论《儒林外史》的结构主线〉(《齐鲁学刊》1986.1)也持此说，认为，《儒林外史》闲斋老人序所说的“功名富贵为一篇之骨”，不仅道出了此书的主题，“更点明了此书结构的主线”。小说正是通过种种人对待功名富贵的不同态度的对照，在作品内部建立起有机的联系，它使“楔子”、主体和“尾声”三大部分“镶合得那样好”，以致粗心的读者由于“看不出嵌接的地方在哪里”而误以为没有嵌接起来。因此，《儒林外史》的结构是“一意贯穿，通体血脉相连的”。这种结构样式是独特的，“其所取得的成就，并不亚于中外任何优秀的古典长篇小说。”刘登东也认为，就全书而言，“小说结构应该说是完整严密、层次分明、脉络清楚的。加之楔子以《蝶恋花》词开篇，尾声以《沁园春》词结束，这种结构形式颇具中国民族特色，可说独树一帜”（〈《儒林外史》与《死魂灵》的比较研究〉，《重庆师范学院学报》1987.4）。

平慧善〈再论《儒林外史》的结构〉（《杭州大学学报》1987.1）则认为，吴敬梓在《儒林外史》中独创了一种“排列式的结构”。这种结构形式，乍一看，“它没有主干，没有中心人物，也无统帅全书的事件”。其实“让世界本身来表现，需要作家高度的技巧”。《儒林外史》这种“独创的排列式的结构”，与俄国大作家列夫·托尔斯泰的名著《安娜·卡列尼娜》的“圆拱形的结构有异曲同工之妙”。

王明居从美学的角度加以考察，认为《儒林外史》是一部体现崇高美的艺术结构：“如果说第一回是显示崇高美的序、宣言，则第五十五回便是表现崇高美的跋、总结；而中间部分则先写了腐儒的丑，后写了真儒的美。从全书结构看，是从写崇高始，又以写崇高终，首尾圆合，前后照应，天衣无缝。中间部分，美和丑是个对照”（〈《儒林外史》艺术美新探〉，《艺谭》1981.3）。美籍学者林顺夫结合中国人传统的宇宙观和《儒林外史》所表现的“礼”的理想来谈结构问题，认为以西方小说结构的典范模式去贬低《儒林外史》等中国古典小说的结构是一种偏见(参见中国社科院文研所编《文学研究动态》1981年第4号)。

进入90年代，学者们的研究视野更为开阔，研究方法更为新颖。杨义〈《儒林外史》时空操作与叙事谋略〉(《江淮论坛》1995.2—3)视角独特，堪称《儒林外史》叙事特征与结构模式方面研究的一篇力作。文章指出，虽然小说结构如鲁迅、胡适等指出的失之谨严，但却具有贴合叙事要求的独特功能，文章强调，“《儒林外史》不是一般意义上的社会小说，而是对八股取士的科举制度进行百年沉思，因而充满着世纪悲凉的文化小说”。从而作者认为，“很难设想它还有可能以一个家庭和几个主要人物，去展开对百年文化厄运进行批判性沉思的审美命题，它最佳的选择，也许就是把一大群秀才和名士放逐到百年流浪的旷野上”。文章从分析作品情节内容与结构模式入手，认为“其结构形态有点类乎我国唐宋旧籍装帧形制中的‘叶子’”，“也称‘旋风装’，以长篇之纸反复折叠，有若原、正、反、推的文章理路一样，往复回旋，是相当严谨而舒展自如的。进而言之，《儒林外史》以八股制艺的布局方式来批判八股取士制度，其结构体制是非常有反讽意味的”。同样，孟昭连在叙事特征方面也作了较深层次的探讨。他的〈《儒林外史》的讽刺意识与叙事特征〉(《南开学报》1996.2)认为，吴敬梓“不是为哪个家族或哪些人立传，他不是在表现完整人生(而这常常成为世情小说作家追求的目标)，他只是想用生活的片断表现一部分人的心灵。自然，这些片断是最有代表性的。事实上，抓住人物最有特征的言行，再进行某些夸张处理，表现人物性格的某些侧面（也可能是性格的核心），是《儒林外史》塑造形象的基本方法，体现了古代传统讽刺文学的典型观”。杜志军从史传文学对《儒林外史》创作影响的角度，一连发表了三篇文章，其中〈史传文学的影响与情节模式的突破：《儒林外史》的结构创新及其意义〉（《河北学刊》1993.6）认为，“吴敬梓在结构方面既广泛借鉴了以《史记》为代表的史传文学手法，又赋予了新的创造革新，从而使《儒林外史》在结构模式上具有近代型小说的色彩”。即“基本摆脱了单一的‘情节模式’，在很大程度上具备了‘复合模式’的特征，至少可以说，《儒林外史》正在有意识地由‘情节模式’向‘复合模式’过渡”。

陈文新、鲁小俊以解构主义理论剖析了《儒林外史》，他们认为《儒林外史》以前的中国古典小说中，其人物类型化的趋向非常明显。性格的某一主要特征即“类”的共性占主导地位，而人物的个性往往没能得到应有的重视，或者因“类”的共性过于显目而在一定程度上淹没了性格的复杂性和丰富性。《儒林外史》以写实的手法打破了源远流长的诗性传统，将浪漫的诗意人生还原到日常生活状态，并从道德伦理的角度对部分日常生活作出判断，对曾经受到推崇、赞美的古典典型形态和情节模式进行消解，构成小说的解构主义特征。解构主义实质上是一种对“中心”的放逐和瓦解，从而消解文本赖以屹立的基础。《儒林外史》对“才子的优越感”的颠覆是通过杜慎卿、季苇萧等才子形象与杜少卿、虞博士等贤人形象的对照来实现的。与景兰江等假名士不同，杜慎卿颇有才气和见识，这从他成功地举办莫愁湖大会定梨园榜可见一斑。但是，一旦与杜少卿、虞博士等真儒贤人相比，“才子的优越感”所具有的中心意义就自然地分崩瓦解，为“道德责任感”所“替换”。通过这两处对照，我们可以看出，对“才子的优越感”这一诗性传统的颠覆，是基于吴敬梓心中的道德标准。《儒林外史》共写了三位侠客：萧云仙、张铁臂和凤四老爹。他们的形象对于古代豪侠这一典型形态的诗性传统来说，具有不同角度的解构意味。而另一位具有侠风侠骨的女性沈琼枝的形象，既消解了传统闺房女子的柔绵诗意，也颠覆了由唐传奇开端的女侠形象。张铁臂以骗人行径消解了“豪侠”这一语义所积淀的道德力量，以拙劣的技艺消解了“豪侠”所具有的勃发的生命力；凤四老爹和沈琼枝动机一样，都是为挑战而行侠，有点像大闹天宫时的孙猴子，又有点像堂吉诃德；萧云仙和凤四老爹结局一样，都是梦的破灭。动机和效果的变异使传统豪侠“救人于厄，赈人不赡”的社会责任感及其对社会所起的感召作用在这里化为消解状态，古代文学作品中这些豪侠们无拘无束的自由境界也因此不复存在。另外，沈琼枝的“侠行”也颠覆了养在深闺足不出户的女性这一古典形态（〈颠覆传统——《儒林外史》的解构主义特征〉，《武汉大学学报》1998.2）。

1998年，徐又良发表〈短篇其表　长篇其里——《儒林外史》结构新探〉（《社会科学研究》1998.1），对历年的《儒林外史》结构研究进行了总结。文章分析了50年代何其芳，80年代吴小如、李汉秋、潘君昭诸说之后，认为《儒林外史》结构的创造性不在于它的分散性而在于它的有机性，短篇其表，长篇其里，它是有主干的，是有首尾的。其结构有机性表现在：①“百十个小星”不过是一文昌星。小说取名《儒林外史》，顾名思义似乎“儒林”即是主角，但“儒林”是个大概念。小说中儒林实分化为对立的两类文人，一类是看轻文行出处专求功名富贵的文人，一类是淡薄功名富贵而讲求文行出处的文人，后者才是主角，前者为后者的活动背景。百十个小星即象征一群独立不羁、富有叛逆性的文人；②无数叛逆的文人的小故事构成一个维持文运的大故事。静止地、孤立地看，《儒林外史》全是一段一段的短篇小说连缀起来的，一个个文人小故事的杂凑综合。但是，只要扣住小说的特性，深一层地从运动的角度、整体的角度观照，就会发现并非如此，无数个文人的小故事实际组成了一个首尾完整的大故事。因而，看似散乱的事件实际上是相互联系的，并非孤立、自发的行为，它们统属于一种社会性矛盾，即"为己之学"与"为人之学"的对立，讲究文行出处与追逐功名富贵的冲突；③一种有机生长的结构形式。明白了以上两点，也就找到了《儒林外史》的主干。按照这个主干即按人物性格的发展，故事的划分，全书有头、身、尾，主体部分也有头、身、尾，彻里彻外，有首有尾，《儒林外史》结构确实完整完美，是一种首尾完具的有机生长体。张锦池〈论《儒林外史》的纪传性结构形态〉(《文学遗产》1998.5)回顾和总括了百年来对《儒林外史》结构的四说法，认为吴组缃的"连环短篇"说、闲斋老人的"功名富贵"说、吴小如与章培恒的"时间顺序"说、海外学者的"单体多彩"说等说法都不是面壁虚构，虽道出了《儒林外史》结构学的某一特点，但属于"深刻的片面"。该文对前三说都作了补证，阐明了"时间顺序"是《儒林外史》情节结构的暗线(这是源于作家的史家态度)，"功名富贵"是《儒林外史》情节结构的明线(这是源于作家的价值观念)，"连环短篇"是《儒林外史》情节结构的外在特征(这是源于作家的人文精神)。张锦池将其综合起来，取名目曰"纪传性结构"。认为"这就形成了作品深层面上的虽云颇同短制,而实乃整饬长篇”。可以说,张锦池文与徐又良文结论基本相同,殊途而同归。

以上这些角度新颖、见解深刻的论文,表明进入90年代以后,研究者在《儒林外史》艺术成就研究方面具有强烈的超越意识,标志着研究广度与深度上有了新的突破。

九、关于《儒林外史》研究史的研究

90年代以来,《儒林外史》研究界开始关注《儒林外史》研究史的研究,侧重于对古人各种评点与今人研究成果的再研究与再评价。其代表人物是陈美林和李汉秋。

从迄今所能见到的卧闲草堂本开始,有关《儒林外史》的评点本共有四家,研究这些评点的优劣和特点,构成了《儒林外史》研究史的重要内容。对此,陈美林几乎对前人所有的评本作了深入的研究。1994年,为了纪念吴敬梓逝世240周年,又专门撰写了〈《儒林外史》张评略议〉(《文学遗产》1994.3)和〈略论《儒林外史》齐省堂评〉(《河北师院学报》1994.3)两篇力作,指出张评与其他三家不同,具有“不仅就小说本身发表意见,还从史实加以推求”,而且“一再出现以史实范围情节,以原型推究形象”的批评倾向。认为齐评的优点是能“从文艺作品本身的特点来研究它的教化作用”。在人物原型与艺术形象的关系上,齐本评者的识见显然高于张氏一筹。并且推测齐本评者可能是“为增订本作序的惺园退士”。这样,连同以前他写的关于卧评本、黄评本的论文,又构成了《儒林外史》评点本研究的新体系。这对于帮助读者阅读和理解原著,推动《儒林外史》研究向纵深发展具有积极的促进作用。在研究古人评本的同时，陈美林还借鉴这一传统形式，对《儒林外史》进行了独具特色的"新批"。此书 1989 年 12 月由江苏古籍出版社出版，堪称利用传统形式研究《儒林外史》的新尝试和新收获。

在此期间，李汉秋撰写了《儒林外史研究纵览》（天津古籍出版社，1992），对 1989 年以前关于《儒林外史》研究情况作了总体介绍和概论，颇具学术价值，值得珍视。

此外，近几年来还出版了两本关于《儒林外史》的辞典。一为李汉秋主编、由中国妇女出版社 1992 年出版的《儒林外史鉴赏辞典》，此书对《儒林外史》作了精彩的艺术鉴赏。一为陈美林主编、由南京大学出版社 1994 年出版的《儒林外史辞典》。此书熔资料性与学术性于一炉，尤其是撰写了各个时期《儒林外史》研究情况综述和收集了大量有关作家作品原始资料，为研究者提供了研究《儒林外史》的"小百科全书"，具有一定的学术价值。两本辞典的出版，可谓《儒林外史》研究史上的一项重要成果。

近几年来，还出现了一些对现当代人研究《儒林外史》成果的评价文章，如李汉秋〈略论现代作家对《儒林外史》的评价和继承〉（《明清小说研究》1991. 1），宋伦在《人民日报》海外版发表专访文章〈陈美林和《儒林外史》〉（1991. 5. 7），卢兴基〈传统形式的新收获〉——评陈美林〈新批《儒林外史》〉（《中国图书评论》1993. 6），傅正谷〈李汉秋的《儒林外史》研究〉（《光明日报》1993. 3. 31）等。这种现象表明，在形成《儒林外史》研究群体的同时，产生了成绩卓著的专家人物，他们的研究成果将成为《儒林外史》研究史上重要内容。①

① 引自胡金望〈1990 年以来《儒林外史》研究综述〉。

针对各家文学史著作及众多研究《儒林外史》的文章，众口一词地认定《儒林外史》是一部伟大的现实主义著作、“卓绝的讽刺小说”以及部分学者的过誉之辞，钟焰发表了〈对《儒林外史》不能评价过高〉(《理论月刊》1996.1)，从明清科举制度的历史地位与作用，从明清封建社会制度、政治腐败与科举制度、八股取士的本末关系，从作家批判和赞颂的儒林人物三个方面，剖析了《儒林外史》的思想内容和文化指向，认为这部批判现实主义的讽刺小说，“批判得倒是颇有力量，讽刺也可称之谓入木三分，可惜它的锋芒指向出现偏差。应当大力批判的他没有或许是不敢去批判，而对于‘儒林中人’却‘鞭辟入里’，大加挞伐。抱着这种感情来写读书人，当然是不可能为读书人指出正确出路的。”“他把牢骚发在八股取士的方法上，进而把一盆脏水都泼撒在知识分子头上”，其思想内容存在严重缺陷，不能过分拔高。虽然该文某些观点值得商榷，但其研究观念却值得称道。时下不少名著研究论文只云其长，不云(或少云)其短，缺乏辩证的全面的审视态度。钟文的发表，无疑表现了学人的另一种批评的眼光，反映了学界中清醒而冷静的研究态度。

第三节　《红楼梦》研究

《红楼梦》耸立千古，成为中华文化的博大载体，代表了中国古典小说的最高成就。关于《红楼梦》的研究，自20世纪初以来，近百年方兴未艾，逐渐形成了一门显学——“红学”；并在中国古典文学研究中具有特别重要的地位和影响。其研究论文之多、争论之热、讨论之深、涉及面之广、研究队伍之庞大，可以说绝无仅有。近20年，海内外究竟发表了多少篇红学论文，恐怕很难有人能够说清。据保守估计，仅大陆平均每年就约有300余篇论文正式发表，估计论著累计也有近200部出版。其研究景况有以下几个特点：

1. 红学研究组织健全，各级各类的红学研讨会经常举行，并有专门的红学研究刊物

1980年成立了中国红楼梦学会，这是中国古典文学研究领域第一个成立的学术机构，以此为契机，此后每年都有各种层次、各种类型的红学讨论会召开，并创办了《红楼梦学刊》、《红楼梦研究集刊》等全国和地方性刊物，使红学研究有了专门的阵地。“红学”已经走向世界，与“莎学”比肩而立，成为世界文化研究领域一门专门的学问。

2. 争论异常激烈，是红学研究的一个显著特点

从一定意义上可以说，在所有问题上都存在争论，而且参加者遍及社会各阶层，具有强烈的广泛性。研究者们对过去一些似有定论的方面重新展开研究，而对过去存有争论的方面更是各执己见，新观点在争论中不断涌现，红学研究“热闹非凡”。

3. 不断开拓新的研究领域

在过去的研究范围之外，红学家们更注意从美学、文化学、心理学、文献学等多学科的角度去研究分析，对作品及作者进行宏观及微观的综合考察。

4. 研究全面深入，方法论研究得到重视

作者和作品的所有情况，都有专文研究，基本没有死角，在有些问题的探讨上已相当深入。方法论研究已成为红学研究的一个

重要部分,许多红学家力图使各种红学范式相互阐发和解释,努力使红学成为具有兼容性和开放性的新型学术范式。

5.注重对红学接受史的研究,重视资料的整理和系统化

除许多专著研究红学史和做资料整理工作外,不少刊物辟出版面介绍红学研究现状,如《中国文学年鉴》、《红楼梦学刊》、《红楼梦集刊》等用固定栏目刊载综述。对每次红学会议及红学热点问题的争鸣都及时报道。对成果显著的海外和港澳台的红学家研究成果,也有专集分别收录。

6.研究阵容强大,形成老中青多层次的红学研究队伍,后继有人。

老一辈红学家们继续奋笔疾书,引导着数目极为可观的中青年红学家和广大的红学爱好者向新的领域进发,研究队伍蔚为大观。

7.注意《红楼梦》与其他艺术形式结合

如改编的电视连续剧、电影、戏曲曲艺作品等用人民喜闻乐见的形式宣传《红楼梦》这部伟大巨著,扩大了红学影响,取得良好效果。

下面就近20年《红楼梦》研究的主要方面加以评述:

一、关于作者生平家世研究

1979年,由戴不凡提出的《红楼梦》作者是谁的问题,经过红学界一场非常热烈的讨论后,基本平息下来,红学界已普遍确认曹雪芹的不可动摇的著作权。邓庆佑撰〈雪芹椽笔著红楼〉简略回顾争论情况,重申曹的著作权,试图作一小结。可以算是红学研究中

的一个小插曲。

关于曹雪芹生平家世的研究，历来是红学中“老大难”问题，悬案甚多，聚讼纷纭，牵扯不少研究者的精力。80年代初始，冯精志、冯华志根据他们长期实地考查和收集的材料，提出曹晚年穷居地点在香山健锐营正白旗38号宅，并葬于此间墓地的见解。胡德平以其《曹雪芹在西山》一书(与舒成勋合著)和〈香山曹雪芹故居所在的探讨〉一文论证冯说，对长期以来人们否认其关系展开论争。胡文彬〈曹隐居实考〉[《红楼梦学刊》(以下简称《学刊》)1981.4]则提出质疑。至于曹雪芹的卒年，徐恭时在讨论中，提出新见，卒于乾隆甲申年春分节，即1764年3月20日，在过去几种说法上又添一种。对其生年，除重提旧说，各执己见以外，卞歧〈曹雪芹生年及其父亲新考〉[《红楼梦集刊》(以下简称《集刊》)11期]倡曹雪芹生于康熙五十一年(1712)以前，“曹雪芹父亲是曹荃第二个儿子，后入嗣曹寅”的说法。此说尚需论证。对曹旗籍的研究，文章层出。李广柏和赵宗溥都主张属正白旗，而不是过去常持之汉军旗说法；张书才据档案史料力主曹家隶属应为正白旗包衣汉军籍，而非正白旗满洲(李文见《集刊》7辑，赵文见《学刊》1981.4；张文见《学刊》1982.3)。对曹雪芹生平的一些经历，也有不少论文予以探讨，如杨光汉〈曹雪芹重游南京考〉(《群众论丛》1981.3)考出：曹雪芹在乾隆二十四年(1759)夏秋离京重游故地南京，任两江总督尹继善的幕宾。而黄龙〈曹雪芹与莎士比亚〉首次披露一项饶有趣味的资料，他摘录了早年所读〔英〕温斯顿著《龙之帝国》中有关其祖父菲利普与江宁织造曹频相从，曾向其“宣教《圣经》，纵谈莎剧”，而“曹之娇子竟因窃听而受笞责”。这是研究作者的一条新途径,红学界比较注目。但有人对资料真实性提出疑问。美籍学者马幼垣〈曹雪芹幼聆莎翁剧史之存疑〉(《中华文史论丛》1984.2)主要介绍了他在海外多方寻求此书而无着的情况,并对传说中成书的年代、地名、人名的拼写方式问题提出看法。

80 年代中期,文物史料辨析也有相当进展。哄传一时的所谓"曹雪芹自题画石诗"经吴晓铃先生确考,证实抄自近人所作《考槃室诗草》誊正稿本,已有定论(〈试揭所谓曹雪芹佚诗〈自题画石〉之谜并以"回向"故吴恩裕先生〉,《集刊》10 辑)。聚讼 20 年之久的传谓清人所绘的两幅"曹雪芹小像"公案,基本得到解决,当然争论非常激烈,"王冈绘像",王利器、郭若愚、陈毓罴、刘世德等力主像主非曹雪芹,周汝昌存疑。而同意前说者居多。而争论更为激烈的是另一幅由河南省博物馆收藏的传为"陆厚信绘曹雪芹小像",不少人卷入争论中。经过十几年努力,由河南省博物馆专门组织调查组,走访专家学者,多方面调查核实,取得较有说服力的结论:判断这幅画像的原像主为乾隆年间人俞瀚(俞楚江,即俞振国先祖),画像上"雪芹先生洪才河泻,意藻云翔"云云的题跋是出售者郝心佛、陆润吾、朱聘之三人有意作伪,由朱聘之书写,陆润吾以家藏旧印章钤记的。集刊 12 辑就此问题发表一组文章,〈调查报告〉除刊出结论外,还附以有关图片资料,显然是可信的。而且同期程德卿〈揭开"曹雪芹画像"之谜的经过〉和郝心佛〈揭开"曹雪芹画像"之谜〉,详叙了作伪及露出破绽的经过。徐邦达《悼红异议》及《文物专家谈陆厚信绘雪芹像》则表明了文物、博物馆界的鉴定意见,从行款、字体、印色、印痕等方面进行了分析,"一致认为此画像题记属于伪记,并认为河南省博物馆的调查报告是有说服力的。"

至此，一桩红学公案大致澄清。另一些颇有价值的资料是中国第一历史档案馆公布的一批资料，如〈刑部为知照曹頫获罪抄设缘由业经转行事致内务府移会〉、〈总管内务府为曹頫等人捐纳监生事咨户部文〉等。基于对这批原始材料的分析，张书才等人发表了一系列文章，包括〈新发现的曹頫获罪档案史料浅析〉、〈新发现的曹頫获罪档案史料考析〉、〈关于新发现的曹雪芹家世档案史料的一些情况〉、〈新发现的曹雪芹家世档案史料初探〉等，认为这些材料表明曹頫获罪革职籍没以致枷号的直接原因是"骚扰驿站"。档案史料记载可以看出，曹頫居官行事确有"行为不端"，获罪审理中又究出其转移财产，并案追及亏空，因而革职籍没，导致了这个"百年望族"的彻底败落。但结案处理时，却仅"枷号催追"，雍正还特谕"少留房屋以资养赡"，显然与当时究治"奸党"大不相类。由此认为："曹家的衰落与皇室内部的夺嫡斗争并没有必然关系。雍正帝对于曹頫初无'借口问罪'之心，反有'开恩矜全'之意，"不但对澄清曹家没落的原因提出了颇有价值的新说，而且有助于对曹府败落"经济原因"、"政治原因"两说的争论做出判断。文章内容比较坚实。曹頫被枷号的事实可能对探讨曹雪芹创作《红楼梦》的总体构思及佚稿中的贾府结局很有帮助。

进入 90 年代，关于曹雪芹家世研究又有新的发展和论争。首先，"曹学"正式成为"红学"中的一个独特的分支。1979 年，美国耶鲁大学余英时教授提出了"曹学"这一名词，1982 年，周汝昌在〈什么是红学〉中首次提出红学应包括"曹学"。1991 年，冯其庸更是史论结合，论证了"曹学的诞生是一种自然趋势"。该文第一次对曹学作了总体概括，对曹学的外延、内涵，与版本学、探佚学、脂评学的关系，与红学的关系，以及曹学的前途和发展趋势作了全面的论述，指出曹学与红学是互为表里的，可以互相促进，曹学的前途是辽远和广阔的，并无途穷之忧。这实际上就是宣告曹学，作为一门学科，已正式进入学术研究殿堂。

其次，通州张家湾出土的曹霑墓石的真伪问题，引起了红学界的一次论争。1992 年 7 月 31 日《北京日报》（郊区版）报道"张家湾镇发现曹霑墓碑"的消息后，红学界诸多专家纷纷予以察证，或信或疑，提出了不同看法。王利器〈试论曹雪芹的生卒年及其墓地〉，认定"可以置信"，"是无可怀疑的"，并指出墓石上刻的"壬午"字样，正证实了他早年的结论。陈毓罴〈何处招魂赋楚蘅〉和刘世德〈曹雪芹墓石之我见〉都对敦诚、敦敏、张宜泉等凭吊曹雪芹的诗篇诗句作了仔细的辨误释义，认为，这些诗篇都"只能证明曹雪芹生前曾在西郊居住过，并不能证明曹雪芹死于西郊，更不能证明曹雪芹葬于西郊"。而墓石的发现，又在曹氏老坟张家湾，更符合古人死后归葬祖茔的习俗（以上三文均见《学刊》1993.1）。此外，冯其庸、杜景华、邓绍基、朱淡文、杨子才、曹仪简、牛克诚等大多数红学家均撰文论证曹雪芹墓石为"真"。著名文献鉴定家史树青、傅大卣亦肯定"河干葬志不容疑"。因此，墓石之"真"越来越为论者接受。但周汝昌等学者持怀疑态度。周汝昌〈曹雪芹墓碑揭伪〉（《社会科学战线》1993.3）等文章提出不少疑点，予以质疑。这说明，曹氏墓石之发现和论证尚存不少并未得到完满解释的疑点，有待进一步的研究。

第三，1993 年 6 月 6 日《光明日报》登载了〈丰润发现曹氏重要墓志铭和墓碑〉的消息。报道了河北丰润县发现清初曹鼎望的墓志铭及曹鼎望之子曹钤的墓碑,并称:"据著名清史专家杨向奎教授研究认定,曹鼎望为曹雪芹祖父,曹钤为曹雪芹的父亲……"由此,而再次引起了曹雪芹祖籍"丰润说"和"辽阳说"的大论争。

关于曹雪芹的祖籍,过去有两种说法:一说是丰润(今属河北省),一说是辽阳。"丰润说"是30年代李玄伯首先提出的,而坚持最力的是《红楼梦新证》的作者周汝昌。丰润籍历史学家杨向奎多年来也坚持"丰润说"。过去"丰润说"确曾被一些读书人所接受。俞平伯也曾采用"丰润说"。80年代以后,由于研究工作的深入,红学界已很少有人再相信"丰润说",再提起"丰润说";"辽阳说"渐渐成为多数人共识。但这个问题没有展开深入讨论,没有彻底解释清楚。杨向奎于1988年发表〈曹雪芹世家〉(《文史哲》1988.6),1992年发表〈红楼梦中荣宁两府的来源〉(《中国历史地理论丛》1992.3),就是重申"丰润说"的文章。1993年6月丰润的发现,使持"丰润说"的学者认为有证可依,于是认为"曹雪芹祖籍丰润已成定论"。并由此推衍否定了曹雪芹是《红楼梦》的原著者。1994年1月8日《文艺报》发表王家惠〈曹渊即曹颜〉、刘润为〈曹渊:《红楼》的原始作者〉两篇文章。王家惠说丰润人曹渊过继给内务府曹寅为子,改名曹颜。刘润为则说这个曹渊是《红楼梦》的"原始作者",曹雪芹只是此书的批阅增删者。不久,杨向奎发表〈关于《红楼梦》作者研究的新进展〉,全盘接受王家惠和刘润为的说法,并称颂道:"王家惠同志画龙,而刘润为点睛。有此一'点'全龙活了,《红楼梦》一书原始作者的找出,使七十年来的悬案至此解决。"他还强调说:"曹雪芹对于〈石头记〉作了增删,'增删'不是著作。"他因此主张再出版《红楼梦》时署"创始者:曹渊(方回)"、"增删者:曹霑(雪芹)”。此说一出,学术界为之哗然。4 月,中国社会科学院文学研究所古代文学研究室和《文艺报》理论部联合召开了“《红楼梦》研究方法论问题”讨论会。与会专家一致认为,王、刘、杨三人的文章言之无据,论点根本不能成立。许多红学家首先对“丰润说”加以深究,冯其庸〈再论曹雪芹的家世祖籍和红楼梦著作权〉(《学刊》1995.1),刘世德〈评红学中的“丰润说”〉(《文学遗产》1995.5),李广柏〈评“丰润说”〉(《学刊》1995.3)对“丰润说”的来龙去脉以及它虚假的论据、论证进行了系统的清理,同时也进一步论证了“辽阳说”的可信性。此后,一批同王、刘、杨三人辩驳的论文陆续发表,有力地维护了曹雪芹的著作权和应有的历史地位。刘世德〈曹渊非曹颜考〉(《学刊》1994.4)、张书才〈《曹渊即曹颜》平议〉(同上,1995.1)、张庆善〈曹渊、曹颜与红楼梦作者问题〉(同上,1994.4)、石昌渝〈“曹渊即曹颜”的证据不确凿〉(同上,1995.3),从各个角度论证了丰润曹渊完全不可能过继给曹寅为嗣,曹渊不是曹颜。胡文彬〈《红楼梦》“原作者”考论〉(同上,1994.4)、孙玉明〈再谈《红楼梦》的著作权问题〉(同上,1994.4)、李广柏〈驳刘润为的“原始作者”论〉(同上,1995.4),列举乾嘉以来许许多多关于曹雪芹著《红楼梦》的记载,特别是脂砚斋、畸笏叟的批语,爱新觉罗永忠、富察明义有关《红楼梦》的诗作,说明曹雪芹著《红楼梦》已有铁证,早已不是“悬案”;曹渊同《红楼梦》根本沾不上边。

在这场论争中,“辽阳说”明显占了上风,但“丰润说”并未就此倒下,1996 年周汝昌在《明清小说研究》第 4 期和《北京大学学报》第 6 期上分别发表了〈曹雪芹家世考佚〉、〈曹雪芹家世考实〉两篇文章,再次就“丰润说”进行了集中概括和总结,坚持己见。看来,

“丰润说”和“辽阳说”还将争论下去，热闹的场景或许还会再现。

二、关于《红楼梦》续书、版本及脂砚斋批语的研究

1. 关于续书研究

对于《红楼梦》后40回的作者及评价，存在着不同的意见。关于其作者，主要有三种意见：①高鹗；②曹雪芹；③非高非曹。第一种由胡适著文宣传，影响最大，但近年有不少文章提出质疑。第三种是旧话重提，陶剑平〈《红》后四十回非高鹗续作〉较有代表性。第二种意见，如肖立岩〈高鹗续《红》后四十回说质疑〉、徐恭时〈续梦假贾与甄真〉、王昌定〈关于《红》后四十回的著作权问题〉、陶光〈120回本《红楼梦》乃曹雪芹一人所作〉等文都倡续书为曹雪芹原作之说，程高二人并非续作者。因为这牵涉到对续书的研究评价，是红学研究的重要组成部分，这方面工作进展，为红学界注目，需要热烈而富有新见的争论。

关于其评价，则存在两种基本不同的意见。一种意见认为后40回违背了《红楼梦》原作的精神，绝非曹雪芹原作。周汝昌参加首届国际《红楼梦》研讨会的论文〈《红楼梦》全璧背后〉(《学刊》1980.4)最具代表性，该文详细探讨了程伟元《红楼梦》120回本出版真相，指出这是有目的、有计划、有后台的一个政治事件，是清朝统治者施行反动文化政策的直接后果。此文虽获不少好评，也引起较大论争。此外，吴小如〈论《红楼梦》后四十回〉，石昌渝〈论《红楼梦》人物形象在后四十回的变异〉、〈论《红楼梦》后四十回与前八十回情节的逻辑背离〉及〈《红楼梦》后四十回与前八十回细节描写之辨析〉等，从不同的角度论证后40回不符合曹雪芹原著的主旨

和审美理想。另一种意见是肯定或基本肯定后40回是符合《红楼梦》一贯精神的，甚至有人认为基本上出自曹雪芹手笔，以舒芜、白盾、周绍良为代表。舒芜力倡此说，他在〈说到辛酸处，荒唐愈可悲〉中认为，后40回写了宝黛悲剧的结局，“不管后四十回有多少缺点，有了这一个悲剧的结局，便可以不朽了”。周绍良〈论《红楼梦》后四十回与高鹗续书〉认为“从《红楼梦》全书前后看，不论后四十回有多少毛病，一百二十回所包括的故事是协调的，互相衔接而没有矛盾的，循着合理的线索而发展下来的”。同时他认为后40回不是高鹗所续。1995年，陶光撰文亦有类似看法。徐恭时、徐迟等也赞扬后40回。全盘肯定后40回的价值并肯定作者为高鹗的以白盾最为代表。他在〈试论高鹗续作之功〉(《光明日报》1983.2.15)中提出新的看法，认为曹雪芹写的是“引而不发”的儿女真情，而不是彰明昭著的“男女爱情”。他虽大胆地写出了有近代色彩的宝黛爱情，却未能突破封建世家忌讳男女爱情的保守观念，而高鹗没有曹雪芹的贵族自矜及相应的保守观念，因此能超越曹所遇的障碍，续出非曹预想却是作品应有的结局。由此白盾对续书及其作者评价较高，他在〈论《红楼梦》八十回的续书〉(《红岩》1983.1)认为“续作者在无人接替的情况下接过雪芹手中的火炬把它擎向终点，续成了《红楼梦》这部伟大的作品，夺到了世界苑林里的冠军”。红学界总的倾向还是赞成前面一种意见的人居多，而且绝大多数都认同续书非曹所作。在续书研究中，出现了新的方法，如采用电脑对词汇进行专门处理，对时间进程、人物年龄等研究成果编制程序输入电脑等方法，但这种创新精神虽可称赞，由于依据颇富主观性，可能影响计算机结论，所以只能算是尝试探讨，未必准确。

当今，越来越多的学者认为，红楼梦研究必须回归文本研究。而回归文本的前提之一是要从前80回与后40回的割裂状态回归于120回本的艺术整体，过分贬低后40回或者过分推崇后40回都是有失公允的，应该将前80回与后40回加以整体研究。俞平伯先生临终前不久竟还用已不能握笔的颤抖的手写下："胡适、俞平伯是腰斩〈红楼梦〉的，有罪；程伟元、高鹗是保全《红楼梦》的，有功。大是大非。"短短数语，含义丰富。学人各有理解，但毋庸讳言，俞平伯的临终遗言对当前红学界极富深刻的警示意义。

2.关于版本的研究

版本研究一向也是红学热门。十年研究中值得称道的是：1982年出版了新校注本《红楼梦》，改变"程乙本"一统天下的局面，很有意义。对《红楼梦》各种版本都有专文或专著着笔。如蒋维锁的一组文章对"庚辰本"做了研究，认为同已卯本同出一源，并无过录关系，而且是曹雪芹生前最后一次评阅的所谓"四阅评本"。另外冯其庸、季稚跃也分别发表文章认为两书基本同一源流。研究者对甲戌本较为关注、李少清〈从《石头记》到《红楼梦》〉认定甲戌本是曹生前的最后一个定本。李梦生〈论甲戌本"凡例"作者及写作年代〉(《集刊》10辑)则得出结论："凡例"作者是脂砚斋，作于乾隆甲戌以前，庚辰诸本之第一回前总评即"凡例"的删存。冯其庸〈论《脂砚斋重评石头记》甲戌本"凡例"〉(《学刊》1980.4)考定"凡例"、"其前四条是后加的，其第五条是就脂砚斋重评《石头记》第一回的回前评改窜的"。但甲戌本"除去开头的'凡例'和版口的'脂砚斋'三字以及甲戌以后的脂评外，其余部分都是脂砚斋重评

《石头记》甲戌披阅再评本的文字，是现在曹雪芹留下的《石头记》的最早的稿本（当然是经过过录的）”。而卢兴基〈《红》甲戌本“凡例”析证〉（《集刊》7 辑）和周策纵〈《红》“凡例”补佚和释疑〉（《学刊》1981.1）则均肯定“凡例”应出自曹雪芹之手的说法，当作于稿本早期，是红学研究重要材料。己卯本在 80 年代后期影印出版，很有意义，但冯其庸在《序》中提出的整理删改方式不少人却不能接受。应必诚〈关于《石头记》己卯本的影印〉（《中国社会科学》1981.2）中强调影印本必须完全按照抄本的原样”，不能删改成“适应自己观点，证明自己观点的样子”。他还对冯著《论庚辰本》中庚辰本与己卯本关系的某些论断提出不同看法。何林天〈论己卯本与庚辰本的关系〉（〈集刊〉第 12 辑）则提出根本性质疑。列藏本自 1985 年被介绍到国内来以后，引起红学界极大关注。经中苏红学家共同努力，已影印出版，冯其庸等去苏联实地考察了列藏本，认为极有价值，胡文彬撰写系列文章详细介绍列藏本的情况，如〈列藏本《石头记》概论〉（《思想战线》1984.2），苏籍学者庞英在校勘中做了大量工作。现在已初步弄清列藏本的构成、年代及发现的意义，有待研究者进一步挖掘。另外，过去相对薄弱的其他版本情况也为红学家们所注意，如“靖藏本”存在和“迷失”情况，“郑藏本”、“有正戚序本”、“舒序本”、“孙崧甫抄评本”、“王府本”等均有涉猎，限于篇幅，不一一罗列。

1998 年，郑庆山在《红楼梦学刊》第 4 期上发表〈《红楼梦》版本源流概说〉，将其以十年之功对现存所有版本的考察研究主要成果予以公布。该文侧重于对所有版本抄刻年代及底本方面的综合叙述，并在此基础上对其系列有所分析。条分缕析，值得重视。

90年代关于版本的研究有一场举世瞩目的大论争，那就是关于脂评本的真实性问题。这场论争是由欧阳健的系列论文而引起的。一般认为，《红楼梦》的版本存在两个系统，一个是80回的传抄本系统，因为其中有脂砚斋等人的批语，所以称为“脂本系统”；一个是120回的排印本系统，底本是程伟元的两次活字本，所以称为“程本系统”。红学界历来认为，脂本早于程本，代表了《红楼梦》本来的面貌，即“脂优于程”。1990年，欧阳健在写作《古代小说版本漫话》一书时，对《红楼梦》版本问题进行了一次认真的审视，结果发现了红楼版本学中存在着重大问题。1991年5月起，他连续发表了三篇向传统脂本观念挑战的论文：〈《红楼梦》“两大版本系统”说辨疑〉（《复旦学报》1991.5），〈重评胡适的《红楼梦》版本考证〉（《明清小说研究》1991.3），〈脂本辨证〉（《贵州大学学报》1992.1），至1995年7月短短四年，欧阳健又在全国各地刊物上连续发表了有关《红楼梦》版本考辨论文25篇，特别是1994年5月出版的《红楼新辨》一书，在红学界造成了巨大影响。欧阳健通过这些著述，公布了自己对胡适红学模式重新审察的初步成果，由于它触及红学研究一系列根本性、基础性、原则性问题，事关红学发展的方向，观点“惊世骇俗”，因而在红学界产生毁誉不一的反响，并掀起“惊涛骇浪”般的大论争。

欧阳健的基本论点是：程甲本是《红楼梦》的“原本”、“真本”，现存脂评本都是后人增删改动程甲本而“伪造”的“赝品”。与此相联系，他还发表〈《春柳堂诗稿》曹雪芹史料辨疑〉（《明清小说研究》1992.1）、〈红学辨伪论〉（《明清小说研究》1994.1），认为向来作为研究曹雪芹重要史料的《春柳堂诗稿》、《枣窗闲笔》都是“伪书”。

欧阳健在他的《脂本辨证》中，首先从版本分类的角度对脂本范围划得太宽的情况作了清理，认为真正称得上脂本的只有三个，即甲戌本、己卯本和庚辰本。这些以往书目著作中从未被记录过的《石头记》抄本，突然出现在民国以后，本是件值得怀疑的事，而新红学家在这种情况下未对这些本子的"纸张墨色、字体行款、题署讳字等紧要关目进行鉴定"，就对写在脂本上的干支深信不疑。由此欧阳健比较了这三个抄本的不同情况，从异文、避讳等问题论述甲戌本的年代是很不可靠的，并辨明了这三个抄本的关系。己卯本、庚辰本都是由甲戌本派生出来的，但这两个本子并非甲戌本的"改本"或"定本"，因为它们不仅没有越改越好，反而越弄越糟。欧阳健在这一基础上，进而辨证了甲戌本和程甲本之间的关系。他从三个抄本与程甲本前八回里面摘出的大量异文分析中，判明了甲戌本并非像胡适所说的那样"是世间最古又最可靠的《红楼梦》写本"、"一个曹雪芹自己批的本子"，而是与此相反，程甲本才是"本源的、第一性的"，甲戌本则是"派生的、第二性的"，甚至这些脂本上所署的书名、卷数、年代以及评点等都受了程甲本引言和序的启示。因此欧阳健得出结论说，"程本为外间各种《红楼梦》的底本"（胡适语），这个"底本"，自然包括脂本在内。而数十年来，人们把来历不明、破绽百出的脂本当作"真本"，厚诬程伟元、高鹗为欺世骗人的罪人，这是极不公正的。

几乎同时，沈阳的宛情于 1992 年 4 月出版了《脂砚斋言行质疑》一书，也提出了脂砚斋、脂批作伪的新说，与欧阳健的观点不谋而合。他们的新说，尤其是欧阳健的系列论文得到了红学界一些学者的赞同和支持。林辰、朱一玄、侯忠义、曲沐、董文成、朱眉叔、胡文彬、王珏、吴国柱等学者纷纷撰文予以肯定，其中有的学者还发表论文加入了欧阳健新说的行列。但同时，很多研究者，特别是红学界权威人士认为欧阳健的新说与结论出自主观臆测，开始时不屑一顾，无人写文章就此展开论争，但在欧阳健文章越发越多，颇有“新说”盖过“旧说”之情势下，著名红学家认为有必要展开论争，以正视听。从1993年起开始对欧阳健的新说“进行全面批驳”。蔡义江〈《史记》抄袭《汉书》之类的奇谈——评欧阳健脂本作伪说〉、宋谋瑒〈脂砚斋能出于刘铨福的伪托吗?〉(同上)、杨光汉〈甲戌本·刘铨福·孙桐生〉、唐顺贤〈同君共斟酌〉、刘世德〈张宜泉的时代与《春柳堂诗稿》的真实性、可靠性〉均见《学刊》1993.3等五篇论文全面批驳了欧阳健的“脂本作伪”说。1994年，中国红楼梦学会会长、《红楼梦学刊》主编冯其庸先生发表〈论红楼梦的脂本、程本及其他〉(《学刊》1994.2)的长文系统地批评了欧阳健新说。文中介绍了他所亲见的甲戌、己卯、庚辰本的纸张、墨迹、颜色的情况，可以辨认出是乾隆时期的抄本；又引裕瑞《枣窗闲笔》和周春《阅红楼梦随笔》中的记载，从文献资料上证明脂本在程甲本之前的存在。关于程本，冯其庸列举程甲本中有五处残留的脂评文字，足证脂本在前，程甲本是以脂本为底本整理的。而且，程甲、程乙本的“序”和“引言”，明明说到在程甲本之前有“雪芹曹先生删改数过”的80回抄本，程本是“传阅几三十年”的80回抄本加上“今得”的后40回，并经过“补遗订讹”而成的。如认为程甲本是最早的“原本”，岂不与其“序”相矛盾？随后，郑庆山〈也谈甲戌本〉(《学刊》1994.3)、唐顺贤〈裕瑞曾见脂批甲戌本浅考〉(同上，1994.4)、郭树文〈《脂本辨证》质疑〉(同上，1995.4)，都针对欧阳健否定脂本的各项证据一一进行了辩驳。丁淦〈程甲本后四十回是"真本"吗〉(同上,1994.4),提出对《红楼梦》诸版本的鉴定应当扎扎实实地进行三个层次的工作:"各版本的墨迹、纸张、抄写与装订格式等等文学的物态要素的鉴定","各版本之间文字(正文、批语)的沿革演变等内在关系的鉴定","各版本之间由主题、人物、情节、线索、细节等等文学要素构成的思想内容和艺术水准之异同的鉴定"。这是版本鉴定的科学方法,如果说有什么不足,就是还应当增加一个层次:依据其他有关文献资料作鉴定。

此间,曦钟等学者亦撰文与欧阳健商榷,欧阳健及曲沐等学者也发表了多篇论文予以答辩。应该说,这场"惊涛骇浪"般的大论争,尽管双方意见分歧是空前尖锐对立的,但大多数参加论争的学者态度是认真负责、实事求是的。然而,不可否认,也有极个别学者的言词已超出了学术之争。

3.关于脂砚斋批语的研究

脂评在红学研究中是很值得重视的一批材料,对它的研究由来已久,但近年出现了较大分歧。郝廷霖集中研究脂评,撰写系列文章,如〈独创的艺术分析〉(《学刊》1981.1)、〈论脂评本《石头记》的行文布局〉(〈学刊〉1983.4)、〈论脂评本《石头记》人物形象的塑造〉(《学刊》1986.1)等,从各方面全面评价脂评,对它的一些特点作了总结,把脂评分为"有宝贵史料价值的"、"算得上真知灼见"、"属于独创的艺术分析"三类,并主要就后面一类作了详尽分析,令人信服。王靖宇〈"脂砚斋评"和《红》〉(《集刊》第6辑)认为脂评"最突出的特点,倒是不可靠的评论格外地少,绝大多数讲得很有道理,而且艺术上的色彩至今尚未消褪",并为"后来所有的小说评论提供了一个范型”。于朝瑞〈应该如何评价脂砚斋〉、〈脂评的文艺批评思想〉(《武汉师院汉口分部校刊》1981.1)虽对郝延霖一些论点提出商榷意见，但肯定脂批的前提是存在的。在脂批研究中，人们一般是在肯定脂批价值的前提下就其作用、成就展开论争的。其他如杨星映〈脂砚斋论人物塑造管窥〉(《学刊》1982.3)、赵金铭〈脂砚斋初评《石头记》是在什么年代〉(《学刊》1989.4)等也较深入地探讨脂评成就。从脂批和早期抄本的其他线索探讨曹著80回后佚文，也是近年红学研究中引人注目的内容。另外，对脂砚斋情况的研究，红学家们也做了相当工作，通常认为脂砚斋卒于雪芹之后，而蒋维琰〈脂砚斋卒年与《石头记》回评〉提出他的卒年“最大可能性在己卯冬至到庚辰秋前之间”，而深知后半部新稿内容的“只有另一位评阅者畸笏叟”。

这个部分的研究对弄清曹雪芹写作《红楼梦》的精神、作品原貌、增删过程、探求佚著、评价续作等都具有重大意义，故而红学家们非常瞩目，甚至有人将此范围定为“红学”的狭义内涵，可见重视程度。争论探讨继续深入，必将取得可喜成绩。

三、关于《红楼梦》思想及文化意蕴的研究

《红楼梦》一书无论在思想上还是在艺术上取得了极高成就，这是学术界所一致公认的。但相当长的时期，对其研究在发展上是不平衡的。20年中思想内容的研究有所突破，主要在于初步打破过去主要从政治、阶级观点进行研究的束缚(这一点尤其在“文革”“评红热”中显得明显)，视野开阔，更多地从文学发展史或美学、文化学、心理学等角度进行探讨，屡有新见。

1. 对作品主题的探讨

建国后陆续出现几种说法,甚为流行。80年研究中虽重提这几种说法,但更多的研究者却对其提出质疑并且提出不少新看法,据不完全统计,主题说法大约有十种。80年代之前有:①"政治历史小说";②"第四回是全书总纲";③"爱情主题说";④"封建家族衰亡过程说"。80年代期间又出现了;⑤"封建社会青年女性普遍悲剧说",由舒芜〈谁解其中味〉(《学刊》1980.1)提出;⑥"悲金悼玉说"。邓遂夫认为全书是"悲悼以宝钗、黛玉为代表的所有生性纯美、却被封建社会的道德礼法所毒害、所摧残、所扼杀的青年女子";⑦"封建阶级子孙不肖,后继无人说"。由朱彤提出,他在〈论《红》主题〉(《学刊》1981.1)中概括为:一部《红楼梦》是以封建贵族阶级子孙不肖、后继无人问题为核心,展开了贵族阶级各个侧面的描写,无情地揭露和鞭挞地主阶级的种种罪恶,热情地讴歌和赞美了新兴力量的叛逆精神,全面地批判了封建制度,深刻地揭示出封建社会和地主阶级必然崩溃和没落的历史命运。两个侧面即腐朽浪荡的"不肖"和叛逆新生的"不肖"都说明了这个主题的可信性;⑧"反封建主义说"。蒋和森撰〈一部对时代感到痛绝的书〉(《集刊》第5辑)力倡此说,认为全书都围绕这个主题展开;⑨"影射曹家破败、反皇权主题说"。郝忻〈《石头记》主题思想是什么〉(《学刊》1983.4)认为"隐晦曲折"是《石头记》表现手法的一个大特色,读者也应当从作者所用"虚幻"笔墨中揭示他的创作意图和主题思想,主旨凝聚在通灵宝玉所铸的20个字上,并因此分析这部小说具有强烈反皇权思想,是针对清朝最高统治者而发的具有鲜明政治倾向的书;⑩"主观命意与客观意蕴对立统一说"。何永康认为曹雪芹的"主观命意"并非等同于《红楼梦》的"客观意蕴"，而是对立统一的关系，既一致而又有区别和矛盾。

2. 关于《红楼梦》文化哲学意蕴的研究

进入 90 年代，关于主题的笼统论争逐渐淡化，学者们越来越重视研究《红楼梦》的文化背景、文化渊源和文化内涵，着重探讨其文化取向、伦理价值、人文精神及其哲学意蕴。

《北京大学学报》1999 年第 2 期刊发了龙协涛对周汝昌的专访，周汝昌指出，中华大文化还有经史子集形式之外的"载体"——这就是《红楼梦》。红学是中华文化震动世界的三大高峰和三大显学之一。甲骨学代表了中华早期文化造诣；敦煌文化可包括南北朝、隋唐这个极不寻常的文化历史大阶段；《红楼梦》可包括宋元明清这一大段历史的文化精神实质。三者都代表了一个重要时代历史文化发展的辉煌遗产。其"学"的形成，在于它的内涵底蕴的极其丰厚与"重新发现"。三者并列无愧。《红楼梦》是理解中华文化的总钥匙。红学应定位于"新国学"。红学研究中有两条重要比喻未能引起重视：一是美国学者提出的《红楼梦》是"研究、理解中国文化"的"一条主脉"的命题。《红楼梦》不宜冠之"百科全书"，因似有"知识摆摊"之嫌；它是理解中国文化的一条生命精气贯注、运行流动不息的"主脉"。二是鲁迅所说的"华林"。贾宝玉并非要做一个"华林挽歌"的撰辞人，红学也不应为了"歌颂悲雾"而不礼赞"华林"。

宁宗一提出解读《红楼梦》的策略应该是"追寻心灵文本"。认为《红楼梦》给我们最大的启示是为何思考人生、思考艺术、思考文化。"对《红楼梦》文本的生命力必须以整体态度加以思考(〈追寻心灵文本〉,《学刊》2000.3)。这一观点实际上表明真正伟大的作家无不关注人类的生存价值与意义,无不充盈着对人类命运的形上追问与思考,这就是《红楼梦》的意义。

杨义在《中国社会科学院研究生院学报》1994 年第 6 期上著文指出:《红楼梦》是“天人感应”文化哲学的审美化。《红楼梦》是以自己独特的方式,去感觉内在的和外在的世界、实在的和空幻的人生的,它有自己的眼光和感应神经,这就是中国“天人感应”文化哲学的审美化,即天书与人书的诗意融合。《红楼梦》的复合视角,是一种具有丰富的层次感、穿透力和幻设性的多元视角,它既能进入社会人生的丰富复杂的深层,又在对社会人生的渴求、焦虑、忧患和忏悔中,升华出超验的诗意境界,走到了神话的边缘。《红楼梦》以深含隐痛的自传性的人生阅历为写作起点,但由于复合视角所调动的一系列叙事谋略,竟走到了一个天人契合的反自传性的艺术终点,一个综合着天书与人书双重品格的艺术终点。

叶朗则在《北京大学学报》1998 年第 2 期撰文指出《红楼梦》的意蕴有三个层面。第一个层面是《红楼梦》以前所未有的广度和深度反映了清代前期的社会面貌和人情世态。第二个层面是《红楼梦》的悲剧性。《红楼梦》的悲剧性并不在于四大家族由盛到衰的悲剧,也不简单在于宝、黛的爱情悲剧,而是在于曹雪芹提出了一种审美理想,而这种审美理想是从汤显祖那里继承下来的,即肯定“情”的价值,追求“情”的解放。大观园就是他虚构的“有情之天下”。他的《红楼梦》就是一部“有情之天下”被吞噬的悲剧,是一部“冷月葬花魂”的悲剧。《红楼梦》的第三层面是《红楼梦》处处渗透着作家曹雪芹对整个人生的一种哲理性的感悟和感叹:对人生的终极意义的追问，对命运的体验和感叹。这是《红楼梦》意蕴中的形而上的层面，是一个最高的层面，也是一个长期以来不被人注意的层面。

陈冬季则描述了《红楼梦》的深层意蕴，将其归纳为，①它表现了一种超前的道德观念；②它揭示了趋于衰亡的封建社会的本质；③它表现了当时弥漫社会的普遍情绪，强烈的伤感，无望的悲哀；④它表现了个体生命意识的觉醒。这番概括是比较稳妥、平实和切近真实的(〈道德·社会·情绪·人生〉,《学刊》1991.3)。

孙逊在《文学评论》1995 年第 4 期撰文认为，作为小说的《红楼梦》，其文学本体层次的主题，包括了爱情悲剧、婚姻悲剧、青春悲剧和命运悲剧在内的家庭悲剧、社会悲剧和人生悲剧。谈《红楼梦》主题而不涉及这一层次，那就失去了作为文学作品的《红楼梦》的价值和意义。《红楼梦》的政治历史层次的主题，是说作品反映了封建社会的阶级压迫和剥削，以及统治阶级的相互勾结和倾轧等阶级斗争、政治斗争的内容，可以把它当作历史来读。这种提法作为一家之说有其存在的价值，很难说它一定不符合作品的实际。但《红楼梦》还存在一个哲学的最高层次主题。伤口中充满了盛与衰、荣与辱、生与死、富与贫、升与沉的急剧转变，亦即好与了的相互转化和蜕变。其本质就在一个“变”字，可以说这是贯穿小说始终的辩证法思想的生动体现。三重主题:一个有机统一的整体。联系到曹雪芹已把这三重主题的主题歌隐伏在他精心结撰的前五回里，对这一结论也许较容易取得一致。

梅新林的专著《红楼梦哲学精神》(学林出版社，1995)详细剖析了《红楼梦》中的哲学精神。该书为 200 余年红学史上第一部系统的《红楼梦》哲学研究专著。作者由女娲炼石补天、创造石头生命的远古创世神话触发灵感，根据红楼世界的本然结构，伴随小说主角石头一道，从神界大荒山青埂峰出发，进入俗界贾府中的“富贵场”与“温柔乡”，经19个春秋的红尘历劫，最终回归于神界大荒山青埂峰下。然后追本溯源，进而发现在这一“出发—变形—回归”的生命循环圆圈中，原是由源远流长的思凡、悟道、游仙三重模式复合而成的，并依次指向儒家世俗哲学、佛道宗教哲学与道家生命哲学，最后又通过《周易》阴阳哲学的复合，指向人类二律背反悲剧命运的哲理思索，从而逐步解开了被列为《红楼梦》十大谜之最的主题之谜。

分析《红楼梦》文化哲学意旨的文章还有：

杜正堂的〈《红楼梦》：《易》象与原型〉(《学刊》1994.1)，提出《易经》和《红楼梦》在精神命脉上“有相似相通之处”，“这种相似相通背后所隐蔽着的“是”那种以沟通古人之心与今人之心及未来人之心的心理轨迹——“原型根基”。文章把《易经》作为“中国哲学对原型的最早理论表述”、“中国最早的文化原型模式”；认为《易经》所表述的“浑沌”原型在《红楼梦》中的表现是贾宝玉的“情不情”和童心，《易经》的阴阳妙合、天地交泰、天人相应的整体关联观念(中国文化的母题或原型根基)在《红楼梦》中体现则是“太虚幻境”和“清净女儿之境”。陈毓罴〈红楼梦与民间信仰〉(《学刊》1995.1)仔细考察了《红楼梦》的部分描写同民间习俗、信仰及秘密宗教的联系。如太虚幻境金陵十二钗册子，利用了长期在民间流传的《推背图》的形式，元春判词中“虎兔相逢”的说法来自与《推背图》相似的《转天图经》之类，马道婆其人大约是当时流行北方的黄天道的道婆。成穷《从红楼梦看中国文化》(上海三联书店,1994)是阐释《红楼梦》与中国文化精神之内在关系的专书,提出《红楼梦》"切中了中国文化的自然主义精神,展示了中国人的家族性的生存样态",贾雨村的形象"体现了古代儒生的生存常态",黛玉《葬花词》透露出"中国文人一以贯之的对命运和死亡的焦虑",等等。凤文学〈《红楼梦》死亡意识三题〉(《安徽师范大学学报》1994.1)认为《红楼梦》的悲剧在于以男性为中心的封建社会伦理制度的沦丧。掌管这个家庭的是一系列女性,荣国府中上有老祖宗贾母,中有王夫人,下有"泼皮破落户"王熙凤,甚至寡妇李纨、庶出姑娘探春、亲戚侄女薛宝钗也一度三驾马车临时执政。这些人都是外姓,非贾氏传人。这种典型的"阴盛阳衰",在整个以男性为中心的封建时代,是极为罕见的反常现象。它表明封建制度及其伦理秩序的死亡。

梅向东〈正反悖谬风月镜——《红楼梦》对一种文化困境的意识与隐喻〉(《安庆师院学报》1997.2)通过对风月宝鉴的深入解读,从另一种角度深刻把握到《红楼梦》的文化意蕴所在:风月宝鉴体现出"红楼"作者对中国传统文化精神和中国古代社会现实中所固有的"理"与"欲"的两极悖谬的哲学意识;同时也意味着"红楼"作者试图以"情"这个新的文化价值形态去消除和整合那种两极悖谬的文化哲学的努力。

3.关于《红楼梦》政治倾向的讨论,历来有所谓"补天"与"破天"之争

聂石樵、邓魁英〈《红》的政治倾向〉(《集刊》1、2辑)认为:"其政治倾向主要表现在政治思想领域内反封建的斗争,在政治思想

领域里又集中表现在和当时作为统治阶级的统治思想封建理学的斗争”。“但曹雪芹的思想并不都是进步的，相反有许多落后、腐朽的东西”。“作者的重要思想是要‘补天’，补封建社会之天，也就是挽救封建社会。”薛瑞生也认为曹雪芹的思想核心是“除弊”、“补天”(〈红楼梦政治倾向与曹雪芹的世界观〉，《西北大学学报》1982.1)。但许多学者对“补天”说提出质疑，主要文章有：林方直〈《红》不是补天书〉(《内蒙古大学学报》1981.3)、项观奇〈“补天说”值得商榷〉(《山大文科论文集刊》1980.2)、刘文晓〈曹雪芹“补天说”质疑〉(《学刊》1980.2)认为曹雪芹是“自觉地通过《红楼梦》所展示出来的巨大的人生图画，是要批判、否定封建社会，并不是为了‘改善封建社会’使之长治久安”。而张志岳的〈关于《红》若干问题的探讨〉则从历史角度探讨曹雪芹思想性质，认为清初乃至鸦片战争以前还不可能产生资本主义，因而曹雪芹的思想仍然跳不出封建框框，《红楼梦》不可能有“新”(资本主义萌芽)的质，但它“把封建叛逆者的文学传统发展到一个新的顶峰”。冯其庸长文〈千古文章未尽才〉(《学刊》1997.2)认为“《红楼梦》这部书，不仅是对两千年来的封建制度和封建社会(包括它的意识形态)的一个总批判，而且它还闪耀着新时代的一线曙光。它既是一曲行将没落的封建社会的挽歌，也是一首必将到来的新时代的晨曲”。

4.对作者曹雪芹思想性质的探讨

主要有三个方面：一是普遍认为曹雪芹坚持朴素的唯物主义。王成福〈试论曹雪芹的世界观〉(《学刊》1980.2)认为作者在宇宙观上“坚持了元气一元论的唯物论”，达到当时唯物论最高水平。徐子余〈曹雪芹哲学思想论辩〉(《学刊》1983.3)认为是“元气本原论”,湘云表现的对“阳尊阴卑”不屑一顾,与作者反封建尊卑等级制度相一致,表现了他哲学思想。二是在曹雪芹的社会史观上看法分歧。王成福认为作者自然观是唯物主义的,一涉及社会历史的领域,便自觉不自觉地投入唯心主义的怀抱,但进步思想又在于曹雪芹并没有从浓厚的虚无主义倾向走向悲观厌世,宁可说他在寻求社会及人生的新出路。而徐子余则认为曹的社会历史观点没有神的地位,其积极方面使曹能坚决反对神学目的论。三是关于曹的思想性质。(1)大多数学者认为曹雪芹具有近代民主主义思想色彩。但也有不同看法。如薛瑞生认为曹雪芹接受了初步民主主义思想,但不可能走向市民阶级,只是本阶级的逆子,并未成为“贰臣”。思想核心只是“除弊”、“补天”。另外,对皇权的态度如何？陈诏〈略论《红》对皇权态度〉(《学刊》1979.1)认为曹对皇权和皇帝采取了轻蔑、讥讽态度,但并没离开其地主阶级立场,因而算不上反对皇权。刘梦溪意见相左,提出反论,(《红楼梦新论》)认为岂止是对皇权唐突,简直就是对封建君权无情嘲弄;(2)部分学者认为曹雪芹在总体上对人生、对社会持有消极悲观的认识和看法。宋子俊〈略论曹雪芹的主观思想与《红楼梦》的客观意蕴〉(《学刊》1997.3)指出曹雪芹的悲剧意识表现为一是作者自己“无材补天”的深重悲哀;二是对痴男怨女爱情悲剧的深切痛惜;三是对红颜薄命女子不幸遭遇的沉痛悲悼;四是对贵族家庭由盛而衰的深切惋惜;五是对整个人生空幻的无限感伤。曹雪芹的思想中不仅明显具有“色空”思想,同时,也有歌颂皇权、宣扬忠君的思想。这些消极、唯心、保守的思想又与积极、唯物、进步的思想相矛盾、相统一。同时,由于作者严格遵循现实主义创作原则,忠于生活,如实描写,因而使作品产生了“形象大于思想”、“客观高于主观”的意义，成为一部具有较高思想和认识价值的不朽之作。

5. 关于《红楼梦》悲剧问题研究

这在新时期得到了研究者的充分重视，多有探讨。如石昌渝〈论《红》人物的悲剧性〉从社会冲突的角度阐述了书中叛逆者、反抗者和正统人物几种类型不同的悲剧命运及根源，指出这些悲剧性质虽有所不同，但都体现了人性与礼教，即“情”与“礼”的冲突特点。朱再铭〈试论宝黛爱情悲剧的必然性〉、白盾〈论王熙凤性格的悲剧意义〉则从这些人物的性格及社会地位方面论述了他们的悲剧特点。值得注意的是费秉勋〈论《红楼梦》的悲剧精神〉(《集刊》第12辑)，文章认为:《红》的悲剧精神源于曹雪芹生活时代的“历史是悲剧性的”，他不幸的身世遭际和诗意向往形成了独特的悲剧心理。作品既展示了那样的时代“人生是一个大悲剧”，又揭示了以宝黛爱情悲剧为主的一系列个人命运悲剧及制造这些悲剧的社会原因，因此具有深厚性。宝黛作为悲剧主人公，具有思想上反传统特征、形象上诗人气质和细腻文雅的性格结构，构成他们独特的形象特质。作品悲剧审美特色具有幽雅的诗意美，是由“作者自身精神风格的外化”形成的，也是中国传统悲剧独具的审美形态。廖可斌〈双重悲剧与《红》的主题〉(《学刊》1985.4)认为作品描写了“对立的双方——往往是新旧两种事物的代表人物，在冲突中两败俱伤或同归于尽所构成的悲剧”。而“无论从哪一方面看，幻灭思想都是曹雪芹的双重悲剧和《红楼梦》的双重悲剧主题的一个重要组成部分”。梁归智〈曹雪芹与高鹗悲剧观探异〉(《山西大学学报》1985.1)认为曹高两人的悲剧观导致作品悲剧性的高下，曹著有一种“形而上泛宇宙意识的命运感”，这和道家“对人生，对人的命运更爱追根究底”相近，“达到纯粹的悲剧境界”；而高续作却用儒家的道德伦理和宗教迷信取代了这种命运感，悲剧的境界为之大大降低。他还进一步认为：“两种悲剧观的斗争是两种国民性的产物。高代表了传统上占优势的国民性，其根本特点是轻真而重善，因而具有反悲剧倾向”，“而曹代表了一种叛逆性的国民性，对正统国民性坚决反抗，追求以真为基础的真善美的统一，具有真正的悲剧精神”。梁归智在他的另一篇论文中进一步阐发了《红楼梦》的悲剧精神。他从继承、革新传统文化中悲剧意识的角度，认为《红楼梦》的悲剧精神具有重要意义。《红楼梦》所写“家亡人散”是对传统文化“家国同构”模式的怀疑和否定。从“屈原模式”到“贾宝玉模式”表现了中国传统文化的政治悲剧意识的升华。《红楼梦》的恋爱悲剧模式革新了传统的以礼节情的恋爱悲剧模式。前 80 回与后 40 回对传统的“游”悲剧意识及天道悲剧意识都采取了不同的态度。曹雪芹原著消解了传统文化对悲剧意识的消解因素(〈论《红楼梦》的悲剧观〉,《山西大学学报》1993.1)。

曹金钟〈论红楼梦的悲剧性〉(《学刊》1994.4)，认为《红楼梦》“表现了作者对人、人的价值、人生及其意义的一种独到的感受和理解”，“具有超越时空的普遍性和延展性”。由于作者的追求、思想、寄托在当时是不可能实现的，所以作者勾画的“红楼”之梦，是一个描绘人生悲欢、社会沧桑的人生之梦，一个感叹人生无常、生命如幻觉的“无可如何”之梦，一个人性理想的幻灭之梦；这就体现了“历史的必然要求和这个要求的实际上不可能实现之间的悲剧性的冲突”。韩进廉〈继承·拓展·超越〉(《学刊》1995.2)，较为系统地分析了《红楼梦》的悲剧意识对中国文化传统悲剧意识的继承、拓展与超越。指出"《红楼梦》的悲剧具有多义性"："其表层——文学审美的含义是塑造了一大批个性鲜明的悲剧形象；深层的内涵则是青春、爱情和生命之美以及这种美的被毁灭所汇集的人生悲剧；更为深层的是历史哲学的含义，即把一幕幕人生悲剧汇合到家族的大悲剧中，由家族的大悲剧表达了一种深沉的命运感。这种命运感实质上是作者所无法理解、更无法把握的历史必然性。"

四、关于《红楼梦》人物形象的研究

1.《红楼梦》人物形象的整体把握

《红楼梦》人物形象的研究，是全书思想内容研究的重要部分，人物形象与作品主旨很难分开，尤其对主要人物形象如贾宝玉、林黛玉、薛宝钗等的分析评价，同如何看待评价《红楼梦》的思想内容密切关联。研究中，不少研究者注意从宏观角度总体探讨曹雪芹对人物的安排塑造。吕启祥〈谈谈《红》形象体系的辩证机趣〉(《北方论丛》1984.1)探讨了"'情榜'的启示"、"因果链与情感索"、"对比及反动、变化与统一"三方面问题，力求从形象体系角度、从书中人物关系的组合和构成中把握形象的特征和处理艺术。邸瑞平〈论十二钗的悲剧〉(《学刊》1984.2)与韩进廉〈千红一哭　万艳同悲〉(《河北师范大学学报》1984.2)都抓住"十二钗"的共性个性进行分类研究，对人物形象展开分析，高度评价曹雪芹"真正艺术家的勇气"，创造出妇女典型形象。

周五纯〈关于《红楼梦》人物研究的思考〉(《烟台大学学报》

1996.3)则对建国以来的《红楼梦》人物研究进行了反思。认为多年来的《红楼梦》人物研究几乎整个置于"反封建"的框架之内,以致在很多情况下造成误读,产生尴尬。该文就误读的原因及其失足之处追根溯源,指出应就作品切入生活的角度而区别对待。而且,只有贴近作者,才能准确地把握人物塑造的命脉。文章除理论分析之外,又就探春、湘云两个人物进行了具体分析,解释了如何走出误区。文章提出应从文化学、心理学、伦理学、人类学等角度多侧面研究《红楼梦》人物,才能取得新的成果。

李庆信〈《红楼梦》的"正邪兼赋"说与正面人物塑造〉(《天府新论》1994.4)认为《红楼梦》作为一部把"传统的思想和写法都打破了"的伟大古典小说,在人物塑造上便打破了人物非正即邪、正面人物一切皆正的僵硬传统模式,敢于正视人的全部复杂性,揭示性格的多面性,善于从"全部现实性底丰满和完整上把握住"人物的复杂矛盾性格。其正面人物塑造上的重大突破,首先是基于作者理想人性观或正面人物观上的更新,即"正邪兼赋"说。文章进一步指出,这一"正邪兼赋"说,既反映了作者哲学上的理想人性观,也体现了作者文学上的正面人物观,它是直接为《红楼梦》的正面人物塑造在理论上张本的。《红楼梦》中塑造的"正邪兼赋"的正面人物,尤其是第一主人公贾宝玉,在性格内涵或价值取向上,对古典小说传统正面人物模式自然是一大突破;在塑造方法上采取了理想化与真实性高度统一、诗意化与原生态高度统一、符号性与典型化的高度统一的大胆创新。而这些创新既是以现实主义方法为主导和基础,又突破或超越了现实主义的某些成规,在古典小说发展史上堪称空谷足音,不同凡响。周书文〈论《红楼梦》的群体形象塑造〉(《赣南师范学院学报》1994.4)指出:红楼群体形象囊括了近千人物,数十个典型,又像一个人物一样神采飞逸地驰骋于红楼世界之中,展现出封建时代五光十色的人生世相,给人以不尽的人生思考、美学品味。文章认为,这个群体形象既是众多个体形象组合起来的有机整体,又制导着人体形象的性格活动;文思和谐有序,富有生命活力的网络整体,又呈现出超越具象描绘的艺术境界,其强大的生命活力正在于众多人物的性格合力运动形成的整体运动态势。该文将红楼人物形象作为整体来观照,来研究,论述深刻,角度新颖。赵健伟〈宝黛钗为土、木、金相生相克说——《红楼梦》的五行结构〉(《天中学刊》1996.1)则根据五行生克原理,认为作者使《红楼梦》的整个故事在预设的大劫中演绎着,有利于表现作者更为隐蔽、更为深刻的主题思想。宝、黛、钗即土、木、金的相生相克关系,决定了三人的婚姻成败,也奠定了《红楼梦》这一爱情大悲剧。吕启祥〈《红楼梦》与中国现代女性文化形象的塑立〉(《红楼梦学刊》1994.1)则从文化意义上阐述了《红楼梦》对现代女性形象塑造的价值。认为《红楼梦》对女性的描写"是在尊重女性人格地位的前提下,着眼于中国女性的文化性格,深入开掘,多方观照,展现了其全部丰富性和微妙处",特别是充分展示了女性的情感世界和审美情趣。指出《红楼梦》有助于破译东方女性之谜,解读双重角色之困,拯救性灵沉沦之危;有助于构建文化传统,塑造现代人尤其现代女性的文化性格。吕启祥认为,现代女性"可以由红楼女性更好地去发现自己、丰富自己、完善自己,提高自身的素质;以适应现代社会对女性更高的要求,更加从容自如地来处理和解决角色紧张及其各种新的矛盾"。厉平在《社会科学辑刊》1993 年第 5 期上撰文论述了中国古典小说人物形象塑造的三个阶段，指出：从宏观的角度看，中国古代小说人物形象塑造审美思维机制的嬗变，经历了以下三个阶段：①理想人格的营构。从唐人“始有意为小说”直到明中叶的《西游记》，中国古代小说人物形象的塑造，始终在这一思维范式中徘徊；②现实人格的聚光。中国古代小说发展到《金瓶梅》，人物形象塑造的审美机制由理想人格的营构转变到了揭求芸芸众生对尘世欲望的追求。现实人格通过生命的惩戒，揭示出特定时代的人生悲剧；③诗化人格的审美。《红楼梦》实现了中国古代小说人物形象塑造的第三次嬗变。宝玉等形象既来源于生活，又高于生活，是一种高层次上的“诗化人格”。这一“诗化人格”有着“理想人格”和“现实人格”所不能比拟的审美价值。三阶段的嬗变不仅标志着中国古代小说由初级向高级阶段的发展、演变，同时也标志着中国古代小说审美价值的逐步增值。促成这一嬗变的根本动因是中国古代的思想文化变迁。

以上诸文将《红楼梦》人物形象放在文化大背景中加以考察、辨析，显示了越来越宽广的学术视野和越来越丰富的研究方法。但《红楼梦》的人物形象研究论文更多的是人物专论。从主要人物到极次要人物都有专文论及，甚至可以说《红楼梦》中的每一位人物都有文章论析，20年来，林林总总，蔚为大观。现择其要略作介绍。

2.关于贾宝玉形象的研究

新论颇多。丁振海〈关于贾宝玉评论中的几个问题〉对建国以来有关宝玉形象的一些主要问题论争提出自己的看法。他认为不能把这一形象简单地归结为新兴市民阶级或没落封建阶级的代表，而是一个反映着新的经济关系萌芽的典型，指出若联系作者整个概念来看，用“共名”一词虽说未能准确概括出其本质方面，但传统的继承关系存在着某种片面性，而应该注意从时代的土壤中追寻根本原因；贾宝玉的叛逆性格的形成发展不能仅仅归结为“空隙”和“内闱”，而应看到现实严酷斗争对他的深刻影响。舒芜则充分肯定“新人”贾宝玉，说他“新在性格灵魂、内心世界上，而不是新在什么理论体系、功勋韬略上”，他的性格和当时社会环境完全不协调，因此可以说他是“两百年后鲁迅笔下‘狂人’的遥遥先驱”(〈“新人”贾宝玉新在哪里〉，《集刊》6辑)。徐朔方〈论贾宝玉〉(《集刊》10辑)则认为他是“地主阶级的畸人，他不是政治、军事、经济、法律等有形的社会秩序的破坏者，而是无形的社会思想、个人意志、情操、趣味等意识界方面的异己者，在这个意义上不妨称之为叛逆者。按照作者本人的原意，这是理解《红》全书的一个关键”。其他一些论家也从各个角度探讨贾宝玉这个形象：如李梦生〈从前八十回宝玉诗词看他思想性格的发展〉(《学刊》1980.4)，张毕来〈就儒学及其对立面的矛盾关系考察贾宝玉的异端思想〉(《学刊》1982.3、4)，王一纲〈从第五回看贾宝玉的思想性格及其形成〉(《学刊》1982.2)，朱眉叔〈贾宝玉与清人文艺思潮〉(《学刊》1984.4)，徐子余〈论贾宝玉性格的独特性及其审美价值〉(《学刊》1985.1)，叶征洛〈贾宝玉——李贽学说的投影〉(《学刊》1987.2)等。其中严云绶〈论贾宝玉性格的矛盾性与时代性〉(《学刊》1986.2)从文学理论的角度论述，甚有新见。他认为贾宝玉不仅是封建阶级的叛逆者，而且他的叛逆思想不是自古有之的。这是因为，宝玉轻蔑礼法是源于对封建意识形态的厌恶，是感到封建礼法同他向往个性自由水火不相容;他蔑视功名,不是客观环境的压迫,而是对功名本身的否定,是他厌弃封建主义的人生道路和某些价值观念的表现;在对待封建等级制的态度上,他对尊卑关系非常厌恶,他的言行比较鲜明地体现了初步的平等观念;在任性、恣情上,古代狂士如阮籍、嵇康和李白一类人,是为人逃避政治风险,保全性命,而贾宝玉却是坚持与执著,他强烈地向往着自主、自由,即使面对重压,也不放弃自己选择的道路。这就可以看出,贾宝玉的反封建传统思想与嵇、阮相比,存在着质的区别,具有深刻的必然性、时代性,“把他作为反映资本主义萌芽的典型人物来看,是完全合理的”。

刘敬圻〈贾宝玉生存价值的还原批评〉(《学刊》1997.1)通过原汁原味的材料述论,对贾宝玉生存状态和文化归属进行了还原考察。认为观照贾宝玉的生存状态,确如脂批所云“古今未有之一人”,是“囫囵不解之人”,是“囫囵不解中实可能,可能中又说出理数之人”,是难以用正邪新旧美丑等字眼妄加论断之人。可以称之为:一个对列祖列宗的价值期待既有背离又有认同,但背离略大于认同,积极背离又略大于消极背离的良性不肖子弟。对于其文化归属,该文认为在阅读与感觉上,总以为贾宝玉与儒家文化传统最为疏远,可一旦走出感觉的误区,一旦把人物整个地还原到文本之中,一旦在比较研究中进行观照,则发现贾宝玉恰恰与儒家文化传统的关系最为亲近。可以认为,贾宝玉囫囵不解的生存状态与价值取向正是一个讯号,提醒人物,在曹雪芹笔下,在18世纪中叶,即使那些偏离正统的不安分的异样少年们身上,儒家文化的主流地位并没有从根本上动摇。这一类异样少年的出现,只是或主要意味着对儒家文化主流地位的深刻怀疑与严正警告罢了。文章最后得出结论:作为一个活泼泼的生命个体,贾宝玉赖以生存的脐带还绾结在以君父为纲的儒家价值系统的母体之中,他还不是拥有独立结实挺拔的人文主义精神脊梁的新人。他只是一种伟大的过渡,是从《三国演义》中的诸葛亮(实现传统价值达到极致的典型)到鲁迅笔下的狂人(怀疑传统价值达到极致的典型)之间的一座炫人眼目的桥梁。该文从文本研究出发,从文化学上阐释贾宝玉形象意义,见解独到而又有理有据。

与上文相类似,王童〈儒释道三教杂糅的末世愚顽——贾宝玉新论〉(《南都学坛》1997.4)也是一篇力图从文化哲学上阐释贾宝玉形象意蕴的论文。文章指出:贾宝玉是《红楼梦》中的一号主人公。他的一生与佛道密切相关。这可以追溯到他幻化入世之前。他的出世就是由僧道二人共同度脱的。他身上明显地打有佛道两家的鲜明印记,在他的人生道路上,每逢关键时刻,僧道总要出面一次。直到终了时又被僧道挟持着遁入空门。一部《红楼梦》大书,事关贾宝玉生死存亡的紧急关头,命运都明显地系于和尚道士之身。在他的心灵深处也无时不以佛道为念。他经常提出的化灰化烟以及当和尚之说无疑是佛道思想之自然流露和外化。特别是佛道二教的"飘逸"和"超脱"意旨,始终是统摄贾宝玉内心世界的两大幽灵。与此相辅相成的是:贾宝玉又极具儒家学派所倡导的儒雅风范。其核心是个至新至爱至义的"仁"的典范。他宽以待人,包括丫头奴仆下人以及嫉妒他的近人如贾环母子。他从小受过良好的儒教和家境的熏陶濡染。特别是自幼受过虽为姊弟犹如母子的元春"娘娘"的正规启蒙。他知书达礼的良好素养表现在他一生的言行之中。故此贾宝玉并非是一个“封建社会的叛逆者”的典型,而是一个杂糅儒释道三家教义的末世愚顽。

3.关于林黛玉形象的研究

这也是研究中的热点。《红楼梦研究集刊》12 辑发表一组探讨林黛玉形象的文章,其中有美籍学者余国藩〈《红》中的自我与家庭〉、何永康〈林黛玉性格世界透视〉、吴颖〈论林黛玉形象的历史意义〉等。余文分析王国维《红楼梦评论》中悲剧观和现代海外评论家的批语后指出“黛玉故事中那种深厚的、持久的魅力,也许就是来自于它戏剧化地表现了在中国那样一个整体的文化中妇女的恐惧和挫折”,“黛玉和宝玉的爱情实际上是牺牲于家庭对生物学传宗接代的关怀”。何永康认为林黛玉性格的主导方面虽是叛逆精神,但在她复杂的内心世界的各个方面还有着“敏感多疑,傲岸不驯,贵族情调,诗人气质”等多样性格质素,并分析了这些质素与主导性格在“渗透”和“凝聚”中演化发展的过程。吴颖的文章在分析这个形象在全书中的重要地位、形成环境及过程特点之后指出:“她的灵魂的负载力,……简直大到非常惊人的程度。她决不屈服于命运,力图实现她那近于绝望的希望,真是一以贯之,生死不渝”,“是中国妇女的最宝贵的性格特征之一”。她还“蕴含着诗一般的悲剧之美”,“在古今中外文学作品的女性形象中,是罕与其比的”。王朝闻曾致力于林黛玉专论,发表的如〈质本洁来还洁去——林黛玉的审美趣味〉(《文学遗产》1982.1)、〈冷月葬花魂——黛玉个性的相对性〉(《学刊》1982.3)等文章都从思想艺术和谐一致的角度探讨林黛玉形象的丰富内涵及塑造方式上具有的典范意义。胡子实〈试论林黛玉的悲剧性格〉(《芜湖师范专科学校学报》1985.1)试图从典型性格与典型环境关系的分析中探索林黛玉悲剧性格的根源。王志〈试论林黛玉的精神美〉(《怀化师范专科学校学报》1989.2)提出林黛玉的魅力乃在于她的"横溢才学美"、"独立人格美"、"坚贞情怀美"。

从文化学考察林黛玉形象的文章也较多。曾祥麟〈诗意的林黛玉〉(《贵州文史丛刊》1994.3)认为林黛玉"确乎是一棵'修成女体'的'绛珠仙草',是一个'薄命红颜'的泣血精灵,但又具有着'尘世'女儿常有的'真情'"。在她身上综合着尽可能多的"女儿"共性。刘敬圻《林黛玉永恒价值再探讨》(《求是学刊》1996.5)反思了传统的林黛玉形象评说中的"封建叛逆说",认为如果以此来说明林黛玉性格,的确很难纲举目张地揭开这一不朽典型的全部内涵。文章指出,林黛玉是永恒的悲剧美的集大成者。作家在设计这一悲剧性格的大框架时,竟然出现了神话学、民俗学、病理学、心理学(包括社会心理学、人格心理学、爱情心理学等)、文化学等多学交叉渗透的奇迹。从而使这一悲剧性格的第一侧面每一层面上都洋溢出无尽无穷的苦涩。由林黛玉形象可知,《红楼梦》对女人的观照也已超越了女性问题圈。它将穿着女装的人性美、人情美及其与生俱来或后天形成的种种缺憾一并揭示给人们看,然后,又将这各具特色各有缺感的人性美、人情美撕毁给人们看。从而激起一代又一代读者的种种思考。这便是林黛玉形象给我们的美学启示。曲沐〈红楼"骚"影——试论林黛玉与屈原之生死人性特征〉指出,以"死亡"为题材的文学作品,构成了一条令人目眩神摇的文化传统,这传统的长河究其源头自屈原始,及至发展到《红楼梦》时已达到极致。曹雪芹潜意识中无时没有死。他笔下描写了许多女儿的死亡，但是“惊采绝艳”的莫过于林黛玉的自戕。林黛玉的怨愤心志、生命人格和生死价值观念，都带有屈原的一些特征，具有如屈原一样的幽兰文化气质。从《楚辞》到《红楼梦》之间所构成的文化传统来阐释林黛玉形象意蕴，使得该文别具学术品味。

此外，李希凡〈林黛玉的诗词与性格〉，周书文《主导面·发展性·时代感》(《学刊》1984.1)，张锦池〈论林黛玉性格及其爱情悲剧〉(《学刊》1980.2)，吕启祥〈林黛玉形象的文化蕴含和造型特色〉(《见红楼会心录》)，张锦池〈论林黛玉性格及其爱情悲剧〉(见《红楼十二论》)，杜景华〈钗黛性格与道德评估〉(《学刊》1994.4)，王蒙《红楼梦启示录》都从多维角度探讨了林黛玉形象，各有创获。

4.关于薛宝钗形象的研究

对薛宝钗形象的研究有一个发展过程。由开始时几乎众口一声地否定而转为普遍认为应客观分析其形象的多侧面性，实事求是地评价曹雪芹笔下这个丰满复杂的人物形象。如刘坎龙〈也是封建礼教的受害者〉(《新疆师范大学学报》1981.2)就认为她是“复杂的，多方面的，因而人物形象是活生生的”。薛宝钗“也是封建制度下的被损害者，从某种意义上来说更不幸”。否定加在她头上的“虚伪奸诈”的典型的帽子，是值得同情的。俞晓红〈任是无情也动人〉(《学刊》1983.4)从分析她情感世界的发展中三个不同的阶段，认为这一形象本身包含着“情”与“理”的矛盾统一，自有她“动人”之处。张泽〈“无情”与“动人”和谐统一的完美典型〉(《语文月刊》1995.8)也分析了薛宝钗“动人”与“无情”的内涵，认为正是“任是无情也动人”，使宝钗形象更具魅力。她的“无情”并没有表现得像王熙凤一样赤裸裸，相反，宝钗的冷酷与势利是完美地掩盖在大家闺秀的优雅之中的。她的个性也因此显得丰富多彩，成为文学史“反角正写”的典型，并使作品的思想意义在风花雪月中升华。王海洋〈薛宝钗人格心理内涵论〉（《学刊》1994.3）从现代人格心理学角度考察了薛宝钗形象，探察了薛宝钗潜意识里的丰富内容。

王蒙通过钗黛比较阐发了宝钗形象的新意，他在〈红楼梦的研究方法〉（《北方论丛》1996.3）一文中指出：“人性可以是感情的、欲望的、任性的、自我的、自然的、充分的，它表现为林黛玉；同时，人性又是群体的、道德的、理性的、有谋略的、自我控制的，它表现为薛宝钗。”“林黛玉的情是一种为之可以生，为之可以死的情。而薛宝钗有她十分深沉的一面，我甚至感到她做到了大雅若俗，我不能笼统地认为薛宝钗‘媚俗’。她保持了自己的清醒，有所不为，有所不言，她所达到的境界是一般人所达不到的。这样一个矛盾是人性的基本矛盾。”

王蒙的论述涉及红学界长期存在的“钗黛之争”问题。关于这一问题，刘炯〈钗黛之争叙评〉（《江西师范大学学报》1994.2）较详细疏理了钗黛形象评论流变的主脉，指出：钗黛论争的历史大致经过了三个阶段：第一阶段是道德评价阶段，即把人物定格在现实生活的镜框之内进行伦理价值评判，由于评论者和他们评论的人物处于相同的框架之中，评价的标准又是道德上的好恶，因而各种观点纷呈，也因此而有了激烈的钗黛优劣的论争。第二个阶段是典型观评价阶段，即把她们全然看做是作家笔下的人物，因此探讨的多半是在她们身上有所体现的思想意义。除阶级典型论的分析具有褒贬色彩外，这种分析多半较客观和全面。由于没有把她们当作生活中的人，很少对她们孰优孰劣做出硬性判断。第三阶段则主要是文化的、美学的评价阶段，把她们看成某种文化的符号，分析她们各自的美质，因此，基本上不再对某人断定优劣。可以说，文学评论的一步步的发展过程，也就是对人物形象的道德评价越来越远离的过程。钗黛评论的这种演变轨迹，代表了中国古典小说人物形象评论的一般发展历史。值得注意的是，时间过去了一百余年，评论的视角也几经变换，然而，钗黛形象却随着时代的发展而日增其新意，她们仍然吸引着无数论者探求的兴趣。这种现象固然有着接受美学的原因，不同时代的读者总是用不同的眼光来欣赏，用不同的心灵来感应，用不同的思想来创造相同的人物，但是，这种创造的基础仍然在《红楼梦》本身，是它最大限度地提供了让论者们重新创造的可能性。如何创造不朽的人物形象，钗黛为人们提供一个典范。

王蒙本人对钗黛之争更有一番妙论。他在〈钗黛合一新论〉(《上海文学》1992.2)中，从社会心理学的角度切入《红楼梦》，认为宝钗和黛玉不仅代表了两种不同性格，也代表了(一个人的)两种心理机制、两种自我导向，宝钗和黛玉之间的纠葛，正是这两种心理机制、两种自我导向的相重叠、相分裂、相冲突的写照，也是作家对于人性、女性的理想与理想之间、理想与现实之间、现实与现实之间的种种观感、思索、追忆与幻梦的奔突、融解与泛滥的写照。在〈《红楼梦》的研究方法〉中，他更直率、更大胆、更幽默地指出：在钗黛问题上，有一种悖论。作为革命党它应该支持林黛玉，作为执政党它应该支持薛宝钗。薛宝钗是社会和群体中一个稳定的因素。在文学的评论上大家可以歌颂林黛玉，但在我们的生活当中，如果你的女儿是林黛玉式的性格，她非倒霉不可；如果是薛宝钗式的性格，那么，她可以有光明的前途。对《红楼梦》进行表现主义的研究，我们就能感觉到曹雪芹塑造这两个人物的初衷，作者并没有简单化地要肯定哪一个，否定哪一个，许多对这两个人物的特殊处理也就可以理解了。

5. 关于《红楼梦》中的其他人物研究

(1)关于探春形象

80年代争论相当激烈，分歧较大，对她"理财"改革、大观园抄检时的表现与赵姨娘的关系等等探讨较为深入全面，但评价相当对立。杜景华〈关于探春的思想性格〉(《学刊》1980.3)、宋欣〈试谈探春形象的反封建倾向〉(《古典文学论丛》第二集)、林文山〈关于探春理家〉(《集刊》6辑)等持赞成肯定态度。而黄天骥〈大观里的"女娲娘娘"〉(《古典文学论丛》第二集)、薛瑞生〈论探春〉(《陕西师大学报》1980.2)则基本持否定态度。乔先之〈探春形象研究的多方面意义〉(《学刊》1981.4)则认为探春属开明派、改良派，是极为复杂、极为矛盾的人物形象。

(2)关于史湘云形象

薛瑞生〈是真名士自风流——史湘云论〉(《学刊》1996.3)指出，各个时代、各个阶层、各种文化层次的读者，历来对史湘云情有所钟，都表示首肯与赞赏。其原因在于她那天真烂漫、浑金璞玉般的性格。她别有一种风流妩媚，如娇花临水般独立在十二钗中间，给人一种林下风致与清秀之气。她的思想与感情似乎都缺了点深刻老道，然而正是这种稚嫩纯真使她显得空灵透脱、胸无纤尘，赢得了书中人物与读者的普遍好感。

(3)关于王熙凤形象

余皓明〈王熙形象的独特文化内涵初探〉(《学刊》1995.3)指出王熙凤虽然在失落和裂变中也有对传统文化积淀的负重,但是,较之其他的女性,她毕竟更为真实地感觉到了自己,从而极力表现自己。但是,人性的觉醒,却成了她悲剧的根源,违反温柔驯顺的妇德规范所构成的原罪就是对权力的不从,对于权力来说,不从也就是不"善",成为不可饶恕的罪恶,应该遭到处罚。王熙凤的悲剧命运的意义,正昭示出其形象的独特文化内涵。张泽芳〈王熙凤性格结构论〉(《学刊》1996.1)运用系统论原理,从性格的要素和构成方式、性格的动态开放性、性格的整体功能与部分功能三个方面对王熙凤的性格作了一个系统的分析,指出:王熙凤的性格,并非是单一的线性结构,而是复杂的网络结构,是由一组组相互对立统一的要素组成的。其性格核心,则是她的权势欲和金钱欲。她的性格同时也是一个经常处于运动和变化中,与社会生活条件有着广泛而深刻联系的动态的开放系统。由此,她的性格内涵和典型意义显得更加丰厚深邃和独特了。

(4)关于秦可卿形象的研究

邹少雄〈秦可卿之死辨〉(《中南民族学院学报》1995.1)值得重视。文章指出:历来关于《红楼梦》一书中秦可卿的死因有两说:一谓与贾珍有染而悬梁自尽;二亦谓"淫丧",但"淫丧"的主凶不是贾珍而是贾敬。考察小说的客观描写及作者写作《红楼梦》的本旨,可见这两种看法都是不确的,秦可卿之死实乃与贾宝玉暗恋而相思成疾所致。可卿其实是宝玉梦中情人的形象,宝玉也是可卿的"情"之所系,二人暗为情人加恋人的关系,明里却是叔叔与侄媳的关系，这样，宝玉与秦氏的关系就面临着一个“情”与“礼”及“理”的不可调和的矛盾，从而直接导致了秦氏的相思成疾致死，这是“礼”、“理”不容“情”的必然结果。宝玉与可卿的故事实际上浓缩了宝玉与林、薛三人的恋爱婚姻故事，与宝黛的爱情故事相映生辉，这正是曹雪芹写作秦可卿之死的深层意蕴。

(5)关于贾母形象的研究

杜奋嘉〈一个塔状的心理需求多层系统——论《红楼梦》的贾母形象〉(《广西师范大学学报》1995.4)是近年研究贾母形象的一篇力作。该文运用马斯洛人本心理学理论剖析了贾母形象的最隐蔽的内心世界。认为，贾母是《红楼梦》中最典型的老祖母形象，可称为一个“健康的人”，有着健康人多层次的心理需求，并形成一个塔状的系统：①生存需求层面：是饮食文化的精英，体魄健壮的美食家；②安全需求层面：是一个有强烈防御意识的家长；③爱与亲和需求层面：是一个母爱情结泛化的老母；④威望需求层面：是一个有威望渴求、处于金字塔尖的老祖宗；⑤自我实现需求层面：是一个有高雅审美情韵的老太太。这个形象是一个成功的不朽典型，在中国文学史上，无一能望其项背。即使在世界文学画廊里，也少有能与之比肩。

关于其他人物形象的研究，如妙玉、香菱、袭人、晴雯、尤氏姐妹、柳湘莲甚至焦大、小红、司棋等人物都有专文论及，限于篇幅，难以一一介绍。总之，人物评价研究正日益同作品的文化哲学意蕴及作品的总体艺术把握密切联系起来，向更深更广的目标迈进。红学界乃至整个古代文学研究界为之侧目。

五、关于《红楼梦》艺术成就的研究

对《红楼梦》艺术成就及手法技巧的研究，是近年研究中进展较大的领域之一。之所以取得佳绩，与研究者们着意从中国传统美学、文论的角度，或以中、西文论相结合，来探讨这部作品的艺术特色及价值有很大关联。由于这方面文章数量繁多，这里只能分类予以简单介绍。

1.关于《红楼梦》艺术成就的整体分析

对作品艺术特色做全面分析的文章，具有代表性的是蒋和森〈《红楼梦》艺术特色和成就〉(《集刊》1—2 辑)，在对作品表现的真实自然、布局和艺术结构、细节描写、简洁朴素传神的笔触、语言成就、人物塑造等方面进行分析时注意肯定其取得的卓越成就，也指出其不足之处，全面分析评价了《红楼梦》的艺术成就，从艺术的角度充分肯定对传统的继承，更欣赏对传统的“打破”，是一篇较有价值的文章。杜景华〈论《红楼梦》艺术研究〉(《沈阳师范学院学报》1983.2)以“艺术研究史概述”、“艺术倾向与道德倾向”和“艺术研究与红学的突破”三个题目论述研究《红楼梦》艺术的出发点及重要性，认为文学作品所反映的道德内容是以艺术的特有的形式呈现出来的，因而对作品的艺术研究有助于深入了解作家的道德倾向。这些文章都充分认识到应重视对作品艺术特色的深入研究，从宏观角度对作品艺术成就作了把握。而更多文章是从不同的艺术侧面进行探讨。

2.关于《红楼梦》结构艺术的研究

结构问题与思想内容关系密切，受到论家重视。《红楼梦学刊》1981年发表的这方面几篇论文对结构艺术进行了探讨，王启忠、张春树、吴功正都阐述了各自的看法。洪克夷〈《红楼梦》的结构艺术〉(《学刊》1987.1)也谈了这个在全书评价中突出的艺术特色。韩进廉〈衔山抱水建来精〉(《集刊》第10辑)分析作者反映社会生活时“总是从点出发，逐渐扩展到面，进而把情节横断面的各条纬线和各条经线巧妙地联结起来，造成纵切与横切的汇合”，因而“富于历史的立体感”的原因。黄祖良〈《红楼梦》的艺术构思及其悲剧美〉(《北方论丛》1986.3)从刘姥姥进荣府的特定构思讨论“百足之虫、死而不僵”这一带有时代社会气息的家族悲剧的实质。刘建军〈《红楼梦》的现实主义悲剧结构〉(《西北大学学报》1983.1)试图从结构分析入手把作品多方面的内容统一起来，认为“曹雪芹把贾府的衰败和一群少男少女主要是少女们的悲惨命运这两条线索交织起来，突出其中贾宝玉和林黛玉的爱情悲剧与性格悲剧，织成了《红楼梦》宏大完整、复杂统一的社会现实的绝大悲剧的艺术结构”。胡小传〈胸中意匠经营〉(《集刊》8辑)重在研究创新特色，从对传统诗画、戏剧艺术融汇借鉴而加以变化发展的角度论及作品结构艺术整体性、灵活性及悲剧性的特点，眼光比较开阔。薛瑞生〈佳作结构类天成〉(《文艺研究》1982.3)重点分析作品“织锦式”艺术结构的突出特点及其对全书构图、布局的制约；蔡义江〈“石头”的职能与甄贾宝玉〉(《学刊》1982.3)则从叙述方式和两个宝玉的隐显关系上论及结构艺术；邓遂夫〈《红楼梦》主线管窥〉(《学刊》1982.1)主张宝黛钗三人的命运悲剧即为全书的主线。邢治平〈浅谈《红楼梦》的艺术结构〉(《河南师范大学学报》1982.5)则就全书纲领、主线及情节波澜进行了剖析。何宁〈《红楼梦》结构初探〉

(《学刊》1982.4)认为作品是以刘姥姥三进荣国府来构成的“以三部曲为基调的结构形式”。

杜景华〈论《红楼梦》的结构线〉(《学刊》1993.4)对《红楼梦》的宏观构思和叙事结构的思考很有启发性,文章认为在曹雪芹思维定势中,有着一种古老的框架,那便是《易》文化形成的格局。《易》“一阴一阳之谓道”,构成了小说构思的格局。曹雪芹认为情与理的矛盾是最根本的矛盾,于是,他用自己设计的代表两种观念的人物形象在小说中进行演绎。同时小说中还贯穿着一条兴亡潜在线,这也符合《易》“易以道阴阳”思想。这种阴阳对立的结构形式,确是由贾宝玉和王熙凤这两个人物构成的情节线而表现出来的。宝、王两条人物情节线为主线,其他为暗线或支线。这便是《红楼梦》的结构线情形。汪宏华〈石破梦惊——论《红楼梦》的结构原理〉(《深圳大学学报》1997.3)也运用了“阴阳对应”和“阴阳循环”理论剖析了《红楼梦》结构。竟“石破天惊”地推断出曹雪芹的原意就是只写 80 回,后半部分的主要内容都已隐在前 80 回之中,并由此断定它本身只需 80 回就已是一部完整的小说。可谓惊世之论。杜奋嘉〈一个怪圈——论《红楼梦》结构的层次纠缠现象〉(《学术论坛》1996.5)从层次结构的角度,探讨《红楼梦》的怪圈。文章认为《红楼梦》是一个立体的系统,其结构可分为三个大的层次:空、情、色三界。是怪圈将这三层次联结起来,形成了色、情、空层次自我相关、互相纠缠的一个个怪圈现象。而贾宝玉则是三个层次纠缠的引线人,绕了空→色→情→空一个怪圈,使空色情三个层次纠缠联结在一起,形成一个复杂的怪圈现象,最终完成了《红楼梦》严密的结构体系。文章还对怪圈现象的实质作了初步的解释。

3.关于《红楼梦》叙事方式的研究

《红楼梦》的叙事方式是近年来论者津津乐道的话题。毛庆其、郭小湄〈略论《红楼梦》中的时空观念〉(《集刊》10辑)从中国小说发展史的角度阐述了《红楼梦》“时空观念的进步性就在于它尊重时间、空间的客观现实性,让人物和事件在时空的运动状态中得以展现,并尽量扩大时间和空间的容量”。应必诚〈红楼梦的叙述艺术〉(《学刊》1995.1),就作者曹雪芹与叙述人的分离、石头叙述人形象的创造以及运用全知叙述人的全知视角中融入参与叙述人的限知视角等问题,作了较为系统的论述。吕福田〈红楼梦多重视点运用技法初探〉(《学刊》1994.2),提出《红楼梦》的“三维视点体系”:“即隐含作者的有限全知视点,不参与情节的叙述人视点和参与情节的叙述人视点,这三种视点在不为人们觉察中转换交替、彼此补充、相互映带,形成了独具一格的视点体系”。李庆信〈论红楼梦的叙事时空建构〉(《社会科学研究》1994.3),从三个方面论述了《红楼梦》的叙事时空建构:即“以无限的尘外(宇宙)时空观照有限的尘世时空”,“以虚化的背景时空容涵实在的具体时空”,“以假定的梦幻时空对应真切的梦外时空”依次称为“以大观小”、“以虚涵实”、“以假对真”。李庆信另一篇力作〈一声两歌　一手二牍——论《红楼梦》的“隐复”之笔及其两面运思方式〉(《社会科学研究》1996.5)分析了《红楼梦》叙事文本中的显中寓隐、弦外有音的“隐复”之笔及其两面运思方式。指出其“隐复”之笔没有影响或破坏作品显义层面叙事的真实性和完整性。其本文或显义层面毕竟是主要的、基本的,具有本体性的意义和价值;而其衍义或隐义层面则是次要的、衍生的、不具有本体性的意义和价值。我们必须首先或主要把它作为一部伟大小说来读解，而不能主观随意地"索隐"猜谜。周子燕在《红楼梦学刊》1992 年第 3 期撰文阐发了《红楼梦》对中国古典小说叙事方式的创拓及其意义，认为《红楼梦》对中国古典小说的叙事方式进行了四个方面的创拓：①扩展了中国小说的叙事角度。清代以前的中国古典小说，大都采用全知叙事，《红楼梦》的许多章回则出现了接近现代意义的限知叙事；②深化了心理描写。清代以前小说的心理描写仅只片言碎语，仅为描述人物的外部行动服务，《红楼梦》中的大段心理描写是以分析揭示人物的心理世界为目的的，并在引用形式上不露痕迹；③调整了叙事结构。清代以前的小说叙事前后相继，情节环环相扣，因果交接完整，而《红楼梦》把事件从因果链中解放出来，将前后次序打乱，在事序结构中强调时间轴上的多项空间；④转述语向的改变。清代以前大多小说的人物转述语偏于"指称分析"方向。以上创拓意味着清代封建主流意识形态的一统天下开始松动，单一文化观念和价值体系对叙事的严格扼制开始裂解，叙事重心的下移还标志着那个时代新哲学的出现，标志着民主思想萌芽对专制观念的逆反。

4. 关于《红楼梦》写作手法的研究

《红楼梦》的写作手法历来被认为是中国古代文学写作手法集大成者。红学界的研究者们从各个方面进行了较全面较深入的探讨，各呈其才，各得其果，因而，这方面的研究论文数量也极为可观。以下择要予以介绍。

胡小伟〈丹青人巧思〉(《集刊》第 13 辑)是从何其芳关于《红楼梦》写法"可能是有意识地参考了中国绘画的方法"的推断作为出发点，比较系统深入地讨论了《红楼梦》人物描写中对传统绘画技法的融汇和借鉴，例如“传神”、“悟对通神”、“白描”、“点染”、“皴擦”、“笔墨”、“色彩”、“间色”、“犯色”等等，说明“文章绘画、状物求肖，殊事同揆”的艺术规律，旨在探讨《红楼梦》何以既保持浓郁的民族风格而又能具有鲜明的创新特色。陆树仑〈谈《红楼梦》的肖像描写〉（《集刊》第12辑）着重分析了曹雪芹“把肖像描写当作塑造人物的重要手段”的基本特点，指出“他描写肖像，总是强调准确性，善于抓住人物生理的、教养的、地位的、年龄的、习惯的和风度气质的特征，充分地表现人物的思想风貌和个性特征。他描写肖像，在表现人物性格的需要下，让肖像随人物性格的变化而变化，让人物肖像逐渐扩大、丰满和完整。他描写肖像，总是与《红楼梦》的倾向密切联系在一起的”。吕启祥〈艺术的开拓与酒及梦之关系〉（《河北师范学院学报》1985.3）则探讨了作者在借助醉乡梦境揭示人物内心世界，概括特定时代的历史内容，从而扩大题材的生活容量方面独特的艺术功用。周中明《曹雪芹在典型形象塑造上的新贡献》（《学刊》1984.2）提出三点，一是“不是从旧的传统观念出发，而是从实际生活出发，突破传统观念的束缚，创造出了具有时代特色的新思想的新人物”，二是“从描写单一的性格特征，发展为多方面、多角度、多层次地描写人物的复杂性格”。三是“既通过日常的现实生活，创造出与千千万万个普通读者声息相通的普通人物，同时在这些普通人物形象身上，又体现了我们民族传统的理想主义、英雄主义精神”。王西彦〈细节描写与人物命运〉（《文艺理论研究》1982.2）从创作角度探索真实生动的细节描写如何起到“一击多鸣”的艺术效用，并进而论及这是现实主义与自然主义的重要区别之一。韩进廉〈衔山抱水建来精〉分析了曹雪芹反映社会生活时"总是从点出发,逐渐扩展到面,进而把情节横断面的多条纬线和情节纵断面的各条经线巧妙地联结起来,造成纵切与横切的汇合",因而"富于历史的立体感"的原因。刘敬圻〈"淡淡写来"及其他〉(《学刊》1984.2)从《红楼梦》描叙大事件大波澜的艺术经验的分析中说明"我国小说的传统表现方法,并不存在永恒不变的模式,也不像某些文章所嘲弄的那么单调。古典小说中一系列卓有成效的艺术经验,对于反映我们当前的复杂世态、复杂的人物性格以及复杂而又复杂的一切,并不显得已经过时"。徐扶明〈《红楼梦》中的喜剧情节〉(《集刊》第13辑)论述了大悲剧中的喜剧情节在构思、调剂、穿插中的特点以及用误会、戏弄、纠缠、剥露等不同手法的各自功能。

5.关于《红楼梦》小说美学的探讨

这是近20年持续的热点之一。胡经之〈红学与美学〉(《光明日报》1981.11.30)详细全面论述了这一问题,并且指出:"艺术是个整体,美就存在于这个整体之中,要掌握《红》的真谛,就不能不去研究它的艺术整体,红学应该把《红》作为文学艺术来研究,而且不只是研究它的艺术形式,更重要的是研究它的内容,研究形式与内容的统一达到了怎样完美的程度。"张锦池的总名〈论《红》的艺术辩证法〉的一组文章也有新见;韩进廉〈关于曹雪芹的美学观〉(《学刊》1981.2)认为曹对小说、诗歌、绘画、园林艺术等的美学见解,应当视为我国美学史上的宝贵财富和骄傲。林方直〈论《红楼梦》的"实象"与"假(借)象"〉(《文艺研究》1982.3)从典型、意象、映象、主客观、时空观等几个方面分析作品艺术形象构成的特点,吕启祥〈《红楼梦》中艺术意境和艺术典型的融合〉(《学刊》1982.2)论述作品鲜明民族特色的形成，都有意由此探索中国古典文学形象独特魅力之所在。周子瑜〈曹雪芹的现实生活审美观初探〉(《南充师范学院学报》1983.3)认为曹“对社会生活的审美理想，是同他的世界观中的进步思想成分有着内在联系的”，邸瑞平〈《红楼梦》的共同美探讨〉(《语文教学与研究》1983.4)分析了这部作品广为流传的几个原因，认为“美是《红楼梦》的灵魂。曹雪芹把美的灵魂用固化的形态呈现在人们的眼前”，这就是它“之所以能超越时间、空间的阻隔，冲破阶级、民族的局限，从而获得更广泛的共鸣的主要原因之一”。段启明〈《红楼梦》与中国传统美学观〉(《学刊》1983.2)从“虚实结合”、“神韵、意境”、“晋人之美”与“通变创新”四个方面阐述了它“综合体现着中国传统美学观的特色”，颇有新意。

吴调公〈从晴雯之死一节看曹雪芹的美学观〉(《集刊》第11辑)从具体的悲剧情节分析了曹雪芹由泛神思想出发表现出来的美学观具有的三个特色，即“把悲剧美和泛神论朦胧地融合起来，加深加强了他对美与丑搏击的鲜明感受”，“在泛神论和悲剧美融成的美感中表现了一贯的神秘主义、悲观主义色彩”，“泛神论在他的悲剧描述中形成了时间和空间境界的广阔性以及朦胧美的特色”，论述角度较为独特。吴功正〈论曹雪芹对中国小说美学的贡献〉(《学刊》1984.1)和何永康〈笔在狂澜，诗触雅俗〉(同上，1984.2)着重论述了《红楼梦》在小说美学方面的独特成就。吴功正后又发表〈《红楼梦》艺术节奏和美学探索〉(《学刊》1985.3)，认为，《红楼梦》生活题材的独特内容和形式，赋予它艺术节奏所特有的内容和形式；它的形成方式有以情节的“落差”、突变、转折、对比、错综等不同的情况，具有特殊的艺术美。曾扬华〈《红楼梦》与“味”〉

(〈学刊〉1994.1)、唐富龄〈论《红楼梦》的空灵美〉(同上,1995.2)和何士龙〈谈《红楼梦》情节的空灵美〉(《学刊》1995.5),论述《红楼梦》在注重逼真、写实的同时,又努力“使作品显得含蓄隽永,富有韵味”,“很注重象外之象、味外之味的提炼”,“在对日常生活的真实描写中,横逸出一种疏宕的灵气,使真实获得升华”,“给人一种超脱空灵的美感”。陈冬季〈论《红楼梦》的审美心理机制〉《西部学坛》1992.3)是一篇力作。文章侧重分析了《红楼梦》的七大审美心理特征:①“物我为一”:审美历史的必然。自庄子始,物我浑化便成为中国古代艺术家所追求的审美理想。到了《红楼梦》中,表现得就更具特色、更加突出了;②“万物归怀”:同化与顺应的必然结果。黛玉葬花是《红楼梦》中脍炙人口的精彩篇章,其意境,其情境,打动了许多读者的心,使人们为之兴、为之叹。小说生动而又深刻地描述了艺术的物我为一的审美心理体验和感受,引起了接受者审美心理的共鸣;③“物化”:心理世界的间接反射。在《红楼梦》中往往以物理世界的描述来折射心理世界,达到心灵的对象化,这也即“物化”之法;④“目迎心受”:物我浑同的审美心理流程。不论是贾宝玉还是林黛玉,都有过“目迎心受”的审美体验。他们以独具的敏锐的审美心灵吐纳外物,从而进入了审美的最高境界。在他们的审美观照过程中,自我精神规定着审美趋向,一切都以固有“心理场”作为光点,投照外物,涵盖万有;⑤“移情”:能动的情感观照。只有以情观物,物方含情。如果审美主体是一个充满情感的血肉之躯,诸如宝玉、黛玉那样的“情痴”“情种”,那么,他就会感到山之寂寞、云之清苦、海之激昂、风之温柔、花之可怜、草之可叹;他也会“登山则情满于山,观海则意溢于海”。这就是“移情作用”。

审美移情在本质上是主体向外界的自由扩展。主体精神的自由保证了“移情”的宽泛性，这正如人们评价贾宝玉的“博爱”“泛爱”心理一样，其实这正是宝玉审美移情宽泛性的表现；⑥“同构对应”：审美心理的外化形式之一。曹雪芹十分巧妙地利用了审美中的同构对应关系，为人物设置生活环境。林黛玉居住在潇湘馆，无处不是绿色的覆盖。绿色既清又翠，色性偏冷，它与黛玉纯洁的本质和冷寂的性格、愁怆的身世和命运构成异质同构对应。在这里，物我同构对应审美，使得色彩成为一种人的情感、性格物质的符号化表征；⑦“情绪位移”：审美心理外化形式之二。在审美过程中，情绪位移是一种动力，它的迸发，形成了表象间的有序化组合，加强了审美的表现力。《红楼梦》刻画人物，尤其擅长表现其情绪位移的历程，从而深入揭示了人物情绪的性质及其价值。

李凤亮〈《红楼梦》的诗意追求及其美学阈值界定〉(《学刊》1997.4)也是较优秀的研究《红楼梦》美学的长文。文章概括了《红楼梦》三种诗意手法：①新奇时空与鲜异视角；②象征意蕴与神秘色彩；③梦境描写与诗境创设，由此进一步探讨了《红楼梦》诗意叙事的个性创造与民族承传。同时，以“诗意写实主义”作为对《红楼梦》叙事审美特性的概括、提升和定位。俞晓红〈悲歌一曲水国吟〉(《学刊》1997.2)深入地分析了“水”意象，文章指出：“思想家的水观，是哲理性的；文学家的水观，是审美性的；而伦理家的水观，则又是道德性的。”作为文学家的曹雪芹在《红楼梦》中“既赋予‘水’以韵味独存的幽深寄寓，又赋予它以风姿各异的外在形态，通篇文字自然是‘水’象联翩，‘水’意盎然”。该文文辞华美，见解独到。

6. 关于《红楼梦》语言艺术的研究

这方面文章也较多。周中明〈含在嘴里倒像有几千斤重的一个橄榄〉、滕云〈《红楼梦》文学语言论〉、傅继馥〈《红楼梦》人物语言的性格化〉、邓星雨〈说焦大骂人〉、启功〈漫谈《红楼梦》的语言艺术〉等文对《红楼梦》语言成就做了多方面的分析研究。对《红》中诗词曲赋的讨论,蔡义江做了大量工作,他对诗词曲的评价、分析,对一些重要诗词曲的研究及价值估价等方面做出了一定成绩。此外,张志岳〈略论《红楼梦》诗词的评价问题〉,徐扶明〈试论《红楼梦》曲〉,刘操南对白海棠诗、香菱学诗、〈五美吟〉等分析的系列文章,黄德烈〈《红楼梦》詈词描写的审美价值〉,秦德君〈论《红楼梦》诗词曲赋的艺术价值〉,林方直〈《红楼梦》春灯谜解读〉,章必功〈红楼诗话〉,于景祥〈《红楼梦》运用多种诗歌体式的杰出成就〉等,都从不同角度分析了《红楼梦》中的语言和诗词曲赋的艺术价值,各有见地,值得重视。

对博大精深的《红楼梦》艺术世界的探究是永无止境的。可以预见,21 世纪《红楼梦》的艺术研究将更加深入。

六、关于《红楼梦》与其他作品的比较研究

近 20 年来,随着比较文学研究的兴起和发展,“红学”研究界也自然而然地运用了比较文学的观点和方法来探究《红楼梦》的文学价值。主要有两类:一是从比较文学的角度研究《红楼梦》,把《红楼梦》放在世界文学史的大背景下进行考察。二是用比较的方法,将《红楼梦》与中国古代、现代优秀文学名著进行比较。这些研究开拓了新的领域,扩大了人们的视野,取得了积极的成果,从而

使比较文学的研究成为红学的一个重要的组成部分。

1.《红楼梦》的比较文学研究

(1)《红楼梦》在世界文学史上的地位。

《红楼梦》是我国最优秀的一部古典小说，正是《红楼梦》把中国古典文学推上了前所未有的高峰。那么，在产生《红楼梦》的18世纪中叶，世界文学发展到一个什么样的高度？《红楼梦》在世界文学之林占据什么样的地位？这无疑是人们最为关心的问题。薛瑞生在《红楼采珠》(天津百花文艺出版社出版)中认为："《红楼梦》的问世，是小说文学在现实主义轨道上发展到新的阶段的重要标志，是古典现实主义的终结，也是近代现实主义的开始。曹雪芹和欧洲批判现实主义大师狄更斯、巴尔扎克、托尔斯泰等人一样，都扮演了一个时代文学的天才总结者的角色，但他却比他们大约早一个世纪就登上了世界文学的高峰，不仅对中国文学起了承先启后的伟大作用，而且对世界文学作出了具有中国民族特点的杰出贡献。"程代熙〈红楼梦与十八世纪欧洲文学〉(《集刊》第2辑)则认为，贾宝玉是代表新兴阶级思想的，因而从这个意义上说，曹雪芹与意大利文艺复兴初期的但丁相似，既是旧时代最后一个，同时又是新时代最早的一个伟大的文学家和思想家。程文在具体分析了贾宝玉、林黛玉的形象之后指出："歌德笔下的绿蒂热爱维特，但她始终没有勇气摆脱四周那种庸俗的生活。《阴谋与爱情》里的露易丝心理明明爱的是菲迪南，可是在一场突然袭来的政治阴谋面前，却做出了违心的事，以致给她自己和菲迪南造成了难堪的结局。比起这些人物来，林黛玉比崔莺莺有思想，比绿蒂勇敢，也比露易丝沉着冷静。林黛玉宁愿以生命作代价去换取自由、幸福生活的这种难能可贵的精神，在同时代的世界文学中，只有苏珊娜(狄德罗的《修女》)这个少女的形象可以同她媲美。”他还认为，贾宝玉对《四书》的态度，比起孟德斯鸠笔下的波斯人黎伽对《圣经》的态度，还要激烈得多。最后程代熙认为：“像《红楼梦》这样思想性如此深刻，艺术性又如此完美的文学作品，在十八世纪的欧洲文学中，是没有一部能够望其项背的。只有在十九世纪，欧洲和俄国才产生了可以同它媲美的文学作品。”薛瑞生、程代熙的观点有一定代表性。尽管人们在具体分析上有不同见解，但有一点则是比较一致的，即认为早在18世纪中叶，《红楼梦》登上了世界文学的高峰，在同时代很难找到能与它相媲美的作品，《红楼梦》在世界文学发展史占据有极其重要的地位。这是中华民族对人类文学的巨大贡献，是中华民族的骄傲。

(2)《红楼梦》与外国文学名著的比较研究。

①《红楼梦》、《源氏物语》的比较研究。中日两国，一衣带水，两国之间的文化交流更是源远流长，而两国之间的文化影响，尤其是中国古代文化对日本文化的巨大影响，在世界文化交流史上也是极为罕见的。因此将两国最有影响、最优秀的古典小说进行比较研究，更能引起人们的关注和兴趣。《源氏物语》是11世纪初日本女作家紫式部创作的长篇小说，它在日本文学发展史上的地位，就如同《红楼梦》在中国一样，是一个不可企及的高峰。有趣的是，人们在比较研究中惊奇地发现，这两部伟大的作品，虽然产生于不同的国度，又相隔700年，但它们竟是那样的相似。陶陶〈异曲同工的哀歌——论《源氏物语》与《红楼梦》主题的悲剧性〉(《学刊》1990.4)指出，这两部作品从创作原则到行文运笔，从题材的选择、

处理到人物的设计、塑造,从外在结构到内在气蕴,从社会影响到文学史地位,许多方面都能找到相似之处。但陶文认为,《红楼梦》与《源氏物语》最引人注目的,则是主题上的异曲同工。而两部巨著的主题可比性,正在于它们都具有极丰富的悲剧性。文章从社会层次、伦理层次、人的本体层次三个方面比较深入细腻地分析了两部小说的主题。关于《源氏物语》与《红楼梦》社会层次的悲剧意义,陶文认为主要表现在它们都反映了所处社会由盛及衰的没落,它们都以极端锐利敏感的目光,在歌舞升平中,预见到本阶级颓运将至的灭顶之灾,以自己的艺术形象奏出了震荡乾坤的末世的衰歌。陶文又指出,虽然这两部作品都从纵横两方面披示了贵族社会后继无人的危机,但《红楼梦》比《源氏物语》更进了一步,"它不仅写出了整体的腐烂,而且写出了个别的分化;不仅写出了浸透了贵族阶级劣根性的垮掉的一代,而且写出了与封建势力相抗衡的崛起的一代"。这主要是通过贾宝玉的形象显示出来的,因此论者认为:"在社会悲剧的反映上,《红》不仅比《源》更深刻,而且也更广泛。"关于伦理层次的悲剧性,陶文认为它们有一个"难以忽视的共同点:它们对贵族后代无力补天的揭示(无论堕落还是叛逆),其笔墨,都集中在伦理道德问题上。"对两著内存层次——人的本体悲剧,文章认为,《源》《红》都写了人的本能要求与文明的冲突以及由此而生的苦难。但又认为,两书在"苦难如何造成和渲染这种苦难的目的上,二者都有极大的差别"。前者着意表现的是纵欲的苦难,而后者极力描写的禁欲的苦难。前者意在为统治阶级提出应立刻节制无休止的贪欲、免遭灭顶之灾的忠告,后者则以自己的新人形象,向着教人"存天理,灭人欲"的孔孟之道、程朱理学提出了大胆的挑战与控诉，显示出被窒息了2000余年的中华大地上人性的觉醒与复归。

沈新林〈两部惊人相似的巨著——《红楼梦》与《源氏物语》的异同〉(《盐城师专学报》1985.3)一文则认为，"通过爱情反映政治，写现存社会的没落史，是两部巨著内容的共同特点之一"。而另一个共同点是两部巨著都"塑造众多的女子形象，写出了她们的遭遇和反抗，把全部热情寄托在受侮辱和受损害的妇女身上。他还认为两部作品中男主人公除了都有盖世无双的美貌、卓尔不群的聪明、多才多艺的修养外，还有其独到的相似之处，即泛爱、移情、厌世。但他又认为，这两部作品极有着不容抹杀的区别。《红楼梦》所反映的生活面要比〈源氏物语〉广得多，深度也不是《源氏物语》所能赶得上的，艺术上的圆熟也不可同日而语。

赵连元〈《源氏物语》与《红楼梦》美学比较初探〉(《首都师大学报》1995.6)认为两部小说都富有深刻内涵和悲剧性主题，描写了由盛而衰的社会，都谱写了一曲缠绵哀婉的封建主义挽歌。但在弃恶扬善的方式上分道扬镳。紫式部呼唤着过去，曹雪芹指向了未来。

②《红楼梦》与《十日谈》的比较研究。吴国光〈《十日谈》与《红楼梦》〉(《学刊》1984.3)认为，《红楼梦》与《十日谈》虽然在时间与空间上相隔很远，但它们实际上是在相类似的历史发展阶段。在18世纪中叶的中国，正是封建制度分崩离析的时候，资本主义生产关系的萌芽早已产生。而400年前的意大利，也正处于封建社会过渡到资本主义社会的历史转折的序幕阶段。因此可以说"是同社会历史母体孕育了"这两部巨著。文章认为，《十日谈》与《红楼梦》具有相似的妇女观，充分表现了对于妇女的同情和尊重，有

明显的反封建色彩，都是通过对爱情的歌颂表达了新兴阶级的意识。不过，文章认为，“卜伽丘在爱情观上较之曹雪芹要逊色得多”。曹雪芹“表达了一种看来远比卜伽丘在《十日谈》中所表达的那种爱情要高尚、纯洁、美好得多的爱情”。这篇文章还具体分析了两部作品因“历史的距离”而产生的区别，认为：“《红楼梦》重点在对旧的现实的否定，《十日谈》则是对新的现实的肯定；前者是对真善美随同旧社会毁灭的哀悼，后者是对假恶丑在新社会前败落的嘲讽；前者希求一种精神上的追求，后者注重肉体上的享乐；前者归结出色空观念，最终否定了色而肯定了空；后者有色无空，否定了空而肯定了色。一言以蔽之，《红楼梦》是中世纪的史诗，《十日谈》是新社会的序曲。”“曹雪芹是站在地主阶级叛逆者立场上，是为封建社会送葬的吹鼓手；卜伽丘则是站在新兴市民立场上，是为资本主义社会呐喊的预言者。”《红楼梦》与《十日谈》的艺术风格也是有很大区别的，吴国光认为，《红楼梦》怨而不怒，哀婉端丽，深沉含蓄，博大精深；《十日谈》则尖锐泼辣，短小精悍，嬉笑怒骂，涉笔成趣。“这里有一种贵族气质与平民风格的区别，更主要的则是表现出了旧时代的逆子贰臣为旧社会哀悼与新社会的先驱战士为新时代冲锋陷阵的区别。”文章还指出，虽然《红楼梦》与《十日谈》艺术风格上不同，但都是用现实主义的艺术手法来完成的。“在欧洲，《十日谈》是现实主义产生的开端；那么，在中国，《红楼梦》则是现实主义成熟的标志。”因此，文章认为，《十日谈》表现出来的现实主义创作方法是幼稚的、粗糙的，而《红楼梦》所表现出来的现实主义创作方法是纯熟老练、深刻丰富的。文章最后指出：“《红楼梦》中旧时代的痕迹，主要与《神曲》相似；其中‘新时代’的影响，又与

《十日谈》相似，曹雪芹在中国文学史上的地位也许更多地与但丁类似，但《红楼梦》的思想意义与艺术成就又主要表现在它与《十日谈》类似的方面。”“《红楼梦》是中国封建社会与资本主义社会交替时代所产生的一部集《神曲》与《十日谈》于一体，而在艺术上又高于这两者的伟大文学巨著。”

③《红楼梦》与《战争与和平》、《安娜·卡列尼娜》的比较研究。西欧文学对世界文学发展所作出的巨大贡献，的确是令人敬佩的。但平心而论，在19世纪之前，就其一部作品来讲，能够同《红楼梦》相媲美的确不多见。在许多学者的心目当中，能与《红楼梦》相比的，非托尔斯泰的《战争与和平》莫属。张菊如〈人物心理的历程与历史进程统一——谈《战争与和平》和《红楼梦》的心理描写〉（《华东师范大学学报》1983.4）一文，则侧重谈了“托式”心理描写与“曹式”心理描写的不同特点。文章比较细腻地将两部巨著的心理描写做了比较研究，指出，曹雪芹“在展示人物内心复杂、多变、微妙的变化过程中，随时都伴随着人物外部相应的活动——神态、语言、动作；《战争与和平》中的彼尔，尽管经历着‘复杂而困难的内部发展过程’，‘疑惑而欢喜’的精神活动，但他的外在形象常常是‘心不在焉’。假如作者不把彼尔的心理活动过程一一展示出来，我们便无法从他的外部活动中洞悉其内在的活动。而《红楼梦》中的人物，无论他们的内心在进行着什么性质、内容、速度的变化，他们在外在形象也必然随之发生变化：或顺、或逆、或直、或曲，内外呼应，互为统一”。文章认为，这种心理描写的不同，首先基于各个民族对人类精神活动的理解方式和观察角度的不同。其次，“托式”心理描写主要是以作者个人的内心体验为基础的。“曹式”心理描写

则是中国传统美学中关于“形”“神”兼备的观念在小说描写上较完美的体现。文章还进一步从两部巨著“所表现的现实历史环境及其发展中”来考察了“托式”“曹式”的心理描写，认为他们的描写都融合了幻想和现实、情绪的因素和现实事件的因素。并认为人物的心理历程也是一个历史的发展过程，“《战争与和平》描写了轰轰烈烈的人民战争怎样从失败走向胜利，表现了宏伟的史诗般的人民主题，与之相呼应的主人公心理是不断升华、逐渐明朗的。而《红楼梦》则无情地再现了封建社会日薄西山，无可挽回地走下坡路的历史事实，处在如此历史时期的贵族家庭人物心理也必然留下时代的烙印，显示出由热转冷的趋向”。

托尔斯泰的另一部伟大著作《安娜·卡列尼娜》也是中国人民所熟知的，尤其女主人公安娜的形象及其悲剧，给人们留下了极为深刻的印象。李书鲤〈林黛玉与安娜——兼谈曹雪芹和托尔斯泰的妇女观〉，(《学刊》1984.3)着重比较分析两位女主人公的形象。文章指出，“首先两位作家在创作中都赋予了两位女主人公美的形象特征和性格特点，并且使这两个艺术形象的美与人物生存的黑暗、浑浊的社会现实形成鲜明的对比和尖锐的对立。从而构成了腐朽的社会环境束缚人性健康发展这样包含了深广社会内容的矛盾冲突，使人物具有高度的典型意义。”关于安娜和林黛玉两个女性的悲剧，文章认为这是“历史发展的必然结果”。文章同时指出，“作为思想家的曹雪芹和托尔斯泰，在他们的作品中却表达了两种不同的妇女观”。托尔斯泰那种“妇女解放不在学校里，不在议会里，而在卧室里”的妇女观，无疑是一种历史的反动。而曹雪芹则截然不同。“曹雪芹用同情和赞美的笔调，描绘了大观园那些青春少女的聪明才智远在那些世俗男子之上。”同赞美吉提的托尔斯泰相反，曹雪芹是否定薛宝钗所信奉的道德观和选择的道路，因此，“曹雪芹无疑是一个最有热情、最有魄力地为妇女呼吁人的地位、人的尊严、人的权利的作家”。

陈保平、张菊如〈闲话《红楼梦》与《安娜·卡列尼娜》的结构〉(《书林》1982.4)则着重比较研究了两部作品的结构。指出这两部书虽有不少相似之处，但在结构的安排和素材的调度上迥然不同。《安娜·卡列尼娜》是以两条平行的线索同时推进为其结构特点的。《红楼梦》则是立体性、网状性的结构。在《安娜·卡列尼娜》中，作品的双线平行，最后衔接的拱形结构是为作者的思想服务的，理性的因素比较明显。《红楼梦》则以立体性、网状性的结构反映了生活的本来面目，自然而多层次地展现了一幅千姿百态的社会画卷。“因此，《红楼梦》的结构虽然不是为了表达思想，但它是历史结构的真实写照，是社会结构的缩影”。文章最后认为，托尔斯泰和曹雪芹通过不同的结构形式反映了他们各自的艺术观，以及对社会、历史、人生的理想。

④《红楼梦》与《傲慢与偏见》、《堂吉诃德》等外国作品的比较研究。英国伟大的现实主义作家吉英·奥斯汀的《傲慢与偏见》，则可以说是与《红楼梦》差不多同一时期产生的作品。张兵〈儿女笔墨，社会大观——《红楼梦》和《傲慢与偏见》的比较研究〉认为这两部作品是18世纪中后期中英文学史的双璧，它们最显著的特点就是“儿女笔墨，社会大观”。两书在批判现实方面有着许多共同之处，“但囿于作家所处的客观历史条件，曹雪芹重在对现实的批判，而奥斯汀则更多地表现为对理想的追求。所以，他们笔下的主

人公对旧势力抗争的态度，也有着明显的不同。为了捍卫自己的幸福和人格的尊严，伊丽莎白对咖苔琳夫人作了勇敢的反抗和斗争。她针锋相对，敢怒敢言，毫无顾忌，大义凛然，迫使咖苔琳夫人败兴而归。相比之下，贾宝玉就显得软弱多了”。但从全局和宏观来看，两书对黑暗的社会现实的揭露和批判都是相当深刻的。不过就广度和深度而言，奥斯汀的《傲慢与偏见》比之《红楼梦》仍不免稍逊一筹。

赵双之〈《红楼梦》与《傲慢与偏见》〉则着重于两部作品的故事情节、人物性格及民族文学发展等方面的比较研究。文章指出，这两部作品的共相性，从根本说来，在于它们都是世情小说一类，“是一样儿女悲欢事，中英两本世情书”。认为林黛玉和伊丽莎白是爱情分别播在中国和英国的两颗情种，“两部小说都以她们的爱情和婚姻为中心情节，并以许多相似的艺术手段，塑造了这两个具有反抗性格的少女形象”。刘梦溪〈异地则同 易时而通〉(《学刊》1984.2)比较了《堂吉诃德》的前言和《红楼梦》第一回，提出“由于历史发展轮廓的某些一致，作家经历的相似，又坚持现实主义的文学主张，原原本本地从生活出发，两位异地易时的文学大师可以说出怎样相同的话来，对社会生活的概括也可以形成比较相近的结论”。

此外，张乘健〈夏金桂与卡杰琳娜——借《大雷雨》看《红楼梦》〉(〈学刊〉1996.1)，王瑜琨〈从《喧哗与骚动》和《红楼梦》看中西挽歌式悲剧精神〉(《浙江大学学报》1996.2)也是两篇较优秀的《红楼梦》比较文学研究论文。

(3)关于贾宝玉与俄国文学中的“多余人”的比较研究。

关于这一论题，论述较多，分歧也较大。蒋濮〈贾宝玉和俄国文学“多余人”形象〉(《复旦学报》1991.1)不同意将贾宝玉看做“反封建的英雄”之类。而“实际上可以说是一种中国式的‘多余人’”。文章指出:俄国文学中的“多余人”形象,“简直和贾宝玉的人生性格的基本特征没有什么两样。”

李湛章、孙鹤峰、何纯基〈从贾宝玉的形象看《红楼梦》在世界文学史上的地位〉(《北方论丛》1980.6)也认为贾宝玉是“多余的人”的典型。文章列举了《红楼梦》第一回关于女娲炼石补天的“多余的”石头,枉入红尘变成了宝玉。而他在人世间没有找到自己的位置,终于遗恨而出走,绝望而循入空门,成了一个“多余的人”,文章说“这是一个很重要的佐证”。文章还认为,贾宝玉这个“多余人”典型所具有的意义,不仅标志着曹雪芹的艺术成就,证实了我国现实主义小说的深度和广度,而且证明了贾宝玉同其他的“多余人”形象一样,不仅属于本国的,同时是世界的。“当欧洲文学的‘多余人’形象还处于雏形阶段的时候,贾宝玉已经以其典型性格开辟了中国文学‘多余人’的画廊,为世界文学漫长而广阔的‘多余人’艺术画廊的奠立,作出了毫无逊色的伟大贡献。”

陈星鹤〈在贾宝玉和‘多余的人’之间不能划等号——兼谈比较文学中的平行研究〉(《南宁师范学院学报》1984.1)则持完全不同的观点。他认为不能把贾宝玉说成是“多余的人”。文章指出,所谓“多余的人”的艺术形象,就是一些具有叛逆思想的作家,像普希金、莱蒙托夫这些受过西方资产阶级思想影响的贵族知识分子所创造出来的具有鲜明特征的人物。文章认为,贾宝玉是不能与奥涅金、罗亭这类人物相比拟,其间差别很大。“贾宝玉反映了中国资本主义处于萌芽状态时期的先进人物的风貌,他仅仅在思想上有一些朦胧的觉醒而已，没有显示出多大的力量，还幼弱得多”，“把宝玉视为‘多余的人’，实际上就是拔高、忽视了人物在不同历史发展阶段上所具有的特征，以及这种特性所赖以产生的社会诸条件的差异。”

显然，人们的看法是不一致的。贾宝玉到底属不属于“多余的人”，这个问题值得进一步讨论，这有助对贾宝玉形象的理解，以及对《红楼梦》的深刻认识。①

2.《红楼梦》与中国古代、现代名著的比较研究

陈毓罴的〈《红楼梦》与《浮生六记》〉把贾宝玉和林黛玉，与《浮生六记》中的沈复和陈芸进行比较，阐发《红楼梦》的典型意义和时代特征。端木蕻良的〈《红楼梦》与《女仙外史》〉则是从这两部小说的某种程度的联系中，探寻曹雪芹对传统的继承和发展。黄立新〈清初才子佳人小说与《红楼梦》〉(《集刊》第 10 辑)认为《红楼梦》无论在思想内容还是在艺术技巧方面都曾受到清初流行的《玉娇梨》、《平山冷燕》、《好逑传》等才子佳人小说的某些影响，它们在思想倾向上也有一致之处。傅朝〈《平山冷燕》与《红楼梦》〉(《社会科学辑刊》第 3 期)也发表了相似的意见。

《史记》与《红楼梦》分别为中国史学和文学史上的两座丰碑。各自的独特魅力何在？彼此的内存相通之处何在？梅新林、俞樟华〈《红楼梦》与《史记》：实录精神与托愤精神的二重变奏〉(《浙江社会科学》1997.5)对此进行了深入的比较研究。文章从源远流长

① 以上《红楼梦》比较文学研究述评主要引自雨虹：〈《红楼梦》与外国文学作品比较研究综述〉，《学刊》1992.3。

的中国文化传统中抽绎出“实录精神”与“托愤精神”两个工具性概念，并通过这两个层面的比较分析，最后得出结论：《史记》与《红楼梦》的内在相通之处即在于都是“实录精神”与“托愤精神”的二重组合，前者以“实录精神”为主而蕴含“托愤精神”，后者以“托愤精神”为主而蕴含“实录精神”，各自的独特魅力则在于都深刻地表现了历史与道德二律背反的文化悖论，具有为一般史书和小说所缺少的哲理意味与美感张力。

文若〈《红楼梦》在现代文学作品中的“影子”〉（《广西民族学院学报》1983.1）则分析了《红楼梦》对现代文学的影响，指出：《家》中的梅芬、《北京人》中的愫芳有林黛玉的“影子”，《李自成》中的周皇后有薛宝钗的影子，《霜叶红于二月花》中的婉小姐有探春的影子，《北京人》里的曾思懿有凤姐的影子。

钱钟书先生的《围城》自 80 年代以来，越来越受到学界重视，也广获读者青睐。张俊、沈治钧的〈诗何以怨——《红楼梦》和《围城》的忧患意识〉（《北京师大学报》1996.5）对这部名著进行了比较阐发。文章指出：文学作品的“怨”，不一定通篇都是“穷苦之言”，至少会含有潜在的“欢愉之词”。《红楼梦》以美好爱情的毁灭为主线，充分揭示了这一悲剧的必然性，所以，王国维称之为“悲剧之悲剧”是精辟的，但其基础则并非是叔本华哲学。《围城》以方鸿渐的际遇为主线，方的恋爱婚姻，有一定的社会心理根源，虽不能以崇高的人格和明确的理想打动读者，却能给人哲学的启迪。两书提供了“诗何以怨”的两种不同的范例。

《红楼梦》的伟大是难以企及的，对它的研究是无穷无尽的；而新时期的"红学"研究之多、之广、之深,确非本书撰者所能尽述,因此,这节《红楼梦》述评挂一漏万、缺憾多多也是在情理之中的。

第二章　清代诗文研究

第一节　通论

对于清代文学，以往的研究多集中在小说、戏曲上，诗文在一定程度上被忽视。近20年，学术界对清代诗词文进行了大量的、系统的、开拓性的研究，形成了一些研究热点，现概述如下：

一、关于清诗的研究

1.研究概貌

在20年中，清诗研究始终是清代文学的重点和热点。1983年12月17日至22日，建国以来首次全国性清诗讨论会在苏州大学举行；《文学遗产》1984年第2期编发了“清诗讨论专辑”；为了开拓清诗的研究领域，了解清诗全貌，苏州大学明清诗文研究室集中全力查阅有关书籍1000多种，编成了规模宏大的《清诗纪事》；发表于各报刊杂志的研究清诗的文章近600篇。可以说，近20年对于清诗的研究取得了巨大的突破。

2.关于清诗评价

学术界首先从观念的改变开始。严迪昌《清诗评议》认为：“清诗的研究所以进展迟缓，推究其原因固然有种种”，但“不难发现其中一直在起很大阻碍作用的——是那个关涉到文学史研究的传统观念，就是人们熟知的‘一代有一代之文学’的说法”。程千帆《清诗管见》同样指出：“由于‘一代有一代之所胜’这种论点的影响，文学发展史被简单地理解为文体变迁史，连宋诗都被认为‘味同嚼蜡’，就更不用说清诗了。”

在转变了这一观念后，学术界对清诗给予了新的评价。大部分研究者都认为，有清一代风云变幻，自清兵南下，到康、乾盛世以及嘉、道间的农民起义，近代西方资本主义的入侵和中国人民的反抗斗争，乃至太平天国、改良变法、辛亥革命，各个时期的重要事件，无不成为诗人长歌短咏的题材，为清诗提供了前所未有的丰富广阔的内容；在艺术形式上，诗歌流派之多、风格之众、诗学研究之深，均为前代所不可比拟。就数量而言，清诗的作家和作品更是远超唐宋，特别值得注意的是清代还出现了不少非汉族作家，他们把兄弟民族的文化带入了诗歌创作，为诗坛增添了新鲜内容。总之，清诗有着独特的成就，应当还它以中国古典诗歌终结阶段的较高历史地位。

3. 关于清诗的总体特征

(1)关于时代风格。吴调公〈“气候”与“花”——略谈清诗的时代风格〉认为：尽管有清三百年所包含的历史阶段各有不同，但总的说来，它是从封建末世到封建社会解体的一个转折时代。如果说市民理想经过晚明诗人的探索，已经大体上获得“性灵”、“童心”、“别趣”的出路，那么清代诗人由于环境的改变，处于新探索中的心情不得不转为彷徨。因此，他认为，“转折时代探索过程中的清诗人的烦躁和郁勃，成为绵亘有清一代的诗歌风格”。他具体分析了清代各时期这种风格的表现：清初遗民诗的郁勃和烦躁表现为眷怀故国之情，尤以郁勃为主；乾嘉时期的诗人在“提笔须问性情“的同时，竟然能够听到隐藏在“盛世”背后的“哀音”，同时还表现出封建末世的异端思想；道光以后，郁勃和烦躁有了进一步高涨，从龚自珍到黄遵宪，都有不同的忧国哀时的悲痛。这种时代风格，曲折反映了封建社会的最后僵死。

(2)关于学古倾向。清诗有学古的倾向，对这一特点学术界都基本认同。但是这种学古与明代前、后七子学古有何不同？其得失如何？近年来也有深入研讨。周秦、范建明〈论清诗的学古趋向及其得失借鉴〉认为，清人学古与明人学古不同，他们批评了明人划时代的鸿沟，倡言“文必秦汉，诗必盛唐”是简单地以时代先后论优劣，割断历史，惟古是尚；批评明人变学古为模拟，创作如剽窃，泥古而不化；所谓“唐宋诗之争”在清代实际上就是将唐宋诗融通起来。马亚中〈试论宋诗对清代诗人的影响〉指出，清人学宋是“一个特定的文学现象”，“有其普遍性”，从清初钱谦益、黄宗羲、吴伟业一直到晚清同光体，莫不如此；其原因正在于宋诗是学古而能创新的典范，清人学宋，也主张创新；如何创新呢？“那就是发抒其性情，表现个性，写‘吾之诗’”。

(3)关于学风和诗风。钱仲联〈清代学风和诗风的关系〉指出，在清代“出现了学风影响诗风的特殊情况”。他认为，清初“通经致用”的学风影响了取精用宏、富有崇实精神的诗风；乾嘉考据学风影响了浙派、肌理派逃避现实的诗风；道光年间“公羊”学风与“诗界革命”联系密切；而晚清诗坛则出现了学人之诗和诗人之诗二者合一的局面。

4.关于清诗流派和分类研究

钱仲联《清诗简论》对清代前期和后期的作家流派作了简洁而全面的勾勒；他还另有〈论“同光体”〉一文，对历来被贬斥的同光体进行了深入的分析和新的评价，认为“同光体”诗派的情形是复杂的，“同光体”同中有异，还包括三个流派，一是闽韩派，以陈衍、郑孝胥等为首，其学古溯源韩孟，于宋人偏重梅尧臣、王安石、陈师道、陈与义、姜夔，且各人又有侧重；二是江西派，首领为陈三立，以黄庭坚为宗祖；三是浙派，以沈曾植为代表，主张“合学人之诗诗人之诗二而一之”。他指出，将“同光体”诗视为反动、保守，一笔抹掉是不全面的，该派诗人处在戊戌变法时期，诗作有的主张变法，有的表现爱国思想，具有一定的价值；“同光体”诗的艺术，“对我们今天怎样做到诗是精练的语言这方面，还有可以借鉴的地方”。

1992年2月，江苏古籍出版社出版了朱则杰关于清代诗歌史的系统性专著《清诗史》，填补了这一学术空白。全书30万字，分16章，研究范围大致限定在近代以前，以龚自珍为结穴。作者论及了鸦片战争爆发前200年左右一系列重要流派和作家，从宏观上揭示了清代诗歌的发展规律，展现了清代诗歌的总的面貌，这是清诗研究的一项重要成果，令人欣喜。钱仲联称赞此书“全面论述，又重点突出各名大家，材料翔实，持论多创见，如入宝山，时逢瑰异；既不落人窠臼，亦不哗众取宠，确可弥补中国文学史上这一部分缺陷”。

关于清诗中群体和题材的研究也是学者关注的焦点。麻守中〈试论清初东北流人诗派〉(《社会科学战线》1984.4)以清初流放东北的诗人为考察对象，分析了他们诗歌思想内容的丰富性，并指出他们诗歌在艺术上的共同点："和盛唐边塞诗雄奇豪放相比，他们的诗抑郁哀怨；和明代公安派诗独抒性灵，不拘格套比，他们的诗隐约吞吐，幽曲凝噎；和同时代王士祯诗崇尚神韵、冲和淡远相比，他们的诗面向现实、笔力深沉。白坚〈清初遗民诗人述略〉(《光明日报》1984.3.20)，朱则杰〈歌舞之事与故国之思〉(《贵州社会科学》1984.1)分别从不同角度剖析了清初诗人的艺术风貌。赵永纪专著《清初诗歌》(光明日报出版社，1993)对清初诗论、创作及作家的学养进行了涵融综贯的论述。全书主要讨论了江左三大家、遗民诗人、虞山派、河朔诗派、岭南三大家及国朝六家等顺康(前期)成就较高、影响较大的作家和流派，尤其对罕为人知的河朔诗派的主要作家进行了全面的分析。

王学泰〈《钦定熙朝雅颂集》和旗人的诗歌创作〉(《文学遗产》1992.5)通过对一部诗歌总集的深入研究，揭示了八旗诗人创作的文化背景和艺术风格。作者广采史料，细致考察了满洲八旗风俗变迁的大趋势和旗人掌握汉文化的过程，认为"此集的编纂和嘉庆对它的承认，可以说是满族上层和文士公开融合于汉文化之中的标志"。作者认为八旗诗人在创作上最倾向于性灵派，"这与旗人的集团性质有关。如旗人诗学传统较浅，对于强调只能意会不能言传的神韵说则较难接受；旗人所讲的汉语属于北方语系，对于注重音调涵咏的格调说则难于领会；旗人更缺少学术传统，对于偏爱学问考据的肌理派则更是不敢问津。因此在八旗诗人中形成了性灵说一派独兴的局面"。

时志明〈清代山水诗的因变创新论略〉《苏州大学学报》1992.

1)对清一代山水题材的诗歌的因变和特色作了综合考察,作者认为清代山水诗的发展主要表现在三个方面:①题材的扩大和拓展;②清人自然观念和审美情趣的变化;③表现手法的空前拓宽和日益完善。作者对清人善用大型组诗和歌行体描写山水给予了高度评价,认为这"使得山水诗从前代那种表现容量小、不能极尽胸臆地写景抒情的局限中解放出来,从而加强了山水诗的表现厚度与力度,为中国山水诗创造更完美的意境,抒发更强烈的感情闯出了新途径"。王英志 1996 年、1997 年则对朱彝酉、屈大均、钱谦益、常州"二俊"、吴梅村等诗人的山水诗分别作了考察,形成一组系列文章,值得重视。

清代女诗人群体也引起了人们的重视。陆草〈论清代女诗人的群体特征〉(《中州学刊》1993.3)从文化史的角度,对清代女诗人群体的历史风貌进行了总体描述。并归纳出五大特征:由空间分布不匀而形成的地域性;由血缘关系或婚姻关系而形成的家族性;由传承关系形成的师徒性;由不幸遭遇形成的悲剧性;柔弱哀艳的艺术风格。文章通过统计分析,吴越地区女诗人最为集中,这实际上是吴越文化优势的一种体现。王英志则对袁枚女弟子诗词创作进行了研究,其〈随园"闺中三大知己"论略〉(《文学遗产》1995.4)讨论了席佩兰、金逸、严蕊珠的诗歌创作及其特色。〈大家之女与贫者之妇〉(《苏州大学学报》1994.4)讨论随园女弟子钱孟钿与注芏轸的诗歌创作。〈性灵派女诗人"袁家三妹"〉(《复旦学报》1995.5)介绍了袁棠、袁杼、袁机的生平创作,〈随园女弟子概论〉(《江海学刊》1995.6)则全面介绍了随园女弟子成员及其诗歌创作概况,并分析了这个特殊女诗人群体产生的原因及特点。由于这些女诗人在文学流派思潮上乃袁枚麾下之偏师，故王英志的文章跨属女作家研究与性灵派研究两个领域，兼有意义。

对清诗进行分类研究的还有以族别、以文体分类探讨，限于篇幅，不再详述。

二、关于清词的研究

20 世纪前 80 年的清词研究比较冷清，成果不多。自 1980 年以后，清词研究才算真正开始。虽然起步较晚，但势头迅猛、取得了令学界瞩目的成就。近 20 年来的清词研究，除词籍的整理、编辑外，共发表论文近百篇，出版专著 10 余种。不仅研究层面大大拓展，研究论文几乎涉及了清词史上所有的重要作家。特别是严迪昌《清词史》(江苏古籍出版社，1990)标志着清词研究走向成熟。该书“大抵以清词发展流变为主脉，以词人群体和创作实践为骨架。干之以词风词派之消长，经纬以词人词作之分析。既与清史应声符节，时相离合，又以‘认识价值’、‘审美价值’窥其因变流向，煌煌四十五万余言，凡重要的清词人、词风、词派，无不网罗殆尽，其方法上的主要特点，及在于全景式的流变的观照”。《清词史》把清词的流变看成一个整体，不仅把握了词与时代的关系，在一系列历史事变中论述了词风消长和词派演化；而且对词与商业文化、地域文化、亲友师承和家族群体的关系尤多关注。《清词史》因其自成体系的逻辑结构，新颖独到的研究方法和清理整合文献的高超功力，曾在出版后得到广泛好评。

1. 关于清词的“中兴”

继元明两代词风日趋委靡之后，清词振颓起衰，艳称“中兴”。

近20年来对其进行了深入研究。严迪昌以《老树春深更著花》为题,总结了清词的两大特色:一是璀璨而丰硕,二是流派纷呈、风格竞出;对清词的流变,也作了大观述要:首先是有“廓清之功”的“云间词派”,从明末陈子龙等人倡导,一直到顺治一朝杭州的“西泠十子”、扬州的广陵词坛等,均受此派风气影响,而至广陵词坛,词风开始发生变化;其次是顺治、康熙朝的“稼轩”之风;复有“悲慨激扬”的“阳羡词派”,和“盛世”崛起的“浙西词派”,以及以词论见长的“常州词派”,此外还有不受“流派”牢笼的诸家词人。陈铭〈清词的中兴与衰微〉(《浙江学刊》1992.2)认为,清代是词创作集大成的时代,有两个高潮,第一个高潮是17世纪下半叶。这个高潮的主要特征是:第一,形成了三个既有理论又有创作的词派,即浙西词派、阳羡词派、饮水词派。第二,各词派都以继承唐宋词风为标榜,形成了一个继承多于创新的创作态势。第三,词创作成为讲究音韵格律的文人词。第二个高潮是19世纪,主要是20年代到世纪末。其特点是:第一,词学理论十分繁荣。第二,词作者的队伍不断扩大。第三,词创作与词学研究结合起来,词集整理蔚然成风。周绚隆〈论清词中兴的原因〉(《东岳论丛》1997.6)认为清词的中兴有五大原因:一是与明代词坛的长期沉寂和明末江浙词坛的开始崛起有关;二是与明季的历史现实有关;三是由于清初的社会现实和词体特有的抒情功能相契合;四是缘于清代学术风气发生彻底变化的背景;五是基于清初词坛上作家群体的形成和壮大。而清词的中兴是由多方面的因素相互撞击、共同触发,后经有声望者的推动而形成的。汪泰陵〈试论清词的“中兴”〉(《贵州师范大学学报》1992.4)进一步作了宏观描述。

2.关于重要词派的研究

(1)浙西词派。浙西词派是清代词史上流变历程最长,在清代前、中期影响最为深远、势力最大的词派,林玶的〈清初词风的演变及浙西词派的形成〉梳理了从陈子龙起,历经屈大均、王夫之、钱谦益、龚鼎孳、吴伟业、宋琬、尤侗、纳兰性德等人显示的词风演变乃至浙西词派形成的轨迹。如果说林文是从纵的方面考察,那么高建中〈浙西六家词浅论〉则从横的方面对浙西词派作了具体剖析和评价,认为浙西词派开创期的六家,朱彝尊成就最高,其余诸家,皆非其偶。因此要全景式地透析这一词派,对浙派宗师朱彝尊词作实践的把握是关键之一。严迪昌〈我读朱彝尊词〉(《古典文学知识》1989.6)将朱彝尊词创作分为三个阶段:①初期,顺治十三年(1656)到康熙二年(1663)。这是由"未解作词"到初为倚声时期;②中期,康熙三年(1664)到康熙十七年(1678)。这是创作上最为灿烂的时期;③后期,康熙十八年(1679)至三十一年(1692)。这是其词名大振,成为一派领袖、词坛祭酒的时期。屈兴国、袁李来〈朱彝尊词学平议〉(《南京大学学报》1989.1)从朱彝尊词实践和词学理论两方面进行考察,论述了其开一代词风和在词学史上的重要地位。

张宏生〈朱彝尊的咏物词及其对清词中兴的开创作用〉(《文学遗产》1994.6),对这位浙西词派的开创者的咏物词倾向进行了多角度的分析,认为文字狱造成的忧惧心理固可能是一种因素,跳出比兴寄托的思维定势,追求艺术独创性可能是更重要的原因,并因而丰富了咏物词的内容和形式,体现了一个杰出作家开宗立派的气度。文章同时指出,这种创新也付出了代价,那就是一些追随者片面摹仿,形成了连立意的基本要求也丢弃了的不良风气。邓红梅〈朱彝尊的爱情词说〉(《文史哲》1993.5)对《曝书亭词》进行了细致的分析,指出朱彝尊在爱情词中的表现充满矛盾,纯情与艳欲同时占有了他的身心。这是因为他在情天恨海中遨游时,既是自己情感的发言人,也是男权文化的复制品。文章认为“一部《曝书亭词》可以说是用爱欲酿出的一杯浓烈的酒浆”。吴茂森〈朱彝尊和《曝书亭词》〉则认为,由于朱对当时黑暗社会缺乏强烈的抗争精神,故以“清空”、“醇雅”的特殊表现方式,抒发内在义蕴。(《人文杂志》1984.5)此外,叶嘉莹〈朱彝尊爱情词的美学特质〉(《四川大学学报》1994.1、2、3)也是论朱词极有分量的佳作。

(2)阳羡词派。严迪昌《阳羡词派研究》(齐鲁书社,1993)以丰富翔实的资料,描写阳羡人文历史及鼎革之初阳羡社会态势,顺治年间阳羡案狱情状,呈现出阳羡地域和世族文化的生动背景,由此纵横捭阖地阐述阳羡词派的形成及其兴衰,分析阳羡词派的词学观和陈维崧等代表作家的创作成就。全书视野宏阔,精思明辨,极富学术分量。艾治平〈论阳羡词宗师陈维崧〉(《嘉应大学学报》1998.1)指出陈词题材广泛,远超苏辛;清词至陈维崧,词风为之一变,面向时代、社会与人生。文章概括了陈词独特的艺术风格:气魄恢弘,骨力遒劲;俏丽娴雅,婉转思柔;情辞并胜,骨韵都高。认为“清词无论在理论或创作上的‘复兴’之功都应首归阳羡词宗师陈维崧。黄天骥〈朱彝尊陈维崧词风的比较〉(《文学遗产》1991.1)则对清初词坛两位影响最大的作家朱彝尊和陈维崧的词风进行比较,并从两人的思想、性格、经历、心理以及与时代思潮的关系诸方面来说明“锡鬯情深,其年笔重”这一概括。该文论述视野开阔而

又深细入微，其价值不仅仅在于对朱陈二人词风的评价；对于清词研究来说，其方法论意义是显而易见的。

张珂〈清代的常州词派与词人〉还对张惠言为代表的常州词派进行了探讨，他认为，常州词派在词论上推尊词体，不把词贬为“小技”；重视北宋词的地位，强调比兴、寄托的手法。这些主张，切中时弊，因而它能取代浙西词派而振兴。常州派出现后，晚清常州词风大兴，不仅有程应权、汤成烈等一大批词人，甚至还出现了不少富有才华的女词人，如庄盘珠、左锡璇等。他们的词作反映了一些时代矛盾，风格上也呈多样化，并未定于张惠言一尊。当然，常州词派及词人也存在明显缺陷，如抬高周邦彦、温庭筠，“视苏、辛为小家”；以比兴法品评词章，易穿凿附会；词人博通经史，却喜用典；反映社会矛盾不够深刻，等等。

此外，张宏生〈清代妇女词的繁荣及其成就〉(《江苏社会科学》1993.6)从题材的拓展、风格的多样、手法的丰富、繁荣的原因等方面，比较系统地描述了清代妇女词的发展状况。何瑞澄〈浅谈清词对唐宋词的继承和发展〉认为，清词无论从题材还是艺术风格对唐宋词都既有继承又有发展。在题材上的发展一是写同样题材而手法翻新，二是更直接地反映社会时事，具有浓厚的时代气息；在艺术风格上，能够在继承的基础上，从自己所处的时代出发，形成各自特色，并进而形成新的风格流派。

三、关于清代散文的研究

近20年对清代散文的研究相对较为薄弱，较多集中在桐城派，而对总体特征的宏观把握方面尚嫌不够。罗东升等〈清代散文与散文的研究方法〉及〈清诗评议〉指出，清代散文"虽没有出现司马迁、韩愈、欧阳修、苏轼等对散文发展有着卓绝贡献的荦荦大家，但清代散文家们有先秦以来优秀散文创作经验的借鉴，或范唐模宋，或师法先秦，或出入于汉魏之间，这中间虽不免有人一味拟古，在先人成法中翻筋斗，可也有许多有识之士，善于在继承古文的优良传统基础上大胆创新，从而丰富了散文的表现手法，对古代散文的发展做出了应有的贡献"；清代散文题材广泛，体裁多样；在研究和评价清代散文时，不应该仅仅局限在桐城派上，因为除桐城派作家外，还有数以千计的作家未开宗立派。如果摆脱了"天下文章，其出桐城"的先入为主的偏见纵观清代散文，大致可分三类：一曰明道，方苞、汪琬、雷宏、沈彤、钱大昕、姚鼐、纪昀、方东树、刘开、梅曾亮、管同等均属此列；二曰务实，清初顾、黄、王，傅山、唐甄、胡承诺、魏僖、戴名世、章学诚、全祖望等可归此类；三曰尚词藻、抒情志，侯方域、廖燕、袁枚、蒋士铨、汪中、洪亮吉及恽敬均是代表。

马积高先生研究清文的系列论文学养深厚，值得重视。他的〈清初经世致用之学对散文的影响〉(《中国文学研究》1995.2)从对唐宋古文理论的发展和修正，论说文、记事文的大发展和小品文的衰落与蜕变两个方面，讨论了清初经世致用学术思潮影响下的散文家及其散文创作的种种情形，新见迭出，论述深刻。王凯符〈论清代散文的繁荣及其原因〉(《北京社会科学》1994.2)是一篇为清文翻案的文章。该文为"五四"以后清文遭受冷落鸣不平，认为清文是中国散文史上一个繁荣昌盛、成就突出的时期，其作家、作品数量远非唐宋能比，艺术质量上与唐宋八家相比，韩、柳、欧、苏或不能及，其余四家则多有能过之者，如顾炎武、侯方域、魏禧、汪琬、戴名世、方苞、袁枚、姚鼐等等，文章以“言之有物，注重实用”、“讲求技法，重视美文”、“重视义理、考据、文章的结合”、“组织派别，发展流派”四个方面，总结了清代散文的成就和特点，尤其对桐城派的贡献给予了较高评价，文章对清代散文繁荣的原因进行了若干角度探讨，颇有新意。

比较而言，清文的研究范围还不够阔大，还有不少研究领域几近空白，有待发掘，无论纵向或横向都尚待突破。

第二节 吴伟业及其《圆圆曲》研究

一、关于《圆圆曲》的研究

吴伟业是清初著名诗人，也是20年来清诗研究中的一个重点对象，特别是他创作的《圆圆曲》是80年代一个研究讨论热点。

1980年，《文学遗产》复刊号发表姚雪垠〈论《圆圆曲》——《李自成》创作余墨〉一文，认为该诗所写故事与历史事实不符，“是有意采取不合理的传闻以诗抒亡国之愤”，“带有浓厚的传奇色彩，传奇故事加饱满的政治抒情，这就是它基本特征”。此文发表后，立即引起学术界的反响，先后有朱则杰〈姚雪垠先生《论圆圆曲》献疑〉，叶君远〈也论《圆圆曲》——与姚雪垠先生商榷〉，童思翼〈《圆圆曲》辨——与姚雪垠同志商榷〉、陈生玺〈陈圆圆其人其事辨〉，宋谋瑒〈吴梅村《圆圆曲》疏解〉，〈关于《圆圆曲》的创作动机和客观效果〉，刘德鸿〈《圆圆曲》的基调〉等讨论文章。大部分文章都对姚雪垠的观点提出了不同的意见。论争主要方面有：

1.关于写实还是虚构之争

姚文从陈圆圆的故事出现说起，引录资料，认为陈圆圆之事在清初就有不同说法，特别是《圆圆曲》中所叙她与刘宗敏和吴三桂的关系，与史实不符。商榷文章则都反驳了这些说法。对于刘宗敏掠夺陈圆圆事迹，童思翼除了对姚文所引材料作不同理解考辨外，还引了与吴三桂同时的刘健在《庭闻录》中的一段记载以资证明；对吴三桂和陈圆圆的关系，姚文否定他奉召进京，在田宏遇府宴席上看中陈圆圆而田也慷慨相赠之事，其理由是“从文献上找不到这几年中，吴三桂曾经奉召入京的任何材料”、叶君远引《明实录·崇祯附录》第十六卷、谈迁《国榷》第九十九卷指证，崇祯十六年五月，吴三桂到过京城，五月十五日，崇祯还在武英殿赐宴于他。因此，从对诸种史料的考索引证看，《圆圆曲》所写故事基本符合历史真实，姚文的观点难以成立。

2.关于对《圆圆曲》的理解

姚文为证明《圆圆曲》“传奇化”色彩，对作品也进行了分析，指出其中与史实相乖之处，其中关键的诗句有二：一是从“前身合是采莲人”以后30句，姚文认为，这一段所写陈圆圆出身并非妓女，而是一个良家少女。由此可知它是不合史实的。叶君远、童恩翼则认为这段诗明白无误地写出了陈圆圆妓女的身份。二是“夺归永巷闭良家”。姚文认为“永巷”当指宫中，而崇祯一朝，绝无妓女进宫之事，这一情节更不合理。叶君远认为，“永巷”也可作“长巷”解，李商隐七律《无题》中有“樱花永巷垂杨岸”句，钱木庵即注曰：“永，长也；非宫中之永巷”，“夺归永巷闭良家”指的正是田宏遇的府邸，“夺归”更与田宏遇强买陈圆圆史实相符。童恩翼则认为，崇祯朝国事已坏，荒淫奢侈，谈不上“宫虚肃清”，崇祯十三年就有“大珰于南中买歌舞女子数人，上甚宠之”的事情，陈圆圆被田宏遇送进宫去以行嫔妃之选是完全有可能的，以这一句诗证明《圆圆曲》与史实不符也是难以成立的。

3. 关于《圆圆曲》的写作目的和历史背景

姚文认为，“吴伟业写《圆圆曲》的用意就是要揭露吴三桂的虚伪宣传，说他什么为先帝复仇，三军缟素，尽是鬼话，而实际情况是‘冲冠一怒为红颜’。这一愤怒的揭露就是此诗的写作目的和主题思想所在”。对此，商榷文章没有提出不赞同的看法。但童恩翼认为，“按照余墨的说法，历史上就根本不存在‘冲冠一怒为红颜’这回事。既然如此，那么吴伟业写此诗岂不是以虚伪宣传对虚伪宣传，以鬼话对鬼话！”因此，他进而考察了吴伟业写作此诗的历史背景。他研读了吴伟业的一本记明末农民战争的史书《绥冠纪略》，其中对吴三桂和陈圆圆事一字不提，反而对吴有赞扬之语，而《圆圆曲》对吴三桂大加鞭挞，其原因在哪里呢？缘于《圆圆曲》写于他降清之前，此时他心怀故国，加之耳闻目睹了清军南下的种种暴行，故而对吴三桂愤慨讽刺批判，而《绥寇纪略》则成于他降清之后，此时他也成了“贰臣”，加之畏惧吴三桂的威势，故而删去有关吴三桂的全部内容，这就是《圆圆曲》的写作背景。

80 年代学界有关《圆圆曲》是否纪实的这场争论，实质上涉及如何理解文学的艺术真实和历史真实之关系这一文学理论课题。1988 年，徐中伟〈《圆圆曲》真实辨〉(《山东大学学报》1988. 4)便对当年的这场争论做了颇为冷静的分析，认为：“如以史家的眼光，按‘信史’的要求，去考察‘冲冠一怒为红颜’的话，那它是不合格的，它不是‘不空’，而‘空’得很厉害，如果把它坐实理解，就未免把复杂的历史现象简单化了。”但如果从文学的角度看，“艺术的目的不在对生活作客观的摹写，而在能动的主观表现，它所追求的是一种超越了对象本身的生活真实而达到的意念上的真实。”仅此而论，吴梅村《圆圆曲》是“运用典型化的方法，把吴三桂降清诸因素中陈圆圆的作用提取出来，加以突出、放大”，以“使得对吴三桂的讽刺更沉痛、更有力”。所以，“《圆圆曲》的真实性是一种文学的真实性，把它视为向壁之作固然不妥，但目为‘信史’又未免太过。它是一首以一定史实为依据，经过作者创造性的提炼加工，具有浓重抒情色彩的叙事诗”。徐文的看法应说是较为平允持正。

二、关于吴伟业其人其诗的研究

1. 失节仕清问题

清顺治十年(1653)九月，45岁的吴伟业应清廷征召，离开家乡前往北京，并于次年出仕为秘书院侍讲，后又升国子监祭酒。梅村生平中这一史实，学界均无异议。问题是，在梅村应诏赴京前有其友辈亲朋如侯方域等人的极力劝阻，而应征带来的反而是梅村整个晚年无尽的愧悔、自责和对自己身后名的深重忧虑。那么，是什么原因驱使梅村做出这种愧对亲朋，贻羞后世的冒险选择呢？20世纪以来的不少学者，对这一问题表现出浓厚的兴趣，提出了种种看法。概括起来，约有二说。

(1)“被迫应诏”说。民国时期各种《中国文学史》，几都持此说，谢无量《中国大文学史》即认为，梅村仕清，系“为当事者所迫”。凌独见《新著国语文学史》也说：“伟业的仕于新朝，出于当事者的逼迫,所以情有可原。”刘经庵《中国纯文学史纲》也认为:“明亡,侯方域曾劝他勿仕新朝,后来失节事清,完全是被迫而然的。”

然“当事者”为何迫促梅村出仕?民国学者并未作深究。1986年,王兴康〈关于吴伟业及其诗的评价问题——与刘世南同志商榷〉一文认为梅村被迫仕清系由两方面原因所致:“第一,满清统治者在入主中原以后,对汉族士大夫知识分子采取了高压和怀柔两种手段,迫使他们为新王朝服务。”而吴伟业“名声实在太大,既是复社领袖,又是诗坛巨子,人望所归,自然成了清廷‘怀柔政策’的重点对象。而所谓的‘诏征遗逸’表面上是‘请你出山’,实际是‘逼你出山’,体现了‘高压’与‘怀柔’的结合”。所以,“尽管吴伟业一再推辞”,最终“还是被迫出山”。“第二,吴伟业性格软弱,出处之际,不能够坚持大义,在仕不仕,守节与失节之间来回彷徨,动摇再三。”这就使得吴伟业不敢反抗清廷的旨意,自然也就不能像顾炎武、傅山等气节之士那样抗颜清廷,保全名节了。

魏中林〈徘徊于灵肉之际的悲歌——论吴梅村诗歌中的自我忏悔〉(《苏州大学学报》1990.1)对梅村仕清的艰难选择发表了颇有见地的分析。他认为:首先,这一选择本身就包含了退与进的两重性。仕而隐,隐而仕之间不过是一道门槛的差别;其二,在新王朝建立初期需要巩固统治的特殊环境下,特别是民族间的隔膜对立,个人的抗拒无疑将直接危及生命的存在;其三,前朝旧臣,才高名大的地位与影响决不同于彭泽令的位卑名微,理所当然地要成为新朝注目的对象。其四,“同时诸公弹冠而起者后先致通显,或疑公独高节全名,故必欲强起之。”(《将至京师寄当事诸公》程笺)因而,同样的选择,其他人也许可以赍志守身,全节以没,吴梅村却注定了要不得安宁，终于，他逃不掉清廷的征辟而陷入灵与肉分离的巨大痛苦。所以，梅村的应征仕清"完全是个人无力抗争统治力量与社会环境的结果"。

(2)"追求富贵"说。刘声木、陈子展即持此论。这一看法在80年代后得到黄裳、刘世南等人的支持。黄裳〈陈圆圆〉(《读书》1980.10)一文，也认为梅村仕清并非不得已，而是为了加强陈之遴的势力，和以冯铨为首的北方政治集团较量。"对于吴梅村，清代前期人还是比较了解的，批评、讽刺他的很不少。后来离开那个时代愈走愈远，旧事也日益模糊，难怪慢慢糊涂起来。"黄文继之举清初人王曾祥《书梅村集后》二首之二中的一段批评梅村的话，指斥梅村坐视陈之遴建议清廷发掘明朝陵寝而"独无一言相正"，"于旧君故国乎何有"！其诗集中愧恨之语系由于未能得清廷重用所致，"梅村而用，则阳和回翰(梅村颂海宁语)，梅村且有以自负矣"。黄文认为王曾祥的批语是"清醒、严正"的，"是严酷的，但也不能不说是深刻的"。

刘世南〈吴伟业论〉和〈再论吴伟业及其诗——答王兴康同志〉二文，前文径引刘声木《苌楚斋随笔》中评梅村语以证明梅村仕清系为求官，后文虽承认刘声木所述史实有误，"但这一点小误是不可能影响结论的正确性"，并又举清初人阮葵生《茶馀客话》述梅村进京前陈之遴"盖将虚左以待"以及邓之诚《清诗纪事初编》卷三也云陈曾"虚相位以待"等语为旁证，以说明"吴伟业确实是为求官(而且是求大官)——而仕清的"。

两说相说较，"被迫应诏"说注意到严酷的社会现实环境与梅村软弱的性格之间的冲突，推论颇合情理；故在学界甚多信从者；

“追求富贵”说注意到了前人有关梅村仕清的批语。但这类批评是否是出自愤激之言,是否有指责他人瑕疵而高自标榜的因素?故仅赖这些前人评论而得出的结论,便难免显得有些苍白而无力,因而学界多持怀疑态度(引自汪龙麟〈二十世纪吴伟业诗研究述评〉,《社会科学战线》2000.4)

2.诗作评价问题

80年代后,梅村诗研究逐渐引起学界重视,相关论文在60篇左右,并出现了一部研究专著,即裴世俊《吴梅村诗歌创作探析》(宁夏人民出版社,1994)。在对梅村诗的总体价值评判上,学界仍都持肯定态度,并在论述的深度和广度上,较前则有了很大的开拓。

黄天骥〈论吴梅村的诗风与人品〉(《文学评论》1985.2)是一篇颇值得重视的文章。该文首先通过对梅村诗的考察,指出梅村诗既具有“婉丽绮艳”、“哀乐交缠”的创作特色,又不乏“沉雄磅礴”的气概,对应于梅村之生命历程,其早年之作,“确可能归入纤丽绮媚一路”,而“三十五岁以后的诗作,多为变徵之音”。黄文继而对梅村仕清前后的社会现实、梅村本人的心态变化及性格特征等进行分析,认为一方面:“明清之际尖锐复杂的社会矛盾,扩展了吴梅村的视野,使他一题到手,即胸罗全局,写出气势恢宏开阖变化的场景;而阴晴不定的政治风云,晚年临渊履冰的心境,又使他叙史时吞吞吐吐,遮遮掩掩。”另一方面:“诗人青年时代的好尚、经历,不可能不在他中年以后的创作中留下痕迹。……往事如烟,却又历历在目,旧梦新愁,互相缠绕,从而使他的诗作显现出冷暖并呈哀乐交集的奇特风格。”此外,梅村复杂的个性因素也必影响其诗风:

"他是积极的入世者，但在政治上又是个弱者；他有广阔的视野，但缺乏坚定的意志；他易于激动，情绪炽热，但在严峻的考验面前又怯懦畏缩。他立身处事，虎头蛇尾，往往在亢奋一番之后心灰意冷。正是这诸多因素，使得"吴梅村的诗歌，以美丽的景色表现凄苦的感情，在磅礴的气势中掺杂低沉郁闷的色调，明白而又迷惘，流畅而又典重"。黄文对梅村诗风的这种论析，即把注意力集中于探讨明末清初的社会现实环境与梅村软弱性格之间的碰撞以及由此而形成的诗人独特的文化个性对其诗风的外在和内在的有意和无意的熏染，这就不仅突破了传统学界或着眼于探讨梅村追摹元白的诗学渊源，或注目渲染梅村晚年枉节自恨的内心积忧的批评模式，而且为此后学界提供了观照梅村诗作的新的切入视角。

与黄文着眼于外在的社会层面分析不同，魏中林〈徘徊于灵与肉之际的悲歌〉则更多地强调梅村失节仕清后内心世界"道德与生命，灵与肉两极的对立冲突"对其诗歌创作的影响。文章认为："灵魂悲歌的反复回响与历史兴亡的哀感顽艳共同构成他诗歌创作两条最突出的主线"。"忠""孝"这类传统道德精神已内化为其个体生命的自觉追求。贯穿于梅村诗歌中的浓重的自我忏悔意识，是他无法为自己的失忠于明寻找到开脱的理由。这种"灵的失落导致人格结构的倾斜，一切痛失名节，愧对君亲的'罪孽'最深刻的根源都由于肉的存在"，从而梅村的忏悔，"便直溯于生命本身"，"我本淮王旧鸡犬，不随仙去落人间"之类的诗作，实即梅村"恐慌于灵的失落之后，对肉摧肝折肺的否定"，"越是在现实世界里不能毁灭生命，重建道德精神，他越要在诗歌所展示的精神世界里否定生命"，以求获得"对灵的自赎"，"然而无论他怎样地铭心刻骨，都由于现实的生存而失败，灵与肉不可调和的对立难以在精神世界里解决。尽管他倾尽了忏悔的泪水，却最终摆脱不了自我人格分裂的恐惧与痛苦。”所以，“吴梅村的悲剧不仅是个人无力抗拒社会的悲剧，更体现了他的自我精神无法超越自我存在的悲剧。想要超越而又超越不了的深刻内在矛盾，使他诗的自我忏悔成为徘徊于灵与肉之际绵绵凄婉的悲歌。”(引自汪龙麟〈二十世纪吴伟业诗研究述评〉)

徐江〈吴梅村八年遗民时期的诗歌创作与政治心态〉(《河南大学学报》1999.4)则指出作为清初诗坛领袖，明清易代之际，吴梅村在江南度过了八年遗民生活，他选择了隐居不仕以保持气节做遗民的道路。这个时期的创作多抒写怀念故明的主题，既有沉痛哀切之作，也有悲愤扬厉之气。这一时期，他对清政权有所揭露，有所批判，对南明误国权奸则持严厉批判态度。而刘守安〈梅村与佛禅〉(《东岳论丛》1993.6)则认为吴伟业归隐后的诗歌表现了他对佛禅生活的祈向和某种倾向。他体察到出家为僧并未能寻得解脱，故而只是将其作为归隐林下的方式，避世的一种手段。

朱则杰〈吴梅村歌行对唐人歌行的继承和发展〉(《社会科学战线》1984.3)指出，吴梅村歌行，主要是学习初唐四杰和元稹、白居易，对四杰歌行，主要继承了用典这一表现技巧，部分吸收了平仄协调的特点，而丰富了内容；对元白歌行，主要继承了华美佚丽的语言形式，而发展了声律。但梅村“并不受其中任何一家的限制”，因此，能“独具一格，岿然自立于中国古代诗家之林”。伍福美〈试论“梅村体”诗歌的叙事艺术〉(《华中师范大学学报》1992.5)对吴伟业在清初“独擅胜场和影响最大”的七言歌行体叙事诗作了较为深细的探讨,从四个方面概括了“梅村体”的叙事艺术特征:①多头式叙事方式和非线向性故事演绎;②叙事中作家思维的跳跃性;③韵律转换的叙事功能;④蝉联句法在叙事中的独特运用。

此外,刘守安〈梅村诗中的女子及其闺情香奁诗〉、蒋炜〈谈吴梅村后期诗歌〉(《吴中学刊》1991.3)、刘世南〈吴伟业论〉(《江西师范大学学报》1985.3)、王孟白〈吴梅村及其诗歌评价问题〉(《北方论丛》1982.1)、叶君远〈论吴梅村的早期诗歌〉(《中国人民大学学报》1997.1)都从不同侧面论述了吴伟业的诗歌,各有创获。

第三节 袁枚及性灵派研究

袁枚是乾隆时期诗坛的最重要的人物。以往的研究多侧重于他的“性灵”诗论,对文学创作则多贬斥之言,对他的思想也剔缕不够。近年来这种情况则有改观。王英志出版了专著《性灵派研究》(辽宁大学出版社,1998),傅毓衡出版了《袁枚年谱》(安徽教育出版社,1986);1988 年上海古籍出版社出版了周本淳标校的《小仓山房诗文集》;1993 年江苏古籍出版社出版王英志主编的《袁枚全集》。现就学界对袁枚的研究情况略作评述。

1.关于袁枚思想的研究

钟贤培〈论袁枚的反理学思想及其诗文创作〉把袁枚放在明清两代理学与反理学的轨道上予以考察,认为“康乾时期相继在哲学上举起反理学旗帜的,有黄宗羲、王夫之、顾炎武及颜元、戴震等。在文学上树起反理学旗帜的,袁枚则是一个重要的代表人物”。他对理学的批判,“是针对着理学所鼓吹的即道统与情欲这两个重要方面进行的”,而其对“性灵”文学主张的倡导正由此而引发。胡明〈袁枚的思想哲学和文学观念〉则认为:袁枚提倡合情合理的人生哲学,说“人欲当处,即是天理”,承认人的正当欲望,表现出了一定的人本主义进步倾向;具有明确的无神论思想,不信佛,也不信因果轮回之谬说;带有强烈的离经叛道色彩的怀疑精神最为可贵,使他对程朱理学持尖刻的嘲讽态度。

2.关于袁枚诗歌的研究

胡明《袁枚诗歌初论》认为,以往研究者对袁枚诗绝少系统论述和全面评价,甚至抑之为“浅率浮滑”、“淫哇纤佻”、“微不足道”是“欠妥当、欠公正的”。他认为,袁枚一生所写的4480余首诗,固然不尽符合他自己所倡“性灵”标准,但可以说其中不少诗是出自“性灵”的审美意识,努力遵循“性灵”的创作原则的,文章按七律、五古、绝句等诗体对袁枚诗作予以分析,认为其诗歌具有性情真挚、轻灵隽新、疏淡天然、空灵逸脱、才气四溢等等特点,体现了“性灵”的基本艺术要求和形态特征。钟贤培〈论袁枚的反理学思想及其诗文创作〉引录了舒位和章学诚对袁诗截然不同的评价后指出:“袁枚及其诗作引起争议,原因是多方面的,但最主要的是他不仅在哲学思想和文学思想上坚持反理学的思想,而且在诗文创作上也处处体现出他不受理学的羁绊,在‘情’字上下功夫。”他的〈子才子歌示庄念农〉“可以说是他在诗歌创作中向理学和复古诗学挑战的宣言”。袁枚诗写得最动情的,就是怀旧、悼亡等悲欢离合的“缘情之作”,同时,在写性灵的诗中,也不乏反映社会现实的作品,虽然数量不多,却有较强的社会意义,如《苦灾行》、《征漕叹》等等。王英志〈袁枚“性灵诗”的特色〉则在对袁枚“性灵说”做出界定后提出“性灵诗”的概念，他认为，“所谓‘性灵诗’应体现‘性灵说’对作品的美学追求：首先是抒写真情实感，表现诗人个性；其次构思新颖，感情所寄寓的艺术形象灵活、新鲜、生动，生趣盎然，显示诗人之‘笔性灵’；再次，诗歌语言应自然通俗，表现手法以白描为主，不堆砌典故”。据此，王文将袁枚性灵诗分为三类，一是抒写个人“性情遭遇”之作，二为抒发对社会对人生的感受，三是描写自然风物诗，认为这些诗作是符合“性灵”标准的“性灵诗”。王英志在他另一篇文章〈袁枚与《袁枚全集》〉(《苏州大学学报》1993.3)中分析了袁枚各类诗的创作成就，指出其全集中：寓意深刻，足以振聋发聩的力作嫌少，而游戏笔墨或格调卑低之作嫌多，有些诗采用生僻典故，失去其白描本色，意象时有重复，不合其创新主张，这表明袁枚诗歌创作与理论之间尚有距离。石玲〈论袁枚古体诗创作〉(《文史哲》1999.2)却认为袁枚的古体诗激情澎湃，富有创造性和天才性。

大多数学者认为袁枚诗作有鲜明的特色，但难称大家。章培恒、骆玉明〈《中国文学史》(复旦大学出版社，1996)称其诗“不以厚重壮大、激情奔放为特色，而以新颖灵巧见长”。此论较为允当，反映了学界普遍的看法。

3.关于袁枚及性灵派的影响

近年来，许多学者从文学史、哲学史的角度，对袁枚及性灵派对清代文坛所产生的影响进行了深入探讨。钱仲联先生和王英志先生堪为代表。

钱仲联与严明合撰的〈袁枚新论〉(《文学遗产》1994.2)从诗坛盟主影响一代诗风的角度，分析了清代中叶袁枚所倡诗风及其影响，进而探讨了清诗发展的基本规律以及清诗基本特征的形成过程。文章认为清诗特色的形成，与袁枚倡导的“性灵”诗派密切相关，其作用与影响表现为：倡导真性情，使诗笔趋向平实真挚；倡导真学问，使诗旨趋向典雅；倡导通百家，使诗歌趋向灵活。二人另一合作〈袁枚和陈衍〉(《江海学刊》1995.1)，通过比较分析，进一步讨论了诗坛盟主对清诗发展的影响。王英志则发表〈袁枚著编考辨〉(《宁波师范学院学报》1994.2)，对袁枚编著进行了去伪存真的清理，这对袁枚研究的深入无疑也是一个前提性的重要工作。除此之外，王英志还发表关于袁枚地位及影响的系列论文。1989年，王英志发表了〈袁枚的地位与《随园诗话》的影响〉(《宁波师范学院学报》1989.3)认为在康乾诗坛袁枚“独开生命传千古，迥不犹人自一家”，独树性灵大旗，集结起性灵诗派，这一诗派的创作实绩与影响，皆非其他诗派所能抗衡，袁枚于乾嘉诗坛的地位自是无人可与之比肩的。1998年，他发表了〈袁枚性灵派在近代的影响〉(《文史哲》1998.4)，认为产生于乾隆盛世的袁枚性灵派，对近代的影响以负面为主。道光以后，由于中国进入半封建半殖民地社会，性灵派的一些思想与诗风已不适应当时社会的需要，因此无论是欲图匡正时弊或变法维新的志士仁人，还是反清的旧民主主义革命者，多对性灵派采取批判排斥的态度。其中虽有少数人出于卫道之目的，但多数人的出发点是积极的，也切中了性灵派末流的一些弊端。但性灵派也有愤世嫉俗、关心社稷民生的一面，对此，近代人们多未认识到，在思想方法上存在着片面性。而真正理解并汲取性灵派之思想精髓，使之发展升华者，只有龚自珍、黄遵宪等人，惟其寥晨星，所以更显可贵。2000年，王英志又发表〈袁枚于乾嘉诗坛的影响〉(《扬州大学学报》2000.3)，分析了袁枚在乾嘉诗坛的地位和影响，认为这一阶段是袁枚影响最大的时期，并以正面影响为主。不仅其性灵说深入人心，形成了性灵派，而且使蒋士铨、黄景仁、李调元、陈文述、宋湘等诗坛名家成为性灵派的同盟军。但亦有负面影响，生前死后，批评者不乏其人，尤其是引起了洪亮吉、姚鼐的批评以及章学诚等人的攻讦。正、负影响之大，皆足以证明袁枚为乾嘉诗坛盟主的地位。

关于清代"性灵派"的理论渊源，陈居渊从哲学史的高度予以剖析，其〈清代性灵说与王学〉(《文史哲》1994.6)认为清代袁枚等人倡导的性灵说，与晚明性灵说是一脉相承的，也与以王阳明哲学思想为基础的李贽的童心说一致，他们把诗人看做是领悟宇宙万物与"神"相通的圣者、智者，轻视六经，重视创作的主观精神，此乃轻视知识的王学传统在文学领域中的折射，"性灵说"的出现，可以说是王学在清代诗坛的复苏。

第四节　纳兰性德研究

被王国维誉为"北宋以来，一人而已"的清代词人纳兰性德，在建国后的很长一段时间内未得到应有的重视。寻索 1949 至 1979 年古典文学研究论文，有关这位词人的仅四篇。但自 1979 年以后，纳兰性德骤然为研究者们所侧目。广东人民出版社于 1983 年出版了黄天骥《纳兰性德和他的词》一书，这部 23 万言的专著从家庭、历史背景、交游等八个方面详细论考了纳兰性德的思想和创作，以及他在词坛上的地位；1984 年，该社又出版了纳兰的词集《饮水词》，此外，散见于各报刊杂志的研究论文达 100 余篇。尤其是《承德民族师专学报》数次组织多篇文章予以集中研究。可以说,对纳兰性德的研究既有开拓又有突破。

1.关于纳兰词思想内容的研究

以往的学术界对纳兰词的内容多所贬抑,认为其内容贫乏,"多抒写离别相思以及个人的闲愁和哀怨","含有浓厚的消极情绪"。近年来,研究者则在深入分析的基础上提出了不同看法。孙海通〈试论纳兰词的内容、风格及其创作背景〉(《民族文学研究》1984.3)将其词的题材列为四种:描写幽思情恋和伤逝悼亡之作;描写羁旅凄凉和离愁别恨之作;描写自然景致和塞外风光之作;抒怀吊古和酬朋赠友之作。宋公然《略论纳兰词》则将其词分为描写个人情致、写志趣情怀、写南国风情、写边塞生活四类,从而认为,纳兰词"虽然以表现个人情致的内容为多,但他并不局限于此,歌颂祖国山河之秀美,慨叹边关塞外之荒凉的作品,在他的全部词作中是占了重要地位的"。这说明他的词题材内容并不狭窄。对于纳兰词中表现出来的忧愁、哀婉、惆怅等意绪,研究者们也不再简单地斥之为消极,而是结合他所处的时代背景和个人生活经历给予了新的理解和评价。张弘〈纳兰性德评价的几个问题〉(《学术月刊》1985.4)指出:纳兰性德虽然是满族贵族,但他所处的时代已经是封建末世,处于总崩溃的前夕,作为一个敏感的词人,他已经唱不出盛世之音;反过来看,身为贵族,作品中触目尽是"愁"和"恨",正说明他对封建大厦无可挽回地要倒下去的事实作了曲折反映。同时,纳兰词突出了情感因素,结合其词论看,它与明中叶开始的进步思潮相一致,其词作中感情的脉动,感应着历史的潮汛,具有历史意义。方红心〈试论纳兰性德的感伤词〉(《扬州师范学院学报》1984.1)同样认为:纳兰词“在清初特定历史条件下,它抒写的是个人苦闷,所唱的是时代悲歌。因此,作为清初感伤文学的一部分,纳兰词也有过它的历史进步性,应予以肯定”。楚庄〈纳兰性德和纳兰词〉(《天津师范学大学报》1985.5)认为,决定纳兰性德对待仕宦生活思想态度的主要不是“惧”,而是“恨”。但这种恨,并非由于个人或家庭在仕途上的挫折,也不是“哀民生之多艰”,而是由于封建官场的“缁尘”、“翻复手”、“雀喧鸠闹”、“蛾眉谣诼”、“鸡犬上天梯”,一句话,由于封建官场的污浊、险恶、奸诈。而他又不甘于同流合污,因而苦闷、寂寞。这种苦闷是政治性的,是对封建官场——封建政治的厌憎。祝注先〈论纳兰性德的思想发展〉(《中央民族学院学报》1986.2)通过对纳兰性德思想发展的研究,说明了他创作主旋律是凄婉低回、抑郁蕴藉的原因:①侍卫一差应是纳兰性德思想急剧变化的契机;②爱妻早逝也是对纳兰性德的一次惨重打击,并由此诱使他日益消沉、感伤;③是他所处的社会现实,时代的忧郁症在诗人这个预感者身上的反映。

2.关于纳兰性德词的艺术风格

(1)纳兰词的艺术总体风格。“凄婉”、“蕴藉”是纳兰词的艺术总体风格,这一点为大多数研究者所认同。但孙海通在对纳兰词题材进行分析以后认为,纳兰词的风格不仅仅凄婉,他归结为三种并存的风格:一清丽,二凄婉,三雄浑。宋公然将纳兰词的艺术特色概括为四方面:纯任性灵,叶露真情;兼具婉约豪迈词风,更饶烟水迷离之致;善于体物言情,描写抒情,曲尽其妙;用语本色,不尚雕琢。朱国民〈纳兰词艺术探幽〉(《上海师范学院学报》1984.2)也对此作了具体分析,认为纳兰词在艺术上抒情方式独特多样,心理描写丰富复杂，善于运用重词叠句以增强艺术魅力。

针对王国维称纳兰性德词风为"悲凉顽艳"的评语，乔玲希〈论纳兰性德凄婉兼悲壮词风的形成原因〉(《内蒙古师范大学学报》1991.3)认为与其说称其"悲凉顽艳"，不如说"凄婉悲壮"更为准确。

一些学者还较为深入地分析了纳兰词的艺术个性。龚维英〈哀感顽艳的纳兰词〉(《贵州社会科学》1992.2)一文在较为细腻地品鉴了纳兰情爱词后指出了纳兰词构成的"多半反映封建末世的男女情爱(间或与性爱纠结在一起)"的文学现象。作者认为"纳兰容若本人，虽犹存满族在关外时期的雄风，精于骑射，但亦由于受汉文化的反征服，歆羡汉族的习俗，精神状态发生急骤变化"。作者还认为，"汉文化的消极面似乎对满族的影响格外大一些。纳兰容若所处的时代迥异于走向溃灭的小国封君南唐二主，竟吟唱出类于南唐二主风格的词(不是偶一为之，而是连篇累牍)，或者能说明这一点"。

王卓〈纳兰性德词个性寻源〉(《社会科学战线》1997.6)认为，以"凄婉"、"婉丽"来概括纳兰词的风格是不恰当的，其总体艺术风格应该是细致明白、自然真切。他那充满忧郁、感伤情调的词作，其个性特征中积淀着时代的、民族的、历史的、个人的诸多复杂内容，其中满族民族的文化的因素，起着相当大的作用，可视作纳兰词个性之源。钱乃荣、王心欢〈论纳兰性德词的人情美〉(《上海大学学报》1991.4)对纳兰性德词的人情美与李煜词进行了比较研究。认为，尽管在凄婉感伤、单纯明净的格调上纳兰词继承了李煜词的风韵，但在对感情的处理上，纳兰词更为真切、诚挚，更为优美动人。

(2)纳兰词“凄婉”风格的形成原因。以往的研究者仅把纳兰词“凄婉”风格的原因简单地归之为妻子卢氏早逝，近年来有些研究者还努力从更多的角度解开这个“谜”，方红心认为：“时代伤感思想的影响，侍卫生活的不得意，岌岌可危的政治地位”，以及“词人探索人生，洞悉幽隐”，“看到了这个社会和阶级的卑劣腐朽，不可避免的没落和衰亡的命运”，精神压抑，从而词作充满凄婉之音。周涛〈浅论纳兰性德词风形成的根本原因〉(《徐州师范学院学报》1988.3)则认为纳兰凄婉哀艳词风形成的“根本原因”在于“政治背景的无情，现实生活的冷酷，像牢笼一样禁锢了容若的思想和感情，怨愤和痛苦充盈其胸腹”，而爱妻卢氏不幸早逝则是次要的。孙海通认为其原因有四：一是爱情婚姻生活的影响，二是侍从生活的影响，三是个性与民族气质的影响，四是古代优秀文化遗产的影响。徐育民〈纳兰词“凄婉”风格形成的原因〉(《文史哲》1983.3)归纳为三“苦”：漂泊天涯，行役之苦；怀念亡妻，伤悼之苦；英雄壮志，未酬之苦。张弘文章在肯定了纳兰性德个性内向也是原因之一的同时，还提出应该注意其词学思想的影响，纳兰性德没有受到朱彝尊、陈维崧所代表的浙西、阳羡两派的浸染，而是有着独自的词学见解，这在他的七古《填词》中表达得很清楚；他强调“风人”之旨和“比兴”传统，追崇李煜，并提出“情致”词说，尤其重视“致”的境界。独特的词学主张必然影响了他的词作独特风格的形成。乔玲希认为纳兰词“凄婉悲壮”这一独特艺术风格的成因，既不是没落阶级“不健康情绪”的抒发，也不是文人公子厌倦仕途、追求享乐的表现。纳兰词中的悲剧氛围，源于他“空将云路翼，缄恨在雕笼”的悲剧生涯的体验，而壮志难酬的愤慨和对污浊现实的失望，使其词中透露出鄙薄权贵、不愿同流合污的风骨和崇高个性。董天策〈试论纳兰词的哀愁〉(《南充师范学院学报》1988.1)对纳兰词哀愁缘何而来归纳为三点：①爱妻卢氏早逝给词人的爱情生活以粉碎性一击，留下了无法弥补的心灵创伤；②友人吴兆骞的不幸遭遇使词人刚出仕便认识到惨痛的人才悲剧和人生悲剧，影响着他的政治态度和人生态度；③无法实现政治抱负的仕宦生涯使其愁绪格外沉重。作者认为纳兰词体现出悲剧性的美，是词人赤子之心遭遇到社会现实无情打击而迸发出的凄艳幽美的艺术之花。

此外，《承德民族师范专科学校学报》多次组织专论文章或考据家世、生平、经历，或疏证作品，或论析风格，对纳兰性德进行了全方位的研究，贡献有目共睹，限于篇幅，不再详述。

第五节 桐城派研究

桐城派前后绵延 200 多年，几于清代相始终，曾风靡全国，应者云从，是我国文学史上历时最长、规模最大、影响最深的文派。然而近百年对它的评价却几多反复、几番沧桑。“五四”运动，随着“桐城谬种”、“选学妖孽”的呼号，桐城派轰然倒地；三四十年代学术界有所反拨、有所肯定。建国后的五六十年代，政治左右学坛，桐城派再次被冠以“反动”之冕而打入冷宫、少人问津。1978 年十一届三中全会以后，思想解放、实事求是，学术界开始重新审视桐城派。在近 20 年中，多家文学史摒弃极“左”观念对桐城派作了重新评价，并间有专著出版，特别是以《江淮论坛》、《文学遗产》、《文学评论》为代表的各类学术刊物，相继发表了百余篇文章，对桐城派进行了较为全面的研究。百家争鸣，新见迭出。其研究范围和理论深度前所未有，桐城派研究逐渐成为显学。综观近20年的桐城派研究成果，主要反映在下列九大方面：

1.关于桐城派在中国文学史上的影响与地位

绝大多数学者认为桐城派是中国文学史上有重要影响的散文流派，其积极作用远大于其消极因素。针对“五四”以来对桐城派的全盘否定，钱仲联说：“‘五四’对桐城派是否定，我们现在也可以大胆地来个否定之否定。”(引自〈桐城派学术讨论会在桐城举行〉，《文学评论》1986.1。下同)王气中指出：“‘五四’对桐城派的批判是为了冲破古文的藩篱，发展白话文的需要，但对桐城派的评价大部分是不正确的。”任天杰在〈论桐城派在散文史上的地位〉(《首都师范大学学报》1997.4)中认为：桐城文派的影响首先是精神上的，它基本上是一个并不急功近利而又倾心于散文创作和散文理论研究的职业文人群体；它的理论建树、创作实践都带有对古代散文全面总结的性质，可视为古代散文向现代散文过渡的中介。学术界对桐城派的地位与影响看法趋同，正面肯定已成定论。

2.关于桐城派的哲学思想及其与程朱理学的关系

多数学者认为桐城文章宣扬封建正统观念，哲学上维护程朱理学，因而客观上维护了清政权的统治，具有保守落后性。王献永的观点颇有代表性，他在专著《桐城文派》(中华书局，1992)中指出：桐城文派“尊程朱理学，倡古文义法”，是以清统治者的政治需要和文化政策为直接依据的，并始终保持着这一特点，且愈后愈突出，其思想政治倾向，显然是封闭、保守、落后甚至是反动的。而与此派意见相左的也不乏其人。方铭〈桐城派评价新论〉(《安徽大学学报》1986.1)提出要从宽泛的角度认识桐城文派,认为在他们的意识形态世界里,主要部分是关于哲学、伦理观的阐发。对他们崇奉、宣扬理学,要作公正、科学的分析,而不应机械、形而上学地推断。周中明则认为桐城派尊崇的程朱理学,不过是他们用来装门面的一种"门面语",不应把桐城文派与清朝政治混为一谈。他并以钱钟书的有关论述作为有力的依据(〈关于桐城派及近百年来对它的评论〉,《文学评论》1997.4)。还有学者指出桐城派文人具有独立的人格和思想,他们尊崇程朱是出于自己的选择,出于学术,其目的和内容与清王朝所提倡的程朱理学有所不同。别具创见的是吴孟复先生,他作为桐城派门人,"以内行人,说内行话",在其专著《桐城文派述论》(安徽教育出版社,1992)中令人信服地论证了桐城派的哲学思想源于明代的"泰州学派",方苞还直接受到清代"颜李学派"的熏陶;桐城派既不反程朱,也不反颜李,兼取二家之长,肯定程朱,重在其"气节"。他同时指出,必须从历史哲学的高度,才能真正认识桐城文派。但就整体而言,学术界对这方面的研究仍嫌单薄,成果不大。

3.关于桐城三祖的古文理论

应该说,这是学术界论述最多、研究最深、成果迭出的方面。①方苞的"义法"和"雅洁"。任访秋认为方氏之"义法"是写作的规律与方法。刘季高认为"义"指内容,"法"指形式。方铭则认为"义法"理论不完备,无新义,没有科学的确定性,其理论贡献在于"雅洁",并由此形成桐城派一以贯之的艺术特征(〈桐城派评价新论〉)。敏泽也有类似看法;②刘大櫆的"神气、音节"说。敏泽认为此说既吸收了传统文论中以神、气论文的见解，又吸取了古典诗歌音律理论和创作实践，并用之于散文写作，成为桐城派不传之秘(〈论桐城派〉,《江淮论坛》1983.3)。万陆等学者认为刘大櫆将纵声朗诵或低声吟诵作为学习和欣赏散文的重要方法，有首创之功；③姚鼐的古文理论。作为桐城派的集大成者，姚鼐的古文理论承继方、刘而又创造发展，形成了桐城文论体系。学界对此已作定论。但对于其古文理论的具体内容则有不同意见。敏泽认为“神理气味格律声色”是一个创造性的发展，既是对桐城派散文创作经验的总结，又是对我国散文艺术理论的总结(〈论桐城派〉)。钱竞认为它表现出文艺学范围内理论体系周严的趋向，具有形上、形下的意蕴，反映了文章之学在学术思维上细密化的取向(〈乾嘉时期文艺学的格局〉,《文学评论》1999.3)。但部分学者则认为此说继承有余创新不足。关于“阳刚阴柔”说，学者们意见比较一致，认为具有崭新的创造性，标志着古文论中审美意识的发展与提高，形成了以阳刚阴柔为中心具有鲜明个性特征的文艺学理论形态。至于“义理、考据、辞章”说，多数学者认为此说是适应当时政治形势需要，不过是当时封建文化政策下的历史产物，并无新意，理论价值不大。陈平原〈桐城文章流变〉(《文史知识》1996.1)就认为姚氏也只是以三事兼备并举来为古文争地位，而且希望借“义理”与“考据”来充实改良文章。周中明却认为此说“提出了学问与文章相结合的要求，为桐城古文的发展既奠定了坚实的基础，又开辟了更为广阔的道路”。(〈关于桐城派及近百年来对它的评论〉)。钱竞则全面分析了姚鼐的古文理论，认为对此说应摒弃斗争哲学影响下的政治意识干扰，超越对抗性和斗争性，恢复它历史的本来面目，指出此说反映出姚鼐“和三而一”,心性、哲理与知识学问的综合,显示出姚鼐论学的开放性和对义理之学、文章之学、考据之学的大整合,从而使姚鼐具有了学术风气转变预言者的角色意义(〈乾嘉时期文艺学的格局〉)。

4.关于桐城派古文与八股文的关系

“五四”时钱玄同曾斥桐城古文为“高等八股”或“变形之八股”(〈寄陈独秀书〉),以至长期以来,许多人视桐城古文即为八股文。经过深入的研究与分析,多数学者认为桐城古文虽与八股文有着千丝万缕的联系,但二者毕竟有区别,不能等而视之。方苞等桐城古文大家虽为八股高手,但是以“古文为时文”,即以古文之法作八股。吴孟复则断言,八股文与桐城古文没有什么联系,“如果说‘古文大家’都做过八股文,那犹如今日学者都读过幼儿园”。(〈桐城文派述论〉)杨钟基认为,桐城古文与八股文的区别在于:八股文在内容上受政府条条框框的约束,桐城派古文则打破了这个框框,八股文是僵死的假古董,而桐城派古文却具有战斗性(引自〈桐城派学术讨论会在桐城举行〉)。此外,王镇远、任天杰、吴孟复等还论述了桐城古文与诗及骈文的关系,亦多有见地。

5.关于桐城派文风及其艺术特征

王气中认为“桐城派文风是由程朱的理学思想、韩欧的文章法度、八股时文的巨大影响三种要素相互交融而形成起来的”(〈桐城派文风探源〉,《江淮论坛》1985.6)。周中明认为桐城派“坚持写实、追求平淡自然的艺术风格,强调为文章者‘有所变而后大’,是颇可宝贵的”(〈关于桐城派及近百年来对它的评论〉)。吴孟复认为桐城派作家身份几乎全部是教师,重人品,亦重文品,其古文创作一是善写"小文章";二是继承归有光,吸收小说笔法,注意人物性格的表现,注重细节描写,多用白描,富有真情实感。并指出"桐城文学"既不是"庙堂文学"也不是"山林文学"与"清客文学"(〈桐城文派述论〉)。吴氏此说剖析精当,深中肯綮。

6. 关于戴名世的地位问题

将戴名世视为桐城派先驱人物,学术界已无异议。王凯符、吴孟复认为戴可作为桐城之一祖。许总认为以戴的实际成就和应有地位而论,将桐城派发展顺序列为戴、方、刘、姚更符合历史本来面目。周中明〈应恢复戴名世桐城派鼻祖的地位〉(《安徽大学学报》1994.3)中对戴的地位问题作了详尽阐述。认为戴名世首先竖起了"振兴古文"的大旗,其古文创作成就杰出,并在他周围形成了一个作家群,为桐城文派的创立奠定了雏形;其次戴奠定了桐城文派的道统与文统,桐城文论与其文学主张一脉相承,因此,戴名世为桐城派鼻祖的历史地位应该得到恢复和确认。

7. 关于近代桐城派的研究

(1)对近代桐城派的发展演变过程的梳理。时萌在《论桐城派》(《中国近代文学论稿》,上海古籍出版社,1986)中将桐城派划分为三个阶段:方刘姚及姚门四弟子为第一阶段,曾国藩及曾门四弟子为第二阶段,戊戌变法至辛亥革命为第三阶段,严复、林纾为代表人物。郭延礼在《近代桐城派散文新论》中则将近代桐城派分为三个时期:姚门四弟子时期,曾氏及门人"中兴"期,贺涛、马其昶、姚永朴、姚永概、吴闿生活时期。所论也颇有见地。

(2)对近代桐城派的古文研究。关爱和于此用力甚深。他在〈桐城派的中兴、改造和复归〉(《文学遗产》1985.3)、〈后期桐城派与“五四”新文化运动〉(《江淮论坛》1986.3)等文中指出：“桐城中兴”实际上是湘乡文取代了桐城文，是以政治家之文取代文人之文，重表意而轻文法，多议论而少抒写。甲午战后，吴汝纶起而纠偏，尚醇厚而诎闳肆，重剪裁而求雅洁，反对说道说经，复归桐城古文气清、体洁、语雅之风。关氏认为这种复归意味着桐城派本身创造力的衰竭，使它再也无力和铺天盖地而来的新文化运动对垒，于是，桐城派便带着“桐城谬种”的恶谥而销声隐迹了。郭延礼在分析了近代桐城派的文论发展变异、古文创作反映现实的特色之后，也尖锐地指出了其卫道、保守、宗派性的局限(《近代桐城派散文新论》)。但就总体而论，多数学者认为近代桐城古文还是功大于过，在近代文学史上具有重要地位和影响。

此外，林岗、黄霖、任访秋等学者对“姚门四杰”与“曾门四弟子”进行了考证与研究，分析了其人、其文及其理论。

8. 关于曾国藩、湘乡派与桐城派的关系

时下曾国藩研究颇为热烈，已无禁区。学者们在肯定曾国藩对桐城派“中兴”之功的同时，也各有所见。万陆认为曾氏重视“经济”，创作上强调文外功夫，艺术上讲求古雅雄奇，对浅弱的桐城古文有救弊补偏之功(〈曾国藩与湘乡派〉，《江淮论坛》1985.2)。周颂喜认为曾氏扩大了“道统”与“文统”的范围，是中国古文理论的集大成者(〈曾国藩与古文理论评述〉，《求索》1985.2)。郭延礼认为曾氏由政治而提高了他在桐城派古文中的地位，扩大了他的影响，但也以自己的文论和创作给桐城古文增添了生机和活力(〈曾国藩与桐城派的中兴〉，《社会科学辑刊》1988.6)。牛仰山认为必须从曾氏本人对文学的爱好追求和桐城文派发展轨迹中去考察曾氏与桐城派的关系。指出曾氏的文论是直接受姚门弟子影响的结果，其雄放瑰玮文风是对桐城古文清淡简朴风格的一次巨大冲击和解放(《中国近代文学百题·曾国藩对桐城派的继承和改造》)。舒芜则认为曾氏实是以湘乡派篡了桐城派之统(〈曾国藩与桐城派〉,《中国古代文学理论研究丛刊》第1辑)。陈平原也说:“阳湖只能算是桐城逸出的旁枝,不像湘乡文取而代之,成为第二阶段桐城的代表”(〈桐城文章流变〉)。吴孟复在其专著中论述了桐城派与湘乡派的异同并明确指出:“至于铺叙‘文治武功’,驰骋震荡,此方、姚、梅之所不能为亦不屑为的,而湘乡独擅其胜。”曾氏就是“要把朴实清新的教师文章的‘桐城文派’变为古董式的‘庙堂文学’。其实,曾氏正是在最主要一点上改变了‘桐城派’的精神面貌。因此,‘桐城’自‘桐城’,‘湘乡’自‘湘乡’”(《桐城文派述略》)。此论辨析毫芒,发前人所未发。

9.关于林纾与桐城派的关系

林纾是否属桐城派,尚有争议。曾宪辉在〈林纾文论浅说〉(《福建师大学报》1985.3)中分析了林纾的文论体系,认为从林纾的尊尚对象、讲意境和守义法、以阳刚阴柔论文风、以依经附圣为旨归等方面来看,林纾确实是桐城派最后一位代表人物,而且其阶级局限性比前期桐城派更明显;他试图力挽文统,是保守落后的;但他的文论中亦有变化与合理的因素。关爱和认为“为桐城派古文增添几分生机的是林纾与严复,但他们的努力,又反过来促使了桐城派古文的灭亡”(〈后期桐城派与五四新文化运动〉)。蒋英豪在〈林纾与桐城派、改良派及新文学的关系〉(《文史哲》1997.1)中阐发了另一种观点,他详细剖析了林纾与桐城派的关系,指出林纾在清末民初以古文笔调翻译了西洋小说 189 种，把外国文学大规模移植到中国来，促成了中国文学的巨变；他是古文家，颇为晚清桐城派“护法”，但他出于自知之明和写作自由之追求，从不承认自己是桐城派，也不按桐城派的清规戒律行事；桐城人引他为知己，是出于统一战线考虑，外人把他列为桐城派，则是有意的“误会”；林纾以林译筑就了祭台，消灭了自己，并以传统文学和传统文化陪葬，使中国文学、中国文化向新文学、新文化过渡。此论别具一格，颇有新见。

二百年的桐城派，纷纭复杂。近 20 年的桐城派研究虽然取得了很大的成绩，但也水平不等，参差不齐，在某些方面的研究仍然肤浅，特别是对桐城派史与哲的宏观把握、对近代桐城派具体作家的微观研究，在对桐城派作品具体阐释等方面的研究或尚未展开，或力度不够，需要进一步地深入探索。因此，今后的桐城派研究不仅需要拓宽思维空间、扩大研究范围与视野，还要更新观念、更新方法，多学科、多途径、全方位地加以研究与探讨。

第三章　清代戏剧研究

第一节　通论

清代戏剧紧承明代戏剧而发展，但其内容较之明代更为丰富，不仅作家作品数量众多，戏剧的演变、发展的轨迹也十分繁杂。近20年对于清代戏剧的研究呈现了如下趋向：第一，除对一流作家进行更深入的研究以外，二、三流作家如杨潮观、蒋士铨等也成为深入论考的对象；单一的分类被打破，吴伟业、王夫之、傅山、蒲松龄等以诗、词、小说或哲学著称的文学家、思想家的戏剧创作和戏剧活动也开始受到注意；第二，戏剧资料的整理挖掘也得到高度重视，由中国艺术研究院主持的《戏曲志》编纂工作开始后，大量鲜为人知的清代戏剧资料陆续整理出来，《清代燕都梨园史料》以及《龙沙剑》、《如意册》、《百年欢》、《银河曲》、《金琬钗》等所见传奇的发展，均为清代戏剧的研究拓展了更大空间；第三，对作为叙事文学的戏剧文学的研究不再限于主题、人物形象的分析，深广的文化传统和背景日益为研究者们所注重，从文化哲学以及比较文学的角度把握清代戏剧的时代精神是近20年来研究方法上的一大变化。

一、关于清代传奇的研究

1. 清代传奇演变轨迹

传奇艺术在清代前期达到一个新的创作高峰，出现了以李玉为代表的苏州作家群和"南洪北孔"，但自此而后立即走向衰落，这个具有戏剧性变化的原因是什么？薛若邻《清代社会与昆山腔创作》考察了传奇的题材特点，认为它从诞生以来，比较长于表现民族矛盾和统治阶级内部的矛盾，而不善于表现农民与地主阶级的矛盾，这种题材特点在清初即表现为与社会的同一性，当时民族矛盾是社会主要矛盾，因而出现了繁盛的创作局面；但到了清代中期，民族矛盾退居次要地位，农民阶级和地主阶级的矛盾上升，传奇的题材特点则与社会生活产生了矛盾，昆山腔难于表现和反映这一社会现实，因而脱离时代，脱离人民。此外，昆山腔传奇的兴盛和衰落还有三个社会原因：一是清政府政策的变化，二是阶级关系的变化，三是资本主义因素的影响。昆山腔传奇虽在剧本创作方面于清中叶衰落了，但是声腔的衰落却在道、咸年间，不应该笼统称之衰落于清中叶。

关于清代传奇的艺术风格的流变，郭英德在他的明清传奇研究系列论文中（见本书第七编第三章"明代戏剧研究"）认为，到了"明末清初，通俗浅显的传奇戏曲语言风格得到了前所未有的倡导和实践。苏州派曲家李玉等人的传奇戏曲创作便始终把舞台演出和平民需要放在第一位，明确提倡通俗浅显的戏曲语言风格"。而到了清中期，孔尚任、万树等曲家则由俗返雅，追求归趋雅正，这样，"漠视平民的审美趣味而张扬文人的审美趣味，以典雅化的经典思维取代通俗化的现实思维,成为时代风尚”。而就其本质而言,这是“适应了当时的文化政策和文学趋向的”(〈雅与俗的扭结——明清传奇戏曲语言风格的变迁〉)。郭英德〈论明清传奇剧本长篇体制的演变〉对传奇剧本在生长期、勃兴期、发展期及余势期的体制进行了分类统计,清理出其基本规律。指出:“明末清初,竟演新戏已成为一种时代风尚,这必然要刺激传奇作家竞编新戏。传奇创作和舞台演出的关系空前密切:创作为了演出,演出要求创作。这种情势不能不强有力地推动和制约着传奇面向舞台的创作倾向。”而到了道光年间以后,“传奇剧本长篇体制的简化或曰杂剧化,便渐渐成为通例。传奇剧本长篇体制的突破,引起了传奇作品情节结构、排场角色乃至艺术风格和审美趣味等一系列变化。文体特征的淡化甚至丧失,表明一种文体的结构消解和本质蜕变。从此以后,传奇作为文学剧本的创作,便无可挽回地走向衰颓,以致一蹶不振了”。应该说,郭英德对传奇演变规律的思考是相当深刻的,自然也有很强的说服力。

2.“苏州派”传奇的特色

刘方政〈论苏州派作家的市民戏〉(《齐鲁学刊》1991.2)全面剖析了苏州派作家市民戏的创作特色。认为①苏州派作家反映市民生活,是通过市民形象系列完成的。作家把握了时代的特点,反映了封建政府的经济掠夺和市民的反抗斗争。朱素臣的《聚宝盆》就是这方面的代表,作品深刻地反映了封建政府对工商业者的摧残和迫害。《万民安》和《清忠谱》也将市民运动搬上舞台,揭示了社会生活中的新矛盾和阶级关系的新变化,这在戏曲史上是空前的;②苏州派作家歌颂商人的高尚品质,肯定商人的辛勤劳动,呼吁提高商人的社会地位。戏曲史上，元初的杂剧中就出现了小商人的形象，但大部分是被否定的对象，他们凭借钱财，破坏书生的婚姻，作者对他们是嘲笑的、讽刺的，如《救风尘》中的周舍、《青衫泪》中的浮梁茶客刘一郎等都是。苏州派作家一反传统的偏见，将商人描写得那么忠诚、忠厚，对他们和他们和他的经商活动进行了热情的歌颂。《占花魁》写的是市民之间的爱情。但从作品的实际描写来看，它的客观意义远不是爱情所能囊括的。《快活三》则表现了商人对穷困的痛恨和对财富的勇敢追求。文章指出，值得注意的是，苏州派作家作品中的商人正面形象或他们的子孙，最后的结局不是继续为商，而是转到了封建统治者的行列，值得进一步研究。

而李玫的"苏州作家群"系列研究论文〈关于明清之际"苏州作家群"的名称和成员〉(《中国文学研究》1995.2)、〈清初苏州作家考辨三则〉(《殷都学刊》1995.3)、〈忠臣和英雄之梦：明末清初苏州作家群剧作中的理想主义〉(《戏剧》1995.1)、〈特殊的"家人"身份和特殊的献身：明清之际苏州作家群"义仆戏"论析〉《文学遗产》1995.3)、〈略论明末清初苏州作家群剧作中的"戏中戏"〉(《文学评论》1995.1)在梳理继承前人关于苏州派作家研究成果的基础上，对这一创作群体的整体成就与贡献进行了多层次、全方位的考察。作者从对苏州作家群的名称和成员的细致考辨入手，详尽地论述了这一创作群体的作品中对忠臣、英雄与义仆呼唤的具体的时代内容以及理想主义色彩，同时对苏州作家群编剧手法中出现频率较高的"戏中戏"现象进行了探讨与总结。这组论文可以说是近年来明末清初"苏州作家群"研究的新收获。

耿百鸣〈论苏州派戏剧的妇女观和爱情观〉(《华东师范大学学

报》1985.5)则分析了苏州派作品思想内容的一个方面,指出肯定商品经济、提倡个性解放、重视通俗文学、面向世俗人生是苏州派作品的基本思想倾向,苏州派作家作为新兴的市民阶层在文学上的代表,他们以高度的社会责任感和时代感,充分地反映了市民阶层在爱情、妇女问题上所萌发出的新的价值观和伦理观,反映了晚明新思潮对这一问题的新认识。

此外,一些学者打破文体的限制,对文学创作中一些具有普遍意义的文学现象给予了关注。朱则杰〈清初传奇和清代诗歌中的特殊意象:南京、江南、南方〉(《文艺研究》1994.3)通过分析一组由敏感地域组成的特殊意象——南京、江南、南方在清初传奇和诗歌中的运用,指出:这种特殊意象在当时的作者和读者中已经形成了一条现成的思路。而这组特殊意象的意义则在于,它既有助于各种作品巧妙委婉地反映家国兴亡之感,也能够为人们的文学阅读提供一套细微有效的艺术解码——只是不能太机械。沈金浩〈清代诗歌戏曲小说间的联系渗透与互补〉(《学术研究》1995.4)则着重论述了清代文学创作与批语中不同文体的同根共源现象,即同一时代不同文学形式所表现的共同的社会生活内容,以及其中所蕴含的共同的情感形式、价值观念、文化底蕴。指出诗歌、戏曲小说间的深层联系正是文化上的联系。李玫〈面对商人世界:热情与冷漠——明末清初小说戏曲比较之一〉则通过对"三言二拍"与同一时期或稍后出现的同一题材戏曲作品的细致比较发现,在对相同题材的处理上,白话小说的作者与传奇作者采取了截然不同的态度。"三言二拍"同一题材中作品中商人、手工业者的主人公地位，到了传奇作品中常常被文人士子所代替；而"三言二拍"同一题材作品中对商人生活的津津乐道，则一变为对文人处境的苦涩叹息。这种由于其他社会成分的加入壮大而造成的文人阶层的内心的不平衡，被当时的剧作家写进他们的作品，记录的是当时文人艰难的精神历程。因此，这些传奇作品为文学园地提供了不同于同时期白话小说的珍贵内容。

二、关于清代杂剧的研究

1. 清代杂剧演变轨迹

对清代杂剧，以往的研究者只是对杨潮观有所注意，对其全貌则未予把握。王永宽《清代杂剧简论》认为，清代杂剧是戏曲史发展的重要锁链，从数量和质量看，可称繁盛；从体制发展趋势看，则经过逐步衰变而终于消亡。他一改郑振铎对清代杂剧所分的四个时期，认为分为三个时期更合适：顺治、康熙、雍正三朝为全盛期，代表了清杂剧的成就和水平，此时期的杂剧反映了当时的民族矛盾，以及因民族歧视政策带来的怀才不遇之慨叹，思想深刻，艺术上具有主观化倾向，同时也有案头化倾向。乾隆至嘉庆为第二个时期，可称次盛期，创作还十分活跃，杨潮观、蒋士铨、桂馥等均处在这一时期，从作品数量来看，它不少于第一个时期，但从思想内容看则有明显区别，民族矛盾的题材已经销匿，虽有伤时感世、怀才不遇之叹却减弱了思想锋芒，较突出的有两大类：一是劝惩类，即警戒世人、针砭时弊，以杨潮观《吟风阁杂剧》为代表；二是颂圣类，为统治者粉饰太平，歌功颂德，如张大复的《万寿大庆承应杂剧》六种；杂剧的形式和体制发生了较大变化，呆板的程式被打破，昆弋混奏，唐英的《古柏堂传奇》即反映了这一状况，它已经预指了杂剧必将为梆子腔所取代的发展趋势。嘉庆末至于道光初为衰落期，以皮黄调为基础的京剧逐渐成为剧坛主盟，这一时期的石韫玉、梁廷楠等人的杂剧成就远赶不上前两个时期，杂剧终至衰亡。

蒋中崎〈明清南杂剧的发展轨迹〉(《戏剧艺术》1996.4)首先对“南杂剧”进行了界定，即把明初至清末的杂剧统称作南杂剧，以区别元杂剧和明清传奇。接着，他详细探讨了南杂剧的发展轨迹，认为南杂剧在明清两代的发展，就其总的发展态势看，大致可分为三个阶段：①第一阶段为明初至弘治正德年间(1368—1521)。这一时期的杂剧创作已经明显参合了南曲戏文的体制而有所改进，虽呈衰势但仍在进步和发展；②第二阶段为明嘉靖至明末(1522—1628)。这一时期通过徐渭、孟称舜、叶宪祖等名家的创新，南杂剧在结构、典式、音律及演唱方式上得到大大改进，其地位真正在文坛和剧坛得以确立。这一时期也是南杂剧创作最繁盛的时期；③第三阶段为清初至清末(1616—1911)。这一时期形成了一折短剧体制。最能代表清代南杂剧体制革新和思想艺术成就的是杨潮观的《吟风阁杂剧》和唐英的《古柏堂传奇》。这两部杂剧在体制上处于传奇与杂剧之间。尤其是《古柏堂传奇》的出现，预示着杂剧发展的趋势和前途：它或者为日益兴盛的梆子腔所代替，或者死守着旧的模式走向绝路。清中叶以后的杂剧发展恰恰走的是一条死守旧的模式的绝路。尽管这时期吴梅的《轩亭秋杂剧》、无名氏《陆沈痛杂剧》等有过不少改革的举措，但这些杂剧终因取材的狭窄和思想内容的平庸而无足称道。到了清末，整个杂剧剧作更趋案头化，以致所作剧本根本无法在舞台上演出，而变成一种纯文学的欣赏读物，最终退出了戏剧舞台。

2. 清代杂剧的艺术特征

蒋中崎在上文中进一步阐明了清代杂剧的一些艺术特征。认为明清南杂剧的体制，虽然在其草创阶段的某些剧作仍继承并保留了元代北曲杂剧的特点，但主要是直接受到南曲戏文的影响，或者更简单地说，明清南杂剧实为篇幅短小的传奇。

首先，明清南杂剧在结构安排上与北杂剧有明显的区别。南杂剧完全可以根据创作者的需要，自由选择篇幅容量，既有一、二折的短剧，又有八、九折的长篇。但以整个南杂剧的创作看，又以一、二折的短剧为多，特别是到了清初，南杂剧尤盛一折，如杨潮观的《吟风阁杂剧》便是其中的佼佼者。这种可长可短伸缩自如的杂剧形式，无疑给作家的创作带来了许多便利，“他们再也勿需受四折北杂剧或长篇传奇的定格而勉强敷衍故事了”。

其次，在南杂剧的演唱体制中，剧中每个角色均可独唱，有的甚至还可以几个角色一起合唱。这与北杂剧一人主唱到底的体制，也有明显的区别。这种演唱角色灵活自由的特点，在很大程度上是受到了早期南戏的影响。从客观上讲，南杂剧是注意到并克服了北杂剧有的剧情迁就角色主唱这一弱点。这给杂剧的创作同样带来了自由。

再次，也许是南杂剧与北杂剧是主要的区别，就是在套曲的运用上，北杂剧专用北曲，而南杂剧采用南北合套，或直接运用南曲。特别是到了清初，几乎在杂剧套曲的运用上，都是南曲。

继承了元代北杂剧的传统，又受到南曲戏文影响的明清南杂剧，尽管在它自身的发展中其总的态势只是供文人赏析的案头剧，以致到清中叶后几乎完全失去了艺术生命，但是，明清南杂剧仍是我国戏剧文学遗产中不可缺少的一部分。据傅惜华编《明人杂剧全目》、《清人杂剧全目》统计，明代有杂剧 523 种，清代有杂剧 1300 种，这些众多的杂剧作品，反映了杂剧在明清两代的规模和影响。因此明清南杂剧在中国戏曲史上的地位是不可低估的。

沈炜元〈明清杂剧的幽默情调〉（《戏剧艺术》1995.4）文史结合，探讨了明清杂剧所独具的幽默情调。文章认为明清杂剧的幽默情调，既不同于滑稽调笑的古优传统，也有别于从元杂剧以来的轻松诙谐的喜剧传统。相对而言，明清杂剧中的幽默更有其深刻与冷峻，并往往使作品转入悲怆意境。因此，我们领略幽默情调的同时，也意会所蕴含其中的看破人生外表价值的认识内容，领司其包孕的深刻社会人生内容和远害全身、摆脱羁绊、超越利害的深刻的生命意义。文章指出，剧中人物虽则或生或末，但从其行为乖谬、荒诞滑稽的特征看，他们都是广义的丑角。文章总结道：明清杂剧中的幽默情调、主要是近代精神的一种产物。

第二节　洪昇《长生殿》研究

近 20 年来，《长生殿》受到学术界高度重视，章培恒《洪昇年谱》、王永健《洪昇和〈长生殿〉》、孟繁树《洪昇及〈长生殿〉研究》等专著相继问世，其中《洪昇年谱》尤以资料丰富、考索精严受海内外学者的赞誉。1987 年 6 月，中山大学发起召开了《长生殿》专题学术讨论会，会后，由文化艺术出版社出版了《长生殿讨论集》。有关研究文章近百篇，对《长生殿》的认识和把握也更加深入。具体说来，表现在以下几个方面：

一、关于作品主题的研究

《长生殿》的主题是什么？这是50年代业已开始争论的问题。当时有三种观点：一是爱情主题，二是反映爱国思想和民族感情主题，三是爱情、政治批判双重主题。近20年来，有以下几种观点：

①爱情主题说。俞为民〈重评《长生殿》的主题〉认为："《长生殿》自始至终表现的是李隆基和杨玉环的爱情故事"，"作者描写李杨的纵情误国，其目的主要不在劝惩淫乱，垂戒来世，而在于表现李杨的爱情悲剧，为他们后来的精诚不散、终成连理作铺垫"。林锦鸿〈《长生殿》主题辨〉（《求是学刊》1989.1）认为，《长生殿》并非像有人认为的有"二重主题"，因而也没有表现出双重主题的"矛盾"和"混乱"，同时，剧作也并不是对李杨爱情既有歌颂又有批判、二者有机统一。《长生殿》的主题是歌颂"至情"。

在坚持爱情说的同时，也有学者认为剧中李杨爱情描写具有反封建意义。曹学伟〈试论《长生殿》的写情主题〉（《四川大学学报》1982.3）认为《长生殿》描写了"李、杨两人真挚的爱情"，"这种爱是真挚专一的""富于牺牲精神的"是"死生不渝，超越生死的"，因此，《长生殿》的反封建意义是突出而强烈的。陶诚〈乐极哀来垂戒来世〉（《求是学刊》1984.3）基本肯定"爱情说"，也认为剧中李、杨爱情的描写具有"反封建的意义"。

②坚持并发挥反映爱国思想、民族感情说。王永健的〈洪昇和《长生殿》〉一书即认为作品的中心主题是"表现作者的民族意识，以激发人们的兴亡之感和亡国之思"。董每戡的《长生殿论》认为

作者本意“是要以李、杨二人的私生活为线索来反映整个时代”，“没有想以爱情为主题”。张庚、郭汉城主编的《中国戏曲通史》也说：“尽管洪昇在《例言》中声明，他是‘专写钗盒情缘’的，而剧中所演，却多有国家大事、兴亡之感，包容了广阔的社会内容和政治涵意。”刘维俊〈谈《长生殿》的主题思想〉（《河北师范学院学报》1982.3）观点则与上述不同，他认为国内两部有权威的文学史都肯定爱情主题，“这种说法并不完全”。作者认为《长生殿》是“借用安史之乱的历史题材去影射明代亡国的历史事实；去表达他深沉的故国之思”，“借男女之情，写亡国之恨，这才是故事的主体”。

③“双重主题”说。以往的论者认为，《长生殿》既要歌颂李杨爱情，又要批判这种爱情带来的政治腐败，这两个主题是矛盾对立的。近年来不少论者则认为《长生殿》不仅表现了这两个主题，而且这两个主题又是统一的，孟繁树〈论长生殿〉（《中华戏曲》第1辑）是这样表述其主题的：“剧本以李隆基和杨玉环的爱情故事为主线，敷演唐王朝由盛而衰的历史。作者在写李杨生死情缘时，既批判了他们爱情中的杂质和污秽，又肯定了他们对待爱情的诚挚态度和专一精神，从而寄托了作者生死不渝的爱情理想。与此同时，作者有意识地将李杨爱情的演变与安史之乱的发生纠结起来，真实地写出了天宝年间各种复杂尖锐的社会矛盾和政治斗争，形象地总结了唐王朝‘乐极哀来’的历史教训，从而寄寓了作者的劝惩思想。”邓乔彬〈精诚的至情 深深的同情——《长生殿》的主题和艺术〉认为：“《长生殿》所表达的主题思想是复杂的，而对精诚的至情的歌颂和人民的深深同情则是其中最主要的两方面，二者的矛盾又可统一在民族主义的思想之上。”熊笃〈《长生殿》新论〉则从另

外一个视角看待两个主题的统一,“洪昇赞赏歌颂的只是‘情钟’‘精诚不散’,而批判的也只是‘逞侈心而穷人欲’,这是两个不同的概念,二者在帝妃特定的爱情生活上虽有联系,但并非必然的联系,更不能画等号”。“因此,《长生殿》的主题,虽然既有同情歌颂,又有暴露批判,但二者并不自相矛盾,而是有机统一,并行不悖。”

④“垂戒来世”说。陈玉璞在〈“弛了朝纲,占了情场”——读《长生殿》札记〉认为,作品“写的是一个悲剧,一个‘弛了朝纲,占了情场’的皇帝所招致的社会悲剧”,作者所表达的意图是“作为一个皇帝,任何情况下都不能弛了朝纲,否则将会给社稷、民族以及自身造成惨痛的悲剧”。周明〈情缘总归虚幻——重新认识《长生殿》的主题思想〉也持相同看法,作品“借李、杨的悲欢离合的故事为题材(‘断章’),从中发掘和表现历史的教训(‘取义’),阐发一个严肃的主题,即封建帝王沉溺情欲,必然‘乐极哀来’,作者表现这一主题,目的是‘垂戒来世’。”

周末〈也评《长生殿》的主题〉(《益阳师范专科学校学报》1991.2)认为,〈长生殿〉中唐明皇和杨贵妃之间以皇妃关系为基础的男女结合,是没有什么爱情可言的。写“情”只是整部作品的外在形式,写兴衰才是实质内容。但内外两条线索齐头并进,写兴衰时始终贯穿着李杨之间那极富浪漫情调和虚化悬空色彩的情爱关系,因此写兴衰也便具有了特殊性,避免了单笔调抒写和简单化倾向。借人演史,以“情”写兴衰,“垂戒来世,意即寓焉”,这就是洪昇锐利的社会批判力和用笔千钧的历史审视度。

李杨之间有特殊的“情缘”关系。作者在表现这种“情”时是以整个社会为参照系的,明显存在着两条线索——“情缘”的发生发展及社会历史的演变，并且糅和了唐天宝年间的历史和清初的社会现实，渗透了两个时代，戏剧冲突具有广阔的社会背景和现实基础。既表现了“祸败随之”的上层社会，又反映出“乐极哀来”的历史变迁，从而抒写出历史兴亡之恨，歌颂忠义，抨击权奸，同情人民痛苦，缅怀故国山河，从全剧内容看，洪昇写的“钗盒情缘”也就变成了一种假定式的标榜，只是表层的东西，其实质是以他所认识和体察到的“情”的观念来解释和批判历史现实中的种种人物关系、社会矛盾和政治斗争的是非得失，从中总结经验，以告世人。从剧情发展看，两条线索在内容和形式上的强弱、宾主程度各不相同。“情缘”一线形强实弱、形主实宾，形式上贯穿始终，一直占主导地位，内容上则只是一种诱因和掩饰；“兴亡”一线形弱实强，形宾实主，形式上并不显眼，内容上却一直是与“情缘”交织的主体线索，是剧本内容的深层结构。作者就这样在内容和形式上将二者巧妙结合，前者主要采用浪漫主义的手法，至于一些神仙道化，使爱情“盟誓”得以完成的勉强拼凑，则是其败笔所在；后者主要采用现实主义手法，是作者精到、巧妙的构思所在，闪烁着某些革命的光彩和批判的光华。这些都充分说明剧本的两条线索在内容和形式上发展的不平衡性及作者创作的真正意图，“乐极哀来，垂戒来世，意即寓焉”。因此，无论从作家的生活道路，世界观和创作方法而言，还是从作品的内在结构和客观效果言，《长生殿》的主题都不是通常所说的爱情、简单的社会批判，或糅合两者的二重主题，而具有其内在复杂性：借人演史，以“情”写兴亡，而且其中的“情”本身并不包含有反封建的内容。

⑤“感伤”说。李泽厚《美的历程》一书有〈从感伤文学到红楼

梦〉一节，指出历史由明入清后，“作为明代新文艺思潮基础的市民文艺不但再没发展，而且突然萎缩。上层浪漫主义则一变而为感伤文学。《桃花扇》、《长生殿》和《聊斋志异》则是这一变易的重要杰作”。“《长生殿》的基本情调，它给予人们的审美效果，仍然是上述那种人生空幻感。尽管外表不一定有意识地要把它凸现出来，但它作为一种客观思潮和时代情感却相当浓厚地渗透在剧本之中，成为它的基本音调。”李的这一看法引起了不少学者的注意，周明文章在提出“垂戒来世”主题的同时，也认为作品“又让李、杨在历尽劫难，遍尝悲欢离合的人生况味后，大彻大悟，跳出爱河情海，以色空观念否定他们的情欲，宣布‘情缘总归虚幻’，促使沉迷情海者‘蘧然梦觉’”。王星琦则直接认为，“如果一定要概括它的主题，我觉得洪昇在《长生殿》里抒发的就是一种感伤情绪。是一种总体的感伤。这种感伤有对于人生无常的一种思索，一种对人生的苦苦思索。”

二、关于对李、杨爱情描写的评价

在研究《长生殿》时，如何认识和评价李、杨爱情的描写是一个难以回避的问题。1954年，《长生殿》讨论之初，一些文章对《长生殿》中描写的李杨爱情持肯定态度，但是不久即遭到批判，甚至被说成“修正主义观点”。近年来，对这一问题的看法仍有否定和肯定的两种，但认识和评价的深度有较大发展。一个明显的特征是，研究者开始注意把洪昇对李、杨爱情的描写置于文化背景和文化思潮的坐标系上加以考察和观照。

章培恒《洪昇年谱·前言》、董每戡《长生殿论》、王永健《洪昇和〈长生殿〉》等均持否定看法。周明的文章把〈长生殿〉与感伤文学联系起来，指出，“《长生殿》围绕着‘情’实际上展示了这样的内容：情的沉迷、情的祸害、情的顽固、情的幻灭。洪昇认为帝妃的情欲是‘孽障’（《情悔》）是一切罪恶和痛苦的渊薮，因而应该归于幻灭”。这一观点跳出了爱情与政治的圆圈，从一个新的视角出发，把洪昇对李杨爱情的描写态度和李杨爱情本身区别开来，在各种否定性观点中可谓别具一格。

相比较而言，持肯定看法的更多一些。黄天骥〈论洪昇的《长生殿》〉（《文学评论》1982.2）认为，“洪昇同情杨玉环处境，同情她的酸妒，这反映了他对封建时代封建婚姻关系的看法。他希望看到夫妇爱情专一。……洪昇注视着在一夫多妻制下妇女的命运，提出爱情专一、精诚不散这一不可能实现却又顺应历史发展方向的理想，无疑是民主思想的表现，是封建时代妇女要求解放的曲折反映”。王长友〈事与曩符，意随义异——论洪昇对李杨故事的认识和改造〉（《中国古代戏曲论集》）说：“洪昇在李杨爱情悲剧中寄寓了与新的生产关系萌芽和初步民主主义思想相适应的婚姻爱情观念，因而，李、杨形象又不仅仅是民间传说和历史人物的化合物，他的身上具有某些新思想的苗头，他们的爱情，在某些方面达到了现代性质的高度，体现了新的夫妇关系的伦理原则。”赵山林〈为《长生殿》中“情”一辩〉（《华东师范大学学报》1986.1）认为，“《长生殿》为我们展示的，却并不是实际生活中的封建帝王与后妃的爱情，而是艺术中的爱情。……作者不过是要借李隆基、杨玉环的故事，寄托自己的一种爱情理想罢了”。作品所描写的“情”“是包含反封建意义的，其表现就是它对一夫多妻制度下妇女悲惨命运表示了极大的同情，并热烈追求一种平等、专一、始终不渝的爱情”。

郭英德〈借太真外传谱新词，情而已——明清浪漫思潮与《长生殿》的“至情”观〉(《文史知识》1989.7)把《长生殿》与《牡丹亭》问世以来的明清浪漫主义思潮联系起来指出，洪昇描写李、杨为爱情而超越生死界限，“在主情观念末流喧嚣剧坛的时代里，显然会有为汤显祖的‘至情’观招魂的主观意图；在理学一统天下、禁锢人心的时代，也无疑具有不可低估的意义”。刘辉〈洪昇与《长生殿》〉也认为，“洪昇所讴歌的这种真挚爱情，在我国封建社会晚期，对于禁锢人们爱情的封建宗法制度，是一股冲击力量，是《牡丹亭》的继续和发展”。王长友〈从结构看《长生殿》的爱情悲剧及其特点〉(《宁夏教育学院学报》1989.4)认为，《长生殿》所描写的李杨爱情的特点在于它抒发了天长地久的夫妻爱情理想。文章指出，夫妻爱情在封建社会极易受到礼教的侵蚀和摧残，夫妻爱情天长地久的前提是夫妻感情上平等，因此，这种理想表现出反封建的倾向。近年来，一些学者从哲学、文化人类学角度剖析李杨爱情，见解深刻。黄天骥〈《长生殿》的意境〉(《文学遗产》1993.3)阐释了李杨情爱的意境不同层面，认为李杨的悔悟，有其深刻的历史和时代文化意蕴，既展示了李杨内心世界的奥秘，又使观众感受失落悲凉无以名状的时代氛围，更使许多“不死忠义者”感悟苟全性命的可哀。这正是洪昇要透露的作品的深层意境。石育良〈生命的悲歌——论《长生殿》的深层情感内涵〉(《文史哲》1992.2)，分析了作品李杨情缘与其生死、李杨生死与历史盛衰、李杨生死与牛郎织女的情缘三组对比结构，指出：生死问题是《长生殿》所反映的一个极为重要的问题。作品把李杨情缘与他们的生死连在一起；把李杨的生死与“天宝之乱”前后的历史盛衰交织在一起；在写李杨生离死别的同时还写到牛郎织女的天上情缘。文章认为，如果把以上三组对比视为作品的表层结构，那么，作品的深层情感内涵则是：对死的悲叹和对生的渴望。这种情感蕴含在爱情问题与历史兴亡问题的深处，从而使作品成为有机的艺术整体。

三、关于作品艺术成就的研究

五六十年代，对《长生殿》的研究基本上集中在思想内容的认识和评价方面，而对它的艺术成就却很少触及。新时期《长生殿》研究已经逐步扩展到这一领域。这方面的探讨大致可分为宏观把握和微观探幽两类。王季思〈《长生殿》思想倾向和艺术特色初探〉和邓乔彬的文章在探讨作品的思想内容的同时，均用了不少的篇幅从总体上概括了《长生殿》的艺术特色。许金榜〈《长生殿》的艺术结构〉(《山东师大学报》1983.3)以为“李、杨钗盒情缘确实是贯串全剧的中心线索”，上半写“由合到离”，下半写“由离到合”，“作品还展开了对其他副线的描写，从而扩展了反映社会生活的幅度，深化了爱情主题”。

而黄天骥在〈《长生殿》的意境〉中认为：《长生殿》里与李杨情缘平行、交织的，还有朝政兴衰、家国兴亡的内容。用洪昇的话概括，就是“弛了朝纲，占了情场”。而剧中正是把这两个内容“组接”起来，交相缠绕，互为因果。《长生殿》的戏剧结构正是沿着“乐极哀来”的趋向发展的。戏剧上半部矛盾尖锐紧凑，丝丝入扣；下半部则回环反复，左右盘旋，节奏舒徐，观众可以借此获得宽广的想象空间，这样，《长生殿》的李杨情缘，散射出不同层次的光华，呈现出具有丰富内涵的意境。黄文指出，“作为戏曲家，洪昇从传统诗学中吸取营养，从托物寄兴情景交融等艺术手法中获得启示，把自己的情感和戏剧冲突贯注在一起，从而构筑了让观众奔驰想象的空间，让他们根据各自的感受领略剧本的寓意”。关于“大团圆结局”，黄天骥发表了深刻的见解：认为“《长生殿》的大团圆颇为特殊，人们实在很难从广寒宫的仙乐中，得到欣慰和欢乐。因为，藉神仙传说让杨李在虚幻中补偿人间缺陷，这本身就十分勉强”。“杨李在天上‘再续情缘’，其涵义与人间并不相同”。“在杨李双双携手同赴月宫的‘大团圆’模式背后，依然是一个难以‘补根’的悲剧，依然是永恒的遗憾”。

孙小布〈人类学·性与《长生殿》〉（《戏剧艺术》1988.4）分“中国古代民俗与《长生殿》”、“性心理学与《长生殿》”、“略论戏剧的驯雅与野蛮”几个部分，对《长生殿》一剧从社会学、人类学、心理学等角度进行分析。视野广阔，颇有新得。

此外，周锡山〈《长生殿》的结构特点〉，徐扶明〈试论《长生殿》的排场艺术〉，文中俊〈一曲淋漓泪数行——《长生殿》“闻铃”浅析〉，宋绵有〈情景交融，传神写照——《长生殿》“惊变”的意境美〉更是从不同角度对《长生殿》进行了具体的艺术分析，时见新意。还有的学者运用比较文学的方法将《长生殿》与《桃花扇》、《沙恭达罗》相比较，将杨玉环形象与埃及女王形象相比较，也已经取得了一定的成果。

第三节　孔尚任及《桃花扇》研究

“桃花扇底看南明”。《桃花扇》这部有着丰富内容的历史剧，解放后受到了古典文学研究者的高度重视。近20年来,已有逾200余篇研究论文发表,《桃花扇》的研究从广度和深度上获得了可喜进展。

一、关于孔尚任研究资料的新发现

黄立振〈孔尚任信札墨迹〉公开了他在1957年于曲阜集市旧书摊上所得孔尚任给"西园老师"信札四封。黄文认为,这四封信虽没写年月,但从内容看,很可能是孔尚任出山前所写。根据信中自称"宗门生",可知"西园"也姓孔,查乾隆刊本《孔子世家谱·盛果户》,有这样的记载:"孔贞灿,字用晦,又字恒三,号西园,四氏学学录",足资证明孔贞灿即"西园老师"。信札反映了孔尚任的交游及年轻时的一些思想,也反映了他的书法及对古画字玩的爱好。刘辉〈所见孔尚任诗文二题〉也公布了有关孔尚任的重要材料两则,一是孔尚任写于康熙三十年的《焚余稿序》。该序《孔尚任诗文集》未收,且各种年谱皆未著录。序文刊于康熙刊本《后圃编年稿》,《盱眙县志稿》亦作转录。《后圃编年稿》系孔尚任之龙李嶟瑞所著,现存16卷,为国家图书馆善本室藏,卷一至卷六为《焚余稿》,是他的早年诗作。孔尚任所作的序文是一篇重要的文论,表现了他的文学观,即继承和发展了晚明的"性灵说":"今人效古人之诗,非效其词采声调也,亦非效其性情也;效其各写性情、不肯假人之性情为性情也"。这一文学见解指导了他对《桃花扇》中侯、李爱情的处理。其二,是孔尚任所修《莱州府志》,该志为康熙五十一年本,藏于中央党校图书馆善本室。由于以往未见,汪蔚林辑《孔尚任诗文集》附录《孔尚任著作目录》中没有提及,袁世硕《孔尚任年谱》也只是推测，此志的发现使推测变成定论。不仅如此，该志还载有《孔尚任诗文集》未录的诗五首文一篇。

二、关于孔尚任罢官原因的探讨

在中国文学史上，清代戏剧家孔尚任被罢官的真正原因近300年来一直是一桩“疑案”。其罢官原因主要说法有以下几种：

1. 因《桃花扇》得祸说

据孔尚任自撰的《桃花扇本末》所述，《桃花扇》脱稿于康熙三十八年六月，次年四月孔尚任即被罢官。《本末》云：“己卯(即康熙三十八年)秋夕，内侍索《桃花扇》本甚急。”说明《桃花扇》确受到了最高统治者的重视。然而正当“王公荐绅，莫不传钞，时有洛阳纸贵之誉”之时，孔尚任却被罢官了。故而大多数研究者认为孔尚任是因《桃花扇》中带有反清复明的思想而被罢官的。然而关于罢官问题并无正面材料，并且孔尚任在《桃花扇》脱稿后还由户部主事升为员外郎，升官旋即罢官。此说不能解释这个原因，因此，罢官问题还是一个谜。

2. 以文字肇祸说

1964年出版的游国恩等主编的《中国文学史》，即认为孔尚任罢官是由文肇祸的(见该书第八编第四章第一节)。并且在注释中引用孔尚任诗《放歌赠刘雨峰》“命薄忽遭文字憎，缄口金人受谤诽”作为证据。

3. 因官场矛盾而罢官说

黄卓明〈有关评价孔尚任的几个问题〉(《文学评论》1981.2)对此作了较为深入的推究。他将从孔尚任《桃花扇》脱稿一直到他还乡后第六年《桃花扇》刊行间的各个事件逐一排列，并结合孔氏诗文中“缄口金人受诽谤”、“被谗不辩如聋哑”等诗句，认为他的罢官情况虽然“微妙”，但终于可以找到一条主线。这条主线就是：“孔尚任因‘文字’而被罢官，但这个‘文字’不应成为导致罢官的原因，完全是‘被谗’和为‘时人给’”。换言之，他认为《桃花扇》的主旨是歌颂清王朝，统治者是明白的，故而升了他的官，但“为了处理某些短见的封建官僚对孔尚任提出的攻讦，不得不在升官之后又罢了他的官”。正是基于此，孔尚任虽被罢官，《桃花扇》却仍热闹地上演，并得以刊印，孔氏罢官后不仅平安地回到石门山，还重入官场当幕僚修府志。

4. 因疑案罢官说。程荣华〈孔尚任罢官原因初步探明〉(《徐州师院学报》1993.3)否定了以上观点，认为孔尚任罢官与顺天乡试舞弊有关，其直接原因是孔尚任根据此案的传闻创作《通天榜传奇》在京城宣播而触怒康熙皇帝。在康熙皇帝看来，孔尚任身为国家大臣，不应讽刺同僚，因而将他革职。程荣华在文中引用蒋攸铦所撰《李蟠传》对顺天乡试一案的叙述，揭示了孔尚任被罢官的原因：“(康熙)三十八年，(李蟠)主顺天乡试，鄂邠泰、史贻直、励杜讷诸名臣咸出其门，而不得志乃为蜚语中蟠，事闻，复试殿廷，无一黜落者……而郎中孔尚任以作《通天榜传奇》宣播都下被逐，蟠亦逐谪戍沈阳三年……”程荣华这一结论尚未得到进一步证实。因为孔尚任存世之作中，迄今未见《通天榜传奇》，亦未见有关论载，因而这一论点自然也“有待于确凿证据的发现”。

针对孔尚任虽被罢官，但终未入狱，杜朝光进行了分析。他在〈《桃花扇》与明史案〉(《西南师范学院学报》1984.2)中认为《桃花扇》剧本除了不涉及隆武、永历两朝外，庄、戴之罪，般般俱有，但《桃花扇》终未导致孔氏大狱，原因有三：一为当时处于"三藩"乱后，康熙正致力于朝野安定，笼络人心，不便兴狱。二为康熙一向标榜尊孔，孔尚任恰为圣裔。三为传奇并非正史。然而孔尚任后来终于因此被罢官，而且"永不复用"，表现康熙对他憎恨之极。

三、关于《桃花扇》主旨的研究

《桃花扇》的主旨是颂清还是挽明？这是一个长期争论的问题。"文革"以前，关于《桃花扇》的创作主旨，学术界即有两种不同意见。一种认为《桃花扇》反映了南明王朝灭亡史，寄托了孔尚任的民族意识和爱国思想。另一种认为《桃花扇》"严重歪曲历史"，是为清王朝服务的。新时期以来，学术界对这一问题又展开了讨论，概括说来，有五种意见：

1.表现民族意识说

赵景深、李平、江巨荣〈实事求是地评价孔尚任和《桃花扇》〉就指出："孔尚任的世界观中存在不满于清政权的矛盾，特别是后期，他在感情上与清廷日益疏远，与人民缩小了距离，民族意识也明显上升了。""《桃花扇》在表现激烈的民族矛盾时，作者反对清朝贵族的立场是鲜明的，民族意识有时也相当强烈。"张海琛〈民族的矛盾，爱国的挽歌〉(《衡阳师专学报》1982.4)从明末清初民族矛盾的角度，诠释《桃花扇》的爱国主义精神，点明《桃花扇》是为明朝唱挽歌的。洪柏昭〈《桃花扇》的思想评价问题〉(《暨南学报》1985.3)也认为，此剧的爱情主题和政治主题是一致的，它通过侯李爱情展示了南明王朝内部的矛盾，同时在涉及民族斗争的时候，表现了反对民族压迫的思想。此剧笼罩着对明朝灭亡的感伤情绪，其中包含着阶级的情绪和民族的情绪。

2. 救末世之人说

徐振贵〈《桃花扇》的主旨和纲领〉(《东岳论丛》1987.1)中则认为《桃花扇小引》孔尚任所说“亦可惩创人心，为末世之一救”是《桃花扇》的主旨。并指出所谓“末世”即不指南明，也不指清朝，而是那些具有“亡国之恨”的三类人：一是明朝孤臣，如张瑶星、老赞礼；二是清流儒士，如侯方域、蓝田叔；三是下层市民，如说书者柳敬亭、唱曲者苏昆生。他认为，崇祯、弘光政权相继而亡，剩下的唯有兴亡之感、亡国之恨。如何抒发这种感慨，末世之人只有归隐桃源。

3. 拥护清廷说

井维增〈《桃花扇》的政治倾向及其评价问题〉(《齐鲁学刊》1985.3)说：“《桃花扇》的政治倾向是拥护清朝的。孔尚任创作这个剧本决不是偶然的；作品的政治倾向，也不是某些同志说的为避免文字狱而作的‘表面功夫’，而是真实思想的写照。他站在地主阶级立场，政治上完全拥护清朝的统治。”但他认为，怎样评价《桃花扇》不能以是否反清为标准，“《桃花扇》的写作年代已经是清政权建立五十年以后的康熙盛世，其时爱国主义内容早不同于明末抗清之初。特别是剧作者目的在借鉴历史，为巩固和发展新政权提供参考，这就更不能以清兵入关时的眼光来评价”。作品“肯定清王朝的统治和某些开明政策，仍有一定历史进步性”。戴胜兰等〈谈《桃花扇》的思想倾向〉也认为：“从剧情和艺术形象所表现的思想，从作者说明‘警世易俗，赞圣道而辅王化’、‘惩创人心，求末世’

的创作宗旨看,《桃花扇》所表现的'兴亡之感'乃是作者由南明兴亡而引起的感慨,而引出的历史教训,从而为巩固清王朝的统治提供历史借鉴"。

4.悼明诫清并存说

黄天骥〈孔尚任与《桃花扇》〉(《文学评论》1980.1)认为,孔尚任避开清廷入主中原和农民起义等主要矛盾写南明亡国,无情揭露"权奸误国",从根本上说,是要巩固清朝的统治。但"《桃花扇》回避了明末清初国内民族矛盾的具体描写,却不等于作者无视当时的民族斗争,剧本字里行间,明显地流露出民族情绪。因此,《桃花扇》又有不适应清朝统治需要的一面"。据此,黄文认为《桃花扇》的主旨既是诫"清"又是悼"明"。黄卓明〈有关评价孔尚任的几个问题〉则深入探讨了孔尚任既颂清又悼明的原因,认为其"谜底"在于孔尚任以封建统治者的正统性为基础的伦理观和社会历史观。吴新雷〈论孔尚任《桃花扇》的创作思想〉(《南京大学学报》1997.3)在持此说的同时又有新的理解、新的发展。他认为从《桃花扇》"三易其稿而书成"的全过程来看,孔尚任的创作思想是有变化的。在他没有出山以前,其初衷只是单纯的吊明之亡,抒发兴亡之感。出仕以后,因为感激康熙皇帝的知遇,所以又产生了颂扬圣朝的构思,但是淮扬现实生活的磨难,冲刷了他的颂圣意识。他到扬州和南京亲自访问了南明的遗民和遗迹,不仅获得了侯方域和李香君离合之情与南明兴亡的题材细节,而且引发了民族意识的觉醒,在他回到北京以后,看到太平园的昆班新戏,促使《桃花扇》进入了定稿阶段。从剧作的主风命意来分析,作者徘徊在"吊明"与"颂圣"的矛盾中,为了"吊明",他不得不先行"颂圣",以免遭到文字狱的祸害。但客观意蕴却突破了主观命意的束缚，广大读者受到艺术感染的是亡明痛史激发出来的民族情绪。侯、李双双入道的结局，也是作者潜在民族感情的一种表现。

5.历史沉思说

对此，张乘健和张燕瑾发表了两篇较有力度的研究文章。张乘健〈《桃花扇》发微〉(《文学遗产》1984.4)从哲学史(侧重于宗教史)的角度分析《桃花扇》，提出了一些新的见解，他认为，《桃花扇》的主旨是“一篇形象的《过明论》”，而且“比贾谊的《过秦论》高出数筹，孔尚任的过明论不再用总结一代一姓的兴亡的眼光停留在枝节的具体的问题上做文章，而是对封建社会的整个上层建筑取一种检讨、反省的态度。这和当时一些思想家如顾炎武、黄宗羲、王夫之等人是一致的，只不过他们用哲学文章的形式表现，而孔尚任则假优孟衣冠，为我说法，用形象的手法表现而已”。文章具体分析了《桃花扇》的纲领是儒教和道教，“儒教与道教，一经一纬，一始一终，构成了《桃花扇》的纲领”；《桃花扇》对侯方域的谴责中包含了作者的自谴；对士大夫阶层的失望，对儒教教主的责难，并将希望寄于社会下层，是作者的“春秋笔意”。孔尚任将《桃花扇》归结于道教，“他对儒教的痛切的反省，违反了他的个人动机，已经预兆着近代对封建社会整个上层建筑及其意识形态进行总清算总批判的先声”。“逃儒归道”表明了“清初先进的思想家面临思想史的质变前夕那样惶惑苦闷而找不到出路的心理状态”。张文立论角度比较新颖，或可成一家之言。张燕瑾〈历史的沉思——《桃花扇》解读〉(《首都师范大学学报》1994.2)认为，“《桃花扇》不是反映南明历史，文学不负载‘真实’描写历史的使命；不是在总结亡国教训；

它超越了深层次的功利目的;没有为清王朝的长治久安出谋献策;也不是写宗教,七位'作者'是避世而居的贤者,而不是斩断情思的道徒,侯李入道也只是理想破灭后的迷惘困惑,'非入道也'。作品追求的是富有哲学性的悲剧目的而不是历史目的。作者只是借历史的框架抒写'天崩地解'历史巨变之后对士林群体人格的反思,成为吴敬梓的先导”。张文指出,在“天崩地解”之时,“士大夫支撑着封建的大厦,是社会的栋梁,但这栋梁已支撑不住倾斜的大厦了”。作家“意识到传统道德已无力挽救社会的危亡。作家是在用心灵感悟历史,借历史抒写心灵,写对人生、对历史、对社会的探求,充满了天才的孤寂之感和历史的沉思”。该文从文化哲学高度解读《桃花扇》,论述深刻。孔瑾〈封建王朝的挽歌——孔尚任《桃花扇》思想内容新探〉(《戏剧》1988年夏季号)通过对文本的分析,认为《桃花扇》中“兴亡之感”是主题,“离合之情”是副主题,它不仅是一部民族悲剧,而且是一部时代悲剧,不仅是明王朝的挽歌,而且是整个封建王朝的挽歌。此外,郭英德〈桃花扇底系兴亡——《桃花扇》的历史意识〉(《阅读与欣赏》1995.6)也认为,孔尚任正是带着关心天下的经世精神、难以解脱的兴亡感慨和反思历史的现实态度,创作了《桃花扇》传奇,表达了他对明末清初动荡历史的深刻反思,对封建社会江河日下的忧虑哀伤。

四、关于侯方域等艺术形象及作品结局的评价

60年代初对《桃花扇》的批判就是从孔尚任写侯方域出家结局开始的,批判文章说,历史上的侯方域“两朝应举丧失了民族立场”,是向“入侵的清朝投降”,而《桃花扇》把入山修道作为侯的结

局则是“替投降变节行为辩护”。近年来,不少研究者在清算极“左”流毒的同时,从各个不同角度重新审视了这一问题。傅继馥〈桃花扇底看“左”倾〉较早对“叛徒哲学”的极“左”观点进行了反驳,他认为,历史上各民族之间的战争只有正义与非正义、进步与反动的区别,没有侵略与反侵略的性质。侯方域应试中榜只是属于思想动摇,不能上纲为投降行为;孔尚任在作品的结尾委婉地讽刺了“那些文人名士,都是识时务的俊杰,从三年前俱已出山了”,是在“不允许批判降清的环境里,作了清朝进步知识分子力所能及的批判”。董润生、周兆新〈试评《桃花扇》中的侯方域〉则区别了历史人物与艺术形象的界限,“孔尚任写侯方域的目的,决不是为了给历史上的侯方域树碑立传,而是要塑造一个对表现《桃》的主题起巨大作用的艺术典型。衡量这类艺术典型的真实性,不能以是否反映了原型的本来面目为标准,而要看是否真实地概括了某一阶级、阶层或社会集团的本质特征。《桃》中的侯方域重名节、关心国事、风流倜傥、才学出众,同时又有软弱和动摇的一面。他身上概括了明末进步知识分子的许多共同特征,这就是他的真实性”。赵景深、李平、江巨荣的文章也认为:“这其实是一个如何理解、处理和表现历史人物与艺术形象的关系问题。……孔尚任把侯方域作为在阶级矛盾、民族矛盾和统治阶级内部矛盾错综复杂斗争中一个有才能、有见识而又动摇、软弱的知识分子形象在处理。作者紧扣着性格要求,与这一性格特征有关才选取,不合这个特征要求的则加以扬弃”;“孔尚任并不是为美化叛徒或鼓吹投降主义而舍弃了侯方域应举中榜这一历史事实,可以说:作者正是耻于侯方域这方面的污点,而特意让他遁入空门、入山修道的。这样的处理,同明末以后笼罩着的悲剧气氛更显得和谐。”黄天骥文章则以逻辑推理驳斥了孔尚任宣扬“投降变节”的说法，试想，如果孔尚任认为‘夷门复出’是识时务之举，如果为了迎合清朝笼络汉族知识分子的政治需要，他大可以按照历史人物的原型去写，甚至可以写侯方域应试后荣华富贵和李香君团圆结局，……可是孔尚任偏偏回避了侯方域复出应试的真实情况，而且婉转地批评了顾采的做法。联系孔尚任在全剧里所流露的兴亡之感看，这只能说明，作者认识到侯的‘复出’并不是光彩的勾当”。王毅〈侯方域的艺术形象和《桃花扇》的结尾〉从剧本所表现的兴亡之感和总体人物构思的角度指出，孔尚任“让失节的不失节，让未入山的入了山，让张瑶星说出那段沉痛的话来，使人们沉浸在一种严肃而忧郁的亡国哀痛之中”从而使作品产生了强烈的艺术效果，同时，“作者既没有大大地触犯时忌又保护了他心爱的那些人物（如李香君、柳敬亭等），使他们不致在庸俗的欢乐中，失去原有性格的光彩”。

关于李香君形象，包绍明〈论李香君在中国文学史上的意义〉（《福建师大学报》1986.2）从李香君与霍小玉、杜蕊娘、赵盼儿、杜十娘的比较中，指出李香君和现实发生冲突“不仅仅是为了爱情，而且还和她的政治态度有关”。这个有信仰、有操守的，带有政治色彩的妇女形象，为我们提供了“新的东西”，“标志着我国古典文学戏曲、小说中描写爱情题材的创作进入了一个新的时期”。关于杨龙友形象，孙应杰、沈新林文章〈试论《桃花扇》中的杨龙友形象〉（《南京师范学院学报》1982.2）认为孔尚任笔下的杨龙友是个性格复杂的艺术典型，作为一个同马、阮有着很近的亲友关系的杨龙友，能够做到在政治上同马、阮保持一定的距离，对复社文人有一定的同情和帮助,实在是难能可贵的。作者不同意那些认为他是“八面玲珑,两边讨好的政治投机分子”、“趋炎附势,助桀为虐的无行文人”、“处世圆滑,祸心深藏的帮闲帮凶”的观点。

此外,在对《桃花扇》艺术成就的研究中,孟祥照〈桃花扇底系南朝〉(《河北大学学报》1983.1)认为扇子不是剧中的“寻常砌末”,它是“爱情的象征”、“不幸遭遇的见证”、“薄命女子的写照”,将“离合之情”和“兴亡之感”连在一起。刘中光〈脉、势、韵——《桃花扇》艺术结构的传统美学观照〉(《聊城师范学院学报》1994.1)也在前人的基础上对剧本的结构分析做了新的尝试。

关于《桃花扇》的悲剧结局和美学意蕴,梁燕〈《桃花扇》及其改稿本的美学意蕴——兼论悲剧意识的多元特征〉(《文艺研究》1995.4)进行了深入的阐释,认为《桃花扇》是在表现南明历史的基础上,从儒家理想的幻灭构成全剧哲理性的核心,从封建政治理想的幻灭、爱情理想的幻灭、人生理想的幻灭三个层面,展示了一个封建时代走到终极边缘的种种必然。文章着重论述了《桃花扇》全剧始终贯穿着的浓厚的悲剧气氛,认为孔尚任追求的是一种横跨历史的哲理性感受,但在戏剧中又是通过审美的方式表达出来。指出《桃花扇》一反结局上的“团圆之趣”的意义,在于通过一对情侣的爱情悲剧,宣告了一个封建时代的终结。孔尚任以牺牲侯、李爱情的完整性、现实性,来保持历史兴亡之感的完整性、现实性,表现了他在一种无可逆转的历史必然性面前的理性思索。剧本既有亡国破家的情感上的悲哀,也有人生虚无的哲学上的沉思。而《桃花扇》恢宏的历史气象、丰富的文化内涵、充满理性魅力的悲剧精神,正是它作为艺术精品的价值所在。

第四章　近代文学研究

文学史家认为:中国近代文学的起点是1840年鸦片战争,终点是1919年的"五四"运动。郭延礼先生指出:"中国近代文学既是中国古代文学的发展和终结,又是现代文学的胚胎和先声,并开启了中国新文学现代化的方向和道路。中国近代文学是历史转型期的文学,又处于中西文化交流和撞击的大潮之中,因此它具有许多不同于古代文学的新内蕴、新形式和新特点,有很高的学术价值和研究价值。"20世纪的近代文学大致可分为三个阶段:

1.开始期(1919—1949)

这一时期提出了"近代文学"这一概念,并初步建立起近代文学学术研究体系。其中以胡适的《五十年来中国之文学》和鲁迅《中国小说史略》为标志性著作。陈子展、钱基博、郑振铎、阿英、茅盾等著名学者为近代文学的研究奠定了坚实的学术基础。

2.重建期(1950—1978)

1949年,中华人民共和国建立后,近代文学研究进入重建发展期。这时期突出的成就是确定了"近代文学"这一文学史概念,并将其作为中国文学史研究中一个独立的发展阶段而展开全面的研究。这一时期,北大本《中国文学史》把"近代文学"列为独立的一篇,意义和影响巨大。复旦大学本《中国近代文学史稿》第一次将近代文学写成独立的断代文学史专著,功绩显著。其后,游国恩等主编的《中国文学史》等文学史著作，均将近代文学列为专章专节；各高等院校的文学专业，也把近代文学列入教学计划。这一时期，研究论著日渐丰富；有关侠义公案小说、谴责小说、晚清小说理论、龚自珍等诗人、话剧及京剧等方面的研究成为热点，并形成一些学术争论。这一时期诸多新老研究者不断努力，许多近代作家的文集、选集、研究资料得到有计划的整理出版。

3. 繁盛期(1979—2000)

这一时期是中国近代文学研究的繁盛期。研究观念更新，方法多样；探索自由，多元互补。研究成果也因此前所未有：据不完全统计，论文约有4000余篇，专著约有150余部。且质量较前也有较大提高。较有代表性的专著有：任访秋《中国近代文学作家论》、季镇淮《来之文录》及其续编、时萌《中国近代文学论稿》、管林等合著《龚自珍研究》、陈平原《中国小说叙事模式的转变》、夏晓虹《觉世与传世：梁启超的文学道路》、关爱和《古典主义的终结：桐城派与"五四"新文学》，袁进《中国小说的近代变革》，颜廷亮《晚清小说理论》、叶嘉莹《王国维及其文学批评》、王德威《想像中国的方法》、李瑞腾《晚清文学思想论》、康来新《晚清小说理论研究》、林明德《梁启超与晚清文学运动》、连燕堂《梁启超与晚清文学革命》、徐鹏绪与张俊才《中国近代文学研究概论》、刘德隆《刘鹗散论》、吕芃《龚自珍诗发微》、佛雏《王国维诗学研究》，聂振斌《蔡元培及其美学思想》，还有为数众多的作家年谱、传记、作品选注、资料集。这些论著，或以资料翔实取胜，或具有新的理念，新的发现。这20年，近代文学研究有如下几个鲜明特点：

(一)排除"左"的思想干扰,重新认识和评价近代文学。

新时期(1979)以来学界在文学观念与审美理想上都发生了新的变化,这就为我们重新认识和评价近代文学提供了可能和新的眼光。本时期前十年,近代文学界一方面对过去的作家和作品进行了重新评价,例如对近代小说《花月痕》、《海上花列传》、《老残游记》、《孽海花》、《九命奇冤》和《恨海》的评价,对龚自珍、梁启超、林纾、苏曼殊、陈衍、朱祖谋的评价,都具有一种"新眼光"、"新精神"。另方面,不少学人又勇敢地冲破禁区,对桐城派、同光体、鸳鸯蝴蝶派,以及金和、曾国藩、《荡寇志》、《九尾龟》、《玉梨魂》等作家作品进行了新的评价。这方面的探索不仅开拓了研究领域,有的还填补了某一方面的空白。

(二)研究方式的多样化:微观、宏观、比较研究的齐头并进。

大体可以这样说,90 年代之前中国近代文学的研究偏重微观研究,发表了百余种有关作品辑佚、校勘、选注、作家生平史料考证、具体问题辨析的著作和文章。较有代表性的论著有郑方泽《中国近代文学史事编年》,郭长海《秋瑾事迹研究》,刘蕙荪《铁云先生年谱长编》,郭延礼《龚自珍年谱》、《秋瑾年谱》,孙静《龚自珍文集与年谱序跋补辑》,孙文光《龚自珍》(上海古籍出版社)、《中国近代文学大辞典》(黄山书社);以及 90 年代出版的王立兴《中国近代文学考论》、梁淑安和姚柯夫《中国近代传奇杂剧经眼录》等。

90 年代以后,不少研究者以宏观把握近代文学的发展脉络为视角,写了一些有分量的论著,如赵慎修〈略论中国近代文学思潮的变迁〉、王飙〈近代文学研究应当有自己的面貌〉、龚喜平〈新学诗·新派诗·歌体诗·白话诗——论中国新诗的发生与发展〉、王俊年〈政治·生活·艺术修养与创作:试论晚清小说的特点及其形成的原因〉、赖芳伶〈晚清女权小说渊源及其影响〉、林薇〈论林纾对近代小说理论的贡献〉,孙文光〈少年哀艳杂雄奇〉这些论著都是在充分占有微观研究所获得的材料基础上,在近代文学发展的大背景下试图探讨近代文学或其中的某一文体形式的发展轨迹,以及在西方文化撞击下的变革和创新。这种对近代文学风貌、特点和变革的总体把握,有助于近代文学研究的深化和提高。

在比较研究方面,20年来也取得了很大成绩。任访秋〈晚清文学革新与"五四"文学革命〉、牛仰山〈论中国近代翻译文学与鲁迅的关系〉、陈恒富〈龚自珍与卢梭〉、邵迎武〈苏曼殊与拜伦〉、王晓平〈近代中日文学交流史稿〉、袁进〈中日小说近代变革之比较〉等均是这方面有代表性的论文。

(三)多种中国近代文学史的出现,标志着近代文学学科建设一次新的飞跃。

第一部中国近代文学断代史《中国近代文学史稿》是1960年出版的。1987年中山大学陈则光教授出版了其《中国近代文学史》(上)(中山大学出版社),1988年,任访秋先生主编的《中国近代文学史》问世(河南大学出版社)。之后,1990年,郭延礼又出版了三卷本《中国近代文学发展史》第一卷(山东教育出版社),后两卷于1991、1993年出版。这是以个人完成的一部多卷本的断代史专著。该书在中华民族广阔的历史文化背景下描述了汉、满、蒙、壮、回、藏、白、侗、彝、布依、土家、维吾尔、哈萨克等十多个民族的文学风貌及其成就,"打破了中国文学史多系汉族文学史的传统格局,开创了中华民族多民族文学史的体制"。1991年,管林、钟贤培主编的另一部《中国近代文学发展史》(中国文联出版公司)出版。90年代后半期,中国社会科学院文学研究所张炯、邓绍基、樊骏主编的《中华文学通史》十卷本问世,这是迄今为止国内外第一部完整意义上的中华文学通史。其中第五卷为近代文学卷,该卷由王飙负责,编写者均对近代文学素有研究,论述精辟,颇多新的特色,出版后为学术界所称赞。

此外,90年代还出版了几部近代文学专史,如黄霖《近代文学批评史》,黄保真《中国文学理论史》第五册(近代部分)、叶易《中国近代文艺思潮史》、关爱和《19—20世纪中国文学思潮史》第一卷、聂振斌《中国近代(1840—1949)美学思想史》、卢善庆《中国近代美学思想史》、陈平原《二十世纪中国小说史》第一卷、欧阳健《晚清小说史》、谢飘云《中国近代散文史》、马亚中《中国近代诗歌史》、郭延礼《中国近代翻译文学概论》等。还有地区性的文学史两种:陈伯海、袁进主编《上海近代文学史》,钟贤培、汪松涛主编《广东近代文学史》等。

(四)从学科建设的高度规划近代文学研究,是20世纪最后20年近代文学研究的一大特点。主要表现在:

第一,1988年成立了中国近代文学学会,有些省市,如山东、广东、上海、安徽、澳门还成立了地方性的近代文学学会。

第二,组织了多次国际性的、全国性的和地区性的学术讨论会。通过这些活动,不仅交流了研究成果,沟通了学术信息,开阔了学术视野,而且也协调了研究计划,对于近代文学研究工作的开展起了积极的推动作用。

第三,有计划地整理研究资料,编辑了几套大型丛书。一是中国社科院文学所近代文学研究室主编的七卷本《中国近代文学论文集》。二是由中国社科院文学所牵头组织全国20余家高校、科研单位共同编辑《中国近代文学研究资料丛书》(只出版了一两种)。三是台湾王孝廉等主编、台湾文雅出版有限公司1984年出版《晚清小说大系》,精装37巨册,收小说78种,这是出版较早的一套近代小说丛书,在海内外影响较大。四是上海学术界发起组织的《中国近代文学大系》。五是复旦大学中文系编辑《中国近代小说大系》。六是海峡文艺出版社出版《中国近代文学作品系列》。七是中国文联出版公司出版的于润琦主编《清末民初小说书系》。

在资料建设方面,除各类大系、丛书外,还出版了若干近代重要作家的文集、别集和全集。这些文学作品和作家史料的出版,为近代文学研究提供了最可靠的第一手资料,对于近代文学研究的深入和提高具有重要的价值。①

---

① 本章内容引用了中国近代文学学会会长郭延礼先生〈二十世纪中国近代文学研究学术历程之回顾〉(《中国第十届近代文学年会论文集》)一文的有关内容。

附录　新时期元明清、近代文学研究论著要目索引(1978—2000)

著作部分

戏曲研究

《中国戏剧通史》,张庚、郭汉城主编,中国戏剧出版社 1980.4

《中国戏曲史漫话》,吴国钦著,上海文艺出版社 1980.6

《中国戏剧学史稿》,叶长海著,上海文艺出版社 1986.6

《戏曲艺术论》,张庚著,中国戏剧出版社 1980.4

《玉轮轩曲论》,王季思著,中华书局 1980.1

《曲论初探》,赵景深著,上海文艺出版社 1980.7

《汉上宧文存》,钱南扬著,上海文艺出版社 1980.11

《戏文概论》,钱南扬著,上海古籍出版社 1981.3

《元明清三代禁毁小说戏曲史料》,王利器辑录,上海古籍出版社 1981.2

《元代杂剧艺术》,徐扶明著,上海文艺出版社 1981.1

《元曲家考略》,孙楷弟著,上海古籍出版社 1981.11

《清代杂剧全目》,傅惜华著,人民文学出版社 1981.2

《曲论探胜》,齐森华著,华东师大出版社 1985.4

《明清传奇结构研究》,许建中著,中州古籍出版社 1999.4

《关汉卿戏剧论稿》,钟林斌著,陕西人民出版社 1986.9

《汤显祖年谱》,徐朔方著,上海古籍出版社 1980.5

《论汤显祖及其他》,徐朔方著,上海古籍出版社 1983.8

《孔尚任年谱》,袁世硕著,齐鲁书社 1987

《孔尚任与桃花扇》,洪柏昭著,广东人民出版社 1988

《孔尚任评传》,徐振贵著,南京大学出版社 1998.11

《苏州剧派研究》,康保成著,花城出版社 1993.3

诗文研究

《徐文长评传》,骆玉明、贺圣遂著,浙江古籍出版社 1987.8

《袁中郎研究》,任访秋著,上海古籍出版社 1983.9

《袁宏道集笺校》志疑,李健章著,湖北人民出版社 1994

《清人诗论研究》,王英志著,江苏古籍出版社 1986.11

《梦苕庵诗话》,钱仲联著,齐鲁书社 1986.3

《清词史》:中国分体断代文学史,严迪昌著,江苏古籍出版社 1990.1

《阳羡词派研究》,严迪昌著,齐鲁书社 1993.2

《清代朴学与中国文学》,陈居渊著,2000.6

《明清诗文的演变》,陈书录著,江苏教育出版社 1996.11

《清代诗学与中国文化》,魏中林著,巴蜀书社 2000.4

《明清之际士大夫研究》,赵园著,北京大学出版社 1999.1

小说研究

《中国文言小说书目》,袁行霈、侯忠义编,北京大学出版 1981.11

《中国通俗小说书目》,孙楷弟著,人民文学出版社 1982.12
《中国古代小说论集》,郭豫适著,华东师大出版社 1985.1
《中国古典小说戏曲探艺录》,宁宗一著,中州古籍出版社 1986.2
《中国文言小说史稿》,侯忠义著,北京大学出版社 1990.3
《珍本禁毁小说大观:稗海访书录》,萧相恺,中州古籍出版社 1992.2
《中国小说研究论集》,吴组缃著,北京大学出版社 1998.1
《文学史的形成与建构》,陈平原著,广西教育出版社 1999.3
《中国古代禁毁小说漫话》,李时人著,汉语大辞典出版社 1999.4
《中国古代小说与宗教》,孙逊著,复旦大学出版社 2000.7
《话本小说概论》,胡士莹著,中华书局 1980.5
《三言两拍资料》,谭正璧编,上海古籍出版社 1980.10
《冯梦龙散论》,陆树仑著,上海古籍出版社 1993.5
《丁耀亢研究》,李增坡主编,中州古籍出版社 1998.10

《三国演义资料汇编》,朱一玄、刘毓忱编,百花文艺出版社 1983.10
《三国演义纵横谈》,丘振声著,漓江出版社 1983.1
《三国演义创作论》,叶维泗等著,江苏人民出版社 1984.9
《三国演义新论》,刘知渐著,重庆出版社 1985.6
《三国演义论稿》,高明阁著,辽宁大学出版社 1986.12
《三国演义辞典》,沈伯俊、谭良啸编著,巴蜀书社 1989.6
《诸葛亮形象史研究》,陈翔华著,浙江古籍出版社 1990.12
《三国演义考评》,周兆新著,北京大学出版社 1990.12
《三国演义美学价值》,霍雨佳著,中州古籍出版社 1991.5

《校理本三国演义》,沈伯俊校理,江苏古籍出版社 1992.2

《三国演义评点本》,沈伯俊著,山西古籍出版社 1995.1

《三国演义叙事艺术》,郑铁生著,新华出版社 2000.8

《演绎成败说三国》,赵庆元著,安徽文艺出版社 2001.4

《水浒资料汇编》,马蹄疾编,中华书局 1980.11

《水浒传资料汇编》,朱一玄、刘毓忱辑录,百花文艺出版社 1981.10

《水浒新议》,欧阳健、萧相恺著,重庆出版社 1983.1

《水浒研究》,何心著,上海古籍出版社 1985.9

《金瓶梅》考证,朱星著,百花文艺出版社 1980.10

《金瓶梅》成书与版本研究,刘辉著,辽宁人民出版社 1986.6

《论金瓶梅的成书及其它》,徐朔方著,齐鲁书社 1988.1

《金瓶梅研究集》,杜维沫、刘辉著,齐鲁书社 1988.1

《金瓶梅探谜与艺术赏析》,周钧韬著,吉林文史出版社 1990.8

《金瓶梅素材来源》,周钧韬著,中州古籍出版社 1991.2

《金瓶梅与屠隆》,郑闰著,学林出版社 1994.5

《吴承恩年谱》,苏兴编著,人民文学出版社 1980.12

《西游记资料汇编》,朱一玄、刘毓忱编,中州书画社 1983.7

《论西游记及其他》,刘毓忱著,百花文艺出版社 1984.5

《西游记研究资料》,刘荫柏编,上海古籍出版社 1990.8

《西游记漫话》,林庚著,人民文学出版社 1990.8

《蒲松龄年谱》，路大荒著，齐鲁书社 1980.8

《聊斋志异创作论》，马瑞芳著，山东大学出版社 1990.10

《聊斋志异辞典》，朱一玄等编，天津古籍出版社 1991.1

《吴敬梓年谱》，孟醒仁著，安徽人民出版社 1981.3

《论儒林外史》，何满子著，人民文学出版社 1981.11

《吴敬梓研究》，陈美林著，上海古籍出版社 1984.8

《儒林外史研究资料》，李汉秋编，上海古籍出版社 1984.7

《儒林外史研究论文集》，李汉秋编，中华书局 1987.9

《儒林外史人物本事考略》，何泽翰著，上海古籍出版社 1985.6

《红楼梦论稿》，蒋和森著，人民文学出版社 1981.9

《红楼十二论》，张锦池著，百花文艺出版社 1982.6

《红楼梦新论》，刘梦溪著，中国社会科学出版社 1982.7

《红楼梦人物论》，王昆仑著，三联书店 1983.9

论《石头记》庚辰本，应必诚著，上海古籍出版社 1983.8

《红学三十年论文选编》，刘梦溪选编，百花文艺出版社 1983.4

《红楼梦艺术技巧论》，傅憎享著，春风文艺出版社 1986.1

《红楼采珠》，薛瑞生著，百花文艺出版社 1986.2

《红楼风俗谭》，邓云乡著，中华书局 1987.10

《红楼梦辞典》，周汝昌主编，广东人民出版社 1987.12

《俞平伯论红楼梦》，上海古籍出版社 1988.3

《红楼梦哲学精神》，梅新林著，学林出版社 1995.1

近代文学研究

《近代文学史料》，中国社科院文研所编，中国社会科学出版社 1985.12

《中国近代文学论稿》,时萌著,上海古籍出版社 1986.10

《秋瑾文学论稿》,郭延礼著,陕西人民出版社 1987.8

《中国近代文学发展史》,郭延礼著,山东教育出版社 1990.3

《中国近代文艺思潮史》,叶易著,高等教育出版社 1990.11

《上海近代文学史》,陈伯海、袁进主编,上海文艺出版社 1993.2

《近代文学批评史》,黄霖著,上海古籍出版社 1996.12

《近代西学与中国文学》,郭延礼著,百花洲文艺出版社 2000.1

《吴趼人研究资料》,魏绍昌编,上海古籍出版社 1980.4

《李伯元研究资料》,魏绍昌编,上海古籍出版社 1980.12

《孽海花资料》,魏绍昌编,上海古籍出版社 1982.7

《曾朴研究》,时萌著,上海古籍出版社 1982.8

《刘鹗年谱》,蒋逸雪著,齐鲁书社 1980.6

《林纾研究资料》,薛绥之、张俊才编,福建人民出版社 1983.6

《龚自珍研究》,管林等著,人民文学出版社 1984.1

《龚自珍》,孙文光著,上海古籍出版社 1985.6

论文部分

元代文学研究

元杂剧研究

通论

试论元杂剧的兴起与衰落　徐扶明/《上海师范学院学报》1980.2

元杂剧中的"神仙道化"戏　么书仪/《文学遗产》1980.3

什么是元曲的本色　万云骏/《古代文学理论研究丛刊》3 辑

元杂剧的语言风格　许金榜/《山东师范大学学报》1982.4

《点鬼录》、《点鬼簿》与《录鬼簿》　蒋星煜/《文学遗产》1982.1

元杂剧的分期问题　李修生/《光明日报》1983.1.25.

元杂剧的人物塑造　许金榜/《文学遗产》1983.1

谈元杂剧的大团圆结局　么书仪/《文学遗产》1983.2

元杂剧"常言""俗语"谈　江巨荣/《复旦学报》1983.6

元剧与唐传奇中的爱情作品特征比较　么书仪/《文学评论》1984.3

元人喜剧的艺术风格　王星琦/《南京师范大学学报》1984.1

试论元杂剧剧本中的情景描写　徐扶明/《文学遗产增刊》1984.15辑

元杂剧方言俗语之特色初探　韩登庸/《内蒙古师范大学学报》1984.3

元杂剧"强弩之末"问题初探　范志新/《苏州大学学报》1984.2

《录鬼簿》散论　齐森华/《华东师范大学学报》1985.1

元杂剧的形成及繁荣的原因　邓绍基/《河北学刊》1985.4

元杂剧繁盛原因之我见　李修生/《光明日报》1985.12.3

元代社会思想文化状况和杂剧的繁盛　李时人/《光明日报》1985.12.31

关于元杂剧分期问题的商榷　王毅/《湖北大学学报》1985.2

元人杂剧的时空观念论略　夏炜/《中华戏曲》1986.1辑

论元杂剧的戏剧冲突　郭英德/《戏曲研究》1986.15辑

元代历史剧的虚构艺术　谭帆/《华东师范大学学报》1986.5

从元代的吏员出职制度看元人杂剧中"吏"的形象　么书仪/《文学

遗产》1986.5

"旦"、"末"与外来文化　黄天骥/《文学遗产》1986.5

试论南戏的兴起及其社会历史根源　金宁芬/《古典文学论丛》1986.5

从历史因素探索元杂剧繁荣的原因　任崇岳/《河北学刊》1987.3

元杂剧起于东平说　张发颖/《辽宁大学学报》1987.4

论元杂剧戏剧情节的艺术加工和提炼　朱光荣/《贵州社会科学》1988.2

禅宗与元杂剧　毛炳身、毛小雨/《中州学刊》1988.2

元杂剧繁荣之我见　华生/《文艺研究》1989.5

宋金杂剧与元杂剧　王毅/《湖北大学学报》1989.4

元杂剧体制形成原因新探　滕振国/《争鸣》1989.4

论元曲中离经叛道思想及其在文学史上的意义(上下)　熊笃/《佳木斯师范专科学校学报》1989.4

《录鬼簿》版本新证　张志合/《许昌师范专科学校学报》1989.3

《录鬼簿续编》作者及成书年代考　刘孔伏/《烟台师范学院学报》1990.1

钟嗣成及其《录鬼簿》　侯天杰/《开封大学学报》1990.2

《录鬼簿》考　王钢/《中国文学研究》1990.4

《录鬼簿》成书考　周维培/《东南文化》1993.3

叛逆和创新——钟嗣成《录鬼簿》剧学思想综论　陆林/《艺术百家》1998.3

元杂剧起源新议　张发颖/《社会科学辑刊》1990.4

元剧四大家说之产生与发展　蒋星煜/《戏剧艺术》1990.1

所谓"元曲四大家" 曾永义/《河北师范学院学报》1990.2

关王马白名剧在国外 王丽娜/《河北师范学院学报》1990.2

艺妓与元代文学 刘纪昌/《运城高等专科学校学报》1990.2

论元杂剧的分类研究 赵山林/《河北学刊》1990.5

元杂剧发展述略 李修生/《文学遗产》1991.2

一代文学中的幽情别趣——元杂剧中佛教影响初探 方敏/《求是学刊》1991.2

揭开唐俗乐宫调体系之谜——兼论元杂剧宫调体系 宋瑞桥/《中国人民大学学报》1991.2

试论元杂剧中的鬼魂形象 张萍/《浙江学刊》1991.6

关于元杂剧产生的年代 王钢/《中州学刊》1991.2

一代文人的命运之曲——谈元杂剧中的文人形象及其意义 魏崇新/《徐州师范学院学报》1991.3

元代文化与元代文学 左东岭/《郑州大学学报》1991.1

元代回族作家及其文学创作漫议 郝浚/《西北民族学院学报》1992.1

儒道佛文化合流与元杂剧的道德观 王显春/《社会科学研究》1992.3

整元戏曲论 蒋锡武/《文艺研究》1992.4

中国古典悲剧的三大民族特征 余文祥/《江汉论坛》1992.6

论中国古代戏曲的诗化 孙蓉蓉/《戏剧艺术》1992.2

元杂剧的形成与演员作家的艺术实践 季国平/《扬州师范学院学报》1992.3

胡适论元杂剧与明清传奇 蒋星煜/《戏剧艺术》1992.3

元杂剧作家心理现实中的二难情结　刘彦君/《文学遗产》1993.5

元杂剧悲剧的模式　吴隆非/《文艺研究》1993.1

论元代四大爱情剧的大团圆结局　阙真/《广西师范大学学报》1992.4

论元杂剧艺术的渊源与发展　季国平/《河北师范学院学报》1993.1

期待视野的确立和主观情感的生成——略论元初杂剧本色派与文采派的审美规范　苗健青/《宁德师范专科学校学报》1993.1

论元杂剧盛行南方的历史条件　季国平/《江海学刊》1993.4

论元杂剧的“暗合姻缘”现象　李奉戬/《晋阳学刊》1993.5

中国戏剧晚熟的根本原因——读《古艺拾粹》书后　刘知渐/《重庆师范学院学报》1993.4

生命自救与元剧主体的观念目的　段庸生/《重庆师范学院学报》1993.4

论元杂剧官吏形象的喜剧审美价值　王广新/《海南师范学院学报》1994.2

金元文士之沉沦与元杂剧的兴盛　张大新/《文学评论》1994.6

元杂剧科诨的特征　王汉民/《湘潭师范学院学报》1994.4

元明文学史观散论　郭英德/《北京师范大学学报》1995.3

理学流变与元杂剧兴衰　佟德真/《学术论坛》1995.4

元人杂剧的选集与全集　蒋星煜/《河北师范学院学报》1996.3

从元杂剧体制看中国戏曲显在叙述模式的若干基本特性　韩丽霞/《河南教育学院学报》1997.2

浅析蒙古族文化对元杂剧形成及发展的影响　叶蓓/《民族文化研究》1997.4

完整的梦幻系统——元代鬼魂戏新论　李正民、曹凌燕/《艺术百家》1997.4

论元杂剧的民族特色　阙真/《民族艺术》1997.4

元曲杂剧兴于南方说　洛地/《艺术百家》1998.1

元剧的“杂”及其审美特征　黄天骥/《文学遗产》1998.3

论元杂剧的隐逸思想　阙真/《东方丛刊》1998.3

元杂剧中士人心态管窥　谯进华/《中国文学研究》1998.4

元剧套曲由调、引子与尾声特征散论　张正学/《天津师范大学学报》1998.5

试论元杂剧的抒情诗本质　吕效平/《戏剧艺术》1998.6

元代文人的心态与元曲创作　陈松柏/《咸宁师范专科学校学报》1998.1

元代正统文学思想与理学的因缘　张晶/《文学遗产》1999.6

“瓦舍”“勾栏”新解　康保成/《文学遗产》1999.5

二十世纪元代文学之宏观研究　查洪德/《社会科学战线》1999.6

作家作品

略谈关汉卿的生卒年代　赵兴勤/《徐州师范学院学报》1980.1

关汉卿笔下的性爱问题　黄文锡/《百花洲》1981.2

关汉卿和关一斋　黄天骥/《文学评论丛刊》9 辑

关汉卿生卒年新证　尚达翔/《郑州大学学报》1982.1

“一空倚傍　自铸伟词”——关汉卿剧作语言艺术初探　高帆/《福建师范大学学报》1983.2

浅析关汉卿笔下的妓女形象　谢日新/《中山大学研究生学刊》

1983.1

娱人与自误——关汉卿剧曲和散曲不同倾向之管见　黄克/《光明日报》1984.5.29

论关汉卿剧曲与散曲的异同——兼向黄克同志请教　李汉秋/《光明日报》1984.12.11

论关汉卿戏剧的语言特色　仲林斌/《文艺论丛》1985.21辑

关汉卿喜剧艺术技法探析　吕福田、李晖/《北方论丛》1985.2

窦娥"节"、"孝"观念摭议　陈若帆/《河北大学学报》1985.1

关汉卿思想和创作的二重性　么书仪/《中国古典文学论丛》1986.4辑

《窦娥冤》版本评议　王钢/《文学论丛》1986.3辑

《窦娥冤》悲剧性初探　李汉秋/《古典文学论丛》1986.5辑

对关汉卿研究的几点意见:在关汉卿学术讨论会上的书面发言　吴小如/《河北师范学院学报》1987.4

关剧塑造人物艺术浅论　毛德富/《郑州大学学报》1988.1

关汉卿在世界戏剧和文学史上的地位　徐子方/《河北学刊》1990.3

关汉卿早期戏剧创作臆说　陈绍华/《扬州师范学院学报》1990.4

臧懋循改写《窦娥冤》研究　奚如谷/《文学评论》1992.2

关汉卿也创作过一本《西厢记》——兼论《西厢记》之王作关续说　陈绍华/《扬州师范学院学报》1992.1

关汉卿生平作品推考　刘荫柏/《山西师范大学学报》1992.3

关汉卿生、卒年的再认识　王学奇/《河北师范学院学报》1992.4

"琼筵醉客"别解　陈多/《戏剧》1993.3

关汉卿研究及其展望　曾永义/《戏剧艺术》1993.3

关汉卿的悲剧意识 王永宽/《殷都学刊》1993.3

关汉卿考异 徐子方/《河北师范学院学报》1994.3

论关汉卿杂剧的两个贡献 阚真/《广西师范大学学报》1994.4

论元杂剧《诈妮子调风月》 李灿朝/《云梦学刊》1994.4

关汉卿的创新人格 周国雄/《华南师范大学学报》1995.4

关汉卿行迹推考 徐子方/《晋阳学刊》1996.5

俗文学的一面旗帜——对关汉卿的再认识 杨有山/《信阳师范学院学报》1996.4

关汉卿身份考述——兼评"院户"论种种 徐子方/《南京师范大学学报》1997.2

王实甫杂剧《西厢记》反封建主题的发展和深化 苏兴/《社会科学战线》1980.1

《西厢记》的讽刺艺术 周桂峰/《淮阴师范专科学校学报》1981.1

《西厢记》六字三韵语误引辨正 张人和/《文学遗产》1982.1

《西厢记》语言札记 孙燕瑾/《古典文学论丛》3 辑

《西厢记》第五本非王实甫所作 蓝凡/《复旦学报》1983.4

《西厢记》称《春秋》考 蒋星煜/《晋阳学刊》1984.5

《西厢记》研究综述 朱恒夫/《文学研究动态》1984.9

谈《新编校正西厢记》残页的价值 周续庚/《文学遗产》1984.1

《西厢记》作者问题的商榷 钱南扬/《南京大学学报》1985.4

《西厢记》的形成及其艺术特色 刘维俊/《唐山师范专科学校学报》1985.2

《西厢记》方言十三解 赵晓茂/《河北师范大学学报》1985.4

论《西厢记》作者及第五本问题 周续赓/《古代文学论丛》1986.2辑

略论崔莺莺的性格结构 华耀祥/《扬州师范学院学报》1987.2

也谈徐渭评本“北西厢” 王钢/《文献》1988.3

《西厢记》双关语研究——以药名入曲的《小桃红》 蒋星煜/《河北师院学报》1990.1

论《西厢记》的评点系统 谭帆/《河北师范学院学报》1990.2

清代金批《西厢》研究概览 谭帆/《戏剧艺术》1990.2

《金批西厢》底本之探索——兼评《金西厢》优于《王西厢》之说 蒋星煜/《河北学刊》1990.3

论金圣叹批本《西厢记》 江兴祐/《浙江学刊》1990.3

金圣叹评点《西厢记》笔法缕析钟法/《学术论坛》1991.2

李渔的《西厢记》批评 蒋星煜/《华东师范大学学报》1990.2

《西厢记》的历史意义 张燕瑾/《河北学刊》1990.5

《雍熙乐府》本《西厢》的辑录与校订——评孙楷弟《西厢记曲文·序》 蒋星煜/《山西师范大学学报》1991.1

关于王实甫 李毓珍/《山西大学学报》1991.2

《西厢记》对性禁区的冲激及其世界意义 蒋星煜/《艺术界》1991.19

《西厢记》和《维洛那二绅士》的比较初探 黄垠大/《湘潭大学学报》1992.2

《西厢记》的喜剧效果 蒋星煜/《戏剧艺术》1993.1

《西厢记》三考 蒋星煜/《河北师范学院学报》1993.3

《西厢记》与才子佳人模式 朱伟明/《通俗文学评论》1994.4

近百年《西厢记》研究 张人和/《社会科学战线》1996.3

王实甫非王佶之父考辨　黄钧/《文学遗产》1994.2

《西厢记》现代研究之误区——剖析苏雪林之《西厢记》评论　蒋星煜/《上海师范大学学报》1998.1

白仁甫及其创作　李修生/《北京师范大学学报》1981.6

关于白朴的籍贯　胡世厚/《河南师范大学学报》1982.5

关于白朴生平的几个问题　胡世厚/《中州学刊》1983.5

试论《梧桐雨》在戏曲史上的承先启后作用　王厚梁/《杭州师范学院学报》1983.1

论白朴的历史悲剧《梧桐雨》　胡世厚/《河北学刊》1985.2

试论白朴拒仕元朝之因　胡世厚/《中州学刊》1986.1

白朴及其剧作论考　刘荫柏/《河北师范学院学报》1990.2

乱自上作——评《梧桐雨》　刘维俊/《河北师范学院学报》1990.2

读白朴《墙头马上》兼及其它三大爱情剧札记　徐凌云/《安庆师范学院学报》1991.3

白朴交游考辨八题　徐凌云/《文学遗产》1993.6

白仁甫交游考辨——兼与徐凌云先生商榷　李修生/《文学遗产》1995.6

马致远杂剧的思想倾向与艺术特色　沈尧/《戏曲研究》1980.1

马致远生平作品推考　刘荫柏/《厦门大学学报》1982.1

浅论马致远的神仙剧　瞿钧/《古典文学论丛》第3辑

历史·传说·情境——读《汉宫秋》札记　薛瑞兆/《北方论丛》1984.5

马致远生平材料新发现 朱建明/《上海师范大学学报》1985.13

马致远杂剧简论 佘大平/《湖北大学学报》1985.5

试论马致远的杂剧和散曲最集中的一个主题 刘益国/《四川师范大学学报》1991.1

马致远心态与神仙道化剧 段庸生/《重庆师范学院学报》1992.4

从《汉宫秋》到《王昭君》看同一题材古今作品的评价 张铁燕/《中国文学研究》1990.2

《救风尘》的喜剧性及其成因 周国雄/《齐鲁艺苑》1991.2

元杂剧《张生煮海》校读散记 邓绍基/《阴山学刊》1992.1

元杂剧《气英布》校读散记 邓绍基/《河北师范学院学报》1992.4

《李逵负荆》喜剧效果的构成 杨仁立/《黔南民族师范专科学校学报》1994.3

元杂剧《老生儿》新探——兼谈元杂剧中的宗教意识与人伦思想 王星琦/《戏剧艺术》1996.2

权与欲肆虐时代的苦涩求索——郑廷玉杂剧的文化意蕴 张大新/《河南大学学报》1997.5

杂剧《百花亭》与宋元市商民俗 翁敏华/《文学遗产》1999.3

元剧《东堂老》的也里可温教背景 张乘健/《文学遗产》2000.1

悲剧形式:《赵氏孤儿》元明刊本的比较 张哲俊/《文学遗产》2000.2

读钱南扬先生校注《琵琶记》札记 吴小如/《江淮论坛》1981.2

《琵琶记》的作者问题 徐朔方/《社会科学战线》1981.4

论《琵琶记》非高明作 朱建明、彭飞/《文学遗产》1981.4

高明出仕与归隐思想初探　侯百朋/《温州师范专科学校学报》1982.2

高则诚在宁波　侯百朋/《宁波师范专科学校学报》1983.1

高则诚生平及其作品考略　胡雪冈/《温州师范专科学校学报》1984.1

新发现的有关高明的资料两件　侯百朋/《浙江学刊》1984.4

“元谱”与《琵琶记》的关系　黄文实/《文学遗产》1985.2

“南曲之宗”——《琵琶记》　金宁芬/《文史知识》1985.3

高则诚的生平及其它　蓝凡/《艺术研究》1986.5辑

高则诚卒年考辨　黄仕忠/《文献》1987.4

高明和蔡邕　刘孝严/《东北师范大学学报》1990.2

《琵琶记》主题新探　刘方政/《文科教学》1991.1

论《琵琶记》　徐朔方/《杭州大学学报》1992.2

元代南戏《赵氏孤儿记》的重要价值及版本源流　景本虎/《中山大学学报》1993.2

南戏《琵琶记》版本及其流变考述　俞为民/《文学遗产》1994.6

《琵琶记》:悲剧的制造与消解　冯文楼/《陕西师范大学学报》1994.3

道德与情欲的双重奏——试论高明创作《琵琶记》的双层意向　许建平/《河北师范大学学报》1996.1

从《赵贞女》到《琵琶记》　黄仕忠/《艺术百家》1996.1

元明戏曲观念之变迁——以《琵琶记》的评论与版本比较为线索　黄仕忠/《艺术百家》1996.4

《琵琶记》与中国伦理社会　黄仕忠/《文学遗产》1996.3

元代散曲研究

通论

元散曲选前言　王季思、洪柏昭/《文学评论》1980.2

元明戏曲语词释义十三则　边星灿/《杭州大学学报》1981.4

元人散曲略论　羊春秋/《湘潭大学学报》1982.1

关于《元散曲选注》的通信　罗忼烈、王季思/《中山大学学报》1982.1

再谈元人小令的白话描写　徐家昌/《津门文学论丛》1983.3

元曲家二十人资料点滴　门岿/《文学遗产》1985.1

研究元曲的一份重要资料　于绍卿/《中国社会科学》1985.6

元代散曲——诗体的一次变革　吕薇芬/《古典文学论丛》1985.5辑

翠叶庵读曲续记　王季思/《古代戏曲论丛》1986.2辑

元前期曲坛与全真教　侯光复/《文学遗产》1988.5

元散曲情绪结构初探　关霞/《中国文学研究》1989.3

芝庵《唱论》论考　杨栋/《河北学刊》1998.5

元散曲的形成与艺术特色　陆联星/《淮北煤炭师范学院学报》1990.4

从元曲看元代文人的心态　许金榜/《山东师范大学学报》1990.5

反传统:元代散曲的艺术追求与精神实质　田守真/《四川师范大学学报》1990.6

北曲音乐和元曲的形式与风格　许金榜/《天津师范大学学报》1990.6

元曲与少数民族文化　张应/《民族文学研究》1991.1

元散曲的多种艺术手法　陆联星/《淮北煤炭师范学院学报》1991.2

元散曲消极避世思想探究　叶松林/《荆门大学学报》1991.2

近年来元散曲研究概述　李修生、赵义山/《文学遗产》1992.4

文学画廊中新而杂的人态物象——论元代散曲中的写人咏物作品　许金榜/《天津师范大学学报》1992.6

元曲研究的一个新思路——论草原文化对元曲的影响　田同旭/《山西师范大学学报》1993.2

简论元代前期散曲作家　郝延霖/《新疆师范大学学报》1993.1

元散曲思想内容初探　冯树纯/《东北师范大学学报》1993.3

近年来元散曲研究新成果管窥　熊笃/《西南民族学院学报》1994.3

元代散曲抒情写意的艺术特征　许金榜/《山东师范大学学报》1995.3

元散曲女性形象塑造的倾向与得失　高爽/《社会科学辑刊》1995.2

元散曲隐逸主题再认识　朱万曙/《文学遗产》1995.6

元代北方民族散曲的民族文化特色　王菊艳/《北方论丛》1996.2

试论老庄思想对元散曲的积极影响　汪芳启/《阜阳师范学院学报》1997.1

元代韵文创作中的"破体"研究　索宝祥/《杭州大学学报》1997.2

散曲文学的文体意义　王星琦/《中国典籍与文化》1998.1

元代艺妓与元散曲　罗斯宁/《中山大学学报》1998.1

隐居与爱情两大传统题材在元代散曲中的推陈出新　许金榜/《东岳论丛》1999.1

作家作品

关于张养浩事迹　孔繁信/《文学遗产》1981.3

张养浩和他的散曲　康保成/《文学论丛》1984.1辑
张养浩谱系、年里、仕迹拾遗　王同策/《文学遗产》1985.3
张养浩的诗歌与散曲　薛祥生、孔繁信/《中国古典文学论丛》1985.2辑
张养浩的仕隐观及其政治思想　秦勤/《四川师范大学学报》1993.1
论白朴的散曲　胡世厚/《文学论丛》1985.2辑
白朴散曲的艺术风格与历史地位　〔韩〕俞玄穆/《社会科学战线》1997.2
论马致远的散曲　李昌集/《扬州师范学院学报》1985.2
妙在雅俗之间——说马致远《双调夜行船·秋思》　葛晓音/《文史知识》1985.9
马致远的创作道路　张燕瑾/《河北师范学院学报》1990.3
马致远隐逸思想探析　傅希尧/《渤海学刊》1991.3/4
马致远散曲的诗情画意　蔡建境/《松辽学刊》1992.4
马致远的散曲艺术　黄卉/《中国文学研究》1995.4
蹉跎半世　悲剧一生——元曲家马致远生平思想臆说　郝俊/《河北师范学院学报》1990.2
张可久散曲简论　吕薇芬/《文学评论》1985.2
张可久散曲风格论　周晓痴/《湖北大学学报》1992.1
张可久行年汇考　杨镰/《文学遗产》1995.4
关汉卿散曲漫谈　孔繁信/《山东师范大学学报》1982.4
关汉卿散曲创作新探　汪正章/《南开学报》1992.5
关汉卿散曲的文化意蕴及其审美价值　关四平/《东北师范大学学报》1992.5

元散曲家陈草庵、鲜于必仁考略 赵义山/《文学遗产》1993.3

元曲家刘时中研究中的问题 刘知渐/《重庆师范学院学报》1989.4

酸、甜斋散曲论 汪正章/《南开学报》1990.5

薛昂夫新证 杨镰/《文学遗产》1991.3

贯云石集考实 杨镰/《文学遗产》1983.2

《高祖还乡》喜剧谐趣的艺术构成 吴九成/《北京师范大学学报》1984.1

睢景臣论 宁宗一/《南开学报》1996.3

明代文学研究

明代小说研究

《三国演义》研究

明嘉靖刊本《三国志通俗演义》乃元人罗贯中原作 袁世硕/《东岳论丛》1980.3

嘉靖本《三国志通俗演义》中的曹操形象 刘敬圻/《文学评论》1980.2

封建贤才的热情颂歌——论《三国演义》的主题 赵庆元/《安徽师范大学学报》1981.3

建国以来《三国演义》研究情况综述 沈伯俊/《社会科学研究》1982.4

《三国演义》里的"军事学" 周尝棕/《读书》1982.1

《三国演义》中的神怪描写 蔡毅/《社会科学研究》1983.1

《三国》人物是类型化典型的光辉范本 傅继馥/《社会科学战线》1983.1

《三国演义》成书年代考　陈铁民/《文学遗产增刊》1984.15 辑

《三国演义》历史小说在事实与虚构之间摆动——成书过程片论　何满子/《光明日报》1984.3.20

《三国演义》是"为市井细民写心"的历史小说　刘知渐/《光明日报》1984.6.12

《三国演义》研究中若干问题讨论综述　沈伯俊、胡邦炜/《文史知识》1984.7

罗贯中"有志图王者"辨　李灵年/《三国演义学刊》1985.1 辑

试论《三国志通俗演义》的主题　孙一珍/《文学遗产》1985.1

论《三国演义》的浪漫主义　赵庆元、喻建华/《安徽师范大学学报》1985.4

万古云霄一羽毛——诸葛亮艺术形象的生命力　丘振声、刘名涛/《文学评论》1985.1

向往国家统一　歌颂"忠义"英雄——论《三国演义》的主题　沈伯俊/《宁夏社会科学》1986.1

略谈《三国演义》的几个人物形象　郭豫适/《古典文学论丛》1986.5 辑

诸葛亮形象演变史论纲　陈翔华/《古典文学论丛》1986.5 辑

论毛宗岗在中国美学史上的地位　霍雨佳/《海南大学学报》1987.2

关于罗贯中的籍贯问题　沈伯俊/《海南大学学报》1987.2

周瑜形象的演化　关四平/《学术交流》1988.1

论赵云　沈伯俊/《三国演义学刊》第 2 辑

论陈宫　沈伯俊/《许昌师范专科学校学报》1988.2

罗贯中的创作困境与曹操的复杂性格　徐中伟/《文学遗产》1988.3

《三国演义》的艺术特质及研究方法问题　张袁/《郑州大学学报》1989.4

论《三国演义》的思维方式——兼及《三国演义》的研究方法　宋克夫/《湖北大学学报》1989.4

试论《三国演义》中的婚姻问题　田同旭/《山西大学学报》1989.4

《三国演义》主题新探　黄祖良/《沈阳师范学院学报》1990.1

四十年来《三国演义》研究之回顾　管林/《语文辅导》1990.1

论《三国演义》的三种成分　周北新/《北京大学学报》1989.5

《三国演义》和古代知识分子的文化心态　刘上生/《求索》1990.2

艰难的二难选择——《三国演义》的妇女观评析　胡世厚、卫绍生/《吉林大学学报》1990.2

重新校理《三国演义》的几个问题　沈伯俊/《社会科学研究》1990.6

评《三国演义》的天人观　胡世厚、卫绍生/《天府新论》1990.6

《三国演义》歌赋谣谚运用初探　王济君/1990.6

铁与火中的道德沉思——《三国演义》与传统伦理观念　徐中伟/《山东大学学报》1990.4

毛泽东与《三国演义》　吴松泉/《四川师范学院学报》1991.1

历史演义审美规范的确立　俞汝捷、陈文新/《江汉论坛》1991.2

《三国演义》与中国文化　霁晨/《社会科学辑刊》1991

《三国演义》人物形象的群体结构　陈伟军/《泰安师范专科学校学报》1991.3

论《三国演义》的"多层展现"人物性格表现法　关四平/《求是学刊》1991.4

论毛本《三国演义》　沈伯俊/《海南大学学报》1991.3

《三国演义》札记三则　赵庆元/《巴蜀书社》1991.10

论《三国演义》的主题　赵庆元/《中华书局》1991.12

论罗贯中赵云形象的创造　姚品文、张峰/《江西社会科学》1991.6

《三国演义》的历史真实与艺术加工　雍国泰/《四川师范学院学报》1992.1

《左传》战争描写对《三国演义》的影响　梅显懋/《社会科学辑刊》1992.2

《三国演义》地理观念纠误　龚鹏九/《地名知识》1992.2

《三国演义》艺术结构形式的转换与组合　郑铁生/《江汉大学学报》1992.1

《三国演义》版本二题　于朝贵/《牡丹江师范学院学报》1992.1

论毛宗岗的历史观　陈辽/《海南大学学报》1992.2

《三国演义》成书过程意象整合的虚实关系　郑铁生/《海南大学学报》1992.2

论《三国演义》的思想和艺术成就　王俊年/《河北师范学院学报》1992.2

《三国志通俗演义》研究中的几个问题　范宁/《文学遗产》1992.4

论《三国演义》对妇女描写的矛盾心态　曾良/《海南大学学报》1992.3

罗贯中籍贯考辨　刘世德/《文学遗产》1992.4

作家思想和艺术形象的反差——论《三国演义》的流变　贾鹏/《许昌师范专科学校学报》1992.3

论《三国志通俗演义》的选材标准与结构艺术　张锦池/《北方论丛》1993.1

文学和历史中的关羽 罗炕烈/《社会科学战线》1993.1

诸葛亮与魏延的悲剧 房日晰/《阴山学刊》1993.1

《三国演义》与《水浒》:两个英雄世界 石育良/《文学评论》1993.3

理想人格的失落 邹鹏志/《湖北大学学报》1993.3

关羽艺术形象神圣化之历史变迁 李惠明/《上海师范大学学报》1993.2

民族文化对《三国志通俗演义》人物形象塑造的影响 单长江/《喀什师范学院学报》1993.2

漫话《三国演义》的布局艺术 流火/《郑州大学学报》1993.4

诸葛亮娶妻现象评说 赵庆元/《古典文学知识》1993.3

从《三国演义》中诸葛亮的悲剧看儒家文化对士人的影响 忠献、钟吕/《中州学刊》1993.6

纷纷世事无穷尽 天数茫茫不可逃——《三国演义》主题再探 潘承玉/《晋阳学刊》1994.1

飞辩骋辞客 说破三国梦——《三国演义》与传统重说文化 潘承玉/《阜阳师范学院学报》1993.4

刘备:一个古老民族的幻象——《三国演义》人物新解 邓相超/《聊城师院学报》1993.4

读《三国演义》里的童谣 别廷峰/《承德民族师范专科学校学报》1994.3

《三国演义》、《西游记》与天台山文化 洪显周、周琦/《东南文化》1994.2

《三国演义》的阅读效应与民族精神 许建平/《河北师范大学学报》1994.1

《三国演义》中的文士心态初探　吴光正/《牡丹江师范学院学报》1994.2

论《三国演义》的人才观　崔积宝/《求是学刊》1994.5

《三国演义》中的小字注非一人一时所加　张志合/《湖北大学学报》1994.6

三国智愚及其转化论　霍雨佳/《海南师范学院学报》1994.4

略论《三国演义》中的术数　吴宗海/《镇江师范专科学校学报》1994.4

女性意识在三国水浒中的空前失落　马瑞芳/《东方论丛》1994.4

版本不同 实质未变——也谈罗本、毛本中曹操形象的基本倾向　唐富龄、王旻/《武汉大学学报》1995.1

《三国演义》的成败论　刘孝严/《吉林大学学报》1995.3

论《三国演义》仁政思想的悲剧实质　宋克夫/《湖北大学学报》1995.2

曹操并非奸贼的典型—谈《三国演义》中曹操性格的复杂组合　杨仲义/《湘潭大学学报》1995.1

《三国演义》的天命观　刘孝严/《社会科学战线》1995.3

正统观与《三国演义》　刘孝严/《长白论丛》1995.2

《三国演义》"怪异"描写的美学价值　赵庆元/《中学语文》1995.3

论《三国演义》文体之集大成　陈文新/《武汉大学学报》1995.5

曹操形象的文化意蕴　雷勇/《汉中师范学院学报》1995.3

孤独的前行者——论姜维艺术形象的构造　朱丽萍/《湖北大学学报》1995.6

陪衬人庞统形象的艺术渐进　白莹/《湖北大学学报》1995.6

《三国演义》与《平家物语》艺术特色之比较　李英武/《东北亚论坛》1996.1

天道循环:《三国演义》的思想核心　秦玉明/《攀枝花大学学报》1996.1

论神秘色彩在《三国演义》中的艺术价值　刘志军/1996.2

《三国演义》版本演变述略　厚艳芬/《北方论丛》1996.4

《李卓吾先生批评三国志》真伪及评点的进步思想　李富生/《首都师范大学学报》1996.4

再评《三国演义》中的"英雄史观"　竺洪波/《上海师范大学学报》1996.4

再谈重新校理《三国演义》的几个问题　沈伯俊/《明清小说研究》1997.2

《三国演义》诗词的功能、意蕴和价值　郑铁生/《河北大学学报》1997.1

《三国志》戏文考　黄仕忠/中山大学学报 1997.5

论《三国演义》中诸葛亮范型及其文化意蕴　陈洪、马宇辉/《南开学报》1998.2

略论《三国演义》的叙事模式与中国文化思维的关系　饶道庆/《明清小说研究》1998.1

《三国演义》的价值谱系和人物形象　毛丹武/《福建师范大学学报》1998.4

《三国志通俗演义》成书及今本改定年代小考　杜贵晨/《中华文化论坛》1999.2

《三国演义》与明清其他历史演义小说的比较　沈伯俊/《明清小说

研究》1999.2

欲念的满足——《三国演义》诸葛亮形象再思考　吴微/《江淮论坛》1999.3

乱世情怀:纵横风尚与《三国志通俗演义》　张靖龙/《文学评论》1999.6

以俗融雅 以心驭史——《三国志平话》的文化透视　关四平/《北方论丛》2000.1

论《三国演义》的小字注问题　张宗伟/《明清小说研究》2000.2

论《三国演义》的审美意象　赵庆元/《安徽师范大学学报》2000.1

《水浒传》研究

施耐庵生平探考　刘冬/《中华文史论丛》1980.4

《水浒》"为市井细民写心"说　欧阳健、萧相恺/《群众论丛》1980.1

叶昼评点《水浒传》考证　叶朗/《古代文学理论研究丛刊》第5辑

关于施耐庵生平的通信　萧相恺、刘冬/《群众论丛》1981.3

试论《水浒》人物绰号的美学意义　杨世洪/《华中师范学院学报》1982.4

"乱世忠义"的颂歌——论《水浒》故事的思想倾向　张锦池/《社会科学战线》1983.4

光怪陆离 瑕瑜互见——的神怪描写　汪远平/《山西大学学报》1983.3

施耐庵生、卒年新考　王同书/《镇江师范专科学校教学与进修》1984.1

近八十年来对《水浒》作者的争议　黄叔成/《文史知识》1984.11

施耐庵生平探考散记　刘冬/《明清小说研究》1985.1辑

论《水浒》的思想倾向和艺术构思　周先慎/《北京大学学报》1985.5

谈《水浒传》在我国小说艺术典型化方面的贡献　沈天佑/《文学遗产》1985.1

再评宋江　廖仲安/《文学遗产》1985.2

《水浒》源流管窥　侯会/《文学遗产》1986.4

《水浒》主题思维方法辨略——兼说"起义说"与"市民说"　李庆西/《文学评论》1986.3

百回本《水浒》后半部思想价值之我见　萧相恺/《明清小说研究》1986.3辑

埋没的珍珠——简介梅氏藏本《水浒》　蒋祖钢/《明清小说研究》1986.2辑

斥《古本水浒传》　王利器/《光明日报》1986.9.23

论《水浒传》的悲剧特质　左东岭/《郑州大学学报》1987.2

论梁山英雄的悲剧结构及其审美价值　汪远平/《华东师范大学学报》1987.3

再论吴读本《水浒传》　侯会/《文学遗产》1988.3

论武松　曲家源/《山西师范大学学报》1988.3

《水浒传》民族心理特征深远　宁稼雨/《河北大学学报》1988.2

《水浒传》的重叠式形容词　李大星/《吉林大学学报》1989.5

《水浒传》与罗宾汉谣曲比较　陈才宇/《杭州大学学报》1989.4

《水浒传》与明代的"水浒热"　廖可斌/《浙江学刊》1990.1

论《水浒传》崇道抑佛的倾向及产生的根源　黄毓文/《吉林师范学院学报》1990.1

《古本水浒传》真伪问题研究述评 应坚/《龙岩师范专科学校学报》1990.1

近百年来“施耐庵之谜”的疑解五种 童斌、苏丰/《社科信息》1990.5

金批《水浒传》配角论 周锡山/《上海大学学报》1990.2

单向的研究应让位于双向的研究:对《水浒传》研究方法的思考 徐又良/《黄冈师范专科学校学报》1990.2

金圣叹对《水浒传》的审美观赏与超越 贾文昭/《学术界》1990.2

读《水浒传》中关于“刺刑”的描写 蒋连舟、李新钰/《殷都学刊》1990.1

从中国文化史来审观《水浒传》 马成生/《湖州师范专科学校学报》1990.1

史传与小说的融合——论《水浒传》 品乃岩/《烟台大学学报》1990.1

论《水浒传》的血腥气 曲家源/《山西师范大学学报》1990.4

略论《水浒传》的审美价值 王平/《东岳论丛》1991.1

施耐庵研究十年 史尚信/《复旦学报》1991.2

《水浒传》的艺术特色与民族风格 吴志达/《武汉大学学报》1991.6

张岱的“水浒”观——兼议明末清初部分封建士子的文化心态 佘德余/《绍兴师范专科学校学报》1991.4

伪中之伪的120回《古本水浒传》剖析 张国光/《武汉大学学报》1992.1

《史记》《水浒》 俞樟华/《求索》1992.1

施耐庵籍贯考辨 黄叔成/《扬州师范学院学报》1992.1

中国小说艺术演进的一条线索:从明代《水浒传》的版本演变谈起　左东岭/《郑州大学学报》1992.2

《水浒》多把女性谤 作者恐有苦衷肠　索绍武/《西北民族学院学报》1992.3

宋江梦玄女新解　王延荣/《绍兴师范专科学校学报》1992.2

游侠遗风与《水浒传》　李真瑜/《北京师范大学学报》1992.4

《水浒传》中的宋元戏曲形制考　曲家源/《晋阳学刊》1992.4

忠义旗与自由魂——《水浒传》与《斯巴达克思》比较琐言　史宏/《贵阳师范专科学校学报》1993.1

论中国古典小说的阶级意识——从《水浒传》取材谈起　王齐洲/《天津社会科学》1993.2

从《水浒传》生成史略论的主题　郭振勤/《汕头大学学报》1993.3

《水浒》主题多义探微　何建洋/《萍乡教育学院学报》1993.1

《水浒传》成书过程再论　马幼垣/《湖北大学学报》1993.6

乱世忠义的悲歌——论《水浒传》的主题及思维方式　宋克夫/《湖北大学学报》1993.6

论《水浒传》中的宋江　蔡永贵/《宁夏教院学报》1993.5

义:价值主体的建构与解构——李逵新论　冯文楼/《陕西师范大学学报》1993.5

《水浒传》成书于元末明初之说不能成立　李伟实/《社会科学战线》1993.6

《水浒传》的叙事神理　杨义/《齐鲁学刊》1994.1

《水浒》与《水浒》的误读　刘学明/《湖北大学学报》1994.2

梁山故事的流传和《水浒传》的成书　刘建国/《湘潭大学学报》

1994.3

《水浒》主题新解 韩晓谅/《明清小说研究》1994.2

《水浒》散记——中国农民性格蜕变之一瞥 孙达人/《陕西师范大学学报》1994.4

宋江忠义观新论 赵小雷/《西北大学学报》1995.1

中国民主文学始祖——《水浒传》文学史地位辨析 周克良/《大庆高等专科学校学报》1995.2

《水浒传》与中国绿林文化 宁稼雨/《文学遗产》1995.2

论《水浒传》荒诞的审美特质 玉振星/《济宁师范专科学校学报》1995.1

水泊梁山:农民理想的构筑和义理道德的深化 许建中/《扬州师范学院学报》1995.2

《水浒传》三桩女人命案之我见 李延祜/《名作欣赏》1995.4

《水浒全传》注序 王利器/《成都大学学报》1996.1

《水浒传》版本之谜 王珏/《固原师范专科学校学报》1996.4

《水浒传》"结束不振"问题新议 欧阳健/《明清小说研究》1996.4

世纪之争:施耐庵与中国长篇小说发源问题 黄叔成/《扬州大学学报》1997.1

祖本及"郭武定本"问题新议 竺青、李永祜/《文学遗产》1997.5

论《水浒传》成书过程的史地背景 王珏/《济宁师范专科学校学报》1997.4

《水浒传》的文化品位 王振星/《济宁师范专科学校学报》1998.2

论刘备、宋江的理想伦理人格 吴中胜、郭瑞恒/《明清小说研究》1998.3

早期章回小说《水浒传》中的戏曲质素　朱恒夫/《南京师范大学学报》1999.2

《水浒传》评点中的小说技巧论　孟昭连/《南开学报》1999.2

《水浒传》祖本问题补说　崔茂新/《齐鲁学刊》1999.2

论《水浒传》的悲剧意义　佘树声/《齐鲁学刊》1999.3

再证《古本水浒》后50回非施耐庵所作　魏达纯/《中山大学学报》1999.3

《夷坚志》中《水浒传》的素材　侯会/《明清小说研究》1999.2

《水浒传》与都市文化　王振星/《济宁师范专科学校学报》1999.4

《水浒传》无穷会藏本初论——《水浒传》版本探索之一　刘世德/《文学遗产》2000.1

《西游记》研究

对《西游记》主题思想的再认识　胡光舟/《江汉论坛》1980.1

《西游记》琐谈　苏兴/《文学遗产》1980.3

《西游记》里的神魔问题　高明阁/《文学遗产》1981.2

无支祁哈奴曼孙悟空通考　萧兵/《文学评论》1982.5

把艺术从社会学的框子里解放出来:谈神魔小说《西游记》的社会内容　何满子/《社会科学》1982.11

《西游记》研究的不协和音　何满子/《江海学刊》1983.1

百回本《西游记》是否吴承恩所作　章培恒/《社会科学战线》1983.4

关于吴承恩生平思想及《西游记》研究中的不同意见　蔡毅/《文学研究动态》1983.3

印度神话对《西游记》的影响　巴人/《晋阳学刊》1984.3

《西游记》闹天宫故事形成考辨 李时人/《徐州师范学院学报》1984.2

孙悟空人物考 刘荫柏/《文学评论丛刊》1984.18辑

孙悟空形象的演化——再评"化身论" 刘毓忱/《文学遗产》1984.3

猪八戒艺术形象的渊源 龚维英/《文学遗产增刊》1984.15辑

呆子形象面面观——猪八戒剖析 吴圣昔/《福建师范大学学报》1984.2

说沙僧 钟婴/《杭州师范学院学报》1984.1

论《西游记》中的沙僧形象 刘士昀/《思想战线》1984.5

也谈百回本《西游记》是否吴承恩所作 苏兴/《社会科学战线》1985.1

巫术·神话·宗教——《西游记》中所反映的宗教观念 姚政/明清小说研究1985.1

孙悟空、猪八戒形象塑造的艺术经验 孙逊/《文学评论》1985.1

近几年来国内学术界关于百回本《西游记》作者的争论 慕闲/《西游记研究》1986.1

吴本、杨本、朱本《西游记》关系考辨 李时人/《西游记研究》1986.1

论《西游记》的思想与主题 钟婴/《文史哲》1986.2

论孙悟空形象的演化与《西游记》的主题 张锦池/《学术交流》1987.5

论《西游记》的深层结构 楼含松/《杭州大学学报》1987.3

《西游记》与道教 刘荫柏/《河北师范大学学报》1988.2

《西游记》新议三题 赵庆元/《安徽师范大学学报》1988.3

吴承恩"荆府纪善"之任与《西游记》 蔡铁鹰/《江汉论坛》1989.10

关于《西游记》的祖本和主旨问题 金有景/《南都学坛》1989.4

整合的历程:论唐僧形象的演变 蔡铁鹰/《汉中师范学院学报》1989.3

《西游记》体现的意识流 周寅宾/《社会科学辑刊》1989.6

吴承恩作《西游记》的内证 陈澉/《北方论丛》1990.2

百回本《西游记》作者臆断 陈君谋/《苏州大学学报》1990.1

试谈《西游记》的五行说思想 徐传武/《山东大学学报》1990.1

论吴承恩从政治国的哲学思想 陈民牛/《宜宾师范专科学校学报》1990.1

《西游记杂剧》作者及时代考辨 熊发恕/《四川师范大学学报》1990.2

孙悟空形象的美感效应 罗宽敏/《长沙水电师范学院学报》1990.2

《西游记》的主题思想 吕晴飞/《北京社会科学》1990.4

论孙悟空的宗教意识 周寅宾/《湖南师范大学学报》1990.6

从孙悟空、猪八戒与堂吉诃德、桑丘看中西民族文化心态 肖锦龙/《西北师范大学学报》1990.6

〈百回本《西游记》作者臆断〉质疑 廉旭/《苏州大学学报》1991.1

吴本《西游记》的又一借镜——《四游记》中《北游记》述评 赵伯英/《盐城师范专科学校学报》1990.4

鲁迅与胡适《西游记》研究比较 陈澉/《北方论丛》1991.2

《西游记》是科学巨著说辨正 吴圣昔/《淮阴教育学院学报》1991.1

《西游记》三论 贺学君/《西北师范大学学报》1991.2

略论《西游记》中的讽刺 刘耿大/《五邑大学学报》1991.4

《西游记》源流别考——以敦煌文学为例 汪泛舟/《思想战线》

1992.2

孙悟空大闹天宫新论 诸葛志/《浙江师范大学学报》1992.1

论《西游记》的成书 徐朔方/《社会科学战线》1992.2

《西游记》第七回研究 苏兴/《社会科学战线》1992.2

文化走向上的《西游记》 谭文/《中国人民警官大学学报》1992.1

《西游记》与宋明理学 王齐洲/《天津社会科学》1992.4

美猴王探源 李安纲/《山西大学学报》1992.3

《后西游记》与潮人 郑智勇/《韩山师范专科学校学报》1993.1

董说《西游补》考述 徐江/《社科院研究生院学报》1993.4

美猴王与易卦 李安纲/《山西大学学报》1993.3

心路历程——《西游记》主题新论 李安纲/《晋阳学刊》1993.5

评《全真教和小说西游记》 徐朔方/《文学遗产》1993.6

人类超我意识的集中体现——论《西游记》中的孙悟空形象 邹少雄/《学术交流》1993.6

浪漫主义的艺术风格 现实主义的批判精神——论《西游记》的双重价值 任蒙/《江汉大学学报》1993.4

《西游记》祖本新探 王辉斌/《宁夏大学学报》1993.4

《西游记》是部情理小说 田同旭/《山西大学学报》1994.2

从二郎神形象略窥《西游记》创作心态 王平/《求是学刊》1994.4

论《西游记》的幽默艺术风格 柳宏雷/《新疆师范大学学报》1994.3

英雄的悲剧 悲剧的英雄——孙悟空悲剧形象再探 李靖国/《名作欣赏》1994.5

从孙悟空形象塑造看《西游记》对悲剧和喜剧的超越 赵红娟/《湖州师范专科学校学报》1994.3

《西游记》：中国神话文化的大器晚成　杨义/《中国社会科学》1995.1

“八公之徒”斯人考——《西游记》成书过程新探之三　刘振农/《中国人民警官大学学报》1995.2

吴承恩不是《西游记》的作者　李安纲/《山西大学学报》1995.3

论唐僧形象的演化　张锦池/《学习与探索》1995.5

《还源篇》是唐僧八十一难原型　李安纲/《山西大学学报》1996.2

为天地立心——《西游记》与中国的第一次“西化”　金岱/《随笔》1996.3

论沙和尚形象的演化　张锦池/《文学遗产》1996.3

《性命圭旨》是《西游记》的文化原型　李安纲/《山西大学学报》1996.4

刀圭与《西游记》人物的别名代称　郭明志/《求是学刊》1997.2

再论《西游记》的作者与性质　刘振农/《中国人民警官大学学报》1997.1

《西游记》作者确为吴承恩辨　蔡铁鹰/《晋阳学刊》1997.2

《封神演义》成书年代考实——兼及《西游记》成书的一个侧面　刘振农/《中国人民警官大学学报》1997.2

《西游记》人物形象塑造的心理学成因　孔刃非/《明清小说研究》1997.3

关于《西游记》的作者和主要精神　黄霖/《复旦学报》1998.2

试论《西游记》中沙僧形象的塑造　单良/《中山大学学报》1998.3

《西游记》在海外　王丽娜/《古典文学知识》1999.4

论《西游记》鲁本和周本信息的异同性　吴圣昔/《上海大学学报》

2000.2

《金瓶梅》研究

《金瓶梅》的文学评价以及对《红楼梦》的影响 朱星/《河北大学学报》1980.2

《金瓶梅》在国外 王丽娜/《河北大学学报》1980.2

宝卷在《金瓶梅》中 蔡国梁/《河北大学学报》1981.1

《金瓶梅》的词汇、语汇札记 朱星/《河北大学学报》1982.1

《金瓶梅》作者屠隆考 黄霖/《复旦学报》1983.3

明人清人今人评《金瓶梅》 蔡国梁/《社会科学战线》1983.4

《金瓶梅》的写作时代与作者 王达津/《文学评论丛刊》1984.18辑

《金瓶梅》作者屠隆考续 黄霖/《复旦学报》1984.4

《金瓶梅》简论 郭豫适/《华东师大学报》1984.6

《金瓶梅》对小说美学的贡献 宁宗一/《南开学报》1984.2

张竹坡生平述略——张竹坡与《金瓶梅》研究之一 吴敢/《徐州师范学院学报》1984.3

《李氏族谱》的发现——李开先生平事迹考略 卜健/《戏剧学习》1985.1

现实的,更是批判的——论《金瓶梅》 赵庆元/《艺谭》1985.2

六十年《金瓶梅》研究述评(上、下) 石昌渝、尹恭弘/《社会科学研究》1985.4、5

谈文龙对《金瓶梅》的批评 刘辉/《文献》1985.4

谈《金瓶梅》的初刻本 李时人/《文学遗产》1985.2

关于《金瓶梅》作者的二十三说　周钧韬/《江汉论坛》1986.12

《金瓶梅》主要版本所见录　刘辉/《复旦学报》1986.2

《金瓶梅》的主题与思想价值　于承武/《东北师范大学学报》1986.3

《金瓶梅》写真风格及其形成原因　赵兴勤/《复旦学报》1986.1

性格·命运——一个奇特的怪圈:关于《金瓶梅》人物性格及其结构系统定向形成模式的思考　魏崇新/《徐州师范学院学报》1987.3

论中国文学中的潘金莲形象　欧恢章/《重庆师范学院学报》1988.1

《金瓶梅》成书三阶段论——兼谈《金瓶梅》的作者问题　陈辽/《东岳论丛》1989.4

《金瓶梅》写性的特点与价值　赵庆元/《明清小说研究》1989.10

运河经济文化与《金瓶梅》——论《金瓶梅》的文化背景　陈东有/《萍乡教育学院学报》1989.3

也谈《金瓶梅》的主旨　邓韶玉、王弘达/《沈阳师范学院学报》1990.1

《金瓶梅》作者不是冯梦龙　鲁歌/《西北大学学报》1990.1

古代小说中复制出的第一个家庭环境——《金瓶梅》家庭描写的历史价值　王启忠/《学习与探索》1989.6

由传统文化向近代文化嬗变的形象写照——《金瓶梅》中文化异质新态的时代价值　王启忠/《北方论丛》1990.1

《金瓶梅》对《水浒传》的继承与发展　刘永良/《内蒙古民族师范学院学报》1990.2

从民俗描写看《金瓶梅》的时代背景　陈诏/《宁波大学学报》1990.1

《金瓶梅词话》作者兰陵笑笑生即谢榛考辨　王连洲/《东岳论丛》

1990.3

谢榛就是兰陵笑笑生纠谬　李庆立/《聊城师范学院学报》1990.3

张竹坡"泄愤"说初探　赵民/《济宁师范专科学校学报》1990.1

兰陵笑笑生建构《金瓶梅》的艺术视角　李永昶、李运作/文史哲 1990.1

《金瓶梅》研究十年　刘辉/《中国社会科学》1990.1

《金瓶梅》作者诸说　张进德/《殷都学刊》1990.2

关于《金瓶梅》的几个问题　周维衍/《复旦学报》1990.2

试论《金瓶梅》艺术结构在中国长篇小说发展史上的意义　许建平/《河北师范大学学报》1990.2

对文学审美品格的逆向反映:评《金瓶梅》对人性弱点无节制的展示　王启忠/《南京社会科学》1990.2

《金瓶梅》节日描写中的人文精神　王启忠/《沈阳师范学院学报》1990.2

站在新的时代文化的高度观照《金瓶梅》　李时人/《学习与探索》1990.3

《金瓶梅》主题纵横谈　萧世杰/《社会科学动态》1990.4

《金瓶梅》"性目的论"初探　李建中/《江淮论坛》1990.5

《金瓶梅》隐语揭秘　傅憎享/《社会科学辑刊》1990.5

《金瓶梅》写作空间环境考　洪诚、武钧/《淮海论坛》1990.4

潘金莲的"七部曲"与施耐庵的意向　王同书/《贵州社会科学》1990.10

《金瓶梅》与《红楼梦》的时间观念及其审美效应　李裴/《贵州社会科学》1990.10

潘金莲、武松新论　龚维英/《贵州社会科学》1990.12

《金瓶梅》作者不是谢榛——与王连洲先生商榷　鲁歌、马征/《东岳论丛》1991.1

《金瓶梅》的辐射式环靶结构　萧宿荣/《争鸣》1990.6

吴晗对《金瓶梅》作者"王世贞说"的否定不能成立　周钧韬/《江苏社会科学》1991.1

《金瓶梅》作者为李开先考质疑　王辉斌/《荆门大学学报》1991.1

再论《金瓶梅》付刻问题　刘孔伏、潘良炽/《西南民族学院学报》1991.2

《金瓶梅》仿拟艺术谈　张汉基、孟宪章/《徐州师范学院学报》1991.2

论"混账恶人"西门庆的形象　朱继琢、何焕群/《广东民族师范学院学报》1991.1

揭开《金瓶梅》作者之谜——《金瓶梅》作者为贾梦龙　李芳元/《枣庄师范专科学校学报》1991.1

古典小说《金瓶梅》悲剧内涵初探　董芳/《甘肃社会科学》1991.4

《金瓶梅词话》诗词文化二三论　陈东有/《萍乡教育学院学报》1991.1

西门庆谋财娶妇的时代意蕴　南矩容/《固原师范专科学校学报》1991.3

《金瓶梅》指斥的明代时人时事　姜黾/《史学集刊》1991.3

论《金瓶梅》和文化传统　陈辽/《社会科学研究》1991.6

《金瓶梅》:我国第一部拟话本长篇小说　周钧韬/《社会科学辑刊》1991.6

欣欣子屠本畯考释　郑闰/《社会科学战线》1992.1

《金瓶梅》全本早期收藏者"刘金吾"考　胡小伟/《文学遗产》1992.1

试论《金瓶梅词话》后二十回　张家英/《绥化师范专科学校学报》1991.4

《金瓶梅》的语言多元系统及其形成的原因　孙维张/《社会科学战线》1992.1

莫将痈疽作桃花——我看《金瓶梅》中的性描写　田耒/《徐州师范学院学报》1991.4

兰陵笑笑生屠隆考论　郑闰/《复旦学报》1992.2

情欲描写的移植错位:《金瓶梅》非文士之作　傅憎享/《学习与探索》1992.2

试论《金瓶梅》悲剧的社会意义　朱俊亭/《文史哲》1992.2

小说观念的巨大变革——论《金瓶梅》的贡献　张进德/《河南大学学报》1992.2

一个道德批判的早产儿　吴根友/《新东方》1992.3

论《金瓶梅》作者考证热　陈大康/《华东师范大学学报》1992.3

为《金瓶梅》作者画句点　魏子云/《宁波师范学院学报》1992.2

屠隆与文学解放思潮　李燃青、郑闰/《宁波师范学院学报》1992.2

屠隆与屠本畯——笑笑生与欣欣子　吕珏/《宁波师范学院学报》1992.2

《金瓶梅》的宗教意识与深层结构　魏崇新/《徐州师范学院学报》1992.1

从《金瓶梅》对官僚制度的揭露看明朝的灭亡　周金降、朱玉英/《徐州师范学院学报》1992.1

传统家庭伦理与《金瓶梅》的“家反宅乱”　赵兴勤/《徐州师范学院学报》1992.1

《金瓶梅》词语俗与文的异向分化　傅憎享/《社会科学辑刊》1992.3

论《金瓶梅》独特的艺术思维指向　陈东有/《萍乡教育学院学报》1992.1

《金瓶梅》对人欲的张扬与反拨　李永昶、刘连庚/《枣庄师范专科学校学报》1992.1

袁氏兄弟与《金瓶梅》抄本新考　王辉斌/《西南民族学院学报》1992.4

李渔评改《金瓶梅》考辩　王汝梅/《吉林大学学报》1992.5

人欲的正视和人生的困惑——《金瓶梅》的价值取向论述　宋克夫/《湖北大学学报》1992.5

《金瓶梅》:一个特权商人的恶性膨胀史　高培华、杨清莲/《河南大学学报》1992.5

突破与超越:《金瓶梅》研究的现实走向　春忠、滋阳/《吉林大学学报》1992.5

《金瓶梅》方言新证　吴聿明/《东南文化》1992.3/4

试论《金瓶梅》对天命观念的承袭　王启忠/《齐鲁学刊》1992.2

人性之恶与生命之恶的寓言——《金瓶梅》性描写新论　王彪/《学术研究》1992.5

《金瓶梅》与山西及作者之谜　鲁歌、马征/《山西大学学报》1993.1

“书帕”含义的演变与《金瓶梅词话》的成书年代　李忠明/《南京师范大学学报》1993.2

李渔评点、改定《金瓶梅》考　童天虑/《浙江学刊》1993.2

《金瓶梅》话本内证 傅憎享/《枣庄师范专科学校学报》1992.3

《金瓶梅》作者是贾梦龙吗 鲁歌、刘娜/《枣庄师范专科学校学报》1992.3

《金瓶梅》主题论 王志武/《唐都学刊》1993.1

关于《金瓶梅》作者的十种说法 鲁歌/《贵州师范大学学报》1993.2

《金瓶梅》与中国古代性文化 丁东/《名作欣赏》1993.3

无所指归的文化悲凉——论《金瓶梅》的思想矛盾及主题的终极指向 王彪/《文学遗产》1993.4

从服饰看《金瓶梅》反映的时代背景 黄强/《江苏教育学院学报》1993.2

《金瓶梅》俗谚求因 傅憎享、杨爱群/《社会科学辑刊》1993.4

关于《金瓶梅》的漫谈 吴组缃/《文学遗产》1993.5

论《金瓶梅》的悲剧性 王肇亨/《宁波师范学院学报》1993.3

试析的男权价值倚重 林树明/《贵州大学学报》1993.4

《金瓶梅》的改定者是谁 王利器/《社会科学战线》1993.6

明代《金瓶梅》批评论 齐鲁青/《内蒙古大学学报》1994.1

《金瓶梅》创作主旨探 周永祥/《齐鲁学刊》1994.2

作为叙述视角与叙述动力的性描写——《金瓶梅》性描写的叙事功能及审美评价 王彪/《社会科学战线》1994.2

退回过去与走向未来——《金瓶梅》与《十日谈》性道德观念之比较 沈湛华/《内蒙古电视大学学刊》1994.2

一条突不破的人生闭合之路——西门庆府中妻妾之间悲剧冲突浅说 南矩容/《固原师范专科学校学报》1994.2

《金瓶梅》所见晚明市镇音乐活动 梁今如/《徐州师范学院学报》

1994.2

《金瓶梅》创作主旨新探　张进德/《河南大学学报》1994.4

潘金莲语言的交际特征和个性特征　曹炜、蔡永良/《齐齐哈尔师范学院学报》1994.4

张竹坡论《金瓶梅》的人物系统刻画　周书文/《固原师范专科学校学报》1994.3

论张竹坡评点《金瓶梅》的道德理性思维方式　蔡一鹏/《文学遗产》1994.5

从作者介入看潘金莲　刘绍智/《宁夏社会科学》1995.1

论张竹坡的《金瓶梅》批评　齐鲁青/《内蒙古大学学报》1995.1

论中西方小说心理描写之差异——兼谈《金瓶梅》心态描写　里正/《社会科学辑刊》1995.4

论《金瓶梅》对明武宗的影射　黄强/《江苏教育学院学报》1995.3

读《金瓶梅》杂记　刘心武/《明清小说研究》1995.3

《金瓶梅》"累积型集体创作说"质疑　刘振农/《中国人民警官大学学报》1995.9

文学与酒文化——《金瓶梅》、《红楼梦》、《儒林外史》饮酒艺术表现及文化哲学含蕴之比较　李裴/《贵州社会科学》1996.1

论笑笑生对人欲的二重心态及其因果观　南矩容/《固原师范专科学校学报》1996.1

扭曲的映象:古典小说戏曲中的性意识　张袞/《郑州大学学报》1996.2

《金瓶梅》:文化裂变孕育的畸形儿　王平/《山东大学学报》1996.1

《金瓶梅》本文与接受分析　刘勇强/《北京大学学报》1996.4

《金瓶梅》价值新说 姚莽/《学术交流》1996.4

张竹坡在《金瓶梅》评点中的"情理"范畴及其在小说批评史上的地位 崔晓西/《浙江师范大学学报》1996.3

《金瓶梅》求助鬼神观刍议 朱越利/《江西社会科学》1997.2

试解《金瓶梅》诸谜 盛鸿郎/《绍兴文理学院学报》1996.4

地平线下的风景——《金瓶梅》女性弱者形象浅论 潘承玉/《东岳论丛》1997.3

理性的皈依与感性的超越——论《金瓶梅》的二元文化指向 张进德/《河南大学学报》1997.6

世纪末的困惑——论《金瓶梅》与晚明文人的价值失落 马理/《重庆师范学院学报》1998.1

纵谈《金瓶梅》承袭、借用宋人话本小说《张主管志诚脱奇祸》 苏兴 遗著,苏铁戈整理/《东北师范大学学报》1998.2

《金瓶梅》研究中几个问题的思考 许建平、曾庆雨/《云南社会科学》1998.3

《金瓶梅》地理原型探考 潘承玉/《绍兴文理学院学报》1998.2

《金瓶梅》作者丁惟宁考 张清吉/《东岳论丛》1998.6

《金瓶梅》文献学百年巡视 梅新林、葛永海/《文献》1999.4

从《金瓶梅词话》的命名说开去:《金瓶梅》主体结构和主题思想论纲 张锦池/《北方论丛》1999.5

论《金瓶梅》劝戒的三种方式 杨绪容/《明清小说研究》2000.2

《金瓶梅》的欲中之情 梁归智/《明清小说研究》2000.2

《金瓶梅》女性意识文化折光 罗德荣、胡如光/《天津社会科学》2000.2

明代其他小说研究

冯梦龙《三言》新证——记明刊《小说》(五种)残本　袁行云/《社会科学战线》1980.1

冯梦龙与明代的民歌俗曲　龚笃清/《民间文学》1982.10

《三言》中的冯梦龙作品考辨　徐朔方/《杭州大学学报》1982.1

《三言》人物塑造的艺术特色　杨国祥/《北方论丛》1983.3

试论冯梦龙的小说理论　陆树仑/《复旦学报》1984.3

关于《二拍》的再评价　陈星鹤、郑军健/《南宁师范学院学报》1984.3

论冯梦龙的"情教"观　方胜/《文学遗产》1985.4

"三言"、"二拍"中"发迹变泰"主题新说　欧阳健/《文史哲》1985.5

历史变动时期的短篇小说——评凌蒙初的初、二刻《拍案惊奇》　吴功正/《文学遗产》1985.3

冯梦龙生平事迹考略　龚笃清/《中国文学研究》1986.2

论冯梦龙的小说理论　潘世秀/《文学遗产》1986.6

论《三言》对通俗文学与文人文学的融合　宁稼雨/《南开学报》1987.5

论中国古代长篇小说的伦理特点和发展线索　宋克夫/《湖北大学学报》1988.4

简评"二拍"中的徽商特征　杨明明/《徽州社会科学》1988.2

因果、色空、宿命观念与明清长篇小说的叙事模式　陈维昭/《华南师范大学学报》1989.4

"三言两拍"在日本的流传及影响　马兴国/《日本研究》1989.4

试论道教对明代神魔小说的影响　徐振贵/《齐鲁学刊》1989.6

冯梦龙论“情” 游友基/《福建论坛》1989.5

从“三言两拍”看中国市民的心态 毛德富/《学术百家》1989.5

论“两拍”的艺术特色 冯保善/《社会科学辑刊》1989.6

明清长篇白话小说发展规律简论 彭国元/《社会科学研究》1989.6

论“两拍”的现实意蕴 冯保善/《社会科学研究》1990.4

《耳谈》整理小记 孙顺霖/《殷都学刊》1990.3

明清文言小说的发展历程 萨洪/《社会科学战线》1990.2

邱处机写过《西游记》吗？——虞集《西游记序》真伪辨之一 吴圣昔/《复旦学报》1990.4

关于“两拍”体裁的若干思考 李延/《上海师范大学学报》1990.1

十二卷本《剪灯丛话》补考 程毅中/《文献》1990.2

《青泥莲花记》摭谈 魏东朝/《殷都学刊》1991.1

佳话小说散论 景刚/《吉林大学学报》1990.2

话本小说再评价 张兵/《贵州文史丛刊》1990.1

明清小说的美学转化问题 何满子/《社会科学战线》1990.4

中和之美与诗的渗入——谈儒家思想对“三言”艺术的制约 游友基/《中州学刊》1991.2

《古今小说》各篇的来源和影响 吴晓玲/《河北师范学院学报》1991.1

《好逑传》反映了明代后期“情”与“理”的斗争 汪德羞/《昭乌达蒙族师范专科学校学报》1991.1

明末清初小说反科举倾向及其讽刺艺术初探 盛夏/《丽水师范专科学校学报》1991.2

“三言”与明代商人的思想意识 晋云/《社会科学研究》1991.4

希望、失望、绝望——石头小说串谈　万晴川/《江西师范大学学报》1991.4

两刻《拍案惊奇》的伦理意识——古代小说文化散论　石育良/《山东大学学报》1991.4

《古今小说》序作者考辨　杨晓东/《文学遗产》1991.2

从亲和走向离异——封建社会知识阶层的心态与明清小说　陈建生/《徐州师范学院学报》1991.4

"三言"的美学理想　潜明兹/《民间文学论坛》1992.2

明清长篇小说艺术之民族特色刍议　何士龙/《中南民族学院学报》1992.2

从明清小说看文人的家庭生活与人格危机　吴建国/《华东师范大学学报》1992.2

"三言"对封建官吏描写的新贡献　欧阳代发/《湖北大学学报》1992.2

《挂枝儿》成书考及冯梦龙、侯慧卿恋离原委　高洪钧/《天津师范大学学报》1992.2

试论凌濛初的"两拍"　章培恒/《文艺论丛》17辑

论凌濛初的小说理论　冯保善/《社会科学研究》1992.3

《封神演义》作者补考　章培恒/《复旦学报》1992.4

《剪灯三话》新议　杨义/《海南师范学院学报》1992.2

论明清小说作家创作的矛盾二重性　吴波/《松江学刊》1993.1

古代小说中的管理思想及其应用价值　赵庆元/《安徽师范大学学报》1993.3

冯梦龙身世新探　杨晓东/《文史杂志》1993.2

文人与话本叙事典范化　杨义/《天津社会科学》1993.3

明代传记体小说略论　陈兰村/《贵州社会科学》1993.4

道教与明清神魔小说　莫其逊/《学术论坛》1993.4

三言二拍一型——明代白话短篇小说集《型世言》的发现与研究　屈小玲/《文艺报》1993.9.25

明末清初社会思潮的演变与才子佳人小说的"情"　雷勇/《甘肃社会科学》1994.2

谈明清时代借鬼魅异物影射现实的长篇寓言小说　陈蒲清/《湖南教育学院学报》1994.1

婚恋观念的嬗变及其启示——"三言两拍"名篇心解　刘敬圻/《北方论丛》1994.2

《醒世姻缘传》与世情小说的发展　邹宗良/《山东大学学报》1994.2

凌濛初的新贡献——"二拍"平议　王枝忠/《东岳论丛》1994.6

论明代夫妻离合小说的情节结构模式　曹萌/《北方论丛》1995.3

"三言"中的人情伦理　王定璋/《西南师范大学学报》1995.2

事有真赝 情理皆真——谈"三言"小说的艺术美　周广秀/《徐州师范学院学报》1995.1

儒家思想同市民意识的冲突和融合:冯梦龙"三言"之本来面貌说要　贾利亚/《黄冈师范专科学校学报》1995.2

怪、力、乱、神:《封神演义》的文化品位　潘承玉/《晋阳学刊》1995.5

斑斓的明代市井图——兼议《型世言》的叙述与审美视角　朱成蓉/《中国文化研究》1996.1

论儒教是否为宗教及中国古代小说与宗教的关系　郭豫适/《华东师范大学学报》1996.3

再论明末言情小说观及其发展段落　曹萌/《南开学报》1997.2

从文言到白话:古典叙事的演变:论“三言”对神道小说的改编　周绚隆/《山东大学学报》1997.1

市民文学中的士人趣味——凌濛初“两拍”的艺术精神阐释　高小康/《文艺研究》1997.3

从“三言”“二拍”看王学左派思潮对晚明文学的影响　李涓/《云南民族学院学报》1998.4

方言与明清小说及其传播　宋莉华/《明清小说研究》1999.4

“体兼说部”的诗话与明代“诗文小说”　王冉冉/《明清小说研究》2000.1

几部描写于谦事迹的古代通俗小说考论　苗怀明/《明清小说研究》2000.2

中国古代小说理论批评研究述评　王济民/《社会科学动态》1990.10

王国维小说理论述评　周锡山/《华东师范大学学报》1991.2

求幻奇于人间世界:明清小说理论的一个值得注意的动向　阮国华/《广东民族学院学报》1991.2

融浑信、美两大要素的历史小说——明清“志传”、“演义”综论　欧阳健/《社会科学研究》1991.5

古代小说理论中“泄愤”说的生成及意义　张袁/《中国人民大学学报》1995.3

十六—十八世纪文学创作的基本倾向　吴建国/《中国文学研究》1995.2

金圣叹小说叙事技法论评述　刘春生/《国际关系学院学报》1997.3

明清人物性格理论初探　叶纪彬、李松扬/《文艺理论研究》1997.6

明清小说评点对中国叙事学的意义 郑铁生/《南开学报》1998.1

从《欢喜冤家》看晚明文人价值观念的变更 吴建国/《湖南师大学报》1998.1

论元明中篇传奇小说 陈大康/《文学遗产》1998.3

中国古代小说理论批评对小说进行文化定位的三个矛盾层面 刘书成/《西北师范大学学报》1998.3

明代文艺生态学思想史论 高翔/《社会科学辑刊》1998.3

元明文学的传播与文学接受 郭英德/《求是学刊》1999.2

叙事文结构的美学观念——明清小说评点考论 林岗/《文学评论》1999.2

《舌华录》作者和版本考述 陆林/《明清小说研究》1999.3

李渔小说戏曲创作的"神引"式结构 钟明奇/《苏州大学学报》1999.4

明代拟话本小说之文化理念与历史哲学的发生——拟话本作为平民社会伦理小说的成因 王毅/《文学遗产》1999.5

道教文化向古代小说渗透的三个指向 刘书成/《甘肃高等师范专科学校学报》2000.1

熊大木现象:古代通俗小说传播模式及其意义 陈大康/《文学遗产》2000.2

道教与中国古代通俗小说中的天书 王立/《东南大学学报》2000.2

明代诗文研究

论明清散文的发展和成就 方铭/《安徽大学学报》1980.4

陆王心学与明清文艺思潮 潘知常/《郑州大学学报》1984.3

明代诗文批评中的拟古与反拟古论争　顾易生/《文史知识》1984.2

明代文学复古主义的历史评价　冯天瑜、周积明/《文艺论丛》1985.21辑

明代中期学术思想的变化和诗文复古运动　马积高/《中国文学研究》1986.2

学风复古与文风复古　郭预衡/《信阳师范学院学报》1988.2

明初政治与吴中诗歌的感伤情调　陈建华/《复旦学报》1989.1

以地域分野的明初诗歌派别论　王学太/《文学遗产》1989.5

明代理学的演变与文学复古　王忠阁/《信阳师范学院学报》1990.1

晚明文人的“自娱”心态与其时代折光　吴调公/《社会科学战线》1991.2

八股文谈　蔡晓初/《江西教育学院学报》1991.4

略论明代诗文论坛竞相更迭、频繁纷争的现象　马鸿盛/《首都师范大学学报》1993.2

论明清小说戏剧对诗文发展的影响　陈少松/《南京师范大学学报》1993.2

重估明代诗歌的价值　丰春秋/《中国韵文学刊》1994.2

论明代的文学流派研究　郭英德/《求是学刊》1996.4

明诗总集述要　陈正宏/《古典文学知识》1997.1

明清诗歌创作和理论纷争的四大特征　吴光正/《海南大学学报》1997.3

论常州词派理论之流变　黄志浩/《广东民族学院学报》1997.3

论李贽与明中后期散文新变　张建业、张绍梅/《首都师范大学学报》1998.2

明诗正变论:有关衍展进程的描述及文化特质之剖析 乔力/《东岳论丛》1998.3

铁雅诗派成员考 黄仁生/《中国文学研究》1998.2

明词综论 邓红梅/《中国韵文学刊》1999.1

论诗文体性之异——明代诗学的一项重要建树 陈文新/《武汉大学学报》2000.3

诗人高启之死及其诗歌评价 钱伯城/《中华文史论丛》1984.2辑

宋濂散文述略 陈葛满/《浙江师范大学学报》1987.2

刘基论 吕立汉/《文学评论》1999.5

《郁离子》的成就 吴肇昕/《南京师范大学学报》1984.1

放词无方 措旨至当:从比喻看《郁离子》的艺术特色 张秉政、赵家新/《淮北煤师院学报》1990.2

台阁体作家的创作风格及其成因 魏崇新/《复旦学报》1999.2

李东阳诗得失评 王英志/《北京师范大学学报》1985.6

"前后七子"新说 汤书昆/《学术界》1989.6

论前七子 徐朔方/《杭州大学学报》1990.1

明代前后七子的审美解悟说 陈书录/《南京师范大学学报》1990.3

论"前后七子"对"公安派"的启迪 范嘉晨/《陕西师范大学学报》1993.1

清代诗论家论明代前后七子 鄢传恕/《华中师范大学学报》1993.3

明代七子派复古运动新探 史小军/《陕西师范大学学报》1993.4

明代前七子"宗汉崇唐"心态膨胀的诱因 陈书录/《南京师范大学

学报》1994.4
明代七子派与中国文艺复兴　史小军/《人文杂志》1994.6
略论前后七子文学思想的内在矛盾　杨晓景/《郑州大学学报》1996.2
浅论后七子的内部纷争及其影响　王承丹/《临沂师范专科学校学报》1996.1
明"后七子"结社始末考　李庆立/《山东师范大学学报》1996.3
试论明代七子派的诗歌格调理论　史小军/《陕西师范大学学报》1999.2
李梦阳古人评价　南玉印/《兰州大学学报》1984.3
李梦阳诗论述评　赵建新/《兰州大学学报》1985.3
李梦阳与晚明文学新思潮　章培恒/《安徽师范大学学报》1986.3
何景明诗略论　范志新/《苏州大学学报》1991.1
李攀龙诗歌艺术散论　吴微/《安徽师范大学学报》1999.3
王世贞的文学批评　赵永纪/《苏州大学学报》1984.4
谢榛文学思想论断　汪正章/《德州师范专科学校学报》1990.3
论谢榛的诗学思想　张晶/《吉林大学学报》1994.1
再论谢榛"以盛唐为法"　李庆立/《中国文学研究》1996.2
宗臣和他的《报刘一丈书》　陈麟德、刘兆清/《扬州师范学院学报》1980.4
宗臣生平及其创作　夏成淳/《文学研究丛刊》1984.第1辑

唐宋派新论　熊礼汇/《文学评论》2000.3
唐顺之诗文的艺术成就　马美信/《中国典籍与文化》1997.1

归有光政论散文探　张啸虎/《江汉论坛》1984.5

论归有光的文学创作　周成平/《文学评论丛刊》1985.第22辑

龙门家法与韩欧神理　张家英/《文学遗产》1988.4

归有光——时代杰出的古文家　沈新林/《古典文学知识》1988.5

是"题材狭窄"还是对题材的拓宽——论明代散文大家归有光的创作　马鸿盛/《国际关系学院学报》1996.4

三袁诗歌初探　李健章/《武汉大学学报》1981.1

"当看他趋向之大体"——关于鲁迅对袁中郎的论述　马成生/《杭州师范学院学报》1982.1

公安派及其散文　张中行/《辽宁教育学院学报》1983.2

试论公安三袁的创作特色——"快"、"达"、"了"　王恺/《南京师范大学学报》1988.4

明代社会思潮与公安派　张惠杰/《北大研究生学刊》1990.2

两个貌似神乖的诗派——论性灵派与神韵派之差异　王小舒/《求是学刊》1991.4

从良知到性灵——明代性灵文学思想的演变　左东岭/《南开学报》1999.6

公安三袁家世考索　刘致中/《文献》1991.3

袁宏道美学思想片论　皮朝纲/《四川师范学院学报》1984.1

论公安派三袁美学观之异同　吴调公/《文学评论》1986.1

浅谈袁宏道的游记散文　傅德林/《北京师范学院学报》1987.4

袁宏道的矛盾人格　孟祥荣/《文学遗产》1992.3

论袁宏道"性灵"说的美学特质　景延安/《中国人民警官大学学

报》1995.3

袁宏道:从性情到文学的自适　易闻晓/《齐鲁学刊》2000.1

论江盈科参与创立公安派的过程及其地位　黄仁生/《复旦学报》1998.5

论徐渭的散文创作及其对公安派的影响　何天杰/《华南师范大学学报》1999.2

为竟陵派一辩　吴调公/《文学评论》1983.3

王思任散文的创作风格　尹恭弘/《文学遗产》1985.4

钟惺生卒年及谭元春卒年考辨　张业茂/《湖北师范学院学报》1986.3

钟惺文学思想浅论　薛屹峰/《徐州师范学院学报》1989.4

简论钟惺——兼论竟陵派在文学史上的地位　李先耕/《文学评论》1995.6

论钟惺《诗论》　陈和娣/《韶关大学学报》1996.1

论钟惺散文的艺术特色　陈少松/《南京师范大学学报》1997.4

文彪百代 骨鲠千秋——方孝孺的散文理论与实践　张梦新/《浙江学刊》1991.5

明人小品述略　吴承学、董上德/《中山大学学报》1994.2

晚明小品新论　李金松/《社会科学战线》1995.6

论晚明人的"小品"观　欧明俊/《文学遗产》1999.6

张岱的祖籍及其字号考略　蒋金德/《文献》1986.4

张岱字号、籍里、卒年辨　陈卫民、周晓平/《文学遗产》1982.2

《徐霞客游记》的文学价值　朱东润/《读书》1982.3

论杨维桢的政治态度　黄仁生/《中国文学研究》1999.1

明代戏剧研究

戏曲史上的“汤沈之争”　黄天骥/《学术研究》1980.5

评明清戏曲批评中的索隐风气　俞为民/《南京大学学报》1985.4

明代剧坛本色说的派别及其形成　滕振国/《江西大学学报》1985.3

北曲在明代衰亡史略考　刘荫柏/《复旦学报》1985.2

明清戏曲作家生平事迹考略　张增元、郭冶凤/《文学遗产》1986.4

试论明清传奇长篇体制　徐扶明/《戏曲论丛》第1辑

论晚明清初才子佳人戏曲小说的审美趣味　郭英德/《文学遗产》1987.5

明代戏曲中的悲剧意识　袁震宇/《复旦学报》1989.5

论明清文人传奇的时代主题　郭英德/《北京师范大学学报》1989.5

明清文人传奇的历史演进　郭英德/《文学遗产》1990.2

八股文与明清戏曲　黄强/《文学遗产》1990.2

前后七子与明代戏曲　傅晓航/《戏剧》1990.3

情的观念在晚明的异变　吴毓华/《戏剧艺术》1993.4

明代戏曲题材论新探　吴双/《贵州民族学院学报》1994.2

叶宪祖剧作的现实精神　汪超宏/《华中理工大学学报》1995.3

叙事性:古代小说与戏曲的双向渗透　郭英德/《文学遗产》1995.4

明清南杂剧的发展轨迹　蒋中崎/《戏剧艺术》1996.4

元明戏曲观念之变迁——以《琵琶记》的评论与版本比较为线索　黄仕忠/《艺术百家》1996.4

明清时代杂剧观念的嬗变 解玉峰/《山东师范大学学报》1997.5

传奇戏曲的兴起与文化权力的下移 郭英德/《中国社会科学》1997.2

明代文人剧在戏剧和文学史上的地位 徐子方/《艺术百家》1998.1

雅与俗的扭结——明清传奇戏曲语言风格的变迁 郭英德/《北京师范大学学报》1998.2

论明清传奇剧本长篇体制的演变 郭英德/《湖北大学学报》1998.4

论明人之推尊戏曲 李金松/《艺术百家》1998.4

论梅鼎祚的早期戏曲创作:兼论明中叶"骈绮派"戏曲的价值 朱万曙/《文学遗产》1998.6

徐渭的戏剧见解——评《南词叙录》 孙崇涛/《文艺研究》1980.5

徐渭家世考略 骆玉明、贺圣遂/《复旦学报》1984.2

徐渭及其《四声猿》 程毅中/《文学遗产》1984.1

徐文长论 魏际昌/《河北大学学报》1986.2

"作戏逢场,原属人生本色"——谈徐渭的戏曲本色观 吴方/《戏曲研究》第17辑

谈《四声猿》杂剧的"奇绝" 冯俊杰/《中华戏曲》第1辑

论徐渭"本色"的多层构建 王长安/《戏剧艺术》1988.3

论徐渭 徐朔方/《浙江学刊》1989.2

徐渭文学的个性精神 贺圣遂/《复旦学报》1989.1

徐渭生平及其《四声猿》刍议 张志合/《河南师范大学学报》1989.2

论徐渭的审美历程与古典精神的自足轮回 孟泽/《湘潭大学学报》1990.4

论徐渭的民俗文艺观　董晓萍/《文艺理论研究》1990.6

徐渭《南词叙录》的戏剧美学思想　游友基/《殷都学刊》1992.3

《四声猿》《歌代啸》及其他　叶长海/《戏剧艺术》1992.4

眼空千里独立一时:徐渭人格论　刘彦君/《戏剧》1994.2

任诞中的人格显现——徐渭"疯狂"辨　王长安/《戏剧艺术》1995.2

略论徐渭在戏剧文化史上的艺术贡献　谢涌涛/《东南文化》1996.2

近年来徐渭研究述要　戚世隽/《文史知识》1996.6

"光芒夜半惊鬼神":谈徐渭杂剧《狂鼓史》　张梦新/《文史知识》1997.7

徐渭"四声猿"新论　徐明安/《绍兴文理学院学报》1998.3

论徐渭杂剧的审美意蕴　徐明安/《上海师范大学学报》1998.4

猿鸣清远聆回响:论徐渭杂剧《四声猿》的传播及对明清文人杂剧的影响　宋辉/《戏曲艺术》1999.4

论《牡丹亭》的浪漫主义特色　吴志达/《江汉论坛》1980.3

再论汤显祖戏曲的腔调问题　徐朔方/《戏剧论丛》1981.3

《牡丹亭》的因袭和创新　徐朔方/《剧本》1981.10

汤显祖的戏曲美学思想　蓝凡/《江西大学学报》1982.2

汤显祖的戏剧理论　龙华/《古代文学理论研究丛刊》第6辑

试论汤显祖哲学伦理思想的内在矛盾　杨忠、张贤蓉/《江西大学学报》1984.4

试论汤显祖"四梦"中的佛学禅宗思想——兼论汤显祖的思想倾向　蓝凡/《河北大学学报》1984.3

《牡丹亭》向主题肯定人欲反对理学　陈庆惠/《复旦学报》1984.4

《紫钗记》中的风尘三侠　金宁芬/《光明日报》1984.1.10

汤显祖的世界观和《临川四梦》　周续赓/《北京师范学院学报》1985.1

谈《牡丹亭》的戏剧冲突　陈庆惠/《浙江师范大学学报》1985.4

关于《牡丹亭》札记三则　吴小如/《学林漫录》10集

略论汤显祖的言情说　王永宽/《文学论丛》第3辑

杜丽娘形象的心理学分析　华耀祥/《扬州教育学院学报》1986.2

汤显祖学术讨论会综述　刘彦君/《光明日报》1986.12.2

美丑都在情和欲之间:《牡丹亭》与《金瓶梅》比较谈片　卜健/《文学评论》1987.5

从《紫萧记》到《紫钗记》:汤显祖的一次自我超越　拾风/《上海戏剧》1987.2

《紫钗记》浅析:谈汤显祖对《霍小玉传》的改造　陈宗琳/《贵州大学学报》1987.4

论汤显祖"情"的美学观　宋绵有/《南开学报》1988.6

论临川戏剧的时空结构　程鹏、蒋志雄/《中国社科院研究生院学报》1988.4

试论《牡丹亭》浪漫主义的特质　李曼立/《中国文学研究》1989.3

《牡丹亭》及其三妇合评本　任亮直/《河南大学学报》1989.5

近年"汤沈之争"研究综述　陆林/《文史知识》1989.7

汤沈之争的历史渊源及其流变发展　谢柏梁/《广东社会科学》1990.1

汤显祖的情与梦　赖大仁/《争鸣》1990.4

论汤显祖的二重文学观　饶龙隼/《江西社会科学》1991.1

汤显祖美学思想刍议　宋炜/《锦州师范学院学报》1991.3

浪漫主义戏剧美学的崛起——汤显祖的戏剧美学思想　姚文放/《扬州师范学院学报》1991.4

汤显祖戏曲创作主张　龚重谟/《江西社会科学》1992.1

汤显祖创作思想管见　范国明/《国际关系学院学报》1992.4

"鬼可虚情,人须实礼":杜丽娘形象的心理学分析　朱伟明/《湖北大学学报》1992.5

曲意:透视汤显祖创作心态的关捩　万陆/《赣南师范学院学报》1993.3

《牡丹亭》的双重文化题旨　张海鸥/《殷都学刊》1993.1

论明清《牡丹亭》创作心理研究　程华平/《齐齐哈尔师范学院学报》1993.6

明清《牡丹亭》曲律研究论述　程华平/《戏剧艺术》1993.4

一个生命力论者的哲学思考:汤显祖论讽之一　张贤蓉/《赣南师范学院学报》1994.4

论汤显祖的戏剧观　黄寅/《浙江大学学报》1994.2

再说《牡丹亭》　何寅/《山西师范大学学报》1994.2

非梦不足表其情 非梦不足达其意——释"梦"重论杜丽娘　郭海鹰/《韶关大学学报》1995.3

《紫萧记》与汤显祖的戏剧创作道路　段庸生/《重庆师范学院学报》1995.1

人欲的赞歌:对《牡丹亭》主题的再认识　孙书磊/《江西教育学院学报》1996.1

论汤显祖的自由生命意识　刘彦君/《文学遗产》1997.1

论汤显祖的人生道路与《紫钗记》　曲家源、白照芹/《社会科学战

线》1997.4

《牡丹亭》作于遂昌证说　刘宗鹤/《戏曲艺术》1997.4

三妇评《牡丹亭》　赵苗/《文史知识》1997.7

论《紫钗记》的思想价值及其意义　李秋新/《甘肃社会科学》1997.3

《牡丹亭》在中国文学史上的地位　傅修延、叶树发/《文史知识》1998.1

《牡丹亭》的悲剧意识:兼论汤显祖的戏曲美学思想　韩鑫/《艺术百家》1998.3

《牡丹亭》主题与明中叶美学嬗变　叶树发/《江西社会科学》1998.8

新词催泪落情场,情种传来《牡丹亭》:明、清对杜丽娘之“情”的阐释与评价　程华平/《抚州师范专科学校学报》1998.3

汤显祖与唐代文学　赵山林/《文史哲》1998.3

谈《牡丹亭》的评点　赵山林/《艺术百家》1998.4

汤显祖与他的四大名剧(上)(下)　谢柏梁/《佳木斯大学学报》1998.6

汤显祖与魏晋风度及文学　赵山林/《戏剧艺术》1999.4

论汤显祖人格的深层内涵　孙爱林/《曲靖师范专科学校学报》1999.4

汤显祖与晚明社会思潮　陈寒鸣/《天津社会科学》2000.3

清代文学研究

清代小说研究

通论

浅谈清代诗话的学术性　郭绍虞/《文艺理论研究》1980.1

清代公案小说摭谈　魏同贤/《书林》1980.5

论明末清初小说的历史地位　林辰/《社会科学辑刊》1982.5

《聊斋志异》研究

自觉的美的创造(从《聊斋志异》看蒲松龄的艺术思想)　李厚萎/《南开学报》1978.6

《聊斋志异》与新闻写作　王明庸/《新闻战线》1979.3

点石成金 脱胎换骨——蒲松龄对传统题材的继承沿革一览　蔡国良/《河南师范大学学报》1980.4

蒲松龄与王士祯　袁世硕/《文史哲》1980.6

从《聊斋志异》看蒲松龄的民族意识　朱大成/《沈阳师范专科学校学报》1980.1

略谈《聊斋志异》在中国小说史上的地位　蓝翎/《文史哲》1980.6

试论《聊斋志异》妇女形象中人性的异化　赵俪生/《文史哲》1980.6

蒲松龄对《聊斋志异》的修改　劳洪/《文学评论》1980.4

略谈《聊斋志异》在中国小说史上的地位　蓝翎/《文史哲》1980.6

《聊斋志异》刻划人物性格的几点特色　李厚基/《文史哲》1980.6

对《〈聊斋志异〉校、释质疑》的两点商榷　刘凯鸣/《南开学报》1980.1

《聊斋》故事的开端与结尾(《聊斋志异》结构艺术漫笔之一)　李厚基/《光明日报》1980.7.30

一篇一境界,一花一精神(《聊斋志异》艺术技巧初谈)　孙一珍/《北京师范学院学报》1981.2

似真似幻,诞而近情(《聊斋志异》艺术琐谈)　唐富龄/《武汉大学

学报》1981.6

巧妙的开头和结尾(读《聊斋志异》札记)　刘欣中/《河北大学学报》1981.4

浅谈《聊斋志异》的时代气息　李灵年/《南京师范学院学报》1981.3

略谈《聊斋志异》的情节　张载轩/《文艺研究》1981.6

《聊斋志异》与〈搜神记〉　孙一珍/《山西师范学院学报》1981.2

《聊斋志异》的人性美、人情美初探　任孚先/《河北大学学报》1981.2

《聊斋志异》的民族语文版本和外文译本　王丽娜/《文学遗产》1981.1

补《聊斋志异》序文一则　罗方/《文学遗产》1982.2

《聊斋志异》中的诗词　连波/《河南师范大学学报》1982.1

《聊斋志异》情节简论　张稔穰、李永昶/《文学遗产》1982.1

《聊斋志异》的现实主义成就　孙一珍/《北京师范大学学报》1982.6

《聊斋志异》幻化四题　罗宗阳、汪少华/《江西大学学报》1982.3

试论《聊斋志异》的讽刺艺术　徐传武/《山东大学文科论文集刊》1982.2

《聊斋志异》人物命名索寓　胡渐逵/《湖南教育学院分院论文选刊》1982.1

一部现实主义与浪漫主义相结合的作品:试论《聊斋志异》的创作方法孙菊园、孙逊/蒲松龄研究集刊,齐鲁书社 1982.3

《聊斋志异》版本略述　骆伟/蒲松龄研究集刊,齐鲁书社 1982.3

论《聊斋志异》中鬼狐形象复合统一的特点　张稔穰/《齐鲁学刊》1982.1

论《聊斋志异》中的妇女主题 任孚先/《齐鲁学刊》1982.1

略谈《聊斋志异》的讽刺艺术 刘欣中/《河北师范大学学报》1982.2

略论《聊斋志异》人物塑造的特点 王启忠/《北京师范学院学报》1982.2

艺术与道德并存(读《聊斋志异·西湖主》随想) 宁宗一/《南开学报》1983.2

论《聊斋志异》的典型环境创造 任孚先/《东岳论丛》1983.1

论《聊斋志异》中的封建官僚形象 孙一珍/《辽宁大学学报》1983.6

《聊斋志异》中知识分子形象的时代感 孙一珍/《北京师范学院学报》1983.4

《聊斋志异》所反映的商人生活及蒲松龄的商人意识 于天池/《文学遗产》1983.3

《聊斋志异》语言特色简论 张稔穰/《文学遗产》1983.2

《聊斋志异》的情节结构 张晋/《齐鲁学刊》1983.3

《聊斋志异》的精灵形象 房松龄/《辽宁教育学院学报》1983.4

《聊斋志异》的家庭伦理道德主题 任孚先/《文史哲》1983.2

清人改编《聊斋志异》故事戏曲叙录 车锡伦/曲苑《(1)江苏古籍出版社》1984

试论《聊斋志异》成功的历史条件 王枝忠/《宁夏教院学刊(文科版)》1984.3

清初社会的照妖镜:《聊斋志异》琐议之一 赵浚/《兰州大学学报》1984.2

《聊斋志异》中的散文小品 马瑞芳/《淄流》1984.4

《聊斋志异》中的妒妇形象及蒲松龄的妇女观 张小忠/《上海师范

学院学报》1984.2

《聊斋志异·金和尚》本事考　张崇琛/《兰州大学学报》1984.3

《聊斋志异》情节艺术探胜三题　卢今/《辽宁师范大学学报》1984.4

一生遭尽揶揄笑,撰定奇书万古传:《聊斋志异》创作过程探源　马瑞芳/《社会科学辑刊》1985.1

也谈《聊斋志异》的民族思想　王枝忠/《宁夏社会科学》1985.3

浅谈《聊斋志异》中"异史氏曰"　李梦生/《江淮论坛》1985.2

论《聊斋志异》中的寓言　林植峰/《衡阳师范专科学校学报》1985.2

论《聊斋志异》中的异类形象　任孚先/《齐鲁学刊》1985.5

《聊斋志异》意境创造三题　张稔穰/《聊城师范学院学报》1985.2

略谈《聊斋志异》的梦境描写　张福深/《锦州师范学院学报》1985.2

《聊斋志异》"异史氏曰"的思想和艺术　任孚先/《文学评论》1985.2

《聊斋志异·偷桃》考源　张远芬/《徐州师范学院学报》1985.1

论《聊斋志异》的心理描绘　任孚先/《东岳论丛》1985.3

《聊斋志异》与六朝志怪小说　田汉云/《扬州师范学院学报》1986.1

试谈《聊斋志异》中的贪贿故事　周超/《南京教育学院学报》1986.2

试论《聊斋志异》情节变化的特色　张辉、刘思显、刘中光/《聊城师范学院学报》1986.2

从文言小说的写实传统看《聊斋志异》的创作思想　王枝忠/《中州学刊》1986.2

论《聊斋志异》的民俗描绘　任孚先/《淮北煤炭师范学院学报》1986.2

关于《聊斋志异》的成书年代　王枝忠/《齐鲁学刊》1987.5

论《聊斋志异》的童话特色　林植峰/《衡阳师范专科学校学报》

1987.1

《聊斋志异》民族思想新探 许天琪/《上海师范大学学报》1987.2

论《聊斋志异》对爱情题材的拓展 唐富龄/《武汉大学学报》1987.3

略论《聊斋志异》艺术构思的情感色彩 李灵年/《南京师范大学学报》1987.3

试谈蒲松龄的民俗观:读《聊斋志异》札记 张桂莲、张映琪/《西北师范学院学报》1987.4

谈《聊斋志异》肖像描写 徐传武/《聊城师范学院学报》1987.1

试论《聊斋志异》的艺术节奏 李永昶/《济宁师范专科学校学报》1987.1

谈《聊斋志异》的文体 张载轩/《淮阴师范专科学校学报》1987.1

情趣·个性·命运:谈《聊斋志异》中的少年儿童形象 区克莎/《学术论坛》1987.6

婆心救世,曲笔为之:《聊斋志异》因果报应问题辨正 王能宪/《江西师范大学学报》1987.1

论《聊斋志异》的商贾形象 王平/《东岳论丛》1988.5

论《聊斋志异》创作心理中的潜在意识 王平/《文史哲》1988.4

内心世界的物化和外化:《聊斋志异》心理描写初探 安国梁/《中州学刊》1988.2

论以志怪写情爱的结构模式:兼谈《聊斋志异》的创新 李永祥/《东岳论丛》1988.2

谈《聊斋志异》的人物描绘 林同/《海南大学学报》1988.2

试以心理学的观点分析《聊斋志异》中的人物心理描写 孙树木/《聊城师范学院学报》1988.4

“痴”:《聊斋志异》的一个重要情感范畴　陈文新/《武汉大学学报》1989.4

《聊斋志异》与唐代传奇　田汉云/《扬州师范学院学报》1989.1

《聊斋志异》中的复仇女神　刘正民、张广咏/《新疆师范大学学报》1989.4

古艳清新,文采焕映:《聊斋志异》语言艺术探微　张综/《河南大学学报》1989.5

最初的《聊斋志异》评论　王枝忠/《云南教育学院学报》1989.4

试论《聊斋志异》批判科举制度的历史意义　王枝忠/《宁夏社会科学》1989.3

关于《聊斋志异》评价的三个问题　钟明奇/《明清小说研究》1990.1

从《聊斋志异》与《阅微草堂笔记》的比较看文言笔记小说创新的得失　王同书/《复旦学报》1990.2

《聊斋志异》反讽艺术谈　安国梁/《郑州大学学报》1990.3

《聊斋志异》与社会现实　马瑞芳/《社会科学》1990.11

《聊斋志异》对冥界题材的开拓　马瑞芳/《文史哲》1990.6

虚幻成分在《聊斋志异》中的运用　陈家宁/《北京师范学院学报》1990.2

蒲松龄的科举经历与《聊斋志异》创作　王枝忠/《齐鲁学刊》1990.4

徘徊在理想与现实之间:《聊斋志异》心解(论纲)　王枝忠/《社会科学辑刊》1991.1

东海西海,心理攸同:《聊斋志异》与《十日谈》爱情观之比较　钟明奇/《苏州大学学报》1991.3

《异史》:《聊斋志异》的易名抄本　袁世硕/《山东大学学报》1991.3

《聊斋志异》与民间神灵 战化军/《明清小说研究》1991.1

《聊斋志异》理趣欣赏 陈文新/《名作欣赏》1991.4

《聊斋志异》本事补 谭兴戎/《河南师范大学学报》1991.4

晚明启蒙思潮在《聊斋志异》中的回响 何天杰/《学术研究》1992.5

浅谈《聊斋志异》的艺术心理节奏美 李厚基/《山东大学学报》1992.2

蒲松龄的寒士际遇与《聊斋志异》中的寒士画像 屈小玲/《阴山学刊》1992.1

论蒲松龄对《聊斋志异》的理解 王子宽/《福建师大学报》1992.1

论《聊斋志异》的审美特征 王子宽/《福建学刊》1992.3

论《聊斋志异》的变形艺术 安国梁/《文艺理论研究》1992.4

论《聊斋志异》"尧女于归型"叙事模式 安国梁/《中州学刊》1992.2

苦闷·孤独·期待:关于《聊斋志异》意蕴的一种阐释 杜桂萍/《学习与探索》1992.3

《聊斋志异》中男性的爱情追求 李春甫/《烟台师范学院学报》1992.3

初稿本《聊斋志异》考 邹宗良/《山东大学学报》1992.2

《聊斋志异》美感探源 张稔穰、王中敏/《山东大学学报》1992.2

《聊斋志异》的叙事特征 杨义/《江淮论坛》1992.3

《聊斋志异》的文化心理阐释 辛平/《北京大学研究生学刊》1992.2

《聊斋志异·山市》本事人物考 杨海儒/《明清小说研究》1992.3

《聊斋志异》婚恋问题新探 安国梁/《文学评论》1992.5

《聊斋志异》非感伤文学 唐富龄/《武汉大学学报》1993.1

论《聊斋志异》的"仁" 安国梁/《河南大学学报》1993.2

《聊斋志异》与传统文化心理　王枝忠/《中州学刊》1993.2

论《聊斋志异》精神再生型故事　安国梁/《中国文学研究》1993.4

《聊斋志异》女侠形象论略　王茂福/《宁夏大学学报》1993.4

拯济苍生之志与魑魅魍魉世界:论《聊斋志异》对吏治的批评　屈小玲/北方论丛 1993.4

《聊斋志异》中的隐喻　石育良/《求是学刊》1993.5

《聊斋志异》民族意识辨析　安国梁/《郑州大学学报》1993.5

论《聊斋志异》的恐怖美　孟庆章/《长沙水电师范学院社会科学学报》1993.3

《聊斋志异》的情节艺术　王德富/《郑州大学学报》1994.3

从《聊斋志异》看蒲松龄的妇女观　何良玉/《中国文学研究》1994.4

冷淡如僧著《聊斋》:从佛教看蒲松龄和《聊斋志异》　陈洪/《明清小说研究》1994.4

幻象世界的独特创造:论《聊斋志异》的奇幻和构思　刘烈茂/《中山大学学报》1994.3

幻化怪异,喻世讽时:二论《聊斋志异》中的动物描写　陈炳熙/《南开学报》1994.6

关于《聊斋志异》的批评、公论、价值与地位　陈炳熙/《南开学报》1994.1

论《聊斋志异》的"陌生化"技巧　安国梁/《郑州大学学报》1995.1

《聊斋志异》讽刺艺术管窥　梅显懋/《辽宁师范大学学报》1995.1

从《聊斋志异》看蒲松龄的内心世界　李忠明/《南京师范大学学报》1995.1

死亡与鬼魂形象的文化学阐释:《聊斋志异》散论　石育良/《中山

大学学报》1995.2

试析《聊斋志异》与《阅微草堂笔记》审美创作之异趣 李剑锋/《山东师范大学学报》1995.3

曲折幻变的虎狼犬马驴形象:论《聊斋志异》中的动物描写 陈炳熙/《国际关系学院学报》1995.1

蒲松龄的自我确认与人生感慨:论《聊斋志异》的“狂生”形象 陈文新/《明清小说研究》1995.4

《搜神记》与《聊斋志异》中的神仙鬼怪 李剑峰/《松辽学刊》1995.4

《聊斋志异》中的医与药 刘晓林/《衡阳师范专科学校学报》1996.5

《聊斋志异》中的“阿尼玛”原型 杨瑞/《中国人民大学学报》1996.6

解读《聊斋志异》故事中的影子原型 杨瑞/《北京大学学报》1996.5

《聊斋志异》情爱模式的深层意识 翁容/《明清小说研究》1996.3

谈《聊斋志异》中狐的描写 孙树木/《淄博师范专科学校学报》1996.2

从《聊斋志异》看蒲松龄的任侠意识 王振星/《衡阳师范专科学校学报》1996.4

论《聊斋志异》的人情味 陈炳熙/《南开学报》1996.3

《聊斋志异》中的男女平等意识 刘文沛/《名作欣赏》1996.3

化腐朽为神奇:从《聊斋志异》看宗教故事的艺术变形 张振军/《辽宁师范大学学报》1996.2

搜神写世态,谈鬼话人情:《聊斋志异》又一类主题述评 赵金维/《北方论丛》1996.1

《聊斋志异》艺术风格管见:从情节视角的观照 程显平/《辽宁教育学院学报》1996.4

论蒲松龄对《聊斋志异》的修改　王子宽/《明清小说研究》1996.4
孤愤心态与《聊斋志异》的创作　杨广敏/《齐鲁学刊》1996.6
《聊斋志异·偷桃》篇的民俗学价值　吴迪/《江海学刊》1996.6
隐秀:《聊斋志异》的美学特质　樊月娟/《北方论丛》1997.2
论《聊斋志异》中的"男性叙事视点"　李延贺/《社会科学辑刊》1997.2
道德的困境:论《聊斋志异》中士阶层的道德观　汪龙麟/《齐鲁学刊》1997.2
清代诸家批点《聊斋志异》述评　盛伟/《南开学报》1997.1
《聊斋志异》中家庭女性的进步意识　闫艳/《语文学刊》1997.1
《聊斋志异》中的母亲原型　〔美〕杨瑞/《文史哲》1997.1
《聊斋志异》艺术风格管见:从语言视角的观照　程显平/《辽宁教育学院学报》1997.3
从《聊斋志异》中的人妖世界看蒲松龄的精神自慰　李淑琴/《西北大学学报》1997.2
浅谈《聊斋志异》讽刺艺术的美学风格　黄伟/《长沙电力学院社会科学学报》1997.3
谈谈《聊斋志异》中婚恋叙事模式:女权主义批评方法实验　袁书会/《西藏民族学院学报》1997.3
《聊斋志异》宗教现象读解　刘敬圻/《文学评论》1997.5
论《聊斋志异》的审美观　安国梁/《河南大学学报》1997.3
《聊斋志异》的爱情描写与文化背景　张筱梅/《明清小说研究》1997.2
浅探《聊斋志异》创作心态的复杂性　朱世民/《菏泽师范专科学校

学报》1997.1

蒲松龄与中国的“孝”文化传统　张光兴/《蒲松龄研究》1997.1

论《聊斋志异》的电影化风格　史素瑛/《上海大学学报》1997.1

论《聊斋志异》生命艺术化　盖光/《蒲松龄研究》1998.1

论《聊斋志异》的故事性　陈炳熙/《文艺理论研究》1999.3

集腋为裘 点石成金——从故事渊源看《聊斋志异》的继承与创新　谢倩/《蒲松龄研究》1999.1

热腔骂世与冷板敲人——《聊》与《儒》对八股科举态度之比较　王昊/《明清小说研究》1999.4

《儒林外史》研究

吴敬梓对清代文化专制主义的批判　朱泽吉/《河北大学学刊》1980.2

论《儒林外史》语言的艺术风格　傅继馥/《江淮论坛》1980.4

从《范进中举》谈《儒林外史》的讽刺艺术　周先慎/《北京大学学报》1980.5

鲁迅与《儒林外史》　孙昌熙/《吉林师范大学学报》1980.2

关于吴敬梓的民族思想问题　吴组缃/《艺谭》1980.3

吴敬梓和释道“异端”　陈美林/《文史哲》1981.5

吴敬梓与竹林名士　李汉秋/《江淮论坛》1981.5

吴敬梓的用世思想与《儒林外史》的主题　朱泽吉/《河北师范学院学报》1981.1

《儒林外史》艺术美新探　王明居/《艺谭》1981.3

谈《儒林外史》的白描手法　赵山林/《艺谭》1981.3

《儒林外史》中的戏剧因素　鲁德才/《南开学报》1981.6

蒲松龄与吴敬梓　邵海清/《杭州大学学报》1982.3

《儒林外史》中的伦理思想问题　范宁/《学习与思考》1982.1

喜剧性和悲剧性的溶合——《儒林外史》的实践　宁宗一/《南开学报》1982.1

一代文人的厄运——《儒林外史》主题新探　傅继馥/《社会科学战线》1982.1

《儒林外史》版本源流考　李汉秋/《文学遗产》1982.4

新的突破在酝酿中——近三年来《儒林外史》研究述评　傅继馥/《安徽大学学报》1983.3

《儒林外史》的结构特点　樊善国/《北京师范大学学报》1983.5

《儒林外史》清代抄本初探　陈新/《文献》12 辑

批判倾向与讽刺倾向——谈《儒林外史》的批判现实主义特色　李汉秋/《光明日报》1984.4.24

关于《儒林外史》创作方法的一点思考:兼向李汉秋同志请教　周林生、苏海/《光明日报》1984.7.10

《儒林外史》是讽谕性的讽刺小说　王祖献/《光明日报》1984.8.28

《儒林外史》纪历　谈凤梁/《南京师范大学学报》1984.3

《儒林外史》中的人物进退场　陈美林/《文学遗产》1984.1

历史上《儒林外史》的评论　李汉秋/《社会科学辑刊》1984.2

从《儒林外史》看吴敬梓的审美理想　周月亮/《文学遗产》1985.4

狂·戚·谐·隐——从楔子看吴敬梓的审美追求　何永康/《名作欣赏》1985.6

吴敬梓的家世对其创作的影响　陈美林/《文学遗产》1985.1

论《儒林外史》的主题思想和结构艺术　潘君昭/《南京师范大学学报》1985.1

论《儒林外史》人物的性格　陈美林/《中国古典文学论丛》第2辑

吴敬梓的门阀意识　陈美林/《明清小说研究》第4辑

析《儒林外史》中的民主主义思想萌芽　刘强/第3辑

《儒林外史》讽刺艺术的特点和成就　简茂森/《古典文学论丛》第5辑

人物心灵的摄相——谈《儒林外史》的心理描写　胡金望/《安庆师范学院学报》1986.4

《儒林外史》研究方法述评　李汉秋/《文学遗产》1986.1

《儒林外史》与《死魂灵》的比较研究　刘登东/《重庆师范学院学报》1987.4

再论《儒林外史》的结构　平慧善/《杭州大学学报》1987.1

《儒林外史》和清初学术思想　徐明安/《淮北煤炭师范学院学报》1987.3

吴敬梓具有生父和嗣父的新证　孟醒仁、孟凡经/《安徽大学学报》1988.1

吴敬梓思想论纲　邓韶玉/《河北大学学报》1988.1

《儒林外史》与其时代　张国风/《文献》1988.4

《儒林外史》情节素材新辑　李汉秋/《明清小说研究》1988.1

《儒林外史》主题新说　董国炎/《山西大学学报》1989.3

评《儒林外史》中的两组女性人物　力文/《宁波师范学院学报》1989.2

两个吝啬鬼 一副讽世心：严监生与泼留希金的性格模式浅论　毛

德富/《郑州大学学报》1989.1

《儒林外史》为何以王冕开篇　丘振声/《阅读与写作》1990.4

巧用谚语 谴责官场——《儒林外史》纵横谈之四　丘振声/《阅读与写作》1990.9

《儒林外史》的美学特色　赵山林/《明清小说研究》1990.2

《儒林外史》隐匿性讽刺描写　王定焕/《宁波师范学院学报》1991.

一幅围着"功名富贵"旋转的世相图——对《儒林外史》主题的再认识　卢敬川/《江汉论坛》1991.7

惊人的相似 深刻的差异:葛朗台与严监生的比较研究　宋端兰/《广西师范大学学报》1991.3

略论现代作家对《儒林外史》的评价和继承　李汉秋/《明清小说研究》1991.1

披洒在落照时分的心灵之光——论《儒林外史》中一种新的生活理想及其时代和声　韩石/《明清小说研究》1991.2

谈《儒林外史》里的严贡生和虞华轩　李汉秋/《宁波师范学院学报》1991.2

《儒林外史》对八股取士制度的批判　秦川/《重庆师范学院学报》1992.1

论《儒林外史》的语言艺术　周中明/《安徽大学学报》1993.1

史传文学的影响与情节模式的突破:《儒林外史》的结构创新及其意义杜志军/《河北学刊》1993.6

《儒林外史》与史传文学人物的类型　杜志军/《江淮论坛》1993.4.5.7

《儒林外史》取材来源补笺　房曰晰/《明清小说研究》1993.1

祭泰伯祠与《儒林外史》的文化意向　皋于厚/《南京师范大学学

报》1993.2

《儒林外史》“真儒”形象新议　皋于厚/《明清小说研究》1993.3

《儒林外史》的“苦难感”　刘士林/《明清小说研究》1993.3

杜少卿形象漫论　平慧善/《浙江学刊》1993.6

贾宝玉与杜少卿形象之比较　刘瑞平/《中国文学研究》1993.3

从小说文体演变看《儒林外史》与《红楼梦》的类型品位　宁宗一/《社会科学战线》1994.1

青山正补墙头神缺:《儒林外史》本事举隅　李庆西/《文艺评论》1994.6

《儒林外史》本事溯源拾遗　王欲祥/《明清小说研究》1994.2

《儒林外史》张评略议　陈美林/《文学遗产》1994.3

略论《儒林外史》齐省堂评　陈美林/《河北师范学院学报》1994.3

杜慎卿论　陈美林/《明清小说研究》1994.3

《儒林外史》的思想、艺术及版本说略　陈美林/《南京社会科学》1994.10

庄尚志论　陈美林/《南京师范大学学报》1994.4

论《儒林外史》的“小人物”　谈凤粱、沈新林/《明清小说研究》1994.2

一曲文坛的挽歌:试论《儒林外史》的文化意蕴　胡发贵/《明清小说研究》1994.2

《儒林外史》妇女形象脞谈　蔡景康/《厦门大学学报》1994.3

对读匡超人与王玉辉的故事　周月亮/《河北师范学院学报》1994.3

《儒林外史》结构艺术新探　楼建平/《江西师范大学学报》1994.4

《儒林外史》的时空操作与叙事谋略　杨义/《江淮论坛》1995.2—3

虞育德论　陈美林/《明清小说研究》1995.1

《儒林外史》:文化反思与整合的艺术显示　王平/《天津师范大学学报》1995.6,96 1—4

《儒林外史》中墨选活动的商品经济因素　顾冠华/《齐鲁学刊》1995.6

《儒林外史》的讽刺意识与叙事特征　孟昭连/《南开学报》1996.2

对《儒林外史》不能评价过高　钟焰/《理论月刊》1996.1

究竟是回归,还是叛逆——《红楼梦》与《儒林外史》社会观念的比较研究　张锦池/《红楼梦学刊》1996.2

误解与反讽——略论《儒林外史》所揭示的文化与现状的矛盾　周月亮/《清华大学学报》1996.3

《儒林外史》与中国士文化　胡益民、周月亮/《名作欣赏》1996.5

《儒林外史》是讽刺,还是批判现实主义　赵宽熙/《明清小说研究》1997.1

新发现的吴敬梓研究资料　蒋寅/《扬州大学学报》1998.4

颠覆传统——《儒林外史》的解构主义特征　陈文新、鲁小俊/《武汉大学学报》1998.2

《儒林外史》:理性作家的理性小说　朱万曙/《安徽大学学报》1998.2

《儒林外史》里的儒道互补　李汉秋/《文学遗产》1998.1

短篇其表 长篇其里——《儒林外史》结构新探　徐又良/《社会科学研究》1998.1

论《儒林外史》的纪传性结构形态　张锦池/《文学遗产》1998.5

《儒林外史》文体渊源试探　王进驹/《广西师范学院学报》1999.1

吴敬梓《诗说》劫后复存　周兴陆/《复旦学报》1999.5
《儒林外史》假托明代论　杜贵晨/《中国人民大学学报》2000.1

《红楼梦》研究

"谁解其中味"——有关《红楼梦》的若干问题讨论　舒芜/《红楼梦学刊》1980.1
《红楼梦》爱情题材的评价　徐朔方/《文学遗产》1980.1
《红楼梦》第四回和总纲　沈天佑/《北京大学学报》1980.1
从第四回看《红楼梦》　王一纲/《红楼梦学刊》1980.3
一部对时代生活感到痛绝的书——论《红楼梦》的思想内容及其社会意义　蒋和森/《红楼梦研究集刊》1980.5
以贾府为代表的封建家族衰亡史——谈《红楼梦》的主题与主线　孙逊/《红楼梦研究集刊》1980.5
《红楼梦》的艺术特色和成就　蒋和森/《红楼梦研究集刊》1980.2
论《红楼梦》的物的描写　陈毓罴/《红楼梦研究集刊》1980.2
情趣盎然——《红楼梦》语言艺术管窥　周中明/《红楼梦学刊》1980.3
"闺情"题材·社会主题·特殊笔法——《红楼梦》散论　傅继馥/《文学遗产》1980.1
曹雪芹的艺术观　童庆炳/《北京大学学报》1980.1
曹雪芹画像辨伪补说　陈毓罴、刘世德/1980.3
"石兄说"质疑　薛瑞生/《文艺研究》1980.2
关于《红楼梦》的后四十回　吴小如/《红楼梦研究集刊》1980.2
高鹗续书功过辨　严云绶/《艺谭》1980.2

《红楼梦》人物命名的艺术　傅继馥/《红楼梦学刊》1980.2

关于贾宝玉评论中的几个问题　丁振海/《红楼梦研究集刊》1980.4

论贾探春　薛瑞生/《陕西师范大学学报》1980.2

红学三十年　刘梦溪/《文艺研究》1980.3

论《红楼梦》的主题　朱彤/《红楼梦学刊》第1辑

《红楼梦》题名探原　孔祥贤/《群众论丛》1981.2

清初蒙学与《红楼梦》　张毕来/《红楼梦研究集刊》第7辑

"红袖"与"情痴"爱情与政治　曾扬华/《红楼梦学刊》第4辑

"新人"贾宝玉新在哪里　舒芜/《红楼梦研究集刊》第6辑

略论贾宝玉的妇女观　林星汉/《新疆师范大学学报》1981.2

论林黛玉的觉醒和宝玉的蛰眠　林楠/《河北大学学报》1981.2

探春论　白盾/《芜湖师范专科学校学报》1981.1

论秦可卿　张锦池/《红楼梦研究集刊》第6辑

历史性的突破　傅继馥/《红楼梦研究集刊》第7辑

胸中自有千丘万壑　吕启祥/《红楼梦研究集刊》第6辑

"红学"与美学　胡经之/《光明日报》1981.11.30

关于曹雪芹的美学观　韩进廉/《红楼梦学刊》1981.第2辑

《红楼梦》与中国文学的发展　蒋和森/《红楼梦学刊》1981.第2辑

《红楼梦》与古代文学的关系　聂石樵/《红楼梦研究集刊》第6辑

脂评的文艺批评思想　于朝瑞/《武汉师院汉口分部校刊》1981.1

魏绍昌《红楼梦版本小考》代序　吴组缃/《红楼梦学刊》1981.3

红楼残梦试追寻　徐恭时《红楼梦研究集刊》第7辑

略谈《红楼梦》后四十回哪些是曹雪芹原稿　周绍良/《红楼梦研究集刊》第6辑

现实主义的小说和非现实主义的评论　何满子/《光明日报》1981.8.5

《红楼梦》与清代政治管见　廖仲安、宋浩庆/《红楼梦研究集刊》第6辑

《红楼梦》主题辨　邓遂夫/红岩1981.1

文学传统与《红楼梦》的诞生　王勉/《红楼梦研究集刊》第8辑

论《红楼梦》中的色、空观念　苏鸿昌/《红楼梦学刊》1982.4

论《红楼梦》人物的悲剧性　石昌渝/《华中工学院学报》1982.1

就儒学及其对立面的矛盾关系考察贾宝玉的异端思想　张毕来/《红楼梦学刊》1982.3—4辑

也说薛宝钗——兼论钗黛形象的对立　商志荣/《锦州师范学院学报》1982.1

也谈晴雯——兼及晴雯评价中的几个问题　何权衡/《郑州师范专科学校学报》1982.1

胸中意匠巧经营　胡小伟/《红楼梦研究集刊》第8辑

佳作结构类天成　薛瑞生/《文艺研究》1982.3

脂砚斋论人物塑造管窥　杨星映/《红楼梦学刊》1982.3

脂批"自传说"考　郝延霖/《学术月刊》1982.3

应当重视红学史的研究工作　郭豫适/《华东师范大学学报》1982.2

什么是红学　周汝昌/《河北师范大学学报》1982.3

《石头记》的主题思想究竟是什么　郝忻/《红楼梦学刊》1983.4

论《红楼梦》的主线　何宁/《红楼梦学刊》1983.4

曹雪芹的"补天"思想再探讨　程鹏/《学习与思考》1983.5

论贾宝玉　徐朔方/《红楼梦研究集刊》第10辑

论薛宝钗性格　吴颖/《红楼梦研究集刊》第10辑

任是无情也动人　俞晓红/《红楼梦学刊》1983.4

《红楼梦》的现实主义悲剧结构　刘建军/《西北大学学报》1984.1

衔山抱水建来精　韩进廉/《红楼梦研究集刊》第10辑

略《红楼梦》论中的时空观念　毛庆其、郭小湄/《红楼梦研究集刊》第10辑

论《红楼梦》艺术研究　杜景华/《沈阳师范学院学报》1983.2

《红楼梦》与中国传统美学观　段启明/《红楼梦学刊》1983.2

试论高鹗续作之功　白盾/《光明日报》1983.2.15.

《红楼梦》后四十回与前八十回细节描写之辨析　石昌渝/《红楼梦研究集刊》第10辑

论甲戌本"凡例"的作者及写作年代　李梦生/《红楼梦研究集刊》第10辑

清初才子佳人小说与《红楼梦》　黄立新/《红楼梦研究集刊》第10辑

曹雪芹与李渔　胡小伟/《北方论丛》1983.5

新发现的曹頫获罪档案史料考析　张书才/《历史档案》1983.2

"曹雪芹画像"调查小组的调查报告　河南博物馆/《中原文物》1983.2

论目前红学研究中的若干问题　胡文彬/《求是学刊》1983.2

"历史"与"现实主义历史"　程鹏/《红楼梦学刊》1983.2

评新红学派　应必诚/《复旦学报》1983.4

也谈什么是红学　应必诚/《文艺报》1984.3

"红学"与"红楼梦研究"的良好关系　周汝昌/《文艺报》1984.6

我看红学　赵齐平/《文艺报》1984.8

论“红学”索隐派 石昌渝/《红楼梦研究集刊》第11辑

评《红楼梦》研究中的“新索隐说” 胡小伟/《文学遗产》1984.3

评王国维的《红楼梦评论》 曾镇南/《福建论坛》1984.4

建国以来《红楼梦》研究中的几个问题 李广柏/《红楼梦研究集刊》第11辑

论曹雪芹 胡文彬/《北方论丛》1984.3

《红楼梦》思想内容的再探讨 李广柏/《华中师范学院学报》1984.3

论曹雪芹在《红楼梦》创作中的“大旨谈情” 苏鸿昌/《红楼梦研究集刊》第11辑

《红楼梦》与启蒙主义人性思潮 张锦池/《红楼梦学刊》1984.1

《红楼梦》与五四小说 杨义/《红楼梦学刊》1984.1

谈谈《红楼梦》形象体系的辩证机趣 吕启祥/《北方论丛》1984.1

千红一笑 万艳同悲 韩进廉/《河北师范大学学报》1984.2

论袭人、平儿的塑造以及人物个性与共性的关系 王昌定/《红楼梦研究集刊》第11辑

史湘云论 崔子恩/《红楼梦研究集刊》第11辑

从晴雯之死一节看曹雪芹的美学观 吴调公/《红楼梦研究集刊》第11辑

《红楼梦》与中国传统美学 梁归智/《红楼梦学刊》1984.1

《红楼梦》中的实境和借境 林方直/《红楼梦研究集刊》第11辑

《红楼梦》的意境表现浅谈 李彤/《红楼梦学刊》1984.1

曹雪芹在典型形象塑造上的新贡献 周中明/《文学评论》1984.2

关于曹寅子侄的几个问题 张书才/《江海学刊》1984.6

《红楼梦》脂评中的“囫囵语”说的理论意义 陈洪/《天津社会科

学》1984.2

论《红楼梦》的悲剧精神　费秉勋/《红楼梦研究集刊》第12辑

关于评价宝黛爱情悲剧的两个问题　王中行/《贵阳师范学院学报》1985.2

双重悲剧与《红楼梦》的主题　廖可斌/《红楼梦学刊》1985.4

曹雪芹与高鹗悲剧观探异　梁归智/《山西大学学报》1985.1

读《红楼梦》断想　何满子/《红楼梦研究集刊》第12辑

《红楼梦》矛盾论　吴国光/《红楼梦学刊》1985.2

《红楼梦》中的自我与家庭　余国藩/《红楼梦研究集刊》第12辑

林黛玉性格世界透视　何永康/《红楼梦研究集刊》第12辑

论林黛玉形象的历史意义　吴颖/《红楼梦研究集刊》第12辑

试论林黛玉的悲剧性格　胡子实/《芜湖师范专科学校学报》1985.1

论妙玉的悲剧　宋鸿文/《红楼梦学刊》1985.1

论《红楼梦》形象体系的构成　傅继馥/《红楼梦研究集刊》第12辑

大观园的艺术价值　曾保泉/《济宁师范专科学校学报》1985.3

《红楼梦》艺术节奏和美学探索　吴功正/《红楼梦学刊》1985.3

论《红楼梦》的思想和艺术　应必诚/《中国社会科学》1986.2

清初学术思想学风文风的时代特征与《红楼梦》　张毕来/《贵州师范大学学报》1986.2

《红楼梦》主题思想的再认识　沈天佑/《红楼梦学刊》1986.2

《红楼梦》主题多义性论纲　刘敬圻/《红楼梦学刊》1986.4

贾宝玉散论　王昌定/《红楼梦研究集刊》第13辑

贾宝玉心解　袁世硕/《文史哲》1986.4

略谈林黛玉艺术典型的悲剧结构　庄克华/《厦门大学学报》1986.2

凤姐黛玉潘金莲的一分为二　林文山/《山西师范学院学报》1986.3

凤姐的形象为什么这样生动活泼　周中明/《红楼梦研究集刊》第13辑

试论《红楼梦》人物形象体系　王启忠/《齐齐哈尔师范学院学报》1986.3

《红楼梦》的艺术构思及其悲剧美　黄祖良/《北方论丛》1986.3

《红楼梦》叙述的视角与口角　傅憎享/《北方论丛》1986.2

丹青入巧思　胡小伟/《红楼梦研究集刊》第13辑

曹氏家族败落原因特论　朱淡文/《红楼梦学刊》1986.4

己卯本《脂砚斋重评石头记》是怎样抄成的　劳德宝/《红楼梦研究集刊》第13辑

俞平伯《红楼梦》研究的再评价　魏同贤/《文学遗产》1986.2

明清婚姻自由的社会思潮与《红楼梦》　黄立新/《贵州大学学报》1988.3

《红楼梦》中的王熙凤与《名利场》中利蓓加形象之比较　董宁/《山西大学学报》1988.4

俞平伯《红楼梦研究》"自传说"辨正　郑褰/《光明日报》1988.1.22

当代红学革命的"典范"问题和路向问题　吴颖、吴二持/《汕头大学学报》1988.1

"红学"四十年　胡明/《文学评论》1989.1

《红楼梦》研究的反省与批判　于绍卿/《文学评论》1989.1

"红学"的困境与出路　周建渝/《文学评论》1989.1

政治介入学术的悲剧——对1954年批判俞平伯《红楼梦研究》的思考　石昌渝/《文学遗产》1989.3

建国后一个红学派的产生与迷误:“市民说”与“传统说”理论关系述评　李文鼎/《文学遗产》1989.3

曹学叙论　冯其庸/《红楼梦学刊》1991.4

曹雪芹脂砚斋畸笏叟三者关系之探索　孙逊/《红楼梦学刊》1991.3

道德·社会·情绪·人生　陈冬季/《红楼梦学刊》1991.3

搜捡大观园评说　王蒙/《文学遗产》1990.2

宝玉不肖　端木蕻良/《红楼梦学刊》1991.4

王熙凤形象随想　沈天佑/《红楼梦学刊》1991.4

冷月清窗话黛玉　李兰、杜敏/《红楼梦学刊》1991.3

迎春是谁的女儿　刘世德/《红楼梦学刊》1991.4

己卯本和庚辰本的分流与再会合　杨传容/《红楼梦学刊》1991.4

自然人格与社会人格的冲突——贾宝玉与薛宝钗性格比较　万晴川/《西北师范大学学报》1992.2

论《红楼梦》悲观主义　贾永华/《晋阳学刊》1992.4

章回体的衰变与困扰——《红楼梦》叙事体制上的变革与折衷　李庆信/《社会科学研究》1992.4

钗黛合一新论　王蒙/《上海文学》1992.2

曹雪芹墓石目见记　冯其庸/《文汇报》1992.8.16.

对“曹公讳霑墓”碑质疑　周汝昌/《解放日报》1992.8.16.

重评胡适的红楼梦版本考证　欧阳健/《明清小说研究》1991.3

红楼梦“两大版本系统”说辩疑　欧阳健/《复旦学报》1991.5

《春柳堂诗稿》曹雪芹史料辨疑　欧阳健/《明清小说研究》1992.1

脂斋辨考　欧阳健/《求是》1992.1

脂批伪证辨　欧阳健/《贵州社会科学》1992.7

脂砚斋能出于刘铨福的伪托吗 宋谋瑒/《红楼梦学刊》1993.3

甲戌本、刘铨福、孙桐生 杨光汉/《红楼梦学刊》1993.3

同君共斟酌 唐顺贤/《红楼梦学刊》1993.3

张宜泉的时代与《春柳堂诗稿》的真实性、可靠性 刘世德/《红楼梦学刊》1993.3

索隐派红学的文化渊源 林冠夫/《红楼梦学刊》1993.1

《红楼梦》与中国传统文化关系述略 邓云乡/《红楼梦学刊》1993.2

《红楼梦》与"等级结构"的封建文化 段启明/《红楼梦学刊》1993.2

再谈曹雪芹的结构学 张锦池/《红楼梦学刊》1993.2

论《红楼梦》的结构线 杜景华/《红楼梦学刊》1993.4

《红楼梦》艺术启示 沈天佑/《红楼梦学刊》1993.2

预叙:《红楼梦》的一种叙事技巧 陈国军/《红楼梦学刊》1993.4

无可奈何花落去——论贾政 关四平/《红楼梦学刊》1993.4

寒冰之下有激流——论李纨 赵安胜/《红楼梦学刊》1993.4

捧心西子玉为魂——论林黛玉 薛瑞生/《红楼梦学刊》1993.3

论《红楼梦》中的"沐皇恩""延世泽" 邹少雄/《中南民族学院学报》1993.5

红楼"骚"影——试论林黛玉与屈原之生死人性特征 曲沐/《贵州大学学报》1993.3

关于《红楼梦》作者研究的新发展 杨向奎/《齐鲁学刊》1994.1

论《红楼梦》的文化皈依和美学革命 李劼/《钟山》1994.1

《红楼梦》与中国现代女性文化形象的塑立 吕启祥/《红楼梦学刊》1994.1

自古穷通皆有定——《红楼梦》中的"命定"思想 胡文彬 1993.4

“衔玉而诞”小考 张晓琦/《求是学刊》1994.1

再论《红楼梦》的非现实主义品格 潘承玉/《中南民族学院学报》1994.2

《红楼梦》詈词描写的审美价值 黄德烈/《学术交流》1994.2

且说“贬高论” 白盾/《中南民族学院学报》1994.2

贾府教育散论 温宝麟/《西北师范大学学报》1994.2

试谈曹学的酝酿与形成 李春祥/《河南大学学报》1994.2

论《红楼梦》的叙事时空建构 李庆信/《社会科学研究》1994.3

《红楼梦》中的外来文化 黄龙/《东南文化》1994.3

脂批性质辨析 欧阳健/《贵州大学学报》1994.3

薛宝钗人格心理内涵论 王海洋/《红楼梦学刊》1994.3

钗黛之争叙评 刘炯/《江西师范大学学报》1994.2

还“红学”以学——近百年红学史之回顾 周汝昌/《北京大学学报》1995.4

莫衷一是话可卿——兼析宝玉之“幽梦” 万祥安/《江西社会科学》1995.7

深埋于心理底层的情愫——论李纨评价的一个盲点 杜奋嘉/《广西师范大学学报》1994.3

秦可卿之死辨 邹少雄/《中南民族学院学报》1995.1

论《红楼梦》诗词曲赋的艺术价值 秦德君/《东岳论丛》1995.1

试论《红楼梦》的眼目和白海棠诗 陶先淮、陶剑/《中国文学研究》1995.2

评丰润说 李广柏/《红楼梦学刊》1995.3

新丰润说论争述评 逍海/《红楼梦学刊》1995.3

《红楼梦》:男性想象力支配的女性世界　李之鼎/《社会科学战线》1995.6

红学问卷启示录　赵景瑜/《名作欣赏》1995.5

千秋功罪谁与评说——为程伟元与高鹗辨诬　胡文彬/《明清小说研究》1995.3

乐知儿语说《红楼》　俞平伯(遗作)/《文教资料》1995.4/5

一个塔状的心理需求多层系统——论《红楼梦》的贾母形象　杜奋嘉/《广西师范大学学报》1995.4

《红楼梦》笔法结构新思议　周汝昌/《文学遗产》1995.2

论《红楼梦》的诗性美　都本忱/《松辽学刊》1996.1

《红楼梦》春灯谜解读　林方直/《内蒙古大学学报》1996.2

宝、黛、钗为土、木、金相生相克说——《红楼梦》的五行结构　赵健伟/《天中学刊》1996.1

《红楼梦》的研究方法——中国化的一门学问　王蒙/《红楼梦学刊》1996.2

从《喧哗与骚动》和《红楼梦》看中西挽歌式悲剧精神　王瑜琨/《浙江大学学报》1996.2

论红学的边界性　陈维昭/《汕头大学学报》1996.1

关于《红楼梦》人物研究的思考　周五纯/《烟台大学学报》1996.3

脂砚斋辨　丁淦/《红楼梦学刊》1996.3

诗何以怨——《红楼梦》和《围城》的忧患意识　张俊、沈治钧/《北京师范大学学报》1996.5

论俞平伯红学观念的嬗变　吴国柱/《贵州大学学报》1996.4

《红楼梦》研究的意义——世纪之交检讨“红学”　梁归智/《山西大

学学报》1997.1

曹鼎望墓志铭、曹鈖墓碑释疑　刘世德/《红楼梦学刊》1997.2

千古文章未尽才　冯其庸/《红楼梦学刊》1997.2

正反悖谬风月镜——《红楼梦》对一种文化困境的意识与隐喻　梅向东/《安庆师范学院学报》1997.2

儒释道三教杂糅的末世愚顽——贾宝玉新论　王童/《南都学坛》1997.4

司棋论　王基/《上海大学学报》1997.4

《红楼梦》与《史记》:实录精神与托愤精神的二重变奏　梅新林、俞樟华/《浙江社会科学》1997.5

悲歌一曲水国吟——《红楼梦》水意象探幽　俞晓红/《红楼梦学刊》1997.2

曹雪芹祖籍论争述评　张庆善/《红楼梦学刊》1998.1

“红学探佚学”与结构论　陈维昭/《山西大学学报》1998.2

史湘云论　林冠夫/《华侨大学学报》1998.1

诗与梅:李纨的精神向度　季学原/《红楼梦学刊》1998.2

观念与方法:百年红学的启示　王平/《文史哲》1998.5

《红楼梦》版本源流概说　郑庆山/《红楼梦学刊》1998.4

怡红院的四大丫环(上)(下)　宋淇/《红楼梦学刊》1998.3—4

内敛态:《红楼梦》程本时间观念之表征　蒲向明/《南都学坛》1999.1

《红楼梦》谋略描写论　顾冠华/《江苏社会科学》1999.3

俞平伯和新红学　石昌渝/《文学评论》2000.2

文献·文本·文化研究的融通和创新:世纪之交红学研究转型与

前瞻　梅新林/《红楼梦学刊》2000.2

21世纪红学新路径之一《红楼梦》接受史研究　喻晓、闻钟/《红楼梦学刊》2000.3

追寻心灵文本:《红楼梦》解读的一种策略　宁宗一/《红楼梦学刊》2000.3

清代诗文研究

清诗词研究

浅谈清代诗话的学术性　郭绍虞/《文艺理论研究》1980.1

清诗初探　羊春秋/《湖南教育学院学报》1984.1

清诗平议　严迪昌/《文学遗产》1984.2

清初与元明诗的继承关系　周寅宾/《文学遗产》1984.2

论清诗的学古趋向及其得失借鉴　周秦、范健明/《文学遗产》1984.3

试论宋诗对清代诗人的影响　马亚中/《文学遗产》1984.3

清代三家诗论中理趣、理障之辨平议　陆海明/《辽宁师范学院学报》1982.4

清代朴学家的反理学思想及先进的文学观　任访秋/《中州学刊》1985.2

清代学风和诗风的关系　钱仲联/《文史知识》1985.10

清代的散文与散文的研究方法　罗东升、何天杰/《华南师范大学学报》1986.4

试说清诗力破唐宋之余地　马亚中/《苏州大学学报》1985.3

论清初诗坛的虞山派　赵永纪/《文学遗产》1986.4

清名家集外诗文词辑考　朱则杰/《杭州师范学院学报》1986.4

清初钱、王“代兴”之说刍议　裴世俊/《山东师范大学学报》1989.3

清代山水诗的因变创新论略　时志明/《苏州大学学报》1992.1

论清代女诗人的群体特征　陆草/《中州学刊》1993.3

清代诗歌中的一组特殊意象　朱则杰/《学术研究》1994.6

论清代的赋学批评　许结/《文学评论》1996.4

吴梅村及其现实主义诗歌创作　木樨/《社会科学战线》1980.3

试论吴伟业叙事诗的艺术特色　陈抱成/《郑州大学学报》1981.1

吴梅村《圆圆曲》疏解　宋谋瑒/《晋阳学刊》1981.1

说吴梅村《圆圆曲》　周天/《文艺论丛》12 辑

吴梅村歌行对唐人歌行的继承和发展　朱则杰/《社会科学战线》1984.3

论吴梅村的诗风与人品　黄天骥/《文学评论》1985.2

吴梅村年谱序　冯其庸/《苏州大学学报》1986.3

《圆圆曲》“真实”辨　徐中伟/《山东大学学报》1988.4

谈吴梅村后期诗歌　蒋炜/《吴中学刊》1991.3

试论“梅村体”诗歌的叙事艺术　伍福美/《华中师范大学学报》1992.5

“身世之感使然”：论吴梅村词　姜爱军/《南京师范大学学报》1992.2

梅村与佛禅　刘守安/《东岳论丛》1993.6

吴梅村山水诗略论　王英志/《齐鲁学刊》1996.2

论吴梅村的早期诗歌　叶君远/《中国人民大学学报》1997.1

吴梅村八年遗民时期的诗歌创作与政治心态　徐江/《河南大学学报》1999.4

《圆圆曲》的艺术成就及其在文学史上的地位　何锐钰/《复旦学报》2000.1

论袁枚诗性灵说　胡明/《文学评论》1982.6

袁枚的真情论——"性灵说"内涵新探之一　王英志/《浙江学刊》1983.1

论袁枚的反理学思想及其诗文创作　钟贤培/《华南师范大学学报》1984.4

袁枚古文观试探　胡明/《古代文学理论研究丛刊》第11辑

袁枚的地位与《随园诗话》的影响　王英志/《宁波师范学院学报》1989.3

袁枚与《袁枚全集》　王英志/《苏州大学学报》1993.3

试论清词的"中兴"　汪泰陵/《贵州师范大学学报》1992.4

袁枚新论　钱仲联、严明/《文学遗产》1994.2

袁枚性灵派在近代的影响　王英志/《文史哲》1998.4

论袁枚古体诗创作　石玲/《文史哲》1999.2

袁枚研究的回顾与思考　石玲/《兰州大学学报》1999.2

袁枚于乾嘉诗坛的影响　王英志/《扬州大学学报》2000.3

袁枚蒋士铨订交考　朱则杰/《苏州大学学报》2000.3

王船山诗论后案　钱仲联/《文艺理论研究》1980.1

读船山诗论札记——王夫之诗学中的抒情主体及角度　肖驰/《读书》1982.6

从“神理凑合”说说到王夫之的创作论　滕福海/《古典文学论丛》第3辑

从前后七子到王夫之——论古代两大诗学思潮的汇流　肖驰/《学术月刊》1983.3

清代性灵说与王学　陈居渊/《文史哲》1994.6

叶燮的诗歌理论　张文勋/《古代文学理论研究丛刊》第3辑

关于沈德潜诗论的两个问题　叶朗/《文学评论丛刊》第9辑

陈沆诗初探　陈邦炎/《文学遗产》1981.3

试论吴乔“意为主将”说——《围炉诗话》管窥　王英志/《苏州大学学报》1982.1

论王士祯的创作与诗论　刘世南/《文学评论》1982.1

清殉廖燕的异端精神与文学批评　顾易生/《复旦学报》1983.2

试论方东树《昭味詹言》的诗歌鉴赏　刘文忠/《江淮论坛》1983.5

论王渔洋的神韵说与创作个性　吴调公/《文学遗产》1984.2

黄梨洲年谱考辨　王政尧/《北京大学学报》1986.5

蒋士铨文学思想摭谈　赵建新/《兰州大学学报》1987.3

钱谦益诗论平议　胡明/《社会科学战线》1984.2

钱谦益清代影响发微　培军/《宁夏教育学院学报》1988.2

钱谦益:明末士大夫心态的典型　李庆/《复旦学报》1989.1

钱谦益文学思想初探　邬国平/《阴山学刊》1990.4

钱谦益主情审美命题及其价值　裴世俊/《江海学刊》1991.4

钱谦益其人其诗　赵永纪/《江西社会科学》1993.3

王士禛的诗歌创作与理论　王小舒/《文史哲》1988.2

论王士祯的诗论与诗　刘世南/《文学评论》1992.6

黄仲则的心态及其诗词的深层意蕴　尚永亮/《文学评论》1988.5
论张船山的诗　洪钟/《社会科学研究》1980.6
“性灵”巨擘张船山　丁集之/《天津师范大学学报》1989.1
性灵派殿军张问陶　王英志/《苏州大学学报》1998.4
《钦定熙朝雅颂集》和旗人的诗歌创作　王学泰/《文学遗产》1992.5
法式善与乾嘉诗坛　魏中林/《民族文学研究》1992.3
施闰章及其创作　何庆善/《安徽师范大学学报》1992.1
归庄文学思想述评　陈洪/《南开学报》1994.5
寻根的心迹——论屈大均　覃召文/《文学遗产》1995.6
屈大均诗歌的文化精神与美学品格　杨子怡/《汕头大学学报》1998.4
《清诗铎》的社会视野初探　胡鸿延/《贵州教育学院学报》1995.3
《清诗铎》的构架与儒家诗歌观　胡鸿延/《贵州教育学院学报》1996.1
《清诗铎》袖珍叙事诗艺术造诣　胡鸿延/《贵州教育学院学报》1998.3
朱彝尊的山水诗初探　王英志/《暨南学报》1996.4
论屈大均的山水诗　王英志/《文学遗产》1996.6
钱谦益山水诗初探　王英志/《南京大学学报》1997.1
常州“二俊”山水诗论略　王英志/《齐鲁学刊》1997.6
顾炎武诗歌的创作理论与实践　吴景山/《兰州大学学报》1997.1
我读傅山　赵园/《文学遗产》1997.2
蒋心余的情感心态及其诗歌艺术特征　罗时进/《苏州大学学报》1997.2

郑板桥的“绝”和“怪”　王同书/《江苏社会科学》1996.3

赵执信论　严迪昌/《文学评论》1997.5

老树春深更著花:清词述略　严迪昌/《文史知识》1987.11/12

全清词序　钱仲联/《南京大学学报》1989.1

清词的中兴与衰微　陈铭/《浙江学刊》1992.2

清代妇女词的繁荣及其成就　张宏生/《江苏社会科学》1995.6

关于清词的流派　艾治平/《嘉应大学学报》1997.2

论清词中兴的原因　周绚隆/《东岳论丛》1997.6

容若词艺散论　简茂森/《华东师范大学学报》1981.5

纳兰性德和他的词　黄天骥/《社会科学战线》1982.1

纳兰词“凄惋”风格形成的原因　徐育民/《文史哲》1983.3

纳兰词研究三题　宁昶英、佟靖仁/《内蒙古师范大学学报》1984.3

清初第一词人纳兰性德　盛冬铃/《中国古典文学论丛》第4辑

关于纳兰性德再评价问题　邓伟/《民族文学研究》1986.1

试论纳兰词的哀愁　董天策/《南充师范学院学报》1988.1

清代至民国时期的纳兰性德研究述评　赵秀亭/《阴山学刊》1989.3

论纳兰性德凄婉兼悲壮词风的形成原因　乔玲希/《内蒙古师范大学学报》1991.3

论纳兰性德词的人情美　钱乃荣、王心欢/《上海大学学报》1991.4

试论纳兰性德的悼亡词　李嘉瑜/《承德民族师范专科学校学报》1995.4

纳兰性德词的个性寻源　王卓/《社会科学战线》1997.6

朱彝尊的词论及其创作　高建中/《文学遗产》1981.4

我读朱彝尊词 严迪昌/《古典文学知识》1989.6

朱彝尊陈继嵇词风的比较 黄天骥/《文学遗产》1991.1

朱彝尊的爱情词说 邓红梅/《文史哲》1993.5

朱彝尊的咏物词及其对清词中兴的开创作用 张宏生/《文学遗产》1994.6

王渔洋与清词之发轫 蒋寅/《文学遗产》1996.2

张惠言论词的比兴寄托——常州词派的寄托说之一 邱世友/《文学评论》1980.3

论常州词派理论之流变 黄志浩/《广东民族学院学报》1997.3

论陈维崧的词 郑孟彤/《文学遗产》1981.2

论阳羡词宗师陈维嵇 艾治平/《嘉应大学学报》1998.1

清代散文研究

论明清之际的文学环境和三大家散文成就 降大任/《晋阳学刊》1992.4

八股文历史地位再认识 程翔章、东子/《华中师范大学学报》1992.1

清代骈体文的复兴与考据学 马积高/《湖南师范大学学报》1993.5

清赋概论 许结/《学术研究》1993.3

论明清小说戏剧对诗文发展的影响 陈少松/《南京师范大学学报》1993.2

清嘉道以来不拘骈散论的文学史意义 曹虹/《文学评论》1997.3

清初经世致用之学对散文的影响 马积高/《中国文学研究》1995.2

论清代散文的繁荣及其原因 王凯符/《北京社会科学》1994.2

论八股文的衰亡 曹海东、杨羽/《华中师范大学学报》1994.1

恽敬的古文文论及其与桐城派的关系 任访秋/《文学遗产》1984.3

论汪中的文与情 王勉/《上海师范大学学报》1985.1

论梅曾亮的文学主张及其散文创作 王镇远/《江海学刊》1987.4

论侯方域的文章特色 王凯符/《北京师范学院学报》1988.4

读〈国朝常州骈体文录〉 吴兴华/《文学遗产》1988.4

"易堂九子"散文流派论 万陆/《江西社会科学》1989.5

试论王船山散文 许山河/《船山学报》1984.2

戴名世论 王凯符、漆绪邦/《北京师范学院学报》1980.3

桐城派三题 吴孟复/《江淮论坛》1982.4

论刘大櫆与桐城派 吴孟复/《江淮论坛》1983.4

试论姚鼐古文的艺术特色 马亚中/《江淮论坛》1983.6

论方苞的"义法"说 王镇远/《江淮论坛》1984.1

恽敬的古文文论及其与桐城派的关系 仕访秋/《文学遗产》1984.3

论姚门四杰 黄霖/《江淮论坛》1985.2

古文和诗歌的会通与分野:桐城派谭艺经验之新检讨 梅运生/《安徽师范大学学报》1986.1

论桐城派之"神" 许结/《江淮论坛》1987.2

再谈桐城派三个问题 吴孟复/《江淮论坛》1988.3

近代桐城派散文新论 郭延礼/《东岳论丛》1989.3

戴名世的古文理论及其他 石钟扬/《河北师范学院学报》1990.3

曾国藩古文理论初探 张方/《中州学刊》1991.3

姚鼐和桐城派诗之我见 朱则杰/《北方论丛》1992.3

理学与桐城派 马积高/《中国文学研究》1993.2

应恢复戴名世桐城派鼻祖的地位　周中明/《安徽大学学报》1994.3
曾国藩、王夫之文论思想异同　钱竞/《文学遗产》1996.1
关于桐城派及近百年来对它的评论　周中明/《文学评论》1997.4
姚鼐的文章论　刘守安/《中国人民大学学报》1998.1
兼济·兼容·兼美——姚鼐古文理论及其文化背景概说　钟扬/《南京师范大学学报》1999.6
姚鼐的古文艺术理论及其对桐城派形成的贡献　关爱和/《文艺研究》
守望艺术的壁垒——论桐城派对古文文体的价值定位　关爱和/《文学评论》2000.4

清代戏剧研究

清代戏曲审美理论发展大势　王政/《戏曲研究》第8辑
清人杂剧管窥　赵兴勤/《徐州师范学院学报》1984.3
论乾嘉时期的政治形势与戏曲繁荣的关系　张云生/《唐山师范专科学校学报》1984.3
清代戏曲理论上“以文律曲”的倾向　王政/《光明日报》1985.5.21.
试论清代杂剧中抒情短剧的勃兴　张虹/《湖北大学学报》1990.3
清代戏曲作家事迹考略　张增元/《文献》1994.1
清代雅俗两种文化的对立、渗透和戏曲中花雅两部的盛衰　马积高/《西北师范大学学报》1994.2
明清杂剧的幽默情调　沈炜元/《戏剧艺术》1995.4
明清南杂剧的发展轨迹　蒋中崎/《戏剧艺术》1996.4
清代戏曲抄本叙录　朱恒夫/《文献》1997.4

明清戏曲演艺论　叶长海/《扬州大学学报》1997.5

李玉的戏剧创作　萧善因/《戏剧创作》1980.2
论苏州派戏曲家李玉　吴新雷/《北方论丛》1981.5
李玉生卒年考辨　欧阳代发/《文学遗产》1982.1
试论李玉的代表作《清忠谱》　吴新雷/《文学遗产》1982.4
试论李玉传奇的思想倾向　周传家/《河北学刊》1983.4
李玉的成就与地位　马圣贵/《戏剧艺术》1984.1
论李玉剧作题材的现实性　陈美林/《南京师范大学学报》1984.2
重新评价《一捧雪》——兼谈所谓“义仆戏”的评价问题　欧阳代发/《江海学刊》1985.6
论《清忠谱》　王毅/《湖北大学学报》1988.6

李渔的戏剧理论初探　齐森华/《上海师范大学学报》1980.1
李渔论戏剧的审美特性　杜书瀛/《中国社会科学》1981.1
李渔论戏剧结构　杜书瀛/《美学论丛》第4辑
李渔论戏剧语言　杜书瀛/《美学论丛》第4辑
谈李渔剧论产生的条件　杜书瀛/《古代文学理论研究丛刊》第8辑
李渔的世界观与艺术观　杨明新/《中山大学学报》1981.2
论李渔的思想和剧作　黄天骥/《文学评论》1983.1
略谈李渔戏曲理论中的创新　陈维雄/《上海师范学院学报》1983.3
李渔的戏曲理论初探　杨明新/《文学遗产增刊》第15辑
李渔生卒年考证补苴　袁震宇/《复旦学报》1985.1

李渔生平三考 黄强/《扬州师范学院学报》1988.3
李渔哲学观与文学思想探源 黄强/《扬州师范学院学报》1989.4
两种不同的理论品格及其意义:李渔与孔尚任戏剧理论之比较 朱伟明/《湖北大学学报》1990.2
李渔——新旧文化撞击的产儿:试评李渔生平思想 许罡/《江苏社会科学》1993.1
李渔——超越父权 徐保卫/《江苏社会科学》1994.1
李渔:集文士与商贾于一身:试论李渔戏曲创作的商业化倾向 黄果泉/《河南师范大学学报》1995.5
论李渔的艺术人生 王昕/《文史哲》1994.3
李渔小说创作同戏剧创作的关系 刘红军/《信阳师范学院学报》1996.2
试论八股文"章法理论"对李渔曲论的浸染 姚梅/《武汉大学学报》1996.6
李渔情爱心理的文化哲学探析 钟明奇/《中国文学研究》2000.2

关于洪昇生平的几个问题——读《洪昇研究》 章培恒/《复旦学报》1980.3
试论洪昇的民族意识——兼评章培恒同志《洪昇年谱》的一个观点 熊笃/《求是学刊》1980.1
《长生殿》的思想倾向和艺术特色初探 王季思、萧德明/《古代文学理论研究丛刊》第5辑
《长生殿》是怎样禁演的 蔡毅/《文学评论丛刊》第9辑
论洪昇的《长生殿》 黄天骥/《文学评论》1982.2

试论《长生殿》主题的复杂性　吴亚芬/《天津师范专科学校学报》1982.2

试论《长生殿》的写情主题　曹学伟/《四川大学学报》1982.3

谈《长生殿》的主题思想　刘维俊/《河北师范学院学报》1982.3

洪昇、孔尚任的后期遭遇及其原因试析　刘云/《韩山师范专科学校学报》1983.2

情缘总归虚幻——重新认识《长生殿》的主题思想　周明/《文学评论》1983.2

《长生殿》的艺术结构　许金榜/《山东师范大学学报》1983.3

论《长生殿》中的"情"　孟繁树/《扬州师范学院学报》1984.1

浅谈洪昇、孔尚任剧作中潜含的民族意识　尚达翔/《南阳师范专科学校学报》1984.1

重评《长生殿》的主题　俞为民/《古代戏曲论丛》第2辑

为《长生殿》中的"情"一辨　赵山林/《华东师范大学学报》1986.1

《洪昇集笺校》序　王季思/《艺术百家》1987.1

《长生殿》的艺术特色及影响　刘荫柏/《齐鲁学刊》1987.4

洪昇《长生殿》的情感美学思想　黄南珊/《上海社科院学术季刊》1991.2

生命的悲歌——论《长生殿》的深层情感内涵　石育良/《文史哲》1992.2

《长生殿》的意境　黄天骥/《文学遗产》1993.3

从《沉香亭》《舞霓裳》到《长生殿》:论《长生殿》创作心理历程　孙京荣/《西北师范大学学报》1994.1

文化人类学视野中的《长生殿》　张亚巍/《剧作家》1999.4

《长生殿》的情爱文化视界 黄南珊/《名作欣赏》1999.5

二十世纪的《长生殿》研究 李晓/《戏曲艺术》2000.2

虚实相通 蕴意无穷——《长生殿》叙事风采谈 吴微/《名作欣赏》2001.4

孔尚任与《桃花扇》 黄天骥/《文学评论》1980.1

有关孔尚任的几个问题 黄卓明/《文学评论》1981.2

孔尚任研究零札 黄炽/《齐鲁学刊》1981.4

《桃花扇》中的桃花扇——《桃花扇》"批语"漫谈 王永健/《江苏戏剧》1981.3

对如何评价孔尚任的管见 胡雪冈/《温州师范专科学校学报》1982.1

试谈孔尚任的思想及其矛盾 李季平/《齐鲁学刊》1982.5

论《桃花扇》的"馀韵" 董每戡/《文学遗产》1982.1

谈冒辟疆对孔尚任思想的影响 顾启、姜光斗/《淮北煤炭师范学院学报》1983.1

《红楼梦》和《桃花扇》 曲沐/《红楼梦学刊》1983.1

桃花扇底系南朝——谈《桃花扇》中的"扇" 孟祥照/《河北大学学报》1983.1

试论孔尚任思想的矛盾与统一 徐振贵/《齐鲁学刊》1984.1

《茶馆》《桃花扇》结构比较谈 周维培/《艺谭》1984.3

《桃花扇》发微——从哲学史的角度论《桃花扇》 张乘健/《文学遗产》1984.4

"岸堂"发微——兼谈孔尚任的"罢官" 张崇琛/《兰州大学学报》

1985.4

谈孔尚任的戏曲观　胡雪冈/《艺术研究》第3辑

论李香君在中国文学史上的意义　包绍明/《福建师范大学学报》1986.2

《桃花扇》和《茶花女》审美追求的异同　郭凌/《重庆师范学院学报》1990.2

儒家理想的幻灭:论孔尚任与《桃花扇》　梁燕/《社会科学家》1993.1

一个复合的文本建构:《桃花扇》二重主题说兼及其他　冯文楼/《甘肃社会科学》1993.1

脉·势·韵:《桃花扇》艺术结构的传统美观照　刘中光/《聊城师范学院学报》1994.1

历史的沉思——《桃花扇》解读　张燕瑾/《首都师范大学学报》1994.2

论孔尚任《桃花扇》的创作思想　吴新雷/《南京大学学报》1997.3

观念化的结局:《桃花扇》的"大收煞"刍议　赵建国/《河北学刊》1998.5

杨潮观与《吟风阁》　赵承中/《文史知识》1982.6

杨潮观四考　赵山林/《中华文史论丛》第3辑

《吟风阁杂剧》新探　钟婴/《文学遗产》1985.3

近代文学研究

建国三十年来近代文学研究的回顾　王俊年、梁淑安、赵慎修/《文

学评论》1980.3

建国前近代文学研究论略　牛仰山/《青海师范学院学报》1983.1

晚清小说理论管窥　陈谦豫/《古代文学理论研究丛刊》第3辑

晚清文学思潮的流派及其论争　任访秋/《社会科学战线》1982.2

鸦片战争前后“志士之诗”及其诗风新变　王飙/《文学遗产》1984.2

同光体初探　王镇远/《文学遗产》1985.2

桐城的中兴、改造与复归——试论曾国藩、吴汝纶的文学活动与作用　关爱和/《文学遗产》1985.3

关于中国近代文学史的起讫年代　郭延礼/《中国近代文学研究》第3辑

鸦片战争时期诗歌发展论略　钟贤培/《华南师范大学学报》1986.3

潮卷国魂怒不平——论鸦片战争时期爱国诗潮　王飙/《文学评论》1990.6

向“五四”新文学过渡的中国近代文学　吴组缃、季镇淮、陈则光/《中国文学研究》1991.1

近代资产阶级维新时期文学鸟瞰　郭延礼/《东岳论丛》1992.1

佛教文化与改革者的情怀:论佛教文化对清末维新派、革命派思想与创作的影响　宋益乔/《文学遗产》1993.3

中国近代文学批评研究的几个问题　黄霖/《文学评论》1994.3

从“中本西末”到“中体西用”　戚其章/《中国社会科学》1995.1

“英雌女杰勤揣摩”——晚清女性的人格理想　夏晓虹/《文艺研究》1995.6

论近代文人的抑郁心理　陆草/《中州学刊》1996.1

试论中国近代文学语言的变革　袁进/《上海社科院学术季刊》

1997.4

陈独秀“论戏曲”与二十世纪中国戏曲之命运　傅谨/《文艺研究》1997.5

戊戌维新与中国文化近代化　郭延礼、陈永标、颜廷亮/《文史哲》1998.6

中国近代散文的多重变奏　谢飘云/《文史哲》1998.6

新学诗:诗界革命前的探索　王飙/《文史知识》1999.4

在中西文化文汇中的中国近代文学理论　郭延礼/《东岳论丛》1999.1

“诗界革命”的起点、发展及其评价　郭延礼/《文史哲》2000.2

中国近代文学社会运行机制的转变及作用　袁进/《学术月刊》2000.8

论龚自珍的佛教信仰及其对创作的影响　管林/《华南师范学院学报》1981.1

龚自珍集外诗文续录　孙文光/《安徽师范大学学报》1984.4

龚自珍简论　季镇淮/《北京大学学报》1985.1

龚自珍暴卒考辨　孙文光/《历史研究》1986.5

龚自珍王国维“出入说”辨析　凤文学/《安徽师范大学学报》1991.4

千古文章两怪才:郑燮与龚自珍　孙文光/《安徽师范大学学报》1993.4

剑气箫心龚诗魂　关爱和/《文学遗产》1993.5

黄遵宪、梁启超诗歌改革理论异同　魏中林/《内蒙古大学学报》1985.1

秋瑾诗词艺术风格　郭延礼/《文学评论丛刊》第 22 辑

吴趼人年谱　王俊年/《中国近代文学研究》第 2—3 辑

魏源及其作品中的新世界　蒋英豪/《文学遗产》1996.4

王国维"自然"说二题　佛雏/《扬州师范学院学报》1981.1

试论王国维的艺术直观说　朱良志/《安徽师范大学学报》1986.1

王国维"境界"说之系统观　陈良运/《社会科学战线》1991.2

王国维文学批评的现代性　温儒敏/《中国社会科学》1992.3

对王国维"隔"与"不隔"的美学认识　孙维城/《文艺研究》1993.6

《艺概》对《人间词话》的直接启迪:王国维美学思想的传统文化精神　孙维城/《文艺研究》1996.3

张之洞文化人格论　何晓明/《哲学研究》1993.10

四十五年来刘鹗及《老残游记》研究评述　刘瑜/《文学遗产》1998.2

"林译小说"的总体评价及其影响　郭延礼/《社会科学战线》1991.3

林纾与桐城派、改良派及新文学的关系　蒋英豪/《文史哲》1997.1

论黄遵宪的诗歌创作　张仲谋/《文学评论》1998.3

梁启超后十年的文学研究/《山东社会科学》1991.5

寂寞身后事　夏晓虹/《读书》1996.6

后　记

年轻时曾写过一首诗，题为《知识颂》，记得开头的几句是这样的：

这不是虚妄也不是幻象，
在我的眼前浮现出知识的海洋：
思辨的波涛在暗暗涌动，
真理的珠贝在熠熠放光。

现在回想起来，人类对知识和文明的渴求，大概是一种与生俱来的本能，即使在那个荒唐的年代，人们也没有完全放弃对知识的索取和追求。人类对知识的攫取，真像是一场永无休止的战争：从印度河流域的十进位制到今日的电子计算机的二进位制，从埃及的金字塔到卡拉维那尔角的火星登陆车，从《汉穆拉比法典》到今日的《联合国宪章》，从东方最古老的《尚书》到今日世界最流行的网络文学，哪年哪月曾消弭过征战的风烟？人类就是在知识的不断攫取、积累、更新中走向文明、走向繁荣、走向进步的。

在这部人类文明史的进程中，智者（按国人的说法叫"知识阶层"）起着关键的作用，他们是盗火给人间的普罗米修士，他们是知识海洋中的长沮和桀溺，他们是这场无休无止征战中永不言败的前锋和主力。正是他们：苦思冥索、皓首穷经，在青灯寒窗下献出了自己的一生；也正是他们敢为天下先，向强权、向传统、向愚昧发起挑战，艰苦备尝却甘之如饴；甚至为了客观真理和学者的良心献出自己的生命而无怨无悔。正是这些人，构成了一代代的《文苑传》和《畸人传》；也正是有了他们，才会有中国的二十五史，才会有海斯、穆恩、韦兰的《世界史》，才会有李约瑟的《科技史》，崔瑞德、费正清的《剑桥中国史》。每当月白风清的三五之夜，或是风雪交加的冬日黄昏，我常常坐在窗前想到上述的种种。我也常常反躬自问：我们从这些智者身上首先感受到了什么？或者说这些智者给我们的启迪首先是什么？是他们过人的才华？抑或是他们忘我的勤奋？这对于一些正在求学的学子或者他们那些望子成龙的家长也许是最主要、最渴求的，但对于学者或者说想成为学者的人来说，最重要的却是信念的坚持和操守的把握（至少我是这样认为的）。

2003 年圣诞，美国加州塞尔西孤儿院的汤姆给上帝写了封信，埋怨上帝的不公，不但收走了他的父母，连个姨妈也不给他。神学博士摩罗·邦尼代上帝写了封回信，刊登在《基督教科学箴言报》上，信中说：上帝是公平的，因为每个人的生命、信念和目标都是上帝免费提供的。这封信被传为佳话，也糊弄住相当一批像汤姆这样的孩子或者成人。但是，如果仔细想一想：上帝真的是免费向每个人提供了生命、信念和目标吗？首先信念就不是人人皆有的，有的人就是没有信念，一生就是那么浑浑噩噩过日子。且不说那些为了出人头地、为了爱人情人、为了子女亲属，乃至为了在批斗会上能过关而中途放弃信念或改变信念的人。因此，有生命且有信念者，恐怕只占到三分之一；在有信念的人当中，有信念且又有操守，为这个信念、目标终生奋斗无尤无悔者，恐怕更是少之又少，能否占到有信念者的三分之一？如果回顾一下近代中国古典文学研究领域内的学术走向和古典文学研究者的学术历程，也许更能感到信念和操守的可贵：

真正具有现代意义的中国学术，实际上是到了近代、具体来说是19世纪末才开始起步的：当时以梁启超、王国维、胡适为代表的一批古代文学研究者，面对世纪之交转型期的动荡，怀抱着使文学研究从经学、史学中剥离出来而形成独立的学科的学术使命感，首先在文学观念和价值评判标准上进行改造变革以适应世变，以期建立现代意识的学科体系。梁启超提出"情感中心说"作为文学研究的本体和价值评判标准，企图以此代替儒家的"文以载道"的价值体系，确立独立的文学本体论；王国维则借用叔本华的悲剧生命理论和亚里士多德的《诗学》中的"净化说"，一反传统的"三不朽"理论，强调文学的悲剧体验和净化功能，认为这是文学的价值和意义所在，从而确立一种具有现代意义的文学本体论；胡适起初将西方"归纳的理论"、"历史的眼光"、"进化的观念"看成改造中国学术的三大"起死之神丹"，后来又提出"历史的眼光"、"系统的整理"、"比较的研究"作为古代文学学科建设中"同人努力的方向"。他的名言"大胆的假设，小心的求证"，更可视为20世纪初这批学人学术目标和学术思考的一个最通俗、最简洁也最响亮的一个口号表达。

自大师们去世直至40年代末，中国内战外患，民生艰难，"华北之大，已安放不下一张平静的书桌"，无论是现实的生存危机还是出于对中国前途命运的关怀，都远远优先于古代文学研究学术目标的追求。郑振铎、陈寅恪、唐圭璋、夏承焘、陆侃如、冯沅君、刘大杰、谭正璧、严望耕、台静农、郑骞、卢元骏、潘重规等一大批学者，出于一种学术信念的执着，在流离颠沛之中不忘著述，在难以容忍的境遇之中以难以置信的毅力，坚忍不拔地从事名山事业，使中国学术一脉孤悬、赖以不坠，已属难能可贵，遑论学术目标的实现和学科建设的创新发展？

1949 年以后，内地的古代文学研究观念起了个根本性的变化，马克思主义唯物史观成为唯一的指导思想，对作家生活时代的政治、经济状况的分析和作家阶级属性的判定取代了对作家心灵的把握和作品艺术美的鉴赏。这种观念和视角的转换弥补了传统研究观念中对作家所处时代的忽视以及那种封闭的研究状态，但由于对马克思主义片面的理解和在古代文学研究中机械的搬用，于是产生种种偏差：一方面将王国维、胡适等人引进的西方文学观念统统视为洋奴哲学而加以摒弃；另一方面又将知人论世、商讨意境、探究心史这些传统的治学方法也一律斥之为封建主义的唯心史观而加以批判；一方面割断传统，一方面自我封闭。从 20 世纪 50 年代初批判胡适、俞平伯在《红楼梦》研究中资产阶级唯心主义观点起，直到 70 年代末的"评红楼梦"、"评水浒、批宋江"的"评法批儒"运动止，历时 30 年的政治运动使古典文学研究者或是成为打击的对象和发起运动的借口；或是让他们洗心革面、脱胎换骨，成为"无产阶级专政下继续革命"理论的最好注脚。于是在古典文学研究中就出现如下奇特的景观：一大批学者在认真地讨论李煜的《虞美人》中有无"人民性"，李清照的《醉花阴》是否采用了"现实主义"的表现方法，并为此产生激烈的争论；当时编的一部文学史中没有王维和孟浩然，因为他们是“唐诗发展中的反现实主义逆流”；对白居易则要“一分为二”：他的“新乐府”、“秦中吟”等讽喻诗揭露了封建社会黑暗具有“人民性”应该肯定；而像《春寝》、《闲居》这类闲适诗，则是糟粕必须否定；李商隐在50年代被视为颓废的唯美主义诗人而迭遭批判，到了70年代的“评法批儒”运动中，却一跃成为“晚唐诗坛反分裂的鼓手”，就连他的缠绵伤感的《无题诗》，也成了“晚唐儒法斗争一面三棱镜”。毛泽东主席在给陈毅的一封信说到“李贺的诗值得一读”[①]，于是便出现一大批学术论文：《谈谈“李贺的诗值得一读”》、《李贺的诗真值得一读》、《李贺的诗很值得一读》、《对“李贺的诗值得一读”的几点理解》。每当我打开岁月的尘封，上溯历史的长河，研究这段学术史时，总是感慨万千！每当此时，我总是想得很多：我想到了两百多年前的布鲁诺这位日心说的捍卫者，面对百花广场上空宗教裁判所的烈焰，他的最后一句话是：“地球仍在转动！”我想到五十年前沈从文写给妻子的一封信，这位被剥夺了写作的权利而只能在故宫博物馆作资料员的作家，将自己和当时炙手可热的某些伟大作家的作品作了个比较：“我看了一下自己的文章，说句公平话，我实在是比时下所谓作家高一筹。我的工作行将超越一切而上。我的作品会比这些人的作品传得更久、播得远。”[②]这就是目标的坚定和执着！这就是信念的自信和自持！它立足于学术品格的坚守与陶铸，它也仗恃于学术生命的坚韧与顽强！因为它坚信：这种信念的坚守和操守的自

---

① 〈毛主席给陈毅同志谈诗的一封信〉，《诗刊》1978.1；《文学评论》1978.1。

② 〈致张致和〉，《沈从文文集》第27卷“集外文存”，北岳文艺出版社2002年12月版。

持，终将被历史无情或是无奈地证实或认可！

大而言之，学术乃天下之公器，它为天地立心，为生民立命，为万物树立一个正人、正己、正天下的标准和尺度。作为执此公器的学者，首先就必须出以公心。故不为曲学阿世，“板凳要坐十年冷，文章不著半句空”，一直为学者们所尊奉并形成为我们的学术传统。但是，我们生存的环境又总是在用不同的手段迫使或诱使学者偏离这个轨道：或是用暴力去压迫、去强制性地改变，或是用物质去诱惑其自觉或不自觉地偏离。在世纪之交的急剧变化和商业大潮的冲击下今天，就更容易将名山事业的把握和自持让位于浮躁浅进和急功近利：或是用商业炒作的方法来进行学术研究，或是用唯我独尊和以圈子划线作为学术评价的标准，或是以学术外的攻讦和手段置换正常的学术争论，或是以庸俗的互相捧场取代严肃的文艺批评。面对新世纪的波诡云谲、物欲横流，学术品格的重铸显得尤为重要。因为丧失了学术品格的学者和趋时之作，是不会有学术生命的。

这种学术品格的重铸首先应当是学术人格的重铸。一千多年前，司马迁就为史学家确立了一个学术人格：“不虚美，不隐恶”，那么，古代文学研究者是否也应坚守一种品格，至少不去“曲学阿世”？面对大千世界的光怪陆离、潮起潮落，我们可否“咬定青山不放松”，既不迎合世俗以求“名”，也不消极避世以求“静”；既不自吹自擂或互吹互擂“填补空白”、“重大突破”；也不浮躁浅薄处心积虑去制造“轰动效应”；既无门户之见，又无辈份之分。这种学术人格的重铸是我们的学术追求所必需，因为学术研究的终极目标是人类愈臻善境，去预示和追求一个远比现实更为美好的未来，所以学者首先就必须是个"善"者;这种学术人格也是我们深入了解研究对象所必需,因为作品与人品是密切关联的,其次,这种学术品格的重铸也应是理论品格的重建。对西学,既不盲目搬用,也不固步自封;既不盲目声称中国诗学理论早已自成体系,西方文论的种种探索在中国古典文论中早已解决,也不搬用西方的新学科、新思维去套中国古典诗学,把中国古典诗学仅作为诠释西方文论的例证,并以此津津乐道,自视通才;对旧学,既不盲目崇拜,把老祖宗传下来的史料学、考据学视为古典文学研究的唯一途径,皓首穷经,乐此不疲;也要正视当前学人国学功底薄弱,只会寻求一些时髦的名词术语,"以艰深文其浅陋";对新学,既不趋奉,愈新愈好,浮躁浅薄、急功近利,也要看到多学科的结合,多种研究手段的运用是古典文学研究的必然发展趋势,从而吃透两头,多下些理论建树和融汇贯通功夫——以上这些,就是我对学术信念和学术品格的思考!

最后我想说的是:业师余恕诚先生将这个课题列为他主持的教育部省属重点文科研究基地"安徽师范大学中国诗学研究中心"重点课题,并从他们并不充裕的经费中提供资助,又为这部小书写序,再联想到他在我最困难和最苦恼的那个年代所给予的同情和帮助,都是我一再惶愧和感激不已的。

另外,在本书写作中,采用了相当一批已出版或发表的关于作家作品研究的综论、述论和学术会议的专著、集刊、报道、述评,有的则是直接采用的原材料,如崔海正《宋词研究述略》(台湾洪叶文化有限公司,1999),张燕瑾、吕薇芬主编《二十世纪中国文学研究》(北京出版社,2001),陈友冰《中国古代文学研究十年,1978—1990》(中央广播电视大学出版社,1992),历年的中国唐代文学学会主办的《唐代文学研究年鉴》、《唐代文学研究》，台湾的中国唐代学会主办的《中国唐代学会会刊》，湖北大学等主办的《宋代文学年鉴》和台湾张高评主编的历年《宋代文学研究》等；一些资料索引如罗联添主编《中国文学论著集目》（正续编）（台湾五南图书公司，1996），林玫仪《词学论著总目》（台北：中央研究院中国文哲研究所，1995），黄文吉《词学研究书目 1912—1992》（台北：文津出版社，1993），郑阿财、朱凤玉《敦煌学研究论著目录》（台北：汉学研究中心，2000），王兆鹏和他弟子们编辑的尚未出版的资料《词学论著目录 1909—1992》，为检索、摘录提供了极大的方便，节省了许多摸索的时间，因无法在书中一一注明，在此一并深致谢忱！

坐落在台北南港山下的中研院内的草坪上有块石碑，上面镌刻着一篇《学人铭》，其铭文是集古典诗文佳句而成的，我想用它作为这部小书的结语：

> 对新知的探求："不知东方之既白"；对真理的坚持："虽千万人吾往矣"；对人类的关怀："衣带渐宽终不悔"。在这里，激荡着智慧，超越着自我，——把不可能变为可能，以回馈这块土地及整个人类。

这是学术信念、学术追求的形象表达，也是学术传统、学术人格的诗化！

陈　友　冰

2004 年 9 月